O efeito GRAHAM

ELLE KENNEDY

O efeito Graham

1

CAMPUS DIARIES

Tradução

ALEXANDRE BOIDE

A Editora Paralela é uma divisão da Editora Schwarcz S.A.

Grafia atualizada segundo o Acordo Ortográfico da Língua Portuguesa de 1990, que entrou em vigor no Brasil em 2009.

TÍTULO ORIGINAL The Graham Effect: A Novel
CAPA E FOTO DE CAPA Paulo Cabral
PREPARAÇÃO Renato Ritto
REVISÃO Paula Queiroz e Natália Mori

Dados Internacionais de Catalogação na Publicação (CIP)
(Câmara Brasileira do Livro, SP, Brasil)

Kennedy, Elle
O efeito Graham / Elle Kennedy ; tradução Alexandre Boide. — 1ª ed. — São Paulo : Paralela, 2024.

Título original: The Graham Effect: A Novel.
ISBN 978-85-8439-376-3

1. Ficção canadense I. Título.

24-189275 CDD-C813

Índice para catálogo sistemático:
1. Ficção : Literatura canadense C813

Cibele Maria Dias — Bibliotecário — CRB-8/9427

EDITORA SCHWARCZ S.A.
Rua Bandeira Paulista, 702, cj. 32
04532-002 — São Paulo — SP
Telefone: (11) 3707-3500
editoraparalela.com.br
atendimentoaoleitor@editoraparalela.com.br
facebook.com/editoraparalela
instagram.com/editoraparalela
twitter.com/editoraparalela

Para minha família

Prólogo

GIGI

Ele é alguém famoso ou coisa do tipo?

SEIS ANOS ANTES

Quando eu era pequena, um dos amigos do meu pai me perguntou o que queria ser quando crescesse.

Respondi com orgulho: "Stanley Cup".

O meu eu de quatro anos achava que a taça era uma pessoa. Na verdade, o que tinha entendido das conversas dos adultos que me cercavam era que meu pai conhecera pessoalmente Stanley Cup (e que estivera com ele várias vezes, inclusive), honra reservada a um pequeno grupo de elite. O que significava que Stanley, quem quer que fosse esse grande homem, devia ser uma espécie de lenda viva. Um fenômeno. Uma pessoa que eu deveria almejar ser.

Não bastava virar alguém como o meu pai, um simples atleta profissional. Ou a minha mãe, uma mera compositora premiada.

Eu seria Stanley Cup, a dona da porra toda.

Não lembro quem foi que acabou com esse sonho. Provavelmente Wyatt, meu irmão gêmeo. Ele adora ser estraga-prazeres.

Mas o estrago já estava feito. Enquanto Wyatt era chamado por um apelido normal pelo meu pai — o bom e velho "campeão" —, eu era Stanley. Ou Stan, quando eles estavam com preguiça de dizer o nome todo. Até a minha mãe, que fingia se irritar com todos aqueles apelidos relacionados ao hóquei, dava umas derrapadas. Tinha pedido para Stanley passar as batatas na mesa do jantar na semana passada. Traidora.

Hoje de manhã, mais um traidor entrou para a lista.

"Stan!", alguém grita do outro lado do corredor. "Vou comprar café para o seu pai e os outros treinadores. Quer alguma coisa?"

Eu me viro e olho feio para o assistente do meu pai. "Você prometeu que nunca me chamaria assim."

Tommy pelo menos faz a gentileza de parecer constrangido. Mas logo abandona toda aquela cortesia. "Tá. Vou falar uma coisa pra você, mas promete que não vai se zangar comigo? Está na hora de aceitar que essa batalha já está perdida. Quer um conselho?"

"Não."

"Eu diria pra você aceitar o apelido, docinho."

"Jamais", resmungo. "Mas 'docinho' eu aceito. Pode me chamar assim. Vou me sentir delicada, mas também superpoderosa."

"Combinado, Stan." Rindo da minha expressão indignada, ele oferece de novo: "Café?".

"Não, não quero. Mas obrigada."

Tommy vai embora, sempre energético. Durante seus três anos como assistente pessoal do meu pai, nunca vi o cara tirar nem cinco minutos de descanso. Até nos sonhos ele deve ser cheio de energia.

Continuo atravessando o corredor até o vestiário feminino, onde, sem demora, tiro os tênis e calço os patins. São sete e meia, o que me dá bastante tempo para fazer o aquecimento matinal. Quando os treinamentos começarem, o caos vai se instalar. Até lá, posso ter o rinque só para mim. Só eu e uma linda camada de gelo lisinho e limpinho, sem nenhuma marca das lâminas que vão riscá-lo inteiro.

A máquina Zamboni está terminando sua última volta pelo gelo quando apareço. Sinto meu cheiro favorito no mundo: o ar frio misturado com o odor pungente do piso emborrachado. O toque metálico das lâminas recém-afiadas dos meus patins. É difícil até explicar como é bom inalar tudo isso.

Começo a deslizar sobre o gelo e dou algumas voltas sem pressa. Não vou nem participar desses dias de treinamento intensivo para alunos do ensino médio, mas o meu corpo nunca me deixa sair da rotina. Desde que me entendo por gente, acordo cedo para fazer o meu treino individual. Às vezes, faço exercícios simples com o taco e o disco, ou só fico patinando. Durante a temporada de hóquei, quando preciso treinar para os jogos, tomo cuidado para não exagerar nessas sessões particulares. Só que nessa semana não estou aqui para me preparar para jogar, mas sim ajudar meu pai. Então nada me impede de dar umas arrancadas fortes pelo rinque.

Movo as pernas com força e rapidez, depois deslizo por trás do gol em alta velocidade, faço uma curva fechada e acelero com força na direção da linha azul. Quando desacelero, meu coração está reverberando tão forte nos meus ouvidos que mal escuto a voz que vem do banco do time da casa.

"... estar aqui!"

Eu me viro e vejo um cara mais ou menos da minha idade lá, em pé.

A primeira coisa que reparo é a sua cara amarrada.

A segunda: mesmo assim, ele continua gato.

O rosto dele é atraente a ponto de poder ficar todo franzido sem que isso prejudique em nada sua beleza. Na verdade, isso só o deixa ainda mais bonito. Com uma cara mais de *bad boy*.

"Ei, tá me ouvindo?" A voz dele é mais grossa do que eu esperava. Parece a de um daqueles cantores de música country.

Ele salta por cima do portãozinho e seus patins batem contra o gelo. Percebo como é alto. Bem mais que eu. E acho que nunca vi olhos com aquele tom de azul inacreditavelmente escuro. Feito safiras de aço.

"Desculpa, como é?", pergunto, tentando não o encarar muito. Como alguém pode ser tão bonito assim?

A calça preta e a camisa cinza de seu uniforme são do tamanho certo para sua altura. Ele é um pouco magro, mas, mesmo aos quinze ou dezesseis anos, já tem um porte de jogador de hóquei.

"Eu disse que você não deveria estar aqui", esbraveja ele.

E isso me tira do sério. Ah, tá. O cara é um babaca.

"E você deveria?", retruco. O treino só começa às nove. Sei disso porque ajudei Tommy a fazer as cópias da programação que vêm junto com os kits de boas-vindas.

"Sim. É o primeiro dia do treinamento intensivo de hóquei. Vim fazer o meu aquecimento."

Aqueles olhos magnéticos me percorrem dos pés à cabeça. E veem minha calça jeans justa, minha blusa roxa e minhas polainas cor-de-rosa.

Levantando a sobrancelha, ele continua: "Você deve ter confundido as datas. Os treinos de patinação artística são na semana que vem".

Estreito os olhos. Pensando bem... o cara é um tremendo babaca.

"Na verdade, eu sou..."

"É sério, rainha do baile", ele interrompe, com um tom seco. "Você não tem por que estar aqui."

"Rainha do baile? Já se olhou no espelho?", rebato. "Você é que tem cara de príncipe de baile de debutante."

A irritação no rosto dele intensifica a minha. Sem contar aquela expressão presunçosa em seu rosto. É isso o que solidifica a minha decisão de tirar uma com a cara dele.

Ele acha que meu lugar não é aqui?

E está me chamando de *rainha do baile*?

Ah... vai se foder, mané.

Com um olhar inocente, enfio as mãos nos bolsos de trás. "Desculpa aí, mas eu não vou sair daqui, não. Preciso treinar os meus giros e saltos, e pelo que estou vendo", aponto para o rinque enorme e vazio, "tem espaço de sobra para nós dois treinarmos. Agora dá licença que a rainha do baile tem mais o que fazer."

Ele fecha a cara de novo. "Só chamei você assim porque não sei o seu nome."

"Já pensou em perguntar, então?"

"Certo." Ele solta um resmungo. "Qual é o seu nome?"

"Não te interessa."

Ele levanta as mãos. "Então tá. Quer ficar? Fica. Pode rodopiar à vontade.

Só não vem reclamar depois quando os treinadores aparecerem e te chutarem pra fora."

Logo depois, ele se afasta, todo irritadinho, marcando o gelo com suas deslizadas pesadas. Ele segue no sentido horário, então só de raiva vou no anti-horário. Quando nós nos cruzamos, ele olha feio para mim. Retribuo a encarada com um sorriso. Depois, porque eu também sei ser bem sacana, faço uma série de giros sentados. No giro com uma perna esticada, entro bem na trajetória de sua segunda volta. Escuto o suspiro audível que ele solta antes de mudar de direção para desviar de mim.

Eu treinei patinação artística quando era criança. Não era muito boa — nem tinha muito interesse — a ponto de continuar praticando, mas o meu pai garantiu que aquelas aulas me ajudariam. E não estava errado. O hóquei depende muito da força física, enquanto a patinação artística exige mais finesse. Depois de um mês aprendendo só o básico, já senti uma melhora significativa em termos de equilíbrio, velocidade e posicionamento do corpo no gelo. O trabalho de polimento feito nesses treinos me tornou uma patinadora e uma jogadora melhor.

"Olha, falando sério, não fica no caminho." Ele derrapa e para, levantando lascas de gelo com os patins. "Já não basta ter que dividir o gelo com você. Então pelo menos respeita o meu espaço, rainha do baile."

Paro de girar e solto os braços. "Para de me chamar assim. Meu nome é Gigi."

Ele solta um risinho de deboche. "Mas é claro que é. Um nome bem típico de patinadora. Deixa só eu adivinhar. Esse apelido é porque você tem um nome todo delicado de mulherzinha, tipo... Georgia. Não. Gisele."

"Não é um apelido", respondo com frieza.

"Sério? É só Gigi?"

"Quem é você pra querer julgar o meu nome? Tipo, qual é o seu? Aposto que é um daqueles nomes de playboyzinho. Você tem a maior cara de Braden ou Carter."

"Meu nome é Ryder", murmura ele.

"Mas é claro que é", eu o imito, caindo na risada.

A expressão dele é de fúria por um momento, mas então se dissolve em uma mera irritação. "Só não fica no caminho."

Quando ele vira de costas, abro um sorriso e mostro a língua. Se esse imbecil pensa que vai atrapalhar o meu momento favorito no gelo, o mínimo que posso fazer é irritá-lo o quanto puder. Então me esforço para ser invasiva ao máximo. Ganho velocidade, estendo os braços e executo uma série de giros.

Porra, a patinação artística é bem divertida. Tinha até me esquecido.

"Pronto, agora você vai ver o que é bom", diz a voz de Ryder, cheia de sarcasmo. E um toque de satisfação também.

Diminuo a velocidade e ouço o eco de passos do outro lado das portas duplas que dão acesso ao rinque.

"É melhor se mandar, Gisele, para não acabar irritando o Garrett Graham."

Vou patinando até Ryder, me fazendo de tonta. "Garrett o quê?"

"Está me zoando? Você não sabe quem é o Garrett Graham?"

"Ele é alguém famoso ou coisa do tipo?"

Ryder fica me encarando. "Ele é da realeza do hóquei. E o organizador desse programa de treinamentos."

"Ah, tá. Eu só conheço o pessoal da patinação artística."

Jogando o meu rabo de cavalo para o lado, passo por ele. Quero fazer um último movimento, só para ver se ainda me lembro das coisas que aprendi em minhas aulas.

Ganho velocidade e me equilibro bem. Não tenho serrilhado na ponta da lâmina porque estou de patins de hóquei, mas para esse salto não é necessário. Faço uma curva para ganhar impulso, decolo apoiada na lateral da lâmina e dou um giro no ar.

Minha aterrissagem é catastrófica. Meu corpo não está alinhado como deveria. Acabo exagerando no giro, mas de alguma forma consigo evitar um tombo de cara no gelo. Faço uma careta ao notar a minha falta absoluta de elegância e graciosidade.

"Gigi! Que diabos você está fazendo? Quer destruir seu tornozelo fazendo isso?"

Eu me viro para a placa de acrílico onde está meu pai, a meio metro de mim, franzindo a testa. Ele usa boné e a camiseta de seu programa intensivo de treinamento, além de ter um apito pendurado no pescoço e um copo de isopor com café na mão.

"Desculpa, pai", grito, envergonhada. "Só estava brincando um pouco."

Escuto uma risada abafada. Ryder vem até mim, com seus olhos azuis ganhando um tom sinistro.

Viro a cabeça e abro um sorriso inocente. "Que foi?"

"Pai?", rosna ele baixinho. "Você é filha do Garrett Graham?"

Sua indignação me faz rir. "Não só isso como vou ajudar a passar o treino para vocês hoje."

Ele aperta os olhos. "Você joga hóquei?"

Estendo a mão para dar um tapinha no braço dele. "Não se preocupa, principezinho. Vou pegar leve com você."

Transcrição do programa Hockey Kings

Data original de veiculação: 28/07
© The Sports Broadcast Corporation

JAKE CONNELLY: Por falar em desastre total, acho que este é o gancho perfeito para o próximo assunto. Saiu uma notícia bombástica no hóquei universitário: a fusão entre a Briar e o Eastwood. Estamos falando da sua alma mater aqui, G.

GARRETT GRAHAM: Minha filha estuda lá também. Seguindo a tradição de família, sabe como é...

CONNELLY: Numa escala de um a dez, em que um representa uma catástrofe, e dez, o apocalipse, como você classificaria essa desgraça?

GRAHAM: Bom. Não é lá muito bom.

CONNELLY: Isso é que é eufemismo.

GRAHAM: Quer dizer, eu entendo. Mas vamos analisar melhor. Deixando de lado o fato de que esse é um acontecimento sem precedentes: dois programas da primeira divisão se fundindo em um só? Isso é inédito. Mas acho que pode ter suas vantagens. Chad Jensen está tentando montar um supertime. Tipo, colocar Colson e Ryder na mesma escalação? Sem contar Demaine, Larsen e Lindley? Com Kurth no gol? Não há como negar que é um time imbatível.

CONNELLY: No papel, com certeza. E eu sou o primeiro a reconhecer quando alguém merece ser aplaudido. Chad Jensen é o treinador mais relevante do hóquei universitário. Doze participações no Frozen Four e sete títulos como treinador da Briar. É dele o recorde de vitórias no campeonato nacional...

GRAHAM: Seu sogro está pagando você por fora para ser assessor de imprensa dele? Ou está só tentando ganhar mais moral nas festas de família?

CONNELLY: Olha só quem fala. O cara que ganhou três desses sete campeonatos com Jensen como treinador.

GRAHAM: Tudo bem, tudo bem. Nós dois temos um certo conflito de interesses aqui. Deixando de lado as brincadeiras, Jensen faz milagres, mas nem ele é capaz de apagar décadas de rivalidade e hostilidade. Briar e Eastwood foram rivais de conferência durante anos. E de repente os garotos desses dois times vão precisar colaborar uns com os outros?

CONNELLY: Ele tem muito trabalho pela frente, sem dúvida. Mas, como você falou, e se der certo? E se eles se entrosarem como time? Às vezes acontece mágica no gelo.

GRAHAM: Ou isso, ou esses caras vão querer matar uns aos outros.

CONNELLY: Acho que vamos ter que esperar pra ver.

1

GIGI

Esse ar místico de bad boy *pegador*

Um jogador de hóquei não é só alguém que joga hóquei.

Alguém que joga hóquei aparece no rinque uma hora antes do jogo, calça os patins, manda ver por três períodos, tira o uniforme e volta para casa.

Já um jogador, vive e respira hóquei. Estamos sempre treinando. Dedicamos todo o nosso tempo a isso. Chegamos duas horas antes do treino para aprimorar nossas jogadas. Tanto em termos físicos como mentais e emocionais. Aprimoramos nosso preparo físico, levamos nosso corpo ao limite. Dedicamos a vida ao esporte.

Jogar no nível universitário exige um comprometimento extremo, mas é um desafio que sempre quis encarar.

Uma semana antes do início das aulas na Universidade Briar, volto para minha rotina matinal de costume. O intervalo entre temporadas é ótimo porque posso passar mais tempo com os amigos e a família, dormir até tarde, comer porcaria, mas é sempre bom quando a temporada começa. Eu me sinto perdida longe da vida de atleta.

Hoje de manhã, faço meu treino em um dos dois rinques das instalações de hóquei da Briar. É apenas um exercício simples de arremessar no gol, fazendo mudanças de direção em velocidade e empurrando o disco para a rede, me repreendendo toda vez que erro, sem ouvir nada além do disco acertando as placas de uma arena vazia.

Continuo praticando por uma hora até o treinador Adley aparecer no banco do time da casa, gesticulando para mim. Estou suando sob a camisa de treino enquanto patino até ele.

Sua boca se ergue em um meio-sorriso. “Você não deveria estar aqui.”

Eu tiro as luvas das mãos. “Quem disse?”

“As regras da NCAA sobre treinos na intertemporada.”

Abro um sorriso. “Sobre treinos *oficiais* dados pela comissão técnica. Só estou patinando no meu tempo livre.”

“Você não precisa exigir tanto de si mesma, Gi.”

“Uau”, provoco. “Está me dizendo que não preciso dar o meu máximo?”

“Não, só quero que guarde um pouco desse gás para quando chegar...” Ele se interrompe com uma risadinha. “Quer saber? Deixa pra lá. Sempre esqueço que estou falando com uma Graham. Tal pai, tal filha.”

O orgulho que sinto só é um pouquinho maculado por uma pontadinha de ressentimento. Quando você tem uma mãe ou um pai famoso, precisa se esforçar um bocado para sair da sombra deles.

Desde que comecei a jogar, sabia que ia ser sempre comparada ao meu pai. Ele é uma lenda viva, não dá para evitar. Quebrou tantos recordes em sua carreira que é impossível saber todos de cabeça. Jogou profissionalmente até os quarenta anos de idade. E, mesmo aos quarenta, arrebentou na temporada de despedida. Poderia ter continuado por mais um ou dois anos, mas não é bobo. Se aposentou enquanto estava por cima. Assim como Gretzky, com quem muitas vezes ele é comparado.

Essa pontadinha é algo que preciso manter sob controle. Sei disso. Se existe alguém com quem você deveria querer ser comparado, é um dos maiores atletas de todos os tempos. Acho que talvez eu só esteja assustada com a misoginia que vem embutida nos elogios que recebi ao longo dos anos.

Ela jogou muito bem... para uma garota.

As estatísticas dela são impressionantes... para uma mulher.

Ninguém diz para um cara do time masculino que ele jogou bem até demais para um homem.

A verdade é que o hóquei feminino é bem diferente do masculino. As mulheres têm menos oportunidade de continuar jogando depois da faculdade, nossa liga profissional dá menos audiência e paga salários absurdamente mais baixos. Eu até entendo — um jogo da NHL provavelmente atrai um zilhão de espectadores a mais que todo os jogos femininos somados. Os homens fazem por merecer cada centavo que ganham e cada oportunidade que têm.

O que significa que preciso capitalizar todas as oportunidades que tenho como jogadora.

E o que *isso* significa?

As Olimpíadas de Inverno, ora.

Chegar à seleção americana e ganhar o ouro olímpico é meu objetivo desde os seis anos de idade. E estou trabalhando para alcançar isso desde então.

O treinador abre a porta do banco para mim. “Seu pai vem este ano para vender o programa de treinamentos dele?”

“Sim, deve vir esta semana. Só precisa de um descanso antes. Acabou de voltar da nossa viagem anual ao Tahoe.”

Todo ano minha família passa o mês de agosto no lago Tahoe junto com outros parentes e amigos próximos. Visitas chegam e vão embora durante o verão inteiro.

“Este ano uns caras que jogaram com o meu pai em Boston apareceram, e eu vou me limitar a dizer que quase todo dia de manhã tinha uns de ressaca caídos no nosso atracadouro”, acrescento com um sorriso.

"Que Deus ajude aquele lago." Adley sabe muito bem do que o meu pai e seus companheiros de time são capazes de aprontar. Foi assistente técnico dos Bruins quando ele jogava lá. Na verdade, foi o meu pai que indicou Tom Adley para assumir o programa de hóquei feminino da Briar.

Mesmo que eu quisesse escapar da sombra do meu pai, não teria como, porque o nome dele está na fachada do prédio. Graham Center. Graças a uma doação dele, a estrutura do time feminino foi reformulada por completo dez anos atrás. Instalações novas, comissão técnica nova, recrutadores novos para encontrar os maiores talentos nas escolas de ensino médio espalhadas pelo país. Durante anos, o time feminino não tinha nem de longe o sucesso masculino, até meu pai começar a investir no programa. Sempre disse que queria que eu encontrasse uma estrutura de alto nível se decidisse estudar na Briar quando fosse mais velha.

Se.

Rá.

Como se eu tivesse a opção de ir para qualquer outro lugar.

"O que você está fazendo aqui hoje, aliás?", pergunto ao treinador enquanto atravessamos o túnel.

"Jensen me pediu uma ajuda para a abertura da pré-temporada dele."

"Puta merda, é hoje?"

"Sim, então faça o favor de avisar as meninas para segurarem a onda. São treinos fechados. Se Jensen cruzar com alguma de vocês por aí, vou falar que não sei de nada."

"Como assim, avisar as meninas para..."

Mas o treinador já está a meio caminho das salas da comissão técnica.

Minha resposta vem quando entro no vestiário e encontro duas das minhas companheiras de time por lá.

"E aí, G, vai ficar pra ver o circo pegar fogo?", pergunta nossa capitã, Whitney Cormac, com um sorriso do banco onde está sentada.

"Mas é claro. Não perco isso por nada. Mas o Adley avisou pra gente ficar na moita, senão o Jensen vai surtar."

Camila Martinez, uma aluna do terceiro ano como eu, solta um risinho de deboche. "Acho que Jensen vai estar ocupado demais tentando adestrar aqueles pitbulls raivosos pra reparar que a gente está se esgueirando na arquibancada."

Tiro um nécessaire de dentro do meu armário. "Vou só tomar um banho e encontro vocês lá."

Me afasto e vou para os chuveiros. Quando enfio a cabeça debaixo do jato morno de água, começo a me perguntar como o time masculino vai sobreviver a essa fusão entre a Briar e o Eastwood. Essa reviravolta é um abalo sísmico na estrutura do programa, e aconteceu tão depressa que muitos jogadores foram pegos de surpresa.

O Eastwood College foi nosso rival durante décadas. No mês passado, foram para o buraco. Tipo, a instituição inteira abriu falência. Na verdade, o número de matrículas já estava em um nível insustentável, e na prática a única coisa que mantinha o campus ainda vivo eram algumas equipes esportivas, em especial a de hóquei masculino. Era certeza que o Eastwood ia fechar as portas e que todos aqueles atletas estariam na rua. Foi quando a Briar entrou em cena para salvar a pátria em grande estilo. Isso significa que o Eastwood College agora faz parte da Universidade Briar, e essa mudança trouxe grandes desdobramentos.

O campus deles em New Hampshire, a uma hora de viagem de Boston, foi rebatizado oficialmente de Campus de Eastwood da Universidade Briar. Ainda são oferecidos cursos por lá, mas para poupar despesas, todas as instalações esportivas foram fechadas e vão ser readaptadas para outros fins.

E, claro, o mais importante: o time de hóquei masculino do Eastwood foi absorvido pelo programa da Briar.

O treinador Chad Jensen tem diante de si a nada invejável tarefa de fundir dois times completos em um. Vários jogadores acostumados a ser titulares vão perder suas vagas no time.

Isso sem falar que todos ali se odeiam.

Eu não vou perder isso por nada.

Termino meu banho e visto minha calça jeans desbotada e uma regata. Prendo os cabelos molhados em um rabo de cavalo e passo um pouco de hidratante no rosto porque o ar frio da arena sempre resseca a minha pele.

Minhas companheiras de time estão à minha espera na arquibancada. Elas foram espertas e ficaram longe da área central do gelo, sentando umas fileiras acima à esquerda do banco de penalidades. Era perto o bastante para ouvir a treta, mas discreto o suficiente para escapar do olhar do treinador Jensen.

Whitney chega um pouco para o lado para eu me sentar também.

Os sons abafados da barulheira que aqueles moleques crescidos demais fazem dentro do túnel só aumentam nossas expectativas.

Na minha frente, Camila esfrega as mãos com um olhar de alegria estampado no rosto. “Lá vamos nós.”

Eles vão aparecendo em grupinhos de dois ou três. Alguns alunos do segundo ano aqui, alguns do último ano ali. Todos vestem camisas de treino pretas ou cinza. Percebo que alguns estão puxando as mangas, inquietos, fazendo careta, como se usar um uniforme da Briar causasse mal-estar físico.

“Dá até um pouco de pena desses caras do Eastwood”, comento.

“Eu não tenho pena nenhuma”, responde Camila com um sorriso largo. “Eles vão ser uma fonte de entretenimento pra gente por pelo menos um ano.”

Meu olhar se volta para o gelo. Nem todo mundo está de capacete ainda, e um rosto conhecido chama minha atenção. Sinto o meu coração disparar quando o vejo.

"Case está gato", comenta Whitney, com uma voz toda animadinha. Como isso é irritante.

"Pois é", respondo, a contragosto.

Mas ela não está errada. É isso o que torna a coisa tão irritante. O meu ex-namorado está ridiculamente bonito. Alto e loiro, os olhos azuis ficam do tom do céu de verão quando ele está esbanjando charme.

Case conversa com seu amigo Jordan Trager. Não notou a minha presença, ainda bem. A última vez que nos vimos foi em junho, mas trocamos algumas mensagens durante as férias de verão. Ele queria me ver. Eu recusei. Não confio em mim mesma quando Case está por perto. Só o fato de o meu coração ter disparado agora já me diz que fiz a escolha certa mantendo a distância.

"Ai, meu Deus, estou apaixonada."

Camila desvia a minha atenção de Case para outro recém-chegado.

Tá, uau. Sem dúvida, ele é gostoso. Cabelo loiro escuro, olhos acinzentados e um rosto de parar o trânsito. Deve ser um cara do Eastwood, porque nunca o vi antes.

Camila está praticamente babando. "Nunca fiquei tão excitada só de ver um cara de perfil."

Alguns já estão começando o aquecimento com o taco na mão, patinando rente às placas. Observo os jogadores, mas não reconheço nenhum.

Camila se inclina para a frente para olhar melhor.

"Qual deles é Luke Ryder?", questiona ela, curiosa. "Ouvi dizer que o Jensen nem queria que ele viesse."

"Aham, sei, ele não queria o atacante número um do país", retruca Whitney, sarcástica. "Duvido muito."

"Bom, esse garoto não tem uma boa reputação", rebate Camila. "Eu entenderia se Jensen não quisesse atrair atenção negativa para o programa."

Ela tem razão. Todo mundo viu o que aconteceu no mundial juvenil alguns anos atrás, quando Luke Ryder e um companheiro de time saíram no braço no vestiário depois que a seleção americana trouxe o ouro para casa. Ryder quebrou a mandíbula do cara e o mandou para o hospital. O incidente havia sido abafado, ou pelo menos os motivos por trás daquilo. Nunca se esclareceu quem começou a briga, mas, considerando que o outro jogador levou a pior, parecia que Ryder é que tinha precisado acertar contas com ele.

Pelo que ouvi dizer, Ryder não aprontou mais nada desde então, mas descer o cacete em outro jogador é o tipo de coisa que deixa uma marca. É uma mancha no seu currículo, por mais gols que você consiga fazer.

“É aquele ali”, falei, apontando para o gelo.

Luke Ryder vai patinando até o loirinho que Cami continua admirando com um brilho nos olhos e um outro de cabelo escuro cortado bem curto. Consigo ver o maxilar bem definido de Ryder antes que ele coloque o capacete e vire de costas.

Continua tão atraente quanto na minha memória. Só que não é mais um menino magrelo de quinze anos de idade. É um homem adulto, forte e musculoso que exala força física.

Eu não o via pessoalmente desde o programa de treinamentos para alunos do ensino médio que o meu pai coordenou cinco ou seis anos atrás. Até hoje, ainda me irrito ao lembrar de como ele me insultou. Disse que o meu lugar não era no gelo. Pensou que eu fosse uma atleta de patinação artística, além de tudo. *E* me chamou de rainha do baile. Babaca. Eu me diverti um bocado arrancando aquele sorrisinho da cara dele quando fizemos um dois contra um mais tarde e driblei ele e outro garoto, mandando o disco direto para a rede. É o tipo de picuinha que faz minha alegria.

“Ele é todo gostosão”, comenta Whitney.

“É esse ar místico de *bad boy* pegador”, explica Cami. “Isso aumenta o tesão que sentimos por eles.”

Nós três damos risadinhas.

“Ele é um *bad boy* pegador, então?”, pergunta Whitney.

Cami ri de novo e responde: “Bom, a parte do *bad boy* está na cara. Olha só pra ele. Mas, sim, ele tem a maior fama de galinha. Mas não daquele jeito normal.”

Dou um cutucada nela e solto um sorriso. “Como assim? O que seria um galinha anormal?”

“O que quero dizer é que ele não precisa mover uma palha pra transar. Não vai atrás de ninguém, não fica fazendo pose de último biscoito do pacote. Minha prima foi numa festa ano passado e ele estava lá, e ela me contou que o cara ficou quieto no canto dele o tempo todo. Não falou com ninguém a noite toda, mas ainda assim, tinha um monte de garotas se jogando em cima dele. Ele só precisava escolher quem queria comer e pronto.”

Um apito ressoa no ar. Por instinto, entramos em estado de alerta, apesar do treino nem ser nosso.

O treinador Jensen entra patinando no gelo, seguido por dois assistentes técnicos e por Tom Adley. Ele apita de novo. Dois silvos curtos.

“Em fila! Quero duas filas no centro do gelo.” A voz dele ecoa pela arena.

Capacetes e máscaras faciais são colocados, e luvas são ajustadas enquanto o time assume posição. Tem menos caras ali do que eu esperava.

“O Eastwood não tinha escalado uns trinta jogadores?”, pergunto para Whitney.

Ela faz que sim com a cabeça. "Ouvi dizer que dividiram os treinos de pré-temporada em dois grupos. Esse deve ser só o primeiro."

Abro um sorriso quando vejo as fileiras se formando. Os caras da Briar se posicionam lado a lado. Os do Eastwood também. Ryder está entre seus dois amigos, a mandíbula bem demarcada pelos dentes cerrados.

"Muito bem", grita Jensen, batendo palmas. "Não vamos mais perder tempo. Temos muita coisa para fazer nesta semana pra fechar a escalação. Vamos começar com um ataque contra defesa mano a mano. Para gastar um pouco da energia carregada aqui, certo?"

Os assistentes posicionam todo mundo atrás do gol. Por causa da forma como estavam alinhados, a maioria dos confrontos envolvem um jogador da Briar e outro do Eastwood.

Isso vai ser divertido.

"O primeiro jogador que pegar o disco precisa mandar para o gol. E o segundo precisa pressionar o adversário para recuperar a posse."

Ele apita de novo, e a coisa começa a acontecer. É um dos treinos mais simples que existem, mas mesmo assim me deixa toda animada. Eu adoro esse jogo. Tudo o que envolve o hóquei faz meu coração bater mais forte.

Jensen lança o disco para o canto atrás da rede oposta e a primeira dupla atravessa o gelo atrás dele. As camisas deles não têm nome nem número, então não sei quem são.

Na vez da segunda dupla, porém, identifico Case imediatamente. Não pelo visual, mas por sua marca registrada, o tiro rápido para o gol. Case Colson é um dos atacantes mais precisos do hóquei universitário. Ele provavelmente faria a maioria dos goleiros da NHL suarem um bocado. Não foi draftado pelo Tampa Bay Lightning à toa.

"Isso está sendo bem mais tedioso do que eu imaginava", resmunga Whitney. "Cadê a intensidade?"

"Pois é", concorda Camila. "Vamos vazar daqui..."

Assim que ela diz essas palavras, a coisa pega fogo.

Tudo começa com uma trombada pesada de Jordan Trager. Assim como no caso de Case, já vi jogos o suficiente da Briar para saber reconhecer o estilo agressivo dele. O homem vive e respira o jogo violento. Também é um encrenqueiro de primeira, então, quando os outros jogadores começam a revidar, sei que Trager vai querer partir para a provocação, como sempre.

Em um piscar de olhos, as luvas estão no gelo.

No jogo de hóquei universitário pra valer, brigas não são permitidas. Esses dois imbecis teriam sido expulsos do jogo e ficariam no banco no próximo. Durante os treinos, não costuma ser um comportamento tolerado, e rende uma bela punição.

Mas no treino de hoje?

Jensen deixa rolar.

"Puta merda", murmura Whitney quando o jogador do Eastwood arma um soco contra Trager e o acerta do lado esquerdo do rosto.

O grito de raiva de Trager ecoa pelo rinque. No instante seguinte, os dois estão se engalfinhando, puxando a camisa um do outro enquanto socos são dados à vontade. Gritos escandalosos e animalescos de incentivo dos companheiros de time começam a reverberar quando eles chegam mais perto da briga.

Quando os dois vão parar no gelo, com as pernas e os patins engalfinhados, Cami solta um suspiro de susto.

"Jensen não vai fazer nada?", questiona ela.

Chad Jensen está a alguns metros da confusão, com a maior cara de tédio. Ao seu redor, reina o caos. Os caras da Briar incentivam Trager. Os do Eastwood torcem pelo jogador deles. Vejo Case se aproximar para interferir, mas parar quando David Demaine, o capitão do time da Briar, o segura pelo braço.

"Puta merda, o DD está deixando rolar também", comenta Camila, surpresa.

Sou obrigada a concordar que isso é um tanto chocante. Demaine é o cara mais tranquilo do mundo. Deve ser por causa do seu lado canadense.

Só quando gotas vermelhas começam a manchar o gelo que alguém resolve interferir.

Levanto as sobrancelhas quando percebo que foi o Ryder. Com sua altura imponente, ele dispara em alta velocidade sobre seus patins. Em um piscar de olhos, já está afastando seu companheiro de time da briga.

Quando Trager se levanta do chão e tenta vir para cima, Ryder se coloca entre os dois brigões vermelhos de raiva. Não sei o que ele fala pra Trager, mas, seja o que for, acaba com o ímpeto do cara na mesma hora.

"Ai, isso foi uma delícia", murmura Whitney.

"Separar uma briga?", questiono, aos risos.

"Não, calar a boca do Trager. Acabamos de ver um milagre acontecer aqui."

"É a coisa mais sexy que qualquer um poderia ter feito nessa situação", concorda Cami, e todas nós damos risada.

Trager é um cuzão que fala demais. Fui obrigada a aguentá-lo quando estava com Case, mas havia dias que não era fácil tolerar as merdas que ele dizia. Acho que esse foi um lado bom do nosso término. Não precisar mais conviver com Trager.

Jensen soa o apito, e sua voz autoritária finalmente entra em ação. "O treino acabou. Vazem daqui, caralho."

"Vamos vazar também", sugere Whitney, em tom de urgência.

Concordo plenamente. Jensen deve saber que estamos aqui, mas, apesar de nunca ter nos expulsado da arena antes, acabamos de presenciar um treino terminando numa briga sangrenta. Não tem a menor chance de ele querer ter plateia quando as consequências vierem.

Sem dizer palavra, escapulimos pelo corredor. Depois de descer as arquibancadas, temos uma decisão a tomar: pegar o túnel para os vestiários, para onde os jogadores estão indo com o rabo entre as pernas, ou tentar sair pela porta dupla do outro lado da arena, onde Jensen e sua comissão técnica se juntam para conversar.

Em vez de nos arriscarmos a sofrer a ira de Jensen, fazemos a escolha tácita de ficar bem longe das portas de saída. Chegamos à entrada do túnel ao mesmo tempo que dois jogadores do Eastwood.

Luke Ryder tem um leve sobressalto ao me ver. Então estreita os olhos — aqueles olhos azuis-escuros que jamais esqueci — e um canto de sua boca se ergue em um sorriso torto.

"Gisele", ele provoca.

"Príncipe", retruco.

Com uma risadinha, ele me lança mais um olhar antes de seguir em frente.

2

RYDER

Nada de mascotes. Nem agora, nem nunca

Eu me arrisco a dizer que não causamos uma primeira impressão das melhores.

Mas posso estar errado. Talvez Chad Jensen goste de ver sangue durante seus treinos. Talvez seja o tipo de treinador que permita uma briga no gelo no maior estilo *Senhor das moscas* para separar os homens dos meninos.

Mas a raiva nos seus olhos me diz que não, ele não é esse tipo de treinador.

A expressão dele vai ficando mais turbulenta e impaciente conforme nos sentamos. Jensen deu só cinco minutos para todo mundo tirar o uniforme, então estão todos desarrumados e descabelados, ajeitando a camisa e o cabelo enquanto entramos na sala de vídeo.

Tem duas vezes mais gente aqui do que no gelo. O segundo grupo de treino já estava acomodado na sala, vendo gravações de jogos com um dos assistentes. Todo mundo do segundo grupo nos observa com preocupação estampada no rosto.

São três fileiras de assentos diante do telão enorme que é o centro das atenções da sala. Não vou mentir, é uma instalação muito melhor do que as do Eastwood. As poltronas estofadas são até reclináveis.

O treinador Jensen se posiciona no meio da sala, com três assistentes de cara fechada encostados na parede perto da porta.

"Já colocaram tudo pra fora?", pergunta ele friamente.

Ninguém abre a boca.

Com o canto do olho, vejo Rand Hawley com a mão no queixo. Levou uma bela porrada do lacaio do Colson. Mas deveria saber que não se pode partir para cima do Trager daquele jeito.

Como joguei contra a Briar nos últimos dois anos, conheço todo mundo que foi escalado. Sei as estatísticas de quase todos, e com quem devo tomar cuidado. É sempre melhor ficar de olho no Trager. Ele tem fama de pegar pesado e de ser especialista em cavar penalidades contra os adversários.

Mas não é o meu maior concorrente. Que só pode ser... dou uma espiada no aluno do terceiro ano loiro na primeira fileira.

Case Colson.

De verdade, é o único cara aqui com quem preciso tomar cuidado. Um grande jogador. O craque da Briar, o que significa que sem dúvida está na primeira linha ofensiva.

A mesma que eu.

Bom, a não ser que Jensen resolva me foder e me rebaixar para a segunda linha.

Não sei o que é pior. Não jogar na primeira linha... ou jogar ao lado do Colson. Agora serei obrigado a acreditar que um cara da Briar vai ser um companheiro de time confiável? Até parece.

"Têm certeza de que está tudo resolvido?", o treinador questiona, olhando ao redor. "Ninguém quer pôr o pau para fora e ver o de quem é maior? Ninguém quer bater com o pau na mesa para mostrar quem é mais macho?"

Mais silêncio.

Jensen cruza os braços. Sua postura é imponente; ele é alto e tem os olhos escuros e os cabelos grisalhos, mas seus ombros ainda são largos e ele está em boa forma, considerando que deve ter passado dos sessenta. Parece ter no mínimo uns dez anos a menos que isso.

De longe, é o melhor treinador de hóquei universitário. Provavelmente é isso o que mais me incomoda, lembrar que ele me dispensou quando tentei vir jogar na Briar.

Sempre me fiz de difícil com os recrutadores, desde o segundo ano do ensino médio. Até mesmo com os da Briar, minha primeira escolha. Mas quando me formei e chegou a hora de escolher, não recebi uma proposta de bolsa de estudos da Briar. Lembro até hoje do dia em que engoli meu orgulho e pedi para falar com Jensen pelo telefone. Porra, eu até viajaria de Phoenix para conversar com o cara. Mas ele deixou bem claro naquela ligação que, depois de "muita reflexão", considerou que eu não me encaixava no programa.

Enfim, o mundo dá voltas, né?

Não só estou aqui como sou o melhor jogador dentro desta sala. Uma escolha de primeira rodada no draft, caralho.

"Muito bem. Agora que as demonstrações de macheza acabaram, vou deixar uma coisa bem clara. Quem não respeitar o meu gelo durante os treinos não vai fazer parte do time desta universidade."

Rand, que não tem nenhum filtro nem a capacidade de saber quando é melhor não abrir a boca, decide se defender. "Com todo respeito, treinador", ele diz, bem sério, "não foi o Eastwood que começou essa porra toda. Foi a Briar."

"*Você* é da Briar!", retruca Jensen, aos berros.

Isso faz meu companheiro de time ficar quieto.

"É isso que vocês não entendem. Fazem parte do mesmo time agora.

O Eastwood não existe mais. Vocês todos são atletas do time de hóquei masculino da Briar."

Vários caras se remexem na cadeira, visivelmente desconfortáveis.

"Escutem só, não é a situação ideal, certo? Foi uma fusão de última hora, que não deixou tempo para que pedissem transferência para outra universidade ou procurassem vaga em outros times. Isso fodeu com a vida de vocês", ele diz, sem papas na língua.

Por um breve instante, os olhos dele se fixam nos meus, antes de se concentrarem em outra pessoa.

"E garanto a vocês que vou dar o meu máximo para encontrar um lugar para quem não conseguir ser escalado aqui."

Essa oferta generosa é um tanto surpreendente. Jensen tem fama de ser durão e insensível, mas talvez também tenha coração.

"Dito isso, a verdade é que ainda temos quase sessenta jogadores aqui, e menos da metade vai ser escalada. Os números não estão a favor de vocês." O tom dele é bem sério. "Muitos de vocês não vão fazer parte do time."

O silêncio se torna ensurdecedor. Ouvi-lo afirmar isso de forma tão inequívoca não é uma sensação agradável. Nem mesmo para mim. Apesar de estar confiante de que Jensen vai me colocar na escalação, sinto uma leve trepidação.

"Então, é assim que vai ser esta semana. Como todo mundo foi pego de calças curtas aqui, ganhamos uma permissão da NCAA para fazer um período a mais de pré-temporada para definir os cortes. Até o fim da semana vou divulgar a escalação, além da lista de titulares para o primeiro jogo. Depois vou me sentar com os treinadores Maran e Peretti para decidir quem vai em cada linha. Alguma pergunta?"

Ninguém levanta a mão.

"Certo, então eu gostaria que vocês escolhessem dois capitães interinos para os próximos treinos. Daí, quando a escalação estiver definida, vocês vão poder fazer uma nova eleição ou continuar com o que escolherem hoje."

Dois?

Levanto a cabeça, surpreso. Olho para Shane Lindley, meu companheiro de time e melhor amigo. Ele também parece intrigado, com os olhos escuros brilhando. Tecnicamente, o Eastwood chegou aqui sem capitão. O nosso deu no pé depois do anúncio e se transferiu para Quinnipiac. E lá se foi o nosso capitão que deveria afundar com o barco, se fosse preciso. O capitão da Briar é um franco-canadense, David Demaine.

"Acredito que, em nome da união do time, co-capitães são a melhor solução. Quero que escolham um jogador escalado que já estava na Briar e um que veio do Eastwood."

"Mas o senhor mesmo disse que somos todos do mesmo time", alguém resmunga na última fileira, em tom de sarcasmo.

O treinador mostra que está com a audição afiada. "E são mesmo", ele esbraveja. "Mas não sou ingênuo a ponto de achar que isso vai acontecer milagrosamente só porque eu falei. Não sou a porra de uma fada-madrinha que balança uma varinha e faz a vida ficar perfeita, entenderam bem? Acho que a melhor forma de superar essa divisão é ter dois capitães, pelo menos durante esta semana, trabalhando juntos para que todo mundo perceba que somos um só time..."

"Eu indico o Colson", Trager, com o lábio inchado, já vai logo dizendo.

Jensen cerra os dentes diante da interrupção.

"Eu indico o Ryder", diz Nazzy, meu companheiro de time.

Preciso me esforçar para não bufar.

Isso não está começando nada bem.

Está bem claro o que está acontecendo. Estão escolhendo os melhores jogadores para serem capitães. Não necessariamente aqueles que *deveriam* ser capitães. Para começo de conversa, nós dois somos alunos do terceiro ano. A maioria dos alunos do último ano provavelmente merece esse posto muito mais do que nós.

Além disso, não sirvo para ser capitão. Eles estão malucos? Não sou líder. Não estou aqui para fazer todo mundo dar as mãos e dizer que se ama.

Sou o cara que só quer ser deixado em paz, porra.

Case Colson parece igualmente incomodado por ter sido incluído nessa palhaçada. Mas, quando olho ao redor, o que vejo são expressões de determinação me encarando. Meus companheiros de time do Eastwood estão dispostos a ir à guerra, e vários deles balançam a cabeça para mostrar que é uma decisão sem volta. Os jogadores da Briar mostram essa mesma disposição.

O treinador também enxerga o mesmo que eu. O campo de batalha está definido.

Ele solta o ar com força. "Então está decidido? É isso o que vocês querem? Colson e Ryder?"

Um coro de concordância se espalha pela sala. A escolha deles, na verdade, é uma declaração bem óbvia. Os dois lados querem que seu principal jogador seja o líder do novo time.

"Puta que pariu", murmuro baixinho.

Shane acha graça. Beckett Dunne, que está do meu outro lado, solta um risinho de deboche. Eu gostaria de poder dizer que os meus dois melhores amigos têm aquela dinâmica de anjo e demônio, que um é um cuzão e o outro fica na minha orelha incentivando a bondade e a compaixão. Bem que eu *gostaria*.

Mas na verdade são dois babacas que se divertem ao me ver em apuros.

"Ryder, você se sente à vontade com essa ideia?" O olhar afiado de Jensen se fixa no meu.

Não me sinto nem um pouco à vontade.

"Ah, sim, claro", minto. "Tranquilo."

"Colson?", pergunta Jensen.

Colson dá uma olhada para o capitão da temporada passada. Demaine lança um aceno rápido de cabeça na direção dele.

"Se é isso que o time quer", murmura Colson.

"Ótimo." Jensen sai do tablado para anotar alguma coisa em um caderno.

Que Deus me ajude com essa porra.

E, apesar desse título indesejado pairando sobre minha cabeça, não posso negar que estou aliviado por saber que Jensen não vai tentar se livrar de mim desta vez.

O treinador deixa de lado as anotações e vai até o quadro branco sob a tela multimídia, com a caneta preta em punho.

"Certo, agora que decidimos isso, tenho mais algumas coisas para falar antes de começarmos os treinos. Em primeiro lugar: grupo um, que porra foi aquela que aconteceu lá fora? Isso é inaceitável. Estão me ouvindo?"

Jensen dá uma boa encarada em Jordan Trager e Rand Hawley. Mas então franze a testa, porque nenhum deles demonstra um pingo de arrependimento. Apenas petulância.

"Nós não saímos no braço uns com os outros aqui nesta escola", ele avisa. "Quem achar que pode fazer isso, tente a sorte."

Ele vira para escrever no quadro branco.

NADA DE BRIGAS

"Em segundo lugar, e isso é importantíssimo, então espero que estejam me escutando direitinho, caralho. Não vou mudar o meu jeito de falar por causa de nenhum filho da puta. Se forem sensíveis demais para ouvir uns palavrões, não deveriam nem jogar hóquei, pra começo de conversa."

Ele volta a escrever.

VÃO SE FODER

Shane ri baixinho.

"Em terceiro lugar: quase todo ano algum imbecil tem a ideia brilhante de falar que o time precisa de um mascote. Um animal vivo, tipo um bode ou um porco ou alguma outra porra desses bichos de fazenda. Eu não vou mais tolerar esse tipo de idiotice. Nem percam tempo falando comigo: o pedido vai ser negado. Depois de um incidente infeliz que tivemos no passado, nem eu, nem a universidade vamos querer nos colocar nessa situação de novo. Faz vinte anos que não temos mascote, e isso vai continuar assim por toda a eternidade. Estamos entendidos?"

Ninguém responde, e ele fecha a cara.

"Estamos entendidos?"

"Sim, senhor", todo mundo responde.

Ele se vira para o quadro.

NADA DE MASCOTES. NEM AGORA, NEM NUNCA.

"O que acha que aconteceu nesse incidente infeliz?", pergunta Beckett, inclinando-se para cochichar no meu ouvido.

Encolho os ombros. Como é que vou saber, porra?

"Vai ver foi uma galinha que acabou sendo jantada por acidente", sugere Shane.

Beck fica até pálido. "Que puta ideia mórbida."

"Certo, então é isso." Jensen bate palmas. "Grupo um, vocês fizeram merda, caralho, então tratem de ir pra casa. Vejo vocês amanhã às nove horas. Grupo dois, quero vocês no gelo em quinze minutos."

A sala ganha vida quando todo mundo fica de pé e se dirige para a porta. Antes que eu chegue lá, Jensen chama: "Ryder?".

Olho por cima do ombro. "Senhor?"

"Só uma palavrinha, por favor."

Engulo em seco enquanto caminho até ele. "Tudo certo, treinador?"

Ele fica em silêncio por um instante, só me olhando. É uma situação desconfortável, e preciso me segurar para não começar a remexer os dedos. Quase nunca me sinto intimidado pelos outros, mas algo nesse homem me deixa com as palmas das mãos suando. Talvez seja porque sei que ele nunca me quis aqui.

E é uma *merda* saber disso.

"Esse negócio de capitão vai ser um problema?", ele pergunta, por fim.

Encolho os ombros. "Acho que vamos ter que esperar pra ver."

"Não é essa a resposta que quero ouvir, filho." Ele repete: "Vai ser um problema?".

"Não, senhor", respondo, obediente. "Problema nenhum."

"Ótimo. Porque eu não quero um time em pé de guerra. Você precisa fazer valer sua liderança, entendeu bem?"

O meu autocontrole me deixa na mão por um momento. "O senhor vai dizer isso pro Colson também?"

"Não, porque não preciso."

"E por que eu preciso? O senhor nem me conhece."

Minha nossa, cala essa maldita boca, eu me repreendo mentalmente. Bater boca com o meu novo treinador não vai me levar a lugar nenhum.

"Eu sei que o espírito de grupo não é seu ponto forte. Sei que a liderança não é uma coisa natural pra você. Nós dois sabemos que seus antigos companheiros de time escolheram você pela sua parte técnica, não pela liderança... e que uma escolha dessas sempre acaba em desastre. Dito isso, não costumo interferir em quem o time escolhe como capitão, e não vou fazer isso agora. Mas estou de olho em você, Ryder. Pode ter certeza de que estou na sua cola."

Consigo manter as mãos imóveis, apesar da vontade de cerrar os punhos. "Obrigado pelo aviso. Posso ir agora?"

Ele assente com um gesto seco.

Saio da sala pisando duro, e solto o ar com força quando chego ao corredor. Que puta situação de bosta. Não faço ideia do que vai acontecer, mas, a julgar pelo que aconteceu hoje de manhã, não vai ser nada bonito.

Demoro um pouco para conseguir me orientar e sair do prédio. As instalações esportivas da Briar para o hóquei são bem maiores que as do Eastwood, e esse monte de corredores parece um labirinto. Enfim encontro o saguão, um espaço cavernoso com flâmulas penduradas nas vigas do teto e camisas de jogo emolduradas nas paredes. Do outro lado da porta de vidro na entrada, vejo vários dos meus amigos batendo papo.

"Então, foi uma manhã bem divertida", comenta Shane, quando me junto a eles.

"Pra caralho", concordo.

O sol está batendo bem na minha cara, então ponho os óculos escuros. Logo que me mudei do Arizona para a Costa Leste, depois de terminar o ensino médio, achei que o tempo já começasse a esfriar em setembro na Nova Inglaterra. Não sabia que o calor às vezes durava até o outono.

"Espero que o grupo dois se saia melhor que a gente", diz Mason Hawley com um sorriso sarcástico. Mason é o irmão mais novo de Rand e, na maior parte das vezes, é ele quem precisa pôr juízo na cabeça dele.

"Duvido", responde Shane. "Não tem como evitar que isso dê merda."

E, de fato, um monte de jogadores da Briar saem do prédio bem nesse momento e fecham a cara quando veem que estamos ali. Eles param no alto da escada e trocam olhares cautelosos. Então Case Colson murmura alguma coisa para Will Larsen e eles seguem em frente.

Colson e eu nos encaramos. Mas só por um instante, porque Colson logo interrompe o contato visual e passa direto por nós. Eles descem a escada sem nem olhar para a nossa cara.

"Que recepção mais calorosa", comenta Beckett enquanto eles vão embora. O sotaque australiano dele fica ainda mais pronunciado quando está sendo sarcástico. A família de Beck se mudou para os Estados Unidos quando ele tinha dez anos. O sotaque dele é americano, mas o australiano continua lá, sempre pronto para vir à tona.

"A gente se sente tão querido neste lugar", complementa Shane. "Essa chuva de unicórnios e arco-íris aqui na Briar me deixa transbordando de alegria."

"Não dá pra continuar assim", murmura Rand, ainda de olho nos caras da Briar. Ele endireita os ombros e se vira na minha direção. "A gente precisa marcar uma reunião de emergência. Vou mandar uma mensagem no grupo pra avisar todo mundo. Pode ser na sua casa?"

"O segundo grupo ainda está treinando", lembra Shane.

Rand já está com o celular na mão. "Vou falar pra eles passarem lá ao meio-dia."

Sem esperar nenhum sinal de concordância, ele manda o sos. E é assim que, duas horas depois, a sala de estar da nossa casa está totalmente preenchida por vinte e poucos corpos.

Shane, Beckett e eu nos mudamos para cá na semana passada. Nossa casa em Eastwood era maior, mas a oferta de imóveis fora do campus é menor em Hastings, a cidadezinha mais próxima da Briar. Se antes eu tinha o meu próprio banheiro, agora sou obrigado a dividir um com Beckett, que usa tantos produtos no cabelo que ocupa todo o espaço da pia. Para um cara tão pegador, ele às vezes parece uma garota.

Por falar em pegador, Shane é o mais recente membro desse clube. Em vez de prestar atenção no que Rand está falando, ele troca mensagens no celular com uma garota que conheceu no Starbucks literalmente uma hora atrás. Desde junho, Shane está tentando se curar de um pé na bunda dolorido transando bastante. Mas se você perguntar para ele, vai ouvir que o término partiu dos dois lados.

Spoiler: isso não existe.

"Beleza, vamos calar a boca aí, pessoal", ordena Rand. Ele e Mason são do Texas, e ainda têm um leve sotaque, mas, enquanto Mason tem aquele ar de sulista sossegadão, seu irmão está sempre estressadinho. "Precisamos falar sobre esse lance da escalação."

Ele espera todo mundo ficar quieto e depois olha para mim.

"Que foi?", murmuro.

"Você é o capitão agora. Precisa comandar a reunião."

Me encostando na parede, cruzo os braços com força. "Gostaria de deixar bem claro que eu nem queria ser capitão, e que foram vocês que jogaram essa bomba pra cima de mim, seus cuzões."

Shane puxa uma vaia.

"Pois é, que vida dura, a sua", responde Rand, revirando os olhos. "Eles lançaram o nome do Colson. A gente ia fazer o quê?"

"Não me escolher?", sugiro, simplesmente.

"A gente precisava reagir. Colocar o nosso melhor jogador contra o melhor deles."

"Não é bem assim, não", fala Austin Pope, meio hesitante. O garoto de cabelos enrolados está perto de uma das poltronas de couro, junto com alguns outros calouros.

Rand olha feio para ele. "Como é que é, calouro?"

"Só estou dizendo que não existe mais essa história de 'o nosso melhor' e 'o melhor deles'. Somos todos do mesmo time agora."

Ele parece tão insatisfeito quanto nós.

"Tá bom, que seja. Que tal a gente falar sobre a escalação agora?", retruca Rand, impaciente.

"Por que quer falar disso?", pergunta Beckett, parecendo entediado. Está digitando alguma coisa no celular, sem prestar muita atenção. "Jensen vai escolher quem ele quiser e ponto-final."

"Uau, que discurso inspirador." Nosso goleiro do segundo ano dá uma risadinha do assento que ocupa no sofá de canto cinza.

"A gente não precisa se preocupar com isso, né?" É Austin quem parece incomodado agora. "Ele não tem como cortar todo mundo, né? Ou ele pode cortar todo mundo do Eastwood com uma canetada só?"

Todo mundo fica só olhando para ele.

"Que foi?", pergunta o garoto, meio sem jeito.

Shane abre um sorriso. "Você vai jogar o mundial juvenil daqui a poucos meses. Sem chance que vai ficar fora desse time, garoto."

Austin é o jogador com o maior talento natural para o jogo que já vi. Fora eu, claro. O Eastwood investiu muito para recrutá-lo no ano passado, e todo mundo ficou empolgado quando ele topou ir para lá. Até poucos meses atrás, ninguém nem imaginava que a porra da faculdade fosse falir.

O que mais me irrita é que só vinte e cinco jogadores do Eastwood resolveram vir para a Briar. Vários companheiros nossos, a maioria do último ano, pularam do barco assim que o negócio foi anunciado. Alguns pediram transferência para outros times. Outros se profissionalizaram mais cedo. E uns poucos simplesmente desistiram de jogar. São esses que eu não consigo entender. Jogadores de hóquei de verdade não jogam a toalha quando a coisa fica feia.

Mas Shane tem razão. Austin não tem com que se preocupar. Assim como vários de nós. É fácil de imaginar quem Jensen vai querer. Shane, Beck e Austin, quase com certeza. Patrick e Nazem são alunos do segundo ano, mas são dois dos melhores patinadores que eu já vi. Micah, do último ano, provavelmente é o jogador com o melhor controle sobre o disco de hóquei universitário da atualidade.

O problema é que, quando olho para as pessoas reunidas nesta sala, vejo mais talentos do que vagas disponíveis. Alguns de nós (não, na verdade muitos de nós) vão acabar se decepcionando.

Como se percebesse o que passava pela minha cabeça, Rand fica vermelho de raiva. Um sinal de hematoma já está aparecendo em seu rosto, graças a Trager.

"Se eu não entrar pra esse time e aquele filho da puta do Trager entrar..."

"Você vai estar no time", garante Mason para o irmão, mas sua fala não parece muito convincente.

"É bom mesmo", retruca Rand. "E é bom que a maioria seja do Eastwood. Todos nós, e só um ou outro deles."

Como novo co-capitão, sei que preciso erradicar esse tipo de pensamento. Cortar pela raiz. Porque não dá para começar uma temporada com essa mentalidade de nós contra eles.

Só que, por mais que Jensen não queira, somos nós contra eles *mesmo*. Eu já jogo com o pessoal do Eastwood há dois anos. Nós somos um time, e chegamos ao Frozen Four na temporada passada. Não fomos campeões, mas estávamos preparados para levantar o troféu este ano.

Quem quer que tenha aprovado essa fusão basicamente pegou uma espingarda e meteu chumbo grosso em um time que estava prestes a atingir seu auge.

"Vocês não entendem", resmunga Rand, visivelmente incomodado pela falta de senso de urgência dos nossos companheiros de time. "Será que ninguém sabe fazer conta? Só aqui nesta sala, temos dezesseis titulares. Isso significa que, para que todo mundo aqui *continue* sendo titular, Jensen precisaria desmanchar todas as linhas que já tem."

Sua raiva contagia alguns dos outros caras. As expressões ficam mais sérias. Murmúrios de irritação começam a se espalhar pela sala.

Essa hostilidade estimula ainda mais Rand, que já é um cara nervoso por natureza. Ele começa a andar de um lado para o outro, com os ombros largos muito tensos.

"Alguns de nós não vão fazer parte de linha nenhuma e ficar só na reserva, vocês sabem disso, né? Já entenderam a porra toda, né? Nós estamos competindo por uma porra de um lugar no gelo..."

"Você podia ter pedido transferência", argumenta Beckett. Ele estava mexendo no celular, mas levanta a cabeça para interromper o falatório raivoso de Rand.

Rand para por um minuto. "E ir para onde? Além disso, transferência o caralho. Você quer que eu pule do barco como o nosso capitão? Como o frouxo do nosso treinador?"

Ele se refere a Scott Evans, o antigo treinador principal do Eastwood. Evans se recusou a integrar a comissão técnica de Jensen depois da fusão, então arrumou um emprego de técnico em uma escola preparatória para riquinhos em New Hampshire.

"Beleza, então cala a porra dessa boca", retruca Shane, encolhendo os ombros. "Para de reclamar e vai disputar sua posição. Prova que consegue ficar aqui."

Rand cerra os dentes, e sei muito bem o que está pensando. Pelo menos dez jogadores da Briar são melhores que ele. Então tudo depende de como Jensen vai organizar as linhas. Se vai dar preferência a caras com o jogo mais violento igual ao de Rand ou se vai selecionar pela quantidade de gols marcados.

"E você?", questiona Rand, fixando o olhar furioso em mim. "Não vai falar nada mesmo?"

A irritação começa a subir pelo meu estômago. Rand e eu nunca fomos grandes amigos. Obviamente, acho que dá para dizer que não sou um "grande amigo" de ninguém. Até os caras mais próximos de mim mal me conhecem.

Minha voz soa bem séria quando me dirijo ao pessoal.

Descruzo os braços e encolho os ombros. "É uma situação de merda, eu entendo. Mas, como o Lindley falou, quem quiser ser titular vai ter que lutar por uma vaga no time."

Rand rosna uma risada de desdém. "Qual é, Ryder, você é muito idiota se pensa que a situação se resume a isso. Você vai ser titular, claro. Mas e depois, cara? Vai acabar jogando na mesma linha que o Colson, e acha mesmo que ele vai se esforçar pra te ajudar? Que vai te passar o disco em vez de tentar ser o grande destaque do time, porque não liga de dividir os louros com um cara do Eastwood? A questão não é só lutar por uma vaga no time. Porque, mesmo se for escalado, você ainda vai precisar competir com os seus companheiros de time, caralho!"

A sala toda fica em silêncio. Daria para ouvir até um alfinete caindo no chão.

E a pior parte é que Rand não está errado.

De um jeito ou de outro, estamos todos fodidos.

3

GIGI

Foi só um beijo

O programa do meu pai na tevê, *Hockey Kings*, já existe há alguns anos. Começou um ano depois que ele se aposentou do gelo, mas não era esse o plano original dele. Logo de cara, a TSBN ofereceu um contrato de nove dígitos — isso mesmo, nove — para ele ser comentarista. Só que, alguns meses antes de começar a trabalhar, ele e outro então recém-aposentado, Jake Connelly, foram convidados pela ESPN para fazer uma prévia da Stanley Cup daquele ano. Esse episódio atraiu a maior audiência que o canal já teve em vários anos. A TSBN imediatamente sentiu que tinha muito o que faturar e percebeu que era melhor usar meu pai em um programa de debates do que fazendo comentários ao vivo durante os jogos. O canal propôs a ideia do *Hockey Kings* para ele e Connelly, e o resto é história.

Os dois falam sobre hóquei em todos os níveis. Discutem sobre a NHL, o campeonato universitário, os jogos entre seleções. E até um pouco sobre promessas do ensino médio. Não falta nada, e os espectadores adoram. Mas a minha parte favorita são os títulos de cada segmento. Os produtores gostam de ser bem criativos. E não escondem o gosto que têm por aliterações.

Foi por isso que, no programa dessa noite, um bloco inteiro exibiu a legenda *BATALHA BRUTAL NA BRIAR*. Pelo jeito, a notícia sobre o arranca-rabo de hoje de manhã chegou aos canais esportivos.

“Meio melodramático, você não acha?”, pergunto para o meu pai quando ele me liga algumas horas depois de sair do ar. “Tipo, não teve nada de muito brutal. Só umas gotinhas de sangue, no máximo.”

“Ei, nós precisamos chamar a atenção de algum jeito. E, quando o assunto é hóquei, violência dá audiência.”

“Você faz um programa com Jake Connelly, o homem mais bonito do mundo. Só isso já garante uma boa audiência.”

“Não, não, não”, ele reclama. “Você sabe que eu não gosto que fale do Connelly desse jeito. Isso mexe com o meu complexo de inferioridade.”

Dou risada.

“E, aliás, por que você e a sua mãe acham o cara tão bonito? Ele tem uma aparência convencional, no máximo?”

“Ah, não tem nada de convencional naquela aparência.”

"Nisso nós nunca vamos concordar mesmo."

Rindo comigo mesma, pego uma calça de moletom na gaveta da cômoda. Vou até o quarto de Whitney hoje, no fim do corredor, para ver um filme.

"Você já falou com o seu irmão hoje?", pergunta meu pai.

"Não. Ele me mandou uma mensagem ontem, só um meme bobo, mas, fora isso, nada nos últimos dias. Por quê? Ele sumiu de novo?"

Meu irmão gêmeo tem o hábito de se perder no tempo e no espaço quando está compondo. O celular dele também vive sem bateria. O que significa que a minha mãe vive preocupada e me escreve a toda hora para saber se tenho notícias de Wyatt.

"Não, não, ele está respondendo minhas mensagens. Falei com ele hoje de manhã. Não tem nenhum show marcado por agora, então está pensando em vir passar umas semanas em casa."

Ao contrário de mim, Wyatt preferiu não prosseguir com os estudos. Anunciou essa decisão para os meus pais no dia seguinte à nossa formatura no colégio, apesar de ter sido aceito em três das melhores faculdades do país, inclusive a Juilliard. Ele chamou os dois para conversar como se fosse uma reunião de negócios (apesar de estar vestindo uma calça jeans rasgada e uma camiseta velha) e disse que um curso universitário não tinha nada a lhe oferecer, que o caminho que ele queria trilhar era o da música e que não adiantava tentar convencê-lo do contrário, por favor, obrigado.

Três semanas depois, foi embora para Nashville. E ele não tem nada a ver com a cena country. O estilo dele está mais para um rock-pop meio folk — eu não sei como definir ao certo. Só sei que ele é bom nisso. Sensacional, na verdade. Herdou o talento musical da minha mãe.

Mas sabe o que é pior nesse caso? O meu irmão também herdou o talento do meu *pai*. O cara manda bem no hóquei. Muito bem mesmo.

Só não *quer* fazer isso.

É uma coisa que nunca vou entender. Quem não iria querer ser jogador de hóquei?

Que porra ele tem na cabeça?

"Enfim, andei pensando. Se ele vier para cá, que tal vir também? Neste fim de semana ou no próximo?"

"É, acho que consigo. A nossa temporada só começa daqui a algumas semanas."

"E o que está rolando com o time masculino, aliás? Depois de hoje de manhã."

"Não faço ideia. Como eu falei pra você antes, foram só dois minutos de treino antes do Jordan perder a cabeça e sair no braço com um cara do Eastwood. Quem teve que separar foi o Luke Ryder."

"Esse Ryder é todo problemático. Sei lá como vai se sair com um treinador como o Jensen, que não tem paciência pra esse tipo de coisa."

"Sinceramente, acho que ninguém vai se sair muito bem por aqui, não."

"Se está com medo de que o Case perca o lugar no time, não se preocupe. Ele vai continuar sendo titular, com certeza."

"Não, isso nem passou pela minha cabeça, mas você aproveitou bem o gancho, hein? Já vai começar a jogar verde?"

"Jogar verde, como assim?", responde meu pai, fingindo inocência. "Mas, sabe, já que você tocou no assunto..."

Reviro os olhos. "Nós não estamos mais juntos mesmo, se é isso que quer saber. Sei que você tem uma obsessão por ele, mas precisa superar, amigão."

"Eu não tenho obsessão nenhuma por ele", protesta meu pai. "Só acho que é um cara legal. Achava que ele fazia bem pra você."

Eu também achava.

Até ele resolver me trair.

Mas o meu pai não sabe disso. Somos uma família unida, porém existem certas coisas que são questões pessoais minhas e que prefiro não compartilhar. Não discuto minha vida sexual. Não comento quantos drinques bebi numa determinada festa, nem se fumei um ou outro baseado.

E com certeza não vou falar que o cara por quem eu era loucamente apaixonada beijou outra garota um dia depois de eu dizer que o amava. Não mesmo.

"Enfim, preciso desligar", digo, antes que meu pai continue com o interrogatório. "Vou ver um filme com a Whitney e a Cami."

"Certo. Manda um abraço pra elas. Te amo, Stan."

"Pode deixar. Eu também te amo."

No momento em que desligo o celular, uma mensagem de Case aparece na tela. As orelhas dele devem ter ficado quentes.

CASE: *Será que podemos conversar, por favor?*

Fico só olhando para a tela. Meus polegares estão posicionados sobre o teclado, mas não digito nada.

Sei que seria melhor responder logo. Foi fácil ignorar as mensagens e ligações dele durante as férias, mas agora que voltamos, os dois, a frequentar o campus, precisamos virar essa página e seguir cada um com a sua vida. Por outro lado, não sei se temos muito o que conversar. A gente terminou. Não tenho nenhum interesse em voltar com ele, nem em virar a melhor amiga dele de novo.

CASE: *Só pra avisar... estou aqui na sua porta.*

Mas que merda. Ele não me deixou escolha, e estou um tanto irritada quando vou pisando duro até a porta e a abro.

De fato, Case está parado lá na frente vestindo uma calça de moletom, um moletom preto com capuz e boné de beisebol na cabeça. Ele morde o lábio quando vê minha cara fechada.

"Eu sei. Sou um babaca. Não deveria ter vindo aqui."

"Não mesmo", concordo.

"Aliás, preciso te devolver isso aqui." Ele estende a mão com o cartão que funciona como chave da Hartford House.

Eu o pego rapidamente da mão dele. Porra. Esqueci que ele ainda tinha isso.

"Mas agora que já estou aqui..." Ele abre um sorriso que costumava fazer meu coração se derreter todo.

Desta vez, meu coração se derrete só em parte, porque estou brava por ele ter aparecido aqui sem ser chamado.

"Só preciso de cinco minutos." Diante da minha relutância, ele resolve implorar com aqueles olhos azuis-claros. "Por favor?"

Abro a porta um pouco mais. "Tudo bem. Mas já estou de saída. Whitney está me esperando."

"Vai ser rápido", promete ele.

Case entra na área comum, dominando o pequeno espaço com seu corpo alto e forte. Moro numa suíte de dois quartos na Hartford House, um dos melhores alojamentos da Briar. Também é uma das construções mais antigas, com a fachada quase inteira tomada por trepadeiras, e como foi projetada antes que a universidade passasse a utilizar ao máximo cada metro quadrado, os quartos e as suítes dela são muito maiores que os das outras moradias estudantis. A Hartford fica na extremidade do campus, perto das trilhas de corrida, o que para mim é perfeito — algumas vezes por semana, posso acordar e dar uma corridinha antes do treino. Nunca fui muito de frequentar academia. Gosto mais de me exercitar ao ar livre, mesmo no inverno.

Em vez de abordar diretamente o nosso drama, Case começa a conversa por um assunto mais seguro, enfiando as mãos nos bolsos.

"Hoje de manhã foi brutal", ele me diz. "E eu sei que vocês estavam lá assistindo."

"Pois é. Pareceu bem tenso mesmo. O Jensen deu uma comida de rabo em vocês depois?"

"Ah, sim." Ele faz uma careta. "E depois me nomeou co-capitão do time."

Isso me pega de surpresa. "Sério mesmo? Por que ele não quis continuar com o Demaine como capitão?"

"Não foi uma escolha dele. Foi dos jogadores. E não foi só isso... Jensen falou que nós precisamos de *dois* capitães pra unir o time e sei lá mais o quê. Uma puta besteira. Ninguém vai se unir porra nenhuma." A amargura dele transparece em cada palavra. "Enfim, sabe quem foi o outro capitão escolhido? Luke Ryder."

Ergo as sobrancelhas. "Está me zoando? Quem votou *nele* para ser capitão? O cara tem o carisma de um cacto."

Case dá uma risadinha. "Concordo plenamente."

Um silêncio se instala por alguns segundos, e me preparo para a mudança de assunto. Percebo que aquele tópico está chegando da mesma forma que sempre sei que vai chover. Sou praticamente um termômetro para o mau tempo e para conversas desconfortáveis também.

"Senti muita saudade."

A confissão carregada de tristeza dele paira no ar entre nós. Meu coração não aguenta quando ele fala essas coisas.

Mordo a parte interna da minha boca. "Case..."

"Sei que não tenho o direito de dizer isso. É que... sinto saudade de você. Não dá pra evitar." Ele para por um momento. "Você não sente?"

Ele me olha com uma expressão sincera, que provoca mais um baque no meu coração já abalado. O que é uma merda, porque Case é um cara legal de verdade. Não foi por maldade que fez o que fez. Não acho que o objetivo dele tenha sido me magoar. Foi um deslize, só isso.

Não, corrige uma voz contundente dentro da minha cabeça. Não foi só um deslize.

Foi uma escolha.

"Gi?", ele insiste.

"Claro que sinto saudade", respondo, porque nunca consigo mentir para ele. "Mas isso não muda o fato de que a gente terminou."

Uma expressão de tristeza surge no rosto dele.

Soltando um suspiro de derrota, Case vai até o sofá preto de couro, comprado pelos pais da minha colega de quarto quando descobriram que o antigo tinha sido adquirido numa venda de garagem em Hastings. Os pais de Mya são... *esnobes*, para dizer o mínimo. Mas são esnobes com muito bom gosto.

Case afunda no sofá e segura a cabeça entre as mãos.

Preciso reunir toda a força de vontade que tenho em mim para não ir até lá e abraçá-lo. Nunca gostei de ver Case chateado. É uma coisa que não combina com ele, que em geral é uma pessoa positiva, que topa qualquer parada. E, como eu disse, é um cara legal. Tem um bom coração. É impossível odiá-lo.

Finalmente, ele levanta a cabeça. "Eu quero você de volta. Por favor, gatinha." A voz dele falha um pouco. "Ficar sem você é horrível."

Pequenas fissuras começam a aparecer na armadura que ergui ao redor do meu coração.

"Sei que não está gostando disso também", ele continua. "Dessa coisa de término. Tipo, esse verão que a gente passou separado? Foi cruel. Porra, foi insuportável."

Sim e não. Senti saudade dele nas férias, não vou negar. Mas também não fiquei chorando na cama, nem escrevendo mensagens melancólicas no meu aplicativo de anotações, com parágrafos e mais parágrafos dizendo o quanto ele me magoou e o que precisaria acontecer para reatarmos a relação.

A verdade é que não sei nem se isso é possível. Não sou uma pessoa fria ou rígida. Minhas amigas dizem que perdoo fácil até demais. E eu *já* perdoei Case, sério mesmo.

Mas não consigo esquecer o que ele fez.

"Você me traiu", eu o lembro, com um tom implacável.

"Foi só um beijo", ele responde, amargurado.

Uma onda de raiva e indignação sobe pela minha garganta antes que eu consiga impedir. Quando abro a boca, ele é mais rápido e fala primeiro.

"Eu sei, já entendi. A gente não tem a mesma visão sobre o que configura uma traição. Não acho que tenha sido exatamente traição..."

"Você estava se agarrando com outra! Isso não é 'só um beijo', Case. É traição, sim."

"Fui um idiota, tá bom? Sei que fiz uma puta cagada."

É a mesma briga que tivemos em junho, depois que ele confessou o que tinha feito. A mesma briga que sempre acontece desde quando ele começou a tentar retomar a relação. Estou de saco cheio disso.

"Você quer voltar comigo, mas nem consegue admitir que me traiu."

"Foi um deslize." A tensão fica estampada no rosto dele quando repara na minha expressão inflexível. "Tudo bem. Eu te traí. Satisfeita? Eu te traí, e não tem nem um segundo que não me arrependa disso desde o dia que aconteceu. Eu estava bêbado, surtando porque a coisa entre a gente estava ficando bem séria, e aí eu só... surtei", ele repete, abaixando a cabeça de vergonha.

Me sinto constrangida por estar aqui parada na frente dele, então vou até o sofá e me sento. Fico um pouco distante de Case, mas ele se vira para ficar de frente para mim. As pernas dele são tão compridas que os tênis que está usando chegam a encostar nos meus pés.

"Você me disse que ia pensar a respeito", lembra ele, com uma voz suave. "Sobre tentar de novo."

Solto um suspiro de exaustão. "Eu pensei a respeito. Mas, como falei da última vez que trocamos mensagens, não quero voltar com você."

O rosto dele despenca em desânimo. Quando tenta segurar a minha mão, eu permito. Ele entrelaça os dedos nos meus. O toque da sua mão é bem familiar. Quente e seco, com os dedos compridos e calejados.

Ele me implora com os olhos. "Por favor. Só quero provar que não estou mais de brincadeira, nem fazendo joguinhos. Cometi um erro, e assumo isso. Mas só o que eu sei, e o que mais importa pra mim, é que te amo."

Meu coração dispara quando ouço isso. Ele não faz ideia do quanto esperei para ouvir essas palavras. Durante todo o ano e meio em que estivemos juntos, na verdade. Me apaixonei por Case quase que de cara, mas me obriguei a não me declarar cedo demais, com medo de que ele se assustasse. E aí, quando eu finalmente disse essas mesmas três palavras pela primeira vez, ele não retribuiu. Mas é claro que ele iria retribuir só *depois* de beijar outra. Na noite em que eu falei *Eu te amo*, entretanto, ele não disse *Eu também te amo.*

Esse lembrete me provoca um aperto no meu coração disparado.

"Você não está acreditando", Case diz, me encarando.

"Eu não sei o que pensar. Não... não tenho nada para responder pra você. A gente terminou."

Ele assente devagar. Passa uma das mãos pelo cabelo loiro, desviando o meu olhar para o contorno acentuado de seu maxilar. Qualquer garota, diante daquele rosto perfeito, se jogaria em cima dele, dizendo: *Sim, é claro que quero voltar com você!*

Mas eu não quero voltar com ele assim tão depressa. Não depois de tudo o que aconteceu.

"Tudo bem, eu entendo", diz Case depois de um longo silêncio. "Vou deixar você em paz."

Um sentimento de culpa me invade. Aperto a mão dele antes que a puxe de volta.

"Ei", eu tento acalmá-lo. "Ainda sou sua amiga. Você sabe que, se precisar de mim, é só me ligar, né?"

"Eu sei, e também estou aqui pro que você precisar." Ele me põe de pé. "Enfim, preciso ir. E a Whitney está te esperando."

Na porta, Case solta a minha mão e estende os braços. Não resisto a deixar que ele me envolva num abraço, que faz com que eu me sinta em casa.

Por um momento, me sinto tentada a inclinar a cabeça para o lado, deixar os lábios dele tocarem os meus e me perder no seu beijo.

Mas então penso naqueles lábios beijando outra boca e a vontade se esvai.

4

GIGI

O nome dele é Carl?

Na manhã seguinte, logo cedo, vou para o rinque patinar sozinha, escapando bem na hora em que o time masculino chega para o segundo dia de treino pré-temporada. Saio na intenção de dar uma corridinha, mas acabo abreviando o percurso porque o tempo está mais úmido do que eu esperava. No caminho de volta para os alojamentos, recebo uma ligação do meu irmão gêmeo, e imediatamente Wyatt começa a reclamar da minha mãe, que não encheu de elogios a nova música que ele mandou pra ela. Acho que não gostou tanto do arranjo, mas, do jeito que ele está resmungando, dá a impressão de que ela falou para Wyatt abandonar a carreira musical e virar representante farmacêutico.

Vou diminuindo o ritmo da corrida, apreciando o fato de ter o campus só para mim. Na segunda-feira, quando as aulas começarem, a Briar vai estar fervilhando de agitação. Os caminhos de calçamento de pedra vão ficar cheios de estudantes e professores, e os bancos de ferro fundido, apinhados de gente. O pessoal vai querer aproveitar ao ar livre até o frio chegar de vez. Cobertores e mais cobertores vão ficar estendidos pelo gramado, com Frisbees e bolas de futebol americano voando pelo ar. Mesmo quando o tempo mudar, o campus vai continuar lindo. Um manto de neve no chão, gelo nas árvores. Eu adoro cada uma das estações aqui na Nova Inglaterra. Este lugar faz parte de mim.

E do meu irmão também, mas Wyatt nunca foi de ficar parado. Sempre teve uma paixão por viajar, e conseguia convencer meu pai a fazer viagens na intertemporada. Surfe e tirolesa na Costa Rica. Trilhas na América do Sul. Mergulhos nas Maldivas. Ele e o meu pai são bem próximos, mas (por mais que ele tente negar) Wyatt, na verdade, é um filhinho da mamãe.

É por isso que dou risada e interrompo a choradeira dele. "Tá, vamos parar com essa indignação fingida? Nós dois sabemos que, no fim, você vai fazer o que ela sugerir."

"Vou nada", ele rebate.

"Ah, é mesmo? Então você não vai fazer nenhum ajuste na segunda parte da música?"

"Se eu mudar, vai ser porque achei melhor, e não porque a mamãe falou."

"Aham. Claro. Continua falando isso, campeão, vai que um dia você acredita." Dou uma tossida para mascarar as palavras *filhinho da mamãe.*

"Nada a ver isso de filhinho da mamãe." A indignação está de volta.

"A foto do seu perfil nas redes sociais não é de você junto com a mamãe?"

"Sim, a que foi tirada no Grammy", resmunga ele. "Quem não usaria uma foto tirada no Grammy?"

Eu não usaria. Mas também não tenho a menor vontade de colocar um vestido chique e posar para fotos em uma premiação. Eu até poderia ter ido à cerimônia no ano passado — minha mãe compôs um álbum para um trio de indie rock que está no início da carreira e foi indicado a vários Grammys —, só que esse rolê tem mais a ver com Wyatt do que comigo.

"Enfim. Está *na cara* que não vou ter nenhum apoio da minha querida irmã."

"Querida", digo com uma risadinha. "Até parece."

Chego à porta da frente da Hartford House e paro para amarrar meu cadarço.

"Bom, preciso desligar", aviso, depois de ficar de pé de novo. "Tenho um monte de coisas pra fazer hoje."

"Até depois, então, traidora."

Não muito tempo depois, já estou na estrada, dirigindo para a casa da minha melhor amiga, que fica na cidade, para curtir a manhã úmida e ensolarada.

Diana mora em um condomínio de apartamentos recém-construído chamado Meadow Hill, um nome sem nenhum sentido, porque não fica nem em uma campina, nem em um morro. A cidade de Hastings, em Massachusetts, é composta por ruas residenciais em sua maioria planas, pequenos parques e trilhas pelos bosques. Mesmo assim, adoro esse novo empreendimento residencial, com varandas com gradis brancos que dão vista para uma área comum com um belo paisagismo, que inclui uma piscina enorme com fileiras de espreguiçadeiras e guarda-sóis listrados em vermelho e branco. É um paraíso.

Em vez de ouvir a voz dela estalando pelo interfone na porta do saguão, eu a escuto falar de sua varanda.

Quando olho para cima, vejo que está acenando para mim. "Nem precisa subir! Já estou descendo! Encontro você na piscina!"

Penduro a minha bolsa de praia no outro ombro e sigo o caminho ladeado de flores até os fundos da propriedade. Fico surpresa ao ver a área da piscina vazia. Não tem uma alma por lá.

Diana aparece na porta dos fundos vestindo short jeans e a parte de cima de um biquíni rosa. O cabelo loiro platinado está preso em um rabo de cavalo alto que balança de um lado para o outro enquanto ela vem caminhando na minha direção.

Se existe uma palavra para descrever Diana Dixon, é *empolgada*. Com seu pouco mais de um metro e meio, exala uma quantidade impressionante de energia, um gosto pelo drama e um tesão total e absoluto pela vida. É uma das minhas pessoas favoritas no mundo.

"Cadê as pessoas?", pergunto, quando ela chega até mim, apontando para a piscina vazia. "Como ninguém está curtindo um sol desses?"

"As pessoas precisam trabalhar, Gigi. Nem todo mundo pode ter uma vida de madame que nem a gente."

Isso me faz rir. Ela tem razão. Vivo me esquecendo de que não estamos num alojamento universitário. Adultos de verdade moram aqui. Diana é uma das moradoras mais novas, na verdade.

No nosso ano de caloura, ela dividiu uma suíte tripla comigo e com Mya, mas, no fim do segundo semestre, a tia de Diana morreu e deixou esse apartamento para ela. Fiquei chateada por minha amiga ir embora, mas, de verdade, entendo a decisão de sair dos alojamentos. Agora ela é dona de um imóvel e tem seu próprio espaço e uma hipoteca completamente paga pelo espólio da falecida tia.

Acho que eu também poderia estar em uma situação similar, afinal, meus pais se ofereceram para alugar ou comprar um apartamento para mim fora do campus quando entrei para a Briar. Mas isso não me pareceu certo. Eles já pagam pelos meus estudos; abri mão da bolsa que me ofereceram porque senti que seria errado tirar a oportunidade de alguém que, sem isso, não teria como estudar em uma universidade da Ivy League, sendo que eu venho de uma família rica.

Mas seguindo essa mesma linha de pensamento, também não quero os privilégios proporcionados por ter pais ricos. Viver nos dormitórios da faculdade é mais barato do que fora do campus porque as contas todas já estão inclusas na mensalidade, então se meus pais querem custear toda a minha vida acadêmica, eu me sinto melhor se não aceitar dinheiro nenhum além do necessário.

"Espero que tenha trazido protetor solar, porque o meu acabou."

Levanto o canto da minha boca. "Não esquenta que eu pensei em tudo, gata."

"Como sempre."

Nós estendemos nossas toalhas em duas espreguiçadeiras. Eu trouxe um protetor solar em spray, então aplicamos uma na outra enquanto o sol bate em nossa cabeça.

"Como foi o ensaio de líderes de torcida hoje de manhã?", pergunto a ela. "Aquela menina nova ainda está tentando pegar seu lugar?"

Diana é uma peça fundamental para a equipe de líderes de torcida porque está na posição de *flyer*, a garota que fica no alto da pirâmide e executa manobras aéreas. Ou pelo menos estava até o ano passado, quando a equipe dela ficou em segundo lugar no campeonato nacional universitário. Ontem ela me mandou uma mensagem dizendo que estava com medo de perder a posição para uma caloura que veio de uma equipe que ganhou os quatro últimos campeonatos nacionais de ensino médio.

"Margo? Não mais", fala Diana, bem séria. Seus olhos, porém, expressam mais tristeza do que alívio. "Ela rompeu os ligamentos no ensaio de hoje. O fisioterapeuta falou que ela vai ter que ficar o ano todo sem treinar."

Solto um assobio de preocupação. "Puta merda. Que tenso."

As lesões fazem parte da vida dos atletas universitários, mas às vezes é fácil se esquecer de como o corpo humano é frágil. Uma hora você está tentando chegar no lugar de destaque do time, na outra está fora da temporada inteira.

"Pois é, estou me sentindo mal por ela."

Descalço minhas sandálias, pego minha garrafa d'água e me sento na borda da piscina. A água está mais quente do que eu esperava quando mergulho os pés lá dentro.

Olho por cima do ombro. "Você ainda está saindo com aqueles dois caras?"

Diana tira os chinelos e vem se sentar comigo. "Ah, sim, tenho uma novidade. Agora são três."

"Minha nossa. Ser multitarefa assim nesse departamento me deixaria exausta."

Ela solta um suspiro exagerado. "Pois é. Está começando a ficar um pouco puxado. Você precisa me ajudar a escolher com quem vou ficar."

"Não pode escolher os três?"

"Bem que eu tentei! Mas estava querendo diminuir de dois para um, e, em vez disso, acabei acrescentando *outro* à lista! E considerando que agora tô a fim de começar a praticar coisas que se fazem sem roupa, digamos, está na hora de me decidir. Só posso entregar a minha flor para um deles."

Engasgo com um gole d'água. "Ah, sim, sua preciosa flor."

Diana não é virgem, mas é muito exigente em termos de quem leva para a cama. E ela também gosta de me fazer rir com essas gírias absurdas que usa para falar de sexo e de partes do corpo.

Os olhos verdes dela assumem uma expressão brincalhona. "Enfim, preciso da sua ajuda. Me ajuda a decidir."

"Tá, vamos lá. Um deles é o cara da equipe de líder de torcida, certo? O que faz todos aqueles malabarismos? Como é o nome dele mesmo? Na verdade, esqueci o nome de todos. Nossa, minha memória é um lixo mesmo."

"Eu não vou dizer porque não quero interferir na sua opinião. O terceiro cara tem um nome muito péssimo."

"Quê? Qual é? Agora você vai ter que me contar. É Roger? Biff? Carl?

"Eu conto no final. Depois que você me ajudar a escolher."

"Como você é estraga-prazeres. Certo. Pretendente A. O líder de torcida."

Ela assente com a cabeça. "Ele é bem atlético. E esforçado. Engraçado. Se acha, mas não é arrogante. Tem sex appeal de sobra. O único problema é que ele canta o tempo todo."

"Tipo, ele gosta de cantar junto quando ouve uma música?"

"Não é isso." Ela solta um grunhido. "Ele inventa uma musiquinha pra *tudo*. Tipo, Aaaa-gora vou mas-caaar um chi-cle-teeeee!"

A imitação musical dela me faz dobrar de tanto rir. "Ai, meu Deus. Eu já amo ele."

"Sem brincadeira, é uma das coisas mais irritantes que já vi na vida. O Pretendente B é músico, e nem ele canta tanto assim."

"Ah, eu lembro do músico. Aquele que compôs uma música pra você e tentou rimar *Diana* com *banana*." Balanço negativamente a cabeça. "Não dá pra levar a sério uma música de amor que tem a palavra *banana*. Isso sem falar que a sua família é de Savannah. Ele comeu bola."

"O forte dele não é a rima", admite ela. "Nem o senso de humor. Ele não entende as minhas piadas e é superintenso."

"Intensidade é uma coisa comum entre os músicos."

"Eu sei, mas gosto de caras que têm senso de humor."

"O Pretendente C é engraçado?"

"Ai, nossa, é sim. Também é meio nerd. Estudante de física. Inteligente pra caramba, mas não me trata como se eu fosse burra. Superfofo. É um cara que não costuma fazer meu tipo, mas a gente se conheceu no Coffee Hut na semana passada e rolou uma atração inesperada por ele."

"E o lado negativo?"

"Ele é meio inseguro. Vive perguntando sobre os meus ex-namorados, mas fica putinho quando respondo às perguntas."

"É, isso é bem irritante... mas pelo menos ele não pergunta nada pra você cantando."

"Verdade, bem lembrado. Ah, e ele é um pouco mais velho", ela revela.

"Mais velho quanto?"

"Seis anos. Ele tem vinte e seis. É aluno do mestrado."

Franzo os lábios, pensando a respeito. "Então. Com base nos dados disponíveis, estou entre o Pretendente A e o C. Acho que tudo depende se você prefere um líder de torcida que se acha ou um acadêmico fofo. Se fosse eu, provavelmente tentaria a sorte com o acadêmico. Seria uma boa mudança de ares pra você. E aposto que ele deve ser bom de cama. Eu sinto que talvez seja."

"Que coisa. Tá bom. Decisão tomada! O Pretendente C é o vencedor."

Nisso, ela desliza para dentro da piscina e imediatamente afunda a cabeça na água. Em seguida, aparece de novo e sacode o rabo de cavalo como um cachorro molhado. Ela me molha inteira e começo a rir.

"Como você é má", acuso, mas as gotas d'água refrescam meu rosto. Na verdade, dane-se. Ajusto as tiras do meu biquíni e pulo na piscina também.

É o paraíso. Está fria e refrescante, um bom antídoto contra a umidade pesada e o sol inclemente.

Fico boiando de costas por alguns instantes até me lembrar de uma coisa importante. "Ei, espera aí, você não me falou o nome do Pretendente C! Vai, fala."

Diana passa ao meu lado, devagar, em um nado borboleta. Sem a menor pressa.

"*O nome dele é Carl?*"

Ela solta um suspiro de derrota. "Percival."

Fico chocada. "E o cara tem só vinte e seis anos? Que pais fazem isso com os filhos? Ele pelo menos se apresenta como Percy?"

"Ele não curte muito Percy, mas acho que posso acabar vencendo pelo cansaço." Ela começa a boiar ao meu lado, rindo sozinha. "Quer saber? Não estou nem aí. Até gosto de Percival. É ele que eu quero pra mim."

Passamos as horas seguintes na piscina, boiando e brincando na água e jogando conversa fora. Depois passamos mais uma hora tomando sol até meu estômago começar a roncar e ficar difícil de ignorá-lo.

"Porra, Gi, pega leve aí." Diana olha para mim e sorri.

"Não tem jeito. Estou morrendo de fome."

"Quer pedir almoço?"

"Não posso. Marquei de encontrar com o Will na cidade. Inclusive..." Eu me sento e estendo a mão para pegar a bolsa e procurar pelo celular lá dentro. "Preciso saber que horas são."

"Você sabe o que eu acho desse lance com o Will", Diana me repreende. "Você não tem nada que ficar andando com os amigos do seu ex."

"Ele era meu amigo primeiro." Olho para a tela. "Porra. Já é quase uma da tarde. Preciso ir embora daqui a pouco. Quer ir também?"

"Não. Quero ensaiar uma coreografia que aprendemos hoje de manhã. Mas você precisa voltar hoje à noite. Tem um canal novo de reality shows na tevê e lançaram um monte de programas novos, alguns deles são doidos pra caralho. É incrível."

"Ai, meu Deus, você já viu *Casinho ou Casório*? Minha mãe e eu estamos viciadas nesse."

"Já", diz ela, e passamos uns quinze minutos falando dos melhores, mas também dos piores programas de namoro do planeta. Daquele tipo de coisa que faz você se sentir meio mal quando percebe que investiu dez horas da sua vida.

No fim, preciso me despedir às pressas, entrar para me trocar e sair para almoçar.

Diana não é a única que implica comigo por continuar saindo com os amigos de Case. Ouvi isso de quase todo mundo que faz parte da minha vida, e esses avisos ecoam no fundo da minha mente enquanto ando até o Sue's, o restaurante onde marquei de encontrar Will Larsen.

Em minha defesa, eu era *mesmo* amiga de Will muito antes de começar a namorar Case. Ele nasceu em Boston, como eu, e fizemos o ensino médio no mesmo colégio. Chegamos a sair algumas vezes também, antes de concluirmos que não existe no mundo uma relação menos romântica do que a nossa. Tipo, zero química.

Foi Will quem me apresentou Case no primeiro ano da faculdade e que me convenceu a sair com ele. Como joguei hóquei a vida inteira, sempre evitei me envolver com jogadores. Em grande parte porque sei como eles são.

E com isso quero dizer que são mulherengos pra caralho.

Humm, então, pensando bem... tudo isso é culpa do Will.

"Oi", eu o cumprimento, abraçando-o quando ele se levanta da mesa.

Ele me dá um beijo no rosto e abre aquele sorriso perfeito de dentes branquíssimos. Will parece aquele vizinho bonzinho que qualquer mulher acharia irresistível.

"Oi. Olha só", ele diz, segurando uma página plastificada. "Cardápios novos."

"Que surpresa." Este lugar muda de cardápio mais ou menos uma vez por mês. É como se os donos não conseguissem decidir que tipo de restaurante querem ter.

"Pararam de fazer os sanduíches com ingredientes artesanais", Will me conta. "Fiquei chateado. Eu gostava."

"Ah, eram ótimos mesmo." Passo os olhos pelo cardápio novo, franzindo a testa. "Tem vários tipos de sushi agora. Isso é preocupante."

Will dá uma risadinha. "Talvez eles mudem o nome pra Sue's Sushi."

"Não, tinha que ser Sue's Super Sushi Shop. Duvido você conseguir dizer isso cinco vezes."

"Daí eles vão começar a servir sopas, e virar o Sue's Super Sushi & Soup Shop."

"Melhor ainda."

Continuamos a analisar as opções no cardápio. Me sinto até meio mal pelos donos do lugar. Parecem estar sofrendo para manter as portas abertas desde que abriram, uns dois anos atrás. Enquanto isso, o principal concorrente, o Della's Diner, está sempre com fila na porta. Mas o Della's existe há um tempão, é um patrimônio da cidade. Minha mãe foi garçonete lá quando estudava na Briar.

Will e eu optamos por hambúrgueres e batatas fritas, porque parece a opção mais segura, em vez de comer sushi em um lugar que até a semana passada anunciava que servia comida de café da manhã durante o dia todo.

"Você tem aquele jogo beneficente essa semana, né?", pergunta Will enquanto esperamos pela comida.

Assinto. "Na quinta. Você vai lá torcer por nós?"

"Se não estiver muito podre por causa dos treinos, com certeza."

"Como vai a fusão dos times?"

"Ah, perfeita. Como água e óleo. Uma mistura muito homogênea."

Dou risada. "Está tão ruim assim?"

"Ruim é pouco. Esses caras do Eastwood estão mais do que putos com toda essa situação."

"Ah, sim, o problema são só eles, com certeza", respondo com ironia.

Will sacode a cabeça, teimosamente. "Bom, quer dizer, foram eles que se mudaram para a nossa casa. Então poderiam se comportar melhor."

"Mas é aí que está a questão. Nessa ideia de que a casa é de vocês. Como se eles não tivessem nada que estar ali."

"Bom, e não têm *mesmo*", ele resmunga, mas com um sorriso, ainda que um pouco amargurado. "Mas eu entendi o que você quis dizer. Talvez a coisa não venha só do lado deles. Enfim, ainda estamos no segundo dia de pré-temporada e está todo mundo quase voando no pescoço um do outro. Não existe nenhuma chance de conseguirmos ir pros play-offs este ano, muito menos ganhar o título."

Estendo o braço e dou um tapinha carinhoso no seu braço. "Não esquenta. Pelo menos *um* time de hóquei da Briar vai ganhar o Frozen Four nesta temporada. As mulheres vão cuidar disso pra vocês, querido."

"Ah, valeu, hein?"

A garçonete chega com as nossas bebidas, e Will dá um longo gole no refrigerante antes de soltar a bomba.

"Miller está pedindo transferência."

"Quê? Desde quando?"

Miller Shulick é um jogador da Briar, e dos bons, que jogou na segunda linha no ano passado. Também é um cara bem legal. O único defeito dele, na verdade, é ser melhor amigo de Jordan Trager.

"Desde hoje de manhã", responde Will, desolado. "O treinador conseguiu um lugar pra ele no time da Minnesota Duluth."

"É um bom time."

"Pois é. Ele vai deixar de ser um dos dez melhores daqui para ser um dos três melhores de lá. É um avanço pra carreira dele, com certeza. Só é chato ele estar indo embora. Vamos fazer uma despedida na sexta à noite. Um churrasco, umas bebidas. Talvez uma fogueira. Tá a fim?"

"Sim, claro." Eu gosto de Miller. Uma pena ele estar indo embora. "Que chato *mesmo*. Por que não transferem o Trager em vez dele?"

"Porque coisas boas não acontecem toda hora."

Solto uma risadinha. Nem os companheiros de time do Jordan suportam o cara.

"Enfim, avisa as suas amigas sobre a despedida do Miller. Quanto mais gente, melhor. Mya já voltou das férias de madame dela?"

Minha colega de quarto, Mya, é outra das minhas melhores amigas dos tempos de colégio. O pai dela é embaixador em Malta, e a mãe, herdeira de uma grande companhia marítima, então Mya costuma passar os verões tomando sol em iates no Mediterrâneo ou hospedada em mansões luxuosas na Europa. O que é engraçado porque, por mais esnobes que os pais dela sejam, Mya é a pessoa mais despretensiosa possível.

"Você sabe como ela é, não dá as caras por aqui enquanto as aulas não começam. Mas a Diana já voltou."

"Legal. Leva ela na festa."

Ergo a sobrancelha. "Vocês vão convidar os caras novos?"

"Porra, o que você acha?"

"Vou encarar isso como um não."

"Claro que é um não. Convidá-los seria um tapa na cara do Miller."

A garçonete chega com a nossa comida. Depois de agradecermos, Will dá uma mordida e fica mastigando um tempão.

Quando volta a falar, percebo que só estava tentando pensar em uma forma casual de fazer sua próxima pergunta.

"Mas e aí, como andam as coisas entre você e o CC?"

A tentativa que ele fez de soar leve e descontraído é um fracasso completo.

Aos risos, enfio uma batata frita na boca. "Lá vem."

"O quê?"

"O interrogatório sobre o Case. Tipo, você acha mesmo que eu acreditei que você me ligou do nada e me chamou pra almoçar só pra jogar conversa fora?"

"A gente almoça junto direto", justifica Will.

"Sim, mas esse convite *por acaso* surgiu um dia depois de eu dizer pro Case que não vai rolar de a gente voltar. Meio suspeito, né?"

"Foi só uma coincidência." Ele dá uma piscadinha para mim.

"Aham. Com certeza."

"Juro pra você."

Ele dá mais uma mordida no sanduíche e começa a mastigar bem devagar outra vez, esperando que eu fale alguma coisa. Mas não falo nada. Simplesmente continuo comendo minhas batatas e fingindo que não percebi que ele está cada vez mais impaciente.

"Então, você precisa me dizer alguma coisa, né?", ele fala. "Senão o que eu vou falar pro meu parceiro?"

"Ha, eu sabia! Foi ele que colocou você nessa."

"Qual é, o cara está arrependido, e você sabe disso, Gi. Está se sentindo um merda."

Engulo minha frustração cada vez maior. "Eu sei que você só está tentando ajudar o seu amigo, mas que tal mudar de assunto?"

Procuro ketchup na mesa e percebo que a garçonete esqueceu de trazer. Em vez de tentar chamar a atenção dela, aproveito a deixa perfeita para me desvencilhar dessa conversa.

Eu me levanto da cadeira. "Vou só até o balcão pegar o ketchup."

Estou tão preocupada em me afastar dos questionamentos de Will que não presto atenção por onde ando. Chego ao balcão a passos acelerados e esbarro com tudo em ninguém menos que Luke Ryder.

5

RYDER

Carma, com C

A filha do Garrett Graham é gata. Já era quando a vi pela primeira vez, seis anos atrás, e está ainda mais agora. Os olhos dela se arregalam de susto depois da trombada que dá em mim. Olhos grandes e acinzentados, que lembram um céu encoberto. Mas não são inexpressivos nem sem graça. São vibrantes, como se o céu estivesse carregado de eletricidade, prevendo raios e trovoadas.

Os cabelos castanhos compridos dela estão presos em uma trança que cai sobre um dos ombros torneados. Ela põe uma mecha solta atrás da orelha. Ao se recuperar do susto, abre um meio-sorriso.

"Oi", ela diz.

Ergo a sobrancelha. "Eu já estava me perguntando quanto tempo levaria pra você criar coragem pra vir falar comigo."

Gigi revira os olhos para mim. "Eu não precisei criar coragem nenhuma. Só não tinha surgido a oportunidade ainda."

Papo furado da porra. A gente se cruzou no corredor dos vestiários esta manhã mesmo, e ela mal olhou na minha cara. Estava conversando com um treinador, verdade, mas com certeza me viu. Outra coisa que me chama a atenção é que, apesar da pré-temporada do time feminino ainda não ter nem um calendário definido, Gigi continua acordando absurdamente cedo para patinar e fazer seus treinos sozinha. Ela fazia a mesma coisa no programa de treinamentos do pai, quando foi assistente dele.

"Aliás, tenho certeza de que cumprimentei você lá no corredor hoje", ela argumenta.

"Você fez um aceno de cabeça."

"Isso é cumprimentar."

"É mesmo?", provoco.

"Sei lá." Ela parece meio cansada. "Que diferença faz o jeito que eu cumprimento você?"

"Pra mim, nenhuma."

"Então por que tocar nesse assunto?"

"Já estou me arrependendo."

Ela me dá uma encarada. "Eu tinha esquecido como a sua personalidade é agradável."

Com um suspiro, vou para a outra ponta do balcão, onde me disseram para esperar pela minha comida. Vim buscar o almoço para mim e para o pessoal. Até dava para pedir para entregar, mas está fazendo um dia bonito, então resolvi dar uma caminhada. Bom, a ideia original era vir de carro, mas o meu jipe anda fazendo uns barulhos estranhos e preocupantes ultimamente. Já estava meio nas últimas em Eastwood, e no meio da viagem de duas horas até Hastings resolveu também deixar de acelerar quando eu trocava de marcha. Juro por Deus, se a transmissão estiver indo pro espaço, vou ficar muito puto. Não posso bancar esse conserto no momento.

Gigi pede um pote de ketchup para a adolescente do outro lado do balcão. Enquanto ela espera, olha para mim. "Ouvi dizer que as coisas não estão indo muito bem nos treinos."

Abro um sorrisinho. "Pra mim estão. Sou co-capitão."

"Co-capitão de um time em frangalhos. Que impressionante!" Ela abre um sorrisinho meigo.

"Aqui está, querida." A garota entrega uma garrafa de vidro de ketchup para Gigi.

"Obrigada." Ela olha para mim de novo. "Como sempre, é um prazer conversar com você, principezinho."

"Claro, Gisele."

Ela volta para a mesa, e não resisto a dar uma boa olhada. Está vestindo um short jeans apertado, que marca bem sua bunda redondinha e arrebitada. A bainha do short que veste está desfiada, e os fios soltos de um azul esbranquiçado roçam suas coxas bronzeadas. Não é uma mulher alta, deve ter pouco mais de um e sessenta, mas suas pernas parecem infinitamente compridas com esse shortinho minúsculo. São musculosas também, e bem torneadas, graças ao esforço nos treinos. Acho sexy demais que ela jogue hóquei. Essas atletas são um tesão.

A faísca de desejo se apaga quando vejo com quem ela está sentada.

Ainda não sei o nome de todos os caras da Briar, mas dos que sabem jogar eu sei. E Will Larsen é um deles. Mas, em termos de babaquice, não é tão ruim quanto os companheiros de time dele.

"Pedido pra viagem em nome de Ryder!"

Um homem de avental branco aparece trazendo duas sacolas.

"Obrigado", respondo, pegando a comida.

Quando estou saindo do restaurante, meu celular começa a vibrar. Tiro o aparelho do bolso de trás da minha bermuda cargo. É um número desconhecido, então deixo a chamada cair na caixa de mensagens.

Na caminhada para casa, vou seguindo pela rua principal e passo por vários parques bonitos e bem conservados. Hastings é uma evolução e tanto em relação a Eastwood. Minha antiga cidade era um polo industrial, com um monte de galerias comerciais e nada de interessante para ver. Hastings, por outro lado, parece uma cidadezinha de cartão-postal antigo. Postes de luz do tempo dos lampiões de gás e árvores antigas enfeitam as ruas, e cordões de lâmpadas e cartazes pendurados na rua fazem propaganda de um festival de verão de jazz que acabou de terminar. As vitrines dos estabelecimentos comerciais são limpas e reluzentes, a rua principal é cheia de pequenas lojas e butiques, cafés e alguns bares e restaurantes.

Pego um atalho por um caminho serpenteante que atravessa um gazebo de madeira para sair do parque em direção à calçada. Percebo que quem me ligou deixou recado, então digito a senha para ouvir.

— *Alô, essa mensagem é para Luke Ryder. Aqui é Peter Greene, da Promotoria Pública do Condado de Maricopa. Estou ligando para tratarmos da audiência de liberdade condicional do seu pai. Assim que possível, entre em contato pelo número...*

Apago a mensagem antes mesmo de ele terminar de passar o telefone.

Foda-se essa merda.

Começo a andar mais depressa e passo por uma mulher que empurra um carrinho de bebê. Ela me olha e abaixa a cabeça. Estou de bermuda cargo e camiseta, uma aparência nada intimidadora. Talvez tenha sido a cara que fiz quando ouvi as palavras *audiência de liberdade condicional* que a tenha assustado.

Quando chego em casa, Shane está fazendo a mesma coisa desde que saí. Cortando a grama do jardim da frente, sem camisa. Do outro lado da rua, um grupo de garotas está na varanda fingindo bater papo e mantendo os olhos grudados no físico musculoso de Shane. Aposto cada centavo que ganhei trabalhando em construções no verão que uma delas vai estar na nossa casa ainda hoje à noite. Ou todas elas, se Beckett resolver dar as caras.

Às vezes, morando com Beckett, as coisas ficam meio barulhentas. A cabeceira da cama batendo na parede vive interrompendo nosso sono no meio da noite. Shane é mais discreto com suas conquistas, mas também apronta das suas. E com frequência, agora que está solteiro.

"Ah, legal. Estou morrendo de fome." Shane desliga o cortador de grama e vem atrás de mim.

Deixamos o fã-clube dele para trás e entramos em casa, onde Beckett está enchendo a lava-louças na cozinha. Shane pega uns pratos no armário enquanto abro as sacolas.

"Então, convidei umas vizinhas para virem aqui hoje", avisa Beckett.

Sou obrigado a segurar o riso. Que grande surpresa. Estranho seria se ele ainda *não* tivesse dado em cima das meninas do outro lado da rua.

As três garotas que tocam a campainha de casa mais tarde são todas estudantes de enfermagem, o que permite que Beckett faça uma série de piadas sem graça sobre brincar de médico. Mas elas aguentam cada uma delas, porque ele tem esse efeito sobre as mulheres.

Entretanto, percebo que uma delas olha para mim. O nome dela é Carma — *com C*, ela faz questão de dizer —, uma garota alta e bonita de cabelos pretos cacheados até os ombros e uma expressão abertamente ávida em seus olhos escuros. Está de olho em mim desde o momento que entrou em casa, flertando para valer, jogando charme. De início, meio que não dou bola, fico só balançando a cabeça enquanto ela fala, mas, duas cervejas depois, já estou mais do que receptivo aos seus avanços.

Quando ela se inclina mais para perto e pergunta no meu ouvido se quero ir lá para cima, sou obrigado a admitir que a proposta me deixa tentado.

A última vez que transei foi há um mês, quando fui visitar Beckett em Indianápolis e passei o fim de semana por lá. Nós percorremos alguns bares e acabei indo para casa com uma bartender gostosona e mais velha que eu, já perto da casa dos trinta. Foi uma noite divertida.

Só que, depois disso, precisei procurar uma casa para nós em Hastings, trabalhar doze horas por dia em um canteiro de obras e agora estou ocupado com essa pré-temporada desastrosa.

Isso significa que o meu pau definitivamente está precisando de atenção.

Por isso, deixo minha cerveja na bancada da cozinha e encolho os ombros. "Vamos."

6

RYDER

Nem um beijinho de despedida?

Não acordo quando o despertador toca.

Puta que pariu.

Saio da cama feito um foguete, levando metade do edredom comigo. Carma geme, ainda adormecida, ao sentir a perda de calor. Com as costas e a calcinha cor-de-rosa à mostra, ela se encolhe e abraça os joelhos.

Normalmente não deixo que durmam comigo depois da transa, principalmente durante a temporada, mas estávamos os dois exaustos ontem à noite, e fiquei sem jeito de mandar a garota embora. Só deixei bem claro que precisava acordar às seis da manhã, mas Carma não ligou para isso. Disse que, se ainda estivesse dormindo quando eu me levantasse, eu não precisava acordá-la. Era só deixar a porta dos fundos aberta para ela poder sair.

Corro para o banheiro, ainda sem entender por que caralhos não escutei o despertador. Desde que vim para a Briar, acordo às seis para estar no gelo às sete. Sempre chego mais cedo, ainda que o treino tecnicamente comece às nove da manhã. Carma e eu nem ficamos acordados até muito tarde. Dormimos perto da meia-noite.

Estou bem puto comigo mesmo agora. O trajeto até o campus demora uns quinze minutos. Não vou ter tempo nem para o café da manhã. Que merda.

Por que os caras não me acordaram? Eles costumam sair lá pelas oito. Devem ter visto meu jipe parado lá fora.

Enquanto escovo os dentes furiosamente, mexo no celular com a outra mão para ligar para Shane.

"Fala aí", ele responde. "Cadê você?"

"Em casa. Por que vocês não me acordaram?"

"Sei lá. A gente achou que você ia dar um tempo nessa sua rotina de perfeccionista e chegar no treino no horário normal, igual a uma pessoa normal."

Rá. Ele chama isso de perfeccionismo. Para mim é o que significa ser um jogador de hóquei.

"O despertador não me acordou. Mas já estou indo. Será que você pode deixar um café pra mim no vestiário para eu beber enquanto me troco?"

"Como quiser, querida."

Volto para o quarto e me visto em silêncio enquanto Carma continua dormindo. Ela deu um jeito de se aninhar de novo debaixo das cobertas e se fechou num casulo.

Como pediu para não ser acordada, eu a deixo na cama e desço as escadas dois degraus de cada vez. Tranco a porta da frente e, um instante depois, estou atrás do volante.

Quando viro a chave na ignição, o jipe não pega.

Porra.

Caralho.

Agora não.

Não tenho tempo para esse tipo de merda agora.

Perco uns cinco minutos preciosos tentando ligar o motor, que não dá sinal de vida. Solto uma série de palavrões que deixaria qualquer marinheiro horrorizado.

De volta ao meu quarto, sou obrigado a interromper o sono de beleza de Carma.

"Ei." Dou uma sacudida nela para acordá-la. "Você tem carro?"

Ela pisca algumas vezes, sonolenta. "Tenho... por quê?"

Um alívio me invade. Porra, ainda bem. "Preciso que me dê uma carona pro treino. Por favor."

"Mas tá muito cedo ainda..."

"Não, já tá tarde. Eu precisava estar lá às sete, mas não ouvi o despertador tocar."

"Eu mudei o horário", ela diz, ainda grogue.

Fico paralisado. "Como é?"

"Mudei o horário do despertador do seu celular. Você falou que o treino era às nove, então não entendi por que o alarme estava programado para as seis..."

"Porque eu vou pra lá às sete", esbravejo, incapaz de segurar a raiva que me domina. "Porra, não acredito que você mexeu no meu despertador."

E, justamente nesse momento, para me deixar ainda mais puto, o despertador começa a tocar.

Ela programou para tocar às oito e meia.

"*Oito e meia*?", digo com um grunhido. "Tá zoando com a minha cara? Eu levo quinze minutos só pra chegar no campus. Como é que vou ter tempo de me trocar e estar no gelo às nove se..." Paro de falar.

Puta que pariu. Ficar discutindo agora é absolutamente inútil.

Respiro fundo para me acalmar.

"Meu carro não está pegando", digo, num tom mais neutro. "Preciso de uma carona. Eu teria ido com os caras, mas eles já saíram."

"Não fica bravo comigo, por favor." Ela já está bem acordada agora, pulando da cama. "Não sabia que era tão importante assim."

É difícil não me irritar com ela. Quem dorme na casa de alguém que mal conhece e muda o horário do despertador do cara? Estou quase explodindo de novo. Por isso resolvo ignorá-la enquanto se veste e ligo de novo para Shane.

"Oi", digo, num tom de urgência. "Vou chegar atrasado. Tenta limpar a minha barra com o Jensen se puder. Diz que o meu carro quebrou."

"Eu avisei que você ainda ia se foder por causa desse jipe um dia."

Ah, sim, claro, foi o jipe que me fodeu.

Nunca cheguei atrasado num treino na minha vida. E, apesar de detestar depender de qualquer um que não seja eu, não tem nenhum motorista disponível nos aplicativos, então não me resta escolha a não ser pegar carona com Carma. Por sorte, o susto que dei nela surtiu efeito. Cinco minutos depois, já estamos correndo porta afora e atravessando a rua.

Carma destrava as portas de seu carro compacto vermelho. "Então tá, garotão. Pode entrar."

Ela abre um sorriso engraçadinho que não ajuda em nada a aplacar a minha raiva interior.

Entro no carro e peço para que ela pegue a estrada duplicada que leva até o campus da Briar. Minutos depois, já estou me sacudindo de impaciência. Ela já está dirigindo ligeiramente acima do limite de velocidade, então a parte racional do meu cérebro sabe que não posso pedir para que vá mais depressa que isso. Ela já está correndo mais que o permitido. Mas, puta merda, se fosse eu, me arriscaria a tomar cem multas, só para não chegar atrasado.

Fico batucando com os dedos no console central e pisando num acelerador imaginário sob o meu pé no lado do passageiro durante todo o trajeto até o campus. Carma tenta puxar assunto, mas eu a ignoro sem cerimônia. Estou até com medo do que posso dizer.

Quando paramos no estacionamento do Graham Center, são cinco para as nove. Não tenho a menor chance de me trocar e estar no gelo antes de o apito do treinador soar para marcar o início do treino. Isso é fato. Se eu tiver sorte, a desculpa do carro quebrado pode colar, mas Jensen anda pegando pesado com a gente desde o começo dessa pré-temporada. Qualquer um pode ser cortado a qualquer momento. Não é impossível que até eu, o co-capitão, acabe sendo cortado também, pela falta de pontualidade.

Carma põe o carro em ponto morto. Desafivelo o cinto de segurança e levo a mão à maçaneta da porta.

"Como assim, nem um beijinho de despedida?"

Estou puto demais até para olhar para ela. "Preciso ir."

"Sério mesmo? A gente dormiu junto e você não pode perder dois segundos pra se despedir de mim direito?"

Só para evitar ainda mais perda de tempo, me inclino para beijá-la. Para minha irritação, ela não se contenta com um selinho. Quando percebo, está montando no meu colo no banco do passageiro, enlaçando o meu pescoço com os braços e enfiando a língua entre os meus lábios surpresos.

"*Carma*", eu aviso com a boca colada à dela, segurando-a com firmeza pela cintura para tentar tirá-la de cima de mim.

Ela começa a beijar meu pescoço, e minha raiva aumenta ainda mais. É a minha carreira que está em jogo aqui. Jensen está de olho em mim. O time da NHL que me escolheu no draft está de olho em mim. Se eu quiser virar jogador profissional e alcançar o sucesso, não posso ficar aqui beijando uma garota enquanto o resto do time está se aquecendo para o treino.

"Obrigado pela carona", digo, com uma voz tensa. "Agora me dá licença."

Sou obrigado a admitir que fui grosseiro.

Mas o meu último fiozinho de paciência estourou feito um elástico barato. Primeiro ela muda o horário do meu despertador, e agora não me deixa descer do carro?

Chega.

Consigo abrir a porta e sair de debaixo de Carma. Pulo para fora, e quando faço menção de correr, percebo alguma coisa se movendo com a minha visão periférica. Por um instante, chego a pensar que é Carma descendo do carro, mas as minhas pernas ficam até bambas quando vejo o homem apertando o botão do alarme para trancar uma Range Rover preta duas vagas adiante.

É Garrett Graham.

De repente, fico imóvel e sem palavras. Só observo enquanto a lenda do hóquei vem até mim com um copo de café para viagem na mão. Eu não o via desde o programa de treinamentos para o qual havia sido convidado quando era adolescente.

Ele olha para o carrinho vermelho, com Carma ainda atrás do volante. Depois franze a testa para mim, confirmando que sem dúvida nenhuma a tinha visto em cima do meu colo.

Merda.

Merda, merda, *merda*.

Tem como o meu dia ficar ainda pior?

"O treino da manhã começa às nove, né, sr. Ryder?"

Pelo jeito, tem sim.

"É, eu sei. Estou atrasado. Tive um problema com o carro." Faço uma careta assim que essa desculpa sai da minha boca.

"Parece ser um problema bem sério, mesmo", comenta Garrett, num tom sarcástico. A cara dele continua amarrada, olhando na minha direção.

Ele me acompanha pelo caminho de cimento que leva até a entrada.

"O meu carro quebrou lá em casa", me pego explicando, em uma tentativa desesperada de ganhar a aprovação dele. "Então precisei pegar uma carona até aqui hoje. Mas a minha motorista estava sem a menor pressa de chegar."

"Bom, essa responsabilidade não era dela, era?" Erguendo uma sobrancelha, ele se aproxima da porta da frente.

Desisto.

Enquanto desço correndo o corredor, fico me perguntando o que Graham estaria fazendo aqui, para começo de conversa. Talvez seja para visitar a filha.

O vestiário vazio é uma acusação, um soco no estômago. Não consigo me perdoar enquanto visto os equipamentos de proteção e o uniforme de treino. Todo mundo está lá no gelo, onde deveria estar. E eu estou aqui, feito um bosta. Tudo porque quis transar ontem à noite. Já tenho um alvo gigante nas costas por aqui. E já tem um monte de gente mirando nele, tipo Jensen, Colson e seus jogadores, a NHL. Agora, para completar, meu ídolo acha que eu não sou capaz de chegar aos treinos na hora certa.

Que porra de vida.

Deixo o celular na prateleira de mogno no armário e me sento no banco para amarrar os patins. Um instante mais tarde, já estou andando pelo túnel emborrachado, a proteção ainda nas lâminas dos patins, e chego ao rinque, onde vejo que o treino ainda não começou.

O alívio toma conta de mim. Puta que pariu, ainda bem. Os caras ainda estão se aquecendo, enquanto o treinador Jensen está no banco conversando com Graham, que toma goles do copo para viagem que trouxe consigo.

Salvo por Garrett Graham. Se ele não estivesse distraindo o treinador, eu provavelmente seria mandado de volta para casa.

Shane vem patinando até mim. "Está tudo bem?"

Apesar de ser um babaca em diversos sentidos, ele também sabe ser um bom amigo.

"Está, sim." Faço uma pausa. "Carma desligou meu despertador."

Ele faz uma careta. "Bom, acho que qualquer relacionamento amigável com a vizinhança já era."

Não consigo segurar o riso. Nessa ele acertou em cheio.

"Cara, o que rolou?", Hugo Karlsson, um dos nossos defensores do último ano, vem até nós. Ele parece preocupado. "Está tudo bem?"

Tá vendo? Sinto vontade de gritar para Graham. Esses caras me conhecem. Nunca chego atrasado. O fato de estarem preocupados mostra que hoje foi uma exceção.

Mas quem é que estou tentando enganar? Não importa se nunca aconteceu antes, a verdade é que pisei na bola. Subi para o quarto com ela ontem à noite. Deixei que dormisse na minha cama sabendo que precisava levantar cedo. Pensei com a cabeça do pau. O que eu não faço com muita frequência, para ser sincero. Não me entenda mal, eu transo. Gosto de sexo. Mas fui eu quem deixou uma foda ocasional virar um problema.

Shane e eu damos algumas voltas pelo gelo. Respiro fundo, tentando me acalmar. Em um determinado momento, Beckett aparece ao meu lado.

"O que aconteceu?", ele quer saber.

"Carma", respondo.

"O carma sempre vence, cara."

"Normalmente você já não é engraçado, hoje está menos ainda."

Ele dá uma risadinha e se afasta.

Meu olhar se volta para o banco. Sinto um arrepio quando percebo que Colson está lá agora, rindo de alguma coisa que Graham falou.

"Olha só como são amigos aqueles ali", murmuro para Shane.

Shane chega mais perto e diminui o tom de voz. "Ouvi uma conversa do Colson com o Trager no vestiário mais cedo. Parece que o Colson namorava a filha do Graham."

Tento disfarçar meu interesse. Mas, sim... isso é interessante. Fico me perguntando o que Colson pode ter feito para estragar tudo.

Mas, mesmo que as coisas não tenham dado certo entre ele e Gigi, Colson continua nas graças do pai dela.

Ao contrário de mim.

Um apito estridente ecoa pelo ar gelado.

"Todo mundo aqui", manda o treinador.

Percebo que os olhos de todos estão voltados para Graham quando nos alinhamos na frente dos dois. O cara é um superstar de verdade. O melhor entre todos os jogadores de hóquei já saídos da Briar, o que diz muita coisa, porque essa universidade já formou várias outras lendas. John Logan. Hunter Davenport. Só este ano, tivemos oito jogadores draftados pela NHL neste rinque. Oito. A Briar tem um programa de hóquei de elite, só os melhores entre os melhores.

"Sei que esse homem dispensa apresentações, mas temos Garrett Graham aqui com a gente. Ele vai me ajudar no treino de hoje."

Uma onda de empolgação se espalha pelo grupo.

"Caralho, tá zoando?", Patrick Armstrong deixa escapar.

O treinador olha feio para ele.

"Ah, desculpa", Patrick se apressa em dizer. "Quer dizer, uau, sério mesmo? Pronto, peguei mais leve."

"Estou pouco me fodendo para o jeito como vocês falam!", retruca o treinador. "O que eu não quero é que vocês me interrompam. Cala essa boca." Ele aponta um dedo para Patrick, que fica quieto na mesma hora.

"Enfim, o Graham não é só um ex-aluno querendo matar um pouco de tempo e reviver os tempos de glória", explica o treinador. "Você quer contar pra eles por que está aqui?"

Graham dá um passo à frente. "Oi, que bom ver vocês. Não sei se todos conhecem a minha fundação, mas trabalhamos com muitas instituições beneficentes, levantando fundos para várias causas. Também oferecemos programas de treinamento para quem ainda está no colégio. Existe um em específico no qual divido a orientação com Jake Connelly."

Mais murmúrios empolgados se espalham pelo rinque. Connelly também é uma lenda. Não é formado pela Briar, mas é lendário mesmo assim.

"Uns três anos atrás, demos início ao programa juvenil de treinamentos Hockey Kings. Dura uma semana, geralmente no mês de agosto. E a cada ano escolhemos dois jogadores da NCAA para nos ajudar com os treinos."

É a primeira vez que escuto falar disso. E o motivo fica claro quando ele continua explicando.

"Sempre escolho um jogador da Briar, e Connelly leva um cara de Harvard." Garrett segura o riso. "Gosto não se discute."

Alguns caras dão risadinhas.

"Vou ficar de olho em vocês durante a temporada para, sabem como é, sacar qual é a de cada um. Recrutar quem tem potencial para ajudar a gente com os treinos. No ano passado foi o Case."

Percebo que Shane revira os olhos.

É claro que o escolhido foi o Colson. Acho que isso vem junto no pacote quando você está comendo a filha do cara.

"No ano anterior foi o David." Graham acena para Demaine. "Dito isso, nunca escolho o mesmo cara duas vezes, então lamento muito, vocês dois. Estão sem sorte este ano. Quanto aos demais, está todo mundo na disputa. Façam o que tiverem que fazer hoje, treinem do mesmo jeito que treinam sempre, e quem estiver interessado é só passar o nome para o treinador."

Imagino que todo mundo, menos Colson e Demaine, vá escrever o nome nessa lista. Mesmo os riquinhos que passam o verão em férias de luxo com os pais vão querer voltar mais cedo para não perder essa semana. Estamos falando de um programa de treinamento com dois dos melhores jogadores de todos os tempos. Qualquer um que leve o hóquei a sério vai querer estar lá, inclusive eu.

Sei por experiência própria o quanto é possível aprender com Garrett Graham. Ele e eu não ficamos muito próximos naquela semana de treinos seis anos atrás, conversei a sós com ele só uma ou duas vezes, mas aprendi mais naqueles cinco dias do que em todo o tempo que venho jogando hóquei. Graham tem um instinto quase sobrenatural quando o assunto é esse esporte.

"Beleza, agora já chega de conversa." Jensen bate palmas. "Vamos formar equipes e treinar três contra três. Quero que disputem pelo disco.

Vamos usar os dois lados do gelo ao mesmo tempo. Garrett vai ficar de um lado, eu do outro. Graham, escolha os seus jogadores."

Garrett observa cada um dos trinta e poucos rostos diante de si. "Quero Larsen, Colson e Dunne. Contra Trager, Coffey e Pope."

Meu desânimo é imediato. Então é assim que vai ser?

Jensen me escolhe para o grupo dele, o que é melhor de que nada, eu acho. Enquanto todo mundo desliza para assumir sua posição, vou patinando até Garrett.

"Ei", digo ao me aproximar, me sentindo constrangido pra caralho. "Só queria dizer que é uma honra ter você aqui. Aprender com alguém do seu calibre tem um valor inestimável pra todo mundo."

Que maravilha. Seria mais fácil abaixar as calças do cara e puxar o saco dele literalmente, em vez de só com palavras.

O meio-sorriso que ele lança na minha direção mostra que entende exatamente o que está rolando.

"Se acha que meia dúzia de elogios vão me fazer esquecer o que vi lá no estacionamento, pode esquecer. Você vai precisar fazer mais que isso."

"Eu sei. É que... eu queria que você soubesse que não sou assim. Nunca chego atrasado. Quer dizer, não exatamente nunca. Mas essa foi a primeira vez", garanto. "E espero que releve essa cagada de hoje, porque sou um jogador dos bons, e queria ser levado em conta pra essa oportunidade."

Ele me olha dos pés à cabeça, me deixando mais do que desconfortável. Depois, finalmente responde. "A minha escolha não leva em conta só quem é um jogador dos bons, garoto. A coisa vai muito além das estatísticas. Tem a questão da liderança. E, pelo que vi até aqui, não me parece que seja lá um grande líder."

7

RYDER

Fodam-se as leis da física e foda-se você

“Não existe essa coisa de viagem no tempo com liberdade total. É preciso existir regras. Porque, no fim das contas, o paradoxo do avô não tem solução”, argumenta Beckett do outro lado do sofá. “Não tem e acabou.”

Shane desvia sua atenção da tevê para Beck. “É aquele negócio de quando você volta no tempo pra trepar com o seu avô?”

“Não, animal, é quando você mata o seu avô. Isso significa que o seu pai não vai nascer, o que elimina a sua concepção. E, se você nunca nasceu, como pode estar vendo o cadáver do seu avô? Não dá pra você existir e não existir ao mesmo tempo. Esse é o paradoxo. E é por isso que as regras precisam prever...”

“Cara, cai na real. Não existe viagem no tempo. As leis da física não permitem.”

“Fodam-se as leis da física e foda-se você.”

Beckett leva essa porra muito a sério.

“Ryder, me ajuda aqui.”

“Quê?” Levanto a cabeça e vejo que Shane está me olhando. Franzo a testa. “Sobre o que vocês estão brigando agora?”

“O que deu em você hoje?”, pergunta Beck, achando graça. “Está aí todo enfezado já faz, tipo, uma hora.”

“Ainda está incomodado com aquele lance do Garrett Graham?”, pergunta Shane, aos risos.

“Estou”, resmungo. “Porque me fodi.”

Já faz um dia que Graham apareceu no nosso treino e me deu uma bronca que mais parecia um tapa na cara, e não consegui superar isso. Participar como assistente técnico desse programa de treinos teria um valor inestimável para mim. Se eu conseguisse essa chance, apareceria lá todos os dias e, como uma esponja, absorveria cada gota de conhecimento que essas duas lendas teriam a oferecer.

“Para com isso, você não se fodeu”, garante Beckett.

“Ele disse que eu não pareço um líder. Na prática, isso significa que não vai me escolher pra esse programa. Sendo assim, eu me fodi.”

E tudo por causa de uma garota.

Está vendo? É por isso que não namoro.

Tudo bem, para ser justo, não é só por isso. Não venho evitando relacionamentos todos esses anos por um medo bem específico de que, um dia, uma mulher com quem tive uma transa casual desligue meu despertador depois que eu capote para podermos dormir até mais tarde e um ídolo do hóquei acabe pegando a gente se beijando no carro, considerando que eu já estava atrasado para o treino...

"Você foi eleito co-capitão", lembra Shane, interrompendo meus pensamentos caóticos. "Se ele quer que pareça um líder, você meio que já é."

"Sou co-capitão de um time em que metade dos jogadores odeia a outra metade. É mesmo um trabalho exemplar", retruco. Durante o treino de hoje de manhã, Rand e Trager quase arrancaram a cabeça um do outro de novo.

"Seu celular está estourando de notificações", avisa Beck, apontando com o queixo para a mesa de centro, onde estão nossos telefones e as garrafas de cerveja deles.

"Eu sei. Deve ser a Carma. Ela passou o dia inteiro me mandando mensagens para pedir desculpas."

Respondi uma única vez para dizer que a noite foi boa, mas que, depois do que aconteceu de manhã, está na cara que não estamos na mesma sintonia, e que estou numa fase em que vou me concentrar no hóquei, por favor, obrigado. Pelo jeito, ela acha que, se continuar pedindo desculpas, de alguma forma isso vai mudar.

Shane abre um sorriso malicioso. "Então sem chance de repetir a dose, né?"

Juro que às vezes esse cara consegue ler a minha mente. Apesar de que é só uma questão de bom senso, acredito. Não se mexe com a programação de treinos de um atleta. Ponto-final.

Solto o ar com força, sentindo minha frustração ganhar força de novo.

"Então, cara, é por isso que a minha teoria de viagem no tempo é imbatível", comenta Beckett. "De acordo com ela, você poderia voltar no tempo e não subir pro quarto com a Carma. É como eu sempre digo, quando o carma fecha uma porta, o destino abre uma janela."

"Para com isso", pede Shane. "É só o nome dela."

"O significado de um nome muitas vezes é subestimado. Mas, enfim, se o tempo e o espaço são lineares..."

Shane aponta um dedo para ele. "Se você continuar com esse papo, vou virar essa cerveja inteira na sua cabeça, sério mesmo."

"Deixa de ser babaca, cara."

Shane vira de novo na minha direção. "Inclusive, acho que a solução pra esse lance do Garrett Graham está bem debaixo do seu nariz."

Isso atrai meu interesse. "Ah, é?"

Ele abre um sorriso de satisfação. "Gigi Graham."

Enrugo a testa, sem entender. "O que tem ela?"

"Mano, a filha do cara estuda *no mesmo lugar que você*. Isso significa que pode encontrar com ela quando quiser. Devia conversar com ela."

"E dizer o quê?"

Ele encolhe os ombros. "Pedir pra ela limpar sua barra com o pai."

"É... não vai rolar."

Shane me lança um olhar desconfiado. "O que você fez pra ela?"

Beckett dá uma risadinha, com a cerveja na frente da boca.

"Não fiz porra nenhuma."

"Então é só a sua personalidade mesmo."

Beck disfarça o riso de forma nada discreta.

"Deixa pra lá." Me levanto do sofá e fico de pé. "Vou lá pra cima."

Deixo os dois com todo aquele papo furado e subo para o meu quarto, onde me jogo na cama e pego meu notebook.

Assim como fiz ontem quando cheguei em casa depois do treino, faço uma pesquisa para saber de mais detalhes do programa de treinamentos de Graham e Connelly. Mas já li tudo o que tinha para ler sobre isso, então faço uma busca diferente. Graças a Shane, quem ocupa os meus pensamentos agora é Gigi.

Procuro por seus melhores momentos, mas são poucos e espaçados. O hóquei universitário não tem a mesma cobertura da NHL, e o *feminino* é quase impossível de encontrar. Consigo achar um jogo da temporada passada, um duelo de play-offs entre a Briar e a Yale. Um dos canais de esportes locais transmitiu a partida na íntegra, e felizmente alguém pôs na internet.

Em determinado momento, na câmera, entra em foco Gigi, que na época era aluna do segundo ano e está sentada no banco. Quando ela se inclina para a frente, vendo suas companheiras segurarem as pontas com uma jogadora a menos no gelo, a intensidade em seus olhos acinzentados salta da tela e faz o meu sangue ferver. Impossível não imaginar como ela deve ser na cama. Será que é intensa desse jeito?

A garota transmite uma sensualidade feroz em seu jeito de ser. Dá muito tesão vê-la jogar um dos esportes mais violentos que existe. Embates físicos não são permitidos no hóquei feminino, mas isso não muda em nada a força necessária para se jogar em alto nível. Além disso, o jogo acaba se tornando uma batalha mais cerebral. Muito mais tática. Quando penso no que seria preciso para neutralizar o adversário sem contato físico, como retomar a posse do disco, percebo que precisaria reaprender a jogar em outro estilo.

Sem os encontrões e as imprensadas de jogadores contra as placas, o que se destaca é o jogo em si. E Gigi manda bem. O nível de habilidade que ela demonstra é insano. O jeito como se movimenta transmite uma espécie de beleza. O domínio dela com o taco é lindo pra porra.

No terceiro período, a Briar está ganhando por três gols, e a linha de Gigi não vai mais entrar no gelo. A câmera se volta para o banco da Briar. Ela já tirou o capacete, e seu cabelo escuro está preso em um rabo de cavalo suado. Sem saber que está sendo filmada, ela solta o elástico e o prende no punho, deixando as mechas onduladas caírem por sobre os ombros.

Então percebo que estou de pau duro.

Por sorte, alguém bate na porta antes que eu cometa o ato inédito de bater uma punheta assistindo a um jogo de hóquei feminino.

"E aí." Shane entra sem esperar pela minha permissão.

Fecho o notebook e deixo ao meu lado no colchão. "Que foi?"

"O time feminino tem um jogo amistoso hoje à noite. Briar contra Providence. É em Newton." O trajeto para chegar até lá, a oeste de Boston, leva uma hora de carro.

"E daí?"

"E daí que você devia ir."

"Pra quê?"

"Pra falar com a Gigi, idiota."

Antes que eu consiga protestar, um molho de chaves vem voando na minha direção.

Apanho por instinto, quase sendo perfurado pelo chaveiro de unicórnio que Shane ganhou da irmã mais nova em abril. O cara tem mesmo uma adoração por aquela menina. É meio fofo. O que não impediu, claro, que Beckett comprasse um unicórnio rosa de pelúcia no verão e deixasse no travesseiro de Shane numa noite em que ele sabia que o cara voltaria acompanhado para casa.

"É um favor que estou te fazendo, deixar você usar a minha Mercedes."

"Eu não preciso da porra da sua Mercedes, playboyzinho de merda."

"Beleza. Então a gente chama o guincho pra tirar o seu jipe da oficina e rebocá-lo enquanto você finge que está dirigindo no assento do motorista."

"Vai se foder."

Mas essa situação com o meu jipe é um problema *mesmo*. O mecânico me mandou uma mensagem de manhã avisando que precisa trocar a transmissão. Não faço ideia de onde arrumar dinheiro para esse conserto. Meus pais não são ricos para pagar as minhas contas, como é o caso do Shane, e não gosto de mexer nas poucas economias que ainda tenho, assim como detesto pedir dinheiro emprestado para os amigos.

Mas acho que pegar o carro deles emprestado não tem problema.

Quando me vê pondo as chaves no bolso, Shane começa a rir. "Vê se trata essa garota direito. Fica de joelhos na frente dela, se precisar", ele avisa. "As mulheres gostam de ver a gente de joelhos."

Reviro os olhos. "Não vou até lá pra chupar a menina."

"Mas deveria. Ela é bem gostosa."

Ele não está errado. Mas, apesar de estar disposto a viajar até lá para ver Gigi, não é de sexo que estou indo atrás.

Ainda rindo, ele me dá um tapa no ombro quando chego à porta.

"Vai fundo, campeão."

8

GIGI

Que tal se comunicar usando palavras?

Três segundos depois de o disco atingir o gelo, percebo que o time do Providence College está aqui para acabar com o nosso.

É para ser só um amistoso, mas disputado com as regras oficiais, com o equipamento de segurança completo e usando as linhas com que vamos disputar a temporada. Só que existe uma regra meio não dita de que ninguém dá o seu máximo nesse tipo de jogo. Por que se arriscar a sofrer uma lesão num jogo que nem conta para nada? Deixar o público feliz já basta. Toda a arrecadação com ingressos vai ser redirecionada para uma instituição de apoio ao combate ao câncer infantil, e durante o intervalo, as crianças cujos pais pagaram os ingressos mais caros vão dar voltas de trenó pelo gelo. É para ser uma coisa fofinha e divertida.

Em vez disso, meu instinto de sobrevivência está ligado no nível máximo.

As meninas do Providence estão pressionando a gente desde o início. Atravessam a linha azul feito um bando de hienas. Shannon, nossa goleira, é a carcaça de que estão atrás. Ou melhor, não bem carcaça, porque ainda está viva, mas machucada, e elas sentem o cheiro de sangue. Mandam bombas sem parar para cima dela enquanto a nossa defesa tenta protegê-la.

Finalmente, uma delas consegue mandar o disco para longe da nossa defesa, mas não tem ninguém do nosso time para pegar, então passa da linha de gol adversária e é marcada a infração de *icing*. Que merda. Agora o face-off vai ser no círculo à esquerda do nosso gol.

Faz só cinco minutos que o jogo começou, do primeiro período ainda, e estou suando como se tivesse saído da sauna da academia.

A central adversária sorri para mim. "Está se divertindo?", ela provoca.

"Porra, Bethany, é um jogo beneficente", digo com um grunhido, me abaixando para me preparar para disputar o disco. "Relaxa aí."

Ela estala a língua baixinho enquanto a árbitra assume sua posição.

"Qual é, Graham. Você tem que estar sempre pronta pra dar o seu máximo, não importa o jogo."

Que mentira da porra. Elas estão tentando provar algo. O quê, eu não sei. Não somos nem rivais tradicionais, como o Eastwood e a Briar costumavam ser. Era para ser uma noite divertida. Estão estragando tudo.

A plateia vibra quando Bethany ganha a posse do disco no face-off. Ela faz um passe rápido para a ala-direita, que manda para a rede.

O primeiro golpe contundente é delas.

Só quando volto para o banco as peças do quebra-cabeça começam a se encaixar.

Cami se vira para mim e cochicha: "Os treinadores da seleção americana estão aqui".

Fico paralisada ao ouvir isso. "Quê? Sério?"

"Sim. Neela acabou de ouvir uma das árbitras comentar."

Eu me viro para nossa companheira de time para confirmar a informação, mas então me dou conta de que Neela está no gelo, tendo que se dedicar ao máximo e entregar tudo o que pode. O Providence não vai facilitar as coisas para nós.

Em vez disso, passo os olhos pelas arquibancadas à procura de Alan Murphy, o treinador principal da seleção. É um gesto totalmente inútil. Uma das coisas que mais me irritam nos filmes é quando tem uma plateia enorme, milhares de pessoa na arena, e de alguma forma o herói ou a heroína do time consegue fixar o olhar em uma única pessoa, e o resto da plateia desaparece enquanto eles mantêm um contato visual cheio de significado.

Que coisa mais absurda. Não dá para ver ninguém aqui. Só um mar de rostos indistintos.

"Por que eles vieram?", pergunto.

"Sei lá. Será que estão envolvidos com a instituição de caridade?"

Pode ser, mas eles também podem estar aqui para observar jogadoras.

E, puta merda, nosso time está um lixo hoje.

Isso acende um fogo dentro de mim. Adley comanda uma troca de linha, e espero as minhas companheiras chegarem às placas para pular o portãozinho.

Meus patins mal tocam o gelo e Whitney já passa o disco para mim. O Providence também está no meio de uma troca de linha. É o pior momento possível para elas fazerem isso, porque me dá uma oportunidade de criar uma boa jogada. Substituições na hora errada podem acabar decidindo um jogo de hóquei, e esse é o primeiro erro que elas cometem desde que a partida começou.

Não perco tempo e me aproveito do deslize e do contra-ataque que ele me proporciona. Sinto o ar zunir em meus ouvidos quando atravesso o gelo na direção do gol adversário. Uma defensora tenta me alcançar, mas não consegue. Eu a ultrapasso em velocidade, depois ganho da companheira dela na habilidade e jogo o braço para trás para mandar um tiro direto.

Gol.

Escuto a vibração ruidosa da torcida. O ruído dos tacos batendo nas placas e a comemoração das minhas companheiras ecoam pela arena lotada. Camila vem patinando até mim e dá um soco no meu braço.

"*É isso aí*, gata!", ela grita, e então fazemos outra substituição, e a segunda linha assume de onde paramos.

Quando soa o sinal que assinala o fim do primeiro período, estamos empatadas em um a um.

O segundo período tem a mesma intensidade do primeiro. É uma batalha de defesas, com o ataque dos dois lados sendo neutralizado o tempo todo. Por várias vezes, fico sem espaço, cercada por adversárias atrás do gol do Providence. É o lugar que menos gosto de estar. Sou menor que a maioria das outras jogadoras, então é difícil para mim ganhar essas disputas atrás do gol. Não tenho ombros para isso. Meu pai sempre tirou sarro dos meus ombros delicados.

Mas, felizmente, sou rápida, então na maioria das vezes consigo não me colocar nessas situações de marcação cerrada. Em vez de ir para o empurra-empurra atrás do gol, tento fazer um passe para Cami na ponta, mas o disco é interceptado. Quando vejo, estamos atrás no placar de novo. Todo o restante do terceiro período é assim também. Pressão intensa. Alta velocidade.

O Providence continua ganhando de dois a um até faltarem quarenta segundos para o fim, quando Neela faz uma boa jogada por trás do gol. Ao contrário de mim, ela é perigosa nessas situações, então distrai a goleira e consegue colocar o disco de frente para o gol, onde Whitney está à espera para lançá-lo na rede de primeira.

Os organizadores do jogo beneficente avisam o treinador Adley que o jogo não pode terminar em empate, então fazemos uma disputa de *shootouts*, que nosso time consegue vencer facilmente porque atacante nenhuma consegue fazer mais gols que eu nesse tipo de situação, frente a frente com a goleira. Ninguém mesmo.

E foi assim que ganhamos o jogo beneficente, também conhecido como Batalha Mortal.

"Minha nossa", resmungo, enquanto nos dirigimos para o vestiário. "Isso foi absurdo."

Todas as minhas companheiras de time parecem igualmente exaustas.

"Pensei que estivesse em forma!", comenta Neela. "Tipo, puxei ferro pesado na intertemporada. E agora os meus braços parecem gelatina." Ela os levanta e depois os deixa cair como se fossem fios de macarrão cozido.

O treinador entra no vestiário antes que o time comece a se trocar.

"Foi um jogo de alta qualidade", ele diz, olhando ao redor com admiração. Em seguida, revira os olhos. "Mas não sei que parte de 'guardem as energias de vocês para a estreia da temporada' vocês não entenderam", ele acrescenta, referindo-se ao discurso que tinha feito antes da partida.

"Você conhece a gente, todo mundo entrega tudo o que pode lá no gelo", responde Whitney.

Ele solta um suspiro. "Alguém contou que Brad Fairlee estava na arquibancada, né?"

"Pois é", ela diz, e todo mundo cai na risada.

Todo mundo menos eu. Porque sinto meu sangue gelar.

Brad Fairlee?

A ansiedade provoca um nó no meu estômago. "O que aconteceu com Alan Murphy?", me apresso em perguntar.

"Ele tá fora", informa Adley. "Segundo o pessoal lá de cima, por motivos médicos. Estão tentando acobertar, parece, mas acho que pode ter sido um enfarto, ou vários."

"Nossa, ele tá bem?", pergunta Whitney.

"Acho que ainda está no hospital, mas não sei nada além disso. A direção da USA Hockey ofereceu o cargo para Brad Fairlee, o coordenador ofensivo. Ele é bom. Foi uma promoção merecida." Adley anda em direção à porta. "Bom, enfim. Podem se trocar agora. A gente se vê no ônibus."

Todo mundo volta a conversar entre si, enquanto as meninas vão em direção ao chuveiro. Minha inquietação só se intensifica enquanto me esfrego no banho, livrando meu corpo do suor e da exaustão. Nem lavo o cabelo, só o prendo em um coque molhado, visto minha roupa e saio às pressas do vestiário.

Quero encontrar Brad Fairlee, mas não sei ao certo o que dizer para ele. Não nos falamos faz alguns anos. De repente posso perguntar sobre Emma, a filha dele, mas, dependendo do que ela tenha contado para o pai, ele pode sacar o motivo. Na verdade, estou cagando para o que Emma Fairlee faz ou deixa de fazer.

Mas não posso deixar o treinador principal da seleção ir embora sem pelo menos dar uma sondada em suas intenções. Eu já deveria ter recebido algum sinal de vida a esta altura. Ou seja, já deveria ter sido contatada *se* eles tivessem alguma intenção de me convocar. Conheço uma garota do Wisconsin que foi chamada para um treino, então eles já devem estar no processo de escalar jogadoras. Precisam estar, aliás; os jogos importantes estão chegando, bem como a Four Nations Cup em novembro e o jogo anual entre Estados Unidos e Canadá em fevereiro. E em fevereiro do ano seguinte vem a maior competição de todas. As Olimpíadas de Inverno.

Porra, como eu quero fazer parte disso.

Nunca pedi muita coisa na vida. Nunca fui uma dessas meninas mimadas que exigem um pônei do papai ou uma festa de quinze anos enorme. Inclusive, Wyatt e eu passamos nosso aniversário vendo nosso pai ganhar o sétimo jogo de uma série de play-offs duríssima. O time dele não ganhou a Stanley Cup naquele ano, mas mesmo assim foi muito legal passar o aniversário no camarote do proprietário dos Bruins no TD Garden.

Mas isso eu *quero*. Quero tanto que consigo até sentir o gostinho dessa satisfação na boca.

Para minha surpresa, não preciso sair caçando Fairlee como um cão farejando uma bomba. Ele chama meu nome assim que chego ao saguão.

"Oi, sr. Fairlee", respondo, tentando disfarçar minha ansiedade. "Há quanto tempo!"

"É mesmo", ele concorda. "Já faz o quê? Três anos?"

"Tipo isso."

Eu me aproximo com a mochila de equipamentos de jogo pendurada no ombro.

O sr. Fairlee não é um homem alto, mas tem a constituição física de um tanque de guerra, com um peito largo e pescoço grosso. Jogou hóquei quando era jovem, mas não fez muito sucesso como profissional, principalmente por causa de sua altura. No fim, acabou virando treinador, e *aí sim* foi bem-sucedido. E cada vez mais, ao que parece.

"Parabéns pela vitória."

"Eu não esperava um jogo tão pesado", respondo, num tom de insatisfação.

Ele assente com a cabeça. "Você foi muito bem no *shootout*."

"Obrigada. E pelo que ouvi, você também merece os parabéns. O treinador Adley contou pra gente sobre a seleção nacional."

O orgulho é visível em seus olhos. "Ah, sim, obrigado. Estou ansioso pra conduzir o time. E ganhar umas medalhas."

"Vai ser incrível..." Faço uma pausa, esperando que ele não deixe a conversa morrer. Rezando para que me diga alguma coisa, qualquer coisa, qualquer pista do que ele pretende fazer com o time.

Mas ele fica em silêncio.

Meio sem jeito, continuo. "Enfim, acho que não preciso nem dizer, mas adoraria ser levada em conta para a convocação."

Ele assente mais uma vez. "Claro. Estamos de olho em várias jogadoras no momento. Temos um grupo bem dinâmico de atletas universitárias este ano."

Que mentira.

Não digo isso em voz alta, e tento não me irritar. Não sou arrogante, de forma nenhuma, mas conheço todas as jogadoras de hóquei da NCAA, inclusive as calouras que acabaram de chegar. Algumas novatas têm potencial, mas na verdade só algumas delas se destacam nos times da primeira divisão. E eu estou entre as dez melhores, se não estiver entre as cinco.

"Fico feliz de ouvir isso. Não sei quantas atletas universitárias costumam ser convocadas, mas..."

“Mais ou menos 30% ou 40% do grupo”, ele informa.

Isso me deixa sem palavras.

Que merda. É um número ridiculamente baixo. Considerando o tamanho da escalação, tem pouquíssimas vagas para preencher, o que significa que ele vai convocar duas, *talvez* três universitárias.

“Como eu falei”, ele continua quando vê a expressão no meu rosto, “estamos de olho em várias jogadoras, e você é uma delas, claro. Seu talento é inegável, Gigi. Existem umas coisinhas a serem melhoradas, mas isso vale para todo mundo.”

“Que coisinhas?”, retruco meio na lata, e percebo só tarde demais que isso talvez soe como se eu tivesse me ofendido com a crítica. Então me apresso em acrescentar: “Adoraria ouvir qualquer toque que tenha pra me fazer evoluir. Estou sempre tentando melhorar minhas jogadas”.

Ele franze os lábios. “É o mesmo de sempre. Você não é uma atacante muito boa atrás do gol.”

Dessa vez eu me irrito de verdade, porque ele está agindo como se essa “coisinha” fosse um calcanhar de aquiles que vem me prejudicando há anos, impedindo que eu obtenha qualquer sucesso. O que é uma bobagem. Toda jogadora tem pontos fortes e fracos.

“Agradeço pelo toque. Vou conversar com o treinador Adley sobre isso.” Então, como sei que vai dar meio na cara se não tocar no nome dela, eu me obrigo a perguntar: “E Emma, como vai? Ela está lá na UCLA, né?”.

“Ela vai bem. Parece que finalmente se encontrou lá na Costa Oeste. Conseguiu até um papel secundário no episódio piloto de uma série.”

“Que legal”, minto.

Fico incomodada em saber que coisas boas estão acontecendo com ela, e com raiva da minha própria mesquinhez. Não gosto de me ver como uma pessoa assim tão rancorosa.

“Vou falar pra ela que você perguntou dela.”

Por favor, não, penso.

No entanto, o tom de voz que ele usa me diz que não vai comentar nada disso com ela. Pois é... a filha o envenenou completamente.

“Enfim, foi bom rever você, Gigi. Agora preciso conversar com algumas outras pessoas também.”

Ele me dá um tapinha no braço. E então, para o meu horror absoluto, vai andando na direção de Bethany Clarke, a capitã do time do Providence.

Será que isso é algum tipo de piada? Bethany pode até ter feito um bom jogo hoje, mas não chega nem perto de ser uma jogadora do meu calibre. É como levar um tapa na cara. Sinto um nó na garganta de inveja e ressentimento quando saio do ginásio. Ainda me sinto gelada, mesmo quando saio para o ar quente e úmido.

Estou na metade dos degraus da entrada quando escuto meu nome de novo.

"Gigi, espera."

Olho por cima do ombro e vejo Luke Ryder parado na base da escada, à minha esquerda. Ele vem andando na minha direção, suas pernas compridas vestidas num jeans desbotado. Também está com uma camiseta preta e um boné dos Bruins com a aba afundada na testa, quase escondendo os olhos.

Uma ruga aparece na minha testa enquanto desço o resto dos degraus até a calçada e o alcanço. "O que está fazendo aqui?"

Ele dá de ombros.

"Que tal se comunicar usando palavras, Ryder?"

Não estou nem um pouco a fim de lidar com esse lance de homem das cavernas agora. O fora que levei de Brad Fairlee ainda queima como ácido de bateria dentro das minhas veias.

Ryder levanta o boné e passa uma das mãos pelo cabelo para ajeitá-lo antes de colocá-lo de volta na cabeça. Esse movimento chama minha atenção para seu punho direito e para o bracelete que ele usa. Feito de barbante preto e cinza, igual àquelas pulseiras de amizade de lugares turísticos que as pessoas que são de lá tentam obrigar você a comprar. É velha e desfiada, como se já estivesse sendo usada há um tempão.

"Só vim ver o seu jogo."

"Ah, tá. Estranho. Mas tudo bem." Olho para ele, achando graça naquilo. "E gostou?"

Ele começa a dar de ombros, mas quando vê minha cara, para de fingir.

"Foi um pouco mais dramático do que eu esperava", ele diz, achando graça. "E também não precisava ir pro *shootout*."

"Acha que devia ter terminado em empate?"

"Não, o que eu acho é exatamente o que disse: não precisava ter ido pro *shootout*. Você podia ter ganhado o jogo pro seu time no último período."

"Sabe, a maioria das pessoas estaria me parabenizando por eu ter ganhado aquele *shootout*", alego.

"É isso o que você espera das pessoas? Que peçam que você continue o que está fazendo?"

A piadinha dele me provoca um calor que vai diretamente para o meio das minhas pernas.

Uau.

Certo.

Eu não esperava que o meu corpo reagisse desse jeito. E não gosto nada disso. Principalmente porque deveria estar brava com ele agora. Ele literalmente me disse que o jogo só foi para o *shootout* por minha causa.

"Não sei se você percebeu", respondo, tensa, "mas a pressão que elas colocaram sobre nós foi uma loucura."

Ryder não responde.

"Que foi?", resmungo.

Ainda não fala nada.

Solto minha bolsa de equipamentos no chão, que cai com um barulhão. Quando cruzo os braços, o encaro de um jeito malvado. "Anda logo. Me diz o que está pensando."

Ele me olha nos olhos. "Você entra em pânico atrás do gol."

Essa crítica rasga o meu peito como uma facada.

Normalmente eu aceitaria o comentário de forma gentil, tentaria entender o ponto de vista dele e encararia como uma crítica construtiva, em vez de me incomodar tanto. Mas ele está dizendo a mesma coisa que Fairlee, e isso é a última coisa de que preciso neste momento.

Agora tem dois homens reclamando no meu ouvido que eu não sei o que fazer quando estou atrás do gol?

"Quando você está sob pressão no campo de ataque e não encontra mais opções, levar o disco pra trás do gol precisa ser uma coisa automática", diz Ryder diante do meu silêncio. "Mas em vez disso, você entra em pânico, faz um passe sem sentido e acaba interceptada. Foi o que aconteceu no terceiro período."

Acho que gosto mais quando ele fica de boca fechada.

Cerro o maxilar com tanta força que meus molares começam a latejar. Ignorando a parte em que ele detonou minhas habilidades, abro a boca para perguntar: "O que veio fazer aqui de verdade?".

Os olhos azuis-escuros dele demonstram o que parece ser desconforto. Fico esperando que comece a enrolar, ou que não responda nada, mas ele me surpreende com uma afirmação direta: "Seu pai apareceu no nosso treino ontem".

"E daí?"

Ryder ajeita a aba do boné de novo. "Ele contou pra gente sobre o programa de treinamentos do Hockey Kings que acontece todo ano. E eu queria..."

"Caralho, não pode ser." Sei exatamente o rumo que essa conversa vai tomar, e isso me irrita demais. "Sério mesmo? Você também?"

"O quê?"

Pego minha bolsa e a penduro no ombro. "Você sabe quantos caras deram em cima de mim ao longo dos anos só pra se aproximarem do meu pai? Eu não nasci ontem."

Balanço a cabeça, engolindo a animosidade crescente que sinto no peito. Sou obrigada a admitir que pelo menos Ryder está sendo direto e honesto. Não me chamou pra jantar pegando na minha mão e vindo com conversinha para só *depois* pedir o favor.

Apesar dos meus esforços, sentimentos amargos vêm à tona. Eu já estava de mau humor antes dessa emboscada, agora fiquei mil vezes pior.

"Eu sabia que você era babaca, mas não nesse nível. Você aparece aqui do nada, fala merda do meu jogo e ainda quer me usar pra se aproximar do meu pai?"

Ele encolhe os ombros, no gesto que é sua marca registrada.

"Que foi?"

"Como se você também não usasse o seu pai."

Fico tensa. "Que conversa é essa?"

"Nós treinamos num lugar chamado Graham Center." Ele dá uma risada sem muito humor. "Se isso não é nepotismo, eu não sei o que é."

Meu rosto está queimando. Sei que fica mais vermelho a cada segundo. "Está insinuando que não entrei na Briar por meu próprio mérito?"

"Estou dizendo que você é boa, mas com certeza seu sobrenome deu uma ajudada."

Eu me esforço para manter a calma. Respiro fundo.

E então digo: "Vai se foder".

E saio andando, porque já estou de saco cheio dessa conversa. Nem vou dar bola para isso.

Ele não vem atrás de mim, e estou furiosa quando entro no ônibus do time um minuto depois.

Ryder está enganado. Meu sobrenome não foi o motivo para a Briar — e mais meia dúzia de universidades com bons times de hóquei — fazer de tudo para me recrutar. Elas me queriam porque sou boa. Não, porque sou ótima.

Sei que sou.

Mas isso não impede que as comportas da insegurança sejam abertas e uma torrente de dúvidas invada a minha mente.

9

GIGI

Subindo pelas paredes

Ainda estou com uma nuvenzinha negra em cima da cabeça quando chego em casa algumas horas depois. Quando vejo duas malas enormes no meio da área comum da suíte, eu me animo.

"Ai, meu Deus", grito. "Você chegou?"

Mya Bell aparece na porta com seu sorriso branco e radiante.

"Cheguei!", ela diz, toda expressiva e dramática.

Quando vejo, estamos no meio de um daqueles abraços ligeiramente constrangedores em que você também meio que fica dançando e se balançando até quase ir parar no chão.

"O que está fazendo aqui?", pergunto, transbordando de alegria. "Pensei que só fosse chegar no domingo."

"Fiquei entediada lá em Manhattan. Isso sem falar que a minha mãe estava me enlouquecendo. Preciso de um pouco de paz e tranquilidade."

"Nossa, ela devia mesmo estar sendo insuportável, se até você estava querendo silêncio."

Mya não é, e faço questão de enfatizar isso, uma pessoa quietinha e discreta. Não que eu esteja dizendo que ela é irritante e escandalosa. Ela só fala bastante.

"Minha mãe decidiu que queria encontrar um marido ou uma esposa para mim e que eu não teria direito a opinar nessa decisão", explica Mya, revirando os olhos.

"Sério? Como é que você vai fazer pra se casar e virar uma estrela do bisturi ao mesmo tempo? Acho que só dá pra ser uma coisa ou outra." Mya está terminando as disciplinas de biologia para continuar os estudos na faculdade de medicina. Quer ser cirurgiã.

"Exatamente. Não dá pra me concentrar em outra pessoa tendo que ficar acordada trinta e seis horas seguidas enquanto faço residência. Mas vai dizer isso pra minha mãe. Ela passou metade do verão perguntando pra qualquer diplomata com quem cruzava se a pessoa tinha algum filho ou filha solteiros. Está até fazendo um dossiê de pretendentes."

"Pelo menos agora ela aceitaria uma esposa."

Quando Mya se assumiu bissexual no primeiro ano de faculdade, a mãe dela demorou para se conformar. O maior problema, para ela, era que achava que isso pudesse significar que nunca teria netos para quem comprar pôneis. Mya enfim conseguiu se sentar com a mãe e explicar que, caso resolva assumir um compromisso duradouro com uma mulher, existem diversas opções para casais do mesmo sexo terem filhos hoje em dia. Isso pareceu apaziguar a sra. Bell.

"É verdade", responde Mya. "Mas, juro por Deus, a última coisa que quero é minha mãe tentando me arrumar alguém. Você já conheceu ela? É uma das maiores esnobes da face da terra. Vai querer que eu case com alguma herdeira metida a besta ou algum aristocrata que usa anel no dedinho."

Mya continua a me presentear com histórias sobre as viagens de férias de sua família. Abrimos uma garrafa de vinho tinto e nos sentamos no sofá para pôr a conversa em dia. No início até me divirto, mas em pouco tempo a minha mente se volta para tudo o que aconteceu hoje à noite e fico preocupada e mal-humorada de novo.

Brad Fairlee e Luke Ryder que se fodam. E daí que eu tive um passe interceptado no jogo de hoje? E daí que...

"Que foi?", pergunta Mya, com uma expressão de divertimento, interrompendo meus pensamentos. "Minha história sobre uma festa de nudismo na Grécia está entediando você?"

"Não, é muito engraçada. Desculpa. É que minha mente se distraiu um pouco, e acabei remoendo um monte de coisas de novo. Estava com um humor do cão antes de ver esse seu rostinho lindo."

"Em primeiro lugar, pode continuar com os elogios, porque a minha mãe praticamente aniquilou minha autoestima nessas férias. E, em segundo lugar, que coisas são essas que você estava remoendo?"

"Emma Fairlee. Minha ex-amiga do colégio."

"Ah, a traidora."

"Pois é." Dou risada ao ouvir como Mya se refere a Emma, mas com uma pontada de dor também, porque, se alguém me dissesse no último ano do ensino médio que nós não seríamos mais amigas depois da formatura, eu diria que essa pessoa estava maluca.

Mya estica suas pernas inacreditavelmente longas e as apoia sobre a mesinha de centro. "Então, por que você estava pensando nessa Emma?"

"Então, na verdade, estava pensando mais no pai dela. Descobri agora à noite que o sr. Fairlee é o novo treinador da seleção americana."

"Puta merda. E ela envenenou o papaizinho dela contra você?"

"Sei lá. Não converso com ela nem com ninguém daquela família desde a formatura do colégio, na verdade. Mas duvido que ela tenha falado alguma coisa boa sobre mim. Já faz três anos que a garota fica me caluniando sem parar nas redes sociais."

No começo, eram postagens superagressivas dizendo que a minha família inteira era horrível, egoísta e cruel. Mais tarde, viraram umas "reflexões" veladas e citações ambíguas, mas claramente direcionadas a mim e aos meus vários defeitos.

O que é infantil pra caralho, mas o problema é que Emma não suporta ser ignorada. Precisa ser sempre o centro das atenções, o que é ótimo quando você é adolescente, vive em função das baladas e tem uma amiga que se joga de cabeça em qualquer aventura ao seu lado.

Mas, quando você deixa de fazer as vontades dela e inflar seu ego, ela vira sua inimiga.

"Enfim, estou com medo de que ele me impeça de chegar aonde mereço", admito, virando metade da minha taça. O vinho bate no fundo do meu estômago e se revira por lá. "Ainda estão terminando de escolher as jogadoras e fechando a convocação, então..." Limpo com a língua uma gota do meu lábio inferior. "Sei lá, estou nervosa. Com um mau pressentimento sobre isso."

"Pois não deveria estar. Você é a melhor jogadora de hóquei do mundo."

"Nossa, meio exagerado."

"Uma das três melhores", ela se corrige. "Isso se a gente levar o mundo todo em conta, claro."

"Uma das dez melhores. Isso se a gente levar só os Estados Unidos em conta."

"Tá, uma das cinco melhores do mundo, então", ela diz, fazendo um gesto com a mão. "Está me dizendo que esse babaca vai deixar uma jogadora desse nível de fora da seleção?"

"Não é tão simples assim."

"Então o que seria simples?"

Penso um pouco antes de responder, porque é difícil de explicar. O processo de convocação é quase deliberadamente obscuro.

"Os treinadores não convocam as jogadoras com base em critérios objetivos. Levam em conta atuações anteriores em grandes jogos de repercussão nacional, uma coisa que eu não tenho. Levam em conta quem se encaixaria melhor no esquema do time. Às vezes fazem algumas seletivas, mas o histórico fala mais alto do que meia dúzia de treinos." Tento explicar de forma bem mastigada. "Na prática, toda vez que piso no gelo, estou competindo por uma vaga na seleção."

E não estou deixando uma impressão muito boa, ao que parece. Pelo menos de acordo com Brad Fairlee.

Começo a bufar de frustração. "Enfim. Não quero mais falar sobre isso."

Escorrego do sofá e me deixo cair sobre o tapete macio e peludo, onde alongo as costas e solto um grunhido alto.

"Ô-ou", diz Mya com um suspiro.

Abro os olhos e vejo que ela está olhando na minha direção. A expressão em seu rosto é uma mistura de diversão e preocupação.

"Que foi?", resmungo.

"Você está precisando transar."

"Nada a ver. Tô de boa."

"Tá nada. Eu voltei faz só uma hora e já estava vendo os sinais antes de você começar a rolar no chão. Isso é a prova definitiva de que você está subindo pelas paredes."

"Para com isso. Mal me deito no chão."

"Claro que se deita. Você faz isso toda vez que está estressada ou sobrecarregada. Depois disso, começa a subir pelas paredes, fica mal-humorada e briga comigo por qualquer besteira, tipo eu beber água na sua garrafinha com o logo do time. Daí, depois que o Case aparece e te come de jeito, você relaxa e volta a ser a Gigi meiga de sempre."

"Acho que nunca fui meiga na vida."

"Tudo bem, pode até ser. Mas todo o resto é verdade. Você tem um ciclo de tesão muito bem definido. E, assim que transa, fica menos implicante e deixa o tapete e as paredes em paz."

"Como você é péssima."

"Quando foi a última vez que você gozou?"

Abro a boca com um ar triunfal...

"Com outro ser humano, não com a sua mão", ela interrompe antes que eu possa falar.

Solto um suspiro de derrota. "Nada desde que terminei com o Case."

"Tá, e isso foi quando, no fim de maio? Tipo, quase quatro meses atrás?"

"Quatro meses sem transar não é muita coisa", protesto.

"Pra maioria das pessoas, não mesmo. Mas pra uma estressadinha igual a você? É uma eternidade."

Eu me recuso a dar esse gostinho de satisfação para ela, mas... isso meio que é verdade. Poder transar com frequência é um dos motivos por que prefiro ter relacionamentos sérios. As pessoas sempre dizem que a coisa mais fácil do mundo é sair e achar alguém pra transar. Mas quem é que quer fazer isso *toda* vez? Várias noites de sexo com uma pessoa que você ama é obviamente muito melhor.

"E se a gente criasse um perfil pra você num aplicativo de namoro?"

Me sento no tapete e me recosto no sofá. "Não. Detesto essas coisas. E você sabe que sexo casual não é pra mim."

"Bom, é isso ou voltar com o Case." Ela se inclina para a frente e enche sua taça. "Isso é uma opção?"

"Não."

Por falar em Case, ele me liga quando estou prestes a entrar no chuveiro mais tarde. Quero lavar o cabelo direito depois de mal ter jogado uma água no vestiário.

Meus dedos ficam pairando sobre o botão de "aceitar". Quase não atendo, mas o hábito acaba falando mais alto.

Isso e o fato de que não posso negar que gosto de ouvir a voz dele às vezes.

"Como é que foi o jogo?", pergunta Case.

Saindo do meu banheiro privativo, me sento na beira da cama e retomo o velho costume de desabafar com Case. "Foi brutal. Precisamos tomar cuidado com o Providence nessa temporada."

"Está dolorida?"

"Dolorida e meio machucada, mas nada que um bom banho de gelo amanhã não resolva."

"Ou um banho quente agora." A voz dele chega ao meu ouvido lenta e macia feito melaço. "Posso ir até aí fazer companhia, se quiser."

Eu me sinto... tentada.

Um arrepio me percorre só de pensar em ficar nua na banheira com Case acariciando o meu cabelo e beijado o meu pescoço.

Mya tem razão. Estou com muito tesão acumulado.

E é por isso que me apresso em terminar a conversa. "Não", digo em um tom de leveza. "Tá tudo sob controle. Vou só tomar uma ducha e ir pra cama."

"Eu estou aqui pro que precisar, Gi. Você sabe disso, né? E sempre vou estar."

Mas ele não estava lá. Não quando eu mais precisei.

Como vou acreditar que agora ele estará?

Argh, não estou com cabeça para isso agora. Tomo um banho, passo o secador e a escova no cabelo e vou para a cama. Mas, quando me deito, o sono não vem. Estou inquieta e... certo, talvez precisando me aliviar. Quando dá uma da manhã e ainda estou mais do que acordada, mordo o lábio e levo a mão ao meio das pernas.

É isso o que você espera das pessoas? Que peçam que você continue o que está fazendo?

Antes que eu possa impedir, a voz grave e rouca de Luke Ryder está na minha mente. Sinto o meu ventre se contrair, e o meu corpo murmurar: *Isso, me pede pra continuar o que estou fazendo.*

Roço os dedos sobre o meu clitóris, acariciando-o levemente antes que eu me dê conta de quem está me fazendo latejar de tesão.

E assim, do nada, o tesão vai embora. Não posso me masturbar pensando no babaca que apareceu do nada no meu jogo hoje, criticou minhas falhas como jogadora e ainda insinuou que eu não deveria estar em um time de hóquei da primeira divisão da NCAA.

Nepotismo é o caralho.

Idiota de merda.

Demoro uma eternidade para dormir e, mesmo quando consigo, não é um sono relaxante. Fico me mexendo sem parar e acordo me sentindo cansada.

Por causa disso, faço minha corridinha matinal quase me arrastando. Mya decide correr comigo, porque estou precisando demais de companhia. Ela tenta me distrair do mau humor, que ainda não foi embora, mas só consegue quando voltamos para a Hartford House, arrancando boas risadas de mim.

Obviamente, isso tudo se dissipa assim que vejo Ryder esperando por nós na porta da frente.

Com um buquê de margaridas na mão.

10

GIGI

Dia internacional de comer uma maçã

"Só estou dizendo que você não pode continuar se apresentando como príncipe se Malta aboliu a monarquia nos anos 1970. Tipo, mano, sua família vende portas e janelas agora. Não interessa se você é parente distante da porra da rainha..." Mya para de falar quando vê Ryder. Em seguida, vê o pequeno buquê de flores brancas e amarelas. "Ah, uau. Ok. Agora a coisa ficou interessante."

Quando nos aproximamos, Ryder endireita os ombros largos e dá um passo à frente. Está vestindo a mesma roupa de ontem, jeans e camiseta preta, mas sem o boné desta vez. O cabelo escuro está todo desarrumado, e ele dá uma ajeitada com a mão livre.

"Oi", ele diz em um tom seco.

"Oi", respondo, num tom um tanto gelado.

Um silêncio se instala. Ficamos só nos olhando. Estou desconfiada. Não consigo deduzir nada da expressão dele.

"Oi!", diz Mya, toda animada.

Me esqueci completamente da presença dela.

"Ryder, essa é a Mya", apresento às pressas. "Minha colega de quarto."

Ele a cumprimenta com um aceno de cabeça.

Ela o olha de cima a baixo, e pelo sorriso que vejo em seus lábios curvados num formato perfeito de arco dá para perceber que gostou do que viu.

Ele ainda está com as margaridas nas mãos, mas não faz menção de entregá-las para mim. Chego a pensar que talvez sejam para outra pessoa.

"Será que a gente pode conversar?", ele pergunta.

"Ah, mas é claro", responde Mya. Mas então nota a expressão dele e acrescenta: "Ah, você está querendo uma conversa a sós com a Gigi. Que pena. Eu queria muito saber do que se trata".

"Depois eu te conto", prometo.

Ela abre um sorriso e passa por nós na direção do alojamento, onde passa o cartão de acesso para entrar.

"Eu só tenho uma pergunta", digo para Ryder quando ficamos sozinhos.

"E qual é?"

"Sério mesmo que você me trouxe flores?"

"É", ele murmura.

Preciso morder o lábio para não dar risada. Nunca vi ninguém ficar tão incomodado por estar sendo gentil.

"Olha só, nós dois sabemos que você é um babaca, mas sabe, você é assim. Não precisava se rebaixar me trazendo flores pra pedir desculpas."

Ele abre um sorrisinho presunçoso. "Quem disse que é pra pedir desculpas? Pode ser só por uma ocasião especial."

"Sei. Fala sério. E que ocasião especial seria essa?"

Ele pega o celular do bolso de trás e destrava a tela. Depois fica olhando para a tela por um momento. Pelo que consigo ver, parece que está consultando um aplicativo de calendário.

"Hoje é o Dia Internacional de Comer uma Maçã." Ele levanta os olhos. "Me pareceu uma coisa que merecia um buquê."

Dou uma encarada nele. "Você acabou de inventar isso."

Ele vira a tela na minha direção. De fato, na lista de datas comemorativas, realmente existe o Dia Internacional de Comer uma Maçã.

"Eu gosto muito de maçã", diz ele, sem disfarçar o ar presunçosos.

"Quer saber, acho que gosto desse Ryder. Não tinha ideia de que você era tão besta."

"Eu não sou besta", ele rosna.

"Então por que você me trouxe um buquê por gostar tanto de maçãs?"

Ele empurra o buquê para mim. "Pega logo essa porra."

Um sorriso involuntário aparece no meu rosto. Decido acabar com o sofrimento dele e aceitar as margaridas.

"Eu adoro flores", informo. "Não tanto quanto borboletas, mas quase."

Ryder solta um suspiro.

"Que foi?" Volto a ficar na defensiva.

"Você gosta de flores e de borboletas? Justo quando eu estava começando a pensar que você era uma garota descolada."

"E você, gosta do *quê*?", eu o desafio.

"De nada dessas coisas."

"Que engraçado, o cara que passou a manhã toda colhendo flores pra pedir desculpas pra uma garota dizendo isso."

"Não foi a manhã toda. Foi rapidinho. Roubei do canteiro da minha vizinha."

"Ai, meu Deus."

"E eu já falei que não foi pra pedir desculpas", ele resmunga.

"Aham."

"Porque eu não estou arrependido." Ele ergue a sobrancelha. "Só falei a verdade."

Olho feio para ele. "Como você se sentiria se depois de um jogo eu aparecesse do nada e começasse a apontar todos os seus defeitos como jogador?"

"Não foi isso que eu fiz. Foi você que pediu a minha opinião."

"Você não precisava responder, se não quisesse."

"Se não quer ouvir a resposta, então é melhor não perguntar", rebate ele.

"Quer saber, eu gostava mais de você quando não falava comigo."

Isso o faz sorrir.

Que merda. A culpa disso é toda minha. Fui eu que o fiz sorrir. E agora fui agraciada com esse sorriso idiota, que é encantador. Lembro do que Camila falou sobre ele, que fica parado em um canto nas festas só esperando as garotas irem para cima, e agora entendo por que isso acontece.

"Olha só, se isso aqui fosse mesmo um pedido de desculpas, hipoteticamente falando, acho que eu poderia admitir que às vezes sou meio sem filtro."

"Não diga!", respondo, em choque.

"Não que alguém algum dia já tenha reclamado disso."

"Ah, claro, tenho certeza de que todo mundo adora isso em você."

Ele estreita os olhos. "Vir até aqui foi uma péssima ideia."

"Não, não", insisto. "Estou gostando desse pedido hipotético de desculpas. Então digamos que, hipoteticamente, você tenha sido meio sem filtro e tenha feito alguém se sentir um lixo porque falou que essa pessoa só joga na Briar por nepotismo... continua daí."

Ele assume um tom mais sério. "Eu não quis dizer isso. O comentário que fiz sobre nepotismo foi totalmente nada a ver."

Acho que ele está sendo sincero. Pode até ser um babaca, mas não me parece ser uma pessoa cruel.

Por outro lado, eu mal conheço o cara.

"Não foi minha intenção fazer você se sentir um lixo. Quando o assunto é hóquei, sou 100% sincero. Estou sempre tentando melhorar minhas próprias jogadas, sempre trabalhando minhas fraquezas. O problema é que esqueço que nem todo mundo quer ouvir esse tipo de conselho." Ele se interrompe, fazendo uma careta. "E me desculpa por ter insinuado que você só está aqui por causa do seu pai. Eu assisti àquele jogo inteiro. Você foi sensacional."

Apesar da onda de calor que sinto ao ouvir esse elogio, ainda fico com o pé atrás. "Está dizendo isso só pra eu não me sentir um lixo de novo?"

"Eu não falo as coisas da boca pra fora."

Estou começando a achar que essa sinceridade é para valer.

"Tá bom, obrigada, então. Agradeço o elogio, acho." E, com muita relutância, acrescento: "Você também joga muito bem".

"Eu não falei que você jogou muito bem. Disse que você foi sensacional."

"E eu disse que você joga muito bem".

Ele dá uma risada baixinho. "Tá, que seja." Ryder aponta para o buquê na minha mão. "Isso aí é minha oferta de paz. Shane falou que as mulheres costumam gostar de margaridas e que elas não passam uma ideia errada."

"E qual seria a ideia errada? Que você está dando em cima de mim? Ou que está puxando meu saco só pra eu falar bem de você pro meu pai? Foi por isso que você foi ver o jogo ontem, não foi?"

"Foi", ele responde sinceramente. "Mas você deixou bem claro o que acha disso, então não vou ficar insistindo. Nunca fui de fazer isso." Ele encolhe os ombros. "Enfim. Vou te deixar em paz agora."

Ele começa a se afastar.

"Mas eu quero esses conselhos", deixo escapar.

Ryder se vira para mim e me lança um olhar sarcástico. "Eu não vou cair nessa de novo, Gisele."

"Não, é sério. Eu estava com um mau humor do cão ontem, e foi só por isso que estourei com você. Na maior parte do tempo, sou igualzinha a você. Estou sempre querendo aperfeiçoar o meu jogo." Eu me vejo diante daqueles olhos azuis intensos. "Se tivesse que me dar um conselho, qual seria?"

Ele para por um minuto, passando a mão no cabelo outra vez.

"Vai, me diz. O que eu preciso fazer pra me sair melhor atrás do gol?"

"Você precisa parar de ficar tão ansiosa pra sair de lá", ele responde, por fim. "Se aprender a dominar aquele espaço e fizer um bom uso dele, dá pra criar um monte de chances de gol."

"Quanto maior o risco, maior a recompensa?"

Ele assente. "Se souber se posicionar atrás do gol, vai forçar a goleira e a defesa adversária a se concentrarem no que você estiver fazendo lá atrás. E, enquanto isso, elas perdem de vista quem está na linha lá na frente."

Engulo minha frustração. "Mas eu sempre acabo perdendo a posse do disco. É um espaço muito apertado."

"Foi o que eu falei, você precisa aprender a dominar esse espaço. Às vezes, se tiver sorte, dá pra atrair até duas defensoras pra lá. Se a comunicação da defesa da equipe adversária for uma merda, as duas vão querer marcar você e vai sobrar uma companheira sua, ou até mais de uma, de frente pro gol, com uma chance de ouro de mandar o disco pra rede." Ele encolhe os ombros. "Usa esse conselho como quiser."

Ele sai andando de novo, me deixando na frente do alojamento com o buquê de flores na mão.

Olho para as margaridas e passo o polegar por uma pétala branca e macia. São mesmo muito bonitas. Não estou nem aí se são roubadas. Então olho para as costas de Ryder enquanto ele vai embora, seus braços bem definidos, seus passos confiantes.

"Ryder", eu me pego gritando.

Ele se vira. "Quê?"

Uma ideia se forma no fundo da minha mente e começa a escavar e se debater até se tornar bem clara em meus pensamentos enquanto caminho na direção dele.

Ele enfia as mãos nos bolsos, esperando que eu o alcance.

"Tenho uma proposta pra você", anuncio.

Um brilho de divertimento surge em seus olhos. "Que tipo de proposta?"

"Bom, é mais uma troca. Se me ajudar, eu ajudo você."

Seu olhar agora cintila em interesse.

"O programa de treinos do meu pai... ele é bem exigente na hora de escolher os assistentes. E não vou mentir: a opinião dele sobre você não é das melhores. Sei lá se é uma coisa recente ou uma implicância antiga. Só sei que ele já conhece você há anos. Acompanha de perto a carreira de todos os bons jogadores universitários."

A expressão dele fica mais sombria. "Então está me dizendo que não tem como garantir que ele vá me dar a vaga."

"Não é isso. Mas ele mencionou que você é todo problemático. Então, sim, eu provavelmente tenho como limpar a sua barra nessa. Falar que você é um ótimo líder ou sei lá o que mais. A gente se fala por telefone direto, e vou pra casa no próximo fim de semana. Se quiser, posso encher a sua bola toda vez que conversar com ele. Quer dizer, toda vez não, porque ele vai ficar desconfiado. Mas posso dizer que somos amigos e garantir que você seria uma boa escolha." É minha vez de encolher os ombros. "Ele leva a minha opinião bem a sério."

Ryder continua me olhando, cheio de expectativa. "O que você quer em troca?"

"Uma ajuda pra melhorar algumas dificuldades que tenho jogando atrás do gol. De repente umas sessões de treino conjuntas. Mano a mano." Abro um sorriso. "Aposto que consigo te ensinar uma coisinha ou outra também."

"Eu não duvido. Você manda bem no gelo."

"Tá vendo? Vai ser bom pros dois. Você me ajuda, eu te ajudo. Uma mão lava a outra." Olho bem nos seus olhos. "Está interessado?"

Ele fica pensando a respeito por tanto tempo que chego a pensar que vai recusar a proposta, o que seria uma idiotice e não faria o menor sentido, já que...

"Eu topo", ele responde, num tom seco. "Me manda uma mensagem quando quiser marcar o primeiro treino que eu apareço."

Ele vai embora de verdade dessa vez e me deixa plantada lá na frente do alojamento de novo, me perguntando onde é que fui me meter.

EQUIPE MASCULINA DE HÓQUEI NO GELO DA UNIVERSIDADE BRIAR

TIME PRINCIPAL

JOGADOR	POSIÇÃO	ANO
Case Colson	Atacante (C)	Terceiro
Luke Ryder	Atacante (C)	Terceiro
Will Larsen	Atacante	Terceiro
David Demaine	Defensor	Quarto
Shane Lindley	Atacante	Terceiro
Beckett Dunne	Defensor	Terceiro
Tristan Yoo	Atacante	Primeiro
Austin Pope	Defensor	Primeiro
Joe Kurth	Goleiro	Quarto
Matt Tierney	Defensor	Terceiro
Tim Coffey	Defensor	Quarto
Nick Lattimore	Atacante	Terceiro
Nazem Talis	Atacante	Segundo
Todd Nelson	Goleiro	Segundo
Micah Kucher	Atacante	Quarto
Jim Woodrow	Defensor	Segundo
Jordan Trager	Atacante	Terceiro
Rand Hawley	Defensor	Quarto
Hugo Karlsson	Defensor	Quarto
Patrick Armstrong	Atacante	Segundo
Mason Hawley	Atacante	Segundo

11

RYDER

Chad Jensen, a diva

Gigi me manda uma mensagem mais tarde perguntando se estou livre amanhã para nosso primeiro treino. É estranho ver o nome dela no meu celular. Ou vai ver só é estranho porque está escrito "Gigi". Na minha cabeça, já faz anos que ela é Gisele. Acho que o meu celular deveria refletir isso, então abro os contatos e troco o nome dela, rindo sozinho porque sei o quanto ela ficaria irritada se visse isso.

EU: *Amanhã por mim tudo bem. Mas a gente precisa ver com o Jensen ou o Adley que horas podemos usar o gelo.*
GISELE: *Na verdade, tenho um lugar mais reservado pro nosso treino. Tudo bem se for em outro lugar? Mas daí precisa ser à noite. Depois das oito.*
EU: *Entendi. Ninguém pode saber do nosso segredinho.*
GISELE: *Do jeito que você tá falando parece outra coisa.*
EU: *Ué, mas parece mesmo.*

Ela está digitando de novo. Com certeza explicando que não pode ser vista colaborando com o inimigo. Mando uma mensagem logo em seguida, antes que ela responda.

EU: *Tudo bem se o Beckett for junto? Pensei de a gente treinar umas coisas que precisam de uma terceira pessoa, de preferência um defensor.*

Os três pontinhos desaparecem, mas logo em seguida voltam a aparecer.

GISELE: *Tudo bem. Se ele for ajudar.*
EU: *Não se preocupa, vou avisar pra ele guardar nosso segredinho também. Assim ninguém vai pedir pra você parar o que estiver fazendo.*
GISELE: *Mando uma mensagem amanhã pra confirmar os detalhes.*
GISELE: *É sempre ótimo falar com você!*

Sorrio e pego uma cerveja na geladeira, tiro a tampa e vou para a sala, onde estão os meus amigos. É sexta à noite, mas ninguém marcou de sair para lugar nenhum. Shane está no sofá, com uma líder de torcida morena no colo. Eles se conheceram no campus mais cedo, quando ela e umas amigas estavam tomando sol no gramado e fazendo topless. Agora a língua dela está cavando ouro na boca do cara. Quando entro, eles nem percebem minha presença.

Beckett está na poltrona, jogando video game. Os olhos dele brilham quando percebem o que estou olhando. Ele aponta com o queixo para o casal. "Eu até pedi pra revezar um pouco, mas..."

Dou risada e me sento do outro lado do sofá onde o casal está se pegando, assistindo sem prestar atenção enquanto Beckett mata zumbis na tela da tevê. O personagem morre quando uma horda o deixa encurralado diante de um alambrado, então ele larga o controle e pega o celular.

"Nada de lista ainda", ele comenta.

Balanço a cabeça. Os treinos da pré-temporada acabaram hoje de manhã, mas a escalação ainda não foi divulgada. Jensen disse que haveria duas listas: a escalação completa e os dezenove ou mais jogadores do time principal, que pretende levar para o primeiro jogo da temporada.

Estou preocupado com alguns companheiros de time do Eastwood. Alguns caras vão ficar de fora, e vai ser um baque e tanto para eles.

"Pensei que ele fosse mandar por e-mail até o fim do dia", comenta Beckett. "Tipo, no fim do horário comercial."

Levo a cerveja aos lábios e dou um gole. "Vai ver o babaca gosta de deixar todo mundo esperando."

Beck dá uma risadinha de deboche. "Pois é. Chad Jensen, a diva."

Um gemido leve ecoa do outro lado do sofá. Shane enfiou a mão dentro da blusa da líder de torcida.

"Ei", Beckett chama os dois. "Procurem outro lugar pra fazer isso."

Shane afasta a boca da garota. Os olhos dele parecem meio enevoados, mas o brilho de humor neles é perceptível. "Olha só quem fala, o maior exibicionista que eu conheço", retruca, provocando Beck.

"Tá, não vou negar."

"E até parece que você não está gostando de ver."

"Claro que estou", responde Beckett com um grunhido. "Kara, o que você está fazendo aí com esse otário? O homem da casa aqui claramente sou eu."

A garota desce do colo de Shane e se senta ao lado dele. Percebo que ele dá uma ajeitada estratégica nas coisas lá embaixo, agarrando a braguilha, como se nunca tivéssemos visto isso antes. O cara transformou as transas casuais em um segundo esporte desde que levou um pé na bunda... ou melhor, rompeu em *comum acordo* com a namorada.

Ele joga o braço por cima dos ombros de Kara e pega a cerveja na mesa de centro. "Nada de lista ainda?", pergunta, olhando para o celular também.

Meu telefone apita, e os dois se inclinam na minha direção.
"Chegou?", pergunta Shane.
"Caralho. Relaxa. Não, é só o Owen."

OWEN MCKAY: *Você tem um tempinho pra conversar?*

Quando faço menção de digitar a resposta, percebo que já estou de saco cheio dessa merda, decido que quero conversar direito e que vou ligar para ele.

"Já volto." Começo a digitar o número de Owen antes mesmo de sair da sala.

Saio descalço pela porta de vidro de correr da cozinha. É início de setembro, e a noite já caiu, mas ainda está quente do lado de fora. As casas da rua têm todas um quintal de tamanho bom, e eu me sento no primeiro degrau do nosso pequeno deque de cedro. Os pais de Shane compraram uns móveis de áreas externas para colocarmos aqui, mas nós somos preguiçosos demais para montar tudo, então a mesa ainda está na caixa lá na garagem, e as cadeiras, embaladas com plástico.

Algumas vozes chegam até mim de outro lugar do quarteirão. Masculinas, na maioria, com umas poucas de mulher misturadas. Gargalhadas altas se misturam com um pop-rock cuja letra não consigo identificar. Parece que está rolando uma festa em algum lugar por aqui.

"E aí", digo quando Owen atende.

"E aí", a voz familiar dele diz no meu ouvido. "Como estão as coisas?"

"Tudo certo, mano. E com você?"

"Ocupado pra cacete ultimamente. Fui chamado pra um monte de atividades de intertemporada e estou sem tempo pra nada desde julho."

Eu sei como essas coisas funcionam. Sou obrigado a dizer que ainda fico impressionado por ter acesso direto a um superastro da NHL como Owen McKay. Deve ser assim que Gigi se sente.

Às vezes, quando assisto aos jogos dele, fico me perguntando que porra estou fazendo, perdendo o meu tempo na faculdade. Owen foi jogar no Los Angeles Kings logo depois de terminar o ensino médio, aos dezoito anos. No ano de calouro, não teve chance de jogar muito, mas na temporada seguinte chegou arrebentando. Já é profissional há quatro anos, e vem evoluindo a cada campeonato.

Foi Owen quem me convenceu a optar pelo hóquei universitário. Ele entendia a importância de uma boa educação e, quando percebeu que eu estava em dúvida, sem saber se devia me profissionalizar logo depois do colégio e seguir seus passos, me relembrou dos objetivos acadêmicos que sempre estabeleci para mim mesmo.

Acho que foi a escolha certa. Não sei se eu teria virado um profissional muito bom aos dezoito anos, o que ficou meio claro com a minha atitude de criança mimada no mundial juvenil. Por sorte, ainda consegui ser draftado, apesar desse incidente. O Dallas Star garantiu via draft o direito de me contratar depois que eu me formar, e estou empolgado para ir jogar lá quando sair da faculdade.

Pelo jeito, é esse o motivo da ligação.

"Então, escuta só, conversei com o Julio Vega ontem à noite. Ele estava no torneio de golfe de que o meu time participou e, quando me puxou de canto depois da premiação, o seu nome surgiu na conversa."

Sinto os músculos das minhas costas ficarem tensos. "O que foi que ele falou?"

Há um silêncio do outro lado da linha.

"O que ele falou?", insisto.

"Ele mencionou o mundial. Meio que fez questão de dizer que os figurões estão de olho em você."

Faço uma careta.

Porra. Era justamente isso que eu não queria ouvir. Julio Vega é o novo diretor esportivo do Dallas Star. Faz pouco tempo que a franquia trocou de comando, e recebi uma ligação dele algumas semanas atrás. Achei que tinha desenrolado bem o papo, mas no fim aquela cagada que cometi no mundial juvenil vai me atrapalhar pelo resto da vida.

Solto o ar com força. "Essa merda vai continuar me perseguindo pra sempre, cara. E a pior parte é que eu nunca perco a cabeça. Você sabe disso."

"Claro que sei." Ele dá uma risadinha. "Você é praticamente um homem de gelo. Estoico pra caralho. O Klein deve ter pisado feio na bola pra você perder a linha daquele jeito..."

Michael Klein é o companheiro de time que eu mandei para o hospital com a mandíbula quebrada depois de um jogo. Ele precisou fazer uma cirurgia e usar um aparelho de fixação por um tempo depois disso.

Mas eu nunca contei para ninguém o que rolou naquele vestiário, e nem pretendo.

"Tá, tá, já entendi", continua ele, ao perceber que não vou responder. "Ficou pra trás, e você não vai mais falar disso."

Owen gosta de me provocar com a frase que virou o meu lema, "Ficou pra trás", toda vez que alguém tenta me forçar a falar sobre coisas que eu não quero. É uma coisa que irrita especialmente as mulheres. Ou gente que tem uma vida só de alegrias e conquistas — esse pessoalzinho é incapaz de entender por que existem portas que prefiro deixar trancadas dentro de mim.

Porque atrás dessa porta só existem trevas e sofrimento. Quem vai querer meter a mão nessa sujeira? Ruminar e reviver tudo isso? É melhor manter fechada a sete chaves mesmo.

“Enfim, só queria dar esse aviso”, complementa Owen. “Eu tinha te prometido que ia ficar sempre de orelha em pé.”

“Ah, sim, eu agradeço, de verdade.” Resolvo mudar de assunto. “Tá ansioso pra nova temporada?”

“Porra, com certeza. Mal posso esperar pra voltar pro gelo. E você? Deu tudo certo na Briar?”

“Nem fodendo. A pré-temporada foi uma merda. Um monte de picuinhas, e a porrada rolou solta.” Faço uma pausa. “Garrett Graham apareceu num dos treinos dessa semana. E foi justo no único dia em que eu cheguei atrasado.”

“Atrasado?” Owen parece surpreso. “Mas você nunca se atrasa.”

“Meu jipe pifou. A transmissão já era. E agora está numa oficina em Hastings, porque estou sem grana pro conserto, então estou dependendo das caronas do Shane.”

“Vou mandar uma grana pra você.”

“Não precisa...”, começo a protestar.

“Cara, já te mostrei o valor do meu contrato. Agora está dando pra fazer isso numa boa. Além disso, estou considerando um investimento num futuro talento. Se eu vou falar bem de você pra todo mundo na liga, não pode ficar chegando atrasado nos treinos.”

Não adianta discutir. Owen é mais cabeça-dura que eu. “Não precisava. Mas valeu, eu agradeço. Depois te devolvo.”

“Eu não vou aceitar.”

A porta se abre atrás de mim.

“Cara”, fala Shane, num tom urgente. “Vai lá pra dentro. Já.”

“Preciso desligar”, aviso para Owen. “Tá rolando alguma coisa aqui.”

“Beleza, a gente se fala.”

“Beleza. Até mais.”

Entro e percebo que, em algum momento enquanto estive ao telefone, o e-mail de Jensen chegou.

Na sala de estar, vejo alguns recém-chegados: Nick Lattimore e a namorada, Darby, e os irmãos Hawley. Antes eu achava que era Rand que arrastava o irmão mais novo para tudo quanto era lado, mas com o tempo percebi que Mason só anda com ele para manter o cara na linha.

O olhar triunfal de Rand me diz que a notícia é boa.

Shane começa a ler os nomes em voz alta, e meu alívio é total ao constatar que os meus dois melhores amigos estão na lista. Porra, claro que sim. Jensen seria um idiota de dispensar um defensor firme igual ao Beckett ou um ala direito com a força de Shane. Rand, Mason e Nick estão no time também. E Colson e eu somos oficialmente capitães, e não mais em caráter interino.

“Cara, a gente venceu”, Rand me diz.

Enrugo a testa. “Como assim, *venceu*?”

“O time principal. Onze dos nossos. Nove dos deles.”

Shane continua a ler a lista, de cabeça baixa. “É, no time principal, realmente. Mas, somando todos os jogadores escalados, são 60% de caras que já estavam na Briar e 40% do Eastwood.”

“Cara, quem se importa? Eles só vão ficar esquentando o banco”, rebate Rand. “O Eastwood é maioria no gelo. É isso o que importa. Certo, Ryder?”

Dou de ombros, distraído. Estou analisando a lista no meu celular. Jensen fez as escolhas certas. Colocou opções confiáveis em todas as posições. E o fato de nós sermos maioria no time principal mostra que não favoreceu ninguém.

“Eu garanto que *alguém* se importa.” Kara, a gatinha do Shane, entra na conversa também com uma expressão de sarcasmo. “Esses caras devem estar bem putos agora. E isso não podia acontecer num momento pior... a lista precisava chegar bem no meio da festa de despedida do Miller? Isso é cruel.”

“Miller?”, repete Rand, sem entender.

“Miller Shulick. Ele pediu transferência, né?” Ela lança um olhar divertido para mim. “Vocês sabem que eles moram a cinco casas daqui, certo?”

“Tá de zoeira? Vocês são vizinhos dos caras?” Rand reage como se estivesse rolando um surto de herpes na nossa rua.

“Eu não fazia ideia”, avisa Shane.

“Case, Miller e Jordan moram na casa de esquina logo ali no fim da rua”, revela Kara. “Quer dizer, o Miller não mais. Ele vai se mudar no domingo.”

“Como é que você sabe de tudo isso?”, questiona Rand.

“Eu tive um lance com o Jordan.”

“Trager?” Ele está inconformado.

Ela confirma.

“Aquele cuzão? Onde é que você estava com a cabeça?”

Ela dá uma encarada em Rand. “Uau. Que tal segurar a onda um pouco?”

Ele a ignora.

Mas ela não está errada. Esse imbecil não tem o menor autocontrole.

E comprova isso logo em seguida: “Acho que a gente devia ir até lá”, sugere Rand, todo alegrinho.

“Se liga, cara”, responde Nick, parecendo irritado. “Nada a ver ir até a casa deles pra ficar contando vantagem.”

“Pois é, aí já é sacanagem”, concorda a namorada dele.

Fico surpreso quando Beckett toma outra atitude. “Talvez não seja uma ideia tão ruim assim.”

“Tá falando sério?” Shane fica boquiaberto. “Você quer mesmo ir até lá contar vantagem?”

“Não, essa parte não, claro.” Beckett revira os olhos. “Só estou dizendo que talvez seja legal ir até lá e tentar fazer as pazes. Levar um engradado de cerveja pra eles. Desejar boa sorte pro Miller. É meio foda que o cara tenha precisado pedir transferência."

"Você só quer cair na farra", acusa Shane.

Nosso amigo dá risada. "É, também." Ele olha para Kara. "Todo mundo diz que na Briar tem umas festas do caralho, mas ainda não vi nenhuma."

"As aulas ainda nem começaram", justifica ela. "A rua das fraternidades e sororidades está parecendo uma cidade fantasma ainda. Mas pode confiar, quando todo mundo voltar pro campus, você vai ver."

"Bom, até lá, sugiro que a gente vá até a esquina e tente fazer as pazes usando cerveja e erva", propõe Beckett.

Todo mundo olha para mim. Não sei se gosto da ideia de ter essa coroa que não pedi colocada na minha cabeça.

"Não vou ficar tomando todas as decisões no lugar de vocês, seus bostas", respondo irritado, e Darby cai na risada. "Façam o que quiserem."

Rand já está mandando uma mensagem para os nossos outros companheiros de time. "Vou chamar o resto dos caras", avisa ele.

Ah, sim.

Porque essa é uma ideia do caralho.

12

GIGI

Amigo, mas você também é do time da Briar

"Vou sentir saudade, Gi." Miller Shulick me abraça e apoia a cabeça no meu ombro.

Estamos na sala de estar da casa, garantindo nosso espacinho no sofá enquanto a festa pega fogo ao nosso redor. Bom, acho que ainda não chegou ao ponto de pegar fogo — Trager ainda não tirou a camisa. Quando isso acontecer (um gesto que muitas vezes vem acompanhado de gritos e batidas no peito igual ao Tarzan), geralmente é o sinal de que está na hora de ir embora.

Mas esta noite talvez a coisa não vire essa loucura toda. O e-mail mandado por Chad Jensen já afetou o moral da festa. Faz quarenta minutos que a maioria dos caras não faz outra coisa além de reclamar da escalação. Pelo menos dez caras que estão aqui foram cortados, e alguns ficaram tão desanimados que preferiram ir embora. Deram um abraço de despedida em Miller e se foram. Lamento por eles.

Do outro lado da sala, vejo Case conversando com Whitney. Está com um copo plástico cheio de cerveja aguada de barril, bebendo enquanto ela fala. A cada poucos segundos, seus olhos azuis-claros se voltam na minha direção.

"Ah, vou sentir saudade de você também, Shu. Tem certeza de que esse lance de Minnesota é uma boa?" Preciso falar no ouvido dele para que me escute por cima do rock que quase estoura as caixas de som.

"Eles ganharam o Frozen Four no ano passado. Claro que tenho." Ele encolhe os ombros, com uma expressão de lamento. "Além disso, mudar de ares faz bem. Estou empolgado pra começar tudo do zero."

Isso é uma coisa que sempre admirei em Miller. Ele se adapta a qualquer coisa. Eu, pessoalmente, não gosto muito de mudanças. Prefiro a estabilidade. Quando me sinto confortável com alguma coisa — seja um lugar, uma pessoa ou uma rotina —, quero que dure para sempre.

Só que nunca dura, e eu detesto isso.

"Gi, vem beber uma cerveja com a gente", chama Case.

Miller me puxa pela mão e me põe de pé. "Vamos lá. Eu preciso reabastecer, e você também precisa." Ele aponta para o próprio copo vazio e depois para as minhas mãos vazias.

Sorrio.

Desviamos de quatro de seus companheiros de time que entram na sala cheirando a erva. A festa é metade dentro de casa, metade fora. Mais cedo, quando estávamos no quintal, o número de baseados sendo passado de mão em mão era assombroso. Mas acho que eles têm o direito de relaxar um pouco no fim de semana, depois de tudo o que passaram na mão de Jensen.

Case se vira abruptamente na direção da porta da frente quando nos aproximamos, e a princípio acho que está dando as costas para mim de propósito. Então percebo a confusão que está rolando por lá. Trager está discutindo com alguém.

Miller e eu nos entreolhamos. "Isso não está me cheirando a coisa boa", ele comenta.

Eu o sigo até o hall de entrada e... não é coisa boa mesmo. Tem um monte de jogadores de hóquei aglomerados na varanda. Jogadores do Eastwood, para ser mais exata. Beckett Dunne, o loiro bonitinho cujos perfis nas redes sociais vem fazendo Camila babar desde que o viu no treino, está com um engradado de vinte e quatro garrafas de uma cerveja de fabricação local.

Alguém abaixa o volume da música, e agora consigo ouvir claramente cada palavra.

"Sério mesmo, a gente tá na paz aqui." Os olhos acinzentados de Beckett exalam sinceridade.

"Beleza, então enfiem a paz de vocês no cu e vão pra puta que pariu", retruca Trager.

"Relaxa", intervém Case, colocando a mão firme no braço de Trager, e dando um passo à frente para falar com os recém-chegados. "Ei, o que tá rolando aqui?", ele pergunta, parecendo cansado.

Olho por cima dos ombros largos de Beckett para ver quem mais decidiu ter a ousadia de tentar entrar nesta festa. Não sei por quê, mas o meu olhar procura apenas por Ryder. Acho que porque é o líder deles, e quero saber se apoia essa decisão. Vejo que está em um canto da varanda, encostado no gradil, parecendo entediado. Tudo dentro da normalidade, pelo jeito.

"Como eu falei pro amigo de vocês, a gente veio aqui na paz", diz Beckett para Case.

"E, como eu disse antes", rosna Trager, "vão pra puta que pariu."

Shane Lindley dá um passo à frente, com a irritação estampada no rosto. Eu ando vendo os posts em redes sociais essa semana e estou começando a reconhecer alguns caras do Eastwood. Lindley é alto, negro e bonito, enquanto Dunne é alto, loiro e igualmente bonito.

"Olha só, a gente sabe que vocês viram a lista. E só estamos aqui porque vamos precisar ser um time daqui pra frente, né? Não sei como são as coisas aqui na Briar, mas no Eastwood todo mundo jogava como um time, perdia e ganhava como um time e comemorava como um time."

"Aqui também é assim", responde Case, ainda que a contragosto.

"Qual é, C", insiste Trager, irritado. "A gente não vai querer esses caras na festa." Ele olha feio para os penetras. "Porra, vocês têm mais jogadores no time principal do que a gente."

"Mas vocês têm mais jogadores escalados do que a gente", retruca um dos caras do Eastwood.

É o mesmo cara com quem Jordan brigou no primeiro dia da pré-temporada. Acho que o nome dele é Rand, e pelo jeito é a versão do Eastwood de Jordan. A mesma cara fechada. O mesmo rosto vermelho de raiva. E igual a Trager, ele também é um fio desencapado, e pode explodir a qualquer momento.

"Isso não conta", resmunga Trager. "Vocês roubaram as nossas vagas."

"Quer saber?" Lindley parece ter perdido a paciência. "Deixa pra lá. Tenham um ótimo resto de noite, meninas."

"Não, não, espera aí", chama Case. "Podem entrar. Tem bastante bebida, dá pra todo mundo."

Tento esconder minha surpresa. Eu meio que esperava que Case os mandasse embora, mesmo que fosse só para evitar um possível desastre. Convidar os caras do Eastwood para esta festa pode ser... perigoso.

Mas está acontecendo, e Whitney olha para mim toda empolgada quando uns oito novos jogadores de hóquei entram na casa.

"Isso vai ser divertido", murmura ela.

Ryder é o último do grupo a entrar, vestindo calça jeans e um moletom cinza com capuz, e totalmente sem expressão, enquanto seus olhos azuis percorrem os arredores. Dá para perceber que ele entende muito bem o que está acontecendo aqui. Não é um fio desencapado como seu companheiro de time, mas parece pronto para o que der e vier.

"Gisele", ele diz, com um aceno de cabeça.

Case estreita os olhos. "Não abusa", ele avisa Ryder.

Ryder se limita a dar um sorrisinho presunçoso e anda na direção da cozinha.

Lanço um olhar preocupado para Case. "Tem certeza de que é uma boa ideia?"

"Acho que a gente logo vai descobrir."

Os oito primeiros são só o começo. Mais caras do Eastwood começam a chegar, além de mais um monte das minhas companheiras de time. Camila chega com um vestido vermelho bem justo, abraçada com um cara do time de basquete, e fica emburrada quando vê que Beckett Dunne está aqui e que ela não vai poder flertar com ele na frente do carinha dela.

Mando uma mensagem para Diana e Mya para perguntar se elas querem vir. Mya já tem outro compromisso. Diana rejeita a ideia porque está vendo *Casinho ou Casório* e acabou de aplicar uma máscara de carvão ativado e ervilhas amassadas, um passo novo da rotina de skincare dela. Prefiro nem comentar sobre a coisa do carvão ativado e das ervilhas amassadas. Uma das minhas coisas preferidas em Diana é que ela fica sozinha numa boa, adora a própria companhia. Isso é bem raro hoje em dia.

Dou um gole na cerveja aguada e fico conversando com Miller e Whitney, mas de olho no que está acontecendo o tempo todo. Não consigo confiar em ninguém aqui. Esses caras disputaram uma vaga no time e na escalação a semana inteira. O antagonismo continua no ar como uma nuvem de radiação depois de uma bomba nuclear. Apesar de estar todo mundo bebendo, conversando e fumando uns baseados, a separação entre as duas facções é nítida.

Por umas duas horas, tudo fica tranquilo. Quando sinto que está abafado demais dentro de casa, saio para tomar um ar. Apesar de ninguém ter pedido permissão para os bombeiros, alguém acendeu uma fogueira em um canto do quintal, e perto demais da cerca. Se minha mãe visse isso, teria um infarto.

Quando o vento muda de direção, recebo uma lufada de fumaça que enche meus olhos de lágrimas. Vou andando para trás até meus ombros baterem em uma parede.

Eu me viro, surpresa, e vejo que é no peitoral de Ryder que trombei.

Minha nossa. Esse cara é puro músculo.

"Desculpa", digo.

"Sem problemas." Ele aponta para o cara ao seu lado. "Você conhece o Shane, certo?"

"Não oficialmente." Estendo a mão. "Sou a Gigi."

O aperto de mão de Shane dura tempo demais, assim como seu olhar sobre mim. "É um apelido pra Gisele, certo?"

Livro minha mão da dele e olho feio para Ryder. "Na verdade, não. Nada a ver. Isso é coisa do principezinho aqui, que é um bosta."

Shane começa a rir. "Oun, que fofo", ele fala para o amigo. "Vocês dois já têm até as próprias piadinhas internas. Muito fofo."

Ryder dá uma encarada nele.

"Lindley!", alguém grita da fogueira. "Empresta o isqueiro."

"Essa é a minha deixa", ele diz, ainda rindo, dando uma piscadinha para mim. "Prazer em conhecer, Gisele."

"Olha só o que você arrumou pra minha cabeça", reclamo com Ryder.

"Eu me recuso a acreditar que Gigi não é um apelido", é a resposta que ele me dá.

"Não é mesmo. Reclama com o meu pai. Foi ele que me deu esse nome. A minha mãe escolheu o do meu irmão, e é um nome normal."

Por um instante, Ryder observa as brasas alaranjadas que dançam no ar. Então se vira para mim. "Está ansiosa pro nosso treininho secreto amanhã?"

"Por que você insiste em insinuar que a gente vai fazer sacanagem?"

Ele inclina a cabeça. "Não estou fazendo nada. Acho que é coisa da sua cabeça."

Meu Deus. Pior que pode ser mesmo. Eu estou subindo pelas paredes, e o meu cérebro só pensa em sexo vinte e quatro horas por dia. Gozei duas vezes ontem depois de ver um dos casais de *Casinho ou Casório* transar na Suíte dos Doces. Esses reality shows idiotas com essas pessoas bonitas todas besuntadas de óleo.

Não sei o que me leva a continuar ao lado dele. Eu poderia sair daqui. Ir falar com Case e Miller, que enxergo pela janela da cozinha. Ou procurar Whitney e Cami, que se embrenharam nas entranhas da festa.

Mas continuo aqui fora. Observando a fogueira com Ryder.

"Essa porra é um perigo", ele comenta, olhando para as chamas. "Uma rajada de vento mais forte e aquela cerca ali pega fogo."

"Tá parecendo a minha mãe. Ela assiste a um programa sobre bombeiros na tevê e agora vê risco de incêndio em tudo. Meu pai acha 'engraçadinho'." Faço as aspas no ar com os dedos. "Meu irmão e eu achamos que ela pode estar ficando louca. Comprou uma escada de corda pra deixar no andar de cima da casa 'só por precaução'. E vem até com uma cestinha pra animais de estimação, pra tirar os cachorros do incêndio. E eu fiquei tipo, porra, até parece que o Dumpy e o Bergeron vão entrar naquela coisa. É melhor jogar os dois na piscina pela janela logo de uma vez."

Ryder fica me olhando.

"Que foi?"

"O nome dos seus cachorros. Dumpy e Bergeron?"

"É. Algum problema?"

"Meio que sim."

Reviro os olhos. "Então resolve com o meu pai. Já deixei bem claro que ele é péssimo em escolher nomes."

"Falando nisso... como vai a questão da minha indicação?"

"Não falei com ele hoje. Mas não esquenta: vou encher você de elogios da próxima vez que a gente conversar."

Ouço uma gargalhada perto da fogueira. Quando olho para lá, fico perplexa em descobrir que alguém teve a audácia de ignorar a animosidade entre o Eastwood e a Briar. E é ninguém menos que Will, que está rindo com Shane, Beckett e outros caras que ainda não conheço de nome. Ele está rindo muito de alguma coisa que Shane falou, mas o clima bem-humorado não dura muito. Will ainda não parou de rir quando um de seus amigos o afasta à força dos jogadores do Eastwood.

Ryder percebe, e resmunga alguma coisa baixinho.

"Então, como é que vai ser, co-capitão?" Provocar o cara é inevitável. "Porque parece que tem um impasse sério rolando aqui. Ninguém quer ceder."

"Você parece que quer", ele argumenta.

"Eu não tenho nada ver com essa história."

"Claro que tem. Você é do time da Briar."

"Amigo, mas *você* também é do time da Briar."

Ele faz uma careta.

Solto um riso de deleite. "Oun, que fofo, você detesta ouvir isso, né? Saber que estar aqui te incomoda me deixa meio que feliz. Por que você não pediu transferência?", pergunto, por curiosidade.

Antes que ele possa responder, uma gritaria começa dentro de casa.

Pois é.

Uma hora ia acabar acontecendo. É até uma surpresa ter demorado tanto.

Entro correndo e dou de cara com uma briga na sala de estar entre (quem mais seria?) Trager e o tal Rand. Eles caíram na porrada pra valer e ninguém mexe um dedo para impedir.

"Ainda está achado graça?", grita Trager enquanto acerta um soco na cara de Rand.

A cabeça de Rand é lançada para trás, mas ele continua com os pés firmes no chão. Avança sobre Trager, e os dois se engalfinham no piso de madeira. Escuto um estalo horrendo de osso batendo em osso quando Rand acerta um soco que provoca uma erupção de sangue no nariz de Trager. Gritos explodem ao nosso redor, superando o som da música que ainda reverbera pela sala.

"Por que eles estão brigando?", cochicho para Camila, que aparece ao meu lado com o rosto franzido de preocupação.

"O cara do Eastwood fez uma piadinha dizendo que o Miller pediu transferência porque ele é frouxo demais pra conseguir ser escalado e o Jordan surtou."

No chão, Trager agora está montado em cima de Rand, olhando para ele com um sorriso ensanguentado. Seus olhos faíscam de raiva.

"Quer falar sobre o time? O Eastwood é uma merda. O treinador só escalou vocês por pena, porque a porra da faculdade de vocês faliu."

"Nós somos melhores que todos vocês juntos", rosna Rand meio segundo depois de levar um soco na boca.

Eu vou abrindo caminho até Case. "Vai lá, Case. Acaba logo com isso", peço.

"Sei lá", responde ele, com um sorriso melancólico. "Acho que eles precisam disso pra superar essa raiva toda."

Mas eu sei que não é só isso. Os dois vão acabar se matando se continuarem assim. Não estou achando a menor graça nessa briga, ao contrário da maioria do pessoal da festa, que está gritando e incentivando, filmando com os celulares.

"Cuzão de merda", urra Rand, conseguindo se desvencilhar de Jordan e ficar de pé. "Vocês são um bando de playboyzinhos mimados da Ivy League."

"Não é minha culpa se vocês são pobres pra caralho", responde Jordan com um grunhido, se levantando também.

"Vai tomar no seu cu." Rand avança sobre Trager outra vez.

Deixando Case de lado, seguro Ryder pelo braço. Ele é tão alto que preciso virar o pescoço para cima para encontrar seus olhos. Azuis-escuros e mortais.

"Dá um jeito nisso?", peço, baixinho.

Case vê com quem acabei de falar, e sua expressão de reprovação é nítida. Mas ele teve a chance de acabar com a briga. E se negou.

Ryder fica me olhando por um momento. Em seguida, dá um passo à frente, bufando e não dando a menor bola quando um punho fechado passa a centímetros do seu rosto.

"*Agora chega.*"

Uma única frase. Com uma voz grave. Imperativa.

Isso faz Rand parar na mesma hora. Ryder dá um empurrão em seu companheiro de time. "Para com essa porra, Hawley."

Rand está ofegante e tem sangue brotando de seu supercílio, em uma linha que escorre por toda a lateral do rosto. Faço uma careta. Trager não parece estar em melhor estado. Seu nariz está inchado e sangrando, provavelmente quebrado.

Mas se por um lado Rand se acalmou graças a Ryder, Trager continua à solta feito um animal raivoso. Ele avança de novo, e um de seus colegas de equipe, Tim Coffey, decide ser o herói da vez.

"*Chega*, caralho", diz Coffey, segurando Trager pelo braço.

Mas Trager ainda está enlouquecido, e dá um empurrão em Coffey.

E com tanta força que faz Coffey perder o equilíbrio e cair em cima da mesa de centro, que arrebenta sob seu peso e desmorona como um castelo de cartas. Lascas de madeira saem voando em todas as direções quando as pernas da mesa rangem e arrebentam, e com um grito de dor, Coffey se estatela no chão numa posição estranha.

Bem em cima do próprio punho.

13

GIGI

Tipo um date

Acordo na manhã seguinte com um e-mail de palavras afiadas escrito pela direção do departamento atlético.

Em duas linhas curtas e grossas, solicita a minha presença, junto com todos os demais membros do programa de hóquei, no Graham Center à uma da tarde em ponto. Ausências só vão ser admitidas com atestado médico ou de óbito. Imagino ter sido Chad Jensen quem acrescentou essa última parte, porque é a cara dele.

Graças às doações de ex-alunos como o meu pai, o complexo de hóquei da Briar é basicamente um pequeno reino instalado dentro do campus. Temos nosso próprio ginásio e nossa própria academia com preparadores físicos exclusivos, salas de musculação, saunas e banheiras frias e quentes, além de duas salas de mídia enormes, dois rinques de gelo e vestiários enormes.

Isso sem contar o auditório grande, onde a reunião de emergência de hoje está sendo conduzida para discutir os acontecimentos de ontem à noite.

As comissões técnicas inteiras dos times masculino e feminino estão no palco, enquanto seus jogadores preenchem as três primeiras fileiras de poltronas estofadas. Perto do palco há uma mulher alta e magra vestindo um terninho branco. A postura dela deixa claro que é alguém do departamento de relações públicas.

O treinador Jensen parece prestes a assassinar todos os presentes no auditório, inclusive seus próprios colegas de comissão técnica. Ele se aproxima do microfone do palco e dá início aos procedimentos com um tom de voz ríspido e irritadiço.

"Queria começar parabenizando todos vocês por terem estragado os planos que tinha feito para o sábado com a minha neta. Ela tem dez anos de idade, adora tubarões-tigre e chorou quando falei que não poderia levá-la ao aquário hoje. Isso aí, pessoal, uma salva de palmas pra vocês, por terem feito uma menininha de dez anos chorar."

Ao meu lado, Cami esconde o riso com a manga da blusa de moletom.

"Também queria dizer", ele anuncia, "que Tim Coffey vai ficar fora por pelo menos quatro semanas por uma torção no pulso. Vai perder todo o restante da pré-temporada e provavelmente vários jogos."

Jensen enfatiza a seriedade de seu comunicado com um olhar na direção do médico do time, como se fosse ele quem tivesse torcido o pulso de Coffey. Mas o dr. Parminder não esboça nenhuma reação. Tim Coffey, por sua vez, esboça. Na primeira fileira, o aluno do último ano de rosto sardento abaixa a cabeça de vergonha. Ouvi dizer que ele passou a noite no pronto-socorro tirando raios X.

"Não vou nem perder tempo mencionando o quanto vocês foram idiotas e irresponsáveis ontem à noite. Eu entendo, porque já fui jovem. Também gostava de uma festinha. Não vou ficar dando sermão sobre bebida... que, aliás, é ilegal para vários menores de idade presentes aqui." Ele lança um olhar incisivo na direção de calouros e alunos do segundo ano. "E não vou nem ficar batendo muito na tecla da questão da briga. Mas pro imbecil que decidiu filmar e postar na internet?"

Ele começa a aplaudir bem devagar, o que provoca mais um ataque silencioso de risinhos de Camila.

"Parabéns, imbecil... você conseguiu deixar nossos apoiadores de cabelos em pé." Sacudindo a cabeça de desgosto, Jensen se afasta do palco.

Meu treinador assume o lugar dele. Adley limpa a garganta e se dirige aos presentes.

"O que Chad está tentando dizer é que estamos tendo que lidar com diversos apoiadores e ex-alunos que no momento estão preocupados. Doadores", ele explica, sendo mais específico. "Caso precisem de um lembrete, são as doações que pagam por toda essa belíssima estrutura. São as doações que mantêm os vestiários sempre abastecidos de equipamentos de alta qualidade. São as doações que garantem a vocês vários jogos televisionados por ano... já viram algum outro programa da primeira divisão ter tantas vantagens assim? Nossa universidade oferece a vocês o melhor programa de hóquei da Costa Leste, mas não é por acaso. Conseguimos até identificar e atrair os talentos, mas precisamos de dinheiro para desenvolvê-los. E agora, graças ao que aconteceu ontem à noite, temos apoiadores ligando e mandando e-mails perguntando por que nosso programa está indo para o buraco. Por que nossos jogadores estão causando lesões graves uns nos outros e como isso vai nos ajudar a chegar aos play-offs, isso sem falar no título."

Minha destemida e linguaruda capitã levanta a mão.

O treinador Adley percebe e acena com a cabeça na direção dela. "Sim, Whitney?"

"Quero deixar registrado que o time feminino não teve nenhum envolvimento na briga de ontem, e que nós não envergonhamos esse programa de forma nenhuma."

Alguns risinhos ecoam no ambiente cavernosos.

"Registrado", responde Adley. "Mas isso não muda o fato de que agora estamos em modo de controle de danos, o que exige um esforço concentrado da parte de ambos os times."

Adley assente para a mulher de terninho branco, que assume a palavra.

"Boa tarde. Meu nome é Christine Delmont, e sou a vice-presidente executiva de marketing e relações públicas da Universidade Briar."

Por que os cargos das pessoas hoje em dia precisam ter esses nomes que parecem inventados?

Pelos próximos dez minutos, Delmont menciona leis e a lista todos os pecados que não podemos mais cometer. Nada de brigas e hostilidades em público. Nada de filmagens caso surja alguma hostilidade. Estamos proibidos de dar entrevistas ou emitir comunicados sem a aprovação prévia dela ou do departamento atlético, e ela também providenciou a publicação de um perfil do novo time, contendo jogadores da Briar e do Eastwood, que vai sair em todos os jornais de Boston.

"Vocês vão encher seus companheiros de time de elogios", avisa ela aos jogadores num tom de quem não admite argumentos contrários. "Espero ver uma puxação de saco efusiva e entusiasmada na entrevista de cada um. Não quero nem um pingo de animosidade. De agora em diante, vocês se amam muito e são melhores amigos."

Ela passa para a página seguinte da pequena pilha de papéis que colocou sobre o atril do palco.

"Aplacar o ânimo dos apoiadores é nosso principal objetivo no momento. Recebi uma lista de eventos de arrecadação de fundos e divulgação. Vou inscrever vários de vocês para participar e, para o evento beneficente dos ex-alunos da Briar em dezembro, vocês vão ser responsáveis por organizar vários projetos previstos na programação, inclusive o leilão silencioso."

Ela dá mais uma olhada em seus papéis antes de levantar a cabeça e esquadrinhar a plateia.

"Gigi Graham e Luke Ryder?", chama ela com um tom de interrogação. "Podem levantar a mão para eu ver vocês?"

Um incômodo toma conta de mim. De início, penso em afundar no assento e me esconder, mas Cami me cutuca e me obriga a levantar a mão. Na fileira da frente da nossa, Ryder faz a mesma coisa. A linguagem corporal relutante dele é um reflexo da minha.

"Se algum de vocês tem planos para hoje à noite, tratem de cancelar", avisa Christie Delmont, bem séria. "Teremos um evento de gala em Boston promovido por Leesa Wicker, cuja família está entre nossos maiores doadores. Vocês vão ser os representantes da Universidade Briar e das suas respectivas equipes esportivas."

"Tipo um date", escuto um dos caras ironizar.

Espera aí, como é? Eles não podem me forçar a comparecer a um baile contra minha vontade, né?

E por que vão mandar justamente Ryder, sendo que existem tantos outros jogadores? Consigo entender que queiram a minha presença. Como Ryder vive dizendo, meu sobrenome é Graham. Isso tem um peso e tanto.

Mas por que caralhos estão escalando para essa tarefa o cara mais babaca e antissocial que conheço para representar a universidade em um evento que se resume a sorrisos e apertos de mão?

Espero até sermos dispensados para puxar o treinador Adley de canto em busca de respostas. Vejo Ryder fazer a mesma coisa com Jensen. Pela expressão contrariada de seu rosto, parece que Jensen não está disposto a dar explicações.

Adley admite que não sabe por que Ryder foi escolhido, mas confirma o motivo da minha escalação para o evento.

"Eu sei que odeia essas coisas, mas os apoiadores adoram seu pai", ele diz, num tom de quem pede desculpas. "Sinto muito. Sei que preferiria não se envolver nisso."

"Tudo bem", minto. "Fico feliz em poder ajudar."

Mas estou espumando com uma mistura de ressentimento e irritação quando saio do auditório.

"Gi, tá tudo bem?"

Encontro Case no corredor, com a preocupação estampada no rosto. Está vestindo uma calça de moletom e uma blusa com capuz da Briar, os cabelos loiros bagunçados como se tivesse tentado arrancá-los enquanto me esperava.

"Sim, tudo bem."

"Esse negócio com o Ryder é uma merda. Quer que eu fale com o Jensen e peça pra ele me mandar no lugar dele?"

"Não, não precisa. Sério mesmo." Quando vejo sua expressão incrédula, acrescento: "Não quero causar ainda mais confusão".

Começamos a caminhar juntos, atravessando o corredor rumo ao saguão.

"Não quero você andando com esse cara", resmunga Case.

Então é melhor eu nem dizer que já tinha marcado de ver Ryder hoje à noite antes disso. Tínhamos combinado de treinar juntos antes que Jordan Trager decidisse que quebrar o punho do coitado do Tim era um assunto mais importante. Agora vamos precisar remarcar tudo graças ao idiota do Trager.

"Vai dar tudo certo", garanto a ele.

E você não é mais meu namorado, sinto vontade de acrescentar. Não é mais da conta dele com quem eu ando ou deixo de andar.

Chegamos ao saguão, onde me despeço, porque minhas companheiras de time estão me esperando perto da entrada.

"Gigi", Case me chama antes que eu me afaste. "Acaba com esse meu sofrimento. Por favor."

A infelicidade se instala na minha garganta. "Não... não dá. A gente terminou, Case. Não quero voltar."

Ele parece tão frustrado e chateado que chego até a me sentir culpada, mas me obrigo a ignorar esse sentimento e seguir andando.

Mais tarde, naquela noite, vou até Hastings com meu carro pegar Ryder para o evento de gala. O e-mail da relações públicas da Briar dizia que o código de vestimenta ia de esporte fino a traje de gala.

Ou seja, o tipo de indefinição que me deixa nervosa.

Isso significa que algumas mulheres vão aparecer de calça social e camisa, enquanto outras vão estar de vestido longo?

Que tipo de evento de gala é esse?

Tento não me colocar em nenhum dos dois extremos e escolho um vestidinho preto, com o cabelo solto e só o mínimo de maquiagem, a não ser pelo batom bem vermelho. Consegui até um encaixe na agenda da manicure para fazer uma francesinha depois da reunião, o que significa jogar dinheiro no lixo, porque os meus dedos vão estar destruídos na semana que vem, quando os treinos começarem oficialmente.

Subo os degraus da varanda da frente com meu salto alto e toco a campainha, já imaginando como vai ser minha viagem de uma hora até Boston com Ryder no banco do passageiro. O cara mal abre a boca. E, apesar de não me incomodar com silêncios entre amigos e familiares, fico ansiosa quando o constrangimento é perceptível no ar. Talvez eu precise botar uma das minhas playlists de meditação para tocar. Tentar tirar a presença dele da minha mente.

A porta se abre e um rosto familiar me recebe, com um par de olhos brincalhões. Shane sorri ao me ver, e então solta um grunhido ao ver o que estou vestindo.

"Uau, tá bonita. Posso ser seu date hoje em vez dele?"

"Se abrir a boca pra falar a palavra date de novo, vou socar o seu saco", respondo com um tom meigo.

"Isso não me parece muito uma ameaça." Ele abre um sorriso todo descarado que por um momento chega a me distrair. Aquelas covinhas são um perigo.

Ele escancara a porta para mim. "Pode entrar. Preciso que resolva uma coisa pra gente."

"Resolver o quê? E pra quem?" Olho por cima dos seus ombros largos, mas ele parece estar sozinho.

Ele me pega pela mão e me puxa para dentro. Aos risos, eu o sigo até a sala de estar, que, obviamente, é um ambiente tipicamente masculino. Um sofá de canto enorme, duas poltronas de couro, uma tevê enorme e várias garrafas de cerveja na mesinha de centro. Apesar da bagunça na mesinha, a sala está limpa e arrumada, então eles não são totalmente incivilizados, ao que parece.

Beckett Dunne, esparramado no sofá, me cumprimenta com seu próprio sorriso com covinhas. "Graham", ele diz, como se fôssemos grandes amigos.

"Cadê o Ryder?", pergunto.

"Ele já vai descer", responde Shane. "Você precisa resolver isso pra gente primeiro."

"Beleza. Então tá. Resolver o quê?"

Shane enfia as mãos no bolso de trás da calça jeans e começa a se balançar sobre os sapatos. "Qual cantada você aceitaria melhor."

"Vocês estão treinando cantadas? Chique."

"Não estamos treinando. Estamos tentando definir qual dos dois está certo. Spoiler: sou eu."

"Eu meio que tenho a sensação de que os dois estão errados", aviso, para ajudar.

"Não, nada disso", diz Beckett.

Aquelas covinhas de novo. Deus ajude as mulheres que receberem essas cantadas. Sou obrigada a admitir que nem eu estaria totalmente imune. Acho os dois bem bonitos. Se estivesse procurando por outro namorado que jogasse hóquei, qualquer um dois serviria. Em termos de visual, pelo menos. A questão da personalidade ainda não está clara.

"Só tô falando que precisa ser uma coisa mais charmosa", explica Shane. "Ter um humor mais inteligente."

"E você acha que a sua cantada tem um humor inteligente?" Beckett cai na risada.

Shane o ignora. "Porra, lógico que sim", ele me garante.

Eu me viro para Beckett. "E você?"

"Sou a favor de uma abordagem mais direta. Nós dois, a garota e eu, sabemos o que queremos. Então a cantada precisa refletir isso."

Não tenho como negar que estou intrigada. "Beleza, então vamos ouvir."

Shane pega uma garrafa de cerveja e estende para mim.

"Não, não vou beber. Estou dirigindo."

"Não precisa beber. É só segurar. Pra incorporar a personagem."

Dou risada quando ele põe a garrafa na minha mão e me leva para o centro da sala, onde começa a ambientar a cena como se fosse o diretor de uma peça de teatro amador.

"Beleza, então a gente tá na balada, né? Tá tocando, tipo, um R&B, uma coisa assim. Você tá curtindo a vibe."

Começo a balançar a cabeça ao som da música inexistente.

Ele fica me olhando, decepcionado. "Ah, não. Eu não vou nem chegar em você se é assim que vai estar dançando."

Dou uma encarada nele. "Se não for logo com isso, vou chamar o Ryder e..."

"Beleza, vamos em frente. Está pronta?"

"Hã... acho que sim."

Não sei o que se passa na cabeça dos jogadores de hóquei, mas são todos malucos. São gostosões, mas totalmente pirados.

Shane vai até a porta, estala os dedos e incorpora o personagem, andando na minha direção, cheio de confiança. Abre aquele sorriso de novo. Enfia a mão no bolso, fazendo o maior charme.

"Oi", ele diz.

"Oi", respondo.

"Sou o Shane."

"Gigi."

"Me diz uma coisa, Gigi." Ele inclina a cabeça. "Você faz coleta de órgãos? Porque acabou de roubar o meu coração."

Um silêncio mortal se instala no recinto.

Até eu começar a me dobrar de tanto rir.

Fico tão descontrolada que quase derrubo a garrafa de cerveja no chão. Beckett a tira da minha mão antes que acabe tombando.

Aos risos, ele olha para o amigo. "Tá vendo?"

"É isso mesmo, tá vendo? Ela tá rindo. Significa que eu ainda tenho chances." Shane estreita os olhos para mim. "Né?"

"Bom..."

"Qual é, Gisele. Você sabe que minha cantada mexeu com você."

"Bom, na verdade eu nem sei o que ela fez comigo, mas..." Respiro fundo, segurando mais uma onda de risadas. "E a sua, qual é?", pergunto para Beckett.

Ele me entrega de novo a garrafa. "Faz aquela coisa esquisita com a cabeça de novo."

Obedeço.

Beckett vem até mim com um andar igualmente confiante. Porra, como esses caras se acham.

"Oi", ele diz.

"Oi."

Ele morde o canto do lábio. "Eu meio que estou a fim de trepar com você. Quer trepar comigo?"

Meu queixo vai parar no chão.

Fecho a boca, depois abro de novo.

Finalmente, recupero minha voz. "Eu... acho que talvez."

Ele abre um sorriso sedutor. "Quer ir pra um lugar mais vazio?"

“É”, respondo, um pouco ofegante. “Acho que quero, sim.”

“Ah, pode parar”, reclama Shane. “Nem fodendo que você ia reagir desse jeito.”

Penso a respeito. “Se eu quisesse dormir com ele, acho que reagiria.”

“A minha fez você rir.”

“É verdade”, concordo, “mas sabendo que nós dois queremos transar”, aponto com a cabeça para Beckett, “acho que é com ele que eu ia.”

Ele abre um sorriso para mim. “Eu sabia que ia gostar de você, Graham.”

“Estou interrompendo alguma coisa?”

De repente percebo Ryder parado na porta.

Fico até sem fôlego, porque... uau. Ele sabe se arrumar. Está vestido com uma calça social preta e um paletó cinza sobre uma camisa também preta. Sem gravata, com o botão de cima aberto. O rosto dele está bem barbeado, mas os cabelos desalinhados ainda garantem o aspecto de *bad boy*.

Tento ignorar a aparência dele. “Seus amigos aqui estão tentando me levar pra cama”, explico.

Ele dá de ombros. “Escolhe o Shane. Ele acabou de levar um pé na bunda e está precisando ser consolado.”

Shane mostra o dedo do meio. Para mim, ele diz: “Eu não levei um pé na bunda. Como eu vivo dizendo pra esses babacas, foi um rompimento de comum acordo”.

“Ah, meu querido. Não existe isso de rompimento de comum acordo”, digo, na maior sinceridade. “Nunca acontece.”

Beckett solta uma risada pelo nariz. “Tá vendo, mano? Ela já sacou tudo logo de cara.”

“Está pronta?”, Ryder me pergunta.

“Estou, vamos.”

Quando ando na direção dele, é impossível não notar aqueles olhos azuis como safiras percorrendo meu corpo.

“Que foi?”, pergunto, ficando constrangida.

Ele desvia o olhar. “Nada. Vamos nessa.”

14

GIGI

No ponto

Ryder e eu saímos da casa em silêncio. Dou mais uma olhada para ele, me sentindo tentada a dizer que está bonito, mas ele não me elogiou, então não falo nada.

"Está logo ali", aviso, apontando para o SUV estacionado no meio-fio.

Eu me acomodo atrás do volante, e ele, no banco do passageiro. Afivelamos os cintos. O silêncio dele se alonga enquanto ligo o motor.

Por fim, decido olhar para ele. "Escuta aqui, já percebi que você não vai calar a boca daqui até lá, então eu imploro: por favor, dá um tempo pros meus ouvidos de vez em quando, tá bom?"

Ele solta um risinho de deboche.

"Tá bom, Luke, lá vamos nós."

"Não me chama assim", ele resmunga.

"Não é esse o seu nome?" Reviro os olhos.

"Eu nunca gostei, então prefiro Ryder."

Acho bonito o nome Luke, mas, pela intensidade nos olhos dele, vejo que é um assunto sensível. Então simplesmente dou de ombros e engato a marcha.

"O Jensen explicou por que escolheu você pra essa coisa horrorosa?", pergunto, por curiosidade.

"Ele não escolheu. Foi a tal da relações públicas. Ela acha que *ser a escolha número um do draft* é uma coisa que pega bem na hora de jogar conversa fora com possíveis doadores", continua ele, com uma certa dose de sarcasmo.

"Ela entende que você é incapaz de fazer essa parte de jogar conversa fora?", pergunto educadamente. "Porque seria melhor alguém ter avisado."

"Seria mesmo."

Então, como que para provar o que eu estava dizendo, ele não diz mais nenhuma palavra, mesmo eu fazendo tudo o que está ao meu alcance para mudar isso.

Tento falar sobre a escalação de Jensen. Reclamo de estarmos sendo obrigados a comparecer a essa coisa. Falo sobre a minha programação de aulas do semestre. Enquanto isso, ele se comunica com grunhindos, suspirando, dando de ombros e usando uma pequena lista de expressões faciais para mostrar o que sente. Um de seus poucos olhares demonstra puro tédio; é o preferido dele. O outro... não expressa exatamente desdém, mas passa uma incredulidade misturada com dúvida, tipo: *Você tá mesmo falando comigo?*

No fim, eu desisto. Abro minhas playlists e escolho uma faixa. Em poucos segundos, uma voz tranquilizadora invade os meus ouvidos.

O chamado das florestas canadenses chegou até mim quando era um jovem que até pouco tempo antes não podia nem comprar uma bebida, mas com idade suficiente para fazer uma travessia por uma paisagem poderosa e muitas vezes brutal em busca da autodescoberta.

Vejo com o canto do olho que a cabeça de Ryder se vira para o banco do motorista.

Em uma experiência auditiva tão diversa quanto evocativa, eu me perdi no murmurar de um riacho, no peso do casco de um alce sobre a vegetação a seus pés, no doce cantar da estrelinha-de-coroa-dourada à distância. Tamanho assombro me tirou o fôlego. E agora... vou transportar você para lá.

A faixa começa e um bater de asas (que imagino ser da estrelinha-de-coroa-dourada) ecoa pelos alto-falantes. Em pouco tempo, a sinfonia da natureza toma conta do carro.

Só depois de dez minutos Ryder resolve se manifestar.

"Que porra é essa?"

"*Horizons*, do Dan Grebbs", respondo.

Ele fica me encarando. "Você fala isso como se fosse óbvio quem é esse cara e do que você tá falando."

"Ah, o Dan Grebbs é incrível. É um fotógrafo que trabalha fotografando a natureza da Dakota do Sul e fugiu de casa aos dezesseis anos. Viajou de carona pelas ferrovias por um tempo, cruzando o país, tocando violão, tirando fotos. Então um dia, por impulso, trocou o violão por um gravador e comprou uma passagem de navio para a América do Sul. Nisso, pegou gosto por viajar e vem percorrendo o mundo desde então, trabalhando nessas paisagens sonoras. Ele gravou um monte de álbuns. Essa é a série da natureza selvagem."

"Meu Deus do céu."

"O que você tem contra a natureza? É um lugar bom demais pra você?"

"Sim, a natureza selvagem é um lugar bom demais pra mim. Era exatamente isso o que eu estava pensando."

Seguro um sorriso e abaixo o volume. "Uso esses sons pra meditar. Pra acalmar a cabeça quando tudo fica barulhento demais. A vida como um todo", explico, apesar de ele não ter me perguntado. "Você deve saber do que estou falando. O mundo do hóquei às vezes é barulhento demais. Às vezes a gente só precisa de um pouco de silêncio. Tentar aliviar a pressão, sabe como é?"

Ele me olha de novo, e entendo isso como uma permissão para continuar falando.

"É muita pressão, o tempo todo." Engulo em seco. "E o pior é que eu sei que a maior parte dessa pressão vem de mim mesma. É essa... essa necessidade de ser a melhor. O tempo todo. Ei, quanto você cobra por hora pela terapia, aliás? Agradeço que não tenha perguntado como estou me sentindo. Conversei com uma terapeuta uma vez que me perguntava isso literalmente o tempo todo. *E como você se sente sobre isso? E como você se sente sobre essa outra coisa aqui? E essa história, como faz você se sentir?*"

"Você nunca para de falar?", questiona Ryder.

"Você nunca fala nada?", rebato.

Ele suspira.

"Beleza, então deixa o Dan Grebbs."

Aumento o volume, e isso é tudo o que ouvimos durante os quarenta e cinco minutos de trajeto até a cidade. Os chamados ritmados das abelhas e os uivos melancólicos dos lobos transformam o carro em algo maior que nós dois.

Enquanto sigo as instruções do GPS, percebo que estamos indo a um lugar que fica a pouco mais de três quilômetros da minha casa em Brookline. Esse distrito residencial, cercado por Boston dos três lados, é provavelmente a vizinhança mais rica de Massachusetts. Ou no mínimo está bem perto do topo da lista.

Tenho quase vergonha de admitir: "Eu morava a uns a três quarteirões daqui".

As luzes piscantes do clube de campo surgem bem diante de nós. É um dos mais antigos do estado. Colinas verdejantes e um campo de golfe premiado compõem a paisagem. O gramado lisinho fica lindo no escuro, e a sede do clube, com sua arquitetura histórica, ilumina-se contra o pano de fundo do céu da noite.

"Deixa eu adivinhar, a sua família é sócia desse lugar", resmunga Ryder.

"Não, mas o pessoal do clube tentou muito que a gente se associasse quando eu tinha uns catorze anos", respondo com um sorriso maroto. "Minha mãe falou, tipo, *Ah, a gente podia tentar. Quem sabe a gente gosta?* Então passamos uma tarde toda aqui. O meu pai detesta golfe e tênis, então jogou squash e descobriu que gostava ainda menos do que dos outros esportes. Roubou a raquete, levou pra casa e queimou na lareira. Minha mãe ficou irritada quando disseram pra ela que as mulheres só podiam usar branco ou tons pastel. E esse lugar não podia ser mais diferente do que Wyatt e eu estávamos acostumados. Nós praticamos um pouco de tiro ao alvo, e o Wyatt ficou puto porque acertei mais pratos que ele, então saiu todo nervosinho pra tentar descolar um baseado com algum funcionário da cozinha." Dou uma risadinha comigo mesma. "E foi nesse dia que a minha família descobriu que não serve pra frequentar clubes de campo."

Chego à majestosa entrada circular e estaciono atrás de uma BMW na fila do balcão dos manobristas. Quando chega a minha vez, entrego a chave do carro para o rapaz de camisa polo branca e calça cáqui. Ele abre a porta para mim e percebo tarde demais que não trouxe dinheiro para dar de gorjeta aos manobristas. Ryder foi mais prevenido, e entrega na mão dele uma nota de dez dólares.

Levanto as sobrancelhas para ele. "Tá podendo", murmuro quando meu carro some de vista.

Ele encolhe os ombros. "Os caras vivem praticamente só de gorjetas. É o mínimo que posso fazer."

Passamos pela entrada em arcos na direção da ornamentadíssima porta da frente.

Ryder puxa o colarinho da camisa, todo desconfortável. "E agora?"

"Agora nós circulamos por aí e conversamos com as pessoas."

"Me mata agora", ele pede.

"Que tal um assassinato seguido de suicídio? Eu mataria você sem problemas, mas acho que não consigo me matar, então você vai precisar me apagar e depois se matar também. Você se sente confortável com isso?"

Ele só olha para mim. "Vamos parar de falar disso."

Entramos no saguão luxuoso lado a lado, mas a meio metro de distância um do outro. O lugar tem cheiro de riqueza. E aparência também, graças às paredes com painéis de mogno maciço e o piso de mármore. Damos nossos nomes na mesa escondida em um canto do recinto, depois seguimos a discreta sinalização que leva até o salão de baile, onde nos vemos cercados por um mar de pessoas de smoking e vestidos de gala.

Esporte fino porra nenhuma. Claramente todo mundo optou pelos trajes de gala.

Todas as mulheres pelas quais passamos dão uma boa secada em Ryder. É mesmo o que costuma acontecer com qualquer homem alto e lindo, mas ele também transmite uma energia. Os homens aqui são todos elegantes, ricos e respeitados em sua área profissional. Homens de negócios, advogados, médicos. Enquanto Ryder... tem um ar mais visceral. Acho que tem a ver com a força quase incontrolável de seu corpo. Com o seu jeito de andar. Com a intensidade dos seus olhos. Com o jeito como suas expressões demonstram que está pouco se fodendo para todo mundo ali e que queria estar em qualquer lugar menos aqui. Essa energia de *bad boy* faz efeito em qualquer lugar. Atrai as mulheres. E a maioria dos homens também.

"Gigi Graham!" Um homem robusto vestindo um terno impecável e de cabelos grisalhos nas têmporas aparece no nosso caminho.

Eu o reconheço vagamente, mas não consigo me lembrar de seu nome.

"Jonas Dawson", diz, apresentando-se. "Meu escritório representa a fundação do seu pai."

"Ah, é mesmo", finjo me lembrar. "Que bom rever você, sr. Dawson."

Cinco passos depois, somos abordados por outra pessoa desconhecida que age como se fosse minha melhor amiga.

"Gigi, que prazer rever você!", grita uma mulher, segurando minhas duas mãos. "Brenda Yarden, da diretoria dos Bruins. A gente se conheceu no ano passado, na cerimônia de aposentadoria do número do seu pai!"

"Claro." Finjo que me lembro dela também. Aponto na direção de Ryder. "Esse aqui é o Luke Ryder. Co-capitão do time masculino da Briar."

"Prazer em conhecer você." Yarden oferece um rápido aperto de mão a ele antes de se voltar de novo para mim. "Ouvimos uns buchichos por aí sobre uma indicação ao Hall da Fama e ficamos empolgadíssimos. O que o seu pai sabe disso?"

"Bom, isso depende do comitê de seleção", lembro a ela. "Acho que o meu pai não sabe se vai ser indicado ainda."

A emboscada seguinte envolve três apoiadores que ficam nos interrogando para saber se Chad Jensen acha que vai ganhar o Frozen Four este ano. Não sei por que eles acham que eu poderia falar em nome de Jensen, ou que teria alguma informação mais detalhada sobre o time masculino, porque afinal não faço parte dele. Mas Ryder também não ajuda em nada, então sou obrigada a tagarelar por dez minutos antes que eles enfim nos deixem em paz.

Durante a hora seguinte, circulamos pelo salão de baile feito robôs, comigo fingindo que me importo com os apoiadores do programa e o que eles têm a dizer. Sou a única pessoa ali promovendo o programa de hóquei, e estou até com a garganta doendo quando conseguimos uma pausa só nós dois.

Pego duas taças estreitas de champanhe de um garçom de uniforme preto e gravata borboleta vermelha.

"Não vou querer...", Ryder começa a dizer.

"Não é pra você", resmungo.

Viro a primeira taça sob o olhar de divertimento do garçom e a coloco de volta na bandeja. Quando ele se afasta, começo a beber a segunda, dessa vez mais devagar.

"Vai com calma aí, parceira", avisa Ryder.

"Parceira? É isso o que está rolando aqui? Uma parceria? Porque pra mim está parecendo que sou a única tentando criar algum hype em torno da Briar. E aliás, é você que vai voltar dirigindo, porque eu vou ter que beber pelo menos, hã, umas dez taças dessas."

“Eu falei pro Jensen que não sou bom nessas porras.”

“Pois é, e você é ainda pior do que disse que era, pelo jeito. Você vai morrer se abrir um sorriso?” Olho para ele por cima da taça. “Já vi você sorrindo, então sei que a sua musculatura facial funciona.”

Ele estreita os olhos.

Percebo que um pequeno grupo de doadores vem na nossa direção. Com um único propósito em mente.

“Ai, Deus, não”, resmungo. “Só preciso de uns cinco minutos de paz e sossego.”

“Vem cá.” Ryder pega minha taça de champanhe, põe na bandeja de uma garçonete que está passando e pega minha mão.

Quando me dou conta, ele está me arrastando pelo salão para o palco. Em ambos os lados, tem uma área escondida por uma cortina, bloqueando o acesso aos dois lances de degraus que levam aos assentos laterais. Em um piscar de olhos, estamos atrás da cortina. Envolvidos pela escuridão.

“Melhor assim?”

A voz grave dele faz cócegas nos meus ouvidos.

Engulo em seco, minha pulsação acelerando ao perceber que Ryder e eu estamos no escuro, a poucos centímetros um do outro.

“Não era bem isso que eu tinha em mente”, murmuro por cima do som do meu coração disparado.

“Bom, enfim. Foi o máximo que deu pra fazer.”

Respiro fundo e fico em silêncio por um momento. Percebo que a música do salão fica abafada, mas não por causa da cortina, e sim porque os meus batimentos continuam a ecoar dentro do meu peito. O cheiro dele me envolve. Amadeirado e picante, com um toque de couro que considero estranho, porque ele não está vestindo nenhuma peça desse material. É deliciosamente masculino. E eu provavelmente não deveria gostar tanto assim.

“Não entendo você”, confesso.

“Não tem nada pra entender.” Ele encolhe os ombros, e nisso acaba roçando no meu.

“Sério mesmo, não consigo entender se esse lance de ser ranzinza e caladão é só você fazendo tipo. Uma máscara descolada que você usa.”

“Acho que eu não me esforçaria tanto assim.”

“Exatamente, e é por isso mesmo que estou começando a acreditar que é pra valer. Que você é esse cara ranzinza, perigoso e...”

“Perigoso, é?”, ele interrompe. Sua voz está levemente rouca.

Meus olhos começam a se ajustar à escuridão. Percebo que os dele estão semicerrados enquanto me observam de cima a baixo. Um dos cantos de sua boca se curvam num sorriso irônico.

“Você acha que está correndo perigo agora, Gigi?”

"Eu deveria achar?"
"Não." Ele dá uma risadinha. Grave e fugaz.
"Bom, então não acho."
Mas tem alguma coisa perigosa acontecendo. Uma estranha percepção se estabelecendo entre nós. Ou talvez seja só uma consequência natural de se estar em um espaço escuro com um cara gatíssimo. Ryder se aproxima um pouco mais. Sem tirar os olhos de mim.
"Que foi?", pergunto, toda sem jeito.
"Você está bonita." A voz dele é áspera.
O sentimento de surpresa toma conta de mim. "Quê?"
"Eu devia ter falado mais cedo, assim que vi você. Foi uma grosseria da minha parte."
"Desde quando você se incomoda por ser grosseiro?"
"Eu não me incomodo."
Deixo escapar uma risada. "Bom, obrigada, acho. Você também está bonito."
Mais um silêncio se instala.
"Acha que a gente consegue ficar escondido aqui pra sempre?", pergunto, esperançosa.
"Não. Em algum momento alguém vai vir procurar você aqui pra falar o quanto seu pai é incrível."
"Eu detesto isso, sabe?" Levanto a cabeça para olhar para ele. "Não importa o que você pensa sobre mim e o meu sobrenome, nunca uso isso pra conseguir nada. Nunca usei. Porra, eu até mudaria de nome se não soubesse que o meu pai ficaria arrasado. Mas isso acabaria com ele. E, sério mesmo, não é culpa dele ser o melhor jogador de todos os tempos. Ele merece toda essa admiração e esses prêmios."
"Mas... você detesta isso", repete ele.
Mordo o lábio inferior. "Pois é. Detesto esse tipo de evento com todas as forças. Nunca consegui me divertir em nenhum. De verdade, eu preferia estar literalmente em qualquer outro lugar."
"Você saía com o Colson antes, certo?"
"Hã, sim...?"
Parece ser uma pergunta sem a menor relação com o que estamos falando, mas ele logo liga uma coisa à outra.
"Você já foi com ele a algum evento desses?"
"Às vezes." Começo a me remexer, desconfortável. É estranho falar sobre Case com Luke Ryder.
"E ele nunca tentou fazer nada mais criativo? Pra tornar as coisas mais divertidas pra você?"
"O que você sabe sobre se divertir?" Não consigo evitar provocá-lo.
Ele encolhe os ombros, sua marca registrada.

"Não, agora me conta", insisto. "O que você faria agora se fosse o Case? Como ia tornar a coisa mais divertida?"

"Se eu fosse o Colson."

"É."

"E você fosse minha namorada."

"É."

Ryder se inclina para a frente, aproxima seu hálito quente da minha orelha, provocando um leve arrepio pelo meu corpo. "A gente já teria vindo pra trás dessa cortina cinco minutos depois de chegar."

"Pra quê?"

Me arrependo da pergunta assim que as palavras saem da minha boca.

"Pra deixar você no ponto."

Minha garganta se fecha de tesão. Fica difícil até engolir.

"No ponto", repito baixinho. "No ponto pra quê?"

"Pra mim."

Ai, meu Deus.

A voz dele vai ficando mais grave. E um pouquinho rouca. "Eu usaria os dedos, provavelmente. É. Enfiaria os dedos em você. Até chegar quase lá. Mas pararia antes de te fazer gozar. Dedaria você até seu corpo todo ficar tinindo e aí te faria voltar lá pra fora. Eu ficaria assistindo enquanto você se contorce toda e conversa com aquele bando de gente chata até me implorar pra voltar pra casa e te fazer gozar."

A voz dele demonstra o máximo de animação que já ouvi desde que o conheci.

Mal consigo respirar. E a falta de oxigenação fica ainda pior quando as mãos dele encontram o meu rosto. Dedos ásperos roçam a pele febril da minha bochecha.

Ryder abaixa a cabeça e aproxima a boca da minha. Nossos lábios estão a milímetros de distância. Meus olhos se fecham quando, com meu coração prestes a parar na garganta, sinto que ele vai me beijar.

"Mas... eu não sou o Colson", ele complementa, abrindo apenas um indício de sorriso quando volta à postura inicial.

Para meu desânimo — uma decepção que me pega de surpresa —, ele puxa a cortina um pouco para o lado para ver se a barra está limpa. Depois, ele a abre e sai, me fazendo sentir exatamente como ameaçou que faria.

Me contorcendo toda de vontade.

15

GIGI

Toda turma tem um pegador

RYDER: *O combinado ainda tá de pé?*
EU: *Tá. Vocês ainda podem?*
RYDER: *Tranquilo.*
EU: *Valeu pela ajuda.*
RYDER: *De nada.*
EU: *Deve ser terrível pra você não existir um emoji decente pra dar de ombros. O que existe transmite emoção demais pra você. Mexe demais as mãos. É dramático demais pra representar você.*
RYDER: *Ainda dá tempo de cancelar?*
EU: *Adoro esse seu senso de humor! Sempre me mata de rir.*

A última mensagem de Ryder é um emoji mostrando o dedo do meio.

Pronto. Isso combina melhor com ele.

Demoramos alguns dias para remarcar o treino. As aulas começaram na segunda, junto com a minha programação oficial de treinos, então foi difícil encontrar um horário que funcionasse para nós dois. E para Beckett também, eu acho. Ele vai ajudar Ryder no nosso treinamento de hoje à noite.

Até lá, ainda tenho algumas coisas para fazer, inclusive uma que é mais uma regalia do que uma obrigação: encontrar os meus tios no Della's Diner.

Sempre tive muitos tios. Felizmente, não aqueles tipos bizarros que fazem comentários zoados nos casamentos e dão em cima de todas as adolescentes da festa.

"Ouvi dizer que você está solteira de novo."

Ou talvez eles façam comentários zoados, sim.

"Já faz tempo", informo a Dean Di Laurentis. "Você recebeu a informação por pombo-correio?"

"Não, engraçadinha. Já sei faz um tempo. Só não conversei direito com você desde que aconteceu."

Pego o meu café. Estamos numa mesa de canto, com o espaço tomado por dezenas de fatias de torta, porque meus tios glutões não conseguem escolher um sabor só, então pedem todos.

O tio Logan saiu há pouco para atender uma ligação da tia Grace, uma das minhas três madrinhas. Também tenho três padrinhos, porque os meus pais não quiseram escolher entre seus melhores amigos, mas precisavam tomar uma decisão. Embora minha família não seja religiosa, meus avós maternos insistiram na ideia de batizar Wyatt e eu quando nascemos. As fotos daquele dia são literalmente ridículas. Uma equipe esportiva inteira de padrinhos no altar segurando meu irmão gêmeo e eu ainda bebês, com roupinhas brancas transparentes.

Sou obrigada a dizer que adoro ter uma família grande. Quer dizer, família postiça. Os meus pais são filhos únicos, e nenhum deles cresceu em meio a grandes clãs. Uma tia aqui, um tio ali, quase nenhum primo ou prima. Meu pai já nem mais falava mais com o meu avô nos anos finais dele, antes de morrer. Nem foi ao funeral. Então é bem legal viver cercada de tias, tios, primos e primas. Amor na minha vida é o que não falta.

E perguntas intrometidas também.

"Foi o meu pai que mandou você falar disso?", pergunto antes de dar um gole no meu café.

"Bom, ele tocou no assunto, mas eu pareço o tipo de cara que aceita ordens de alguém?"

Dean abre um sorriso. Ele tem um rosto de modelo masculino que só melhora com a idade. Vi fotos dele da época da faculdade e era um gato, mas acho que está ainda melhor agora.

"Quando me contaram sobre o término, fiquei surpreso. Você e o Colson pareciam feitos um pro outro. Os dois jogam hóquei. Os dois são bonitos."

"Ah, sim, porque é isso que define almas gêmeas, mesmo. Um esporte em comum e o mesmo nível de atratividade."

"Você puxou o sarcasmo da sua mãe, pelo jeito."

"Vou tomar essa como um elogio. Mas, sim, Case e eu terminamos, não vamos voltar e isso é tudo o que vou falar sobre esse assunto."

"Então você tá pra jogo de novo?"

"Bom, eu não usaria esses termos, mas sim."

As feições de Dean se crispam de resignação. "Que coisa. Eu não queria precisar fazer isso."

"Do que está falando?", pergunto, desconfiada.

Imediatamente, entro em estado de alerta. Para um bando de homens adultos, os amigos do meu pai fazem umas bobeiras bem inacreditáveis.

Ele enfia a mão na bolsa estilo carteiro ao seu lado no banco. Da primeira vez que vi aquilo, tirei sarro dele por andar de bolsa. Mas acho que ele guarda coisas de trabalho ali. Dean é treinador do time feminino de Yale, o que supostamente faria dele meu inimigo, mas não de verdade, porque não jogamos na mesma conferência. Mas, se os nossos times se enfrentarem nas finais, ele que se prepare. Sendo meu tio ou não, vou destruir as meninas dele de bom grado.

"Aqui está", ele diz.

Quase cuspo meu café quando ele põe uma caixa de camisinhas em cima da mesa.

Não, uma caixa não.

Um pacotão contendo nada menos que cinquenta preservativos.

"Que porra é essa?", protesto. "Ai, meu Deus."

"Você não pode se descuidar agora que está solteira. É melhor prevenir do que remediar, Gigi."

"Você acha que eu transo tanto assim? Não, espera aí..." Eu levanto o dedo indicador e mudo para um tom mais sério. "Não ouse responder."

Dean dá uma risadinha. "Só estou dizendo que... eu lembro de como era a faculdade. Muito bem. Aqueles hormônios todos. As festas. Só quero que você tome cuidado, tá? E não conta pros seus pais que eu te dei isso."

"Ah, pode deixar, não vou tocar nesse assunto de novo nunca."

"Além disso", ele continua, dando uma garfada na torta de nozes-pecã, "antes de se envolver com algum cara, vê se ele não é o pegador da turma. E, se for, pede um exame de sangue. Porque toda turma tem um pegador."

Já estou arrependida do que vou perguntar, mas a curiosidade fala mais alto. "E quem era o da sua turma?"

"Tucker", ele responde, sem nem pensar.

Dou mais um gole no meu café, olhando para ele por cima da caneca. "Tucker", repito, duvidando.

"Sim, claro." Dean pisca algumas vezes, fazendo um ar de inocente. "O cara conseguiu engravidar uma garota em um lance de uma noite só. Não dá pra ser mais promíscuo que isso."

"Pelo que ele fala, foi um caso de amor à primeira vista com a tia Sabrina."

"O Tucker fala demais. Principalmente sobre mim e a minha reputação de mulherengo." Dean dá uma piscadinha. "Não acredite em nada disso."

John Logan escolhe esse exato momento para voltar à mesa. Ele vê o pacote monstruoso de camisinhas, dá uma olhada em Dean e solta um suspiro.

"É, acho que vou ter que contar pro pai dela."

"Vai porra nenhuma."

Logan se senta do meu lado e puxa um pedaço de torta para si. Morango com ruibarbo. Ainda bem que essa nossa reuniãozinha antes do trabalho deu certo. Os dois por acaso estavam aqui por perto, o que raramente acontece, porque o tio Dean mora em New Haven com a família.

"Dá pra você guardar isso aí?", Logan reclama com Dean. "Não quero passar a ideia errada pro pessoal que trabalha aqui."

"Não posso levar pra casa", rebate Dean. "Allie vai me encher de perguntas."

"Eu aceito as camisinhas", respondo generosamente. "Mas vou usar só pra colocar em uma tigela e distribuir nas festas."

"Boa ideia. Com certeza isso vai ser muito útil nas fraternidades."

Logan olha para mim enquanto mastiga sua torta. "Você voltou com o Colson?"

"Ai, meu Deus. A gente pode mudar de assunto?"

"Eu gostava do cara", ele comenta.

"Sim, tudo bem, mas a gente terminou. E não, eu não estou saindo com ninguém. E não, eu não vou usar essa caixa gigante de camisinhas. Mas, se *fosse* usar, jamais contaria pra vocês. Nunca mesmo. Então..."

"Eu também não ia querer saber", concorda Logan, abrindo um sorriso.

"O que a tia Grace queria?", pergunto, me referindo à ligação que ele atendeu.

"Só queria saber como está o meu sogro. Passei na casa dele agora cedo. A picape dele está nas últimas, mas o velho se recusa a vender, então vim até aqui pra consertar." Ele dá mais uma mordida. "O que foi ótimo, porque pude vir aqui entregar isso pessoalmente." Ele aponta com o queixo para as chaves sobre a mesa, perto do porta-guardanapos.

Logan é dono de um rinque recém-reformado em Munsen, uma cidade vizinha. Vai me deixar usar quando estiver vago, o que significa mais tempo de gelo para treinar com Ryder sem ter que pedir nada para a Briar nem receber olhares atravessados por estar colaborando com o inimigo.

"Agradeço muito por me emprestar o rinque", digo, num tom de gratidão.

"Sem problemas. Tenho um favor para pedir também. A Blake quer conhecer a Briar. Vai ter um fim de semana de visitas em outubro, mas acho que você, melhor que ninguém, pode mostrar pra ela como as coisas funcionam por lá."

Blake é a filha do tio Logan e da tia Grace. Acabou de começar o último ano de colégio, e eu estava torcendo para que ela quisesse vir para a Briar.

"Ah, amei! Vai ser um prazer mostrar tudo pra ela, fazer uma turnê pelo campus. Ela pode ficar lá no alojamento comigo e com a Mya. E, se vier numa quinta à noite, pode ir como ouvinte nas minhas aulas de sexta, pegar um jogo meu no sábado e depois, sabe como é, curtir as festas na rua das fraternidades e sororidades e, enfim", pego o pacotão de camisinhas, "enfiar o pé na jaca."

Logan faz uma careta. "Esquece. Ela não vem mais."

"É brincadeira." Olho para Dean do outro lado da mesa. "Onde o Beau quer fazer faculdade?"

"Ah, ele vai para onde o AJ for, e acho que o AJ vai escolher a Briar, se o Jensen ainda for o treinador daqui a uns dois anos. Jake está tentando convencer o AJ a ir para Harvard faz um tempão, mas o vovô Chad é o ídolo do garoto."

O filho de Dean, Beau, e o de Connelly, AJ, são inseparáveis desde o dia em que nasceram, junto com Gray Davenport, filho de outra lenda do hóquei que jogou com meu pai em Boston por algumas temporadas antes de ser trocado para Tampa. Esse trio ainda vai partir muitos corações algum dia, se já não estiverem fazendo isso.

A conta chega, e a briga dos dois para decidir quem paga começa. Tenho certeza de que deve ser no máximo umas vinte pratas, e no fim eu mesma me encarrego disso.

"Por favor, deixem eu fazer um agradinho para os meus queridos tios." Abro um sorrisão. "Os jovens precisam tratar bem os mais velhos."

Os dois olham feio para mim.

"Ah, eu não vou esquecer disso, não", rosna Dean para mim.

"Vou contar para o seu pai", acrescenta Logan.

"Ele sabe que está velho. Não precisam ficar lembrando."

Eu pago a conta e guardo a carteira, junto com as chaves do rinque, na bolsa de couro enorme que levo comigo.

Fico olhando para aquele pacote ridículo de camisinhas. Depois de uma certa hesitação, enfio na bolsa também, mais para mostrar que sou descolada e não fico horrorizada com coisas como comprar camisinhas no atacado.

E então, quando me dou conta, já está na hora de ir encontrar Luke Ryder.

16

RYDER

A matemática das camisinhas

Munsen é uma cidadezinha nas proximidades de Hastings. Pelo que ouvi dizer, é meio um lugar de merda. Mas, quando paramos na frente do rinque, vemos uma construção espaçosa e nova em folha, com janelas brilhando de tão limpas nas paredes, contrastando em absoluto com o restante daquele distrito industrial sem nenhum atrativo.

Beckett repara nisso também. Ele assobia baixinho no banco do passageiro do meu jipe que, graças a Owen, consegui mandar para o conserto. Mas vou dar um jeito de devolver essa grana. Não aceito esmolas de ninguém.

O SUV branco de Gigi é o único outro veículo no estacionamento quando chegamos. São nove da noite, e as instalações estão fechadas ao público, de acordo com o horário de funcionamento anunciado na internet.

"Tem certeza de que ela não vai se incomodar por eu ter vindo também?", pergunta Beckett, passando uma das mãos nos cabelos loiros.

"Eu mandei uma mensagem antes pra confirmar. Tá tudo certo."

"Trocando mensagens com a ex do nosso co-capitão. Olha só você, a fim de emoções fortes."

Reviro os olhos. "Ah, sim, porque morro de medo do Colson."

Descemos do jipe.

"Mas você precisa admitir que o fruto proibido é mais doce."

"Não tô aqui pra trepar com ela. Só disse que ia ajudar a melhorar as jogadas dela atrás do gol. E ela falou que ia falar bem de mim pro Graham. Uma mão lava a outra."

"Aham. Com certeza é só isso."

"Cara, essa ideia foi sua."

"Na verdade, foi do Lindley."

"Tanto faz. Você apoiou."

Gigi está abrindo o porta-malas e veste uma calça jeans e uma regata apertada, com os cabelos escuros presos em uma trança comprida que desce por suas costas. Ela se debruça sobre o porta-malas para pegar uma bolsa de equipamentos e uma mochila. Nós fazemos a mesma coisa na parte traseira do jipe.

"Oi", ela diz quando nos aproximamos, lançando um olhar ligeiramente desconfiado na direção de Beckett.

Ele não dá bola, e abre aquele seu sorriso australiano irritante. O que expõe as covinhas ao máximo. "Está bonita hoje, Graham."

"Valeu."

"Como assim? Não vai retribuir o elogio?"

Ela solta um risinho de deboche.

"Uau, agora você pegou pesado", ele diz, levando a mão ao coração, fingindo estar morrendo de dor.

"Ah, sim, como se você precisasse de mim para massagear o seu ego."

"O meu ego? Não. Mas outras coisas..." Ele se interrompe, deixando a sugestão no ar. E, apesar de ser uma coisa escrota que irritaria se fosse dita por qualquer outro cara, Beckett consegue sair ileso quando fala essas merdas.

Gigi dá uma risadinha, o que confirma a minha suspeita de que Beckett Dunne pode fazer e dizer qualquer coisa quando o assunto é mulher.

A risada dela vira uma expressão séria quando nossos olhares se encontram. Ela morde o lábio, e me pergunto se está pensando no fim de semana. Eu, pelo menos, estou. Durante dias, tentei compreender essa quantidade absurda de tensão sexual que surgiu do nada entre nós quando estávamos escondidos dos doadores.

Naquela hora em que quase dei um beijo nela.

Ainda estou tentando entender isso. Sim, ela é gata. Passei a noite toda do baile tentando desviar os olhos daquelas pernas bronzeadas à mostra. Isso sem mencionar o restante do corpo. Forte e definido. Tão gostosa que meu sangue chega a ferver.

Mas, até aquele evento de gala, eu não vinha pensando muito na possibilidade de transar com ela.

Só que agora meio que estou.

"Enfim." Ela limpa a garganta, põe as mochilas sobre o ombro e uma bolsa de couro no outro, onde enfia a mão e pega um chaveiro. "Vamos entrando."

Ergo a sobrancelha. "Você tem a chave daqui?"

"Tenho os meus contatos."

"Que contatos?", pergunta Beckett, curioso.

"Meu tio. Ele é daqui."

Na entrada, vemos uma pequena placa dourada na parede externa com as palavras.

HOMENAGEM A JOHN LOGAN
POR SUA GENEROSA DOAÇÃO PARA A
CIDADE DE MUNSEN, MASSACHUSETTS

"O seu tio é o John Logan", murmuro, incrédulo.

"Quer dizer, não de sangue, mas é o melhor amigo do meu pai. Meu irmão e eu crescemos chamando ele de tio Logan."

Tento não pensar no fato de que a minha infância e a dela foram drasticamente diferentes, como se tivéssemos sido criados em dois planetas distintos. Mas uma pontada de amargura surge mesmo assim. Apesar de não querer receber benefícios por seu sobrenome, a verdade é que isso acontece. Abre portas para ela que eu jamais sonharia em ver abertas para mim.

Minha mente se volta para o bairro chique e bem conservado por onde passamos no sábado à noite a caminho do clube de campo. Mais uma vez, parecia outro planeta em comparação ao lugar onde cresci. Primeiro, o apartamentinho de dois quartos em Phoenix em que morei com meus pais antes da morte da minha mãe. Depois, os lares temporários detonados com quintais malcuidados e alambrados caindo aos pedaços. Fica quase impossível imaginar o ambiente idílico que Gigi devia ter.

"Porra, eu quero ser igual você quando crescer", comenta Beckett.

"Enfim, falei pro Logan que precisava de um lugar privado pra treinar, e ele me ofereceu este rinque. Peguei a chave com ele hoje mais cedo."

"A filhinha do papai tem tudo o que quer", não consigo me segurar e acabo dizendo.

"Ei, o papai é o motivo de a gente estar aqui, esqueceu? Pra eu falar bem de você pra ele?" Ela abre um sorriso simpático. "Então ou eu tenho um pai famoso que pode te ajudar e você para de reclamar, ou a gente não faz nada e o azar é seu. Não dá pra escolher as duas coisas, principezinho."

Nisso ela tem razão.

"Os vestiários ficam ali", ela mostra, nos conduzindo até o final do corredor iluminado por lâmpadas fluorescentes.

A calça jeans que ela veste parece estar pintada no corpo de tão justa, e não resisto a dar uma olhada em sua bunda arrebitada. Beckett também está olhando. Ele me pega fazendo o mesmo e abre um sorriso sacana. Eu fecho a cara.

Chegamos ao vestiário masculino, que está trancado. Gigi para e começa a remexer nas chaves. "Pera aí. Não sei qual é."

Quando ela se abaixa para testar a primeira na fechadura, a bolsa escorrega do seu ombro e desliza pelo braço. Ela tenta segurar antes de cair, mas não consegue. A bolsa cai no chão reluzente, seu conteúdo se espalhando pelo corredor.

Uma caixa enorme de camisinhas cai diante dos meus pés.

Beckett e eu ficamos olhando para aquilo e trocamos um olhar de divertimento.

O rosto de Gigi assume um tom de vermelho que não existe na natureza. Ela se ajoelha bem depressa para pegar o que caiu, enfiando tudo de volta na bolsa.

"Vocês não viram nada disso", ela avisa.

Ergo a sobrancelha. "Comprando no atacado, é? Tem grandes planos pro fim de semana, então?"

"Não são pra mim", ela responde com os dentes cerrados.

"Você mente muito mal, Gisele."

"Tá, tudo bem, são pra mim, sim. Mas aceitei contra a minha vontade."

"Só por curiosidade, quantas dessas você usa por vez?", Beckett se intromete, com um sorrisão no rosto.

Ela já está de pé de novo, testando outra chave. Que também não funciona.

"Puta que pariu. Essas chaves estão querendo me ferrar", ela reclama.

Beckett ainda está fazendo a matemática das camisinhas. "É uma caixa de cinquenta, né? Vamos ser ambiciosos e dizer que dá pra dar umas três ou quatro por noite. Isso dá três ou quatro camisinhas. Se bem que se a gente estiver pensando numa coisa mais grupal... tipo, nós três aqui..."

"Ai, meu Deus. Quer parar com isso?"

"... nesse caso são duas camisinhas por vez, e três ou quatro rodadas. Isso significa que hipoteticamente dá para usar seis ou oito por noite. Porra. Vamos acabar com essa caixa toda em menos de uma semana."

Gigi solta um suspiro e se vira para mim. "Ele é sempre assim?"

"Quase sempre", confirmo.

Ela encontra a chave certa, e o suspiro de alívio que solta me faz rir.

"Pronto." Ela abre a porta para nós. "Vão se trocar."

"A gente põe as camisinhas agora ou mais tarde?", pergunta Beckett.

"Como eu odeio você." Ela segue adiante pelo corredor, na direção do vestiário feminino. "Encontro vocês no gelo. Rinque B."

No nosso vestiário, Beckett e eu vestimos nosso equipamento de hóquei.

Depois de tirar a camisa, dou uma encarada nele. "Você não é o gostosão que pensa que é, sabia? E nem fodendo que você seduziria ela pra um ménage."

"Claro que seduziria. Ela estava interessada."

Isso me faz parar para pensar um pouco.

Será que estava?

"Estava nada", respondo, por fim, porque Gigi Graham não me parece ser do tipo que curte um ménage.

"Uma pena. Quanto mais gente, melhor. Você sabe que esse é o meu lema."

Gostaria de poder dizer que ele está brincando, mas sei que não está. Nesses dois anos que nos conhecemos, a quantidade de putarias envolvendo Beckett Dunne que testemunhei foi nada menos que extraordinária. Nunca ouvi ninguém com quem ele tenha se envolvido do Eastwood falando mal de sua performance na cama, o que já é alguma coisa pelo menos. Porra, a maioria das garotas continuava andando com nosso grupo de amigos. Esse visual descolado e o bronzeado australiano dele fazem parecer que o cara tem mel no pau.

"Mas e você?", ele pergunta, se sentando no banco à minha frente para amarrar os patins.

"O que tem eu?"

"Está interessado?"

Quando levanto a cabeça, vejo que ele está sorrindo para mim. "Não me leva a mal, mano. Acho você até bonito, mas não rola química entre a gente."

"Tô falando dela. Porque você pareceu interessado, sim."

Abaixo a cabeça e volto a amarrar os cadarços. "Não estou, não."

"Sei."

"É sério", insisto, porque por alguma razão dizer as palavras *Sim, estou interessado* me deixa... desconfortável.

Porque eu não estou.

Acho.

Caralho. Por que pensar nisso justo agora? Não é para isso que estamos aqui hoje.

A Zamboni acabou de dar a última volta pelo gelo quando saímos para encontrar Gigi. Não estamos vestindo todo o equipamento que usamos nos jogos, só o suficiente para dar umas trombadas um pouco mais firmes se for necessário. Beck e eu também trouxemos uns minicones laranja, que eu deixo na beira do banco do time da casa junto com algumas garrafas de água.

"Beleza então", diz Gigi, com um sorriso. Ela patina em círculos na nossa frente algumas vezes. "Hoje sou toda de vocês."

Beckett solta um grunhido baixinho. "Não fala assim. Não dá pra patinar com a barraca armada."

O sorriso dela só se alarga ainda mais. "Acho que entendi qual é a sua", ela diz para ele.

"Ah, é?"

"É. Você é do tipo que tenta desarmar todo mundo usando insinuações sexuais." Ela aponta com o polegar para mim. "E aquele ali é o ranzinza de poucas palavras." Ela encolhe os ombros. "Gosto de saber com quem estou lidando."

Eu também. Acho que isso é uma coisa que temos em comum. E a outra é a intensidade absoluta na dedicação que temos com nosso esporte. Assim que começamos a treinar, o foco de Gigi se volta totalmente para o que precisa ser feito. E sem se importar com mais nada.

"Tá, então vamos lá", eu começo, com uma voz seca e áspera. "A gente vai se concentrar primeiro na questão das oportunidades. Jogadores versáteis precisam saber criar chances de gol."

Beckett pega os cones e patina pelo rinque para posicioná-los. Escolhe alguns lugares estratégicos, um na frente do gol, dois nas pontas.

Tem gente que reclama de treinar jogadas simuladas. Acham que nada é capaz de preparar alguém para tomar decisões em frações de segundos e para as situações inesperadas de uma partida de verdade. Eu já acho que isso não passa de desculpa esfarrapada. Sim, o instinto vale muito. Mas é a prática que leva à perfeição.

"Beck vai ficar na sua cola o tempo todo", aviso a ela.

É por isso que o chamei para ajudar. Dunne é um dos defensores mais agressivos do time, e sabe tirar o espaço do adversário até sufocá-lo.

"Mas neste exercício ele não é o único que vai te botar em marcação cerrada. Tem mais dois caras, quer dizer, duas mulheres", eu me corrijo enquanto Beckett põe um cone atrás da rede. "Então, se você pensa que vai poder virar e escapar naquela direção ali, pode esquecer. Não dá. Seu objetivo não é escapar da marcação e fazer o gol. É passar o disco para mim, ou para qualquer outra companheira de time", explico, apontando para os vários marcadores laranja.

"Entendido."

"Está pronta?" Vou patinando até um lugar aleatório entre a área do goleiro e a linha azul.

Ela bate com o taco no gelo. "Vamos lá."

Sorrindo para ela, derrubo o disco e mando na direção das placas.

Como um foguete, Gigi sai patinando para pegar, com Beckett em seu encalço, praticamente fungando em seu cangote. O taco dela faz contato com o disco no momento em que ele usa o cotovelo para tentar retomá-lo.

Por um instante, me pergunto se essa ideia não foi ruim. Tenho um e noventa e cinco, e Beck, um e oitenta e oito. Somos tão mais fortes que ela que chega a ser perigoso. Mas Gigi se garante, arremessando-se contra ele usando o ombro, e escuto o grunhido de Beck. Enquanto eles brigam pela posse do disco, mantenho minha posição, esperando para ver se ela consegue desenvolver alguma jogada.

Por fim, ela consegue tirar o disco de lá, mas não o passa na minha direção nem na de qualquer outro cone. O disquinho preto desliza direto por todos os potenciais alvos e vai parar do outro lado do gelo.

"Isso teria resultado num contra-ataque para o time adversário", digo enquanto ela e Beck voltam patinando.

Gigi está com o rosto vermelho atrás do visor. "Não necessariamente."

"Meu ala esquerdo estava bem ali no canto, babando. Você fez um passe perfeito para ele. Não é para lá que deve tentar mandar o disco."

"Sabe, estou tentando. Tinha esse monstro em cima de mim."

"Opa, valeu", responde Beckett, parecendo satisfeito.

Reviro os olhos. "Tá, vamos de novo."

Fazemos o mesmo exercício mais de uma dezena de vezes, e em nenhuma Gigi é capaz de controlar o disco do jeito que precisa. Mas, quando tem um pouco mais de espaço, ela é fantástica. O tipo de patinadora de elite que deixa os treinadores de boca a aberta. O equilíbrio que ela demonstra sobre os fios das lâminas com o corpo inclinado é insano. E eu já a vi em ação também: ela consegue criar arremates para o gol e assistências do nada.

A não ser, ao que parece, quando é marcada de perto, sob pressão e sem espaço.

"Isso não está dando certo." Ela parece exausta.

"Vem cá."

Ela patina até mim, tirando o capacete para enxugar o suor da testa. É inexplicavelmente sexy vê-la fazer isso. E a visão de sua trança caída sobre um dos ombros estimula um estranho desejo primitivo em mim de puxá-la na minha direção e enfiar a língua por entre aqueles lábios franzidos.

Afasto esses pensamentos da cabeça e tento me acalmar.

"Beck, vamos trocar de posição", peço. "Deixa essa parte comigo."

Ele vai patinando na direção do banco, abre uma garrafa de água e bebe metade enquanto oriento Gigi.

"Quero que dê o seu máximo, beleza? Pode vir com pressão total. E presta atenção nos meus movimentos."

Agora somos nós dois disputando o disco, e toda aquela tensão do evento de gala reaparece. Minha pulsação acelera com a proximidade, e minha boca fica seca. Ouvi-la ofegante me faz pensar nos sons que ela faria enquanto eu estivesse metendo nela.

Ela enfia o taco entre os meus patins, tentado tirar o disco de lá. Faço um giro e consigo me desvencilhar dela enquanto contorço o corpo. Patino mais meio metro, faço outro giro e passo o disco para Beckett, que manda uma bomba direto na rede.

"Ai, odeio vocês. Fazem tudo parecer tão fácil." Uma expressão de admiração, ainda que a contragosto, surge em seu rosto.

Não destroco de posição com Beckett, apesar de poder fazer isso a qualquer momento. Acho que estou gostando dessa proximidade. Eu a marco com mais afinco, e dessa vez Gigi consegue fazer um passe para Beckett. A velocidade do disco é uma prova da potência das tacadas dela. Ele não consegue acompanhar a velocidade do disco para mandar para o gol, mas quem errou foi Beckett, não Gigi.

"Agora você mandou bem!", digo a ela, balançando a cabeça, admirado. "Muito bem. Vamos lá, de novo."

Durante a hora seguinte, nós continuamos forçando o ritmo e, apesar das dificuldades iniciais, ela não demora a se adaptar e conseguir executar tudo o que nós propomos.

"Você precisa aprender a flexionar melhor os joelhos", aconselha Beckett. "E não só porque sua bunda fica uma beleza empinada assim."

Ela dá uma risadinha.

“Vai ajudar você a mudar de direção mais depressa.”

Ela assente. Na tentativa seguinte, faz o giro com tanta força que me pega de surpresa, e o disco sai de seu taco com tanta velocidade que não tenho nem a chance de tentar retomá-lo. Faz o passe perfeito para Beckett, que finaliza um belo gol no canto oposto.

Gigi levanta os braços em triunfo. “É assim que se faz, caralho.”

Começa a surgir um sorriso em meus lábios. Mas não o deixo vir à tona, porque com certeza vou ser zoado se fizer isso. Mas não posso negar que estou orgulhoso do progresso de Gigi.

“Beleza”, ela anuncia. “Como o treinador Adley sempre diz, vamos acabar logo com essa merda enquanto a gente está por cima.”

Nós patinamos até o banco para beber o restante da água.

“Então você está tentando ir pra seleção olímpica, é?”, pergunta Beckett.

Gigi rosqueia a tampa na garrafa vazia. “É.”

“Não sei por que eles não te convocariam. Você manda bem demais. O Ryder me mostrou um jogo seu, e você é uma das melhores patinadoras que já vi.”

Ela olha para mim e abre um sorrisinho presunçoso. “Está mostrando os meus jogos pros outros, é? Que gracinha. Eu sabia que você estava obcecado por mim.”

Reviro os olhos.

Voltamos aos vestiários para trocar de roupa. Beck e eu nem tomamos banho, porque vamos direto para casa. Nós nos encontramos do lado de fora do ginásio e voltamos para os carros. O estacionamento é iluminado, então fica fácil ver a gratidão brilhando nos olhos acinzentados de Gigi.

“Obrigada pela ajuda”, ela diz para nós dois, mas com o olhar voltado para mim. “Vamos repetir a dose? Na semana que vem, talvez?”

“Por mim, beleza”, me apresso em responder.

“O que você vai fazer no fim de semana?”, pergunta Beckett.

“Ainda não sei. Por quê?”

“A gente vai receber um pessoal lá em casa na sexta. Aparece também.”

Dou uma encarada nele, que retribui com uma piscadinha. Sei o que ele está tramando. Pra mim, fica claro como o dia. Até porque ele nem tenta esconder.

Mas Gigi continua olhando na minha direção. Observando. Ela dá de ombros e solta um “Talvez” antes de entrar no carro e ir embora.

17

GIGI

Quer que eu pare?

“Acho que a gente devia ir”, diz Mya na sexta à noite. Está com as pernas de fora e apoiadas na mesa de centro, sacudindo os pés para ajudar as unhas a secarem. Acabou de pintá-las com um esmalte rosa claro que combina perfeitamente com seu tom de pele. Sou branca demais para usar essa cor. Tons escuros combinam mais comigo, é o mesmo com a minha mãe.

“Pra festa dos inimigos”, retruco, em tom de dúvida.

“Bom, eles são inimigos pra você, não pra mim. E eu estou precisando de uma festinha. Estou no maior tédio. E você tá com o maior tesão. Vamos, sim.”

“Eu não estou com tesão”, me apresso em responder.

“Que mentira. Você mesma confessou tudo pra mim e pra Diana outro dia, quando ela veio aqui. E imagino que essa sua seca só deve ter piorado desde então.”

Olho feio para ela.

Mya levanta as sobrancelhas perfeitamente esculpidas.

“Tá bom, piorou mesmo”, resmungo.

Está tão ruim que de fato fiquei excitada duas noites atrás, quando Beckett Dunne começou a me provocar com aquele papo de camisinha e ménage. Sinto um arrepiozinho no meio das pernas só de me lembrar.

“Você já fez um ménage?”, pergunto para Mya.

Ela cai na risada. “Uau, tem alguém que está necessitada *mesmo*. Precisa de dois pintos agora? Um só não basta?”

“Ai, meu Deus, não. É que um amigo do Ryder ficou fazendo umas gracinhas sobre isso uma noite dessas. Então fiquei curiosa.” Estreito os olhos para ela. “Você já fez?”

“Não, nunca”, ela responde. “Mas lembra da garota com quem eu saía no nosso primeiro ano? A Laura? Ela curte esse tipo de coisa. Grupal, ménage. Vivia tentando me convencer a criar um perfil pra gente num aplicativo chamado Kink. Mas sei lá, meu negócio é o corpo a corpo, a intimidade. Não consigo imaginar nenhum nível de intimidade possível envolvendo mais de duas pessoas.”

“Pois é, eu acho a mesma coisa.”

"Certo. Então está decidido. A gente vai nessa festa." Ela se levanta. "Preciso fazer o cabelo. E você, veste uma roupa que te deixe gostosa pra seduzir o inimigo."

Dou uma risadinha e vou para o quarto. Não tenho a intenção de seduzir ninguém, mas escolho uma roupa que é... mais ousada do que de costume. Uma saia preta que mal cobre minhas coxas e um cropped cinza canelado sem sutiã. Começo a me preocupar com como vou me sentir com todo mundo vendo os contornos dos meus mamilos a noite toda, mas aí decido deixar rolar e viver um pouco.

No caminho para Hastings, nossa performance de uma música brega dos anos 80 é interrompida por uma ligação do meu pai.

"Oi, pai", cumprimento. "Você está no viva-voz, então vê se não me faz passar vergonha na frente da Mya."

"Vou tentar", ele promete.

"Oi, sr. G.", ela fala.

"Olá, Mya." Para mim, ele diz: "Só estou ligando porque você me ligou mais cedo, Stan".

"Ah, não era nada importante. Eu só queria pôr a conversa em dia."

"Treinou bastante essa semana?"

"Nossa, você nem imagina. O tio Logan me deixou usar o rinque dele depois de fechar, pra eu trabalhar minhas jogadas atrás do gol." Faço uma pausa e assumo um tom mais casual: "Ryder está me ajudando bastante".

Mya sorri para mim. Ela sabe do meu trato com Ryder.

Meu pai fica compreensivelmente desconfiado. "Ainda não sei por que pediu para ele, e não para o Case."

É a mesma coisa que ele me disse antes, na primeira vez em que citei o nome de Ryder. Por enquanto, a Operação Boa Impressão não está dando muito certo.

"Porque ele joga melhor que o Case", respondo.

E estou sendo sincera, inclusive. Case é um excelente jogador, sem dúvida. Ele e Ryder têm estatísticas semelhantes; os dois foram draftados pela NHL. Mas o Ryder tem aquele instinto de craque, uma coisa que falta em Case.

"Ele tem uma visão de jogo impressionante", comento. "É uma coisa incrível de se ver."

No banco do passageiro, Mya gesticula para eu pegar um pouco mais leve.

Boa ideia. Eu estava prestes a falar que ele seria uma ótima adição para o programa de treinamento Hockey Kings, mas decido deixar isso para uma próxima conversa. Não posso chegar com tudo desse jeito.

"Enfim, o que vocês duas vão aprontar esta noite?", pergunta meu pai.

"Vamos sair com uns amigos", respondo, sendo o mais vaga que consigo.

Nós nos despedimos no momento em que encosto na frente da casa de

Ryder. Estaciono junto ao meio-fio e lanço um olhar desconfortável para o fim da rua. Tomara que nada do que aconteceu no fim de semana passado se repita, só que com os caras da Briar entrando de penetras desta vez.

A música está tão alta que dá para ouvir da rua. Na varanda, toco a campainha, apesar de saber que não adianta nada. Ninguém vai ouvir. Mas então a porta se abre, e duas garotas aos risos saem. Elas cumprimentam a gente com uma efusividade que só pessoas bêbadas teriam.

"Oi!", diz a primeira. "Ai, nossa, como vocês estão lindas!"

"Maravilhosas!", acrescenta a outra.

Garotas bêbadas sabem elogiar como ninguém.

"Vocês é que são umas fofas", respondo para as duas desconhecidas.

Elas descem os degraus da varanda e vão cambaleando até o Uber que as espera, jogando-se no banco de trás.

Mya e eu damos de ombros e entramos na casa sem pedir permissão. A música lá dentro está ainda mais ensurdecedora, uma batida de hip-hop que faz você começar a rebolar imediatamente, querendo ou não. Espicho a cabeça para a sala de estar e vejo Beckett. Ele está dando risada e conversando com um monte de caras do Eastwood que reconheço da festa de Miller. Ainda não sei o nome de todo mundo. Ao redor dele estão umas meninas de sororidade, de saia e moletons da Delta Nu.

Mya reconhece uma delas. "Kate?", ela grita, empolgada.

"Mya." A garota bonita de cabelos escuros se afasta do grupo e se aproxima da gente.

"O que você está fazendo aqui?", pergunta Mya. "Pensei que tivesse ido estudar na LSU."

"E fui mesmo. Só vim passar o fim de semana aqui."

Pelos olhares que as vejo trocar, imagino que se conheçam bem até demais.

"Eu estava indo pegar mais bebida", diz Kate, mostrando um copo vermelho vazio. "Quer beber alguma coisa?"

"Com certeza."

Kate a pega pela mão, e Mya faz o mesmo comigo. Mas sou interceptada por Beckett, que vem atrás de mim vestindo uma camiseta justa e uma calça cargo e com o cabelo loiro cuidadosamente desarrumado.

"Podem ir. Eu encontro vocês lá na cozinha", digo para as duas.

"Você veio", comenta Beckett quando chega até mim, assentindo com a cabeça.

"Pois é. Estou aqui."

"Você tá... bonita demais." Com certeza ele já reparou nos meus faróis acesos, mas seus olhos não se concentram ali, e sim no meu abdome.

"Puta merda", ele diz com um grunhido, sem parar de olhar.

"Que foi?"

"Esse tanquinho."

"Tá com inveja?", pergunto, toda presunçosa.

"Não, que é isso." Ele levanta a ponta da camiseta para mostrar o seu próprio abdome definido. Não é só um tanquinho, é a lavanderia inteira. Uau. "Sei lá. O meu também não fica atrás."

"É, dá pro gasto."

Shane Lindley aparece no corredor com uma lata de cerveja na mão. Parece surpreso ao me ver, mas feliz por eu estar ali. "Oi", ele diz, passando o braço em torno do meu ombro. "Como eles conseguiram te convencer a vir pro território inimigo?"

"Eles nem precisaram convencer. Eu estava entediada e resolvi fazer um favor pra vocês, agraciando essa festa com a minha presença."

Ele dá uma risadinha. "É uma honra pra gente."

Beckett toca meu ombro de leve. "Quer beber alguma coisa?"

"Beck, como é que eu troco essa playlist?", alguém grita da sala.

"Só um minutinho", ele me diz, dando uma piscadinha e roçando a língua de leve no lábio superior. De um jeito meio sexy.

Falando em sexy, minha visão periférica percebe que Ryder está descendo a escada à minha direita. A boca dele se curva em um sorriso discretíssimo quando me vê.

"Gisele", ele diz.

"Ryder", respondo.

Ele diminui a distância entre nós, me fazendo parecer minúscula ao seu lado, como sempre. Eu tenho uma altura mediana para uma mulher, mas perto de Luke Ryder não parece.

"Quanto você tem de altura?", pergunto por curiosidade, olhando para cima.

"Um e noventa e seis."

Porra, o cara é um gigante. Maior até que o meu pai.

Um pequeno arrepio me percorre, mas acho que não sou a primeira garota a ter um fraco por caras altos. Pera aí. Não que eu sinta alguma coisa por ele. Só estou falando do tipo físico em geral.

Claro, porque esse aí não mexe nada com você, uma voz na minha cabeça me provoca.

Como sempre, Ryder não faz nenhum esforço para conversar comigo.

Remexo os pés e digo: "Cara, custa tentar manter uma conversa?".

Ele ergue a sobrancelha. "Olha só quem fala. Aquela que tentou engatar uma conversa complexa perguntando qual é a minha altura."

"Só estou dizendo que você precisa fazer um esforcinho. Sabe, tipo: *Oi, Gigi, como foi seu dia? Quais são seus planos pro fim de semana?*"

"Como foi seu dia? Quais são seus planos pro fim de semana?"

"Uau. Dá pra parecer menos interessado?"

"Foi você que sugeriu essas perguntas. Como eu ia me interessar por uma coisa que nem fui eu que pensei?"

"Tudo bem. Então faz alguma pergunta sua."

Ele olha para mim, passeando pelo meu corpo antes de voltar seus olhos azuis-escuros para o meu rosto. "Gostei dessa blusinha."

Eu não esperava um elogio, então sou realmente pega de surpresa. "Ah", digo, com uma voz esganiçada. "Valeu."

"Então", Shane interrompe, e percebo que tinha esquecido completamente da presença dele ali. "Isso é..." — ele olha para nós dois — "... fascinante."

"O quê?" Estou realmente intrigada.

Shane aponta com o queixo para Ryder. "Nunca vi esse daí trocar tantas palavras com alguém de uma vez só. E depois ainda fazer um elogio? Você dopou o cara?"

"Vai à merda", resmunga Ryder.

De repente, o foco de sua atenção muda. Uma emoção que não consigo identificar surge em seus olhos e ele diz: "Com licença". A voz dele está tensa.

Vai andando até a porta. As pessoas que estão por ali abrem caminho discretamente, e vejo a mulher que acabou de entrar. Ela é bonita. Alta e esguia, vestindo uma calça jeans skinny e um corset com os seios fartos quase saltando para fora. Os cachos pretos caem pelos seus ombros.

Um brilho de desespero se acende nos olhos dela antes de se colocar nas pontas dos pés e começar a sussurrar freneticamente no ouvido de Ryder. Quando percebo, ele está com a mão na parte inferior das costas dela enquanto a leva para a varanda, onde está mais silencioso.

Tudo bem, então.

Beckett reaparece. "Ei, foi mal pela interrupção. Vamos pegar uma bebida pra você. Cadê o Ryder?"

Com um sorriso, Shane aponta para a varanda. Pela porta aberta, vejo Ryder e a garota conversando.

Beckett espia e revira os olhos.

"Quem é aquela ali com Ryder?", pergunto, tentando não parecer interessada demais.

O sorriso malicioso de Shane demonstra que ele quer muito me dar essa resposta. "Carma."

Enrugo a testa. "Não entendi. Ele fez alguma coisa e está recebendo a retribuição?"

"Não, esse é o nome dela."

"Carma é o nome", explica Beckett. "Fica à vontade pra fazer qualquer piada engraçadíssima sobre destino."

Eu me forço a olhar para Ryder. "É a namorada dele?"

Beckett encolhe os ombros. "É nossa vizinha. Eles dormiram juntos uma vez, mas pensei que não estivesse rolando mais nada. Enfim, vai saber."

Tento ignorar o nó no meu estômago. Acho que Ryder não está disponível.

Por alguma razão desagradável na qual não estou disposta a pensar, fico mais decepcionada com isso do que deveria.

Na cozinha, Mya e Kate estão na bancada, conversando bem de perto uma com a outra. Com a mão no braço de Mya, Kate murmura alguma coisa em seu ouvido. Mya dá uma risadinha.

Quando as apresento para Beckett, vejo o olhar de aprovação de Mya. Pois é. Ele é gato pra caralho, isso não dá para negar. E o tipo de cara que não precisa fazer muito esforço para parecer um gostoso. Uma camiseta branca e esse rosto já bastam.

Beckett aponta para a fileira de garrafas em cima da mesa da cozinha. "E então, tá a fim do quê? Posso preparar um drinque mais elaborado, se quiser."

"Sendo bem sincera, nesse sentido eu sou bem conservadora."

"E eu tô aqui de prova", confirma Mya.

"Ah, é? E o que você curte beber?"

Solto um suspiro. "Uísque e água com gás."

"Interessante. Você é um homem de negócios de cinquenta anos em um bar de aeroporto?"

"Pois é, eu sei. Mas foi a primeira coisa que tomei com o meu pai", admito. "E meio que adorei. Então é isso ou uma cerveja."

"Bom, acho que não tem uísque aqui, então vai ter que ser cerveja mesmo."

Ele vai até o cooler enorme na mesa do outro lado da cozinha, de onde tira duas longnecks e passa uma pra mim. Brindamos, encostando as garrafas.

"Viva", ele diz.

Alguns outros caras se aproximam. Dois alunos do segundo ano, Patrick e Nazem. Um cara chamado Nick com cara de poucos amigos. A namorada dele, entretanto, Darby, compensa a antipatia de Nick com um sorriso contagiante e falando sem parar. Ela parece gente boa.

Patrick pega uma cerveja e a abre também.

"Certo", ele diz, concentrando-se em mim. Os olhos dele faíscam, só não sei se por causa da empolgação ou do álcool. Mas até que é bonitinho. "Tudo pronto, Graham?"

"Pra quê?"

"Pra uma experiência mental que vai explodir sua cabeça."

"Ah, não", suspira Darby.

Dou um gole na minha cerveja. "Beleza, eu topo. Vamos lá."

Patrick se senta na bancada, balançando as pernas compridas. “É um dia como qualquer outro. Uma tarde ensolarada. Você saiu pra fazer algumas coisas que precisava. Quantas corujas precisa ver pra começar a ficar preocupada?”

“Ah, essa é uma ótima pergunta.”

Beckett dá risada, mas Darby se vira na minha direção com um olhar de súplica. “Por favor, não dá corda pra loucura deles.”

“Como assim? Falando sério, é uma ótima pergunta.”

“Eu tô te avisando. Esse é o tipo de coisa que é melhor não incentivar, amiga.”

Nick assente para mim, bem sério. “Não mesmo.”

“Deixem ela em paz”, reclama Patrick com os dois. Para mim, ele insiste: “E então? Quantas?”.

“Eu estou na cidade ou em uma zona rural no meio do nada?”

“Você está aqui mesmo. Em Hastings.”

Ergo a garrafa e levo à boca, pensando seriamente a respeito.

“Três”, respondo por fim.

Nazem, que pediu para ser chamado de Naz ou Nazzy, levanta um dedo para mim. “Explique.”

Dou mais um gole na cerveja. “Tá, então, depois de ver uma coruja vou pensar: *Olha, que legal, uma coruja durante o dia*. Se aparecer mais uma, já vou desconfiar: *Que estranho; nunca vejo corujas aqui, e agora aparecem duas? Isso não é normal*. Quando vier a terceira, já vou estar de cabelo em pé. *Isso é um mau presságio, e eu não gosto nem um pouco dessas porras*.”

Mya assente, concordando comigo. “Eu ia dizer quatro, mas pelos mesmos motivos.”

“E você, qual seria sua resposta?”, pergunto para Patrick.

“Sete.”

“Sete!”, exclamo. “Se eu visse sete corujas num dia só, colocava todas as minhas coisas no carro e fugia pro México.”

Conversamos sobre outras bobeiras por um tempo até alguém organizar um jogo de *beer pong* no quintal e todo mundo menos Beckett ir lá para fora. Pode ser até que eu esteja confraternizando com os inimigos, mas estou me divertindo. Ainda bem que Mya me arrastou para cá hoje.

No fundo da minha mente, ainda fico me perguntando o que Ryder está aprontando. Já faz um tempo que a “vizinha” deles apareceu. Eles podem ter ido lá para cima juntos. Mas isso não me incomoda nem um pouco. Por que incomodaria?

Pela porta aberta que dá para a sala de estar, vejo Mya e Kate na pista de dança improvisada que se abriu quando alguém arrastou a mesa de centro e as poltronas para a parede. O hip-hop de antes foi substituído por um R&B mais sensual. É bem a praia de Mya. Ela dança de um jeito sedutor, acompanhando a batida da música e usando o corpo esguio de Kate para fazer movimentos de pole dance. Essas duas com certeza vão acabar na cama hoje.

Beckett percebe para onde estou olhando. "Tá a fim de dançar?"

"Não, tô de boa."

"Ainda bem. Detesto dançar."

Não consigo segurar o riso. "Então por que perguntou?"

"Foi o jeito menos sacana que encontrei de dizer que quero colar o meu corpo no seu."

Ele dá uma piscadinha, e meu coração dispara um pouco.

Não me assusto com essa reação. É só uma aceleradinha básica, não os contorcionismos que Ryder provocou no evento de gala na semana passada. Não acho que um coração deva fazer tanta ginástica por causa de um cara. Toda essa ansiedade não pode ser uma coisa saudável.

É paixão, diz uma vozinha na minha cabeça. *Não ansiedade.*

Ansiedade, reafirmo com firmeza.

E Beckett Dunne não me faz sentir ansiosa.

"Você está pensando demais", ele provoca.

"É uma coisa que odeio em mim." Fixo meus olhos nos dele, que têm um tom acinzentado bem mais claro que os meus. "Que tal você me ajudar a parar de pensar tanto?"

Os lábios dele se curvam. "Humm. E como você sugere que eu faça isso?"

"Você parece ser um cara criativo. Pensa numa solução."

Os olhos prateados dele brilham por meio segundo antes que aproxime uma das mãos do meu rosto. Não estou tão bêbada para flertar desse jeito. Na verdade, estou sóbria a ponto de saber que provavelmente é uma péssima ideia.

"Beck, arruma mais uns copos pra gente", grita Shane da cozinha. "O idiota aqui acabou de pisar em quatro."

"Foi sem querer", escuto Patrick protestar.

A interrupção me permite controlar meus hormônios e recuperar o bom senso.

Beckett abaixa a mão, com um sorriso malicioso nos lábios. "Eu já volto."

"Na verdade, o timing foi perfeito", digo enquanto ele pega alguns copos vermelhos da pilha sobre a mesa. "Preciso fazer xixi."

"Usa o banheiro lá de cima", ele sugere.

"Tem certeza?"

"Ah, sim. Vira à esquerda no alto da escada e vai até o fim do corredor. É o meu e do Ryder."

"Valeu."

Deixo a garrafa sobre a bancada e subo a escada. A música não está tão alta aqui em cima. O descanso sonoro é bem-vindo, porque preciso espairecer. Chego à porta do banheiro no momento em que a porta logo em frente se abre e uma garota de cabelos escuros sai de um quarto.

"Ah, desculpa", ela diz quando esbarra em mim.

Nós nos afastamos com risos constrangidos.

"Não tem problema", respondo.

Fico um pouco tensa quando percebo que é Carma. Eu estava certa. Eles vieram aqui para cima. Preciso me segurar para não espiar dentro do quarto para ver se Ryder ainda está lá. Imagino que esteja vestindo a camiseta. Fechando o zíper da calça.

Ela percebe minha expressão cautelosa e se apressa em dizer: "Não se preocupa, tenho permissão pra subir aqui. Esqueci meu colar no quarto do Ryder da última vez que vim, então precisei vir pegar". Ela mostra um colarzinho de prata com um pequeno crucifixo do mesmo material como pingente. "Enfim... boa noite."

"Você também", murmuro.

Eu a observo enquanto se afasta, tentando dissipar a incômoda sensação na minha barriga quando entro no banheiro para fazer xixi. Enquanto lavo as mãos, vejo meu reflexo no espelho e me pergunto se não devia ter passado mais maquiagem. Só apliquei um corretivo e um brilho labial antes de sair. Estou parecendo incomodamente sem sal perto da mulher com quem cruzei no corredor.

Mas, pensando bem, eu não devo estar *tão* ruim, considerando que Beckett não parou de me devorar com os olhos a noite toda. Sinto um formigamento entre as pernas ao pensar na ideia de ser devorada não apenas com os olhos. Nossa, aliviar um pouco essa tensão seria bom. Fazer sozinha dá certo, mas às vezes a gente precisa de uma boa surra de pica.

Quando saio do banheiro, Beckett está encostado na parede, me esperando.

"Oi", ele diz. "Pensei que tivesse se perdido."

"Nada disso." Ajeito o cabelo e prendo uma mecha atrás da orelha. É bem raro eu usar o cabelo solto. Normalmente faço uma trança.

Nenhum de nós faz menção de descer a escada. O olhar de Beckett percorre bem devagar o meu corpo, dessa vez detendo-se mais em meus peitos sem sutiã do que na minha barriga.

"Você está demais mesmo. Não me canso de falar."

"Por acaso você está dando em cima de mim?"

"Estou. Quer que eu pare?"

Balanço negativamente a cabeça, bem devagar. "Não."

Ele chega mais perto de mim, com seus olhos cinzentos dançando de alegria. Ele é desse tipo mesmo, dá para sentir. O cara que está sempre pronto pra se divertir. Pra dar risada. Pra foder gostoso.

"Você tem um mel", ele diz com uma voz baixa e rouca.

"Essa é a sua cantada?"

“Não. Eu não uso cantadas. Só falo o que estou pensando. E você tem um mel que faz qualquer cara...” Ele se interrompe, pensativo.

“Faz um cara o quê?”

“Perder a cabeça.” Ele abre um sorriso. “Encaro seus olhos e meio que me perco neles.” Beckett parece um pouco tímido nesse momento. “Sei que isso parece uma cantada, mas juro que só estou dizendo a verda...”

Antes que ele possa terminar, fico na ponta dos pés e dou um beijo nele.

Beckett leva um susto. E em seguida sinto os lábios dele se curvarem junto à minha boca em mais um sorriso.

“Desculpa”, eu me apresso em dizer, ficando vermelha de vergonha. “Eu devia ter perguntado se podia fazer isso. Tá tudo bem?”

Ele responde me beijando de novo.

Quando dou por mim, estou prensada contra a parede, com as mãos enlaçando seu pescoço e sua língua na minha boca. Ele beija bem.

Um calafrio percorre meu corpo quando percebo que ele está de pau duro. Sinto-o pressionando minha perna. E me derreto toda pra cima dele. Me acostumo com a ideia de não pensar muito no que estamos fazendo e me deixo levar. Se for para transar com alguém hoje, Beckett parece um candidato perfeito. Alguém que não vai esperar nem querer mais nada de mim.

A língua dele encontra a minha de novo, e de repente escuto um pigarrear bem alto.

Nós nos afastamos. Minha pulsação dispara quando vejo Ryder parado no alto da escada.

“Desculpa interromper.” Ele diz palavras educadas, mas seu tom é de irritação. “Mas nós temos um probleminha.”

Beckett dá uma espiada por cima do ombro, mas Ryder está olhando para mim, não para ele.

“Seu namorado está lá embaixo.”

18

RYDER

Eu não sinto ciúme

"Cadê ela, porra?"

A expressão de Colson é tempestuosa quando me vê descendo a escada. Dá para perceber que estar puto não é um estado natural para ele, com esse seu jeito de escoteiro. O sr. Gente Boa, sempre sorrindo e levando tudo numa boa. Mas percebo que o maxilar dele está mais tenso que corda de violino. Ele chegou logo depois que despachei Carma. O lacaio dele logo atrás, é claro. Quando entraram, o rosto vermelho e os punhos cerrados de Trager imploravam para Case dar o comando de atacar, mas Colson manteve seu amigo sob controle.

Agora parecia que os dois caras estavam prestes a explodir.

"Eu falei que ia chamar ela", digo, sem dar a mínima.

Aceno com o queixo por cima do ombro. Gigi vem descendo a escada correndo atrás de mim.

O olhar de alívio no rosto de Colson é visível quando a vê. Mas então Beckett aparece logo atrás.

"Que porra é essa? Você estava lá em cima com ele?", rosna Colson.

"Fui só no banheiro", responde Gigi.

A mentira sai da sua boca com a maior facilidade, mas nós dois sabemos que não era isso que ela estava fazendo lá em cima.

Não consigo explicar o acesso de... sei lá o quê... que me domina quando lembro de encontrá-la encostada na parede com Beckett.

Puta merda.

Acho que pode ser ciúme.

Essa garota está começando a mexer comigo. E eu não gosto nada disso.

"Que caralhos você está fazendo aqui?" Case exala reprovação em estado bruto. "Por que está aqui com esses caras?"

"A gente foi convidada pra festa", responde ela, dando de ombros. Sem demonstrar a menor reação ao incômodo dele.

"A gente quem?"

"Eu e a Mya. O que *você* está fazendo aqui, aliás?"

"A gente estava voltando do Malone's, e eu vi seu carro aí na rua. Na hora pensei: *Não, não é possível que a Gigi esteja nesse caralho*." A amargura é perceptível em sua voz. "Mas você tá aqui mesmo, porra."

Trager entra na conversa, todo nervosinho. "Esses babacas foderam o pulso do Coffey, Gi", ele acusa.

"Ei, quem fez isso foi você", responde Shane para Trager, revirando os olhos. "Foi você que jogou o cara em cima da mesa. Não vem colocar a culpa na gente, não."

"Foi seu amigo Hawley quem começou!"

Parei de prestar atenção neles. Colson também parou. Está ocupado demais olhando feio para Gigi.

"Vai chamar a Mya", ele ordena. "A gente vai embora daqui."

Ela parece disposta a discutir, mas então solta um bufada de irritação e acaba cedendo. "Só um minuto."

Gigi segue na direção da cozinha. A música volta a tocar, abafando o falatório de Trager, ainda bem. O cara é muito cuzão.

Enquanto esperamos Gigi, a atenção de Colson se fixa em mim. Ele fica me encarando, como se a culpa de tudo fosse minha.

Mas, como sempre, o pau do Beckett está causando problemas. A única surpresa, desta vez, é que foi Gigi Graham que caiu na dele. Ela não parecia ser do tipo que topava transas casuais com esse tipo de cara mulherengo.

Meu humor vai piorando, e já não estava nada bom desde que Colson decidiu entrar na minha casa sem ser convidado. Carma também tinha decidido aparecer do nada, dizendo que tinha esquecido um colar quando esteve aqui. Para mim, ela já estava com aquela coisa escondida no bolso quando chegou aqui hoje. Sei que desconfio de todo mundo, mas geralmente por puro ceticismo. Quando se espera sempre o pior, toda surpresa que aparece é positiva. O que raramente acontece, aliás.

Pode não ser a forma mais saudável de levar a vida, mas é como eu vivo desde os seis anos de idade, e isso tem me poupado de muitas decepções desde aquela época.

Gigi volta um minuto depois. "A Mya vai ficar", ela fala, irritada. "Vai voltar de carona com Kate, uma amiga dela."

"Vamos embora." O tom de voz de Case é de quem não admite discussão. Ríspido e inflexível.

Ela olha por cima do ombro para Beckett e gesticula um *Desculpa* com a boca quando Case vira as costas.

Beckett se limita a dar de ombros e sorrir.

Ainda em estado de alerta, vou até a porta da frente e fico observando enquanto eles caminham até a calçada. Trager está digitando no celular. Colson conversa em voz baixa com Gigi, que parece irritada com ele. Os dois param na frente do SUV dela.

Com uma satisfação mesquinha, vejo Colson tentar a abrir a porta do passageiro, e ela levantando a mão de um jeito que deixa claro que não vai deixá-lo entrar.

Em questão de segundos, liga o motor e vai embora, dando seta para sair.

Colson fica parado na calçada. Como se estivesse sentindo minha presença, seus ombros ficam tensos e ele se vira para me encarar. Eu reviro os olhos. Ele sai andando pela rua. Para casa, imagino.

Foi só mais uma visita cordial do meu co-capitão.

"Isso foi divertido", comenta Beckett, aparecendo na varanda ao meu lado.

Balanço a cabeça para ele em sinal de negação. "Está provocando os caras de propósito agora? Qual é, cara. Tem um monte de meninas por aí pra você ir atrás."

"Você está dando aulas particulares pra ela, parceiro. Não tem moral pra me dar sermão por entrar nesse rolo."

Minha irritação só cresce. "Tô só falando pra você tomar cuidado da próxima vez. E se o cara tivesse subido? Você estava a cinco segundos de comer a garota no meio do corredor se eu não tivesse interrompido."

Beckett pisca algumas vezes. Depois começa a rir.

"Ah, entendi."

"O quê?", murmuro.

"Quando você disse que não estava interessado... era o contrário. Então beleza."

Estou me sentindo muito tenso e instável para responder, por isso me limito a uma careta.

Beckett me dá um tapinha nas costas, ainda rindo. "Tudo certo, parceiro. Pode deixar que já desisti dela."

Sinto vontade de falar que não precisa, que ele pode fazer o que quiser, e com quem quiser. Mas essas palavras, a permissão para ele continuar se envolvendo com Gigi, ficam entaladas na minha garganta.

No final do domingo, o time todo recebe um e-mail avisando que vamos ficar mais uma hora depois do treino de segunda de manhã.

Christie Delmont, a guru das relações públicas, ataca novamente.

Os detalhes são vagos, mas Jensen também aparece na assinatura do e-mail, e ele tem alguma coisa séria contra se comunicar com palavras, então...

Shane e eu saímos dos chuveiros com a toalha enrolada na cintura. As instalações da Briar são um avanço e tanto em relação à estrutura do Eastwood. Em primeiro lugar, e principalmente, tem a diferença do cheiro, que é praticamente inexistente graças ao inigualável sistema de filtragem de ar da Briar. No Eastwood, abrir a porta do vestiário era como entrar numa antiga fábrica de meias. Os bancos soltavam farpas na bunda, e as cabines dos chuveiros eram cheias de limo. Se esquecesse de entrar de chinelo, não era só com pé de atleta que você ia ter que se preocupar. Precisaria também tomar cuidado pra não ter os pés amputados por causa de alguma bactéria comedora de carne.

"Só tô falando", diz Shane enquanto voltamos para a área dos armários para trocar de roupa. "Que estou cansado desse monte de menina pedindo fotos do meu pau." Ele solta um suspiro de exaustão. "Dá um trabalhão tirar essas fotos."

"Sei que é uma ideia meio radical, mas não seria melhor tirar uma só e mandar sempre a mesma?", sugere Beckett.

"Ha. Olha o preguiçoso aí. Sempre procurando o caminho mais fácil." Shane se senta no banco para calçar as meias. "As mulheres precisam se sentir especiais. Se ela quer uma foto do meu pau, tem que ser uma coisa pessoal, produzida só pra ela."

"Produzida só pra ela?", repete Nick Lattimore. "O que você anda fazendo, mano? Criando cenas específicas pra cada tipo de personalidade? Se a menina gostar de flores, você faz uma foto do seu pau no meio de um campo florido?"

Rand se dobra de tanto rir, dando tapas no joelho. "Você colocava um tutu rosa pequenininho no pau pra mandar foto pra Lynsey?"

A ex de Shane era bailarina, e todo mundo cai na gargalhada quando imaginamos o que Nick e Rand acabaram de descrever. Nem percebo que tem alguns caras da Briar por perto segurando o riso. Pelo menos até o líder valoroso deles, Colson, olhar feio para eles.

A parte racional do meu cérebro entende que isso é péssimo para o ambiente do time, essas rusgas que parecem que não vão acabar tão cedo.

Mas a parte dentro de mim que odeia ter que ser líder não demonstra o menor esforço para mudar essa situação.

Quando calço o tênis, pego meu celular para ver se recebi alguma mensagem. Meus ombros ficam tensos quando vejo uma de Gigi.

GISELE: *Será que a gente pode treinar amanhã à noite?*

Sei muito bem do que ela está falando, mas o meu pau reage mesmo assim. Está ansioso e já passou por coisas demais para saber que *treinar* também pode significar várias outras coisas. Coisas obscenas, inclusive.

Discretamente, digito uma resposta. Colson está a meio metro de distância, na frente de seu armário. Depois da maneira como ele arrastou Gigi para fora da minha casa na sexta à noite, é melhor evitar provocações diretas.

EU: *Posso. No mesmo lugar e horário?*
GISELE: *É. Encontro você lá.*

Provavelmente não é uma boa ideia ter topado. Mas nosso acordo está sempre rondando minha mente, a esperança de que ela consiga para mim aquela vaga de assistente técnico. Eu encararia essa raivinha de Colson pelo tempo que fosse em troca da oportunidade de trabalhar com Garrett Graham e Jake Connelly.

Mas, para ser bem sincero comigo mesmo, Case Colson não é o único motivo para minha hesitação em voltar a ver Gigi.

Está ficando cada vez mais difícil negar minha vontade de socar meu pau nela com força.

Sinto um frio na barriga quando entro no auditório e vejo uma dúzia de cadeiras distribuídas em um círculo no palco. O treinador Jensen está lá, junto com uma mulher e um homem de quarenta e poucos anos que parecem aqueles pais atrapalhados de séries do Disney Channel. Mas são meio parecidos um com o outro, então começo a pensar que podem ser irmãos. Estão os dois de calça cáqui e camisa em tom pastel: a dela, verde, a dele, rosa, mas desconfio que ele diria que o nome da cor é salmão.

"Puta que pariu", murmura Shane baixinho. "Isso está parecendo..."

"Dinâmica de grupo", complemento, e um calafrio percorre o meu corpo.

De vez em quando, um treinador encana com alguma coisa. Essa coisa vai crescendo na cabeça dele e se multiplicando, o que leva à brilhante ideia de que faria muito bem para o time fazer dinâmicas de grupo pra fortalecer o espírito de equipe.

Tivemos que passar por tudo isso na temporada passada no Eastwood, quando um novo coordenador defensivo foi contratado e convenceu o treinador Evans que seria sensacional fortalecer os laços entre os jogadores do time. Durante três dias, fomos obrigados a fazer umas brincadeiras idiotas e contorcer o corpo em um maldito exercício de nó humano.

Aquilo foi um pesadelo.

"Vamos lá, todo mundo sentando", rosna Jensen.

Dá para ver que cada um que sobe no palco e assume seu lugar sabe exatamente o que vai acontecer. E ninguém está contente.

Quando todos nos sentamos, o treinador Jensen confirma nossos medos.

"A srta. Delmont, do departamento de relações públicas, inscreveu o time para uma dinâmica de grupo que vai ser feita toda segunda-feira pelas próximas seis semanas."

Nosso goleiro, Joe Kurth, parece prestes a vomitar. Ele se inclina para a frente e segura a cabeça entre as mãos.

"Essa coisa de relações públicas é uma praga da sociedade", resmunga Shane ao meu lado.

"Enfim, não existe nada no mundo que eu odeie mais do que dinâmicas de grupo", continua Jensen. "Mas pensando nisso, recebi uma ótima notícia: fui informado de que a minha presença não é necessária, então..."

Pelo menos uma vez na vida, Jensen está com um sorriso sincero no rosto.

"Aproveito para apresentar vocês o Sheldon e a Nance Laredo. Tratem de fazer tudo o que eles pedirem, ou estão fora do time. Vou deixar que eles assumam a partir daqui."

Fico esperando que ele coloque flores no cabelo e saia saltitando do palco feito uma garotinha contente. Ele anda até a saída dando risada.

Nance Laredo dá um passo à frente com um sorriso no rosto, gesticulando loucamente. "Estamos muito contentes de conhecer vocês!"

Todo mundo a encara com uma expressão impassível.

"Sheldon e eu fomos comunicados que alguns nervosinhos estão causando uma rusga dentro do time." Ela usa aquele tom de voz meio cantado normalmente reservado a cachorrinhos e crianças do jardim da infância.

Já sei desde já que vou odiar essa mulher.

"E, puxa vida, isso é um obstáculo e tanto", complementa Sheldon.

Ah, sim. Vou odiar o cara também.

O time inteiro fica só olhando para aqueles robôs sorridentes vestidos em tons pastel. Tentando assimilar tudo o que estamos presenciando.

"Alguém. Qualquer pessoa. Por favor, me mata", resmunga Rand Hawley. "Eu pago."

Risadinhas começam a se espalhar. E não só entre os caras do Eastwood.

Patrick Armstrong levanta a mão para chamar atenção dos robôs. "Estão vendo isso? Nosso time está unido!" Ele aponta para Rand, depois para Trager. "Ele *riu* da piada *dele*, e os dois se odeiam. Pronto, o trabalho está feito. Já podemos ir, pessoal."

Quando as bundas começam a se levantar das cadeiras, os irmãos do Disney Channel se transformam em sargentos do exército. Os dois têm apitos pendurados no pescoço.

Faço uma careta ao ouvir o som estridente que reverbera pelas paredes do auditório vazio.

"Como Nancy ia dizendo", Sheldon explica quando nossos tímpanos se recuperam. "Fomos chamados pela universidade porque existe uma preocupação séria com o comportamento desse time."

"Uma preocupação séria", repete Nance.

"Um jogador se lesionou por causa da hostilidade que existe entre vocês", repreende Sheldon. "Essa hostilidade precisa acabar."

"Hostilidade é uma sentença de morte", reforça Nance.

"Sei lá, isso tá meio dramático demais", retruca Shane, mas é ignorado pelos dois.

"A melhor maneira de erradicar a tensão e a animosidade é vocês pararem de se tratar como inimigos e começarem a ver uns aos outros como seres humanos."

"Sim, seres humanos", repete Nance, balançando a cabeça. Ela assume a palavra no lugar de Sheldon. "Durante essa horinha que temos juntos, é isso o que vamos fazer. Estão todos prontos?"

Ninguém está. Ficamos só encarando a mulher com uma expressão de desânimo.

"Nossa primeira atividade se chama Nome e Coisa. Pode pegar o saquinho de feijões, Shel!"

"Por que sempre precisa ter um saquinho de feijões nessas coisas?", resmunga Beckett.

Sheldon corre até uma lata enorme de plástico contendo horrores que espero nunca precisar ver. Tira um saquinho rosa de pano contendo bolinhas de isopor e volta para a roda, alternando-o entre suas mãos. Parece tão empolgado que chego a pensar que vou ver uma mancha de xixi aparecer naquela calça cáqui a qualquer momento.

"Eu não quero mais jogar hóquei", anuncia Nazzy solenemente, olhando ao redor. "Quero sair do time."

Nance dá risada. "Sheldon! Acho que a gente acabou de descobrir quem é o piadista do grupo."

"Com certeza." Sheldon nos encara com aquele olhar robótico. "Esse jogo é bem fácil e quase não exige explicações. Mas lá vai: quando o saquinho estiver nas suas mãos, você diz seu nome e uma coisa de que gosta. Quando terminar, joga o saquinho para outra pessoa, até todo mundo do time ter tido a oportunidade de dizer seu nome e uma coisa."

"E pode ser qualquer coisa de que vocês gostam", exclama Nance. "Pode ser macarrão. Pode ser sonhar acordado. Tudo mesmo, desde que vocês gostem. Alguma pergunta?"

Alguém levanta a mão. Um cara do último ano chamado Tristan.

"De onde vem toda essa animação de vocês? Que tipo de drogas vocês usam? Eles pegam no exame antidoping?"

Uma onda de risos se espalha pela roda.

Nance leva a pergunta a sério. "Não posso falar por Sheldon, mas eu estou animada porque estou contente. E estou contente porque adoro deixar as pessoas mais unidas. Inclusive, me passa o saquinho, Sheldon."

Ele arremessa a coisa nas palmas abertas dela.

"Meu nome é Nance. E eu gosto de unir as pessoas. Esse é meu nome. E essa é a minha coisa favorita."

Ela joga o saquinho de volta para Sheldon, que sorri para nós. "Meu nome é Sheldon. E eu gosto de cheesecake."

"Viram como é fácil?" Nance abre um sorriso tão largo que seu maxilar parece prestes a se partir. "Belezinha, vamos começar."

A primeira pessoa que pega o saquinho é um cara da Briar. Boone Woodrow.

O aluno do segundo ano, geralmente caladão, limpa a garganta. "Hã. Meu nome é Boone, mas todo mundo me chama de Woody."

"Ah, isso sim é que é diversão", interrompe Sheldon, assentindo na direção de Nance. "Digam seus apelidos também se tiverem, rapazes. Vá em frente, Woody. Qual é a sua coisa preferida?"

"Eu, hã..." Woodrow pensa a respeito. "Gosto de hóquei."

Antes que ele possa jogar o saquinho para outra pessoa da roda, Nance faz que não com o dedo.

"Ah, não, acho que a gente consegue melhorar isso aí, Woody. Acho que dá para dizer que todo mundo aqui gosta hóquei, porque vocês só estão aqui porque fazem parte do time de hóquei."

"Pois é, todo mundo sabe disso", diz Tim Coffey, aos risos.

Woodrow revira os olhos. "Beleza. Eu também gosto de beisebol. Sou arremessador do time da Briar durante a primavera." E olha na direção dos robôs em tons pastel para ver se passou no teste.

"Excelente", diz Sheldon. "Um aviso para o restante de vocês: não vamos aceitar mais respostas relacionadas a esportes."

"Porra, vai se foder, Woody", resmunga Trager. "Valeu por gastar a nossa única resposta sobre esportes."

"Vamos tentar expandir nossos horizontes", sugere Sheldon. "Pensar um pouquinho mais."

"Muito bem, Woody", diz Nance, toda animada. "Me mostra o saquinho."

Essa mulher deveria ser presa por dizer uma coisa dessas.

Woodrow joga o saquinho para Austin Pope.

"Eu sou Austin." O calouro fica pensativo por um instante. "Gosto de video game, eu acho." Ele joga para Patrick Armstrong.

"Tá. Eu sou Patrick, ou Kansas Kid. Gosto de cachorros." Ele manda o saquinho para Shane.

"Shane Lindley. Gosto de golfe, e não estou nem aí se você falou que a gente não pode falar de esportes. Porque eu gosto mesmo de jogar golfe." Ele repassa para Beckett.

"Beckett Dunne. Gosto de sexo."

Isso provoca uma onda de risadas abafadas.

Por algum motivo, a resposta dele tem o efeito contrário em mim. De repente, imagens da língua de Beckett na boca de Gigi passam pela minha cabeça e isso me provoca um aperto no peito.

Porra, não tenho ciúme de ninguém.

Eu não *sinto* ciúme. Para isso, eu precisaria gostar de alguém a ponto de querer a pessoa só para mim, e esse definitivamente não é o meu lance.

"Vamos apenas presumir que, como jovens atletas cheios de hormônios que nem vocês, todos aqui gostam de sexo", diz Sheldon, com elegância. "Escolha outra coisa."

Beckett contorce os lábios. "Tá bom. Eu curto viagem no tempo."

Nance bate palmas. "Ora, que interessante. Eu adoraria ouvir mais. Vocês também não adorariam?"

Will Larsen lança um olhar curioso para Beckett. "Tipo, conversar a respeito disso? Teorizar?"

"Tudo. Debater, estudar teorias, ver filmes sobre isso. Tanto de ficção como documentários..."

"Não existem documentários sobre viagem no tempo porque isso não existe", resmunga Shane, irritado. "Quantas vezes a gente vai ter que discutir isso?"

"Enfim", continua Beckett, ignorando Shane. "É disso que eu gosto. Viagem no tempo."

Ele manda o saquinho na direção de Will.

"Will Larsen. Eu diria viagem no tempo também, porque gosto mesmo. Mas, sei lá, ficção científica?" Ele joga o saquinho para Case.

"Case Colson", anuncia nosso co-capitão. "Gosto de acampar."

Já consigo até ver que o saquinho vindo na minha direção depois dele. Colson põe até uma força a mais, para estalar na minha mão.

"Luke Ryder", murmuro. "Gosto de documentários históricos. Tipo, sobre a Segunda Guerra e umas paradas assim."

"Coisa de psicopata", comenta Trager.

Reviro os olhos para ele.

E assim a tortura prossegue, até todo mundo falar o próprio nome e uma bobeira qualquer que ache interessante. No fim, Nance bate palma e decreta: "Isso foi fantástico!".

Sheldon confirma fervorosamente com um aceno de cabeça. "O próximo exercício se chama..."

"Alguém me mata", complementa Trager, o que arranca umas poucas risadas.

Mas algumas gargalhadas não são suficientes. Sinceramente, não sei se esse time algum dia vai se unir. Como isso vai ser possível, se um dos co-capitães invade a casa do outro e arrasta a ex-namorada dele de lá por ousar socializar com a gente? Para Colson, ainda somos os inimigos, e acho que sempre vamos ser.

Então acho melhor nem mencionar que vou me encontrar com a ex do cara de novo amanhã à noite.

Transcrição do programa Hockey Kings

Data original de veiculação: 23/09
© The Sports Broadcast Corporation

GARRETT GRAHAM: Agora vamos parar de falar da liga profissional. Nossa produtora, Zara, reuniu umas informações bem legais sobre a temporada de hóquei masculino universitário. Este ano são doze escalações com oito ou mais calouros. A honra de ter o maior número de calouros vai para o St. Anthony, mas o Minnesota State chega bem perto. Vai ser interessante ver todas essas caras novas no gelo quando a temporada começar.

JAKE CONNELLY: E os programas da primeira divisão têm cento e oito jogadores já draftados pela NHL este ano. Isso é sensacional.

GRAHAM: Mas antes de a gente falar disso com mais detalhes, temos um recadinho do nosso novo patrocinador TRN. Conheça as novas séries de outono da TRN, entre elas *The Blessing*, um reality show de encontros em que quem dá as cartas é o pai. Isso é uma coisa que Jake e eu conseguimos entender, não é, Connelly?

CONNELLY: Com certeza, G.

GRAHAM: Fiquem de olho na TRN para conhecer os melhores reality shows. TRN. Sempre real. Sempre sobre a vida. Sempre no ar.

19

GIGI

Beckett é um baita galinha

Faz poucas semanas que o semestre começou, mas meus trabalhos da faculdade já estão tão atrasados que preciso ficar até mais tarde estudando. Na terça-feira, Ryder e eu só conseguimos um horário no gelo em Munsen às seis da tarde, quando o rinque ainda está aberto ao público.

E ele está sendo insuportável desde o primeiro minuto em que chegamos ao gelo. Eu gostaria de poder dizer que Ryder só está sendo quem ele é de verdade, mas a grosseria com que me trata está bem pior do que de costume. Considerando apenas o treino de hóquei, ele está me dando exatamente o que pedi. Ele me pressiona, me força a elevar o nível das minhas jogadas. Mas a combinação dessa provocação incessante com a invasão do meu espaço pessoal no fim acaba me fazendo perder a paciência.

"Minha nossa, como você é arrogante! Dá pra parar de falar essas merdas?"

Os olhos dele brilham. "Se você conseguir passar por mim, pode ser que eu cale a boca."

"Ah, sim, porque esse é o tipo de coisa que um treinador fala mesmo. *Eu tenho o dobro do seu tamanho e só vou parar de esfregar isso na sua cara se crescer uns trinta centímetros do nada e ganhar cinquenta quilos de massa magra.*"

Com isso ganho um sorriso.

"Tá achando engraçado?", acuso.

E assim, do nada, minha irritação se desfaz. Sempre que consigo despertar uma reação humana em Ryder, em vez dos olhares atravessados que ele sempre me dá, gosto de encorajá-la como se estivesse cuidando de uma florzinha delicada.

"Não." Ele me olha feio.

"Você estava de sorrisinho até agora."

"Você tá vendo coisas."

Ele vai buscar a garrafa de água, mas não sem antes soltar uma risadinha.

"E agora deu risada!", grito, patinando atrás dele. "Vou contar pra todo mundo."

"Pode falar. Ninguém vai acreditar em você."

"Mandei instalar câmaras escondidas por todo o rinque."

"É mesmo?" Ele parece intrigado. "Isso significa que o mundo inteiro vai ver você implorando ajuda pro inimigo?"

"Não estou implorando nada. Nós fizemos um acordo."

Ryder abre a garrafa. "E quando vai começar a cumprir sua parte, aliás?"

"Já estou cumprindo, espertinho. Menciono seu nome quase toda vez que falo com o meu pai. E vou pra casa no fim de semana, então vou encher ainda mais a sua bola."

"É bom mesmo."

"Talvez eu consiga fazer um FaceTime antes do fim de semana, também. Pra encher a bola do meu amigo Ryder. Contar pro meu pai que nós ouvimos Dan Grebbs juntos..."

"Também não precisa me queimar desse jeito."

"Meu pai gosta do *Horizons*", digo, só para provocar.

Ryder fica hesitante.

Dou uma risada. "Puta merda, você está pensando em fingir que gosta de música de meditação só pra puxar o saco dele! Você é muito falso. Não posso apoiar uma pessoa tão falsa assim."

Ele solta outra gargalhada.

"Meu Deus, duas risadas em menos de cinco minutos."

Ryder leva a garrafa à boca. Meus olhos traidores admiram seu pescoço forte se mexendo enquanto ele dá um longo gole.

Sei que não é da minha conta perguntar isso, mas não resisto à minha curiosidade idiota. "Então, quem é aquela vizinha com quem você está saindo?"

Ele baixa a garrafa num gesto lento e limpa o canto da boca. "Não estou saindo com ninguém."

"Ah, não?" Ergo a sobrancelha. "Então por que a tal da Carma deixou uma joia dela no seu quarto?"

Uma nuvem de irritação obscurece seu rosto. "Acho que ela mentiu sobre isso. Meu quarto é basicamente uma sala grande e vazia... eu teria visto se tivesse um colar perdido lá." Ele encolhe os ombros. "Nós transamos uma vez, e avisei que não ia rolar mais nada. Acho que ela só queria uma desculpa pra me ver."

"Uau. Tem gente que se acha mesmo."

"Como assim?"

"Acha mesmo que a garota ficou tão arrasada que invadiu seu quarto, escondeu um colar em algum lugar e depois fingiu que encontrou? E se você tivesse feito questão de subir com ela pra procurar?"

"Aposto que ela teria dado um jeito. Tirado do bolso enquanto eu não estivesse olhando e magicamente encontrar debaixo da cama ou coisa do tipo."

"Ou talvez, sei lá, e tô falando sério, tenha caído *mesmo* quando ela estava lá e estivesse *mesmo* embaixo da sua cama."

“Estou falando pra você que eu teria visto.”

“Se você acha.” Reviro os olhos. “Adoro quando vocês pensam que transam tão bem que uma mulher faria coisas absurdas pra ver o pau de vocês de novo.”

“Mas eu transo bem mesmo.”

E ele disse isso sério pra caralho.

Meu coração dispara um pouco. Tem alguma coisa nesse cara que é muito, muito, muito sexy. Não foi à toa que essa Carma tentou repetir a dose.

Largo minha água e finjo que minha pulsação está em uma velocidade normal, e não com uma força de quebrar o pescoço.

“E se a gente treinasse mais um pouco?” Volto patinando para o meio do gelo, e o ar gelado esfria meu rosto vermelho.

“O Beckett é um baita galinha, aliás.”

Esse comentário repentino me faz deter o passo.

Eu me viro para encará-lo. “Quê?”

“Achei que era melhor você saber.” Ryder arrasta o taco distraidamente pelo gelo enquanto patina até mim. “Não é do tipo de cara que fica com uma só, e você não parece o tipo de garota que sai com vários.”

Levanto o queixo numa expressão de desafio. “Quem disse que eu não sou? Talvez o meu lance seja sexo casual e ter vários parceiros.”

“E é?”

Depois de um instante, solto uma bufada de irritação e respondo: “Não”.

Ele continua me observando, e me perco em seus olhos por um tempo. Não consigo entender o que me transmitem. É tudo muito enevoado, mas através desse véu azul-escuro juro que sou capaz de ver alguma coisa faiscar. Não exatamente um sentimento acalorado, mas...

Ele pisca e abaixa a cabeça antes que eu possa solucionar o mistério.

Eu me posiciono em um dos círculos de *face-off*. Ryder patina e se coloca diante de mim, o disco em mãos. Ele ainda está me encarando.

“Beleza, já chega de papo furado. Solta esse disco aí, arrombado.”

Ele solta um risinho de deboche. “Sério mesmo que você acabou de me chamar de arrombado?”

“É. Estou treinando as minhas provocações também.” Eu me interrompo. “Espera aí. Acho que não dá pra usar esse xingamento num jogo. Eu jamais chamaria outra garota de arrombada, por mais que ache que ela seja. Seria muito ofensivo.”

“Mas você pode *me* xingar assim?”

“Pois é, com a maior facilidade, inclusive. Chega a ser assustador.”

Um sorriso relutante surge em seus lábios.

Aponto para ele com a mão enluvada. “Vá em frente. Pode sorrir. Eu sei que você quer.”

"Enquanto você não calar a boca, eu não solto o disco", ele provoca, e solta logo em seguida, antes que eu estivesse preparada.

"Ei!", reclamo.

Meu taco mal se move e ele já está patinando. Saio em sua perseguição, encurralando-o atrás do gol, como preciso fazer. Em pouco tempo estamos ofegantes enquanto disputo o disco com ele naquele espaço estreito e apertado. Isso é mais cansativo do que qualquer um dos meus treinos. Estou suando e lutando para respirar quando consigo sair de perto das placas.

"Ótimo trabalho de pés", ele me diz. "E um bom movimento de quadris."

"Movimento de quadris."

"É, você fez uma rotação boa quando deu o giro."

"Uau. Um elogio."

"Vamos de novo?"

Assinto com a cabeça.

Mais tarde, quando paramos para tomar água de novo, ele se mostra mais animado que o normal quando discutimos maneiras de distrair as defensoras e a goleira.

"Nessa hora os defensores precisam tomar uma decisão, tá vendo? Quando encurralar você, e como. O seu objetivo deve ser atrair todo mundo pra um lado da rede e tentar criar uma abertura pra quem vem de trás. A ideia é que todo mundo se concentre tanto em te pressionar que, quando perceberem que tem alguém do seu time livre, já é tarde demais... o disco já está na rede."

"Jogo muito melhor em arrancada", admito.

"E quem não joga? Todo mundo prefere ter espaço pra ganhar na velocidade e na precisão, em vez de ter que ganhar na força e na malícia."

Eu o elogio, ainda que a contragosto. "Você é um bom técnico."

Ele dá de ombros.

"É sério. Seria de grande ajuda para os garotos do Hockey Kings se ajudasse meu pai com os treinos no verão que vem. E sim, pode ficar tranquilo que eu vou dizer isso pro meu pai."

"Valeu", ele responde num tom seco.

Ficamos mais uns dez minutos no gelo antes de encerrarmos o treino. Nenhum de nós quer exagerar agora, tão perto do início da temporada. Um silêncio confortável se instala entre nós enquanto atravessamos o corredor de piso emborrachado até os vestiários.

"Não quero casar com o seu amigo", eu me pego dizendo.

Ele me olha atravessado. "Não pensei que fosse querer mesmo."

"Você fez questão de dizer que ele não é o sr. Monogâmico. Então claramente estava preocupado com isso."

"Não estava nem um pouco preocupado."

"Era ciúme, então?", eu provoco.

Ele estreita os olhos. "Eu não estava com ciúme."

"Enfim, tanto faz. Eu não tô atrás de um namorado nem nada. Estou só estressada e quero... aliviar o estresse com um certo exercício que só pode ser feito pelada."

Ryder me olha de novo com uma expressão levemente divertida.

O problema com esses silêncios dele é que acabam me levando a tagarelar sem parar e falar mais do que deveria.

"Eu sinto falta de ter uma vida sexual ativa. Namorei por quase dois anos, e me acostumei a ter um parceiro o tempo todo, sabe como é? É bom ter alguém disponível quando a gente fica estressada ou precisa se aliviar. Você não precisa sair, ficar flertando, descobrir se rola uma química, se preocupar com ISTS. É só ligar e falar, tipo, *Amor, hoje eu quero sentar em você até não aguentar mais*, e ele aceita com o maior prazer."

O olhar pensativo de Ryder não abandona o meu rosto.

Ao engolir, sinto que minha garganta ficou seca. "Que foi?"

Ele encolhe os ombros. "Nada."

"Parecia que você queria dizer alguma coisa", insisto.

Ele dá de ombros de novo.

Quando percebo que Ryder vai ficar em silêncio, solto um suspiro. "Enfim, estou começando a sentir a pressão. O primeiro jogo da temporada está chegando, e preciso encontrar uma forma de aliviar o estresse." Abro um sorriso. "E ele ainda tem aquele sotaque australiano."

"As garotas realmente curtem isso", responde Ryder, irônico.

"Mas provavelmente aquela interrupção foi uma coisa boa. Eu estaria só usando o cara. E eu sei, eu sei que ele adoraria ser usado. Mas meio que me sinto mal quando uso alguém só pra me aliviar." Dou um cutucão nas costelas dele. "De nada, aliás."

"Pelo quê?"

"Pelo papo de banheiro feminino. Você claramente curte esse tipo de papo, né, falar dos nossos sentimentos e sobre namoradas e namorados. Estou dando esse gostinho pra você. De nada."

Ele comprime os lábios, e percebo que está tentando não rir.

Entramos em nossos respectivos vestiários e nos encontramos no estacionamento quinze minutos depois, e cada um vai para seu carro. Sempre gosto de ver que ele espera que eu saia primeiro, para depois ir atrás. É estranho, mas meio cavalheiresco.

Mais tarde, janto no refeitório estudantil com Mya antes de Diana aparecer para nossa noite de jogos. É uma tradição que começou quando nós três morávamos juntas no alojamento de calouros. Uma vez por semana, à noite, nós escolhíamos um jogo, geralmente Scrabble, e abríamos um vinho. Mya e Diana discutiam o tempo todo, porque elas brigam feito cão e gato. Às vezes acho até bom que Diana tenha se mudado. Elas já teriam se matado se precisassem dividir um apartamento por mais três anos.

"Então... eu transei com o Percival", anuncia Diana enquanto balança o saco de veludo com as letras.

Mya quase se engasga com o vinho. "Espera aí. O nome do seu boy novo é Percival?" Ela se vira para mim. "Você sabia disso?"

"Infelizmente."

Diana pega sete letras ao acaso antes de passar o saco para Mia. "É uma pena mesmo", ela diz, melancólica. "Mas eu gosto dele, então vou fingir, dentro da minha cabeça, que o nome dele é mais sexy."

"Tipo Thunder", responde Mya. "Ou Blaze."

"Um nome de gente, não de um cara num ringue de luta livre."

Dou uma risadinha e arrumo as minhas letras na bandeja. A primeira palavra que me vem à mente é PINTO.

Mas espera. Eu também recebi um A.

PINTA.

Pronto. Pinta é diferente de pinto, o que significa que eu não penso só em pau.

Mya começa o jogo com a palavra BOTA.

"Como foi o sexo?", ela pergunta para Diana. "Não consigo nem imaginar como um cara chamado Percival deve ser na cama."

"Meio intenso demais", confessa Diana. "Teve umas horas que ele ficou segurando meu rosto."

"Segurando o seu rosto?", repito, sorrindo.

"É. Mas não foi nada agressivo nem nada do tipo. Ele segurava o meu rosto com as duas mãos e ficava olhando bem nos meus olhos. Então eu me virava o tempo todo pra ficar de quatro, pra parar um pouco com esse contato visual, mas ele me fazia deitar de novo e continuava me olhando com aquela cara de apaixonado."

Tento não dar risada. "Acho que isso é... hã, romântico, talvez?"

"Claro, se você estiver comemorando seu aniversário de namoro transando ou sei lá. Mas não na primeira vez, que é pra ser mais louca, divertida e empolgada. Não um lance todo emocional."

"Concordo com você, aliás." Mya parece chocada com a própria afirmação. "Como é que pode? Eu nunca concordo com você."

Diana dá risada e joga o cabelo platinado por cima do ombro. "Tem alguma coisa errada com o universo", comenta ela.

Sei que isso é tudo brincadeira. As duas se gostam. Eu acho. Se não se gostam, mascaram muito bem o ódio que sentem uma pela outra.

O universo deve *mesmo* estar fora do prumo porque, enquanto examino o tabuleiro tentando achar um lugar para encaixar a palavra PINTA, meu celular começa a vibrar ao receber uma chamada.

De Ryder.

Meu coração dispara. Por que ele está me ligando?

"Só um segundinho", digo para as minhas amigas, pegando o telefone. Atendo com um tom cauteloso. "Alô?"

O que ouço em seguida não é um cumprimento, nem uma frase normal.

A voz áspera dele preenche meu ouvido com duas palavras inexplicáveis.

"Me usa."

20

GIGI

Quero que seja com você

Com o celular na orelha, enrugo a testa para tentar entender o que Ryder está me dizendo. "Desculpa, não entendi. Pode repetir?"

"Me usa pra se aliviar", ele esclarece.

Tusso audivelmente. Acabei me engasgando com o ar porque cometi o erro de respirar fundo no momento em que ele me disse isso.

Me usa pra se aliviar.

Só pode ser piada.

Ele só pode estar de zoeira... né?

Dou mais uma tossida, o que atrai a atenção de Diana. "Tá tudo bem aí? Quem é?"

"Sim, tudo tranquilo", respondo, cobrindo o celular com a mão. "Respirar é uma coisa meio confusa às vezes."

"Por que você tá tão esquisita?", ela suspira, e Mya dá uma risadinha.

"Preciso sair pra atender essa ligação. Já volto."

Antes que elas possam continuar me questionando, fico de pé e fujo para o meu quarto. Depois de fechar a porta, volto minha atenção para a ligação.

"Sério mesmo que você me ligou só pra me pedir pra te usar pra fazer sexo?", pergunto. Meu coração está disparado dentro do peito, e minhas mãos estão começando a suar.

"Hoje mais cedo você disse que queria usar o Beckett só pra se aliviar. Estou te oferecendo uma alternativa."

Como sempre, a voz grave dele tem um tom meio de zombaria.

Só que agora eu sei que ele está falando sério. Duvido muito que Ryder ligue para garotas do nada para fazer propostas indecentes que não pretenda cumprir.

Ele está falando sério.

"Essa conversa... não é bem assim que a coisa funciona", consigo dizer. "Só porque eu estava a fim de transar no fim de semana passado não significa que quero dar pra qualquer um. O que rolou com o Beckett foi orgânico e uma coisa de momento. Não fui pra festa pensando em transar com ele."

"Então você não está mais com uma coceirinha que precisa de alguém pra coçar?"

"Não é isso que estou dizendo."

"Então você *ainda* precisa fazer um exercício que só dá pra fazer pelada." Com uma risadinha, ele usa contra mim a minha própria frase idiota.

"O que estou dizendo é que não é só porque eu estou precisando..."

"Que alguém te dê uma surra de pica", ele complementa.

Meu rosto quase entra em combustão espontânea. Eu me sento na beirada da cama com o coração ainda batendo num ritmo exaltado e frenético.

"... só porque estou precisando fazer o que preciso fazer", completo, "não significa que eu esteja desesperada." Fico irritada comigo mesma. "Não quero que transe comigo por caridade."

Uma risada rouca ressoa nos meus ouvidos. "Gisele. Qual é."

"Que foi?" Engulo em seco. Minha garganta está se fechando.

"Você acha mesmo que eu transaria com você por caridade?"

"Não transaria?"

"Não." Ele faz uma pausa. "Eu também preciso disso." Mais uma pausa. "E quero que seja com você."

Sinto um aperto no meio das pernas.

Um aperto forte.

A sinceridade dele faz uma dose pesada de tesão se espalhar pela minha corrente sanguínea. Até os meus joelhos estão bambos, e isso porque estou sentada.

Engulo em seco de novo. "Você está falando sério mesmo, então?"

"Estou."

"Você quer dormir comigo."

"Dormir não. Mas acho que a gente devia dar uma trepada."

Cada centímetro do meu corpo está quente e tenso. Faz tempo que não sinto um desejo tão intenso. Acho que nunca foi assim tão forte. Nem com Case. E muito menos com Beckett no fim de semana.

"Você disse que precisava se aliviar. Precisava de alguém pra te ajudar a amenizar o estresse. Eu posso ajudar. A gente já tem uma boa parceria rolando", ele argumenta. "Por que não dar uma incrementada no acordo?"

"Eu..."

Meu cérebro está quase entrando em curto-circuito. Quero dar risada, dizer que é uma ideia interessante, mas não muito inteligente. Mas não consigo pronunciar as palavras. Em vez isso, digo uma coisa muito idiota.

"Não sei nem se me sinto atraída por você."

Em seguida, quase caio numa gargalhada histérica, porque afinal que porra estou falando? Alguém sequestrou a minha voz e está me fazendo dizer um monte de merda.

Claro que me sinto atraída por ele.

Ryder fica em silêncio por um instante. Então fala: "Tá bom. Espera só um minuto".

O silêncio se prolonga, a não ser por um farfalhar do outro lado da linha, seguido pelo inconfundível clique de uma câmera.

Quando meu telefone vibra com a chegada de uma mensagem, prendo a respiração.

Estou esperando uma foto do pinto dele.

Mas recebo uma coisa ainda melhor.

Seu peitoral descoberto e inacreditavelmente largo, exibindo músculos que eu nem sabia que existiam. Ele parece esculpido em pedra. O tanquinho dele é absurdo. A calça de moletom está meio abaixada, e ele apoia o polegar em um dos lados do elástico, puxando-o para baixo para proporcionar uma visão sugestiva de seus oblíquos externos. Percebo uma cicatriz pálida e irregular em seu quadril, de mais ou menos três centímetros, e me pergunto o que pode ter acontecido. Fico me perguntando como seria sentir aquela pele levantada e irregular com os dedos. O que eu encontraria se enfiasse a mão por baixo daquele elástico.

Fico com água na boca. Quanto mais olho para a foto, mais fico molhada. Muito molhada.

"E aí?"

O toque de divertimento em sua voz me diz que ele sabe que me deixou sem palavras.

"Não vai me mandar uma foto do seu pau?", pergunto, fingindo naturalidade.

"Na verdade, nunca tirei foto do meu pau."

"Mentira."

"Nunca mesmo", ele garante.

"Por que não?" Estou sinceramente curiosa. Não conheço nenhum cara solteiro da minha idade que nunca tenha mandado uma foto do próprio pinto pra alguém. Geralmente não solicitada, aliás.

"Por que eu deveria ter tirado?" Ele parece quase entediado com a pergunta. Mas então sua voz fica mais suave. "Eu prefiro apreciar o olhar no rosto da mulher quando ela vê pela primeira vez."

"Por quê? Porque é um espetáculo?"

"É só você topar o que propus para descobrir."

Esfrego a mão no meu rosto quase incandescente. "Olha só, principezinho. Você é gostoso mesmo", admito. "E sabe que é. Mas um peitoral musculoso não ajuda a esclarecer se existe química entre a gente, só mostra que você tem um corpo bonito de se admirar."

"Então agora está querendo me dizer que não existe química entre a gente?"

A risadinha dele faz minha garganta secar.

"Sei lá. Talvez não. A gente nunca nem se beijou." Não sei por que estou tão relutante.

Bom, na verdade sei, sim.

Pois quando eu entrar nessa, não vou ter como voltar atrás.

E isso... me assusta.

"Não vou topar transar com uma pessoa que nunca nem beijei", digo quando a resposta dele não vem.

"Tudo bem. Se é isso que você acha..."

Ele encerra a ligação, e a única coisa que sinto é descrença.

Sério mesmo que ele desligou na minha cara?

Fico olhando para o celular, que agora mostra minha tela de bloqueio. Ele fez isso mesmo.

A não ser que... será que a ligação caiu? Fico um minuto esperando para ver se ele liga de volta. Mas isso não acontece.

Estou atordoada quando volto para a sala, onde Diana e Mya estão discutindo se *Casinho ou Casório* é puro lixo televisivo ou uma coisa absolutamente genial.

Diana, sem surpresas, defende a tese de que é genial.

"A gente tem a oportunidade de acompanhar um monte de gente jovem e bonita transando na frente das câmeras enquanto finge que se importa com o romantismo do reality show. E toda semana uma pessoa totalmente aleatória aparece e separa o casal contra a vontade dele, e o *novo* casal trepa na frente das câmeras fingindo que se importa com o romantismo do reality show. Está mesmo querendo me dizer que essa não é a melhor série que já inventaram?"

"É um lixo que só serve pra destruir neurônios. Você nunca vai conseguir me convencer do contrário, amiga."

Diana sorri quando eu volto. "O que foi, não acha mais graça na noite de jogos?"

"Quem era no telefone?", pergunta Mya, curiosa.

"Luke Ryder."

"Ah, o inimigo", comenta Diana. "O que ele queria?"

Fico tentada a relatar toda a conversa, palavra por palavra. Só que mal consegui entender o que rolou, que dirá compartilhar com as minhas amigas.

"A gente só estava acertando o cronograma de treinos", minto, voltando a me sentar no sofá e pegando minhas letras do jogo de Scrabble.

"Isso aí ainda está rolando?" Diana parece ter perdido o interesse no assunto, agora que descobriu que é sobre hóquei.

"Ah, sim. Estou aprendendo bastante com ele."

Nós retomamos o jogo, mas minha cabeça está longe. Mesmo depois de quinze minutos, ainda estou abismada com o que aconteceu.

Sinceramente, não dá para acreditar na audácia desse cara. Ele me pede para usá-lo para me aliviar e aí, quando digo que vou pensar no assunto, ele fala: *Beleza, então esquece?*

Quem é que faz uma coisa dessas?

"*Botada* não é uma palavra de verdade!", grita Mya, indignada, quando Diana tenta colocar um D e um A no tabuleiro.

"Claro que é."

"Então dá um exemplo dessa porra."

"A bota foi botada ali por quem?"

"Gi, me ajuda aqui", implora Mia.

Levanto os olhos. "Eu não acho que *botada* seja palavra."

"Traidora", reclama Diana.

Estou prestes a pôr minha próxima palavra no tabuleiro quando meu celular vibra de novo. Desta vez, é uma mensagem de texto.

RYDER: *Estou aqui embaixo.*

Meu coração para de bater. Simplesmente trava dentro do meu peito. Um tremor reverbera em mim. Não sei se é adrenalina ou ansiedade, mas estou me sentindo fraca e zonza quando fico de pé num pulo.

Minhas amigas olham para mim, assustadas.

"Preciso ir lá embaixo", me apresso em avisar.

Elas ficam me encarando.

"Eu, hã, pedi comida."

Eu me arrisco a virar o celular para mostrar uma notificação de um aplicativo de delivery, mas tomando o cuidado de manter a tela bem longe dos olhos delas. Também não sei como vou explicar o que aconteceu quando subir de volta sem comida nenhuma. Mas nunca fui muito boa agindo sob pressão mesmo. Pelo menos não fora do gelo.

"Nós jantamos faz, tipo, umas duas horas", comenta Mya, confusa, mas nesse momento já estou calçando um par de tênis e andando na direção da porta.

No pequeno saguão do alojamento, cumprimento a segurança da recepção, cujo olhar desconfiado está fixado no painel de vidro ao lado da porta. Do outro lado da janela está Ryder.

"Está tudo bem", garanto. "Conheço ele."

Não dá para culpá-la por considerar suspeito um cara de quase dois metros de altura rondando o alojamento usando uma blusa preta com o capuz na cabeça.

Lá fora, o ar noturno está mais frio do que eu esperava. Outubro já está chegando. Em pouco tempo o clima vai mudar completamente, e sair de calça de ginástica e camiseta vai ser impossível. Quando essa época chegar, vou sentir saudade desse leve friozinho que arrepia meus mamilos.

Ou talvez o responsável por isso seja Ryder.

"O que você está fazendo aqui?", resmungo, afastando-o da porta.

Vamos até a beira das pedras que levam para a entrada, onde ele enfia as mãos nos bolsos e me encara com os olhos semicerrados.

"Eu vim te beijar."

Fico de queixo caído, só olhando para ele.

"Você... veio até aqui só pra me beijar."

"É."

"Eu... você..." Fico sem palavras.

Ryder encolhe os ombros. "Você não quer transar com alguém que nunca nem beijou. Não foi isso o que falou?"

"Eu..." Sinceramente, não estou conseguindo nem pensar, muito menos falar.

"Então." Aqueles olhos azuis hipnotizantes se concentram no meu rosto. "Você vai me deixar te dar um beijo, Gigi?"

Minha pulsação acelera quando percebo que ele me chamou de Gigi. Não Gisele. Meu nome de verdade. Porque isso quer dizer que ele não está zoando com a minha cara. Não está fazendo joguinhos. Está sendo sincero.

Ele chega mais perto, tirando as mãos dos bolsos. O corpo volumoso dele invade meu espaço, e seu cheiro picante invade os meus sentidos. Respiro fundo e depois me arrependo, porque é tão bom que me tira do prumo.

"Sim ou não?", ele diz baixinho.

Passo a língua no lábio inferior e olho para ele.

Então respondo: "Sim".

Antes que eu possa me arrepender, estendo o braço para deslizar os dedos por seu cabelo e puxar sua cabeça mais para baixo.

Nossa boca se encontra em uma leve carícia. Só para sentir o gostinho. Uma provocação. Mas o contato entre nossos lábios parece tão perfeito que não consigo me segurar e aprofundo o beijo. Ryder solta um palavrão antes de deslizar a língua pelos meus lábios entreabertos e disparar uma corrente elétrica pelo meu corpo.

Pressiono meu corpo contra o dele, enlaçando seu pescoço com os braços e o puxando para baixo o máximo possível. Desesperada de vontade de explorar aquela boca. Os lábios dele estão igualmente famintos, mas não impositivos. A forma como sua língua toca a minha é quase uma tortura. Eu quero mais. Quero que ele me toque mais também, mas ele não permite que as mãos passeiem à vontade. Uma está apoiada de leve no meu quadril, a outra, na lateral do meu rosto, com o polegar distraidamente acariciando meu queixo enquanto ele me beija como se tivesse todo o tempo do mundo.

"Hummm." O grunhido rouco que ele projeta faz cócegas nos meus lábios, e então a mão que está no meu quadril de repente se move. Ele a desliza para apertar minha bunda, e me puxa com tanta força para junto de si que consigo sentir sua ereção.

Quando solto um gemido em resposta, ele se afasta com um leve sorriso no rosto. Aquele ar safado como sempre:

"Passei no teste?"

Minha respiração está ofegante. Minha mente está girando a mil.

"Eu..." Tiro as mãos de seus ombros e dou um passo para trás. "Acho que não sou muito boa nessa coisa de sexo casual." Ponho as mãos na cintura para não agarrá-lo de novo. Já estou ansiando por mais um beijo. "É isso o que você está querendo, né?"

"É."

A relutância me deixa indecisa. Não sei por que não consigo simplesmente dizer que estou mais do que a fim.

Quando a minha hesitação se arrasta por mais tempo, Ryder passa a mão no cabelo para ajeitá-lo de novo. Eu baguncei bastante essas mechas escuras enquanto as minhas mãos estavam em cima dele.

"Tudo bem." Ele diz por fim, encolhendo os ombros e levantando as sobrancelhas. "Se mudar de ideia, sabe onde me encontrar."

21

RYDER

O universo está conspirando

"*Luke, para!*"

Acordo na sexta de manhã suando frio. A camiseta com que dormi na noite passada está encharcada, grudada no meu peito. A voz apavorada ainda reverbera pelo meu cérebro semiadormecido. Eu a afasto da minha mente porque a última coisa de que preciso para começar o dia é ser envolto pelas trevas.

Mas o pesadelo se revela um mau presságio. Quando me viro na cama para pegar o celular, vejo uma ligação perdida do código de área de Phoenix e um aviso de mensagem de voz.

Caralho.

Eu me sento e digito a senha do correio de voz.

"Luke, aqui é Peter Greene, da Promotoria Pública do Condado de Maricopa. Tentei entrar em contato algumas semanas atrás. Mandamos um e-mail também, mas não sabemos se foi para o endereço certo; o que tenho no meu arquivo é bem antigo. Entendo que esse é um assunto delicado para você, mas precisamos conversar sobre a audiência e..."

Sua mensagem foi apagada.

Jogo o celular no colchão e saio para o banheiro para tomar banho. Minha ideia é chegar ao treino às oito hoje, em vez das sete. Agora que as aulas começaram, preciso dar uma segurada nos treinos extras e não me desgastar demais.

O pessoal do time de hóquei só está tendo aulas à tarde neste semestre por causa do nosso cronograma de treino. Beckett vai de carona para o campus comigo, mas Shane diz que prefere ir com seu carro. Quando saímos, ele está no liquidificador, preparando um shake de proteína.

No caminho, Beckett fala sobre o filme que vimos ontem, mas não estou prestando muita atenção. Minha mente está preocupada com a mesma coisa que vem corroendo o meu cérebro já faz três dias.

Gigi Graham.

Faz três dias que a gente se beijou.

Ou melhor, desde que um único beijo deixou o meu pau tão duro que mal consegui dirigir de volta para casa com aquela coisa tentando abrir um buraco na minha calça e cutucando o volante.

Sinceramente eu achava que a essa altura ela já teria me ligado.

E a minha decepção por isso não ter acontecido não deveria ser tão grande.

Com o nosso primeiro jogo se aproximando, os treinos estão ficando mais puxados. Jensen pega pesado com a gente de manhã. Depois, somos levados para a sala de vídeo para ver um jogo da Northeastern. Nossa estreia na temporada vai ser contra eles.

Enquanto esperamos a chegada de Peretti, um dos assistentes técnicos, continuo pensando no silêncio de Gigi e em sua aparente decisão de fingir que não foi o beijo mais gostoso que qualquer um dos dois já deu na vida.

Eu nem sabia que dava pra sentir aquele nível de tesão. Era tanto que corríamos um sério risco de entrarmos em combustão espontânea.

Tento afastar isso da cabeça enquanto meus companheiros de time tagarelam ao meu redor. Como sempre, os caras que vieram do Eastwood ocupam a maior parte da segunda fileira, enquanto os jogadores que já estavam na Briar ficam com a primeira.

"Só estou dizendo que não dá pra provar que buracos de minhoca não existem", argumenta Beckett enquanto troca mensagens no celular com alguma garota. Ele é um cara multitarefa no que diz respeito a viagem no tempo e sexo.

"Mas também não dá pra provar que *existem*", retruca Nazzy, irritado.

"Naz. Cara. Essa aí e uma batalha perdida", avisa Shane. Ele também está digitando no celular. Conheceu outra líder de torcida numa festa de fraternidade ontem à noite. O cara parecer estar tentando virar membro honorário da equipe de líderes de torcida.

"Queria fazer uma pergunta, mas preciso que vocês prometam que não vão me julgar", avisa Patrick, todo ansioso.

"Ninguém vai prometer nada", avisa Rand.

"Então esquece."

Rand cai na risada. "Ah, tá. Até parece que a gente vai deixar você não falar nada depois disso."

"Eu já disse, esquece." Patrick sacode a cabeça, determinado.

"Capitão?", alguém me chama.

"Co-capitão", fala Trager da fileira da frente, mas todo mundo o ignora.

"Fala logo", murmuro para o Kansas Kid.

"Tá, então, esses buracos de minhoca." Ele hesita, olhando ao redor. "Tem alguma minhoca lá dentro?"

A pergunta é recebida com um silêncio total. Até Will Larsen se vira para trás para olhar para Patrick.

"Hã, minhocas teóricas?", corrige Patrick. Ele parece estar totalmente perdido. "Eu estou falando certo?"

Shane fica com pena do cara. "Tudo bem. Pelo menos você é um cara bonito."

Ele só percebe que estão zoando com a cara dele depois que Shane já voltou a trocar mensagens com a líder de torcida.

"Ei, vai tomar no seu cu", esbraveja Patrick.

"Não tem minhoca nenhuma lá dentro", responde Beckett num tom surpreendentemente gentil. "Os buracos de minhoca na verdade são distorções do espaço que conectam dois pontos distantes..."

Paro de prestar atenção neles de novo. Já me basta ter que lidar com essas coisas em casa. Não vou deixar Beckett Dunne torrar a minha paciência no campus também.

Uma hora depois, somos dispensados, e atravessamos o gramado na direção do prédio antigo e coberto de trepadeiras onde vão ser todas as minhas aulas do dia.

Em apenas algumas semanas, já percebi que, em termos acadêmicos, a Briar é bem mais exigente que o Eastwood. Minha formação principal é administração e a secundária é história, e as disciplinas das duas já estão me enlouquecendo. Tenho dois trabalhos para entregar na semana que vem, e mais dois literalmente uma semana depois. Um puta massacre. Deve ser esse lance de Ivy League.

Estou saindo da minha última aula do dia quando o nome de Gigi pula na tela do meu celular. Minha pulsação dispara.

GISELE: *Sei que está em cima da hora, mas que tal treinar em Munsen hoje à noite?*

Não me parece que essa mensagem tenha segundas intenções. Acho que ela realmente quer treinar hóquei. Mesmo assim, pela maneira como o meu pau endurece e as minhas nádegas se enrijecem, parece que ela me mandou uma foto da boceta dela com a legenda *quero o seu pau aqui*.

Digito uma resposta enquanto chego ao estacionamento.

EU: *Beleza.*
GISELE: *9h15?*
EU: *Até lá.*

Parece que o universo está conspirando para que a gente transe.

Isso se confirma quando Gigi e eu chegamos ao rinque e descobrimos que o vestiário feminino está interditado. Uma folha branca de papel colada na porta explica que houve um problema com um vazamento. Um leve cheiro de esgoto chega ao meu nariz enquanto lemos o aviso.

Gigi dá de ombros e segue para o vestiário masculino, com as chaves na mão. Não consegui parar de secar o corpo dela com os olhos desde que chegamos. A calça preta de ginástica se agarra a suas pernas bem torneadas e ressalta o formato de sua bunda. A mesma que apertei umas noites atrás. Ainda me lembro da sensação gostosa nas palmas das mãos, e meus dedos coçam para tocá-la de novo.

"Como foi sua semana?", ela pergunta, num tom todo casual.

Tento não erguer a sobrancelha. Vamos fingir que nada aconteceu, pelo jeito. Ignorar o fato de que praticamente devoramos a boca um do outro umas noites atrás. Beleza, então.

"Foi boa. E a sua?"

"Uma correria só", ela admite. "Parece que todo ano eu esqueço como é difícil conciliar as aulas com o hóquei."

"Você estuda o quê?"

"Gestão esportiva." Ela encolhe os ombros. "Sempre achei que seria uma boa agente ou dirigente, então escolhi estudar alguma coisa relacionada a essas carreiras. E você?"

"Administração. Mas sei lá o que eu vou fazer com isso."

Quando chegamos aos armários, ela tira a jaqueta jeans e joga em cima do banco. Por um instante, penso que vai continuar tirando tudo — e minha libido aprova enfaticamente —, mas então pega a bolsa com o equipamento e vai para a área dos chuveiros.

"Vou me trocar lá dentro", avisa ela por cima do ombro.

Como das outras vezes em que estive aqui, temos o rinque todo só para nós, e o silêncio é total. Não parece nem uma arena de hóquei de verdade sem o barulho dos discos acertando as placas e o acrílico. A pancada provocada por um disco de hóquei acertando o alvo pode chacoalhar as paredes de uma construção. É o meu barulho favorito no mundo.

Está quase impossível me concentrar no hóquei hoje. E nunca imaginei que um dia esse pensamento passaria pela minha cabeça. *Sempre* consigo me concentrar no hóquei. Está no meu sangue.

Mas hoje à noite meu sangue está fervendo por outro motivo.

Gigi parece distraída também, errando vários passes que em geral consegue fazer até dormindo.

A gente só percebe mesmo que é uma péssima ideia praticar qualquer esporte sem estar concentrado no jogo quando alguém se machuca.

Enquanto disputamos o disco, Gigi solta um grito de dor que faz meu corpo inteiro ficar tenso. Congelo.

"Você está bem?", pergunto, às pressas.

Ela tira as luvas e faz uma careta quando rotaciona o pulso. A preocupação toma conta de mim. Porra. Se ela tiver se machucado... isso pode foder a temporada inteira dela.

"Vem cá."

Eu a conduzo até o banco, onde nós nos sentamos. Seguro seu pulso em uma das mãos e examino com a outra. Passo os dedos devagar pelos tendões, observando seu rosto em busca de alguma reação.

"Quando eu faço assim, dói?"

"Não." Ela engole em seco visivelmente. "Acho que está tudo bem. Deve ter sido só uma torção leve enquanto a gente disputava o disco nas placas."

Aperto outro ponto, ainda olhando para ela atentamente. "E assim?"

"Não."

"Certeza?" Sinto sua pulsação disparada sob o meu polegar.

Gigi assente, parecendo aliviada. "A pontada de dor que senti antes já passou."

Ela rotaciona o pulso de novo, mas sem fazer nenhum movimento para afastá-lo da minha mão.

"Sabe, eu nunca quebrei nenhum osso", ela admite. "Acho que tenho sorte. O meu irmão quebrou o braço três vezes quando era mais novo. Você já quebrou alguma coisa?"

"Costelas contam?"

"Lógico."

"Então algumas costelas, e mais de uma vez. Fora isso, só umas torções leves. No tornozelo, no punho." Encolho os ombros. "Nunca quebrei nada de importante."

"Como se as costelas não fossem importantes." Ela estende o braço e leva a mão na direção da minha caixa torácica, por cima da camisa de treino suada.

Apesar de não tocar em minha pele, sinto os dedos dela em mim como se fossem ferro em brasa.

"Sabe de uma coisa..." Ela se interrompe, pensativa. Com seus olhos cinzentos cravados em mim.

O jeito que ela olha para mim me deixa desconfortável. É como se estivesse vendo alguma coisa que não consigo. Como se conhecesse um segredo sobre mim que nem eu descobri.

Por fim, ela complementa o pensamento. "Na verdade, você não é um babaca."

"Sou, sim."

"Não. É tudo encenação. Você se importa com as pessoas. Só não quer que ninguém saiba. Pensei que estivesse sempre contra tudo e contra todos, mas esse jeito marrento é só fachada pra encobrir alguma coisa." Os lábios dela se curvam em um leve sorriso. "Não se preocupa, eu não vou perguntar o que é. Porque sei que você não vai me contar."

Ela continua olhando para mim, e preciso me segurar para não abaixar a cabeça. Estou me sentindo estranhamente exposto. Isso provoca até uma coceira na minha pele.

"Agora me fala algo que você pensava de mim e estava errado."

Esse pedido me pega de surpresa. Não tinha nem pensado nisso antes, mas, agora que o assunto surgiu, eu tinha sim uma percepção errada de quem ela era.

"Pensei que fosse mais arrogante. Mais mimada e metida a besta", admito.

Ela assente, como se já esperasse ouvir isso.

"Mas você é mais humilde do que eu esperava. Quase nunca fica se gabando, a não ser quando está zoando. Toda vez que alguém te elogia, você fica surpresa de verdade, como se fosse a primeira vez que estivesse ouvindo um elogio na vida. E sempre demonstra gratidão."

O pulso dela continua preso entre minhas mãos. E não consigo parar de passar os dedos por sua pele branca e delicada.

"Já conheci filhos de gente famosa antes", digo a ela. "Pensei que você fosse ser igual a eles. Mas não é nem um pouco."

Gigi crava os dentes no lábio inferior por um instante. Em seguida umedece os lábios, encarando fundo meus olhos.

"Só pra esclarecer as coisas, você não tá me elogiando porque quer sair comigo, né?"

"Não." Dou uma risadinha. "Se quiser um namoradinho pra ficar te levando pros lugares, essa pessoa não sou eu. Não sou bom nesse tipo de coisa."

"Você é bom em quê, então?"

É uma pergunta cheia de segundas intenções, e nós dois sabemos disso.

Viro a mão de Gigi e começo a passar o polegar por sua palma. Percebo quando ela estremece.

"Eu sou bom em te deixar molhadinha", digo, percebendo a rouquidão que se apodera da minha voz. "E vou meter em você de um jeito que vai ficar lembrando por dias. Vai ser a melhor foda que vai ter na vida."

Ela morde o lábio de novo. O brilho enevoado em seus olhos me faz chegar perto de perder a cabeça. Eu quase a puxo para o meu colo para beijá-la. Mas quem está hesitante é ela. Não é de mim que tem que partir essa atitude.

E ela decide não seguir em frente.

Meu corpo grita em silêncio de decepção quando ela se levanta lentamente.

"Vamos parar por aqui hoje", ela sugere. "A gente não tá concentrado, e pra isso resultar em lesão é bem fácil."

Eu a sigo até o vestiário masculino, onde nos sentamos lado a lado no banco para desamarrar os patins. Gigi retira seu equipamento até ficar de regata, top e short. Tento não ficar olhando.

"Vou tomar um banho rápido", ela avisa, dirigindo-se para o outro lado do vestiário.

Fico no banco, respirando fundo pelo nariz. Tentando normalizar a respiração ofegante.

Minha nossa. Eu estou louco por ela. Jamais esperava por isso. Fui pego totalmente desprevenido. E estou completamente perdido no que devo fazer agora.

Escuto o som do chuveiro, e pouco tempo depois uma nuvem de vapor se espalha pelo local onde ficam os armários. Preciso de um banho também, então, enquanto espero Gigi terminar, tiro as roupas de treino e as enfio na mochila. Estou guardando o restante do equipamento quando ouço o som da voz dela abafado pela água corrente.

"Ryder?"

"Oi?", grito na direção dos chuveiros.

"Esqueci a toalha. Será que você pode trazer uma pra mim?"

Meu pau está mais duro que o taco de hóquei na minha mão. Respirando fundo de novo, deixo o taco encostado na bolsa.

"Claro. Só um minuto."

Vou até a parede onde estão as prateleiras com as toalhas e pego duas. Em seguida, entro no meio do vapor que paira por cima das fileiras de chuveiros. A maior parte das nuvens parece vir da terceira cabine.

Com o coração martelando, paro diante da cortina plástica branca. Tenho um vislumbre dos contornos tentadores do seu corpo, um borrão de curvas e pele dourada.

Pigarreio para assinalar que estou ali e estendo as toalhas para a ponta da cabine. "Pronto."

A cortina farfalha.

Então se abre.

Em vez de estender a mão para pegar a toalha, Gigi fica ali, completamente à mostra para mim.

Minha respiração acelera quando seu corpo nu domina o meu campo de visão. Peitos empinados com biquinhos rosados. Estão arrepiados, apesar do calor do chuveiro. Minha língua está formigando de vontade de lambê-los.

Desvio o olhar de seus seios para aplacar a tentação, mas acabo me voltando para o meio de suas pernas. Um lugar ainda mais tentador. Ela está completamente nua, e eu passo a língua por meus lábios da maneira que queria passar na boceta ali na minha frente.

Os olhos dela são convidativos.

Deixo as toalhas no gancho. Em seguida, entro na cabine sem dizer uma palavra, fechando a cortina atrás de mim. Ela está sem roupa, e eu ainda de cueca. Mas talvez seja bom manter uma barreira entre ela e o meu pau latejante.

O olhar dela percorre o meu corpo de forma lenta e acalorada. Param nos meus peitorais. No meu tanquinho. No contorno visível do meu pau. A admiração torna seu olhar mais sério, o que me traz uma onda de satisfação, não vou mentir. Quero que ela goste do meu corpo. E que use como seu playground particular.

Nós dois ficamos em silêncio por um bom tempo. A água escorre pelo corpo dela, deixando gotas no vale entre seus peitos perfeitos, deslizando pela barriga chapada e as coxas bem torneadas.

"Ryder", ela implora, e não preciso ouvir mais nada.

Eu me junto a ela debaixo do jato d'água, curvando meu corpo para beijá-la ao mesmo tempo em que deslizo uma das mãos por entre suas pernas.

Ela solta um suspiro, que abafo com os meus lábios. Pouco a pouco, empurro-a contra a parede, passando as juntas dos dedos por sua abertura. Os quadris dela começam a se mover, tentando se esfregar na minha mão. Massageio seu clitóris bem de leve, botando pressão só quando ela começa a gemer na minha boca.

Interrompo o beijo e respiro uma nuvem de vapor, que gira ao nosso redor. Há gotículas pousadas em seu lábio inferior enquanto ela me olha por sob aqueles cílios inacreditavelmente longos.

"Eu quero mais", ela clama.

"Mais o quê?" Um sorriso surge em meus lábios. "Mais disso aqui?"

Fecho a mão sobre sua boceta.

Gigi solta um gemido.

Enquanto ela movimenta os quadris contra minha mão, eu me inclino para beijá-la de novo. Adoro o gosto de seus lábios. Também gosto de senti-la se esfregando na minha mão. Puxo uma de suas pernas para que envolva o meu quadril, abrindo sua vagina até que consiga enfiar dois dedos dentro dela. Os músculos dela se contraem em torno dos meus dedos e eu quase desmaio de tesão.

Preciso enfiar meu pau nela. Caralho.

Enquanto a beijo sem parar, vou metendo e tirando os dedos de dentro dela enquanto a palma da minha mão continua estimulando seu clitóris. Minha outra mão aperta seus peitos, e brinco com seus mamilos enrijecidos usando os dedos.

Quando ela tenta estender o braço para pegar no meu pau, que está esticando o tecido molhado da cueca, eu afasto a mão dela dali. Estou gostando demais disso, e não quero nenhum tipo de distração. Cada fibra do meu ser está concentrada nos sons que saem dela. A respiração irregular e os gemidinhos.

Ela empurra os quadris com força contra os meus dedos agora, de olhos fechados e com o peito ofegante.

Em algum outro momento, pretendo passar horas só curtindo o corpo dela, provocando, mas a sensação de urgência chega ao auge, e a única coisa que quero é fazê-la gozar bem forte e rápido.

"Vai, goza", murmuro em seu ouvido enquanto passo a língua nos tendões delicados de seu pescoço. "Goza pra mim e esmaga meus dedos, quero ver."

Um gemido acalorado escapa de sua garganta quando ela faz o que eu peço e se entrega ao orgasmo. A mim.

Sorrio enquanto ela convulsiona de prazer, com sua respiração se condensando em um vapor quente ao sair da boca. Ela cola os lábios no meu peitoral, mordendo minha pele e me fazendo estremecer de desejo. Meus dedos continuam a se mover dentro dela, só que mais devagar agora. O clitóris dela está inchado contra minha mão, sua boceta toda melada por causa do orgasmo.

Enquanto isso, eu estava com o pau tão duro que fico surpreso por ainda estar em pé. Pela ereção pesada na minha cueca ainda não ter me derrubado pra frente.

"Ei, tem alguém aí?", uma voz masculina pergunta de repente, soando confusa.

Nós nos separamos na hora.

"Equipe de limpeza", a mesma voz avisa.

O peito de Gigi respira fundo outra vez. "Ah, sim, desculpa, já estou terminando aqui", ela grita de volta. "Tenho permissão do dono pra usar o rinque depois de fechar. Já vou sair."

"Ah, tudo certo", diz o funcionário da limpeza, ainda parecendo confuso. "Vou começar pelo vestiário infantil, então. Desculpa incomodar."

Ainda estou de pau duro, mas o clima passou. Em movimentos frenéticos, Gigi pega as toalhas que pendurei do lado de fora e joga uma para mim.

"Puta merda", ela resmunga baixinho. "Que vergonha."

"Ele não percebeu que eu estava aqui com você. Tá de boa."

Nós nos enxugamos e corremos para os armários para nos vestirmos. A ereção não abaixou nem um pouco. Os lábios dela se curvam em um sorriso de malícia quando me vê tentando fechar a calça.

"Tá difícil aí, principezinho?"

Solto um suspiro.

Ela prende o cabelo em um coque improvisando e fica me olhando por um tempo. Por fim, resolve falar.

"Vou pra casa dos meus pais no fim de semana. Viajo amanhã de manhã." Ela faz uma pausa. "Volto no domingo à tarde."

"Os caras que moram comigo vão ficar fora também no fim de semana. Vão num show em Boston, e Shane avisou que só voltam domingo à noite. Então vou ficar com a casa só pra mim."

Ela baixa os olhos para o volume visível na minha calça jeans antes de erguê-los de novo. "Isso é um convite pra eu passar lá no domingo?"

"Não." Encolho os ombros. "Você *vai* aparecer lá no domingo. Pronto... é assim que faço as coisas."

Um sorriso aparece nos lábios dela. "Beleza, então." Ela devolve meu olhar questionador. "A gente se vê lá."

22

GIGI

É melhor não criar muita expectativa

"Sinto muito, Henry. Foi só um casinho." A apresentadora com sotaque britânico olha para os demais casais em trajes de banho estrategicamente espalhados pelos móveis de vime no estilo praia. "Para o resto de vocês ainda pode dar casório. Boa noite."

"Puta merda, esse episódio foi tenso." Wyatt está boquiaberto. "Aquele escocês entrou no jogo e acabou com o lance entre a Annabeth e o Henry."

É sábado à noite, e a minha família está reunida no salão da nossa casa em Brookline. Bom, tecnicamente é só uma sala de estar, mas sempre foi chamada de "o salão", desde que eu me entendo por gente. Provavelmente por causa do pé-direito altíssimo e da parede inteira de janelas. É o meu cômodo favorito da casa inteira. Adoro as estantes de livros embutidas e os sofás modulados superconfortáveis ao redor da lareira enorme de pedra. O salão dá para um dos muitos deques externos da propriedade, com vista para a parte principal do quintal enorme, onde ficam a piscina e o gazebo.

No outro sofá, minha mãe está mexendo no controle para pular para o próximo episódio enquanto meu pai enfia um punhado de pipoca na boca.

"Estou torcendo por Mac e Samantha", ele diz enquanto mastiga.

"Sério mesmo?", questiono. "Esse Mac é um babaca. Só o que ele sabe fazer é criticar as roupas dela."

"Ele só está retribuindo o que ela faz", meu pai insiste, defendendo Mac. "Ela vive reclamando da aparência dele. Disse para o cara que ele tem orelhas pequenas demais, e o coitado está pensando até em fazer cirurgia."

"Esses dois são tóxicos demais", argumento. "Sou do time Cam e Abby."

"Cam!", protesta meu pai. "Qual é, Stan. Ele exagera feio no óleo bronzeador."

"É verdade", concorda Wyatt. "Está sempre tão besuntado que parece que acabou de sair dos escombros de uma fábrica de óleo de bebê que desmoronou."

Minha mãe cai na gargalhada.

"Estou viciada nesse canal", digo para todo mundo.

"Cara, eu também." Wyatt rouba as últimas pipocas da minha tigela.

Ele devorou a porção dele cinco segundos depois de receber das mãos da minha mãe.

"Sério mesmo?", pergunto, desconfiada. "Ou só está tirando uma com a minha cara?"

"Não, tô falando sério. *Cozinhar para Agradar*? É genial."

Minha mãe concorda, balançando a cabeça. "Eu adoro os jurados, eles são uma graça. Aquele menininho que nunca gosta de nada é muito engraçado."

"E o jeito que aquele merdinha torce o nariz toda vez?", Wyatt comenta, divertindo-se. "Eu adoro quando ele faz isso."

Bergeron de repente pula de sua cama de cachorro e anda na direção das portas francesas, onde para e começa a choramingar.

"Não começa o próximo episódio ainda", aviso para minha mãe. "O Bergy está precisando passear."

"Eu abro pra ele." Wyatt se levanta do sofá. "Também tô precisando fumar, aliás."

Todos nós olhamos feio para ele.

"Você prometeu que ia parar", a minha mãe lembra, num tom de reprovação.

"Sou um músico de alma sensível", meu irmão responde, todo dramático. "Sinto muito em dizer, mas é isso o que nós fazemos. A gente compõe músicas tristes e fuma um cigarro atrás do outro."

"Um cigarro atrás do outro?", meu pai rosna. "Nem fodendo, filho. Se eu te pegar acendendo um cigarro atrás do outro, mando você direto pra clínica de reabilitação."

"Ninguém vai parar na reabilitação por causa de nicotina", rebate Wyatt.

Meu pai abre um sorriso presunçoso. "Você ficaria surpreso com o que as pessoas aceitam fazer pelo preço certo."

Dou uma risadinha.

Revirando os olhos, Wyatt vai lá para fora com o cachorro. Aproveito a pausa para ir até a cozinha e botar outro pacote de pipoca no micro-ondas. Enquanto espero estourar, meu pai aparece e me envolve num abraço.

"Estou feliz de ver você aqui, Stan."

Apoio a cabeça no seu ombro largo. "Eu também. Estava precisando disso."

Os últimos dias foram bem... intensos. Mas não pretendo contar nada para ele. O que quer que esteja acontecendo, só diz respeito a Luke Ryder e a mim. Pelo menos por enquanto. Além disso, mesmo se eu conseguir explicar, nenhum pai vai querer ouvir da filha que está planejando transar com alguém na noite seguinte.

Se é que vou mesmo fazer isso.

Depois do que aconteceu no chuveiro, estou até com medo de continuar com isso. Porque a voz dentro da minha cabeça, aquela que estava me atormentando agora há pouco — dizendo que não é ansiedade que ele me provoca, é *paixão* —, bom, ela pode ter razão.

E isso é assustador.

"Recebeu alguma notícia sobre a seleção?", ele pergunta.

Faço que não com a cabeça. "Nada. Mas tomara que isso mude depois do nosso primeiro jogo. O Fairlee e a equipe dele vão estar de olho, né?"

"Provavelmente." Uma hesitação surge nos olhos cinzentos do meu pai, que têm o mesmo tom dos meus.

"Que foi?"

"Acho que a sua resposta vai ser não, mas... você quer que eu dê uma ligada para o Brad e..."

"Não", respondo secamente.

Ele levanta as mãos em sinal de rendição. "Tudo bem, não está mais aqui quem falou", meu pai diz, dando risada. "Eu sabia que a resposta ia ser não. Mas quis oferecer. Se precisar de mim para uma recomendação, você sabe que é só pedir."

"Eu sei", digo a ele.

E nós dois sabemos que isso nunca vai acontecer.

Não pedi favores para o meu pai nenhuma vez na vida. Nunca pedi para que usasse de sua influência e de seus contatos para me colocar em uma posição de destaque. Todos os programas de treinamento de hóquei de que participei durante os anos, todas as ofertas que recebi das universidades, todos os prêmios que ganhei... quero muito acreditar que foi tudo pelo meu próprio mérito.

Às vezes, quando estou meio para baixo, aquela crítica cínica que vive dentro da minha cabeça dá as caras e fica me dizendo que talvez o mérito não tenha a ver com nada disso. Mas isso me provoca um sentimento tão desanimador que faço de tudo para nunca dar ouvidos a essa voz.

"E você?", pergunto. "Já pensou em quem vai escolher como assistente no próximo programa de treinamentos?"

"Um pouco. Já elaborei uma lista, mas não está fechada ainda." Então ele me proporciona a abertura perfeita para mencionar o nome de Ryder. "Você tem alguma sugestão?"

Penso um pouco antes de responder, num tom cauteloso. "Will Larsen seria uma boa escolha, mas ele é bem low profile, então não sei se saberia impor autoridade. Eu até pensaria no Kurth, mas você sabe que os goleiros são todos meio malucos. Quem está se destacando como co-capitão é o Luke Ryder, então ele pode ser uma boa escolha também."

"Não sei, não, sobre o Ryder. É um ótimo jogador, mas a postura dele não é das melhores. O que aconteceu no mundial juvenil me deixou meio ressabiado."

"Ele tinha só dezoito anos. E, enfim, como eu disse, ele está assumindo melhor a liderança ultimamente."

Tenho quase certeza de que isso não é verdade. Não vi mais nenhum treino do time masculino da Briar, mas duvido muito que Ryder esteja fazendo qualquer outra coisa além de querer ser deixado em paz.

"Você anda enchendo a bola do Ryder ultimamente. O que tá rolando?"

"Já falei, estou treinando com ele. E com o Beckett Dunne também", acrescento, para ele não achar que estou passando muito tempo sozinha com Ryder, deixando que ele enfie os dedos em mim no banheiro do vestiário.

"Mas você não recomendaria o Dunne para ser meu assistente?"

"Dunne não leva nada muito a sério. Ele trataria o programa como uma colônia de férias. Ryder e Larsen fariam um bom trabalho. Na minha opinião."

"Mas, entre Larsen e Ryder, você escolheria Ryder." A nuvem de desconfiança ainda não se dissipou da expressão dele.

O micro-ondas apita, o que me permite virar as costas para ele para reabastecer as tigelas. "Provavelmente. Mas essa é a minha escolha. Você tem que chamar quem acha que vai se sair melhor."

A noite está agradável, então minha mãe e eu decidimos dar uma caminhada antes de irmos para a cama. Tem uma trilha com uma paisagem linda não muito longe de casa. Ela põe a coleira nos cachorros enquanto corro para vestir uma calça de corrida e procurar meus tênis. Prendo o cabelo em um rabo de cavalo alto e a encontro na frente da garagem.

"Parece que faz um século que a gente não conversa", minha mãe comenta quando saímos. "Sei que batemos um papinho aqui e ali, mas não o suficiente. Tô com saudade."

"Eu também."

"Você está treinando bastante?"

"Estou. Mais do que de costume", admito.

"É isso o que me preocupa. Você fica meio obsessiva quando o assunto é hóquei, Stan."

Olho feio para ela. "De repente, se vocês não me chamassem de Stan, eu poderia não ser tão fanática por esse esporte."

"Me desculpe. É que seu pai chama você assim o tempo todo, então acabei pegando essa mania também." Ela sorri para mim. "Acho que está na hora de aceitar o apelido, querida. Eu também tentei me livrar do meu, mas é como uma força imparável da natureza. Quando um jogador de hóquei começa a chamar você de um jeito, não tem mais volta. É assim que você passa a ser chamada."

"Sim, mas eu *gosto* de Wellsy", protesto. "É fofinho. Mas Stan..." Fecho a cara para ela.

"Stan também pode ser fofinho. A gente pode dar um jeito. Que tal Stanny?"

"Pior ainda, mãe. Sério mesmo, não quero nem ouvir falar em Stanny."

Ela dá uma risadinha e assobia para Bergeron quando ele tenta se aventurar longe demais da trilha. Dumpy é um preguiçoso de primeira, e anda quase grudado nas minhas pernas.

"E o que mais anda acontecendo na sua vida além dos treinos?", ela pergunta. "Alguma novidade sobre o Case?"

"Ele está me enchendo o saco para voltar com ele. Mas não fala pro papai, porque do jeito que ele é, vai querer ligar pro cara pra dar conselhos. Parece que ele é obcecado pelo Case."

"Não, nada disso. Seu pai gosta do Case, mas o que importa mesmo é que você parecia feliz com ele."

"Eu estava."

Até ele jogar minha confiança no lixo. Mas os meus pais não precisam saber disso. Porque, no fim das contas, meu pai e Case têm *mesmo* uma boa relação, e não quero estragar isso só porque nós terminamos. Meu pai é muito oito ou oitenta em relação a certas coisas, e traição é uma delas. Ele jogou hóquei profissionalmente por décadas e viu um monte de jogadores traírem à vontade enquanto o time estava viajando. E reprovava isso. Com todas as forças. É uma coisa que o meu pai simplesmente não aceita. Segundo ele, é sempre injustificado.

E, por mais que eu peça para minha mãe não dizer nada, sei que ela conta tudo para ele. Não tem jeito. Não existem segredos entre os dois.

Ou seja, as mancadas de Case vão ficar só entre nós.

"Mas agora a gente terminou", completo, firme. "E não quero repensar essa decisão."

"Tem alguém mais em quem você esteja interessada?"

Sinto o meu rosto ficar vermelho.

E esse breve instante de hesitação me custa caro.

"Aaah, tem, sim!" O rosto dela se ilumina. "Quer conversar a respeito?"

"Agora ainda não", confesso. "Não é nada, na verdade. É mais um flertezinho do que uma coisa séria."

Um flerte que envolve um desejo tão intenso que não consigo nem pensar direito.

"Então, sério mesmo", eu aviso, "é melhor não criar muita expectativa."

Não sei se o aviso é mais para ela ou mais para mim.

Minha mãe dá risada. "Tudo bem. Vou aguardar mais notícias com toda a paciência."

"E você? Está trabalhando em alguma coisa nova?", pergunto, abaixando para pegar o graveto que Bergeron traz correndo. Seu olhar obsessivo gruda em mim. Assim que jogo o graveto, ele dispara como um foguete.

"Estou, sim. Com uma artista nova. Me mandaram um vídeo que ela postou na internet. Só tem quinze anos."

"Quinze anos. Nossa."

"Quero trabalhar com ela no estúdio. Para ver que tipo de magia nós podemos fazer juntas."

"Com certeza vai ser perfeito."

Como produtora, minha mãe é a maior criadora de sucessos da indústria musical. No começo da carreira, produzia para qualquer artista que a gravadora ou o estúdio escalasse, mas nos últimos cinco anos, mais ou menos, começou a fazer prospecção de talentos por conta própria. Ela vê pessoas nas redes sociais, ou até mesmo se apresentando na rua, e entra em contato para criar uma parceria em estúdio. O último trio que ela revelou ganhou o Grammy de Canção do Ano — ou seja, mais um troféu para acrescentar aos zilhões de prêmios que ela já ganhou como compositora e que lotam as prateleiras do seu escritório.

"Você se arrepende de nunca ter lançado um álbum seu?", pergunto, por curiosidade.

"Nem um pouco. Eu adorava cantar e compor, mas nunca gostei de me apresentar ao vivo. Essa parte eu posso deixar tranquilamente para o seu irmão." Ela se vira para mim. "A música nova dele é muito boa. Eu bem que queria ele me deixasse ser produtora dele."

Como eu, Wyatt não quer pegar carona no sucesso dos nossos pais. No caso dele, isso significa conquistar o próprio espaço no mundo da música, então vive recusando as ofertas da minha mãe quando ela se propõe a produzir um álbum para ele.

Nós assobiamos para chamar Bergeron e voltamos para casa, e durmo pensando em Ryder e no date que marcamos para transar.

Na manhã seguinte, tomamos café da manhã no quintal dos fundos, de pijama. Enquanto meus pais e eu comemos nossos ovos com bacon, Wyatt, que engole todas as refeições em cinco segundos, brinca jogando gravetos para os cachorros e cantando uma musiquinha idiota antes de cada arremesso: *It's alright, it's okay, a stick's coming you way, hey-hey.* Fico surpresa por Dumpy estar se mostrando tão participativo — o golden lab corre atrás do graveto todas as vezes, inclusive acompanhando o ritmo do nosso husky sempre pilhado.

"Será que o Dumpy passa no próximo exame antidoping?", pergunto para o meu pai, que dá uma risadinha.

Em um determinado momento, eles perdem o graveto, e enquanto procura pelo gramado junto com os cachorros, meu irmão continua cantando sua musiquinha idiota.

“Ei, campeão”, meu pai grita por cima do gradil do deque de pedra. “Não importa o que a sua musiquinha diz, não tem graveto nenhum pra eles pegarem aí.”

“Não minta para os cachorros, Wyatt”, minha mãe avisa.

Caio na risada. Como adoro minha família.

Mas essa sensação de leveza desaparece do meu peito quando a tela do meu celular se acende em cima da mesa. Pego o aparelho às pressas, antes que os meus pais vejam a notificação.

RYDER: *Você ainda vai passar aqui hoje?*

Meu coração acelera. Tentando disfarçar o nervosismo para o meu pai não perceber nada, digito a resposta no teclado da tela como se não estivesse fazendo nada de mais. Só uma palavra. Não preciso de muito mais que isso.

EU: *Sim.*

23

GIGI

Essa parte é fácil

"Ah, nossa, não acredito."

Olho ao redor do quarto de Ryder, perplexa. Estava nervosa quando entrei. Porque, afinal, o que estou fazendo sozinha com esse cara no quarto dele? Mas bastou uma olhada naquele ambiente estéril para uma curiosidade natural tomar conta de mim.

"Tem certeza de que você não é das forças armadas?"

Ele para o que está fazendo e pensa. "É, tenho, sim", responde, por fim.

"Isso aí foi uma tentativa de piada? Ai, meu Deus, era pra eu rir."

"Para com isso."

Sorrio. Gosto de provocá-lo. É divertido. Além disso, existe sempre uma chance de eu conseguir penetrar essa fachada de babaca resmungão e conseguir arrancar dele um ou outro sorriso lindo.

Continuo impressionada com o quarto dele. É limpíssimo, sem nenhum sinal de bagunça em lugar nenhum. Nem uma quinquilharia, nem uma foto. Ele tem uma cama queen-size. Uma cômoda. As únicas coisas na escrivaninha são o celular, o notebook, alguns livros da faculdade e uma pequena pilha de livros. A cama está arrumada de forma impecável. O piso está até brilhando. Olho inclusive embaixo da cama, em busca de um grãozinho de poeira. Ele claramente faz faxina aqui com frequência. Agora entendo por que fez tanta questão de dizer que não tinha visto a corrente e o crucifixo da tal Carma.

"Já terminou?", pergunta ele, num tom educado.

"Posso olhar o seu closet?", peço. "Por favor?"

Ele revira os olhos. "Fica à vontade."

Abro a porta. E, de fato, está tudo milimetricamente organizado. Tudo pendurado perfeitamente em uma paleta de cor das mais empolgantes: preto, cinza e jeans.

"Quer ver a minha gaveta de cuecas também?", ele pergunta.

Isso me deixa vermelha. "Desculpa, sei que estou sendo xereta. É que estou impressionada por você ter tão pouca coisa."

"Esse negócio de ter coisas é superestimado."

"Nossa, você é tão profundo, Ryder. Um verdadeiro Platão."

Ele se espalha na cama e pega o controle remoto. “Quer ver alguma coisa?”

Deixo a minha cerveja na mesinha de cabeceira. Ele pegou duas latas quando cheguei. Pensei que fôssemos ficar na sala, mas sugeriu que nós subíssemos. Então, aqui estamos.

Estou tentando não olhar demais para ele. As pernas vestidas pela calça jeans estão estendidas sobre a cama, com os pés descalços. A camiseta azul tem um logo de surfe, o que me faz pensar naquele corpo grande e forte agachado sobre uma prancha, e um leve calafrio sobe pelo meu corpo.

Continuo a circular pelo espaço vazio. Estou tensa. Se me deitar na cama, não sei o que vai acontecer.

Bom, na verdade sei.

E meu corpo está no ponto para isso. Suplicando para eu chegar mais perto dele.

Mas minha cabeça me diz para não apressar nada. Só porque ele me fez gozar no chuveiro naquele dia, isso não significa que eu não deva ser precavida.

“Então, os seus amigos foram num show hoje?” Eu me encosto na cômoda.

“É. De um rapper novo aí que tem o pior nome artístico de todos os tempos. Sério mesmo... o nome dele é Vizza Billity.”

“Pera, o Vizza está em Boston?”, pergunto. “Minha colega de quarto é muito fã dele. Se eu soubesse, teria ficado na cidade pra tentar descolar uns ingressos pra gente.”

“Ah, é, esqueci. Você passou o fim de semana lá.”

“Esqueceu coisa nenhuma. Vai em frente, pode perguntar como foram as coisas com os meus pais.”

“Tudo bem. Como foram as coisas?”

Ele se recosta na cabeceira e dobra um joelho, onde apoia a garrafa de cerveja.

“Foi tudo bem”, respondo. “A gente viu vários episódios de um reality show horrível. Está todo mundo viciado.”

Ryder parece meio cético. “Garrett Graham vê reality shows.”

“Sim, quando é obrigado.” Dou uma risada. “Mas ele curtiu. O casal pra quem ele está torcendo é muito tóxico. E, sim, eu citei o seu nome um monte de vezes.”

“O que ele falou?”

Penso na concessão relutante que meu pai fez. “Que você é um ótimo jogador.”

Ryder estreita os olhos.

“Falou mesmo”, garanto. “Porque você é. Não é esse o problema que ele vê em você.”

"Então ele vê um problema em mim." Seus ombros largos se retraem um pouco.

"Ele acha que o problema é a sua postura. Mas isso você já sabia."

Ryder olha para as próprias mãos. É um gesto adoravelmente tímido, que por algum motivo o torna ainda mais sexy aos meus olhos. "Ele não é o único. Um amigo meu que é profissional me falou que o time que me draftou está do olho em cada passo meu. O Dallas tem um novo diretor esportivo que não me vê com muitos bons olhos."

"Bom, sei lá, todo mundo sabe da sua reputação." Olho bem para ele. "Alguma chance de você me contar o que aconteceu no mundial juvenil? Porque tem muita gente curiosa pra saber. Inclusive meu pai."

Ele se limita a olhar na minha direção. Em silêncio.

"Pois é, onde eu estava com a cabeça? Que pergunta mais idiota de se fazer pro sr. Livro Aberto." Levanto uma sobrancelha. "Você tem essa péssima mania de nunca falar sobre nada importante."

"Não é verdade. A gente conversa sobre hóquei o tempo todo."

"Hóquei não conta. E você sabe que não é disso que estou falando." Pego minha cerveja, dou um gole e deixo sobre a cômoda. "Você não ia morrer se falasse um pouco mais às vezes. Mesmo que não fosse nada de mais. Por exemplo, o que você tem contra ter coisas."

"Ter coisas?", ele repete.

Faço aspas no ar para lembrar a afirmação anterior dele. "'Esse negócio de ter coisas é superestimado.' Certo, tudo bem... mas por quê? Você não gosta de bagunça? É o doido da limpeza? Bom, isso tá na cara. Mas não é meio exagerado, não? Não tem quase nada que seja pessoal aqui. Parece até um quarto de hotel." Faço um gesto, olhando ao redor. "Qual é, tem que ter um motivo maior pra isso aqui."

Ele fica pensativo por um momento, visivelmente incomodado.

"Eu vivia mudando quando era criança", ele responde por fim. "Muita coisa acaba sendo roubada."

"Você mudava muito de casa?"

"De lares adotivos provisórios." As palavras que pronuncia saem secas e duras.

Amenizo minha expressão. "Ah, eu não sabia disso."

Ele dá um gole na cerveja. "A maioria dos lugares já estavam lotados. As crianças tinham que brigar por brinquedos, por atenção. Era mais fácil não ter nada pra não precisar brigar nem ser roubado. Sei lá se faz sentido." Ele encolhe os ombros do jeito que é sua marca registrada. "A limpeza é um hábito que vem dessa época. Quem não limpasse o quarto direito acabava se dando mal."

"Olha só", digo. "Está vendo o que está acontecendo aqui?"

"O quê?"

"Uma conversa de verdade."

"Puta merda. Verdade. Vem cá."

Ryder não fala muito, mas, quando abre a boca, causa impacto. Essas duas palavras — *vem cá* — saem carregadas de intensidade. Seus olhos azuis me dizem que a conversa acabou.

Vou até lá e fico parada diante do pé da cama.

Ele ergue a sobrancelha. "Não vai se sentar?"

"Você quer que eu sente?"

"Quero."

Meu coração está disparado. Como não trouxe bolsa, tiro o celular e os documentos do bolso de trás da calça e deixo sobre a mesinha de cabeceira. Em seguida me junto a ele no colchão e me sento de pernas cruzadas.

Volto os olhos para a tevê. "Então a gente vai ver alguma coisa?"

"Você está a fim?"

"Não."

Ele dá um longo gole na cerveja. Sorrio quando vejo a pulseira no seu braço.

"Você não parece ser do tipo que usa pulseirinha da amizade", comento com toda sinceridade.

"E não sou mesmo."

"Certo. Então foi culpa de quem te deu, o seu BFF todo sentimental."

"Exatamente. Juro pra você, o cara chora em qualquer filme que tenha cachorro. Acho que ele ia ter um colapso nervoso se eu parasse de usar esse troço. Mas agora eu meio que já me acostumei."

Ryder se vira para colocar a garrafa na outra mesinha de cabeceira.

"Você ainda anda meio estressada?" Sua voz soa áspera.

"Bastante."

Chego mais perto dele. Ponho a mão sobre sua coxa.

Ele olha para baixo, depois para mim. Com uma expressão levemente divertida.

"Minha mão está na sua coxa", digo.

"Percebi."

Ele sorri, o que me deixa sem fôlego.

Depois dá uma risadinha. "Adorei o jeito como você anunciou o que está fazendo. 'Minha mão está na sua coxa'", ele me imita. "A maioria das pessoas simplesmente faz e espera pra ver o que rola, sabe como é?"

"Fazer o quê? Sou rebelde."

"Entendi. E o que vai fazer agora, rebelde?", ele pergunta, num jeito brincalhão que não é exatamente sua cara.

"Pergunta se pode me beijar."

Os olhos dele ficam mais sérios. "Posso te beijar?"

"Não", respondo. "Eu não estou interessada."

Ele cai na gargalhada.

"Rá. Viu? Acabei de fazer você rir."

"Que lance é esse seu de querer fazer os outros rirem?"

"Os outros não. Só você. Senão você intimida um pouco."

"Intimido?" A voz dele volta a soar carregada. "Sério que eu intimido você?"

"Às vezes. Mas não no sentido de botar medo", me apresso em esclarecer. "É que não fico à vontade quando não sei o que se passa na cabeça das pessoas."

"Quer saber no que estou pensando?"

"Acho que sei muito bem no que você está pensando *agora*."

Movo a mão pela coxa dele em uma carícia bem lenta.

"Ah, é? E o que é?"

"Você está pensando que eu deveria mexer minha mão uns, hã, cinco centímetros pra esquerda."

Ele assente, pensativo. "E depois?"

"Depois ia querer que eu abrisse sua calça. Estou indo bem? Em ler a sua mente?"

"Nem de longe."

Fico boquiaberta de surpresa. "Mesmo? Não é nisso que você está pensando?"

Ele chega mais perto, e seu cheiro familiar me envolve. Amadeirado e masculino.

"Não, estou pensando em enfiar a mão embaixo da sua saia."

"Ah", digo com uma voz meio esganiçada.

"Mas primeiro..." O rosto dele está bem perto do meu. Ele é tão bonito que fico até sem fôlego de novo. "Posso te beijar?"

Assinto com a cabeça sem dizer nada, e sua boca cobre a minha. Os beijos dele são tão viciantes quanto eu me lembrava. Lentos e provocantes. Profundos e inebriantes. Seus lábios roçam os meus e, toda vez que tento tornar o beijo mais acalorado, ele recua um pouco. Minha respiração fica mais acelerada. Quando percebo, Ryder está me puxando para o colo, me fazendo montar nele. Enlaço seu pescoço com as mãos. Ele me pega pela cintura, com os dedos se enfiando no lugar onde minha blusa fina encontra a cintura da minha saia jeans. Quando a pele dele toca a minha, meu corpo entra em estado efervescente.

Desta vez, quando aprofundo o beijo, ele permite. Solta um grunhido grave do fundo da garganta, o som mais delicioso que já ouvi. Enquanto minha língua desliza sobre a dele, percebo que meu celular está vibrando.

"Argh", resmungo. "Preciso ver o que é."

"Não", ele resmunga de volta, segurando meu rosto para me beijar.

"Preciso sim. Mya foi de trem pra Manhattan no fim de semana e prometeu que ia me mandar uma mensagem quando voltasse. Quero saber se ela chegou bem."

Me inclino na direção da mesinha de cabeceira para pegar o celular, enquanto Ryder me tortura beijando meu pescoço, com o rosto grudado à minha pele. Estremeço com aquela sensação boa.

"Só vou dizer pra ela que..." Eu me interrompo quando vejo o que está na tela.

CASE: *Quer sair hoje à noite?*

"Esquece", digo, meio rápido demais. "Não é ela."

Ryder percebe a minha mudança de tom. "Ah, não? Então quem era?"

"Outra pessoa."

Quando tento deixar o telefone de lado, ele dá uma espiada na tela. Ao ver a notificação, solta uma risada de deboche.

"Hummm. Será que a gente conta pra ele?"

"Não seja idiota." Com um suspiro, deixo o celular de novo na mesinha.

"Não, pode ser uma boa ideia." A voz dele fica sedosa, com um leve tom provocativo. "Vamos contar que você está no meu colo..." Ele me puxa de volta, e abafa meu gritinho de surpresa com um beijo caloroso. Quando move levemente os lábios, sua respiração me faz cócegas bem de leve. "Vamos contar pra ele que você gosta de sentir a minha língua na sua boca."

"Quem disse que eu gosto?" Fico sem fôlego porque os lábios dele exploram os meus, e sua língua me provoca até eu não conseguir pensar em mais nada.

Ele interrompe o beijo de novo. Estamos os dois ofegantes agora.

"Você adora isso aqui", provoca ele.

"Você também adora", rebato.

"É, eu adoro mesmo", ele diz, antes que sua boca encontre a minha de novo.

É a sessão de pegação mais intensa da minha vida. Uma coisa faminta e desesperada. E, quando parece que o meu coração não tem como bater mais forte, as mãos dele entram por baixo da minha blusa. Solto um suspiro de susto quando ele a levanta e tira por cima da minha cabeça para jogá-la no piso de madeira limpíssimo. Em seguida, fica olhando para o meu sutiã no estilo biquíni, como se estivesse hipnotizado. Meus mamilos estão visíveis por trás do tecido finíssimo.

Ryder morde o lábio. E estende a mão e começa a brincar com o contorno de um mamilo durinho. "Quero que fique pelada", ele murmura.

"Então tira minha roupa."

Sem nenhuma palavra, ele tira meu sutiã, que vai parar no chão junto com a minha blusa. Quando percebo, estou deitada, as mãos dele enfiadas por baixo da cintura da minha saia e da minha calcinha. Ele arrasta as duas peças pelas minhas pernas. E joga longe também.

Estou deitada nua. Completamente à mercê dele. Me contorcendo toda. Enquanto isso, ele permanece todo vestido, só admirando o meu corpo com os olhos.

"O que está fazendo?", pergunto com uma voz fraca. Estou impaciente para ele fazer alguma coisa logo.

"Comendo com os olhos. Você não faz ideia do quanto é maravilhosa."

Engulo em seco. Começo a me sentir vulnerável sob esse olhar acalorado. Finalmente, ele tem misericórdia de mim. Suas mãos grandes e habilidosas escorregam pela minha barriga e pelas costelas para apertar um dos meus peitos. Uma onda de prazer se espalha pelo meu corpo. Meus quadris se arqueiam de leve, atraindo o olhar dele para o meio das minhas pernas.

"Gostosa pra caralho", ele murmura. "Abre essas pernas. Bastante. Deixa eu ver o que você tem aí."

É uma sensação extremamente erótica vê-lo olhando dessa forma para as minhas partes mais íntimas. Ele já havia me tocado no chuveiro, com os dedos dentro de mim, mas agora é como se eu fosse um banquete diante dele.

Visivelmente afetado, ele desvia o olhar de mim, beliscando um mamilo antes de descer da cama.

"Aonde você vai?"

Só que ele não vai muito longe. Fica de joelhos no chão, com os olhos faiscando, enquanto puxa meu corpo para o pé da cama. Quando minha bunda chega na beirada, ele abre as minhas pernas com as duas mãos. Meu coração vai à loucura.

Ele solta um palavrão. "Você não tem ideia do quanto eu queria fazer isso naquela noite. Se não tivessem interrompido a gente..."

"O que ia acontecer?"

"Minha língua ia entrar em você."

Ele abaixa o rosto, conduzindo aquela boca deliciosamente safada até o meio das minhas pernas e dá um beijo longo e prolongado. Com um gemido rouco, começa a lamber verticalmente o meu clitóris.

Meus quadris saltam da cama.

Isso o faz dar uma risadinha. A língua dele brinca com o meu clitóris por um momento enquanto um dedo percorre o caminho até a abertura da minha vagina, que está encharcada de desejo.

Ele enfia um dedo e levanta a cabeça para sorrir para mim. Um sorriso quase selvagem. "Por que ficou tão molhada?"

"Você sabe por quê", respondo, ofegante.

"Fala."

"Porque eu estou com tesão. Você me dá tesão."

Essa interação entre nós tem algo de insanamente erótico. O sol está só começando a se pôr, e o que resta de sua luz entra pelas cortinas finas. Esses mesmos fachos de luz se refletem no rosto lindo dele e fazem seus olhos brilharem, tornando sua excitação ainda mais visível. Acho que nunca vi nada mais sexy do que ele lambendo os lábios antes de abaixar a cabeça de novo. Ele solta um rugido de satisfação quando envolve o meu clitóris com os lábios e suga de leve. Como se tivesse todo o tempo do mundo, Ryder vai brincando com o meu corpo, me levando para cada vez mais perto do limiar do orgasmo.

Fico inquieta, me contorcendo no colchão.

Ele levanta a cabeça. "Você vai gozar se eu continuar fazendo isso? Ou prefere gozar quando eu estiver te comendo?"

"As duas coisas."

Ele abre um sorriso de aprovação. "Menina gulosa."

Um calor sobe até meus seios. Meu peito inteiro está quente pelo calor do desejo. E da excitação. Da adrenalina. Ryder desliza mais um dedo para dentro de mim enquanto sua língua ataca o meu clitóris. Ele mantém esse ritmo até me fazer gemer, enquanto seguro seu cabelo com uma das mãos.

"Continua fazendo bem assim", imploro.

Quando o orgasmo vem, começa de baixo e sobe por meu corpo, me deixando em chamas. Um êxtase toma conta das minhas terminações nervosas e faz meus quadris começarem a se remexer, levando-me para mais perto da sua boca faminta, enquanto as minhas coxas mantêm a cabeça dele no lugar.

Ele solta um grunhido de aprovação e aguenta tudo sem reclamar. Quando eu o solto, ele dá uma risadinha. "Isso foi gostoso pra caralho."

Ainda estou ofegante, nua e trêmula quando ele fica de pé e começa a tirar a roupa. Tira a camisa. Deixa que caia no chão. Ele é enorme. Sua altura. Seu peito musculoso. Quando seus dedos começam a abrir o botão da calça, eu me levanto e vou engatinhando até ele.

"Puta merda, você não faz ideia de como está deliciosa agora." Ele geme e leva a mão ao zíper.

"Deixa que eu faço isso." Fico de joelhos com os braços estendidos. Eu queria tanto tocá-lo lá no chuveiro no outro dia, mas ele não deixou. E agora está ali, à minha disposição.

Desço o zíper, enfio os dedos embaixo da cintura da calça e a puxo para baixo junto com a cueca boxer. Um instante depois, seu pau impressionante aparece, apontando para o umbigo. Eu tinha visto só o contorno no chuveiro, mas agora sinto seu peso e sua grossura nas mãos.

"Não acredito que você anda por aí com esse negócio imenso dentro das calças", comento, me sentindo meio atordoada. No bom sentido. Ele é muito maior do que estou acostumada, e mesmo assim mal posso esperar para senti-lo dentro de mim.

Ele sorri. “Que fofo você dizer isso.”

“Oh, você usou a palavra *fofo* numa frase.”

Começo a masturbá-lo, fazendo seus olhos se acenderem.

“Acho que você pode usar essa sua língua comprida para outras coisas”, ele sugere.

“É mesmo? Porque eu gosto de usar pra tirar sarro de você.”

“Você pode usar pra me chupar gostoso.”

Minha pulsação acelera. “Acho que nunca ouvi você falar tanto antes.”

“Ah, sim. Essa parte é fácil”, ele responde, encolhendo os ombros.

“Que parte?”

“Dizer pra você o quanto quero te fazer sentir prazer. Dizer o quanto você me dá prazer. Nesse tipo de conversa eu me saio bem.”

“Então acho que a gente precisa fazer isso mais vezes”, digo baixinho. “Se eu quiser que você fale mais.”

Desço da cama, me ajoelho e coloco tudo pra dentro, enchendo minha boca com o gosto dele pela primeira vez. E adoro. E adoro os sons que ele faz. São como música para os meus ouvidos. Às vezes ele fala um palavrão. Solta um chiadinho, uns grunhidos. Em um determinado momento, me chama de boa menina. E isso, pelo jeito, é uma tara minha que eu nem sabia que existia.

Olho para o rosto dele quando afundo seu pau ainda mais em minha boca.

Ele devolve o olhar e me diz: “Eu quero enfiar meu pau em você. Vai deixar eu comer você, Gigi?”.

Solto um gemido em resposta. Minha boceta está latejando de novo. Inchada e necessitada. “Por favor.”

Ryder me pega no colo e me põe de volta na cama. Sinto o corpo dele quente e forte enquanto se ajeita com cuidado em cima de mim. Seus lábios me beijam, e sinto que ele está remexendo na gaveta de cima da mesinha de cabeceira. Mas então para tudo o que está fazendo.

“Puta merda. Não sei se tenho camisinha.” Ele fica me olhando, pensativo. “Posso usar uma da sua caixa de quinhentas?”

“Vai se foder.” Começo a rir.

Ele sorri.

“Sério mesmo que você não tem camisinha aqui?”

“Não, eu tenho, sim. Só queria lembrar desse seu hábito de comprar camisinha no atacado mesmo.”

“Eu já disse que não fui eu que...”

Ele me silencia com um beijo. Em seguida, pega a camisinha. De uma embalagem de tamanho normal. Depois que ele veste e se posiciona no meio das minhas pernas, começo a ofegar quando sinto a cabeça do pau dele cutucando a entrada da minha vagina.

"Você tá bem?", ele pergunta com a voz rouca.

"Tô, é que faz tempo que não faço isso."

"Eu vou devagar", ele fala, com um tom que sugere tudo menos isso. Sua voz é pura excitação, e o corpo é pura força bruta, mas ele cumpre sua palavra. Vai entrando em mim tão lentamente que começo a transpirar de ansiedade.

"Porra", ele diz. "Isso. Você é uma delícia."

Bem devagar, ele vai entrando mais fundo, centímetro por centímetro, até se enterrar por inteiro dentro de mim. O tamanho dele é intimidador. Acho que nunca me senti tão preenchida assim na vida. Sinto o autocontrole dele, o cuidado com que se ajeita dentro de mim, tentando não me machucar. Sinto seus ombros tremendo, apoiando todo o peso do corpo.

Passo as unhas por sua carne musculosa. "Olha, me prometeram o melhor chá de pica da minha vida", eu lembro, e ele precisa segurar o riso. Em seguida, aproxima a boca da minha orelha e murmura: "Como quiser, Gisele".

Ele começa devagar. Em um ritmo controlado e torturante. Entra e sai de dentro de mim enquanto meus músculos internos tentam mantê-lo lá dentro.

"Gulosa", ele murmura de novo.

"Muito gulosa", sussurro, depois solto um gemido quando ele entra em mim de novo.

É o tipo de sexo que te faz perder o fôlego de expectativa, porque é um ritmo agoniante.

"Você consegue gozar só com isso aqui?" Os quadris dele não param de se mover. Sua boca está ocupada explorando meu pescoço, cravando os dentes no meu ombro, enquanto aperta e acaricia o meu peito, brincando com o mamilo enrijecido.

"Provavelmente não", admito. "Preciso massagear meu clitóris."

"Bom, então faz isso. Quero ver."

Ele muda de posição, ficando de joelhos. Apesar de sentir falta do calor do seu peito junto ao meu, não tem visão mais deliciosa do que ele dentro de mim enquanto me olha.

"Vai", ele me pede. "Mostra como você faz."

Levo a mão ao meio das pernas. Lentamente, vou passando os dedos por cima daquele ponto sensível, inchado e cheio de terminações nervosas que estão prestes a explodir.

Ele crava as mãos nas minhas coxas enquanto maceta meus quadris. Fica olhando para o ato enquanto entra e sai de mim. Me observando enquanto eu me toco.

“É assim que você goza quando está sozinha?”

Faço que sim com a cabeça.

“Só esfregando? Sem enfiar os dedos?”

“Geralmente.”

“E se eu fosse ajudar você um dia? Enfiando meus dedos em você enquanto se massageia?”

“Por que não...?” Está difícil até de respirar. “Por que não o seu pau?”

“Isso também. Qualquer parte que você quiser. Se te der tesão, é seu.”

“Eu gosto desse Ryder”, digo, gemendo enquanto ele desliza para a frente. “O Ryder que fala assim. Adoro ouvir.”

Com um leve sorriso, ele recua e dá outra estocada. A cada vez que faz isso, estimula o ponto certo dentro de mim, me deixando cada vez mais próxima do orgasmo.

Essa posição proporciona a nós dois a visão perfeita do pau dele entrando e saindo de mim.

“Sua boceta engole meu pau tão gostoso”, ele me diz.

A urgência que vai crescendo dentro do meu ventre se torna insuportável. Levanto os quadris, me esfregando nele.

“Você vai me fazer gozar se continuar assim”, ele avisa.

Sorrio. “Isso é uma ameaça?”

Nesse momento, ele se inclina para a frente, cobrindo o meu corpo todo com o seu e mexendo os quadris mais depressa. A mudança de ângulo é exatamente o que eu preciso para chegar ao êxtase. Com sua pelve roçando deliciosamente em meu clitóris, e o pau entrando bem fundo, o orgasmo que começa no meu ventre incendeia meu corpo todo.

“Puta que pariu, Ryder, não para”, suplico, cravando os dedos nas costas dele enquanto estremeço inteira.

Ele também está quase lá, grunhindo asperamente no meu pescoço. O jeito que se movimenta para dentro e para fora de mim vai se tornando cada vez mais errático até ele enfim meter fundo e tremer todo enquanto goza.

Com certeza foi o melhor sexo que já tive na vida.

24

RYDER

Nosso segredinho

Com certeza foi o melhor sexo que já tive na vida.

Meus batimentos demoram um pouco para voltar ao normal. Gigi está aninhada ao meu lado. Os dedos dela passeiam pelo meu peito, me acariciando. Respirando fundo, ponho a mão sobre a dela, entrelaçando nossos dedos. Não é uma coisa que costumo fazer. Na verdade, normalmente evito fazer isso a qualquer custo. Mas é uma coisa agradável, então não me questiono.

Fico à espera de que ela comece a falar. A fazer perguntas. De acordo com a minha experiência, esse é o momento em que as mulheres querem conversar. Quando a dopamina ainda está presente na corrente sanguínea, com o corpo exalando sensações positivas.

Mas Gigi não diz nada.

"Está preocupada com alguma coisa?", pergunto, sentindo a voz ainda áspera.

Inferno.

Fui eu que comecei a conversa.

Por vontade própria.

O que está acontecendo e como faço essa coisa parar? E por que não consigo parar? Nunca tive interesse em saber mais sobre as mulheres que levo para a cama, mas estou até um pouco ansioso para saber o que se passa pela cabeça de Gigi.

"Só estou pensando no lance da seleção", ela admite. As pontas de seus dedos começam a mexer nas juntas dos meus. "Meu pai se ofereceu pra conversar com o treinador e me recomendar."

"E imagino que você não tenha aceitado."

Sinto seu corpo ficar tenso. "Óbvio que não."

Quanto mais eu a conheço, mais percebo o quanto ela quer sair da sombra do pai. Alcançar as coisas pelo seu próprio mérito.

Ela relaxa instantes depois. "Desculpa. Eu fui meio grossa. Mas é que..." Seu suspiro aquece o meu peito. "Aquele comentário que você fez sobre nepotismo um tempo atrás ainda me incomoda. Me devora por dentro."

Sinto uma pontada de culpa. "Desculpa. Eu não devia ter falado aquilo."

"Esse sempre foi um medo meu. E acho que você me fez encarar isso. Uma coisa que eu detesto fazer."

"Pois é, eu entendo. Ter que encarar as coisas é uma merda."

Ela levanta a cabeça e sorri para mim. Mas seu bom humor não dura muito. Ela volta a se deitar, e seu cabelo macio roça meu queixo.

"Eu nem queria estar nessa posição de merda, pra começo de conversa. Não queria ter que ficar pensando se Brad Fairlee vai me negar uma chance de propósito. As pessoas vivem dizendo que ele é um ótimo treinador. Imparcial. Quero acreditar que as críticas que ele me fez foram construtivas, pra melhorar meu jogo, e não um pretexto pra me deixar fora do time."

Enrugo a testa. "Por que ele faria isso?"

"Por causa de uma história com a filha dele. Ela era a minha melhor amiga."

Os dedos de Gigi ficam rígidos, e vou soltando um por um, pressionando sua mão aberta no meu peito.

"Rolou uma briga entre vocês ou coisa do tipo?", pergunto.

"É, acho que dá pra dizer que sim. Ela se envolveu com o meu irmão no último ano de colégio, mesmo depois de eu avisar que Wyatt não ia assumir um compromisso sério com ninguém. Ele não queria namorar. E, três anos depois, ainda não quer. Mas a Emma caiu naquela coisa de menina iludida de fingir que não liga de não ter um lance mais sério. Talvez nem seja bem uma coisa de menina iludida, talvez elas acreditem mesmo nisso, mas aí transam uma ou duas vezes e já começam a pensar no casamento. Enfim, o Wyatt deu no pé quando ela tentou forçar a barra, e ela começou a queimar a reputação dele. Espalhar boatos pela escola. Dizer pras pessoas que ele não prestava."

A tristeza e o desdém se misturam à voz dela. "A Emma e eu, a gente era inseparável desde o segundo ano do fundamental, e ela pegou essa amizade e jogou na lata do lixo. Começou a espalhar boatos sobre mim também. Publicou umas coisas vergonhosas nas redes sociais, que foram contadas pra ela em particular, prints de conversas antigas em que eu comentava que o meu namorado na época, o Adam, não era lá essas coisas na cama."

"Porra", comentei, impressionado. As mulheres sabem mesmo como levar esse lance de treta em redes sociais a um outro patamar.

"Por isso o Adam terminou comigo. E começou a sair com a Emma, claro. Os amigos que a gente tinha em comum se afastaram dela porque tinham visto esse seu pior lado. Ela começou a fazer comentários nos posts das outras pessoas falando coisas maldosas sobre mim e o Wyatt e todo mundo que se distanciou dela também. Ou então a postar umas indiretas ridículas." A voz dela está bem mais firme agora. Furiosa. "Sinceramente, tudo isso foi só bobagem. Criancice. Não ligo que a Emma tenha tentado me fazer escolher entre ela e o meu irmão. Nem que tenha começado a me caluniar depois. Nem que tenha roubado meu namorado. O grande problema foi ela ter tido a audácia de tentar atingir a minha mãe."

"E como ela fez isso?" Eu me viro de lado para poder ver seu rosto. Os olhos acinzentados dela estão faiscando.

"Foi alguns meses depois da formatura. A minha mãe tinha viajado pra fora da cidade pra gravar um álbum, não me lembro nem com quem. E o Wyatt tinha ido viajar com os amigos. Então eu e o meu pai ficamos sozinhos em casa naquele verão."

Não sei que rumo essa história vai tomar, mas está na cara que não vai terminar bem.

"A Emma me ligou dizendo que queria retomar a nossa amizade. E, como fomos amigas por tantos anos, decidi ouvir o que ela tinha pra dizer. Mas eu estava em um programa de treinamentos naquela semana, e só ia chegar em casa no fim do dia. Devo ter mencionado que estaria sozinha com meu pai em casa, mas não lembro nem como esse assunto surgiu. Falei pra ela passar mais tarde por lá se quisesse conversar." Gigi dá uma risada inconformada. "Em vez disso, a garota apareceu na minha casa enquanto eu ainda estava no treino e entrou usando a chave reserva, que ela sabia onde ficava. Aí ficou pelada, deitou na cama dos meus pais e tentou seduzir o meu pai quando ele chegou."

"Tá falando sério?"

"É." O tom de Gigi é de revolta. "Por um tempo depois disso, todo mundo ficou com medo de que ela fosse fazer umas acusações absurdas, inventar que foi ele quem tentou alguma coisa. Ela parecia desequilibrada a ponto de tentar uma coisa dessas. Mas acho que nem a Emma seria idiota o bastante pra fazer uma coisa tão detestável. As mentiras e os boatos que ela espalhava nunca chegavam ao ponto de ameaçar destruir a vida de alguém. Eram basicamente só fofoca."

Gigi se senta na cama, ainda sem roupa. Meus olhos vão direto para os peitos dela, e meu pau dá um leve sinal de vida, mas o clima está pesado demais para a coisa ir além disso no momento.

"Posso te contar um segredo?", ela pergunta, mordendo o lábio.

"Hã... claro?"

"Eu tenho nojo dela."

Solto um risinho pelo nariz. "Porra, dá pra entender por quê."

"Eu nunca disse isso em voz alta antes."

"Sério? Nem depois que ela expôs a sua intimidade na internet? Isso é uma traição séria contra uma amiga, não?"

"É, sim. Mas eu sempre tentei não me rebaixar ao nível dela. Ter um pouco de compaixão. Ela foi abandonada pela mãe quando tinha doze anos. E o pai mimou ela para compensar isso tudo." Gigi solta um suspiro. "Eu fui criada pra tentar ver sempre o lado bom das pessoas. Pra nunca prejudicar ninguém."

"Ela te prejudicou. Você tem todo o direito de ficar puta."

"É o que todo mundo me diz. Meus amigos não se conformam por eu me recusar a esculachar a Emma. Não que eu tenha perdoado a garota, ou ainda tenha algum sentimento bom por ela guardado em mim — na verdade só tenho coisas ruins a dizer sobre ela. Mas nunca faço isso. Sinto que... não tenho o direito de expressar o meu ódio."

Fico curioso para entender o motivo disso. "Porque isso só atrapalharia o seu próprio bem-estar?", pergunto. "Ou por causa de algum desses papos furados tóxicos de positividade, de que você precisa ser legal com todos, mesmo com quem não merece?"

Ela se mexe mais um pouco, parecendo incomodada. "Nunca parei pra pensar seriamente no motivo. Minha sensação é que eu não tenho esse direito."

"Por que não?"

"Porque eu tive um monte de oportunidades na vida. Não sou vítima de nada. Sempre vivi muito bem. Reclamar dos meus problemas fica parecendo meio egoísta."

"Não é egoísmo, é só uma coisa natural. Eu tenho o direito de ficar puto quando as pessoas me irritam, e não interessa se eu tenho problemas mais sérios na vida ou não. Sabe aquela garota, a Carma? Ela mudou o horário do meu despertador no celular na noite em que dormiu aqui e me fez chegar atrasado no treino. Então pra mim ela está morta e enterrada."

Gigi sorri para mim. "Que exagero."

"Ninguém é obrigado a perdoar ninguém."

"Quando você perdoa, é pro seu próprio bem, não pelo bem do outro." Agora ela parece triste. "É por isso que essa história toda me deixa chateada. Eu não me incomodo nem um pouco de ter todo esse ódio guardado. O que isso diz sobre mim?"

"Se isso não estiver te fazendo mal, que diferença faz?"

"Eu quero ser uma pessoa boa."

"Quem disse que você não é?"

Ela se deita ao meu lado de novo e fica quieta. Mais uma vez, seus dedos começam a passear pelo meu abdome. A cada carícia distraída, seu cotovelo cutuca meu pau, que está caído sobre a perna, apenas semiduro, mas, a cada contato, vai ficando cada vez mais duro.

Gigi acaba percebendo.

"Ora, quem diria", ela se surpreende, com um ar divertido. "Conversas sérias deixam você de pau duro."

"Não. *Você* me deixa de pau duro roçando nele no meio de conversas sérias."

Ela se senta de novo, com o cabelo comprido caindo para a frente quando abaixa a cabeça para me encarar. "Posso contar outro segredo?"

A safadeza no seu olhar provoca uma faísca que me faz pegar fogo. "Sim..."

"Quero você de novo."

"Você não cansa mesmo, né?", digo de brincadeira. Mas estou adorando ver essa expressão necessitada no rosto dela.

"Já falei, ando muito estressada." Lambendo os lábios, ela se curva sobre mim. Sua boca se aproxima até ficar a milímetros da minha. "E você prometeu me ajudar."

"É verdade, prometi mesmo."

Pego a cartela de camisinhas que deixei na mesinha de cabeceira. Um instante depois, eu a puxo para que monte em mim. Envolvo o pau com os dedos e dou uma longa e lenta acariciada de cima a baixo.

"Pode me usar", digo.

Um sorriso surge nos lábios dela.

Ela se ajeita em cima de mim e põe meu pau para dentro. De repente me sinto cercado por seu calor, e meu mundo todo se resume às palavras *ah*, *caralho* e *não para*. Ela continua me cavalgando, jogando a cabeça para trás de prazer. É o tipo de sexo que deixa a pessoa meio desnorteada. Os gemidos dela são como uma sinfonia nos meus ouvidos. Existe uma qualidade melódica neles. Graves, guturais e tão sensuais que me fazem tremer de tesão.

"Vou gozar", ela fala, ofegante, e se joga para a frente, esfregando-se no meu pau.

Esqueço até onde estou enquanto ela extrai até a última gota de prazer de mim. Está ofegante por causa do orgasmo quando eu a viro e meto nela até me perder de mim mesmo de novo, dessa vez gozando de forma abrasadora.

E não para por aí. Nós continuamos a noite toda. Fodendo até perder o rumo de casa, gozando e descansando, e enquanto isso ela consegue extrair de mim conversas que eu jamais esperava ter.

No fim, depois de mais uma rodada atordoante, nossa respiração cansada desacelera, e eu ouço vozes. Merda. Nem percebi que os caras já estavam de volta. Não me lembro de ter ouvido a porta da frente ser aberta, nem de escutar o barulho de Shane e Beckett pela casa quando eu e Gigi fomos usar o banheiro. Mas já são duas da manhã, e eu estava tão concentrado em Gigi Graham que, sei lá, eles já devem ter chegado faz horas.

"Cacete", ela diz, quando vê que horas são. "Preciso ir."

"Tem treino amanhã cedo?"

"Não. Minha aula só começa às dez. Mas não posso ficar aqui. O resto dos caras..." Ela se interrompe. O restante da frase é autoexplicativo.

Assinto com a cabeça. "Beleza. Vamos tirar você daqui sem ninguém ver."

"Preciso chamar um Uber primeiro."

"Você não veio de carro?" Estou confuso. Ela só bebeu uma cerveja, e ainda era de dia. Só tomamos água desde então, para manter a hidratação entre uma transa enlouquecida e outra.

"Não. Eu..." Ela desvia os olhos. "Eu não queria que o Case visse o meu carro na sua rua."

Alguma coisa explode dentro de mim. Não é exatamente ciúme. Mas me irrita do mesmo jeito.

"Sei. Porque esse é o nosso segredinho", retruco.

A bem da verdade, acho que manter a discrição é uma boa. Nosso primeiro jogo é no fim de semana. Todo mundo precisa estar concentrado só nisso, inclusive Colson.

"Não", ela corrige, "porque da última vez que ele viu, entrou na sua casa sem ser convidado."

"Verdade."

Ponho uma cueca enquanto Gigi recolhe silenciosamente suas roupas e se veste. Depois que fecha o botão da saia, vira-se para mim com uma expressão incomodada. "Que droga. Preciso fazer xixi de novo."

Nesse momento, xingo Shane na minha cabeça por ter ganhado de mim no pedra, papel e tesoura que tiramos pelo quarto principal, que é uma suíte.

Abro uma fresta da porta e espio o corredor escuro. Os quartos de Beckett e Shane estão fechados.

"A barra está limpa", digo para ela.

Gigi sai para usar o banheiro. Continuo de olho nas portas enquanto a descarga é acionada e a torneira é aberta. As portas permanecem fechadas.

Em seguida, descemos nas pontas dos pés para o hall da frente. E, quando eu já achava que tínhamos conseguido escapar ilesos, Shane aparece, saindo da cozinha.

Puta que pariu.

Seus olhos escuros observam o cabelo bagunçado de Gigi. E a minha cueca. E as marcas de arranhões no meu peito.

Ele dá um sorrisinho.

"Resolveram esticar a noite?", ele pergunta.

Ela fica visivelmente vermelha, o que é perceptível mesmo no escuro do hall. "Você não viu nada", ela pede baixinho. "Por favor."

Shane parece prestes a fazer uma piada, mas dou uma encarada nele, que em vez disso resolve tranquilizá-la.

"Eu não vi foi nada."

Saio com ela para esperar o Uber. Não damos nem um beijo de despedida. Ela fica agitada porque fomos pegos no flagra por Shane e mal olha para mim quando entra no carro. As lanternas traseiras se acendem na noite escura, levando-a para longe de mim.

Volto para casa, onde Shane, claro, está à minha espera.

"Isso é uma péssima ideia por vários motivos", ele me diz.

"Eu sei."

"O Colson vai te matar."

"Ele que tente."

"O Beckett parecia a fim dela também."

"Não. Ele falou que ia desistir."

"Entendi. Então você foi em frente e mandou ver." Shane revira os olhos.

"Não foi bem assim que aconteceu."

Ele me encara por um bom tempo, me deixando até desconfortável, antes de bufar. "Ryder. Aquela ali", e ele aponta para a porta da frente, para se referir a quem acabou de sair daqui, "é uma garota pra namorar. E você não é do tipo que namora."

Um suspiro fica preso na minha garganta. "Só não conta pra ninguém, certo? Como você mesmo falou, motivo pra sermos discretos é o que não falta. O mais importante deles é que ela pediu isso."

Ele me observa por mais um tempão antes de assentir com a cabeça. "Beleza. Pode deixar."

"Valeu, mano."

Na manhã seguinte, Shane prova que é um homem de palavra.

Quando Beckett aparece na cozinha e me vê na bancada, arqueia uma sobrancelha. "Não sabia que ia rolar uma maratona de sexo ontem."

Então seu celular apita e ele abaixa a cabeça para ler a mensagem. Rindo sozinho, digita o que parece ser uma resposta longa.

Shane o observa do outro lado da bancada, onde está picando legumes para preparar nossas omeletes. "Com quem você está conversando assim tão cedo?"

Beck enfia o celular de volta no bolso. "Ninguém."

"Ah, sim, porque isso não é quase nada suspeito", continua Shane.

"Relaxa. É só uma garota. E você está pensando que eu não percebi que você está fugindo do assunto, Ryder?" Ele passa por mim para abrir a geladeira. "Sobre a maratona de sexo. Eu poderia chamar alguém também se soubesse que era isso que ia rolar."

"Eu não estava com ninguém aqui", minto.

"Não estava o cacete. Alguém estava levando vara ontem à noite. Que horas a gente chegou?", ele pergunta para Shane. "Dez e meia? Foi quando eu comecei ouvir o barulho."

Minha nossa. Eles chegaram quatro horas antes que eu percebesse? Fico inquieto. Acho que nunca perdi a cabeça desse jeito por causa de uma garota.

Nunca mesmo.

Eu me viro para pegar um pacote de pão no armário. Tentando ganhar tempo.

"Cara", diz Shane para Beckett. "Era eu."

"Sério? Pensei que você tivesse ganhado um boquete daquela outra mina lá no show. Você ainda ligou pra alguém depois que a gente chegou?"

"Não. Eu tava vendo pornô, cara." Ele revira os olhos como se isso fosse a coisa mais óbvia do mundo.

"A barulheira que eu ouvi durou umas quatro horas." Beckett olha bem para ele, boquiaberto. "Você ficou batendo punheta esse tempo todo? Como foi que o seu pau não caiu?"

"Eu estava fazendo aquele lance de, hã, segurar na última hora que ouvi falar."

"Sei. Ouvi dizer que isso é bem comum no mundo do pornô", responde Beck.

Shane mostra o dedo do meio para ele. "Enfim. Eu ainda sou novo. Posso fazer o que quiser com o meu pau. Cuida da sua vida."

"Então abaixa o volume da próxima vez. Existe uma coisa chamada fone de ouvido. De repente você pode investir em um desses."

Dando uma risadinha, Beckett vai para o fogão e pega uma frigideira para os ovos.

Shane dá uma piscadinha para mim quando eu passo, dando um soco de leve no meu braço.

"Você me deve uma", murmura.

25

RYDER

Probleminhas de comunicação

Na noite do nosso jogo de estreia, vou para o Graham Center com Beckett e Shane. Sentado no banco de trás do Mercedes de Shane, pego o celular e mando a mensagem de sempre no grupo do Eastwood, uma superstição que começou no ano passado e ficou. Durante o trajeto, uma dúzia de notificações aparece com a mesma exata mensagem.

No vestiário, Beckett tenta defender um filme que ele tentou forçar Shane a ver na noite passada.

"Você não entendeu. O herói não estava na mesma linha do tempo do irmão..."

"Como eu disse ontem, o filme não faz nenhum sentido, e eu não quero perder tempo discutindo essa merda."

"E como *eu* disse ontem, você precisa ver pelo menos umas três vezes pra fazer sentido..."

"Você acha que eu não tenho mais o que fazer da vida?", interrompe Shane. "Eu mal tenho tempo pra ver um filme uma vez, muito menos a mesma bosta de filme três vezes."

"Olha só quem fala, o camarada que ficou assistindo pornô por *quatro* horas seguidas no fim de semana. No último volume." Beckett volta sua atenção para nossos companheiros de Eastwood. "Quatro horas, sem zoeira. Mas pelo menos ele escolheu coisa boa. Isso eu admito, Lindley. Não sei se era a mesma garota gemendo em todos os vídeos, mas ela era incrível. Um gemido bem gostoso. Parecia bem gostosa."

E era mesmo. Puro fogo, e meu corpo ainda está sentindo o calor dela.

E, como o babaca que sou, não falo com ela desde aquela noite.

Eu apenas... não consigo.

Aconteceu alguma coisa naquela noite. Gosto de sexo igual a todo mundo, mas Gigi apareceu quando ainda estava de dia e foi embora só de madrugada. Minha nossa, nós não paramos nem para *comer*. Só bebemos água e continuamos mandando ver. Foi a transa mais longa que já tive na vida, e mesmo assim, quando ela foi embora, ainda me deixou com vontade. E, entre uma coisa e outra, ficamos conversando. Bom, quem mais falou foi ela. Mas eu *quis* ouvir. Fiz perguntas. Puxei conversa.

Não preciso nem dizer que esse comportamento não pode se repetir.

Antes de transarmos, deixei bem claro para Gigi que só queria sexo. Mas, de alguma forma, fui *eu* que acabei me esquecendo disso.

Até eu entender que porra está acontecendo na minha cabeça, não posso arriscar a tentação de ver Gigi de novo.

"Não vem com esse papo de me chamar de *camarada*", Shane resmunga para Beckett, curvando-se para alongar as costas. "A gente não tá na Austrália, cara."

Vejo que Will Larsen está rindo o tempo todo durante a conversa, mas para quando Colson olha feio para ele.

Quando já estão todos vestidos, o treinador Jensen entra para a primeira preleção da temporada.

"Vão lá e mandem ver." Ele assente com a cabeça e depois se vira para a porta.

"Espera aí, é só isso?", pergunta Patrick.

Jensen se volta para ele. "Que foi? O que mais vocês querem? Que eu faça uma dancinha?"

"Bom, eu sei que eu adoraria ver isso", diz Tristan Yoo.

Algumas risadinhas se espalham pelo vestiário.

"Eu não faço discursos", afirma o treinador com firmeza. "Já falo bastante durante os treinos." Ele olha ao redor do vestiário. "Dito isso, cada um de vocês tem capacidade. Mas como time? Bom, isso é o que vamos descobrir."

E nós descobrimos. O jogo tem um ritmo frenético desde o primeiro *face-off*. Isso me surpreende, porque o time da Northeastern não costuma ser tão forte quanto o da Briar ou do Eastwood. Não só isso, mas, pelos vídeos que vimos, o goleiro deles, um aluno do segundo ano, tem mão furada.

E mesmo assim não conseguimos fazer nada passar por ele.

Estou na primeira linha ofensiva, com Colson e Larsen, tendo Demaine e Beckett como defensores. Somos os melhores do time, e devíamos ser imparáveis.

E mesmo assim...

Quando entramos no gelo de novo, tentamos fazer alguma coisa acontecer. O ar frio do rinque sopra no meu rosto enquanto patino em alta velocidade, atravessando a linha azul. Estamos no campo de ataque.

"Tá em você", grito para Case, que está de costas para a jogada quando o defensor adversário vem acirrar a marcação nele.

Como ignora completamente o aviso, acaba sendo imprensado contra as placas. Por sorte, consegue ganhar a disputa e ficar com o disco.

"Na ponta, na ponta", grita Beckett, para avisar que está livre. Colson ignora nosso defensor e tenta dar uma de herói. Ele lança o disco para o gol, mas o tiro acaba sendo interceptado, dando à Northeastern a chance de um contra-ataque.

"Que porra foi essa?", grita Beckett para Colson, absolutamente revoltado.

Beckett nunca perde a cabeça. Estamos só no primeiro período, e ele já esbravejou duas vezes com nosso co-capitão. O mesmo intrépido capitão que, pelo jeito, pensa que o time se resume a ele. Lembro do aviso de Rand Hawley no começo do ano, que não dava para confiar que Colson ia querer jogar em conjunto com os caras do Eastwood.

Acho que agora nós temos a confirmação disso.

O treinador solicita uma substituição enquanto o adversário se reagrupa atrás da rede. Volto voando para o banco, enquanto Shane, Austin e o resto da segunda linha pisa no gelo. Eles são tão bons quanto nós, e estão se saindo tão mal quanto.

Observando do banco, vejo claramente qual é o problema.

Não existe comunicação nenhuma no gelo. Pelo menos não de quem era da Briar com quem veio do Eastwood. E isso é um tremendo problema, porque em um time de hóquei os companheiros de time precisam contar uns com os outros o tempo todo. Eles são como um segundo par de olhos para ajudar você, que sozinho não pode estar em todo lugar ao mesmo tempo, e durante uma partida pequenas batalhas ocorrem ininterruptamente no gelo. Seus companheiros de time podem ver as jogadas que você não está em condições de enxergar. E precisam fazer a porra do favor de avisar você.

"Meninos de Ouro", grita Jensen. "Voltem para lá."

Certo. Pelo jeito é esse o nome da nossa linha agora.

Estamos de volta ao gelo, e ganho o *face-off* e faço o passe para Colson. Em termos de controle do disco, o cara é um excelente driblador, que consegue manipular os defensores para onde quiser. É muito bom no que faz. Fintando e cortando os adversários, fingindo que vai atirar para o gol só para tirar outro defensor de ação. A paciência que ele demonstra é sobre-humana. Mas, mesmo com esse nível de habilidade, não consegue fazer um gol nesses malditos.

Quando o disco é afastado para longe, eu me vejo atrás da rede enfrentando dois atacantes da Northeastern. Uso todos os movimentos que venho ensinando para Gigi, girando com força e criando confusão entre eles até que ouço Demaine gritar "Livre", e faço um passe rápido para ele.

Demaine tenta arrematar para o gol de primeira.

O goleiro defende.

"Filho da puta", o franco-canadense ruge enquanto disputamos o rebote.

O apito do juiz soa de forma repentina.

Solto um grunhido quando vejo que Beckett levou uma penalidade por acertar o oponente com o taco. A torcida da Briar se revolta, e nossa linha sai do gelo para dar lugar à equipe treinada para proteger nosso gol quando estamos em desvantagem numérica. Trager e Rand estão nessa linha. São dois dos melhores neutralizadores de penalidades do hóquei universitário. Mas não têm o mínimo de entrosamento. Estão tão ocupados tentando cobrir a área de marcação um do outro que acabam perdendo o disco de vista.

O ala esquerdo da Northeastern faz o gol com facilidade, abrindo o placar do jogo.

O treinador joga longe sua prancheta.

Está espumando quando Trager e Rand voltam para o banco. "O que foi aquilo?", ele gritou. "Que porra foi aquela?"

Seria de se esperar que os dois abaixassem a cabeça pela vergonha, mas estão ocupados demais olhando feio um para o outro.

"Foi um gol de merda", resmunga Rand quando me pega o encarando, com a testa franzida.

Encaro Rand de volta, inconformado. Não tem nem como pensar em considerar que aquele gol tenha sido golpe de sorte. Ele e Trager fizeram merda, e o adversário se aproveitou disso. Fim de papo.

Ele vê a minha cara e abaixa a cabeça, com a cara fechada também.

A sirene indica o fim do primeiro período. O treinador dá uma comida de rabo no time no vestiário durante o intervalo. Como nós merecemos, ninguém abre a boca. Trager parece que vai dizer alguma coisa, mas felizmente mantém a maldita boca fechada diante da ira de Jensen.

Mas pelo jeito ele tem muito a dizer quando o jogo recomeça. Quando erro um tiro para o gol e volto para o banco para a troca de linha, Trager olha feio para mim e dispara uma série de insultos, completando tudo com: "Por que você não fez o passe, caralho? O Case estava livre".

Devolvo a encarada. "Não vi que ele estava livre. Não tenho olho nas costas."

"Chega. Cala a boca todo mundo." O olhar no rosto do treinador é de fúria assassina.

O segundo período é bem parecido com o primeiro. Estamos completamente perdidos. O único ponto positivo é que nosso goleiro é o cara. A titularidade de Kurth foi merecida. Ele é realmente o melhor goleiro que já vi fora das ligas profissionais.

"Ele é sensacional", murmura Shane enquanto vemos Kurth defender com a luva mais um tiro que vem alto, fazendo a torcida ir ao delírio.

"É o cara", um dos caras da Briar concorda, fascinado.

Obviamente, esta é a única coisa com a qual concordamos por unanimidade neste banco: que nosso goleiro está salvando a nossa pele.

Quando o jogo se aproxima dos últimos segundos, continuamos sem conseguir marcar um gol na defesa da Northeastern, que geralmente tem mais buracos que um queijo suíço. Isso não é uma prova de que o goleiro deles esteja melhorando, e sim de que nós não estamos jogando nada.

A sirene final toca, para a alegria de uns poucos torcedores da Northeastern e as vaias da galera da Briar, que compareceu em peso.

Nosso primeiro jogo foi a atuação mais ridícula de um time da Briar em muito tempo e, para um homem que não é de fazer discursos, nosso treinador parece ter muitas palavras para deixar isso bem claro para nós no vestiário.

"Em todos os meus anos como treinador nesta universidade, essa foi a atuação mais patética que já vi", esbraveja ele. "E não por causa da derrota. A gente já foi derrotado antes." Seu olhar furioso se dirige para alguns dos jogadores mais antigos da Briar. "Todo mundo aqui sabe como é perder um jogo. Mas perder desse jeito? Porque vocês se recusam a jogar como um time? Essa porra é inaceitável."

Ele joga a prancheta para o outro lado do vestiário, provocando uma explosão de páginas soltas.

Jensen respira fundo. Depois solta o ar pelo nariz em um fluxo lento e controlado.

"Continuem com todo equipamento no corpo, menos os patins. Calcem os tênis e vão encontrar o treinador Maran lá no ginásio."

Ele sai pisando duro.

Ficamos todos lá, ainda de uniforme e equipamento de proteção, ainda suando, depois de três períodos jogando como galinhas sem cabeça.

Os caras trocam olhares exaustos.

"Não estou gostando nada disso", comenta Patrick, parecendo desconfortável. "Por que a gente não pode só tirar o equipamento e ir pro chuveiro?"

"Vamos lá", murmura Nick. "Vamos acabar logo com isso."

Alguns minutos depois, entramos no ginásio, onde Nazem solta um gemido angustiado que ecoa pelas paredes do espaço vazio.

Três imagens inaceitáveis aparecem no meu campo visual.

Nance.

Sheldon.

E um percurso de obstáculos.

"Não", resmunga Shane. "Por favor. Eu não aguento. Não."

"O Jensen já tinha montado tudo isso!", exclama Patrick, com a injúria da traição estampada no rosto. "Então ele já achava que a gente ia perder."

E percebo que ele está certo. Isso gera uma onda de descontentamento. Afinal, que tipo de treinador tem tão pouca confiança no seu time para planejar e deixar pronto com antecedência um castigo pela derrota?

Todo mundo se vira para o assistente técnico com olhares acusatórios.

"Ah, não, isso ia acontecer de uma forma ou de outra", explica Maran, encolhendo os ombros. "Ganhando ou perdendo."

"Então, se a gente ganhasse, ia receber castigo do mesmo jeito?" Trager está indignado.

"Ora, rapazes, isso não é castigo", diz Sheldon, dando um passo à frente com um sorriso reconfortante no rosto.

"É uma *recompensa*", Nance tenta nos fazer acreditar. "É alimento para a alma. Precisamos nutrir a alma para atingir todo nosso potencial de crescimento."

Sheldon estala a língua. "Dito isso, ouvimos dizer que tivemos um probleminha de comunicação durante o jogo."

O treinador Maran dá um risinho de deboche.

"Felizmente, temos o exercício perfeito para solucionar o problema", afirma Sheldon.

Os irmãos estão com seus apitos e suas roupas em tons pastel de novo. E os dois parecem empolgadíssimos por passarem a noite de sexta-feira fazendo dinâmicas de grupo com um bando de jogadores de hóquei suados e putos da vida.

"Eu não vou aguentar isso", reclama o calouro que está substituindo Tim Coffey até que ele se recupere da lesão no pulso. "Qual é, treinador. A gente acabou de disputar uma partida inteira. Estou acabado."

"Pois é. E agora vai completar um percurso de obstáculos", o treinador Maran responde em um tom animado. Ele aponta com o queixo para os Laredo. "Vocês assumem a partir daqui."

Cerro os dentes para não soltar um monte de palavrões enquanto Maran vai embora. Isso é a porra de um pesadelo.

"Eu devia ter pedido transferência", murmura Shane.

"É mesmo." Beckett parece exausto.

"Então tá", diz Trager, dando um passo à frente. Seus tênis Converse não têm nada a ver com o uniforme, e com certeza nós todos estamos igualmente ridículos. "Vamos fazer essa merda logo de uma vez."

"Muito bem", começa Nance, batendo palmas. "Formem duplas. Cada dupla vai ter um ex-jogador do Eastwood e um que já estava na Briar. Não importa como vocês vão formar as duplas, mas precisam cumprir essa exigência."

Colson está do meu lado, então olho para ele e nós trocamos um breve aceno de cabeça. Do meu outro lado, Beckett procura um cara antigo da Briar e acaba com Will Larsen.

Dou um passo à frente e examino o percurso diante de nós. Três raias que vão de uma ponta a outra do ginásio. Um dos lados tem uma plataforma elevada que imagino ser a posição de largada, e do outro colchonetes que devem ser a linha de chegada. As raias são separadas por cores e têm obstáculos idênticos. As traves de equilíbrio têm quase um metro de altura. Engradados de garrafas de leite, pintados da cor de cada raia, junto com alguns pneus enormes, estão espalhados pelo piso de madeira encerada. Depois do campo minado de caixotes e pneus, há uma piscina de criança com uma segunda trave de equilíbrio suspensa mais acima, só que mais larga e mais próxima do chão. Mais adiante, umas rochas falsas de papel machê.

"Vai ser o seguinte", começa Nance, com um olhar de pura alegria no rosto.

Juro que parece que ela sente tesão com esse tipo de merda. Provavelmente fica em casa fantasiando sobre todas as dinâmicas de grupo que pode usar para torturar estudantes universitários.

"Um jogador vai ficar na plataforma de partida — ele vai ser o orientador. O outro, o corredor, vai estar vendado e precisa atravessar o percurso só com base nas instruções do orientador, que precisa comunicar qual é o melhor caminho para a travessia. Orientadores, vocês precisam garantir que seus corredores sigam o caminho que vocês designaram. Corredores, vocês vão atravessar os obstáculos ao mesmo tempo que outros jogadores. Quando o seu parceiro de dupla chegar ao colchonete da sua cor, ele vai tirar a venda, e o corredor vai se tornar o novo orientador. Estejam avisados: vai haver muita gritaria aqui. Então, por favor, nada de palavrões. Porque eu não gosto de ouvir essas coisas. Sou uma moça de família."

"Além de sexy", diz Sheldon, sorrindo para ela.

Beckett levanta uma sobrancelha. "Credo", ele comenta baixinho, para os dois não ouvirem também.

"A comunicação é a chave para conseguirem concluir o exercício", explica Nance. "Assim como quase tudo na vida. Sem comunicação, por exemplo, nosso casamento não teria como dar certo."

Eles sorriem um para o outro.

"Espera aí, como é?", questiona Patrick. "Vocês não são irmãos?"

Sheldon franze a testa. "Nós somos muito bem-casados há vinte e dois anos."

Patrick não consegue acreditar. "Qual é. Vocês estão de zoeira, né? Vocês são irmãos", ele insiste, virando-se para o restante do grupo em busca de apoio. "Só eu que acho isso?"

Shane ri baixinho, escondendo a boca com o braço e os ombros largos balançando.

"Inclusive, um dos nossos outros trabalhos é terapia de casais", conta Sheldon. "Trabalhamos principalmente com casais que estejam sofrendo com probleminhas de comunicação. Então, caso algum jovem entre vocês seja casado e esteja precisando de ajuda profissional..."

"Acho que eu ia preferir o divórcio", diz alguém.

Vários caras engasgam com o riso.

Nance solta um suspiro e tenta voltar nossa atenção para o percurso. "Antes de começarmos, vocês têm alguma pergunta?"

"Sério mesmo que vocês não são irmãos?", questiona Nazem.

"Alguma pergunta além dessa?"

Tudo o que ela tem como resposta são umas trinta caras fechadas.

"Ótimo", ela diz. "Vamos começar."

Ela e Sheldon enfiam a mão no balde de plástico vindo direto dos nossos piores pesadelos e tiram um monte de vendas para os olhos. Nance direciona as três primeiras duplas para as plataformas. Case e eu estamos entre elas.

"Você quer atravessar o percurso ou dar as orientações?", murmuro.

"Prefiro atravessar logo de uma vez."

"Beleza."

Subo na plataforma enquanto Case se posiciona na linha de partida perto da primeira trave de equilíbrio. A nossa raia é a azul, que em um determinado momento, no campo minado de engradados, cruza o caminho da verde e da rosa. Essa parte vai ser divertida.

Nance começa a vendá-lo enquanto Sheldon prepara Larsen e Trager. Eles vão ser os primeiros a atravessar o percurso. E o orientador de Trager é ninguém menos que Shane.

"Por que você escolheu ele?", murmuro num tom de divertimento.

"Sei lá. Ele era quem estava mais perto. E eu também achei que ia ser divertido gritar com o cara", fala Shane, baixinho.

"Justo", diz Beckett da terceira plataforma.

"Se eu morrer", Will, já vendado, fala para Colson, "diz para o meu pai e pra minha mãe que amo muito os dois."

Nance e Sheldon apitam e lá vamos nós.

Tento me concentrar só em Colson. "Beleza", falo para ele. "Dá uns cinco passos pra frente em linha reta e você vai chegar no primeiro degrau da trave de equilíbrio."

O começo é fácil, só que, quanto mais eles avançam para longe da plataforma, mais eu preciso gritar, e não demora muito para o caos se instalar.

"Cara, para de andar. Você está quase no fim da trave", eu berro, com as mãos em volta da boca imitando um megafone improvisado.

Colson detém o passo na hora.

"Beleza. Vai um pouco mais devagar. Abaixa um pé. Devagar. Não. Isso. Esse é o primeiro degrau. É isso aí."

De alguma forma, consigo fazer Case descer da trave sem matar o cara. Então chega a hora de fazê-lo percorrer o campo de caixotes e pneus.

"Esquerda, esquerda", grito. "Não, vai rápido pra esquerda. Para. Para."

"Para, seu imbecil do caralho!", escuto Shane berrar, e em seguida escuto uma pancada seca e um baque pesado quando Trager tropeça num pneu e cai com tudo no chão.

Agora eu sei por que continuamos com os equipamentos de proteção.

Trager levanta, vermelho de raiva, estendendo os braços e tateando às cegas.

"O que que tá acontecendo aqui, seu cuzão do caralho?", ele grita para Shane. "Pra onde você está me levando?"

Os caras que estão esperando para atravessar o percurso estão se rachando de rir logo ao lado.

Vou usando a voz para guiar Case até a piscina infantil. Ele está tão longe agora que não está conseguindo me ouvir direito.

"Porra, Ryder, e aí?", grita Case. Todo mundo está ignorando solenemente a regra de Nance de não falar palavrões. "E agora?"

"Beleza, o degrau pra trave está à sua esquerda. Não, esquerda!", eu berro. "É só mexer o pé um pouco. Pronto. Está sentindo? Essa é a plataforma pra chegar na segunda trave de equilíbrio."

Case sobe os degraus. Fico quase com vergonha do orgulho que sinto por ele já ter chegado tão longe. Trager ficou para trás, tropeçando nos pneus. Enquanto isso, Larsen ainda está na primeira trave. Quem diria que ele não tem equilíbrio nenhum? O cara parece que está flutuando quando patina.

Beckett também percebe a inconsistência. "Cara, você patina bem pra caralho, mas não sabe andar em linha reta?"

Mais risadas reverberam pelo recinto.

"Beleza, é isso aí", grito para Case, que está na metade da barra sobre a piscina. "Dá mais cinco passos pra frente e depois para."

Ele segue minhas instruções.

"Beleza, mais dois passos. Agora... devagar, hein... bota o pé no primeiro degrau. Isso. Um passinho pra frente."

Consigo fazê-lo descer da trave, e agora ele está passando pelo campo de pedras falsas na direção do nosso colchonete.

Surpreendendo todo mundo, Shane consegue guiar Trager por cima da piscina infantil com facilidade. Ele está bem no encalço de Case agora, apenas algumas pedras atrás.

"Trager, seu gigante imbecil! Para!", grita Shane. "Tem uma pedra idiota bem na sua frente."

"Não chame as pedras de idiotas", reclama Nance.

"Desculpa. Tem uma porra de uma pedra bem na sua frente", corrige Shane em alto e bom som.

Grito mais alguma instruções até o tênis de Case pisar no nosso colchonete. Quando ele tira a venda dos olhos, juro que até vejo um sorriso de satisfação em seu rosto.

"Puta merda", ele diz enquanto volta para a plataforma para trocar de lugar comigo. "Isso foi intenso."

Uma salva de palmas vem da direção dos colchonetes. Sheldon e Nance estão aplaudindo ruidosamente enquanto Trager e Larsen enfim chegam à reta final.

"Que inferno", murmuro para Colson. "Tipo, estou começando a achar que a gente morreu durante o jogo, em uma explosão na arena por causa de um vazamento de gás, sei lá, e agora viemos parar aqui."

Sheldon vem correndo do outro lado do ginásio, ralhando comigo desde lá. "Ponha logo a venda nos olhos! Ainda tem um monte de gente para atravessar e ninguém vai embora enquanto todo mundo não fizer o percurso."

Case olha para Sheldon, depois se vira para mim. "Eu até acredito que os dois sejam casados", ele comenta. "Mas você percebeu que não negaram que fossem irmãos?"

Não consigo segurar a gargalhada. Colson também solta um risinho de deboche.

Mas então percebemos com quem estamos rindo e nos divertindo e ficamos sérios logo em seguida.

26

GIGI

Dia Nacional da Sobremesa

O comitê do evento de arrecadação de dezembro para o departamento atlético se reúne na biblioteca da Briar na segunda-feira à tarde depois do treino do nosso time.

É um grupo interessante. Da equipe feminina somos eu, Camila e Whitney. Da masculina, Ryder, Shane e Beckett representam o antigo time do Eastwood e Will Larsen e David Demaine, o da Briar. Isso deve ter sido uma manobra estratégica da parte de Jensen, quem indicar — ou melhor, quem obrigar — a fazer isso. Um boca de caçapa feito o Trager ou o tal do Rand só iam atrapalhar os planos. Mas fico surpresa de não ver Case aqui. Se o outro capitão veio, ele provavelmente deveria estar aqui também.

Quem esclarece a questão é Demaine, quando assume seu lugar e diz: "O Colson está numa reunião com os professores e me pediu pra passar os detalhes pra ele. Mas da próxima vez vai estar aqui."

Tento não olhar para Ryder. Já faz uma semana que transamos, e não nos falamos desde então.

Nem uma única palavra. Nem uma mensagem de texto. Nem ao menos cruzei com ele nos corredores do centro de treinamento, o que me faz pensar que Ryder está fazendo de tudo para me evitar.

Depois dos primeiros dias de silêncio absoluto, comecei a ficar irritada. Qual é, não mereço nem um *E aí, como é que você tá?* depois de uma verdadeira maratona de sexo?

Mas então o alívio foi batendo, porque... a verdade é que eu também não sei o que dizer para ele.

Nós transamos por quatro horas naquela noite. Tanto tempo que fiquei dolorida por três dias. Minha menstruação até adiantou quatro dias, como se o meu corpo estivesse fazendo uma reinicialização forçada depois daquela noite louca com Luke Ryder.

E a pior parte é que quero mais. Fico até assustada com a vontade que sinto do corpo dele. Por isso venho mantendo distância.

Claramente, nossa reação não é a mesma nesse quesito. Ele mal olhou para mim desde que me sentei aqui.

Na cabeceira da mesa, Whitney abre o caderno e tira a tampa da caneta. "Vamos começar", ela diz. "Tenho um compromisso no jantar."

Ao meu lado, Camila está lançando olhares para Beckett, do outro lado da mesa. E ele está retribuindo. Pois é, esses dois fazem sentido juntos. Eles exalam sensualidade.

"Imprimi o e-mail da organização do evento beneficente." Whitney pega o papel e dá uma passada de olhos. "Nós ficamos responsáveis por fornecer os itens para o leilão silencioso."

"Parece interessante", comenta Beckett, sem tirar os olhos de Camila, que dá uma piscadinha para ele.

"Então vamos fazer uma lista de ideias, coisas que achamos que vão fazer sucesso no leilão. Nosso objetivo é conseguir doações de empresas e de indivíduos de alto poder aquisitivo. Que tal assim, cada um de nós entra em contato com, digamos, dez empresas ou pessoas?"

"Vou criar um formulário online onde podemos colocar todas as informações que tivermos", Will se oferece. "Tipo nomes, telefones, o que foi oferecido, esse tipo de coisa."

Whitney agradece. "Para as empresas maiores, podemos mandar um e-mail pedindo doações. Mas sempre acho que dá mais certo pedir pessoalmente. Então, no caso das empresas locais, ou a gente vai pessoalmente, ou pelo menos faz uma ligação." Ela olha para David. "Você lembra que tipo de coisa foi pro leilão no ano passado?"

Acho que os dois participaram do evento no ano passado. Por sorte, consegui escapar daquela vez.

"Sei lá", ele fala devagar, com um sotaque franco-canadense tão sutil que às vezes fica até imperceptível. "Acho que teve, tipo, um salto de paraquedas, né? E um fim de semana numa pousada em New Hampshire. E uma viagem de férias com tudo pago também."

"Ah, é. E teve aquele puta prêmio dado pelos Bruins... o vencedor podia ir ver o treino da manhã deles num dia de jogo", lembra Whitney, ficando mais animada.

"Sim, mas isso só rolou por causa do pai da Gi", lembra Demaine. "Foi ele que organizou tudo. Duvido que a gente consiga uma coisa dessas sozinhos."

Como seria de esperar, o olhar afiado de Whitney se fixa em mim. "Você pode quebrar um galho e ver se o seu pai ou algum amigo famoso dele pode doar alguma coisa bacana?"

Assinto com a cabeça. "Vou ver o que consigo fazer. Com certeza ele pode descolar alguma coisa."

"Precisa ser uma coisa legal", comenta Ryder.

Eu me irrito. Sério mesmo? É a primeira vez que a gente se fala e é isso o que ele tem a dizer?

Estreito os olhos para ele. "Você prefere que eu não use os meus contatos pro leilão que a gente está sendo obrigado a organizar?"

Isso cala a boca dele. Vejo um esboço de sorriso no rosto de Ryder antes que ele abaixe a cabeça.

"Meu padrasto tem uma rede de academias em Boston", diz Camila. "Vou pedir pra ele doar a matrícula de um plano."

"Muito bom", responde Whitney, anotando tudo.

Uma ideia surge na minha cabeça. "A minha prima está lançando uma linha de maquiagens. Posso pedir pra ela montar, sei lá, um kit de produtos?"

Camila me encara com um olhar cheio de malícia. "Alguém aí pergunta pra Gigi qual é o nome da prima dela."

Beckett abre um sorriso. "Deixa comigo. Qual é o nome dela?"

Olho feio para Cami. E, para Beckett, respondo: "O nome dela é Alex, e não é nada de mais...".

"O nome dela é Alexandra Tucker", Camila me corrige. "Sim, isso mesmo. A supermodelo. Então não dá pra dizer que não é nada de mais, não."

Shane parece impressionado. "Porra, você é cheia de amigos famosinhos, hein, Gisele?"

"Ela é minha prima", esbravejo. "Não é culpa minha se ela é famosa."

Com o canto do olho, vejo que Ryder está mexendo no celular. Trocando mensagens, acho. O que acende a minha desconfiança. De repente me dou conta de que o motivo para ele não ter entrado em contato a semana inteira pode não ter sido porque, como aconteceu comigo, a intensidade da nossa transa o deixou sem saber como agir.

Talvez esteja transando com outras.

Essa ideia faz minha pulsação acelerar, e não no sentido positivo. Por algum motivo, pensar nele na cama com outra garota me faz...

Meu celular vibra dentro da bolsa.

Espero alguns segundos, tentando parecer despreocupada, depois pego o aparelho de lá de dentro. Minha respiração entala imediatamente na garganta.

RYDER: *Você não sai da minha cabeça.*

Por *essa* eu *não* esperava.

Levanto a cabeça lentamente e percebo que ele está olhando na minha direção. O rosto completamente impassível. Logo em seguida vira para o outro lado, mas não sem antes eu perceber um olhar mais acalorado.

"Certo", diz Whitney, "vamos começar com as empresas locais e escolher algumas pra entrar em contato. A gente não pode sair daqui hoje sem uma lista, porque não quero ter que passar por tudo isso de novo. Tenho mais o que fazer da vida."

Beckett dá uma risadinha.

"Vou ligar pro meu pai", aviso ao grupo, empurrando minha cadeira para trás. "Pra ver o que ele pode oferecer. Talvez consiga organizar uma visita a um treino fechado, com direito a conhecer os jogadores. Vamos ver."

Pego o celular e saio da mesa. Vou até as prateleiras de história europeia, mais perto da parede dos fundos, com o coração quase saindo pela boca.

Em vez de ligar para o meu pai, mando uma mensagem para Ryder.

EU: *Sala de Estudos B*

Dá para ver que a Sala de Estudos B está vazia. Do outro lado da prateleira estreita, escuto os membros do grupo conversando baixinho entre si. Só que eles não conseguem me ver. Passo por mais duas fileiras de livros e me esgueiro para dentro da sala.

Fecho todas as persianas. E fico esperando.

Não sei se ele vem. Não sei nem se ele quer vir. Isso é loucura. Todos os nossos amigos estão bem ali.

Inclusive Will, o melhor amigo de Case.

Quando me dou conta de que é mesmo uma péssima ideia, a porta se abre e Ryder entra. Enquanto fecha a porta da sala, apaga a luz, fazendo o pequeno espaço mergulhar na escuridão.

"Isso é perigoso", ele comenta numa voz suave, como se estivesse lendo a minha mente.

Mordo o lábio e procuro pela expressão no rosto dele em meio às sombras. "Então eu não saio da sua cabeça, é?"

"É." Ele parece agitado. "Isso é um problema sério."

"Não sei acredito em você, não. Se eu não saio da sua cabeça, por que não fala comigo há uma semana?"

"Você também não falou comigo."

Nessa ele me pegou.

O silêncio se instala entre nós. A percepção de sua presença vai se espalhando pela sala até eu me dar conta de sua dolorosa proximidade. Seu cheiro amadeirado. O calor de seu corpo.

"Por que estamos aqui dentro, Gisele?" A voz dele se torna mais grave. Mais vaporosa.

"Sei lá. A gente não se fala desde aquela noite, então pensei que..."

"Então pensou que era uma boa ideia conversar agora. Na biblioteca. Em um espaço escuro e fechado. Com nossos companheiros de time a uns poucos metros daqui."

"Eu não disse que foi uma coisa bem planejada."

Ele solta uma risadinha e chega mais perto.

Levanto a cabeça para olhá-lo nos olhos. Não consigo ver seu azul vívido na penumbra, mas consigo sentir seu calor sobre mim.

"Você se arrepende do que aconteceu?", pergunto.

Sinto suas mãos na minha cintura, me envolvendo levemente. Meu coração bate mais forte quando seu polegar se enfia por baixo da minha camiseta de manga longa em busca da minha pele, que ele encontra. Estremeço ao sentir sua mão áspera roçando meu quadril.

"Eu não", ele responde. "E você?"

Tem alguma coisa inexplicável nessa forma despreocupada com a qual ele me toca. Quase indiferente, mas eu sei que cada movimento é planejado.

"Será que a gente deveria repetir a dose?", eu me pego murmurando.

Isso o faz sorrir de leve. "Acho que sim, mas não agora. Eu não posso comer você aqui."

"Por que não?"

"Porque você não vai conseguir ficar quieta. Vão ouvir cada barulhinho que você fizer enquanto eu estiver metendo em você."

Essa sacanagem assim tão explícita me faz soltar um gemido involuntário, e a boca de Ryder procura a minha para abafar o som.

Eu me derreto naquele beijo mais que bem-vindo, ficando ofegante quando ele de repente me levanta do chão. Envolvo seu corpo com as pernas para não cair. Nós vamos cambaleando em direção à parede. Há um leve som de impacto quando ele acaba acertando meu joelho.

Nós dois ficamos imóveis.

As pessoas do lado de fora continuam falando normalmente. Ninguém vem correndo por entre os livros até a sala de estudos exigindo explicações.

Com um grunhido áspero, Ryder começa a me beijar de novo. Adoro o gosto dele. É viciante. E, toda vez que respiro, me vem uma sensação estonteante, como se houvesse alguma droga no ar que invadisse meu corpo. Já tinha ouvido falar de feromônios, mas nunca tinha acreditado no poder deles. Mas toda vez que sinto o cheiro de Ryder, isso me aniquila.

Minha perna desliza por seu corpo musculoso, encontrando o chão firme de novo. Minhas costas continuam prensadas contra a porta enquanto a mão de Ryder procura a cintura da minha calça jeans. Habilidosamente, ele abre o botão.

"Pensei que não quisesse fazer isso aqui e agora", digo, ofegante.

"Não, o que eu falei foi que não podia comer você. Não disse nada sobre outras coisas."

Ele abaixa minha calça junto com a calcinha, que está ensopada. Com um sorriso que faz seus dentes brancos brilharem na penumbra, ele fica de joelhos.

No momento em que os lábios dele roçam o meu clitóris, solto outro gemido.

A boca de Ryder imediatamente se afasta. Ele olha para mim, com seu belo rosto franzido em meio às sombras.

"Você precisa ficar quietinha, ou então eu vou parar. Não vai querer que eu pare, vai?"

"Não", consigo dizer, com a voz trêmula. Meus olhos se fecham quando sua boca encontra minha pele de novo.

Não tenho o menor pudor ao me esfregar na sua cara. O ruído de satisfação que ele solta é quase inaudível. Está bem mais silencioso do que na semana passada. Nada daqueles grunhidos guturais enquanto me lambia. Daqueles gemidos ásperos quando metia fundo dentro de mim.

Mas o silêncio é quase afrodisíaco por si só. Fico dolorosamente atenta a cada contração no meu corpo. Cada contração dos músculos. O tremor que atinge minha coxa quando uma mão quente desliza por ela. Quando penso que vou conseguir ficar em silêncio, ele começa a lamber para valer, e não consigo segurar o gemido.

"É, não mesmo. Sem chance", uma voz masculina diz atrás da porta.

Nós paramos imediatamente. Ryder aperta minha coxa para me pedir silêncio.

"Que bom que você ligou. Eu estava mesmo querendo pôr a conversa em dia."

Me dou conta de que é Shane, que por alguma razão resolveu atender a uma ligação na frente da Sala de Estudos B.

Ryder parece estar se divertindo. Gosto de vê-lo sorrir. E ainda mais quando está lambendo a minha boceta até quase me fazer perder os sentidos. É exatamente isso que ele começa a fazer, sem dar a menor bola para a presença de seu amigo atrás da porta. Quero ter cuidado com o fato de que Shane está lá fora, mas a língua de Ryder dificulta minha concentração. Ele começa a girá-la sobre o pontinho inchado entre as minhas pernas, e o prazer vai crescendo cada vez mais, irradiando daquele ponto. Um sentimento visceral.

O calor de sua boca me abandona quando ele levanta a cabeça para olhar para mim.

"Goza bem na minha cara", murmura. "Faz isso pra mim?"

Aceno com a cabeça de leve.

Ele enfia um dedo dentro de mim e meus músculos internos o apertam com tanta força que Ryder solta um grunhido também.

Ouço um palavrão baixinho do outro lado da parede. Shane sabe que estamos aqui, percebo. Talvez soubesse o tempo todo, e a ligação tenha sido só um disfarce. De qualquer forma, estou com tesão demais para me incomodar com a presença dele lá fora. Com o fato de provavelmente poder ouvir um gemido baixinho escapando da minha garganta. O que Ryder está fazendo comigo é incrível demais.

Estou louca para gozar. Meu ventre está em chamas, e meu peito, todo contraído, enquanto me esfrego no rosto de Ryder, que aceita tudo de bom grado. Ele me segura pelos quadris para manter meu equilíbrio. A língua dele se ocupa do meu clitóris latejante enquanto o dedo continua operando milagres. Em seguida, ele acrescenta outro, e eu solto um gemido alto.

A voz de Shane vem do outro lado da porta. "É melhor gozar logo, Gisele. As pessoas estão começando a comentar."

Ryder dá uma risadinha por entre as minhas coxas.

Eu deveria estar com vergonha. Mortificada não só por Shane estar ouvindo tudo, mas também por estar monitorando o meu orgasmo.

Mas a presença dele ali tem o efeito oposto. Fico inacreditavelmente mais molhada quando o imagino lá fora. Me pergunto se está de pau duro, e outra onda de desejo me domina por inteiro. Ryder percebe o espasmo ao redor de seu dedo, e a risada que solta reverbera no meu clitóris inchado. Estou desesperada para chegar lá. Meu corpo todo queima de vontade.

Não me interessa se estamos na biblioteca, se nossos companheiros de time estão aqui, se Shane consegue nos ouvir. Só sei que o orgasmo está a caminho, e que não tenho como impedir.

Quase caio, mas Ryder me mantém equilibrada. Estou arfando quando a onda de prazer diminui. Ele me solta parecendo satisfeitíssimo consigo mesmo enquanto lentamente sobe minha calcinha por minhas pernas e a posiciona na minha cintura. Em seguida, faz o mesmo com a calça jeans. Abre o zíper para mim. Tento abotoar, mas meus dedos estão trêmulos demais. Ele percebe minha dificuldade e me ajuda com isso também.

Escuto uma batida leve na porta. Então escuto: "A barra está limpa". Não sei se devo sentir vergonha ou gratidão por Shane estar quebrando esse galho pra gente. Para meu alívio, ele não está mais lá quando saio, porque não sei se conseguiria olhá-lo nos olhos.

Meus dedos estão trêmulos quando desbloqueio o celular. Procuro o número do meu pai nos contatos, porque preciso dar uma justificativa para o meu desaparecimento.

Ryder dá um tapinha de leve na minha bunda ao passar por mim entre os livros. Era para ser só uma brincadeira, mas minhas coxas se contraem de novo. Continuo olhando para ele até que desapareça de vista. Como esse homem consegue me fazer esquecer até de quem sou e onde estou?

Em vez de ligar para o meu pai, mando uma mensagem contando que vamos fazer um leilão beneficente e perguntando se ele pode arrumar alguns prêmios legais relacionados ao hóquei. Em seguida volto para a mesa onde Ryder já está sentado, teoricamente fazendo uma pesquisa no Google sobre as empresas locais.

"Foi mal, não consegui falar com ele, então mandei só uma mensagem. Acabei ligando para a minha mãe", minto para o grupo.

Cami ergue o olhar quando me aproximo, e os olhos escuros dela estão com aquele brilho que sempre aparece quando estamos fofocando.

"Puta merda, a gente ouviu alguém transando lá perto das estantes de história da Europa. Você viu alguém por lá?"

"Não. Ai, meu Deus." Finjo olhar ao redor em busca dos culpados. "Quem vocês acham que era?" Eu me obrigo a não olhar na direção de Ryder por medo de nos denunciar.

"Eu chuto que foi o Shane", responde Cami, "porque ele sumiu faz um tempão."

Nesse momento, Shane volta à mesa com uma pose tão sem-vergonha que até *eu* questionaria a ausência dele se não soubesse o que realmente tinha acontecido.

"Cara, você estava comendo alguém lá atrás?", pergunta Demaine, parecendo meio que impressionado.

"A gente ouviu uns barulhos de gente transando", acusa Cami.

"Ah. Não." Shane se acomoda na cadeira sem olhar para ninguém. "Eu estava, hã, vendo um pornô."

"Na *biblioteca*?" Whitney parece horrorizada.

"É, mas, hã, eu não estava fazendo nada", responde Shane. Ele mente muito mal. E agora estou me sentindo culpada, porque eles não fazem ideia do motivo para ele estar mentindo. "Mandaram um vídeo pra mim e... fui otário. Quando abri, tinha uma menina gemendo. Sabem como é", ele complementa, dando de ombros. "Essas coisas básicas de pornô."

"Coisas básicas de pornô", repete Whitney, incrédula.

A reunião termina logo depois, e cada um segue seu caminho. Eu vim a pé à biblioteca, então saio para fazer a caminhada de volta até o alojamento. Enquanto abotoo minha jaqueta jeans, escuto meu nome. É Ryder. Ele aparece no caminho com a mão no bolso e uma jaqueta da Briar com o zíper aberto.

Espero até que ele chegue perto de mim.

"Por essa eu não esperava. Pensei que a gente fosse voltar a ignorar um ao outro por pelo menos mais uma semana."

Ele dá risada, mas uma expressão culpada aparece no seu rosto. "Pois é. Por falar nisso, não tive a oportunidade de te dar isso antes." Ele enfia a mão no bolso. "Fiquei meio distraído."

Sorrio porque sei exatamente que "distração" foi essa.

"Enfim. Tá aqui."

Uma risada de surpresa escapa da minha boca quando ele me oferece uma margarida toda amassada.

Devia ter passado esse tempo todo enfiada no bolso dele. Não está em um estado nada bom, a pobre flor.

"Ai, meu Deus. Você está me dando flores pra pedir desculpas de novo? Não dá pra você se desculpar sem fazer essa encenação toda?"

Ele abre um sorrisinho para mim. “Não estou pedindo desculpas. A flor é pra comemorar o Dia Nacional da Sobremesa.”

“Isso nem existe.”

“Existe, sim. Eu pesquisei.”

Reflito. “Tudo bem, eu aceito. Adoro sobremesa.” Abro um sorriso lascivo. “E pelo jeito você também.”

“Ah, sim, quando a sobremesa é sua boceta, eu aceito a qualquer dia e qualquer hora.”

Uma onda quente de luxúria faz o meu ventre se contrair. Puta merda. Sei que fui eu que comecei, mas ele não deveria falar as coisas desse jeito. Isso mexe com a minha cabeça.

O humor desaparece do rosto dele, substituído por uma leve vermelhidão de timidez. “Eu não devia ter sumido por uma semana.”

Solto um suspiro e também assumo a minha parte daquela responsabilidade. “Eu também não te liguei.”

“Pois é.” Seus lábios se curvam de um jeito zombeteiro. “Qual é a sua desculpa?”

“Eu estava com medo. Transar com você foi muito gostoso. De um jeito até meio assustador.”

Ele parece surpreso com a minha sinceridade.

“E você? Por que não me ligou?”

Ryder fica em silêncio por um tempo. Em seguida, morde o lábio.

“Mais ou menos pelo mesmo motivo”, ele diz por fim.

Minha pulsação se acelera. “Beleza, mas e agora? A gente vai voltar a ser duas pessoas que não fazem nada peladas juntas?”

“Eu acabei de te chupar, Gisele.”

“Estou falando a partir de agora. A gente vai parar ou continuar?”

Ryder olha bem para mim. “Você quer parar?”

“Não”, admito. “Mas também não quero ser ignorada desse jeito de novo.”

“Nem eu.”

“E não quero que você faça coisas pelado com mais ninguém além de mim”, me pego confessando.

Ele fica assustado de novo. “Mas eu não fiz.”

“Ah. Então tá. Mas, supondo que você quisesse que essa fosse uma opção, eu não ia me sentir à vontade. Quer dizer, tudo bem se você quisesse”, me apresso em dizer. “Um monte de gente não gosta de exclusividade, sente que está presa num relacionamento, e não é isso o que estou tentando fazer, juro pra você. Não quero começar relacionamento nenhum. Mas...” Percebo que estou falando demais e me obrigo a ser mais objetiva. “O que estou dizendo é que existem garotas que não ligam de não ter exclusividade, e eu não julgo ninguém. Mas comigo isso não rola.”

O olhar dele é de divertimento. “Já acabou?”

"Já."

"Tem um monte de caras que não querem exclusividade assim logo de cara", diz Ryder, seco e direto. "Mas eu não sou um deles."

Eu pisco algumas vezes, surpresa. "Sério?"

"Eu mal tenho tempo pra dar conta de uma garota, imagina várias." Um tanto sem jeito, ele se aproxima de mim e prende uma mecha do meu cabelo atrás da orelha. "Meu pau agora é seu."

Isso não tem como ser considerado romântico em um sentido convencional, de jeito nenhum, mas faz meu coração bater mais forte mesmo assim.

"Combinado?", ele insiste.

Balanço a cabeça de leve. "Combinado."

Ainda estou pensando nessa conversa quando estou me arrumando, mais tarde, para ir jantar em Hastings com Diana. Meus batimentos ficam perigosamente acelerados quando uma espiral de pensamentos de tudo o que aconteceu hoje à tarde com Ryder me assaltam.

Por fim, resolvo pegar o celular, incapaz de guardar meus sentimentos só para mim.

EU: *Você também não sai da minha cabeça.*
EU: *E a minha boceta agora é só sua.*

Transcrição do programa Hockey Kings

Data original de veiculação: 15/10
© The Sports Broadcast Corporation

JAKE CONNELLY: Vamos continuar de olho no que acontece lá em Nova Jersey. Perder Novachuck vai ser um baque e tanto, mas uma coisa eu digo: os Devils sempre souberam dar a volta por cima depois desse tipo de incidente. Eles tiveram uma sequência terrível de lesões uns cinco anos atrás — lembra daquela temporada em que toda a primeira linha se lesionou?

GARRETT GRAHAM: Eu não tenho dúvida de que eles vão superar isso.

CONNELLY: Agora passando para o hóquei universitário. Obviamente, a temporada está só começando, então esses jogos não são indicadores muito exatos de quais universidades da primeira divisão vão chegar mais fortes em fevereiro, mas o time da UConn parece estar fortíssimo.

GRAHAM: Sensacional.

CONNELLY: Três vitórias seguidas sem sofrer gols. Começaram com tudo. Já sobre a sua alma mater, não dá para dizer o mesmo.

GRAHAM: Bom, é como nós conversamos lá em julho. Sobre a diferença entre ser um supertime no papel e outro no gelo.

CONNELLY: Bom, esse supertime teve um começo desastroso — três derrotas nos três primeiros jogos. Dito isso, o que você achou da habilidade que o taco que Luke Ryder mostrou contra o Boston College ontem à noite? Uau. Às vezes esses caras, mesmo com um controle sobre o disco que deixa a gente de queixo caído, não conseguem fazer um jogo eficiente. Mas o Ryder é bom demais.

GRAHAM: É mesmo.

CONNELLY: Uma velocidade incrível quando tem a posse do disco. O garoto tem a capacidade de desequilibrar uma defesa com suas fintas, e faz uns passes mais do que inesperados. O que é impressionante, considerando o tamanho dele. Para um cara tão alto, com tanta envergadura e que usa um taco grande, esse nível de habilidade chega a ser impressionante.

GRAHAM: Mas não existe habilidade no mundo capaz de ajudar o time da Briar se os jogadores não se entrosarem.

CONNELLY: E ainda por cima, três derrotas seguidas acabam com qualquer time.

GRAHAM: Bom, foi o que nós dissemos ainda no verão, é um supertime só no papel. Isso só mostra que se precisa de muito mais do que ótimos jogadores para montar um time ótimo.

27

RYDER

Bebê

GISELE: *Como você está depois daquela pancada que levou ontem à noite? Dolorido?*
EU: *Todo roxo.*
GISELE: *Pois é, foi feio mesmo. O cara devia ter sido expulso do jogo, em vez de só levar uma penalidade de cinco minutos.*
GISELE: *Por outro lado, essa penalidade garantiu pra vocês a primeira vitória na temporada. Será que agora é a minha vez de levar flores?*

Ao contrário da primeira vez que transamos, Gigi e eu nos mantivemos sempre em contato depois do que rolou na biblioteca. Não nos vimos durante a semana porque a correria está grande, com as provas de meio de semestre rolando. Mas ela é uma presença constante no meu celular. Trocamos mensagens o tempo todo. A coisa chegou a um ponto que, se acordo e não vejo uma mensagem dela de manhã, fico realmente chateado. E o meu pau pulsa de vontade de estar dentro dela de novo. Mas se tudo der certo, a gente vai se ver hoje à noite.

Beckett e eu entramos no centro de treinamento, com a mochila nos ombros. Ele passa o cartão no scanner ao lado da porta da frente, que se abre automaticamente para nós. Todos os atletas têm acesso às instalações, e todas as visitas fora do horário de treino ficam registradas. Pelo que me disseram, isso começou depois de um incidente envolvendo gente bêbada dentro da sala de musculação uns anos atrás.

Estamos os dois distraídos com nossos celulares quando entramos no prédio.

EU: *Prefiro um boquete, em vez das flores. Quer dizer, se você estiver querendo me consolar.*
GISELE: *Mais tarde, talvez. Agora tenho um encontro marcado com a banheira de gelo. Acabei de chegar na arena.*

Solto uma gargalhada quando leio a mensagem dela. Grandes mentes têm raciocínios parecidos, ao que parece. Ou pelo menos os jogadores de hóquei dedicados ao esporte. A porta apita atrás de nós, e Gigi entra no saguão.

Ela detém o passo quando nos vê, mas logo se recompõe, dispensando um olhar divertido na nossa direção. "Sério mesmo que é aqui que vocês vão passar a manhã de domingo? Seus manés."

Dou uma risadinha. "Você está fazendo literalmente a mesma coisa que a gente."

"Bom dia, Graham." Beckett levanta a cabeça e sorri para ela antes de voltar a atenção de novo para o celular, rindo sozinho.

"Tá rindo por quê?", pergunto, desconfiado.

Ele bloqueia a tela. "O quê?"

"Você está namorando?"

"Claro que não. Aqui é bicho solto, parceiro. Nada de gaiola." Ele dá uma piscadinha para Gigi.

"Vocês vão puxar ferro hoje?", ela pergunta.

"Eu vou, mas sozinho", responde Beckett. "O corajoso aí vai ficar mergulhado na água gelada."

Nós três entramos no corredor largo que leva ao vestiário. No meio do caminho, peço para eles esperarem e passo na cozinha do time para pegar uma maçã. Costumo comer bastante carboidrato depois dos jogos, e já estou com fome de novo, apesar de ter tomado um café da manhã reforçado em casa e comido dois muffins no jipe no caminho. Meu estômago está insaciável hoje. Como aqui não é permitida a entrada de comida ultraprocessada, vou ter que me virar com uma fruta.

"Foi um fim de semana de boas vitórias", Beckett está falando para Gigi quando volto.

"Valeu. Começamos a temporada com tudo. É a segunda vitória sem levar gols em duas semanas." Ela dá um tapinha no braço dele. "E vocês, que acabaram de conseguir a primeira vitória? Fofos demais."

Ele dá uma risadinha, e eu reviro os olhos. Mas sou obrigado a admitir que vencer esse jogo foi muito bom. Não foi bonito. Não sei se é uma coisa que eu iria querer no meu vídeo de melhores momentos. Mas só de eu ter conseguido fazer um gol... depois de dois períodos e meio de passes errados, falhas de comunicação e uma animosidade tóxica dentro do nosso time... enfim, não só fez bem para o meu ego como foi um verdadeiro milagre.

E que não saiu de graça, aliás. O hematoma nas minhas costelas faz o meu corpo inteiro doer até com uma brisa leve. Mas não é nada que um bom banho de gelo não resolva.

"Então você veio roubar o meu tempo na banheira?" Gigi estreita os olhos para mim. "Porque já vou avisando: banho de gelo é o *meu* lance."

"Ah, é? Tem certeza de que você aguenta?" Olho para ela de cima a baixo. "Não estou vendo muita carne nesses ossinhos. O frio vai chegar até a medula."

"Eu faço isso depois de todo jogo." Ela põe as mãos na cintura estreita. "Acho que hoje vou ficar uns vinte minutos."

"Que rebelde", provoco.

"Você acha que não consigo? Porque eu podia ficar lá dentro até uma hora, se quisesse", ela afirma, mas acho que está só brincando.

"Hipotermia deve deixar você gostosa." Beckett dá outra piscadinha para ela.

"Eu não aconselho você a ficar lá dentro uma hora, Gisele", digo com a maior educação.

"Para de querer atrapalhar os meus sonhos, principezinho."

"Olha só vocês dois, com apelidinhos e tudo." Beckett sorri para nós. "Vocês deviam ir pra cama."

Gigi tosse em cima da mão. "Pois é, mas não vai rolar", ela responde, e dou uma risadinha quando Beck não está olhando.

"Sério mesmo, por que não?", ele insiste. "Agora que você decidiu não embarcar no expresso Dunne..."

"Cara, para de falar de você mesmo desse jeito", ela manda.

"... esse cara aí é a segunda opção. Além disso, os filhos de vocês iam ser bem bonitos." Beckett faz uma pausa para pensar. "Mas o Colson ia surtar se isso acontecesse, então... provavelmente é melhor vocês não entrarem nessa."

Ele vai para o vestiário masculino, ignorando a expressão assustada de Gigi.

"Ele sabe?", ela cochicha quando ele se afasta.

"Acho que não. É só o Beckett sendo o Beckett", digo a ela.

"Enfim. Eu vou me trocar."

Faço o mesmo, vestindo um calção de banho enquanto devoro minha maçã com cinco dentadas. Jogo o que sobrou no lixo, ponho o chinelo e vou para as banheiras. Sou um adepto da imersão em água fria, mas sei que não é para qualquer um. Na primeira vez que você entra em uma banheira com gelo, quase não consegue respirar. Mas com o tempo vai criando tolerância. Agradável nunca é, mas uma imersão rápida tira dores musculares depois dos jogos e acelera o tempo de recuperação.

Gigi já está na sala de recuperação usando um maiô preto discreto que não deveria parecer tão sexy. Pela maneira como meu corpo reage, parece até que ela está nua.

Um brilho de aprovação surge em seus olhos acinzentados diante do meu peito exposto. Mas, quando me viro para colocar meu isotônico em um degrau do outro lado da sala, ela solta um suspiro de susto.

"Que foi?", olho por cima do ombro e percebo que a atenção dela está voltada para o meu hematoma. "Pois é, não está nada bonito", concordo.

Ela dá um gole de água antes de pôr a garrafa no chão.

"Que tal quinze minutos?", sugiro, indo até o timer perto da porta. "Sei que você prefere uma hora, mas acho que quinze minutos é um bom começo."

"Pode ser." A voz dela soa distraída.

Quando me viro, vejo que ela está mexendo no celular e numa caixinha de som portátil.

"Só estou pondo a minha playlist pra tocar", ela me diz.

Um pavor surge dentro de mim. "Não", respondo imediatamente.

"Ah, sim", ela confirma com um sorriso largo. "*Horizons*. Confia em mim, é a melhor coisa pra ouvir quando você estiver congelando aí nessa banheira."

"Eu não confio em você, e não tem como isso ser verdade."

"Estou só com duas opções de faixa, e vou ser legal e te deixar escolher. O que vai ser? O *bushveld* africano ou os campos da Carolina do Norte?"

"Porra, eu odeio a Carolina do Norte."

"Então vai ser a África."

Um instante depois, estamos cada um entrando em uma banheira gelada. Gigi solta um gritinho de desespero assim que seu corpo afunda.

"Tenho uma confissão", ela diz, ofegante.

Olho para ela e coloco os braços na borda da banheira, me divertindo com a cena.

"Por mais que eu goste de me gabar por suportar a água gelada, eu odeio esses banhos de gelo com a força de mil glaciares."

Concordo plenamente. Mas coisas boas nem sempre causam uma sensação boa.

Aos vinte e poucos anos, ouvi o chamado do bushveld *africano, que me recebeu para uma jornada intrigante, prometendo um banquete para os meus ouvidos. Até hoje, décadas depois, não me esqueço de seu coro poderoso e inconfundível.*

"Ó, Deus", resmungo. "Por quê?"

... eu me lembro dos passos retumbantes da mãe elefante chamando por seu filhote pela savana. O cantar incessante da cigarra africana enquanto eu fumava meu charuto perto da fogueira. Nessa noite aprendi que a íbis hadeda tem esse nome por causa do ruído que faz. Um ha-ha-ha-de-da... tão penetrante e diferente de tudo, que a tornou uma das poucas aves a ganhar um nome onomatopeico. Não consigo nem começar a descrever a sinfonia inesquecível que descobri na selva africana. E agora... vou transportar você para lá.

Ficamos sentados em silêncio por um tempo, com a selva africana servindo como trilha sonora para nosso tratamento fisioterápico.

"Por que você odeia a Carolina do Norte?", pergunta Gigi por fim, curiosa.

Encolho os ombros. "Fiquei perdido lá uma vez."

"Quer explicar melhor?"

"Não."

Ela dá risada. "Cara, você odeia mesmo falar."

"Obrigado por notar."

"Querido... isso não foi um elogio. Sabe quem também detesta falar? Os serial killers."

"Nada a ver... Tem um monte desses malucos do caralho que são fissurados pelo som da própria voz."

Escuto o barulho da água transbordando da banheira quando ela afunda um pouco mais. Sua cara é de dor. E está pálida de frio. "Viu o programa do meu pai ontem?"

Olho feio para ela. "Vi."

"Por que essa cara? Ele elogiou você."

"Elogiou nada."

"Ele disse que o seu jogo era eficiente e elogiou a sua habilidade com o taco."

"Não, quem falou isso foi o Jake Connelly. Seu pai pareceu quase precisar tapar o nariz pra concordar."

"Eu garanto pra você, se Jake te acha bom, o meu pai também acha. Você só precisa dar um jeito de fazer o cara superar o que aconteceu no mundial. Ele não suporta brigas." Ela fica em silêncio por um instante. "Não sei se você sabe, mas um dos motivos pelos quais a fundação do meu pai trabalha com tantas entidades que combatem a violência doméstica é porque ele também foi uma vítima."

Balanço a cabeça devagar. "Ah, sim, eu sabia disso." Várias matérias foram publicadas a respeito, principalmente porque o próprio Graham era um herdeiro da realeza do hóquei. O pai dele, o cara violento em questão, também era uma lenda do esporte.

"Acho que a preocupação dele é que não foi uma briga no gelo", Gigi me conta, bem séria. "Não foi uma coisa do jogo, em um ambiente de... agressividade controlada. Os atletas podem ser agressivos dentro dos limites das regras, né? Mas você agrediu alguém no vestiário."

"Pois é, agredi mesmo." Resolvo continuar falando antes que ela peça mais detalhes, o que sei que ela está louca para fazer. "Pode ser melhor falar bem de mim pro Connelly, então", digo secamente. "Porque o seu pai está começando a parecer uma causa perdida."

"Pode deixar. Vou ver a família dele nas festas de fim de ano e não vou falar de mais nada além de você."

Ouvir isso me provoca uma inveja que faço de tudo para ignorar. Não porque a vida dela seja cercada de gente famosa. É a parte da família que cutuca uma ferida profunda dentro de mim. Eu não tive nada disso quando criança, e sempre imaginava como seria ter uma família de verdade.

Parece ótimo.

Ela se mexe na banheira. A água se move, e ela estremece.

"Caralho, que frio", ela reclama.

"Parece até que é um banho de gelo."

"Olha, eu até curto sarcasmo, mas para com isso."

"É impossível agradar você. Se eu não falo nada, sou um serial killer. Se eu falo, você me mandar parar."

"Aliás, é a sua vez de contar alguma coisa. Quero ouvir essa história da Carolina do Norte."

"Não, deixa pra lá."

"Qual é. Me conta, quero dar umas risadas."

"Não sei se você iria rir muito dessa história." Dou uma olhada para ela com o canto do olho. "Tem certeza de que quer saber?"

Gigi assente com a cabeça.

Então encolho os ombros e falo sem rodeios. "Uma das minhas famílias adotivas provisórias em Phoenix decidiu que seria divertido alugar uma minivan, enfiar todas as crianças lá dentro e viajar para Myrtle Beach. A mãe tinha uma irmã lá. Logo depois de cruzar a fronteira da Carolina do Norte, quando paramos pra abastecer... acho que até já fizeram um filme sobre isso, né? Em que o garoto foi esquecido em casa? Enfim, eu fui esquecido no posto de gasolina."

"Quantos anos você tinha?"

"Dez."

"Ai, coitadinho."

"No começo, achei que eles iam voltar logo. Que iam pegar a estrada e perceber que eu não estava no carro. Então fiquei lá sentado perto da porta, jogando um videogame que o filho de verdade deles tinha me emprestado."

"Filho de verdade?"

"Ah, sim. A maioria dessas famílias têm filhos biológicos também. Só enchem a casa de crianças que não têm onde morar pra receber a grana do governo. Mas os filhos adotivos ficam sempre em segundo plano. Os filhos de verdade é que são a prioridade." Vejo que as feições de Gigi ficam mais suaves e continuo falando antes que as expressões de pena comecem a aparecer. "Enfim, eu fiquei lá, jogando e matando o tempo enquanto esperava. Passou uma hora. Depois, duas, três. Quando o caixa do posto saiu pra fumar um cigarro, me viu e chamou a polícia, dizendo que tinha uma criança abandonada lá."

"Putz."

"A polícia apareceu e me levou pra delegacia, onde esperei mais duas horas. Eles não estavam conseguindo localizar a Marlene. O celular dela estava sem sinal, e eu não sabia o nome da irmã porque aquela não era a minha família, né? Só depois de mais de sete horas a Marlene e o Tony perceberam que eu não estava lá. E só porque o filho deles começou a chorar e dizer que eu tinha ficado com o video game. Eles voltaram até o posto de gasolina, e o caixa falou: *A polícia levou ele*. Quando apareceram na delegacia, Marlene começou a gritar comigo por ter feito o filho dela chorar." Dou uma risadinha comigo mesmo. "Tomei uma surra por ter ficado com aquele video game."

"Tomou uma surra?", Gigi repete, inconformada.

"É, das boas." Fico encarando o vazio. "O marido dela era adepto das cintadas."

"Ai, nossa. E você só tinha dez anos?"

"Pois é." Recosto a cabeça e fecho os olhos.

"Não existe a menor chance de que os meus pais não fossem perceber se eu sumisse por horas e horas. Em uma hora no máximo eles iam surtar e mobilizar o bairro todo pra ir atrás de mim. Não consigo nem imaginar como isso deve se horrível, ser esquecido pelas pessoas que deveriam cuidar de você."

A voz de Gigi fica ligeiramente embargada.

Abro os olhos e me viro para ela. "Não começa", aviso.

"Que foi?"

"Não precisa ter dó de mim. Isso já passou, é página virada. Sou adulto agora."

"Isso não significa que eu não possa me sentir mal pelo que você passou quando era criança."

"Pode acreditar que essa criança sofreu coisa muito pior. Além disso, essa família não foi tão ruim. Eles são o motivo por que eu vou virar um jogador profissional. O pai gostava muito de hóquei e, quando descobriu que eu era bom, me colocou debaixo da asa dele. Comprou equipamentos, me levava nos treinos e nos jogos."

"Quanto tempo você morou com esse pessoal?"

"Três anos. Mas, quando precisei me mudar de novo, meu treinador já tinha me adotado, por assim dizer."

A conversa é interrompida por uns barulhos vindos da caixa de som. Depois de umas bufadas, vem um grito que parece ter sido dado debaixo d'água.

"Que porra é essa?", pergunto.

"Acho que é um hipopótamo." Gigi abre um sorrisão.

"Você sorri demais", reclamo.

"Ah, não. Pode me prender, então, policial."

Reviro os olhos.

"Acho que o verdadeiro problema aqui é que... é que você não sorri o suficiente."

"Meu rosto dói se eu sorrio."

"Mas você fica gostoso quando sorri. E parece uma pessoa mais acessível também."

Fico até pálido. "Tudo o que não quero é parecer uma pessoa acessível, gatinha. Deve ser um pesadelo."

Ela fica boquiaberta de tão perplexa. "Você me chamou de gatinha?"

"Chamei?" Eu nem tinha percebido.

"Chamou."

É... puta merda. Eu preciso me policiar mais.

Um breve silêncio se instala. Quer dizer, não muito breve. A sinfonia captada pelo gravador de Dan Grebbs ainda preenche toda a sala. E o timer deve estar para apitar a qualquer momento.

"Então, isso que a gente está fazendo...", começa Gigi.

Deixo escapar uma risadinha.

"Que foi?", ela retruca, na defensiva.

"Nada, é que eu já estava esperando por isso. Eu te chamei de gatinha. Não tinha como não acontecer."

"Esperando pelo quê?"

"Por essa discussão pela coisa de rótulo. Isso está gravado no DNA das mulheres, precisar saber sempre em que pé as coisas estão."

"E qual é o problema de querer saber em que pé as coisas estão? Quer dizer, sei que a gente só transou uma vez..."

"Faz diferença se na primeira noite foram várias e várias vezes?", pergunto, realmente curioso.

"Ah, faz toda diferença. É que nem a idade dos cachorros, né? Uma noite como aquela equivale a dois anos de namoro."

Solto uma risada pelo nariz, reproduzindo um som parecido com o do hipopótamo da selva africana.

"Mas... não tem nenhum sentimento envolvido, né? É só atração física." Ela faz um gesto com a mão, e depois uma careta quando a água bate em seu peito. "É só mais um exercício pra tirar a tensão do corpo. Né?"

Fico sem responder, e ela insiste.

"Então?"

"Você quer saber se tem algum sentimento envolvido?" Encolho os ombros. "Sentir meu pau dentro de você foi sensacional."

"Não foi isso que eu perguntei." Mas mesmo assim consegui deixá-la vermelha.

"E sentir você gozando enquanto sentava na minha cara foi maravilhoso também", continuo.

Ela está se contorcendo toda na banheira agora. Chega a ser bonitinho.

"Ah, para com isso", ela resmunga. "A gente está numa banheira de gelo."

"E daí?" Enfio a mão debaixo d'água e coloco na região da virilha.

Ela percebe. "Não vai me dizer que você consegue ficar de pau duro mesmo mergulhado numa água congelante. Sério mesmo?"

"Não", respondo com uma risadinha. Mas então fico sério de novo, porque sei que não tenho como escapar. "Escuta só. Esse lance de sentimentos não é a minha."

"Aaaah. Esse lance de sentimentos não é a sua", ela retruca com sarcasmo. "Nossa, Ryder. Como você é descolado e machão."

"Eu estou aqui abrindo o meu coração, e você tira sarro de mim?"

"Abrindo seu coração porra nenhuma. Só estou dizendo que você não escolhe se 'esse lance de sentimentos' é a sua ou não. Às vezes os sentimentos simplesmente aparecem."

"Não comigo." Apesar de nos últimos tempos eu andar duvidando um pouco disso.

Ela fica em silêncio por um instante e depois solta um suspiro. "Acho que no fim nem faz diferença, aliás. Eu também duvido que isso vá dar em qualquer sentimento."

Não existe nenhuma explicação lógica para a decepção que sinto ao ouvir isso.

Eu deveria ficar empolgado por ter me safado.

Então por que parece que tem uma faca enfiada na minha barriga?

"Nós somos diferentes demais. Por exemplo, o que eu mais gosto de ouvir é isso..." Ela aponta para a caixa de som. "Esses sons lindos e relaxantes da natureza. Já você provavelmente gosta de death metal."

O timer apita.

"Graças a Deus", ela grita, ficando de pé um nanossegundo depois. Ela corre até a toalha, visivelmente tremendo.

Saio da banheira e pego a minha também.

"Costumo fazer cinco minutos de sauna depois", Gigi me conta.

Ela me olha, e não consigo segurar o sorriso.

"Então vamos lá", respondo.

Duas portas adiante fica a sauna seca. O calor lá dentro é um paraíso quando encontra meu rosto ao entrarmos. Gigi ajusta o timer para cinco minutos, depois me lança um olhar cheio de curiosidade.

"Você já transou numa sauna?"

Obviamente, o meu pau se eriçou todo com a ideia.

Mas dou uma de difícil. "É muita presunção sua achar que vou transar com você aqui."

Ela fica boquiaberta.

Com um sorriso zombeteiro, passo direto por ela e vou me sentar no banco acima. Esse calor é perfeito depois do banho de gelo. Meus poros se abrem todos, e a sensação é fantástica. Ainda estou dolorido por causa das pancadas da noite passada, mas nem tanto quanto antes. O corpo é uma máquina incrível, mesmo.

Como se fosse para me castigar, Gigi senta no outro banco. Nós nos encaramos naquele espaço diminuto. Meu olhar se concentra nas coxas firmes que aparecem pelas laterais de seu maiô preto.

"Gostei desse maiô", digo.

"Até parece. É o traje de banho mais puritano do mundo."

"É por isso que eu gosto. Cobre você inteirinha. Me faz imaginar tudo o que tem por baixo."

"Você já viu tudo o que tem por baixo."

Abro um sorrisinho. "Pode apostar."

"O que vai fazer mais tarde?" Ela faz uma pausa. "Espera aí, vou tentar adivinhar. Aposto que vai pra casa escrever poemas deprimentes ouvindo death metal."

Solto uma gargalhada. "Preciso terminar um trabalho sobre a história da Grã-Bretanha, mas fora isso, mais nada. Eu até chamaria você pra ir lá em casa, mas os caras vão estar lá." Em seguida, levanto uma sobrancelha. "Mas posso ir visitar você no alojamento, se quiser."

"Pode ser à noite? Tenho um compromisso depois daqui."

"Pode, o que vai fazer à tarde?"

Ela me lança um olhar. E diz: "Não quero contar".

E isso, obviamente, eleva a minha curiosidade ao máximo.

"Bom, agora você vai ter que me contar."

"Nada disso. Porque você vai fazer alguma piadinha, e isso é uma das minhas coisas favoritas do mundo, e não quero ouvir nenhum comentário desdenhoso a respeito."

"Olha só você, usando palavras difíceis."

"Você acha que *desdenhoso* é uma palavra difícil? Está precisando de uma ajudinha com seu vocabulário? Se for o caso, posso fazer uma lista de palavras. Ou te emprestar um livro sem ilustrações, presumindo que saiba ler."

Solto um risinho de deboche. "Eu leio pra caramba."

"Aham."

"Leio mesmo. Você conheceu o meu quarto. Viu os livros que tenho em cima da mesa."

"Eram livros da faculdade."

"Alguns. Mas os outros eram só não ficção mesmo. Livros de história."

"História! Aí sim", ela diz, balançando a cabeça. "Isso é uma boa. É a melhor forma de você cair nas graças do meu pai."

"Como assim?"

"Ele é viciado em história. Fica vendo aqueles documentários entediantes o tempo todo. Tipo, teve umas férias em Tahoe em que ele forçou todo mundo, até os convidados, a ver uma série com dois episódios sobre porta-aviões antigos."

Eu até me sento direito. "Puta merda. Essa série é boa pra..."

"Ai, meu Deus", ela me interrompe. "Está vendo? Vocês têm tudo pra serem melhores amigos."

"Eu não vou conversar com Garrett Graham sobre história. Só sobre hóquei."

"Esse é o seu problema. Da próxima vez que se encontrarem, devia falar, tipo: *Ei, e aquelas mulheres que dirigiam ambulância na Primeira Guerra, hein?*"

Não consigo segurar a gargalhada. Acho que nunca ri tanto com qualquer outra pessoa quanto com ela.

"Não vou fazer isso", aviso.

"Só estou dando a ideia."

O timer apita e nós dois nos levantamos. Quando ela se vira para a porta, admiro sua bunda e não resisto à tentação de me aproximar por trás. Aperto aquelas nádegas empinadinhas com as duas mãos e apoio o queixo no seu ombro. "Eu adoro a sua bunda."

Ela se vira para sorrir para mim. Não resisto e beijo a curva perfeita de sua boca enquanto aperto a curva perfeita de sua bunda.

Gigi tenta se virar para mim, mas eu a mantenho onde está. "Não. Fica assim mesmo."

Escuto a respiração dela ficar trêmula quando me aproximo um pouco mais. Estou colado a ela, e ela começa a se esfregar em mim. Enfio um dedo por baixo do tecido que a cobre, sem parar de acariciar sua bunda farta. Tão lisinha. Perfeita.

Eu a conduzo até os bancos, pego minha toalha e estendo sobre o banco de madeira.

"Fica de quatro com as mãos na toalha", murmuro.

"Mas e se alguém...?" Ela lança um olhar para a porta.

"Então vai ter que ser uma rapidinha, né?"

O que provavelmente não vai ser problema, já que o meu pau está latejando.

Estou duro feito pedra, e sei que ela está sentindo, colada na bunda, uma ereção que eu não conseguiria disfarçar nem se quisesse. Projeto os quadris para a frente, empurrando de leve o tecido do maiô. Mais uma vez, ela tenta se virar, e acho que vai me pedir para parar. Dizer que é perigoso demais. Sim, é domingo, e o prédio está quase vazio. Mas não totalmente. Tem gente aqui, e uma dessas pessoas poderia entrar aqui a qualquer momento.

Mas ela me surpreende. Quando vira a cabeça, seus olhos estão em chamas.

Ela lambe as gotas de suor sobre o lábio superior e diz: "Me usa".

Um sorriso se abre no meu rosto, porque foi a mesma coisa que eu falei antes que a gente transasse. E que repeti durante o ato.

Ouvir essas palavras saírem dos seus lábios desperta em mim um instinto primitivo.

Me usa.

Respiro fundo, mas o oxigênio não chega aos meus pulmões. E o que está me sufocando não é o ar quente da sauna. É o tesão acumulado que até fecha minha garganta.

Eu me acaricio através do calção de banho. A rigidez pressiona o tecido. Estou duro como granito. Puxo de lado o maiô dela e passo um único dedo pela abertura de sua vagina. Ela está molhada para mim.

Gigi respira fundo. As gotas de suor que escorrem pelo seu rosto ficam presas nas clavículas. Com a bunda assim empinada, é como se ela estivesse exibindo seu corpo escultural para mim. Se oferecendo para mim. E eu quero enfiar minha pica nela.

Tiro o pau para fora e apoio o peso do membro entre as nádegas dela.

"Você quer ser usada?"

"Um-hum."

"Ah, é? Quer que eu faça o que quiser com esse seu corpinho gostoso? Vai me obedecer e ficar de quatro pra mim enquanto eu estiver metendo em você?" Solto o ar quente dos pulmões com força. "Talvez hoje eu nem deixe você gozar. Talvez eu queira gozar sozinho hoje, só eu."

Ela solta um gemido agoniado.

"Isso pode ser um problema", Gigi consegue dizer.

"Ah, é?" Esfrego a cabeça do meu pau em sua abertura. Ela está toda molhada, e não só de suor. O mel de sua excitação se acumula bem na ponta da minha pica. "Por quê?"

"Porque vou gozar assim que você meter em mim."

Solto um grunhido baixo e urgente e dou uma estocada para dentro dela. O encaixe é tão perfeito que estremeço inteiro.

Minha nossa. Com essa garota, as coisas só melhoram. E eu pensando que nada poderia superar aquela primeira noite, quando me perdi dentro dela várias e várias vezes.

Mas está acontecendo de novo. Estou me deixando levar totalmente. Ela também. Está mordendo os dedos para não gritar. Esqueci onde estamos e não estou nem aí se alguém aparecer. Podem até entrar, se quiserem.

Recuo os quadris e os projeto para a frente de novo. Uma vez, duas vezes, três vezes, e para Gigi isso basta. Ofegante por causa do orgasmo, ela delira nas ondas que ele causa enquanto continuo com as estocadas. Fortes e aceleradas. Segurando a cintura dela, puxando a bunda dela na direção do meu pau. É a definição perfeita de uma rapidinha. Menos de dez segundos depois, solto um gemido estrangulado, sentindo meu saco enrijecer.

Quando estou prestes a gozar, percebo que estou sem camisinha.

Puta que pariu.

Isso nunca me aconteceu antes. Nenhuma vez na vida. Nem mesmo quando era um adolescente que comia qualquer uma que cruzasse o meu caminho. Eu sempre lembrava da camisinha.

Gigi Graham me faz perder a cabeça.

É tarde demais para deter o orgasmo, mas consigo tirar de dentro a tempo. O prazer explode dentro de mim e entra em erupção na forma de jorros sobre a bunda dela, caindo inclusive sobre seu maiô.

Com a respiração pesada, consigo dizer: "A gente não usou camisinha". Solto um palavrão, pegando a toalha para limpá-la.

O peito dela infla quando Gigi puxa o ar com força. "Ai, não. Desculpa."

"Não foi culpa sua. Quem fez a burrada fui eu."

Ela pega a toalha da minha mão e começa a se limpar. "Se está preocupado comigo, eu tomo pílula", ela avisa, meio sem jeito. "E não tenho nenhuma IST. Você tem?"

"Eu faço exames depois de cada nova parceira", admito.

"Sério mesmo?"

"É. Eu levo isso a sério. Sou uma pessoa muito cautelosa, caso você não tenha percebido."

"Eu fiz exame pela última vez antes das férias, então faz um tempinho. Mas não transei com ninguém além de você desde aquela época."

Acredito nela. E espero que ela tenha acreditado em mim, porque realmente não brinco em serviço quando o assunto é saúde sexual.

Gigi morde o lábio inferior como se tivesse mais alguma coisa a dizer. Em vez disso, segue na direção da porta. "Preciso ir. E ainda tenho que tomar banho antes de sair."

Coloco meu calção de banho no lugar e a sigo para fora da sauna. "Não vai mesmo me contar pra onde está indo?", questiono.

Ela fica hesitante. E em seguida dá de ombros. "Tá bom. Por que não vem comigo, então?"

28

GIGI

Existe algo mais legal que borboletas?

Quando entramos no SUV, meu celular se conecta automaticamente, e começa a tocar a primeira faixa da minha playlist.

Assim como qualquer pai com um desejo de viajar impossível de conter até mesmo por um bebê recém-nascido em casa, estava ansioso para ensinar ao meu filho a magia auditiva que a natureza tem a oferecer.

No banco do passageiro, Ryder segura a cabeça entre as mãos.

Viajei junto com Helen, minha esposa, e Steven, nosso filho, para um lugar que pode não ser o primeiro a vir à mente quando se pensa em uma experiência auditiva pura. O Atlântico Norte. Mesmo assim, ficamos fascinados pelas conversas das jubartes no St. Lawrence e os gritos penetrantes das aves marinhas. Passamos horas imitando o vibrato gutural que escapa de seus bicos enquanto buscam alimento no mar. E esses são só os gansos! Nada é capaz de preparar uma criança pequena para o barulho causado por milhares de aves marinhas na hora do jantar. E agora... vou transportar você para lá.

"O que você tem contra música? Sério mesmo", pergunta Ryder.

Mostro o dedo do meio para ele.

Saio da Briar em direção à rodovia. Em um sinal vermelho, percebo que Ryder fecha a cara enquanto digita uma mensagem no celular.

"Está tudo bem?", pergunto.

Ele manda a mensagem e repousa o celular sobre a coxa. "Ah, sim. Tudo bem. É só mais uma notícia sobre o novo diretor esportivo do Dallas. Julio Vega. Acho que ele não está muito contente com o desempenho da Briar na temporada. Mas disse pro Owen que gostou de como fiz o meu gol."

"Owen?"

"McKay", explica Ryder. "Ele é o profissional com quem eu falei outro dia."

Fico boquiaberta. Até tiro os olhos da rua para olhar para ele. "Sério mesmo? Você ficou me enchendo o saco por ter um pai famoso com amigos famosos e é amiguinho do *Owen McKay*?" Ele é um dos jogadores mais famosos da NHL no momento. "Quem é o amigo das celebridades agora? Você pode apresentar a gente?"

Ele estreita os olhos.

"Estou falando sério. Sou muito fã do Owen McKay. Como vocês se conheceram?"

"A gente é amigo de infância, crescemos praticamente juntos lá em Phoenix." Ele vira os olhos para a rua.

"Que legal. Ei. Você podia perguntar se ele pode doar alguma coisa pro leilão. Uma camiseta autografada! A gente pode mandar enquadrar."

Ryder dá de ombros. "Acho que dá pra arrumar, sim."

"Vou mandar uma mensagem pra Whitney e contar pra ela. Sério mesmo, ia ser muito foda."

Meia hora depois, chegamos a um lugar bastante familiar para mim. As placas coloridas me guiam até as vagas de estacionamento.

Ryder bufa, resignado. "O jardim das borboletas?"

Sorrio para ele, que solta um suspiro.

"Se eu contasse, você não iria querer vir", protesto.

"Bom, claro. Pensei que a gente fosse fazer uma coisa mais legal."

"Existe algo mais legal que borboletas?"

"Você está brincando comigo, né?" Ele me observa atentamente. "Não sei se você está brincando ou falando sério."

"Seríssimo. Esse é o meu lugar preferido na cidade."

Desligo o carro, e os sons de *Horizon* cessam. Descemos do SUV, e a relutância de Ryder é visível. Há uma pequena cabana do lado de fora do local onde os ingressos são vendidos, mas faço um gesto para Ryder passar direto e ponho a mão na carteira.

"A gente não precisa comprar ingresso. Eu sou sócia. E você está com sorte: a minha anuidade dá direito a um convidado por visita."

"Você paga anuidade no jardim das borboletas."

"Já falei, é o meu lugar favorito. Venho aqui o tempo todo."

Mostro minha carteirinha no portão, e assim temos acesso ao borboletário fechado, ou seja, quase seiscentos metros quadrados de paraíso. Imediatamente, meu rosto inteiro se ilumina. Assimilo alegremente a visão das borboletas contra o pano de fundo de plantas tropicais. Estamos cercados de cores lindíssimas. Desde os tons pastel bruxuleantes aos azuis iridescentes, com marrons e amarelos e vermelhos se imiscuindo para criar um arranjo magnífico. Trouxe Mya uma vez aqui, e ela disse que se sentiu dentro de um arco-íris. *Acho* que foi um elogio?

"É assim que eu imagino que o paraíso deve ser", digo para Ryder, sentindo a leveza no meu peito acelerando meus passos. "Olha só isso. Já viu alguma coisa mais linda?"

Encontro seus olhos azuis, também de cores vívidas, fixados no meu rosto.

"Que foi?", eu digo, envergonhada.

Ele limpa a garganta. "Nada. Você tem razão. É bonito aqui."

Seguro sua mão e puxo mais para a frente. "Vem cá."

Passamos por um laguinho de carpas cercado por uma vegetação luxuriante e por uma cascata borbulhante. O jardim está cheio de visitantes hoje. Passamos por um grupo de pais com suas criancinhas percorrendo os caminhos serpenteantes. Desviamos de um casal de mãos dadas em uma das estações de alimentação. Estão vendo uma pequena monarca laranja e preta sugar um pouco de néctar.

"Eu não entendo você", diz Ryder, num tom meio rouco.

"O que você não entende?"

Ele encolhe os ombros.

"Não. Me fala."

"É que você... não é como eu imaginava", ele admite.

"Sei. E como você imaginava que eu fosse?"

"Sabe, tipo, uma jogadora de hóquei bem séria, que só pensa em hóquei."

"Eu posso levar o hóquei a sério e ter outros interesses."

"Tipo borboletas", ele ironiza.

"O que você tem contra borboletas?" Faço um gesto para mostrar todas as criaturas lindas que estão voando ao nosso redor. "Olha só como elas são lindas."

Nós enveredamos por um novo caminho, mais tranquilo, porque não tem crianças por perto. Alguns metros adiante, uma mulher de cabelo cor-de-rosa está fotografando uma borboleta marrom-amarelada pousada em uma folha.

Ryder me dá uma espiada de canto de olho. "Acabei de perceber uma coisa... nunca vi você tirando fotos."

"E eu deveria?"

"É estranho. Praticamente todo dia vejo alguma garota tirando foto de alguma coisa pra postar nas redes sociais. Vi um monte de líderes de torcida outro dia no gramado do campus posando pra, sei lá, um milhão de fotos. Uma delas ficava analisando cada foto e depois pedia para as colegas tirarem outra."

"Ah, não se engane, a galeria do meu celular está lotada de fotos. Só não tiro mais fotos aqui porque da última vez que conferi, a memória do meu celular tinha umas dez mil fotos de borboletas, sério mesmo. E esse negócio de postar o que eu fotografo, acho nada a ver. Eu não curto redes sociais." Inclino a cabeça para ele. "E imagino que você também não, né?"

Ele começa a rir.

"Pois é, que pergunta."

"Você sabe das coisas, Gisele." Ele encolhe os ombros. "Mas estou surpreso por você não estar nessa."

"Por que a surpresa?"

"Porque você é uma garota, ora."

"E só por isso preciso ficar postando um monte de fotos de biquínis e selfies? Quer saber de uma coisa interessante? Às vezes dá pra tirar fotos e guardar só pra você, sem compartilhar com o resto do mundo."

"As fotos de biquíni eu gostaria de receber. Onde eu me inscrevo?"

Sorrio. "Vou começar a mandar uns boletins semanais pra você."

"Valeu. Agradeço."

"E eu estava nas redes sociais, aliás", conto para ele. "Ainda tenho as contas, mas estão em modo privado, ou desativadas. Aquela minha antiga amiga pegou pesado comigo por lá. Foi quando eu percebi que não queria que a minha vida estivesse na internet. Os meus momentos são meus e de mais ninguém." Aponto para as borboletas e mariposas voando livremente ao nosso redor. "Isto aqui é só pra mim."

Continuamos andando, e o calor começa a bater. O borboletário é quase todo de vidro, e o sol de outubro aquece ainda mais seu ambiente tropical.

"Está parecendo que estamos na sauna de novo", resmunga Ryder, enrolando as mangas da camisa Under Armour cinza.

Bem que eu queria estar na sauna. Porque assim ele estaria metendo em mim de novo.

"As borboletas precisam do ar quente para voar. Você não quer que elas voem, Ryder? Quando começou essa sua antipatia por elas?"

"Desde pequeno", ele responde, fingindo estar sério.

Adoro vê-lo assim brincalhão. E quero tanto curtir esses momentos que estou determinada a não pensar demais no que estamos fazendo.

Paramos em frente a uma estação de alimentação, onde leio as informações em uma placa em uma árvore próxima. Não importa quantas vezes eu venha aqui, sempre aprendo algo novo. Os caminhos e estilos de vegetação são numerosos demais para conhecer tudo de cor.

"Ah, olha só, você fez uma nova amiga", comento, toda contente.

Ryder vira o pescoço e estreita os olhos para ver a borboleta azul que pousou no seu ombro.

"Coitada." Estalo a língua. "Ela ainda não sabe que você é um babaca."

Com uma risada, continuo percorrendo o caminho. Estou com um ótimo humor hoje. Primeiro, a transa na sauna, e agora estou aqui. Este lugar sempre consegue me revitalizar. E talvez... por mais ranzinza e pouco comunicativo que ele possa ser... uma pequena parte de mim esteja contente por estar na companhia de Ryder.

"Então, o que mais você curte?"

Paro de andar na mesma hora.

"Está me dizendo que quer me conhecer melhor?" Meu queixo vai parar no pé.

"Ah, esquece." Ele passa por mim.

Eu me apresso atrás dele. "Não, a gente pode falar disso sim. Pode me perguntar o que quiser. Mas tudo o que me perguntar", aviso, "vai ter que responder também."

"Isso está me cheirando a cilada."

"É assim que funciona."

"Tudo bem", ele concorda, por fim. "Qual é a sua cor favorita?"

"Uau. Que pergunta difícil, hein?"

Minha nossa, esse cara fica reticente em revelar até o detalhe mais insignificante sobre ele. Cor favorita. Rá. Tem alguém querendo fugir da conversa aqui.

"Verde", respondo. "E a sua? Espera, deixa eu adivinhar... preto, pra combinar com sua simpatia encantadora?"

"Cinza."

"É basicamente a mesma coisa. Que tom? Claro? Escuro?"

"Um tom intenso de ardósia. Tempestuoso, como os seus olhos."

Meu coração dispara dentro do peito. Ele não está tentando ser romântico, mas gostei de ouvir isso. Até demais, na verdade.

Começo a ficar preocupada com o problema no qual estou me metendo. Preciso lembrar a mim mesma o tempo todo que é só um lance casual. Ryder já falou que esse lance de sentimentos não é a dele. E, de verdade, é difícil me imaginar namorando um cara assim. Ele é muito caladão. Extrair detalhes dele é difícil como arrancar um dente. Fiquei exausta só de convencê-lo a me contar uma história triste de sua infância.

Mas também é verdade que, se *eu* tivesse tido uma infância cheia de histórias tristes, talvez não quisesse falar a respeito.

"Som favorito?" A pergunta dele interrompe os meus pensamentos.

"Som? Que pergunta estranha." Penso a respeito. "O da chuva. Adoro barulho de chuva. E o seu?"

"Um disco acertando as placas do rinque."

"Ah, esse é muito bom também."

"Posição favorita no sexo?"

Eu me viro para dar uma boa encarada nele. "Nada de falar sacanagem no jardim das borboletas."

"Por que não?"

"Este lugar é livre para todas as idades."

"Ah. Bom, então acabei de deixar proibido pra menores. Achou ruim?"

Ele chega mais perto, e respiro fundo. Fica difícil levar oxigênio para os pulmões, e não só por causa do calor tropical da brisa que sopra no jardim. Ao nosso redor, as borboletas revoam. Perseguem umas às outras em meio às flores. Algumas passam dançando por cima da cabeça de Ryder. É o momento mais Disney possível, mas o brilho nos olhos dele é totalmente pornográfico.

“Posição favorita no sexo?”, ele insiste.

Faço força para engolir, porque de repente a minha boca ficou seca. “Gosto de ficar por cima.”

“Por quê?”

“Porque estimula um pontinho gostoso, por dentro e por fora.”

Ele abre um sorriso safado. “Você gosta de esfregar o clitóris em mim enquanto senta no meu pau?”

Mal consigo respirar. “Ai, meu Deus. Para de falar sacanagem.”

“Você acha que isso é falar sacanagem? Que gracinha.”

Solto uma risada. “Então tá. Qual é a *sua* posição favorita no sexo?”

“Qualquer uma na qual meu pau entre em você vai ser sempre a minha posição favorita.”

Ah, sim, definitivamente estou me enfiando em problemas.

29

RYDER

Como lidar com o vício em pornografia

Tomar banho com outras caras ao redor já não é a situação ideal. Tomar banho no meio de um monte de homens que detestam você é ainda pior. O auge do desconforto. E não existe nada mais constrangedor do que jogar conversa fora estando pelado.

Colson e eu fomos os últimos a sair do gelo hoje de manhã, porque um dos assistentes técnicos queria fazer um treino de passes, então também somos os últimos a entrar no chuveiro. E precisamos ser rápidos, porque temos que estar na sala de vídeo em dez minutos para uma reunião convocada de última hora. Pelo menos não é no auditório, o que significa que Sheldon e Nance não vão estar lá para a sessão de tortura deles hoje. Pelo menos é o que eu espero. Meio que estou esperando por uma emboscada deles, em que vão aparecer com a filmagem da festa de casamento e talvez também vídeos da infância que compartilharam.

Estamos cada um em uma cabine, mas com divisórias que só chegam até a cintura, então ainda consigo ver o cara pelo canto de olho. É assim que percebo que seus olhos estão sobre mim quando esfrego os cabelos com as mãos para tirar a água.

"Que foi?", pergunto, irritado, olhando na direção da cabine dele.

"Você morreria se tivesse uma atitude mais positiva durante os treinos?"

"Com você? Como assim, está querendo que eu massageie o seu ego?"

"Não, comigo não. Eu não preciso desse tipo de coisa. Estou falando dos outros caras."

"Ah, é?"

"É. Woody e Tierney estão matando a pau nos *face-offs*. E o Larsen destruiu no jogo passado com aquele tiro que ele mandou."

"Ah, sim, mas quando é que você elogia os caras do Eastwood?", retruco.

"Não existem mais os 'caras do Eastwood'", ele responde, frustrado. "Somos todos da Briar."

"Beleza... quando é que você elogia os caras novos da Briar? Pelo que eu vi, o Lindley mandou muito bem no treino ontem fintando você. Você deu um tapinha nas costas dele, por acaso?"

Case pelo menos tem a decência de parecer culpado. "Então tá", ele murmura.

"É só uma observação." Encolho os ombros. "É uma via de mão dupla, cara."

"Tudo bem. Eu vou me esforçar mais também. Era isso que você queria ouvir?"

"Eu não queria ouvir porra nenhuma. Foi você que começou com essa conversa."

"Beleza então. Foi bom conversar com você, Ryder, como sempre."

Viro a cabeça para o outro lado. Simplesmente não consigo falar numa boa com esse cara. A verdade é que a culpa é dele porque, no fim das contas, os anfitriões são eles. Nós ainda somos os que caíram aqui de paraquedas. É ele que precisa construir essa ponte, não eu.

Eu me seco depressa com a toalha e vou logo me trocar. Case faz a mesma coisa, vestindo uma regata por cima da cabeça. Ele tem umas tatuagens nos braços. Depois de dois meses compartilhando o vestiário, eu já as tinha visto antes. A do bíceps direito é uma cruz, mas sem uma vibe muito religiosa. É em estilo celta, com vários floreios. Case veste um moletom preto e dourado com capuz da Briar e vira as costas para mim.

Fico me perguntando se é isso que Gigi curte, caras tatuados. Mas acho que isso não importa tanto, porque ela não está mais transando com ele, né?

Não. Com certeza não.

Amarro os cadarços, pego a minha mochila, jogo por cima do ombro e vou para a sala de vídeo, com Case no meu encalço.

O treinador está ao lado do projetor. Todo mundo já está sentado, conversando entre si. Quando Case e eu nos acomodamos, o treinador começa a reunião.

Ele abre o notebook. "Fiquei sabendo de uma coisa", ele diz, olhando para toda a sala. "Geralmente, eu não precisaria falar disso, porque não é da minha conta."

Ok. Isso atraiu a nossa curiosidade.

"Mas chegou ao meu conhecimento, por causa das novas regras do campus sobre conduta apropriada e possíveis problemas de saúde mental, que precisamos orientar vocês se alguma coisa assim vier à tona."

"Que porra está acontecendo?" Beckett parece achar graça.

Jensen fica bem sério. "Vamos começar. Em primeiro lugar, não fui eu que elaborei esse PowerPoint. Quero deixar isso bem claro. Tenho mais o que fazer da vida."

Risadinhas ecoam pela sala.

Ele aperta uma tecla do notebook e o slide de abertura aparece.

COMO LIDAR COM O VÍCIO EM PORNOGRAFIA

Alguém cai na gargalhada.

"Que porra é essa?", pergunta Trager.

"Eu não nasci ontem", começa Jensen. "O sexo é uma questão a ser levada em conta. A pornografia também. Está disponível em qualquer celular. Eu entendo. Não digo que é uma coisa saudável, porque, enfim, procurem logo uma mulher de verdade. Ou homem", ele complementa. "Ou os dois. Não me interessa o que vocês gostam. Não acho que ver vídeos pornô por várias horas seguidas faça bem pra vocês, mas, desde que seja na privacidade do quarto de vocês, tudo bem. Bota pra fora."

"Que piadista", alguém comenta.

"Não foi intencional. Eu não sou fã de piadinhas de duplo sentido. Enfim, resumindo... no quarto de vocês? Beleza, estou cagando e andando. Mas o consumo de pornografia no ambiente da universidade, o que inclui as bibliotecas, não é uma coisa que o corpo docente tolera."

"Cara, ele está falando de você", Rand diz em alto e bom som, virando para Shane. Em seguida cai na gargalhada e, por algum motivo, o treinador deixa rolar.

Rand está se matando de rir, curvado sobre a mesa, com os ombros largos se sacudindo.

Nem eu consigo me segurar. Ponho a mão fechada na frente do rosto para disfarçar o riso.

Shane me lança um olhar de puro ódio.

Franzo os lábios. Apesar de achar graça, sinto também uma pontada de culpa. Nós dois sabemos que o responsável por isso sou eu. A fofoca sobre o vídeo pornô na biblioteca chegou longe. Mas ele só estava encobrindo as coisas para mim e para Gigi.

"Você está fodido na minha mão", ele murmura, ameaçador.

"Dito isso, uma questão que foi colocada foi que, se alguém faz isso em um prédio da universidade, pode não ter o autocontrole necessário para o convívio e talvez exista algum problema mais sério envolvido. Eu não vou citar nomes aqui... Lindley", ele fala, bem sério.

A sala inteira cai na risada.

Ele levanta a mão para pedir silêncio e olha bem para Shane. "Preste bastante atenção, filho. Alguém teve o trabalho de elaborar esse PowerPoint por sua causa, então nada de ser babaca e não dar a mínima."

O treinador aponta para o médico do time, que toma a frente.

"Bom dia, meninos. Hoje vamos conversar um pouco sobre dopamina, certo?", o dr. Parminder começa, com um tom de voz seco e eficiente. "Vamos dar uma olhada no primeiro slide. A dopamina é um neurotransmissor que funciona como um mensageiro químico entre os neurônios do cérebro. E também faz parte do sistema interno de recompensa, ou seja, nas atividades que te trazem prazer, a dopamina é excretada."

Shane esconde a cabeça entre as mãos. Preciso me segurar para não estender o braço e dar um tapinha no seu ombro. Acho que o risco de um soco na cara é alto se tentar fazer isso.

O dr. Parminder continua. "E, quando se masturbam, vocês sentem prazer."

Patrick Armstrong cai na gargalhada.

Acho que até isso aqui acabar, pelo menos uma pessoa vai acabar mijando nas calças.

À noite, naquele mesmo dia, Gigi está na minha cama, e estou recapitulando os acontecimentos do dia, que começou engraçado e terminou deprimente. Empatamos nosso jogo contra a Universidade de Boston. É melhor que uma derrota, eu acho, mas eles nem de longe são o melhor time da conferência e não era para ser um jogo tão complicado. Isso é muito irritante. Sim, ainda faltam quase trinta jogos, então ainda é possível dar a volta por cima, mas essa temporada já está com cheiro de fracasso.

"Não acredito que o Jensen fez isso." O rosto de Gigi treme contra o meu peito numa risada silenciosa. "O Shane ficou puto?"

"Putaço. Você precisa ver a mensagem que ele me mandou depois." Pego o celular na escrivaninha, porque é o tipo de mensagem que precisa ser lida na íntegra.

Deitada ao meu lado, Gigi fica me observando enquanto abro o aplicativo de mensagens.

De repente ela fica toda tensa e rígida, como se estivesse recebido um choque com um bastão elétrico.

"Que foi?", pergunto, preocupado.

"Nada."

"Gisele." Ela se recusa a me encarar, então levanto o queixo dela para olhar em seus olhos. A mágoa e a raiva contorcem suas lindas feições. "O que foi?"

Depois de um tempo em que a hostilidade nos olhos dela só aumenta, Gigi enfim bate com o dedo na tela e murmura: "Se você não quer que uma mulher saiba das suas mentiras, pode ser melhor não esfregar na cara dela".

De que porra ela está falando?

Olho para o celular, tentando entender...

E caio na gargalhada.

"Você acha isso engraçado?", ela esbraveja.

Gigi tenta se sentar, e empurra as minhas mãos, indignada, quando vou segurá-la.

"Não é o que você está pensando, eu juro."

"Essa mensagem é bem clara. Ou foi você que mandou e está morrendo de tesão por alguém que não a mulher pra quem prometeu exclusividade, ou alguma garota está morrendo de tesão por você, que gostou tanto da mensagem que quis guardar e deixar aí pra qualquer um ver.

"É uma mensagem do grupo", digo, sem conseguir parar de rir.

"Uma mensagem do grupo." O tom dela continua irredutível. E áspero como uma lixa.

"O grupo dos caras do Eastwood", explico. "Todo mundo faz parte. E essa é a mensagem que a gente manda antes dos jogos." Eu abro a conversa e mostro para ela. "Está vendo?"

Ela vai rolando as mensagens idênticas.

BECK: *Estou morrendo de tesão por você*
POPE: *Estou morrendo de tesão por você*
KANSAS KID: *Estou morrendo de tesão por você*
NAZZY: *Estou morrendo de tesão por você*

Ela para de ler. "Não entendi nada."

"É uma coisa tão idiota que dá até vergonha de explicar."

"Mas tenta, por favor."

"Patrick, o Kansas Kid, tem essa mania patética de se apaixonar por uma garota em, tipo, uns dez segundos. E, quando isso acontece, ele bombardeia a coitada com mensagens românticas, flores..."

"Você não pode falar nada. Me dá flores o tempo todo."

"Foram só duas vezes", eu protesto. "Isso não conta como o tempo todo."

"É o dobro de vezes que eu esperava de você."

Nessa ela me pegou.

"Enfim, no ano passado, na primeira rodada dos play-offs, ninguém acreditava que a gente fosse ganhar, porque ia enfrentar o time número um da conferência, que vinha de uma sequência de vitória de vinte jogos seguidos. Aí, mais ou menos uma hora antes do jogo, Patrick mandou sem querer uma mensagem que era pro novo amor da vida dele pro grupo do time. Obviamente, todo mundo ficou zoando com a cara dele até não poder mais."

"Mas vocês ganharam o jogo", ela adivinha.

"Pois é."

"Os jogadores de hóquei e suas superstições."

Ela continua a rolar a conversa com uma risadinha. "Sério mesmo que vocês mandam essa mensagem antes de todos os jogos?"

"Infelizmente."

Gigi se apoia sobre os cotovelos, parecendo arrependida. "Desculpa ter te acusado de mentir pra mim."

"Eu não minto", respondo simplesmente. "Porra, é a minha sinceridade que acaba estragando tudo com as garotas."

"Foi uma besteira minha pensar isso."

"Sempre vou ser sincero com você. Porque não sei ser de outro jeito."

"Eu sei, e adoro isso em você." Ela solta um suspiro. "Então... acho que exagerei um pouco."

"Um pouco?", ironizo. "Mas achei a Gigi ciumenta uma delícia."

"Eu não estava com ciúme..."

Ela dá um gritinho quando eu a deito de costas e pressiono os lábios contra um dos seus seios expostos. Um instante depois, já estou chupando seu mamilo.

Juro que manter as mãos, a boca e o pau longe dessa mulher é impossível.

Vou passeando pelo corpo dela até chegar ao meio das suas pernas, com o pau duro pressionado contra o colchão. Beijo a pele macia do interior de suas cochas, guiando meus lábios em uma trilha de beijos até chegar ao meu destino. Enfio um dedo nela para ver se está pronta para mim. Ela solta um gemido em resposta.

"*Quando eu era jovem*", começo a narrar, "*conheci uma jogadora de hóquei com a boceta mais apertadinha que já vi. Ela dava uns gemidos deliciosos quando eu enfiava o dedo nela. E agora... vou transportar você para lá.*"

Gigi parece adorar ouvir isso. "Pode assumir, vai. Você ama o *Horizons*."

"Não. Eu amo *isso aqui*."

Enfio o dedo mais fundo, o que a faz remexer os quadris na cama, deixando o ventre na altura do meu rosto.

Não perco tempo e prendo seu clitóris entre os lábios, lambendo de leve. Meus esforços são recompensados com outro gemido, seguido de exalações ofegantes e ansiosas quando começo a lamber para valer. Eu a faço gozar, e ela nem espera se recuperar do orgasmo para me agarrar pelos ombros e me puxar para cima do seu corpo. Ninguém nem encostou no meu pau, mas ele já está prestes a explodir. Dolorosamente duro.

"Estou sem camisinha", murmuro, beijando seu pescoço. "Nós acabamos com o resto ontem." Ela já tinha vindo aqui algumas vezes esta semana. "Não tive tempo pra repor o estoque."

"Aaah, parece que alguém aqui adoraria que eu estivesse com o meu pacote comprado no atacado agorinha", ela provoca, sorrindo para mim.

"Pode trazer da próxima vez", concordo, porque sinceramente jamais esperava transar tantas vezes com ela toda vez que ficamos juntos no mesmo cômodo.

"Ou..." Ela morde o lábio.

Espero que ela complemente o que ia dizer.

"Depois da nossa conversa sobre saúde lá na sauna, de repente podemos fazer sem."

Meu pau aprova plenamente, a julgar pelo pré-gozo que começa a escorrer.

Passamos toda a hora seguinte na cama. Fico adiando o clímax porque estou a fim de torturá-la um pouco. Então meto bem devagar e gostoso, fazendo Gigi gozar pela segunda vez antes de me entregar ao orgasmo. Ela está deitada, com o peito vermelho, ofegando de prazer. Está tão sexy assim que, quando sinto uma onda de prazer tomar conta de mim, tiro meu pau de dentro dela e me masturbo, jorrando naqueles peitos perfeitos e naquele lindo rosto.

Depois, continuamos deitados, eu de cueca, ela pelada, e conversamos sobre os nossos respectivos jogos da noite.

"Você fez umas jogadaças no terceiro quarto", digo a ela. "Alguém postou uns vídeos na internet. Shane e eu estávamos vendo no ônibus de volta pra cá."

"Humm. Mas foram jogadas de uma atleta olímpica?" Adoro como a voz dela fica depois do sexo. Mais leve e preguiçosa.

"Você e esses seus objetivos ambiciosos."

"Na verdade, meu objetivo original, pelo menos quando era criança, era ganhar a Stanley Cup."

Dou uma risadinha.

"Bom, o apelido eu já tinha. Eu já contei que a minha família inteira me chama de Stan? Que ódio, é muito irritante."

"Você tem esse apelido porque queria ser campeã da NHL?"

"Não, foi porque até os seis anos eu achava que Stanley Cup fosse uma pessoa. E virei Stan desde então. Mas foi só lá pelos oito anos que percebi que nunca poderia ganhar a taça."

Ela chega mais perto. Estou quente e ela, fria, então é perfeito. O corpo dela resfria o meu, e eu esquento o dela. Não sou uma pessoa espiritualizada, mas, no meu cérebro afetado pelo sexo, de repente começo a pensar se alguém, em algum lugar, talvez tenha nos criado para sermos assim tão bons juntos.

"O Boston ganhou a Stanley Cup naquele ano, e fiquei superfeliz. Falei pro meu pai que estava empolgada pra ganhar também quando fosse mais velha. Foi quando ele me deu a notícia de que, sendo menina, eu não tinha essa opção." Gigi ri baixinho. "Cara, eu caí no choro. Tem uma trilha atrás da minha casa, e corri até lá e chorei até não poder mais. Queria ser deixada em paz, mas era pequena, e obviamente os meus pais não iam deixar. Meu pai me encontrou, me sentou sobre um tronco caído, enxugou as minhas lágrimas e garantiu que pensava numa coisa ainda melhor que ganhar a Stanley Cup pra mim: eu ia ser a melhor jogadora de hóquei feminino de todos os tempos."

Sorrio ao ouvir essa história.

Ela solta um risinho de deboche. "E depois ele perguntou, com o tom mais casual do mundo, se eu queria ver a taça. No fim ela estava lá na sala de casa, porque todo mundo do time pode levar pra casa por um dia, e como jogador mais importante da temporada, o meu pai foi o primeiro."

"Puta merda, como a sua vida é incrível."

"Enfim, perder essa aspiração fez com que eu me concentrasse ainda mais nas opções disponíveis para mim. Qual era a maior montanha que eu podia escalar, fora a Stanley Cup? Concluí que era o ouro olímpico." Ela encolhe os ombros. "Então essa é a coisa mais importante pra mim no momento."

"Pra você ou pro seu pai?"

"Ele nunca me forçou a querer fazer parte da seleção. Isso é uma coisa minha. Que eu quero pra mim mesma. Mas, sim, acho que uma parte de mim quer isso por ele também. Pra ele ficar orgulhoso de mim."

"Com certeza ele já está."

"É, eu sei que sim." Sua mão acaricia meu peitoral, e sinto seu comportamento mudar, sua frustração. "Eu quero fazer parte desse time, Ryder. E acho que mereço uma chance! Mas não tive nenhum contato com Brad Fairlee desde o começo do semestre."

"Pelo que eu sei do processo de convocação, é uma coisa bem subjetiva e nem sempre segue um cronograma. O que você precisa fazer é continuar jogando, e sua chance vai aparecer", eu garanto.

"Mas e se eu não for chamada?" O corpo dela fica tenso, e passo a mão nas suas costas. Ela relaxa um pouco. Em seguida, seu tom se enche de determinação. "Não, eu vou, sim. Porque isso não acontecer é inaceitável, eu me recuso. Eu *vou* ser convocada. Nem que precise virar o mundo do avesso."

Essa ferocidade toda é bem sexy.

Gigi se senta na cama e boceja. "Argh, eu preciso ir. Não quero estar me arrastando no treino de recuperação que tenho amanhã."

Com uma careta, ela olha para o próprio peito. Seus seios estão melados de sêmen.

"Você gozou em cima de mim", ela acusa.

Solto um risinho pelo nariz. "Sim, você me viu gozar."

"Posso tomar um banho rápido? Não quero colocar o sutiã por cima disso."

"Só se eu puder tomar junto."

"Tudo bem. Tem certeza de que a barra está limpa?"

"Deve estar. Com certeza o Beckett deve ter saído. O Shane está aqui, mas ele sabe de tudo. Embora eu ache que ele não vá acobertar a gente por muito mais tempo, depois do lance da palestra de vício em pornografia." Mais uma onda de risos escapa de mim. "Caralho, eu queria muito que você tivesse visto aquilo."

Eu a levanto da cama, jogando seu corpo nu por cima do meu ombro.

"Não, espera", ela protesta, dando uma risadinha e voltando para o chão. "Eu preciso vestir alguma coisa".

"O banheiro é literalmente do outro lado do corredor. Nós só vamos dar três passos."

"Pois é, mas você precisa pôr a cueca. Assim não passa vergonha se o Shane sair do quarto."

Ela pega a camiseta que joguei na cadeira da escrivaninha e veste por cima da cabeça.

"Ah, então a minha roupa pode ficar toda grudenta, mas a sua não?", eu protesto.

"Exatamente."

Estendo a mão para a maçaneta, mas então me detenho porque sou capaz de jurar que ouvi passos. Mas quando abro uma fresta na porta e espio lá fora, o corredor está vazio. Talvez tenha sido Shane subindo ou descendo a escada.

Dou um sorrisinho para ela quando entramos no banheiro. "Se você for boazinha comigo, talvez eu meta em você no chuveiro."

"Você só promete..."

Gigi de repente dá um berro.

Demoro um instante para assimilar o que estou vendo.

Ela abre a cortina do chuveiro e revela Will Larsen, escondido na banheira, totalmente vestido.

"Que porra é essa?", Gigi grita para ele.

"Gigi?", ele pergunta, piscando várias vezes, atordoado.

"Will? O que você está fazendo aqui?"

"Sério mesmo, cara", complemento com um rosnado. "Por que você está na minha casa?"

"Hã..." Ele olha para Gigi. "Por que *você* está na casa dele?"

"Puta merda", esbravejo. "Responde logo à pergunta."

Mas ele está ocupado demais olhando boquiaberto para Gigi. Seu olhar desconfiado se volta para a camiseta que ela veste, que claramente pertence a um homem. No caso, eu. Levantando-se da banheira, ele vê as pernas descobertas dela antes de voltar a encará-la.

"Você está saindo com esse cara? O Case já sabe?"

Gigi fica pálida. "Não. E você não pode contar nada disso pra ele."

"Por que você está na minha casa?", repito, com a mesma firmeza. Estou ficando impaciente com essa falta de resposta.

"Fui eu que convidei", responde uma voz constrangida.

Eu me viro e vejo Beckett no corredor.

"Como assim, foi você que convidou?", pergunto, desconfiado.

"Hã..." Beckett fica hesitante.

Will abaixa a cabeça. "Nós viemos pra cá juntos."

Um silêncio se instala.

"Como assim, pra transar?", pergunta Gigi, confusa.

E eu também estou. Pelo que sei, nenhum dos dois é gay.

"Não, só como amigos mesmo. Estamos vendo a franquia *Timeline*", conta Will, como se isso explicasse alguma coisa.

"Está falando daqueles filmes idiotas com os cientistas que viajam no tempo?"

"Eles só parecem idiotas", murmura Will. "Se você deixar de lado, tipo, os dinossauros e essas coisas, as teorias sobre a viagem no tempo são bem plausíveis. Eles se baseiam no princípio de Novikov..."

Levanto a mão. "Pode parar com isso." Já sofro o suficiente com esse tipo de merda com Beckett.

"Então vocês dois têm uma amizade secreta?" Gigi parece cada vez mais incrédula.

"É." O olhar dele se volta para Beckett. "Quer dizer, a gente é obrigado a manter em segredo. Ou você acha que o Colson vai me deixar andar com ele?"

"Ué, o Case é sua mãe agora?", ela questiona, sarcástica.

"Ah, sim você tem razão. Eu devia contar tudo pra ele mesmo." Will lança um olhar desafiador para ela. "Mas você conta primeiro."

Mais uma voz se junta à confusão.

"Graças a Deus!" Shane aparece na porta do quarto, vestido com uma calça de moletom e uma expressão de alívio no rosto. "Ninguém precisa esconder mais nada?"

"Você sabia sobre esses dois?", rosno para Shane, apontando para Beckett e Will.

Ele assente. "Ah, sim. Eu peguei os dois no maior bromance umas semanas atrás. Fumando um baseado e discutindo mecânica quântica."

Beckett bufa. "Falando assim parece uma puta coisa de nerd." Ele lança um olhar de súplica para Gigi. "Preciso que você entenda uma coisa... meu lance é transar. Eu gosto muito de sexo. Muito mesmo."

Nesse momento, Beck se dá conta de uma coisa, e seu olhar acusador se volta para Shane.

"Espera aí. Está me dizendo que você sabia que esses dois estavam transando?"

"Lógico", rebate Shane. "Você acha mesmo que eu fico batendo punheta em bibliotecas igual a um tarado viciado em sexo? Estava acobertando esses dois idiotas."

Beckett solta um grande suspiro de alívio. "Ah, graças a Deus, parceiro. Porque fui eu que falei com o treinador sobre o seu vício em pornografia."

Shane solta um palavrão indignado. "Foi você que fez isso?"

"Em minha defesa, parecia ser um problema sério", Beckett se justifica, na defensiva. "Tipo, ver pornô na biblioteca e depois admitir pra todo mundo que estava batendo punheta escondido lá não é uma coisa normal..."

"Pois é, mas não era isso que eu estava fazendo!"

"Beleza, ainda bem. E agora a gente sabe que você não é um tarado."

"Will." Gigi se cansa da conversa dos dois e volta sua atenção de novo para Larsen. "Você não pode contar nada pro Case."

"O mesmo vale pra você", responde Will.

"Você ser amigo do Beckett Dunne está longe de ser tão catastrófico pra ele quanto eu estar saindo com o Luke Ryder. Você entende isso, certo?" Ela dá uma encarada nele. "Porque eu acho que você não está entendendo a gravidade da situação."

"Bom, esse meu lance é meio podre, né?", ele insiste. "Você acha que eu gosto de um cara do Eastwood porque *quero*?"

"Valeu, hein?", responde Beckett, sarcástico.

"Não é a mesma coisa. Nem de longe", enfatiza Gigi. "Isso pode magoar o Case de verdade." A voz dela está mais suave agora.

Isso o faz cair em si. "É, tudo bem. Não, você tem razão mesmo."

De cabeça baixa, ela cobre o rosto com a mão por um momento, e as mechas de cabelos escuros caem por sobre sua testa. Em seguida, Gigi suspira e firma o olhar novamente.

"Por favor", ela diz para Larsen. "Vamos manter isso só entre a gente."

"Beleza."

"Will."

"Eu já concordei." Seu olhar desconfiado se afasta de Gigi e se concentra em mim. "Esse assunto morre aqui", ele promete.

Mas não estou com um bom pressentimento sobre nada disso.

30

RYDER

É aqui que vocês descem

"Beleza, então. Eu tenho uma boa. Vocês ganham um tigre de estimação de presente..."

"Ok", responde Nazzy.

"Que nome vocês dão pra ele?", pergunta Patrick.

Beckett revira os olhos enquanto passa a fita no taco para o jogo de hoje à noite contra a Universidade Brown. "Ele ainda não tem nome."

"Que tipo de tigre não tem nome?", questiona Patrick.

"Está aí uma boa pergunta", diz Shane para Beck.

"Que tal vocês pararem com a babaquice e me deixarem terminar?"

"Tudo bem, pode falar", responde Nazem, com um gesto de mão. "A gente ganhou um tigre de estimação. Um tigre de estimação sem nome."

Solto uma risada bem baixinha.

"Enfim", continua Beckett, "o tigre é ótimo. Protege você de tudo, ajuda você a pegar várias garotas, porque todas querem fazer carinho na orelha dele e tudo mais. Basicamente, vira um fator positivo na sua vida."

"Mas...?", pergunta Shane, porque esse tipo de coisa sempre tem um porém.

"Mas durante três horas por dia você tem que ouvir as reclamações dele", complementa Beckett.

"Sobre o quê?", pergunta Rand, curioso, vestindo a camisa por cima do protetor peitoral.

"Sobre toda e qualquer coisa. Tudo o que existe de mais desimportante e trivial no mundo." Beckett balança a cabeça. "Na prática, durante três horas por dia, ele vira a namorada do Micah."

"Ei, vai se foder", responde Micah, mostrando o dedo para ele. "A Veronica nem reclama tanto assim."

Shane cai na risada. "Cara, só o que ela faz da vida é reclamar."

Do armário do fim da fileira, Jordan Trager se vira para nós, de cara fechada. "Por que vocês estão sempre criando essas merdas desses experimentos mentais?"

"Na verdade essa história é bem engraçada", começa Nazem, oferecendo um raro momento de interação. Na maior parte do tempo, os caras do

Eastwood e da Briar fazem questão de se evitar. “A gente estava no ônibus voltando de um jogo contra Dartmouth, e aconteceu um incidente...”

“Estou pouco me fodendo pra essa sua história engraçada”, murmura Trager. “Só estou dizendo que esse negócio é infantil pra caralho.”

“Olha só quem fala, o cara com o tigre de desenho animado tatuado nas costas”, responde Beckett com uma risadinha. “Ter que ver essa coisa foi o que me deu a ideia pra esse experimento mental.”

“Sério mesmo que você está tirando uma com a minha tatuagem?”, esbraveja Trager. “As tatuagens de um homem são uma coisa sagrada.”

“Os olhos de um homem também, e a sua tatuagem está profanando os meus”, rebate Beck.

Do outro lado do vestiário, vejo Will Larsen tentando esconder o sorriso.

A lembrança do caos da noite passada me volta à mente. Encontrar Larsen no meu banheiro foi... bizarro. Mas não estou nem aí para essa amizade secreta dele com Beck. Só o que me interessa é que ele não abra o bico sobre ter visto Gigi por lá.

Reparo em Austin, sentado no banco, com os cabelos cacheados caídos sobre o rosto enquanto amarra os cadarços dos patins. Anda bem calado ultimamente. Sempre foi meio tímido, mas costuma ser bem mais falante durante os treinos e no vestiário.

Eu me dou conta de que faz parte do meu papel como co-capitão conversar com todo mundo para ver se está tudo bem, então ponho a mão no ombro dele e chego mais perto.

“Está tudo bem?”

Pope me lança um olhar desconfiado. “Está. Por quê? Fiz alguma coisa errada?”

“Não, nada. Só queria ter certeza.”

“Por quê?”, ele volta a perguntar.

Shane começa a rir. “Cara, sua habilidade pra interação humana é tão cagada que as pessoas até desconfiam quando você aparece perguntando se está tudo bem.”

“Vai tomar no seu cu”, resmungo, e começo a passar a fita no meu taco. É por isso que eu não queria essa posição de capitão, para começo de conversa. Esse papel de liderança não está rolando para mim.

E, como qualquer um é capaz de ver, estabelecer um jogo coletivo não está rolando para nós.

O jogo fica no zero a zero nos dois primeiros períodos, o que é melhor do que o esperado, considerando quantas finalizações eles já fizeram. Kurth é mesmo o cara. E Beckett e Demaine funcionam tão bem juntos na defesa que o treinador mantém os dois no gelo por várias mudanças seguidas de linha. Eles voltam para o banco totalmente exaustos. Will ajuda Beckett a passar pelo portãozinho para Pope e Karlsson poderem entrar. Beckett desaba no banco, com o suor escorrendo pelo rosto.

Will lança um olhar de solidariedade para ele e passa uma garrafa de água. Colson vê o que está acontecendo e fecha a cara, o que faz Will fingir que está inspecionando a luva, tentando arrancar um fio solto invisível.

Existem segredos demais neste banco.

Eu estou comendo a ex-namorada de Colson.

O melhor amigo dele está vendo filmes de viagem no tempo com o inimigo.

Aonde esse mundo vai parar?

No começo do terceiro período, estamos ganhando por um a zero, depois de Austin mandar um tiro de primeira para o gol que consegue furar o bloqueio do goleiro da Brown. É a primeira vez que conseguimos alguma vantagem sobre eles em todo o jogo, mas isso não dura muito. Quando estamos no campo de defesa, Colson não pega um passe que vem do *face-off* e acabamos levando um gol.

O placar fica um a um.

Quando Colson volta para o banco, Rand vai para cima dele. "Mandou bem, capitão", ele diz, cheio de sarcasmo.

"Ah, vai tomar no cu", retruca Colson.

"Vai tomar no cu *você*."

"Chega vocês dois!", o treinador esbraveja, levantando uma das mãos. Então ele se vira para fazer mais uma substituição.

Enquanto isso, estou tão puto quanto Rand, porque passei instruções claras para Colson se posicionar entre os dois círculos. Se ele tivesse ouvido, o disco estaria na porra do taco dele para um contra-ataque.

Mesmo assim, provavelmente não estou no meu momento mais prudente quando, na mudança de linha seguinte, enquanto o time se posiciona para o *face-off*, eu olho feio para Colson e murmuro: "Que tal me ouvir desta vez?".

Isso o deixa bem irritado. Em um piscar de olhos, ele está cara a cara comigo. Colson estica o braço para cima de mim, mas não chega a ser um empurrão. É mais um tapa.

Fico olhando para a luva dele no meu braço. Então volto a encará-lo. Perplexo e furioso. "Que porra você pensa que está fazendo?"

"Guarda esses comentários de merda pra você, caralho", ele esbraveja. "A gente está tentando ganhar um jogo aqui."

Só que esses cinco segundos de estranhamento são suficientes para o juiz apitar uma infração de retardamento de jogo.

Minha nossa.

Nós levamos uma porra de uma penalidade.

"Que *porra* foi essa?", rosna Demaine enquanto vai voando para o banco para o treinador poder colocar a formação treinada para proteger o gol quando estamos com um ou mais jogadores a menos.

"Vocês estão de palhaçada comigo?" A veia na testa de Jensen parece prestes a explodir. "Retardamento de jogo?", ele grita na direção do banco de penalidades.

Colson e eu abaixamos a cabeça. O treinador está certo. Existem muitas penalidades evitáveis, e a que acabamos de tomar com certeza é uma delas. Principalmente por uma discussão com um companheiro de equipe. Ou pior: seu co-capitão.

Os olhos do treinador me transmitem perigo. E o time da Brown capitaliza o nosso erro marcando um gol enquanto estamos cumprindo a penalidade.

Dois a um para eles.

Case e eu saímos da jaulinha do castigo e voltamos ao gelo para compensar a nossa cagada. Faltando dois minutos para o fim, uma jogadaça de Larsen empata o placar em dois a dois. A prorrogação de cinco minutos termina sem gols, e nós ficamos com mais um empate na nossa campanha. Não é uma derrota, mas é como se fosse, pela maneira como o treinador aparece no vestiário, soltando fogo pelas ventas.

Felizmente, ele poupa o time de um esculacho verbal muito longo. Ele simplesmente entra, aponta o dedo para mim e para Case e diz uma única palavra: "Deplorável". Em seguida, dirige-se ao restante do vestiário. "Tomem banho e se troquem. Vejo vocês no ônibus."

Puta que pariu.

Um início de temporada trágico. Só uma vitória até agora. E hoje nosso jogo só terminou empatado porque os dois co-capitães levaram uma penalidade que não deveriam ter levado. Dá para entender por que o treinador está irritado. Ele está acostumado a ter como objetivo vencer o Frozen Four, o que está começando a parecer um sonho delirante a esta altura.

Vamos todos para o ônibus. O clima está sombrio. O tempo do trajeto de volta até o campus da Briar é de uma hora e meia; depois de uns dez minutos, vejo Jensen levantar-se de seu assento para falar com o motorista.

Uns dez segundos depois, o ônibus para no acostamento.

Shane, que está sentado ao meu lado, levanta os olhos da tela do celular. Estava trocando mensagem com outra líder de torcida, com quem passou a semana toda envolvido. "O que tá rolando?"

"Colson. Ryder. Levantem-se os dois."

Case e eu trocamos olhares apreensivos com aquela ordem expressa de forma tão ameaçadora. Nós nos levantamos dos assentos.

"É aqui que vocês descem."

Eu me viro para a janela. Só o que vejo é o breu do lado de fora. Este lado da estrada de duas pistas não tem nada além de um acostamento de cascalho margeando um bosque.

"Como assim, é aqui que a gente desce?", pergunta Colson. Ele está mais do que confuso. "Você quer que a gente volte pra casa a pé?"

O sorriso de Jensen não demonstra o mínimo bom humor. "Encarem isso como mais um exercício pra desenvolver o espírito de equipe."

"Abandonar a gente no meio do mato pra ser morto por um serial killer ajuda a desenvolver o espírito de equipe?", questiona Tristan Yoo.

"Em primeiro lugar, não tem nada de 'a gente'. São eles dois. Então trata de se acalmar, Yoo." O treinador balança a cabeça. "Mas você falou uma coisa importante."

Ele volta o olhar para o mar de rostos no ônibus e se fixa em alguém que está algumas fileiras atrás de Beckett. Um aluno do segundo ano chamado Terrence, que não é titular.

"Escoteiro, você sempre anda com o seu canivete suíço, certo? Está com ele aí?"

"Sim, senhor."

"Então traga aqui."

"Sim, senhor."

O treinador passa os olhos pelo ônibus de novo. "Não vamos fingir que vocês não fumam ou nunca fumaram uma certa substância ilícita na vida. Preciso de dois isqueiros. Passem para cá."

Os isqueiros vão percorrendo as poltronas até chegarem às mãos dele. Jensen põe um na minha mão, e o outro na de Case. O canivete também fica com ele. Isso não me passa despercebido. Acho que, entre nós dois, Jensen acredita que sou o mais propenso a cometer um assassinato, e por isso não deveria ficar com a arma. Não sei se encaro isso como um elogio ou um insulto.

"Vocês estão com seus celulares. Têm como fazer fogo. Têm como se defender. Estão de jaqueta." Ele tira um pacote de batatas fritas das mãos de Nazem. "E têm o que comer. Estão equipados para sobreviver a esta noite. O ônibus vem buscar vocês aqui amanhã de manhã."

"Qual é, treinador. Isso é loucura", protesta Colson. "Você não pode..."

"Eu não posso o quê?"

Case fica em silêncio.

"Porque, do meu ponto de vista, o que *eu não posso* é ter no meu time capitães que sofrem penalidades porque estão de picuinha igual duas crianças de pré-escola que não tiraram um cochilo depois do almoço. Claramente o trabalho dos Laredo não está dando resultado."

"Pois é, porque aqueles dois são loucos do cu", resmunga Patrick.

Risadas sufocadas se espalham pelo ônibus.

"No fim das contas, o que aconteceu hoje — esse jogo que *podia ser ganho* e não foi — é culpa de vocês. De vocês dois." Ele olha para mim e para Case, franzindo os lábios. "Estamos a uns sessenta quilômetros de Hastings e, se resolverem ir andando, vão levar a noite toda para chegar. A minha sugestão é que fiquem acampados aqui esta noite. E usem esse tempo para resolver essa rixa. Acertem o que tiverem que acertar. O ônibus vai estar aqui às seis da manhã." Ele faz uma careta e aponta para a porta. "Fora daqui."

31

RYDER

Ela está transando comigo, cara

“Que idiotice do caralho.” Case chuta uma pedra quando somos largados na beira da estrada como dois órfãos de um romance do Charles Dickens.

Por enquanto, não nos aventuramos a entrar no bosque. Ainda estamos no acostamento de cascalho, onde Colson se alterna entre chutar pedrinhas e olhar para a tela de seu celular.

Enrugo a testa para ele. “É melhor economizar bateria.”

“Qual é. Ele não vai deixar a gente aqui literalmente a noite inteira.”

“Ah, pode apostar que vai, cara.”

Case estreita os olhos.

“Ele deu isqueiros e um canivete suíço pra gente”, digo com uma risada áspera. “É lógico que não vai voltar. O cara está puto com a gente por causa daquela penalidade.”

“Pois é. Está mesmo.”

Colson dá um passo à frente e observa a estrada às escuras. Não passou nenhum carro desde que o ônibus foi embora.

“Será que tem algum serial killer à solta por aqui?”, ele pergunta. “Não tinha, tipo, um andarilho homicida que circulou por um tempo lá na Costa Oeste? Você acha que pode ter um na Costa Leste também?”

“Por quê? Está com medo?”, ironizo.

“Não. Só acho que a gente está muito exposto aqui. Quer saber? Foda-se. Vou fazer uma fogueira.”

Colson sai andando na direção da mata. As listras prateadas de sua jaqueta preta do time de hóquei brilham sob a pouca luz do luar que consegue passar por entre as nuvens.

“Você vem?” Ele olha por cima do ombro.

“Ah, sim, beleza.”

Enfio as mãos nos bolsos e vou andando atrás dele, deixando a lua guiar o caminho. Como estamos literalmente na beira da estrada, não existe exatamente uma trilha, mas dá para ver um caminho que parece ser o mais percorrido, então conseguimos entrar na mata sem tropeçar na vegetação rasteira e nas raízes.

“Quer tentar voltar a pé pra Hastings?”, pergunto.

"Nem fodendo. Você quer?", ele questiona, incrédulo. "Não posso forçar as pernas desse jeito. A gente vai treinar perna amanhã. Preciso estar em condições de fazer um levantamento terra."

Bem pensado.

"São só oito horas. A gente vai sobreviver." Ele para em uma pequena clareira entre as árvores e balança a cabeça em sinal de aprovação. "Aqui já serve. Certo. Vamos lá pegar as coisas pra fazer a fogueira."

Nós procuramos pela área ao redor, cada um em uma direção, em busca de gravetos secos espalhados pelo chão, e também galhos mais grossos que possam queimar por mais tempo. Quando voltamos à clareira, Colson já está definindo os limites da fogueira usando umas pedras pesadas.

"Mandou bem", digo, impressionado.

"Valeu. Sou profissional nisso aqui. Minha família adora acampar. E acampamento de verdade, não aquilo que a família da Gi faz. Eles falam que vão fazer uma coisa mais *rústica* e no fim acabam alugando uma mansão na beira do lago Tahoe. Nada disso. Na minha família a gente dorme no chão duro, ou então meu pai fica dizendo que não foi um acampamento de verdade."

Não consigo segurar o riso. Mas logo paro, quando percebo que, quando mencionou "a família da Gi", estava se referindo aos Graham. Ou seja, deve ter passado um bom tempo com eles.

Gigi o apresentou à família dela. E comigo está transando em segredo.

"Peguei um monte de coisas." Jogo o que peguei no chão perto das pedras e começo a montar a fogueira.

Ele provavelmente não acreditaria, mas eu também sei fazer fogueiras. Só que por outros motivos. Nunca tive uma família com quem acampar.

"Você montou direitinho", comenta ele, balançando a cabeça. "Já fez isso antes?"

Assinto com a cabeça.

"Você era escoteiro? Acampava?"

"Eu estava me escondendo", respondo secamente.

"Como assim, se escondendo?"

Dou de ombros. Não sou de falar muito da minha vida, mas decido explicar. Talvez a convivência com Gigi esteja me mudando.

"Eu morei num lar adotivo provisório onde o pai era violento com a esposa. Às vezes a coisa ficava feia e, quando isso acontecia, eu pegava uma barraca e levava a minha irmãzinha e o meu irmãozinho postiços pro bosque atrás da casa. Quando estava frio, a gente montava uma fogueira pra se esquentar. Mas na maioria das vezes fazia mais fumaça do que fogo. A gente sabia como acender o fogo, mas não como manter."

"Não esquenta, fico com essa parte de manter."

Ele tira o isqueiro do bolso e se debruça sobre a fogueira. Depois de soprar a faísca, em pouco tempo começa a alimentar uma chama que cresce cada vez mais. Em questão de minutos, temos um belo fogo queimando.

Tiro o meu casaco, ponho no chão e me sento por cima. Case faz o mesmo. E então o silêncio se instala. Bom, não o silêncio total. Meu estômago está produzindo uma faixa do Dan Grebbs — uma sinfonia de roncos e rugidos. Geralmente me entupo de proteínas depois dos jogos, e estou morrendo de fome.

Como se estivesse lendo a minha mente, Case diz: "A gente vai precisar sair pra caçar um guepardo ou coisa do tipo?".

Dou uma risadinha. "Ah, sim, com tantos guepardos soltos por aí nas florestas da Nova Inglaterra..."

"A gente pode tentar colher alguma coisa", ele sugere. "Acho que ainda dá pra encontrar alguns tipos de frutas silvestres em outubro. E ainda é época de nozes pretas."

"Cara, eu não vou sair por aí colhendo nada. Se quiser, vai sozinho."

Ele dá uma risadinha.

"A gente consegue sobreviver até de manhã. Acho que tenho uma barrinha de granola. Dá pra complementar com o saco de batata frita."

"Que maravilha", ele comenta, desanimado.

E assim nós dividimos um jantar que consiste em batata frita industrializada e a barrinha de granola com manteiga de amendoim que estava no bolso da minha jaqueta.

Vai ser uma longa noite.

De forma nada surpreendente, é Colson quem acaba tocando nos assuntos mais delicados. Parece mais a fim de conversar do que eu.

"A gente não pode continuar assim."

Encolho os ombros. "Eu sei. Mas não consigo fazer os caras da Briar integrarem a gente."

"Isso vale pros dois lados. Vocês precisam querer ser integrados." Ele fica hesitante. "Quando chegaram, nosso medo era de perder vagas no time. E vamos ser sinceros... foi isso o que aconteceu. O Miller foi embora, caralho. Ele era bem amigo de todo o time."

Balanço a cabeça. "O nosso antigo capitão também. O Sean. Pediu transferência quando ficou sabendo da fusão exatamente porque não queria encarar toda essa merda com que a gente está lidando agora."

"Então os dois lados perderam caras bons. Mas essa parte já foi. As duas partes têm gente no time titular. E todo mundo que ficou joga bem", ele continua, a contragosto.

"Todo mundo?", pergunto, com sarcasmo.

"É. Está querendo confete?"

"Não, eu sei que sou bom." Faço uma pausa e uma careta. "Você também é."

Case sorri. "Não é fácil dizer isso, né?"

"Não muito."

"O que eu estou querendo dizer é que nós dois somos co-capitães. Precisamos dar exemplo pros outros caras. E um pouco de elogio e incentivo pode ajudar muito."

"De repente a gente pode fazer o Jensen mudar de ideia sobre o lance de não ter mascotes", digo em tom de brincadeira.

Isso me ganha uma risadinha alta. "Duvido. O pai da Gigi me contou a história por trás disso."

Meu interesse cresce imediatamente. "Cara. Me conta."

"Acho que umas décadas atrás o time teve um porco de estimação, e um dos caras inscreveu o bicho numa feira agropecuária em New Hampshire. Ele achava que o porco podia ganhar uma medalha por ser o mais bonitinho ou coisa do tipo. O que ele não sabia era o seguinte: o vencedor virava bacon."

Puta merda. Shane tinha razão. Eles comeram *mesmo* a própria mascote.

"Caralho, que traumático", comento.

"Pois é."

Ficamos em silêncio por um tempo, olhando para a fogueira. Case joga outro galho na fogueira e cutuca o fogo com um graveto fino.

"O que aconteceu lá no ônibus?", ele pergunta de repente. "A história que o Nazem estava tentando contar antes de o Jordan interromper. Por que vocês fazem esse lance de experimento mental?"

Rio comigo mesmo. "Ah. Isso é por causa do nosso idiota de plantão. Então, o Patrick, o Kansas Kid, se apaixona um dia sim e um dia não. No fim da última temporada, ele conheceu uma garota numa festa, e em questão de segundos já queria se casar com ela. De alguma forma, acabou com o celular dela na mão — acho que estava segurando porque ela estava sem bolsa. E por algum motivo o aparelho foi parar na mochila do Patrick, que ele estava levando pro nosso jogo contra a St. Anthony. No meio do caminho, a polícia apareceu com as sirenes ligadas e tudo e mandou o ônibus parar."

"Porque acharam que ele tinha roubado o telefone dela?" Case parece incrédulo.

"Não, melhor ainda", respondo, com uma risada. "Acho que a garota se mandou pra Daytona com umas amigas e nem percebeu que o Patty ainda estava com o celular dela... só pensou que tivesse perdido. Mas o pai dela em Rhode Island estava sem notícia da filha fazia mais de vinte e quatro horas, não conseguia falar com ela e entrou em pânico. O cara chamou a polícia, que rastreou o celular e pegou a localização, viajando pela rodovia interestadual. Eles deduziram que a garota tinha sido sequestrada e mandaram três viaturas atrás de nós. Foi uma confusão do caralho. A gente ficou detido na estrada por horas, cara. E o jogo virou uma derrota por desistência."

"Ei, acho que lembro disso. Foi um pouco antes dos play-offs, e o Eastwood teve que ficar fora de um jogo. Disseram que o time todo pegou uma virose."

"Mentira. A gente estava sendo interrogado sobre o paradeiro da garota."

"Que loucura."

"Pois é. Uma puta maluquice. E ninguém deixou o Patrick esquecer isso. Mas com certeza ele deve ter esquecido *ela*, porque já se apaixonou umas sessenta e cinco vezes depois disso. Enfim, como castigo, a gente passou o resto da temporada sem poder usar o celular no ônibus, o que é uma idiotice, porque não era culpa do telefone de ninguém o Patrick ser um imbecil. E de repente ninguém tinha com que se entreter nas viagens, e a gente começou a fazer esse lance de *você preferia isso ou isso*, ou *o que você faria em tal ou tal situação*, e isso meio que virou uma tradição antes dos jogos. E, quando uma superstição pega, já era." Estreito os olhos ao me dar conta de uma coisa. "Acabei de perceber, aliás... as nossas duas superstições são por causa das cagadas do Patrick. O moleque é um perigo."

"Qual é a outra superstição?"

"Uma vez ele mandou sem querer uma mensagem dizendo 'Estou morrendo de tesão por você' pro grupo do time." Solto uma risada pelo nariz. "Então isso virou um lance nosso também."

"Espera aí, é por isso que eu sempre vejo vocês escrevendo mensagens no celular antes do jogo?" Colson fica boquiaberto. "É por isso que a gente só perde. Porque não é o time todo que está fazendo."

Não fico nem um pouco surpreso de constatar que ele é tão supersticioso quanto todos nós.

"A gente ganhou um jogo", eu lembro.

"É. E perdeu todo o resto." Ele ergue o queixo, teimosamente. "Os empates também contam. Um empate é uma derrota."

"Concordo. Detesto quando falam que não." Solto o ar com força. "Sei lá. Acho que a gente precisa montar outro grupo de mensagens, então."

São palavras que nunca pensei em dizer, porque detesto esses grupos.

"Bom, a gente precisa tentar", insiste Case. "Não dá pra continuar perdendo assim."

Concordo com isso também.

Ele mexe na fogueira de novo. Brasas cor de laranja saem voando na escuridão.

Em seguida, ele diz: "Normalmente não sou tão babaca".

"Ah." Faço uma pausa. "Eu normalmente sou."

Ele dá uma risadinha. "Percebi. Mas... eu... nem tanto. Ultimamente está sendo difícil. Acabei de passar por um término."

Uma onda de desconforto me invade. "A gente vai começar a falar de mulher agora?"

Ele olha no relógio. "Bom, são onze horas, e eu não estou a fim de ser dilacerado por um urso durante o sono, então... acho que a gente vai, sim."

"Você e Graham, né?" Mantenho um tom causal.

"Pois é. A gente estava junto desde o começo do primeiro ano de faculdade. E terminou agora em junho." Ele morde o lábio. "Isso fodeu com o meu psicológico."

"O que aconteceu? Ela te deu um pé na bunda ou foi o contrário?" Para meu próprio benefício, tento obter mais detalhes sobre o rompimento. Eu jamais perguntaria para Gigi, mas perguntar para o Case é justo.

"Ela me largou", ele responde sem rodeios. "Uma semana depois de falar que me amava, aliás."

Enrugo a testa. Sou obrigado a admitir que não sou o maior entendedor desse lance de dizer que ama outra pessoa, mas parece meio estranho nenhum dos dois terem se declarando antes, em mais de um ano de namoro. Mas talvez seja normal, vai saber? Eu nunca disse isso para ninguém. E, pelo que sei, as pessoas demoram um tempo para soltarem um "eu te amo".

"Eu fiz merda. E realmente pensei que a gente ia conseguir superar isso, mas ela não confia mais em mim, e isso acaba comigo, sabe como é?"

Sinto até um pouco de empatia pelo cara. Porque o sofrimento na voz dele não tem nada de fingido.

E então me sinto um grande filho da puta. Porque ele não faz ideia de que o meu pau estava dentro dela ontem à noite.

"Eu caguei tudo", ele continua, numa voz triste e distante. "Fui um puta de um idiota."

"Você traiu ela?", pergunto. Não sou do tipo que fica lendo as coisas nas entrelinhas.

Ele esconde o rosto entre as mãos, grunhindo contra as palmas.

"Pois é. Traí. Fiz essa cagada. E acho que ela nunca vai me perdoar." Mais um grunhido. "Não sei mais o que fazer. E agora? Acho que ela é a garota perfeita pra mim."

Se fosse mesmo, ele não diria que acha. Simplesmente saberia.

E se fosse mesmo, não ia querer se envolver com outra.

Mas guardo isso para mim. Sou um babaca na maior parte do tempo, admito, mas nem eu seria capaz de chutar cachorro morto.

"Então, sim. Estou sendo bem cuzão ultimamente", ele assume. "Não sei como lidar com essa frustração toda, sabe? Ela está se afastando de mim. E me faz muita falta. Passo o tempo todo pensando em onde ela pode estar e o que pode estar fazendo."

Ela está transando comigo, cara.

Guardo isso só para mim também.

32

RYDER

Hábitos de acasalamento das borboletas

Na manhã seguinte, enquanto o resto dos caras está descansado e alerta depois de uma noite dormida na própria cama — ou na de uma garota de irmandade, no caso de Beckett —, Colson e eu parecemos ter acabado de sair de um desses reality shows de sobrevivência. Depois de o ônibus nos buscar, consegui dormir umas duas horas em casa antes de pegar uma carona com Shane para o treino de musculação. Eu estava cansado demais até para dirigir.

No Eastwood, os treinos de musculação seguiam uma escala definida por nós mesmos, mas a Briar exige que todo mundo esteja lá e faça essa atividade como uma equipe. Já estão todos na academia quando chego.

"Ele está vivo", comenta Beckett quando me vê. Deve ter vindo direto da casa de alguma irmandade. "Pensei que fosse ver você com um chapéu de pele de esquilo ou coisa do tipo."

"A gente quase matou um guepardo", responde Case, dando um soco de brincadeira no meu braço.

Mais de um par de sobrancelhas se erguem ao verem isso.

"Ei, cc", diz Trager, aproximando-se para cumprimentar Case. "Tá tudo bem com você, cara?" Ele lança um olhar de desconfiança para mim.

Colson percebe e solta um suspiro. "Beleza, pessoal. Escutem aqui." Ele bate palmas.

Todos param o que estão fazendo e se sentam nos bancos para se concentrarem no que Colson tem a dizer. Demaine, que estava ajudando Joe Kurth, põe a barra com o peso de volta no suporte. Perto do espelho dos fundos da sala, Rand e Manson põem no chão os halteres que estavam levantando.

"A gente queria pedir desculpa pelo que aconteceu durante o jogo de ontem", começa Colson. "A Brown não poderia ter marcado aquele gol. A punição foi pra gente, e aquela não foi uma atitude de capitão." Ele olha para mim, e balanço a cabeça em concordância. "Daqui pra frente, vamos precisar ser um time. Um time de verdade." O rosto dele demonstra o incômodo que está sentindo. "E, por mais que eu deteste a Nance e o Sheldon, acho que eles têm razão sobre o lance da comunicação."

Os caras trocam vários olhares de ceticismo.

"Então eu começo." Ele volta o olhar para Shane. "Lindley. Seus tiros pro gol são lindos, cara. Nunca vi tanta potência assim."

Shane leva até um susto. "Ah. Valeu."

Case aponta com o queixo para mim.

Cravo os olhos em Trager, porque ele parece uma das melhores opções para tentar trazer para o meu lado. "Trager. Você mandou muito bem ontem na defesa em situação de penalidade."

Ele estreita os olhos para mim. Em seguida, vejo Colson dar uma encarada nele, que assente com a cabeça.

Colson cruza os braços. "Beleza. Agora é a vez de outra pessoa. A gente vai se elogiar até todo mundo ficar nadando em dopamina, caralho."

"O Lindley manja disso aí", diz Nazzy, e Shane mostra o dedo do meio para ele.

Depois de uma certa hesitação, Will Larsen se dirige até seu melhor amigo clandestino. "Beckett. Você usa as extremidades do gelo melhor que qualquer um que já vi."

Beckett balança a cabeça. "Valeu, parceiro." Em resposta, ele diz: "O seu tiro pro gol parece um raio laser".

E por aí vai, com todo mundo elogiando todo mundo. Com certeza é um avanço.

Embora eu saiba que nem todo mundo se deixou levar. Mais tarde, quando estou indo para o chuveiro, Rand me puxa de lado e vem falar comigo em um tom de voz baixo.

"Isso é sério mesmo? Você é amigo do Colson agora?"

Encolho os ombros. Não diria que somos amigos, mas não dá para negar que foi uma noite divertida, apesar de estarmos abandonados no meio do mato. O cara é engraçado.

Na verdade, agora que decretamos um cessar-fogo, a única coisa que impede que surja uma amizade verdadeira entre nós é a garota que me manda uma mensagem vinte minutos mais tarde.

GISELE: *Acho que deixei meu colar na sua casa. Posso ir procurar?*

Sorrio para a tela. Essa garota é a melhor.

EU: *Na verdade, estou no campus. Quer que eu passe aí?*
GISELE: *Sério mesmo?*
EU: *Por que não? A sua colega de quarto sabe da gente?*
GISELE: *Sabe. Pode vir.*

Estaciono meu jipe na frente da Hartford House e vou até o alojamento. Quando chego, uma mulher negra alta e esguia aparece. É Mya, a colega de quarto de Gigi. Eu a reconheço do dia em que apareci aqui trazendo flores.

E ela não me deixa esquecer isso.

Um brilho de divertimento surge nos seus olhos. "Olha o cara das flores. Como vai?"

Lanço para ela um olhar incomodado. "Vamos deixar esse negócio de 'cara das flores' pra lá. Tenho uma reputação a zelar."

"Não posso prometer nada. A Gi está lá em cima."

Mya volta para a porta e espicha a cabeça para dentro do saguão.

"Ei, Spencer, ele não é um assassino", ela grita para o segurança no balcão, apontando para mim. Em seguida, faz um gesto para eu entrar. "Até mais, cara das flores."

O quarto de Gigi fica no segundo andar. Ela me recebe usando um shortinho preto que fica quase escondido pela camisa de hóquei roxa que claramente é feita sob medida porque, quando ela se vira, é possível ler suas iniciais, *GG*, bordadas em branco.

Seu quarto é tão feminino quanto eu esperava, considerando que ela é a maior fã de borboletas. O edredom é estampado, e as almofadas sobre a cama são coloridas. Há um quadro de cortiça com fotos dela com os amigos e familiares acima da escrivaninha. E algumas gravuras emolduradas com imagens de borboletas, claro.

Eu me aproximo das molduras envidraçadas. "Então, eu estava estudando os hábitos de acasalamento das borboletas outro dia, e descobri que..."

"Não, espera aí", interrompe Gigi. "Você não pode mencionar isso só de passagem. Você pesquisou os *hábitos de acasalamento das borboletas*?"

Tiro a jaqueta e coloco no encosto da cadeira da escrivaninha. "Não tem nada de mais nisso. Sinceramente, só estava tentando descobrir como elas trepam. Quem enfia o que em quem."

Ela cai na gargalhada. "Ai, meu Deus. E aprendeu alguma coisa interessante?"

"Aprendi." Eu me sento na cadeira e me viro para ela. "Tem uma espécie tropical em que o macho escolhe uma fêmea e, tipo, borrifa uma substância afrodisíaca nela pra que os outros machos mantenham distância."

"Isso por acaso vai terminar em um papo bizarro em que você vai dizer que quer me borrifar com uma substância sua?"

"Bem que você queria."

"Você não falou que não tem nada de mais nisso? Bom, está na cara que você está querendo demonstrar interesse nas coisas que me interessam", ela me acusa. Ainda rindo, ela se joga na cama e apoia a cabeça em uma pilha de travesseiros decorativos. "Então, quando você vai me contar os detalhes da sua noite maluca de ontem?"

Eu fico tenso. "Como é que você sabe disso?"

"O Case me mandou uma mensagem de manhã."

O ciúme que isso espalha pela minha corrente sanguínea me faz cerrar os punhos.

Que merda. Isso não é nada bom. Não posso mais detestar o cara. Mas a ideia de que ele anda trocando mensagens com Gigi, talvez até conseguindo pouco a pouco ganhá-la de volta, reativa a minha hostilidade anterior.

"Ele disse que vocês se entenderam."

Encolho os ombros.

"E também me disse que contou coisas sobre o nosso término."

Encolho os ombros de novo.

Gigi me olha, toda séria e pensativa.

"Que foi?"

"Você acha que beijo é traição?"

A pergunta me pega de surpresa. "Como assim?"

"Se você tem um relacionamento sério com alguém e rola um beijo com outra pessoa... você acha que isso é traição?"

"Com certeza."

"Sério mesmo?"

"Claro. Se você ama e respeita a outra pessoa, não sai beijando ninguém por aí. E fim de papo."

Gigi sorri para mim.

"Que foi?", pergunto, sem jeito.

"Às vezes é difícil pra mim lidar com isso de você ser oito ou oitenta. Mas, nesse caso, eu adoro." Ela passa a língua nos lábios. "Na verdade, é até meio excitante."

"Ah, é mesmo?", provoco.

"Aham."

Em seguida, ela desce da cama e vem se sentar no meu colo, entrelaçando os dedos na minha nuca e abaixando a cabeça para me beijar.

Quando nossas línguas se encontram, é como um choque para o meu organismo. O desejo invade minhas veias. Meu saco se enrijece e minha bunda se contrai. Então Gigi aprofunda o beijo e começa a remexer os quadris, arrancando um ruído estrangulado da minha garganta. Essa esfregação toda me traz pura agonia. Me enche de uma vontade que só o calor de seu interior apertadinho é capaz de aplacar.

Percebendo minha respiração ofegante e minhas mãos impacientes, ela solta uma risada baixinha e desce do meu colo, provocando outro grunhido, dessa vez de frustração.

"Você parece meio agitado", ela comenta, fingindo inocência.

"Por que será?"

"Acho que posso ajudar."

"Ah, é?"

Um sorriso deslumbrante surge nos seus lábios.

Em seguida, ela fica de joelhos e põe o meu pau para fora.

"Você nunca me deixa tocar em você do jeito que eu quero", ela diz enquanto pega na minha carne em chamas. "Só quer saber de me comer, seu cara chato."

"Eu sou terrível", concordo.

Meus batimentos ficam até irregulares quando ela abaixa a cabeça e passa a língua em círculos na cabeça do meu pau. Pela forma como fico ainda mais duro, como se isso fosse possível, percebo que não vou aguentar muito. Principalmente depois que ela põe tudo na boca e começa a chupar avidamente.

Eu me recosto na cadeira, jogo a cabeça para trás, cravo os dedos no cabelo dela à minha frente e deixo rolar. As sensações que ela me provoca são enlouquecedoras. Cada centímetro de mim está quente e tenso, todos os músculos retesados de expectativa pela próxima vez que ela enfiar meu pau na boca até o fim, pela próxima carícia da sua mão macia.

"Assim você vai me fazer gozar", aviso.

Ela, então, intensifica a sucção, como se quisesse o meu orgasmo. Não demora muito para Gigi conseguir o que quer. Meus quadris não param quietos enquanto ela me chupa bem pra caralho. Quando começa a passar a língua por toda a extensão do meu pau, seus cabelos trançados caem para a frente e pinicam minhas bolas, e isso era o que precisava para me levar ao ápice do prazer.

Depois, ela pega alguns lenços de papel para me limpar. Em seguida, joga a trança por cima do ombro, para descer por cima da camisa roxa, parecendo satisfeitíssima por destruir o meu pau desse jeito.

Nesse momento, eu me lembro do que Shane me disse semanas atrás. Ela é para namorar. E eu não.

Ignorei isso porque, na época, não fazia diferença.

Agora estou revendo essa avaliação.

Talvez não seja verdade. Talvez eu possa ser pra namorar, *também*.

Afinal, por que não?

Bom, a não ser pelo fato de Gigi nunca ter expressado o menor interesse em um namoro comigo.

Como se tivesse percebido os meus pensamentos conflituosos, ela franze a testa. "Que foi?"

"Nada." Quando engulo, sinto minha garganta ressecada. "O que você acha de ir para outro lugar?"

A ruga na testa dela se aprofunda ainda mais. "Que lugar?"

"Sei lá. Tipo, sair."

Ela pisca algumas vezes, confusa. "Você tá me chamando pra sair?"

Encolho os ombros.

"Ué, parece que você se esqueceu de todo aquele seu discursinho de..."

"Eu vou precisar interromper você bem aqui, Gisele, porque nós dois sabemos que nunca fiz um discurso na vida, nem de brincadeira."

Isso me rende um sorriso. "Verdade. Estou falando daquele dia na sala de fisioterapia quando você disse que esse lance de sentimentos 'não é a sua'." Ela desenha aspas com os dedos.

"Mas a gente não tá falando de sentimentos", minto.

"Ah, tá, então por que está me chamando pra sair?"

"Sei lá. Pode ser legal a gente passar um tempo junto sem estar pelado."

Mas, pensando bem, agora que disse isso em voz alta, ficar pelado parece bem mais divertido. Por que eu estou querendo que ela fique vestida?

Gigi fica em silêncio por um momento antes de soltar uma risadinha. "Eu posso te garantir que você não quer nada mais sério comigo. Não de verdade."

"Por que você acha isso?"

"Sou menininha demais pra você."

"Você joga hóquei."

"E adoro borboletas. E flores. E, hã, ópera."

"Ópera", repito, percebendo o que ela está tentando fazer. Tornar o clima mais leve de novo. Me dar uma chance de voltar atrás e desistir de ir além desse limite que tentei atravessar. Preservar um pouco da minha dignidade.

"Pois é, ópera", ela confirma com um sorriso. "Está vendo? Dá pra ver na sua cara que você não curte. O que é totalmente compreensível, aliás. Você está perdoado."

"Duvido que você goste de ópera", retruco, porque realmente é o que eu acho.

"Adoro. Na verdade, ir pro teatro assistir uma ópera seria o *único* encontro que eu toparia com você."

Agora sei que ela está mentindo, mas, antes que possa continuar insistindo no assunto, ela sorri para mim.

"Qual é, Ryder, a gente não precisa namorar. Isso só vai complicar as coisas."

Ela diz isso como se as coisas entre nós já não fossem complicadas desde o começo.

Tarados por hóquei

SHANE LINDLEY: *Estou morrendo de tesão por você*
RAND HAWLEY: *Estou morrendo de tesão por você*
LUKE RYDER: *Estou morrendo de tesão por você*
CASE COLSON: *Estou morrendo de tesão por você*
BECKETT DUNNE: *Estou morrendo de tesão por você*
JORDAN TRAGER: *Estou morrendo de tesão por você*
WILL LARSEN: *Estou morrendo de tesão por você*

33

GIGI

Quem joga hóquei gosta de pegada forte

Num fim de semana em meados de novembro, o calendário dos times masculino e feminino coincide quando vamos jogar na Universidade do Maine. Só existem algumas poucas dezenas de universidades nos Estados Unidos com times femininos de hóquei na primeira divisão, o que significa que enfrentamos as mesmas equipes durante toda a temporada, às vezes duas vezes seguidas. Então é sempre bom enfrentar um novo adversário, como o Maine. Os homens jogam no sábado, e as mulheres, nas duas noites. De qualquer forma, é um campus bem distante da Briar, portanto...

"Eu amo dormir fora de casa", diz Camila, toda animada, e se joga na cama de solteiro ao lado da minha. É o pessoal da logística do time que decide quem vai ficar em qual quarto, e nesta temporada eu estou com Cami. Por mim tudo bem, o único problema é que às vezes ela fala dormindo e não acredita quando eu conto.

É dia de jogo, então acabei de terminar uma refeição com pouca proteína e muito carboidrato, e estou bebendo um isotônico para me hidratar até chegar a hora de ir para o ônibus. O hotel fica a uns vinte minutos da arena. O jogo vai ser cedo, começa às quatro e meia, então vamos ter a noite livre, e é por isso que Camila está empolgada.

"E se a gente fosse pra balada?", ela sugere, ficando de bruços e cruzando as pernas enquanto mexe no celular. "Tem alguma balada decente em Portland? Nunca me interessei em saber."

"Acho melhor deixar a balada pra depois do jogo de amanhã. Hoje é melhor jantar e fazer uma coisa mais tranquila."

"Parece uma boa ideia."

Ela recebe uma ligação, então desço sozinha. O treinador Adley e sua equipe já devem estar esperando no saguão para colocar todo mundo dentro do ônibus. Quando saio do elevador e começo a andar na direção da porta, um brutamontes de óculos e barba entra na minha frente.

"Gigi Graham."

Olho para ele. "Oi." Sei que o conheço de algum lugar.

"Al Dustin." Ele estende a mão. "Assistente técnico da seleção americana."

Meu coração dispara. Ai, meu Deus.

Tento esconder minha ansiedade. "Ah, é mesmo. Pois é, desculpa. Que bom te ver. Acho que você estava no nosso amistoso lá em setembro. Com o treinador Fairlee."

"Sim, nós estávamos lá."

"Está de visita em Portland ou veio ver os jogos do fim de semana?"

"Vim ver os jogos. Mas não se preocupe, Brad não está aqui." Ele dá uma piscadinha. "Então você pode relaxar, não precisa ficar na defensiva."

Dou uma risada envergonhada. "Pois é, ele me deixa nervosa. Fica assim tão na cara?"

"Você não tem por que ficar nervosa. Vi o vídeo do seu último jogo", Dustin me diz, assentindo em aprovação. "A proteção de disco que fez atrás do gol foi excelente."

Sinto que o meu rosto fica vermelho de felicidade. Sim, tem alguém reparando nisso. Faço uma nota mental para agradecer a Ryder.

"E apesar de não ser eu quem tem a palavra final para fechar a escalação..." Ele abre um sorriso. "Acho que você não tem com que se preocupar. É só mandar ver lá no gelo."

Preciso me esforçar para não fazer uma dancinha de felicidade, mas é difícil. Porque, pelo que entendi do que ele está me dizendo, devo receber um telefonema de Brad Fairlee nos próximos dias.

"Enfim, estou ansioso para te ver jogar neste fim de semana. Boa sorte."

"Obrigada."

A empolgação com a conversa se mantém durante o jogo, que acaba se mostrando menos competitivo do que o esperado. Ou seja, estamos acabando com elas. Não sei se é a onda de euforia em que estou envolvida, ou se Whitney e eu estamos em sincronia perfeita, mas estamos fazendo jogadas do tipo que se vê em jogos de nível profissional. No terceiro período, o treinador Adley resolve descansar a primeira e a segunda linhas ofensivas. A terceira e a quarta ganham um pouco mais de tempo no gelo, porque não existe a menor chance de o Maine tirar uma diferença de cinco gols no pouco tempo de jogo que resta.

Depois do jogo, a comemoração no vestiário é das mais ruidosas. Quando vejo meu celular, encontro uma mensagem de parabéns do meu pai. Nossos jogos podem não passar na televisão, mas são todos filmados, e ele sempre consegue dar um jeito de usar seus contatos para assistir ao vivo de casa.

Quando o ônibus volta para o hotel, recebo uma mensagem de Ryder.

RYDER: *Oi. Você tem como dar uma escapada das outras meninas? Tenho uma coisa pra te mostrar.*

EU: *É o seu pau?*

RYDER: *Obviamente, mas isso a gente faz mais tarde. Eu estou em Portland.*
EU: *Pensei que você só fosse chegar amanhã!*
RYDER: *Cheguei mais cedo.*

No instante seguinte, ele está ligando para mim. Me afasto das minhas companheiras de time, que estão entrando no saguão do hotel.

A voz rouca dele preenche o meu ouvido. "Desculpa. Era mais fácil ligar. Falei pro Jensen que tinha um compromisso em Portland, e a universidade me pagou uma diária a mais no hotel."

"Espera aí, você está no hotel?" Meu coração dispara. "Neste momento?"

"Aham. Por acaso você trouxe algum vestido?"

"Trouxe...", respondo, desconfiada.

"Então veste. Rápido. A gente não vai querer perder essa."

"Perder o quê?"

"Me encontra no saguão em quinze minutos", ele diz sem me responder.

Fico intrigada.

Ryder não é lá o mestre da espontaneidade, então com certeza quero saber o que está rolando.

Digo para as garotas que não vou jantar com elas e quinze minutos depois estou no saguão com um vestidinho preto, um pouco de maquiagem e os cabelos soltos. Os olhos dele brilham de admiração quando me aproximo. Ele está usando uma calça preta e um suéter cinza escuro, com o cabelo preto muito bem penteado, como sempre.

"Vai logo, a gente precisa sair daqui", eu o apresso, atravessando o saguão. "As minhas companheiras de time vão descer daqui a pouco. Alguém pode ver a gente."

Ele vem atrás de mim, com as mãos nos bolsos. "Deus que me livre, né?"

"Ah, então *você* está disposto a encarar o ódio do Case cinco segundos depois de declararem trégua?"

Ryder faz uma careta. "Bem pensado."

Assim que saímos do hotel, eu me certifico de manter um metro de distância dele para o caso de sermos *mesmo* vistos.

"Não acredito que você trouxe um vestido", ele diz com um sorriso.

"Eu sempre trago. Minha tia Summer é estilista e me ensinou essa regra obrigatória de que quando se viaja, precisa levar um PB. Um pretinho básico", esclareço, com uma sobrancelha erguida. "Eu achava que era uma regra idiota, só que uns dois anos atrás fui passar um fim de semana em Nova York, e a minha prima Alex e eu fomos convidadas pra um desfile de moda de última hora. A única roupa que eu tinha pra usar era uma calça jeans e uma camiseta que dizia... espera só pra ouvir isso... *quem joga hóquei gosta de pegada forte.*"

Ele joga a cabeça para trás e cai na risada. "Mentira."

"Não. Pode procurar no Google. As fotos saíram em um monte de sites. Eu sentada na primeira fileira, com a minha tia e a minha prima, usando aquela camiseta absurda. Elas nunca me deixaram esquecer desse dia."

Ele ainda está rindo quando nos sentamos no banco de trás de um Uber. Ainda não faço ideia de onde estamos indo, e não conheço Portland muito bem para reconhecer as ruas pelas quais passamos.

"Aonde esse passeio misterioso vai parar?", pergunto.

"Em lugar nenhum, na verdade." Ele faz a maior cara de inocente, com a mão grande sobre o meu joelho exposto.

Ele acabou de fazer a barba, que geralmente está sempre por fazer. Dou uma espiada nele com o canto do olho, resistindo à vontade de passar os dedos pelo seu queixo liso. O rosto dele é tão esculpido. Acho que gosto de como ele fica barbeado assim. Mas também imagino como deve ficar com uma barba cheia. Parecendo um deus rústico e glorioso, aposto.

Quando o carro encosta e percebo onde estamos, fico de queixo caído. A marquise reluzente em frente ao teatro anuncia que estamos aqui para uma montagem de *Sansão e Dalila*.

Estou boquiaberta. "Ai, meu Deus. A gente vai ver uma ópera?"

Ryder encolhe os ombros. "Você disse que esse era o único encontro que toparia comigo."

"Era mentira."

"É, eu sei." Os olhos dela brilham. "E agora vai ser castigada por ter mentido."

"Como você é babaca", eu digo, mas aos risos.

Estou simplesmente perplexa. Não consigo acreditar que ele me trouxe aqui.

"Mas já começou. As cortinas abriram às sete e meia. A gente já perdeu um monte de coisas."

Acho que não estou nem aí. O fato de estarmos aqui é muito mais importante que isso.

Ryder abre os ingressos na tela do celular e mostra para o homem de terno na portaria, que lê os códigos de barra e nos deixa entrar. Passamos pelo saguão vazio com um tapete vermelho e seguimos a sinalização até nossos lugares. Fico abismada quando percebo que não vamos nos sentar no mezanino, e sim no segundo pavimento, em um dos camarotes.

"Como foi que você conseguiu um camarote, porra?", murmuro.

"Gatinha, a gente tá num teatro minúsculo no Maine. Os ingressos aqui custam uma mixaria e quase todos os camarotes estavam desocupados."

Ele me chamou de gatinha.

Acontece muito raramente, mas, quando ele faz isso, meu coração se derrete no peito. Acho que está na hora de pensar no que tudo isso significa. Mas não hoje. No momento, estou totalmente concentrada nesse acontecimento inesperado.

Temos o camarote só para nós, de onde temos uma visão perfeita e desobstruída do palco. Quando nos acomodamos nas poltronas macias, eu me inclino para Ryder e murmuro: "Eu nunca vi uma ópera antes".

"Eu também não."

Como chegamos muito atrasados, não faço ideia do que está acontecendo no palco. Uma mulher com um vestido lindo e um homem com trajes de padre estão cantando um dueto, com a voz aguda dela se mesclando perfeitamente ao tom potente de tenor dele. Existe um frenesi por trás dos gestos, como se eles estivessem revoltados com alguma coisa.

"Eu queria ter pegado um programa", sussurro. Eu até poderia pesquisar a respeito no celular, mas, apesar do tom de desprezo de Ryder, quase todos os assentos do teatro estão ocupados, e não quero atrapalhar os demais espectadores. "Você conhece a história de Sansão e Dalila?"

"Hã... mais ou menos. Se eu bem me lembro, Dalila é uma sedutora de primeira, que passa o tempo todo tentando descobrir a fonte da força do Sansão." Ryder fala baixinho, com os olhos grudados na apresentação mais abaixo.

"Na verdade, isso é meio que incrível", comento, maravilhada, enquanto Dalila canta uma sequência de notas agudas e perfeitamente afinadas que provoca arrepios nos meus braços. "Que pena a gente ter perdido o começo."

"É mesmo." Ele parece estar sendo sincero.

Enquanto assistimos, ele pega a minha mão e entrelaça os nossos dedos.

"Acho que é esse cara que suborna ela pra seduzir o Sansão." Ryder aproxima tanto a boca da minha orelha que consigo ouvi-lo mesmo por cima da cantoria da mulher. "E, em algum momento, Sansão dorme e ela corta o cabelo dele. E depois os olhos dele são arrancados, o que é um lance bem hardcore para uma história da Bíblia."

Dou uma risada baixinha.

Lá embaixo, há uma mudança de tom quando um novo cenário se revela no palco. É uma alcova. Dalila agora está com uma camisola branca que, sob determinados ângulos, parece quase transparente sob as luzes do palco. Um novo personagem se junta a ela. É um homem bonito que acredito ser Sansão, porque tem uma peruca longa com ondas douradas escorrendo pelas costas. Ou isso, ou é o cabelo dele de verdade, o que me deixa com uma tremenda inveja.

Dalila começa a cantar para Sansão em uma voz doce de soprano em franca contradição com os movimentos sensuais de seu corpo. Acredito que seja a cena da sedução. Alguma coisa na forma como ela mexe os quadris e claramente se mostra a fim de transar com aquele homem bonito provoca um estranho latejar no meio das minhas pernas. Nunca pensei que fosse ficar com tesão assistindo a uma ópera, mas aqui estamos nós.

“Você me trouxe pra ver um espetáculo pornô, é?”, murmuro para Ryder.

“Como se você não curtisse.” A voz dele sai em um sussurro suave e provocante.

“Não mesmo.”

“Aham.”

Antes que eu tenha a chance de reagir, ele enfia a mão por baixo do meu vestido.

Meu coração até para de bater.

“Não curte, é?”

“Não.”

Os dedos dele passeiam pela minha coxa, e ele os curva para passar as juntas no meu ventre repentinamente contraído.

“Ah, é mesmo?” Um dedo provocador se insinua sob a lateral da minha calcinha fina. Solto um suspiro quando a pontinha entra em mim. “Então por que você está toda molhada?”

Todo o oxigênio que havia no meu corpo vai embora. E todo o sangue desce para o meio das minhas pernas, fazendo o meu clitóris latejar.

“Não tô nada”, minto com uma voz fraca e trêmula.

“Não é o que o meu dedo está me dizendo.”

Ele tira a mão de mim, e solto um gemido quando leva o dedo até os lábios e chupa.

“Se comporta!”, cochicho.

“Que foi? Não sou eu quem está molhando toda a poltrona.”

“Nem eu”, respondo fracamente. “Estou de calcinha.”

“Ah, sim, por falar nisso. Está atrapalhando. Pode tirar.”

Não consigo conter a euforia que toma conta de mim. “As pessoas vão ver.”

“Está escuro, e todo mundo está concentrado no palco. Pode tirar.”

Alguma coisa parece ter me possuído. Talvez seja o tesão sem limites faiscando em seus olhos. Talvez seja a voz grave e imperativa que ele usa. Talvez seja a excitação que corre pelas minhas veias.

Respirando bem fundo, discretamente deslizo a mão para debaixo do vestido. Fico hesitante quando seguro o elástico da cintura da minha calcinha minúscula.

Ryder está atento a todos os meus movimentos. À espera.

Seguro o tecido fino com os dedos trêmulos, levanto um pouco a bunda do assento e deslizo a calcinha pelas coxas. Durante o tempo todo, continuo olhando só para a frente, para o caso de alguém dos camarotes do outro lado estar prestando atenção a nós. Mas os demais espectadores estão intensamente concentrados no espetáculo sensual que se desenrola lá embaixo, e não aqui em cima.

Baixo a calcinha até os pés e tiro um pé de cada vez.

Ryder estende a mão.

Sem dizer nada, ponho a pequena peça de renda em sua mão. Seus lábios se curvam quando ele a guarda no bolso.

"Que obediente", ele murmura. "Estou gostando dessa nova Gigi."

Estreito os olhos. "Você está abusando da sorte."

"Não." Ele chega mais perto. "Isso não tem nada a ver com sorte."

A mão dele volta para debaixo do meu vestido, buscando o pontinho quente e pulsante entre as minhas pernas, que ele massageia usando o polegar e o indicador. O primeiro contato me faz suspirar.

"Quietinha", ele avisa. "Ou eu vou ter que parar."

"Se parar agora, eu arranco a sua cabeça."

"Como você é violenta. Eu amo. Abre um pouco as pernas."

Mal consigo ouvir, por causa da comoção repentina no palco. A voz de Dalila se torna mais aguda, a música, mais intensa, elevando a dramaticidade em um crescendo. Enquanto isso, Ryder acaricia a minha boceta até me fazer estremecer na poltrona, como um fio desencapado prestes a estourar. Ele enfia o dedo em mim, estimulando pontos que me deixam inacreditavelmente molhada. Me levando à beira do orgasmo.

Os lábios dele se aproximam da minha orelha de novo. "Fala o meu nome quando gozar."

"O que..."

A palma de sua mão aplica pressão sobre o meu clitóris e eu me perco por inteira, fazendo o que ele exigiu por puro reflexo.

"*Ryder.*"

O som de seu nome é encoberto pela ária mais abaixo e pelo trovejar da minha pulsação nos meus ouvidos. Gozo com força, e a minha visão oscila.

Quando volto à realidade, eu o vejo sorrindo para mim. Todo satisfeito consigo mesmo.

"Que tal deixar isso de lado e voltar pro hotel?"

Finalmente recupero a voz. "Vamos."

Mais tarde, estamos enroscados nos lençóis, saciados e sonolentos depois do melhor sexo da minha vida. Porque toda vez que transo com Ryder é o melhor sexo da minha vida. Até parei de tentar entender. Só sei que sou viciada nele.

Falo sobre a conversa com Al Dustin, tentando não soar muito esperançosa, segurando a minha onda. Mas não consigo segurar o sorriso quando digo: "Ainda não tem nada certo, mas ele me pareceu bem confiante de que o Fairlee vai me convocar".

"Eu não falei?" Ele acaricia a parte inferior das minhas costas, me dando um beijo no topo da cabeça. "Ouro olímpico, aí vamos nós."

Essas palavras me trazem uma lembrança, e me fazem decidir confessar uma coisa que virou um incômodo para mim já faz um tempo. Um vislumbre de uma percepção que ainda não coloquei em palavras. Porque ainda parece... uma traição, eu acho.

"Lembra da última vez que a gente conversou sobre as Olimpíadas?" Passo os dedos pelos músculos bem definidos do peitoral dele. "Você me perguntou por que eu queria tanto ser convocada. Se era por mim ou pelo meu pai."

"Eu lembro."

"Bom, isso ficou na minha cabeça desde aquele dia. Eu pensei a respeito. Bastante." Passo a língua pelos lábios ressecados, ainda hesitante. Mas, já que cheguei até aqui, preciso ir até o fim. "Quero ter uma coisa que ele não tem."

Ryder fica ligeiramente mais tenso, como se estivesse surpreso de ouvir aquilo. Porra, até eu estou por ter falado.

"Nunca disse isso em voz alta pra ninguém. Não sei nem se já refleti direito sobre essa questão, mas... ele tem tudo. A Stanley Cup, os prêmios individuais, os recordes, os títulos de MVP, uma indicação quase certa pro Hall da Fama. Eu nunca vou chegar nem perto de conquistar metade disso." Engulo em seco, sentindo um nó na garganta. "Mas uma coisa que ele nunca fez foi competir pela seleção americana. E isso é a única coisa que eu posso fazer."

Ryder se vira para ficarmos cara a cara. Ele me observa com uma expressão indecifrável.

Às vezes detesto isso de ele conseguir arrancar coisas de mim sem nenhum esforço. Não faz perguntas, nem me pede ou me força a falar. Simplesmente acontece quando ele está por perto. Todos os meus segredos são expostos sem cerimônia.

"Eu quero... me sentir importante pelo que conquistei", admito. "Conseguir isso é uma forma de finalmente sair da sombra dele. Posso ser medalhista olímpica. Uma coisa que o meu pai nunca vai ser." Solto um grunhido de desespero. "Parece uma coisa tão mesquinha de se falar. É assim tão horrível, mesmo?"

"Depende se essa é a *única* razão para querer competir. É só pra você poder dizer '*Vai se foder, olha aqui a minha medalha, seu velho*?'"

"Claro que não." Faço uma careta. "Isso é só uma parte da coisa. Aquele detalhezinho a mais que fica cutucando o fundo da minha mente às vezes. Competir num evento internacional desse tamanho é uma coisa muito maior que ele. É estimulante por si só."

"Ótimo. Então se concentra nesse estímulo. Mas sem se esquecer de que também existe esse detalhezinho."

"Eu me sinto mal por reconhecer isso", admito, fechando os olhos.

Tenho um sobressalto quando sinto seu polegar no meu queixo.

"Você precisa parar com isso", ele diz secamente.

Enrugo a testa. "Uau. Acabei de falar uma coisa superimportante e..."

"Não foi isso o que eu quis dizer." Ele sacode a cabeça para mim. "Você precisa parar de se sentir mal por ter sentimentos. Você odeia aquela tal de Emma, mas fica mal por isso. E agora quer uma coisa que seu pai não tem, mas fica mal por isso."

Por alguma razão, sinto um nó na garganta. As lágrimas fazem os meus olhos arderem. Ai, meu Deus, eu não posso chorar.

"Parece que você se recusa a dizer qualquer coisa com um pingo de negatividade; acha que isso faria você virar uma pessoa ruim. Ou acha que precisa se sentir eternamente grata por ter nascido rica e talentosa." Ele passa o braço sobre mim e encosta os lábios de leve nos meus enquanto acaricia o meu braço descoberto. "Acolha seus sentimentos. Eles são normais."

Pisco algumas vezes para conter as lágrimas, que estão ameaçando começar a rolar. E não por causa da vergonha de tudo o que confessei.

É inegável que o que sinto por esse cara está crescendo cada vez mais.

"Eu..." Respiro fundo, tentando acalmar a minha voz. "Nunca conheci ninguém com quem me sentisse tão à vontade pra compartilhar tudo isso." Olho naqueles olhos azuis profundíssimos, sempre me sentindo impressionada com o quanto parecem vívidos. "Eu não me sinto julgada por você. Sobre nada. Nunca."

"Porque eu não julgo."

"Você se sente julgado por mim?"

"Nunca", ele diz simplesmente.

Em seguida, consigo notar que ele engole em seco, e sei exatamente como ele se sente.

Isso me arrepia pra caralho.

Ryder nos vira para ele ficar deitado de barriga para cima, e eu, apoiada em seu peito descoberto. Ele passa os dedos pela minha pele nua, desde o ombro até o cóccix, antes de apoiar a mão espalmada no meu quadril. Eu estremeço sob seu toque.

"Gisele", ele diz.

"Humm?"

"A gente está namorando agora?"

Um sorriso se abre nos meus olhos. Levanto um pouquinho meu tronco para me apoiar sobre o cotovelo e olhar para ele. Ryder está mordendo o lábio de um jeito muito fofo.

"É. Acho que sim."

34

GIGI

O mundo é um lugar bem assustador às vezes

Saio do hotel de Ryder praticamente de madrugada, por medo de que o ônibus do time masculino da Briar chegue mais cedo e de alguma forma Case veja a gente.

Vou ter que contar para ele em algum momento, sei disso. Só detesto a ideia de magoá-lo. A gente namorou por quase dois anos. Temos uma história juntos.

Pensei que Ryder e eu fôssemos só transar algumas vezes e ponto-final. Case não precisaria ser envolvido. Não precisaria nem ficar sabendo. Mas Ryder e eu não podemos mais continuar nos escondendo. Já faz meses. Isso me deixa até impressionada, porque parece que eu o conheço desde sempre. Não consigo mais me lembrar de um tempo em que os beijos viciantes dele não entorpecessem a minha mente.

Nós ganhamos o jogo da tarde, permanecendo invictas até agora na temporada. Depois temos uma hora para jantar antes de irmos ver o jogo masculino. Não assisti a nenhum jogo deles desde que Ryder e Case passaram a noite acampados na beira da estrada. Eles conseguiram quatro vitórias seguidas depois disso e, pelo que ouvi, estão imparáveis, mas esta é a primeira vez que estou testemunhando pessoalmente.

Desde o início, percebo que a diferença é perceptível. Principalmente no jogo dos dois. Estão se entrosando como nunca vi antes, formando um ataque mortal, com Will de terceiro atacante. Beckett e Demaine são os defensores, e também estão mandando muito bem.

"Ai, meu Deus", fala Cami, com um gemido. "Ele tem mãos tão suaves."

Ela está falando de Beckett. E é verdade — ele não tem a velocidade de Case ou Ryder, mas maneja o taco com uma facilidade...

"Ele é sensacional", ela suspira.

"Você já transou com ele ou não?", pergunta Whitney em tom de divertimento.

"Não!", reclama Cami. "Dá pra acreditar? É inaceitável."

O placar fica em um a um na maior parte do jogo, até que, na metade do terceiro período, acontece a jogada mais maluca que já vi.

Case sofre um contato do adversário e, mesmo caindo no gelo, consegue dar um toquezinho no disco. E Ryder, que também levou uma trombada e está se reequilibrando do impacto, de alguma forma consegue dominar o disco, fazer um giro quase completo e mandar para o gol entre a perna do goleiro e o defensor que estava fazendo o bloqueio.

Gol.

A arena inteira vai à loucura, até mesmo a torcida adversária, porque foi mesmo uma das coisas mais impressionantes do mundo. Em meio a uma explosão de aplausos e gritos, eu e as minhas companheiras de time ficamos de pé e berramos a plenos pulmões. Impressionado e extasiado, Ryder levanta o braço acima da cabeça e Case o abraça. Os flashes disparam, e desconfio que essa comemoração vai estar em todos os blogs esportivos amanhã.

"Nossa, esse sorriso...", comenta Whitney, até estremecendo.

Percebo que ela está admirando Ryder, que passa ao lado da placa de acrílico e faz um gesto de cabeça na nossa direção. Contei para ele onde íamos nos sentar e, apesar de não saber se ele me viu, aquele sorriso devastadoramente lindo com certeza parece ser para mim.

Cinco minutos depois, a sirene soa e decreta o fim do jogo, com vitória da Briar por dois a um.

"Vamos lá esperar os meninos", diz Cami, ficando de pé. "A gente precisa arrastar eles pra uma comemoração."

Vamos seguindo o fluxo de gente na direção do fim do corredor, mas está todo mundo andando bem devagar. Ao chegar lá, encontramos outra fila, que se move lentamente até descer toda a arquibancada. Dou um passo, mas preciso parar de repente quando Cami faz o mesmo, o que faz a pessoa que está logo atrás trombar nas minhas costas. Eu me viro para me desculpar.

"Desculpa", digo para um loiro grandalhão.

"Sem problemas." Os olhos dele se arregalam, mostrando que gostou do que viu. "Oi, aliás."

"Oi", respondo por educação, e me viro para a frente de novo.

Tenho um sobressalto quando sinto um cutucão no ombro. Olho para trás de novo.

"Vocês já têm planos pra mais tarde?"

"Vamos encontrar nossos companheiros de time." Continuo olhando só para a frente, torcendo para a fila de gente andar mais rápido. Porque não existe a menor possibilidade de esse cara conseguir o que está querendo.

"Companheiros de time? Tipo, os caras da Briar? Vocês jogam também?"

"É."

Um sorriso malicioso surge no rosto dele, que chega um pouco mais perto de mim. "Que delícia. Adoro garotas atléticas."

Tento andar mais depressa, para me livrar dele. O cara está invadindo o meu espaço agora, e não gosto nem um pouco disso.

Cami se vira para me olhar, erguendo uma sobrancelha como quem pergunta se preciso de ajuda. Faço um sinal discreto de negativa com a cabeça.

"Eu gosto mesmo, viu?", ele me diz, como se eu desse a mínima para os gostos dele.

"Legal." Sinto um alívio quando chegamos lá embaixo. "Bom, a gente se vê por aí", eu digo, e qualquer um com o mínimo de traquejo social saberia que estou falando só por falar.

Mas esse cara não tem nenhum. "Tomara que seja logo", ele responde, com uma piscadinha para mim.

Recebo uma mensagem de Case quando chegamos ao saguão do rinque.

CASE: *Vai todo mundo pra uma balada na cidade mais tarde. Um lugar chamado Smooth Moves. Vocês estão a fim?*

Pergunto para as meninas, e todas elas topam.

No hotel, Cami e eu nos arrumamos para passarmos a noite toda fora. Minha única opção é o mesmo vestidinho da noite de ontem. Mas, quando Cami está no banheiro, dou uma examinada nele às pressas para ver se não o sujei enquanto Ryder estava me dedando na ópera ontem.

Estremeço inteira. Sinceramente, acho que nunca vou saciar o desejo que sinto por ele. Nunca mesmo. Não só por causa do sexo, que fica cada vez melhor, mas pela companhia que ele representa também, que vem se tornando cada vez mais agradável. Apesar do lado pentelho e ranzinza que ele tem às vezes.

Minhas companheiras de time já estão prontas quando meu celular toca. Quando vejo a tela, faço um gesto para Cami ir na frente.

"É o meu irmão", digo a ela. "Encontro vocês lá embaixo."

"*Invictas*", Wyatt fala quando atendo. "Acabei de ficar sabendo."

"Pois é, a temporada está sendo ótima."

"Você acha que dá pra ganhar o campeonato?"

"Bom, ainda é cedo demais pra dizer isso. Ainda faltam, tipo, uns vinte jogos. Mas espero que sim." Mordo o lábio para conter a empolgação, porque estou tentando não criar muitas expectativas, mas é impossível não compartilhar essa possível notícia com ele. "Um dos assistentes técnicos da seleção está por aqui no fim de semana. Veio falar comigo no hotel ontem e disse que não tenho com que me preocupar. Basicamente deu a entender que vou ser convocada."

"Aê, porra. Eu disse pra você." Wyatt dá risada. "A Emma pode ser uma louca, mas o pai dela claramente tem juízo."

"Assim espero. Enfim, preciso desligar. A gente vai sair hoje com o time masculino pra comemorar as duas vitórias."

"Beleza, tranquilo. Eu só queria dar os parabéns. Te amo, Stan."

"Eu também te amo."

Enfio o telefone na bolsa e fecho o zíper da jaqueta a caminho dos elevadores. Aperto o botão para descer e espero as portas se abrirem. Quando estou entrando, alguém pede: "Segura o elevador".

Sinto um desânimo afundar meu estômago ao ver que é o loiro grandalhão lá do rinque quem vem atrás de mim.

Puta merda.

Logo ele.

"Você de novo!", diz, todo animado.

"Pois é." Eu me encosto na parede, torcendo para a minha linguagem corporal ser clara o bastante.

Mais uma vez, ele não capta o recado. Fica parado bem ao meu lado, com nossos braços quase se tocando. Em seguida se vira, me encurralando contra a parede.

"Eu sou o Nathan."

Olho para as luzes acima das portas. Já apertei o botão para descer, mas por algum motivo o elevador continua parado.

"Não precisa ter medo de mim", ele diz com uma risadinha.

Aperto o botão para fechar as portas, apesar de já estarem fechadas. Talvez isso acelere o processo.

"Não estou com medo", digo num tom leve. "Só estou com pressa. Tem gente me esperando."

"Ora, que sorte a sua, porque eu estou livre e desimpedido." Um sorriso pegajoso aparece nos lábios dele, que inclusive passa a língua pelos lábios, o que desconfio que seja uma tentativa de parecer sexy. Que não dá certo, aliás. "Posso acompanhar vocês?"

"Desculpa, é um lance só do pessoal do hóquei da Briar. Só quem faz parte dos times pode ir."

"Que pena." Mas ele não se deixa abalar. "E se a gente se encontrasse mais tarde?"

"Ah, nem sei que horas vai acabar", respondo, quando na verdade o que quero dizer é: *Não, a gente não pode e não vai se encontrar mais tarde. E nem nunca*.

Mas dizer não para homens nem sempre é uma tarefa fácil. Eu adoraria ser direta. E impositiva. Olhar bem na cara dele e falar NÃO.

Só que o problema de ser mulher é que você nunca sabe que reação um NÃO vai causar. Vai me render um aceno de cabeça e um *Beleza, uma boa noite pra você, então; foi legal falar contigo?*

Ou vai ser um *Sua vadia metida a besta, por acaso você se acha boa demais pra mim, é isso?*

E essa segunda reação foi uma coisa que já vivi diversas vezes.

O mundo é um lugar bem assustador às vezes. Então, não, não vou dispensar o cara de forma tão direta, pelo menos não quando estamos sozinhos aqui e estou encurralada. Vou desconversar e dar respostas vagas até poder sair daqui e contar com a segurança de um grupo de pessoas ao meu redor.

O elevador finalmente começa a descer, e o alívio chega como uma lufada de ar fresco. Vou acompanhando a contagem decrescente dos números acima do painel.

Caras normais geralmente entendem a mensagem. Mas esse não. Ele chega mais perto, e faço uma careta quando sinto seu hálito quente perto da minha orelha. E um cheiro de álcool também. Me dou conta de que ele devia estar bebendo no jogo.

"Eu queria *muito* encontrar você depois", insiste Nathan.

Tento me afastar, mas agora estou presa entre a parede e o painel, encurralada num canto.

"Não, obrigada", respondo, enfim optando pela sinceridade. "Estou supercansada. Não vou pra lugar nenhum depois da comemoração do time."

"Que pena. A gente podia se divertir tanto." Ele passa a ponta de um dos dedos no meu rosto.

Olho feio para ele. "Olha só, sério mesmo. Você não precisa chegar assim tão perto", aviso.

E então lá está, aquele brilho revelador no olhar. Aquele ar de quem acha que pode fazer o que quiser com quem quer que seja.

"E você não precisa ficar toda putinha por causa disso."

Ignoro o comentário dele.

"Só estou dizendo que a gente pode se divertir junto."

O elevador para cinco andares abaixo do meu para mais alguém entrar. Quando as portas começam a se abrir, ele simplesmente crava os dedos na minha cintura e tenta me puxar para mais perto.

Nesse momento, fico realmente com medo. "*TIRA A MÃO DE MIM, CUZÃO DO CARALHO!*"

"Para com isso de querer dar uma de..."

Antes que ele possa terminar a frase, é arrancado do elevador e puxado para o corredor. Consigo ter um breve vislumbre do olhar furioso de Ryder e da expressão preocupada de Shane. E quase desmaio de alívio.

"Ela falou pra você tirar a mão", rosna Ryder.

Desço antes que as portas se fechem. Ryder está se encarregando do cara sem noção. Sem muita agressividade, mas com uma postura clara de ameaça. Está só com a mão encostada no peito de Nathan, perto o suficiente do pescoço dele para mostrar que a qualquer momento pode segurá-lo pelo cangote e prensá-lo contra a parede.

"Ryder, tá tudo bem", digo, pondo a mão no ombro dele.

"Tem certeza?" Ele olha bem para mim. "Ele machucou você?"

"Como assim? Eu não sou estuprador, caralho!", esbraveja Nathan.

"Ah, não? Porque o que vi foi você colocando a mão nela sem consentimento."

"Ela estava querendo..."

"É melhor nem terminar essa frase", sugere Shane num tom de frieza. "Sério mesmo, cara, é melhor calar a boca."

Ryder se afasta do cara e aponta para a porta da escada. "Vai embora daqui, caralho."

"A gente tá no décimo quinto andar! Eu não vou descer de escada..."

"Não estou nem aí. Se manda."

O olhar tempestuoso de Nathan alterna entre os dois. E de repente mais três aparecem sem aviso. Primeiro Case, trazendo em seu encalço Will e Beckett.

"O que está rolando aqui?", pergunta Case. "Está tudo certo?"

"Esse cara estava assediando a Gigi", murmura Ryder. "Tentou encostar a mão nela."

Case aperta o passo e chega com tudo. "Porra, está falando sério?"

"Já está tudo resolvido", garanto para o meu ex-namorado. "Sério mesmo, está tudo certo." Para Nathan, que agora está todo vermelho, fecho a cara e digo. "Que tal sumir logo daqui? Você não sabe com quem se meteu."

Em questão de segundos, em de vez dois, agora tem cinco jogadores de hóquei enormes envolvidos na história e, por mais que faça o estilo fortão, ele não é páreo para os caras da Briar.

Ele olha ao redor, visivelmente em pânico. Então, sem dizer nada, dispara para as escadas. Ouvimos seus passos ecoarem pela escadaria. Não sei se ele tem fôlego para descer todos os quinze andares, mas torço muito para que a gente não o encontre no elevador de novo quando formos descer.

"Você tá bem?", pergunta Case, em tom de urgência.

Só posso imaginar a expressão no meu rosto. Não vou negar que fiquei assustada, principalmente quando ele me agarrou pela cintura. Sou forte, já fiz várias aulas de defesa pessoal, mas a gente nunca sabe quando vai conseguir de fato neutralizar outra pessoa, principalmente um bêbado com o dobro do nosso peso e vários centímetros a mais de altura.

"Estou." Solto o ar com força. "Tudo certo. Estou bem."

Com o canto do olho, vejo Ryder me olhando. Ele chega mais perto, como se sentisse que estou prestes a desmoronar.

Faço um movimento mínimo e nego com a cabeça, e ele detém o passo na hora. Acho que Case não percebe, mas vejo que Will sim, e escuto seu suspiro resignado antes de falar.

"Vamos dar uns minutinhos pra vocês", Will diz para Case e para mim quando o elevador se abre de novo. "A gente se vê lá embaixo."

Quando Case se vira para falar com Will, sinto a mão de Ryder roçar de leve o meu braço. Meu corpo anseia pelo seu abraço, mas não é o momento. Um instante depois, Ryder desaparece dentro do elevador.

E eu, em vez disso, ganho um abraço de Case.

35

GIGI

Feriado das Amigas

“Reuni todas vocês aqui porque tenho um segredo pra contar”, anuncio.

“Pensei que a gente estivesse aqui pro Feriado das Amigas”, responde Diana com um sorriso. Está deitada no tapete de um tom de vinho bem vivo em sua sala de estar, segurando as duas pernas como uma iogue.

“Bom, além desse motivo”, corrijo.

Mya e eu estamos no apartamento de Diana para a nossa comemoração do Dia de Ação de Graças, na véspera do feriado de verdade. É a nossa última chance de ficarmos juntas antes de cada uma ir para a própria casa. Diana e eu somos de Massachusetts, mas a casa da família dela fica quase na divisa com Vermont. O pai de Mya está em Malta cumprindo as obrigações de embaixador, mas a mãe dela vai encontrá-la em Manhattan para o fim de semana prolongado.

Fiquei tentada a convidar Ryder para ir comigo, mas isso é... bem assustador. Parece cedo demais. Além disso, desconfio que ele diria um não curto e grosso. E acho que eu entenderia. Meu pai só ficaria pegando no pé dele o tempo todo. Além disso, não contei para a minha família que Ryder e eu estamos juntos, e essa é uma conversa que eu não me importaria de adiar um pouco mais. Não tem mais ninguém com quem tenho proximidade que sabe disso, a não ser Mya, Diana e Will Larsen. Consegui esconder nosso relacionamento até das minhas companheiras de time.

Não que eu goste de esconder as coisas, mas a ideia de anunciar para todo mundo que estou namorando Luke Ryder... é motivo de sobra para ficar apreensiva. Principalmente considerando que os meus próprios sentimentos a respeito continuam mais que confusos.

“Então, qual é o segredo?”, pergunta Mya, levantando os olhos da tela de seu celular. Pelos últimos dez minutos, ela está aplicando filtros na fotografia que tirou da mesa de jantar perfeita que arrumamos no apartamento de Diana para postar nas redes sociais.

“Acho que sou meio exibicionista.”

Diana para de se alongar e abre um sorriso. “Duvido.”

Mya assente com a cabeça. “Eu também.”

Olho feio para as duas. "Vocês não sabem nem por que estou dizendo isso!"

"Tudo bem. Vamos ouvir a história antes de julgar", responde Mya. "Apresente sua argumentação, advogada."

Sento com as pernas cruzadas sobre o sofá de estampa florida que poderia muito bem estar em uma sala de visitas vitoriana. O imóvel que Diana herdou de sua tia Jennifer veio todo mobiliado. E o estilo de decoração dela era o que eu chamaria de brechó-chique. Não parece nem um pouco o apartamento de uma universitária. Tem uma vibe mais de solteirona dos gatos, mas, mesmo assim, Diana, com seu shortinho e o cropped de líder de torcida da Briar, não parece estranha àquele ambiente.

O cheiro que vem da cozinha faz o meu estômago roncar. Em vez de assar um peru só para três pessoas, escolhemos um frango de rôtisserie, que está assando no forno. Não como nada desde o meu treino da manhã, e estou faminta.

Faço a expressão mais profissional que consigo e começo a apresentar o meu caso.

"Prova A: Ele me chupou na biblioteca em outubro. Bom, na sala de estudos, mais especificamente."

Mya levanta uma sobrancelha. "A porta estava aberta ou fechada?"

"Fechada." Dou um sorriso para ela. "Mas, como eu contei quando aconteceu... o amigo dele, o Shane, estava atrás da porta. Praticamente participando."

Diana ergue as duas sobrancelhas. "Quê? Dessa parte eu não sabia. Defina *participando*."

"Bom, ele estava acobertando a gente. Mas conseguia ouvir tudo, e em um determinado momento me falou pra gozar."

"Tá, isso meio que me deu tesão", concorda Diana, impressionada. "Bom, tirando o fato de que era o Shane Lindley."

"Qual é o problema com o Shane?", protesto, sorrindo quando vejo a cara séria dela. "Ele é gostoso."

"Não importa. Está oficialmente na minha lista de boys lixo. O cara transou com três colegas de equipe minhas este ano e ainda quer mais. A última, a Audrey, se apaixonou pelo cara e, quando levou um pé na bunda, não conseguia mais se concentrar nos treinos e caía o tempo todo. Quase quebrou o tornozelo, poxa." Diana balança o rabo de cavalo prateado. "Avisa esse cara pra deixar a equipe de líderes de torcida em paz. A gente está tentando ganhar o campeonato nacional."

Dou uma risadinha. "Vou dar o recado."

"E o restante das suas provas?", questiona Mya, com um gesto de impaciência.

"Prova B: sexo na sauna. Qualquer um podia ter entrado e visto", eu me apresso em dizer antes que elas retruquem.

Diana dá de ombros. "Todo mundo transa na sauna. Você não fez nada de mais lá. Mas a biblioteca é um exemplo aceitável de exibicionismo. Eu aceito como prova."

"Nunca transei numa sauna", retruca Mya.

"Esse não é o ponto", digo para ela. "Beleza. Prova C: ele me masturbou na ópera." Lanço um olhar presunçoso para elas. "Essa vez foi totalmente pública. A gente estava no camarote."

"Ah, de camarote, chique", diz Maya.

"Legal", comenta Diana.

"E, ontem, Prova D: chupei o pau dele no carro atrás do Malone's", conto, citando o único bar de esportes da cidade.

Agora que os caras da Briar e do Eastwood estão abertamente se entrosando, saem juntos o tempo todo, e o Malone's é o bar preferido deles. Whitney, Cami e eu fomos lá ontem para beber alguma coisa, e Camila enfim pôde viver o sonho de ir para casa com Beckett Dunne.

"Nossa. Eu estou bem impressionada com tudo isso", diz Mya, com toda a sinceridade. "Não parece uma coisa que você faria."

"Nem um pouco", concorda Diana.

"Aí é que está... eu discordo. Acho que parece, sim. Eu só não sabia que era assim ainda."

Mya abre um sorriso. "Então quer dizer que o capitão inimigo do Eastwood fez você descobrir que tem um fetiche por público."

"É, acho que sim."

É como se a minha vida sexual fosse um jogo e Ryder tivesse aparecido e destravado um novo nível, me ajudando a descobrir um lance totalmente novo.

Na verdade, ele me ajudou a descobrir muita coisa sobre mim que eu nem sabia. Como a tendência que tenho de me recusar a expressar meus pensamentos mais sombrios ou reclamar dos meus problemas por medo de ser julgada ou sentir que não tenho direito porque levo uma vida boa demais. Graças a ele, estou me esforçando para entender melhor as coisas que sinto e o motivo para fazer as coisas que faço. Tipo querer uma coisa que o meu pai não tem. Uma medalha olímpica. Sempre acreditei que reconhecer esse tipo de coisa tornava a pessoa mais fraca ou, pior que isso, amargurada.

Mas venho sentindo uma estranha sensação de leveza desde que coloquei tudo isso para fora.

Talvez eu só precisasse encontrar a pessoa certa para desabafar.

"Case não se sentiria à vontade com esse lance de público", admito. "Ele é todo certinho. Até topava transar no carro às vezes, mas duvido que fosse me fazer gozar no meio de uma ópera. E acho que eu me sentiria esquisita de pedir isso pra ele."

"Mas pro Luke Ryder você não teve a menor vergonha de pedir."

"Sinto que posso pedir o que quiser pra ele. Não fico nem um pouco preocupada que ele me julgue. Ele nunca me julga. Me aceita exatamente como sou."

As duas me encaram.

"Que foi?"

"Ai, meu Deus. A gente não está falando de sexo, né?", acusa Diana. Ela se vira para Mya. "A gente não está falando de sexo."

"Não mesmo", confirma Mya.

Enrugo a testa. "Ué, está sim. Claro que a gente está falando de sexo."

Diana abre um sorriso estranhamente gentil. "Gigi. Você está apaixonada pelo cara."

Fico de queixo caído. "Não estou, não."

Quase me irrito com elas por ventilarem essa hipótese. Isso me pega totalmente de surpresa, porque pensei que estivéssemos tendo uma conversa divertida e leve sobre sexo, mas elas transformaram isso numa discussão séria sobre sentimentos e essas bobagens.

Esse lance de sentimentos "não é a minha" com Ryder.

Então por que está sentindo tanta coisa?

Às vezes eu realmente detesto essa voz dentro da minha cabeça.

Tudo bem. Talvez eu sinta *alguma* coisa. Uma ansiedade. Um fascínio. Um desejo. Uma certa confusão. Uma vontade louca e visceral. Um contentamento absoluto que penetra em mim até a medula.

Ai, não. Essas duas últimas coisas são bem parecidas com...

Não.

Afasto esse papo da minha mente e desconverso quando as minhas amigas tentam me provocar de novo sobre isso durante o jantar. Mais tarde, enquanto estou lavando a louça, e Mya, limpando a mesa, meu celular vibra perto da mão dela, que espicha o olho para a tela e diz: "É o amor da sua vida".

"Ah, para com isso", resmungo.

Enxugo a mão num pano de prato e vou ler a mensagem.

RYDER: *Posso ir ver você hoje à noite? Estou precisando de uma mudança de ares.*

Algumas horas depois, estamos na minha cama, enlouquecendo um ao outro. As mãos fortes dele passeiam pelo meu corpo, e seus lábios quentes percorrem a minha pele. Minhas mãos acariciam os músculos bem definidos do seu peito enquanto desço para pegar seu pau com a boca. Chupo devagar e bem fundo, enquanto ele faz ruídos roucos de aprovação, acariciando os meus cabelos.

"Você está tão linda agora", murmura, olhando para mim.

Sorrio com seu membro grosso na boca antes de soltá-lo. Em seguida, o envolvo com a mão e começo a movê-lo para cima a para baixo com movimentos preguiçosos, adorando ver a forma como o olhar dele fica todo enevoado.

"Por que você não vem aqui e senta no meu pau?" As feições dele estão contorcidas de agitação, levantando os quadris enquanto tenta acelerar a ação da minha mão.

"Você está bem necessitado, hein?"

"Porra, demais." Ele está falando sério. O corpo esguio e musculoso dele estremece inteiro na cama.

Resolvo ser boazinha e sento nele, só que agora sou eu quem está enlouquecida de desejo. Ele me preenche completamente. Uma sensação de pertencimento, de perfeição toma conta de mim, me fazendo desabar sobre seu peitoral forte. Me esfrego nele, seguindo a necessidade absurda que sinto, até pontos pretos surgirem no meu campo de visão e meu clitóris ficar todo quente e inchado. Ele me segura pela cintura enquanto eu o cavalgo sem dó.

"Caralho, Gigi. Continua fazendo assim, gatinha."

Estou deitada em cima dele agora, remexendo loucamente os quadris.

"Eu gosto disso até demais", murmuro, com os quadris totalmente fora de controle. Estão se movendo por vontade própria.

"Vai, continua", incentiva Ryder com uma voz rouca. "Mostra pra mim o que você curte. Faz o que quiser comigo."

Então faço mesmo. Continuo cavalgando enquanto ele aperta meus peitos, esfregando os mamilos com os polegares. Falo o nome dele com um gemido e um nó apertado de prazer se instala no meu ventre.

O olhar dele é de pura aprovação. "Isso. Fala o meu nome, vai. Quero que o prédio inteiro saiba que sou eu que estou metendo em você desse jeito."

Isso é o que basta para o nó se desfazer em uma explosão. Desabo sobre seu peito e me deixo levar pelo orgasmo, ainda ofegante quando ele nos levanta e me põe sobre seus joelhos. Um braço musculoso nos meus peitos nos mantém colados um ao outro.

Ele retoma as estocadas de baixo para cima, passando o nariz no meu pescoço antes de sussurrar no meu ouvido.

"Eu vou gozar."

Solto um gemido em resposta, e ele se solta de vez. Com um ruído estrangulado, estremece ao se aliviar inteiro, cravado dentro de mim. Seu aperto se torna mais forte, esmagando meus seios contra seu antebraço.

Em seguida, ele passa os lábios pelo meu pescoço e murmura: "Você é tipo um sonho".

Enquanto isso, tento desesperadamente me convencer de que não estou apaixonada por ele.

36

RYDER

Dia Nacional do Algodão-Doce

Colson e eu somos amigos agora. Do tipo que vão embora juntos do rinque e matam o tempo na casa um do outro. Às vezes ele até dorme aqui se as coisas saem do controle e ele acaba ficando bêbado demais para voltar andando até em casa. Will também está sempre por aqui, mas pelo menos isso faz sentido. Ele e Beckett não se desgrudam. A melhor coisa em Will é que ele não me desperta nenhum sentimento de culpa, então é mais fácil conviver com ele.

Colson, por outro lado... sempre fui bom em esconder o que sinto, mas está virando um desafio esconder meu sentimento de culpa. Estou começando a gostar do cara. Mas Gigi ainda não quer que ele saiba sobre a gente, então preciso respeitar a vontade dela. Foi ela que teve um relacionamento com ele, não eu.

Os dois estão aqui no momento, Will largado no sofá perto de Beckett e Colson sentado ao meu lado.

Shane está na poltrona, trocando mensagens com uma garota que, pela primeira vez, não é líder de torcida. Os dois se conheceram em Hastings, e ela veio aqui um dia desses. Acho que ele chegou a me falar que ela é estudante de direito. Foram a uma festa ontem à noite e, ao que parece, o ex dela apareceu lá bêbado e travado e foi encher o saco do Shane. Agora ela está pedindo mil desculpas para ele por mensagem.

"Sempre tem um bêbado pra encher o saco", comenta Will, revirando os olhos. "Que porra é essa, né?"

"É a regra ancestral das festas", explica Beckett. "Toda festa tem um papel a ser cumprido. O do Cara Travado é um deles."

"Cara, isso é verdade mesmo." Case dá uma risadinha e se inclina para a frente para pegar sua cerveja. Depois de uma breve pausa, dá risada de novo. "Beleza, então escuta essa. Você cola numa festa e só vai poder conversar com uma pessoa, a noite toda, sem parar. Quem você escolhe: a Garota com o Rímel Borrado no Banheiro ou o Chato do Violão?"

Beckett solta um grunhido. "As duas opções são uma tortura, parceiro."

Shane baixa o celular e pensa a respeito. Em seguida, dispara uma série de perguntas para Colson. "Posso comer a garota do banheiro?"

"Não."
"Posso pedir uma música?"
"Não."
"Por que ela está chorando?"
"Está soluçando sem parar e não consegue falar coisa com coisa."
"Posso usar alguma droga?"
"Não?"
"Posso beber?"
"Uma cerveja."
Shane dá de ombros. "O Chato do Violão."
Will, que está com o controle remoto na mão, acaba passando pelo canal de reality show pelo qual Gigi está obcecada. Os olhos dele brilham.
"Se liga. *Cozinhar para agradar*. Eu adoro esse programa."
"Está falando sério?", reclama Colson. "Isso aí é doido pra caralho. Não tem como vir coisa boa quando se dá tanto poder assim pra umas crianças."
"É o que eu sempre digo", concorda Beckett. "Isso aí só pode acabar em uma coisa."
Shane olha para os dois. "Por favor, me expliquem melhor. Que tipo de futuro apocalíptico vocês estão prevendo a partir de um reality show que chama crianças para serem juradas de pratos de chefs?"
Colson olha para Beckett. "Ele não entende."
Beckett balança a cabeça.
"Enfim. Preciso ir pra aula." Dou um tapa no ombro de Colson ao me levantar, e faço um aceno de cabeça para os outros caras. "Até mais tarde."
Minha aula de estudos empresariais é a única neste semestre que começa mais tarde. No começo, fiquei irritado porque ia ter que voltar até o campus às cinco da tarde três dias por semana, mas, nas últimas vezes, eu me encontrei com Gigi depois da aula e agora isso virou uma rotina. Às vezes nós jantamos juntos. Hoje ela disse que só quer uma banheira quente e uma sauna. Machucou o ombro no jogo de sábado e acho que a lesão ainda está incomodando.

Depois da aula, vou até o centro de treinamento e pego Austin Pope saindo quando entro. O garoto está fazendo treinos extras porque o mundial juvenil está chegando.
"E aí, capitão", ele diz, mas de cabeça baixa e parecendo chateado.
"E aí. Como é que está indo o treinamento? Está pronto pro grande jogo?"
"Na verdade, não." A exaustão dele é perceptível no seu tom de voz.
Franzo a testa. "O que está rolando, Pope?"
"Nada." Ele continua desviando o olhar. "Acho que é só nervosismo."
Eu entendo isso. Pope em geral segue firme e forte antes das partidas, só que agora tem muito mais coisa em jogo.

"É assustador mesmo", admito. "Saber que o mundo todo está assistindo. Literalmente o mundo todo."

Ele fica hesitante por um momento antes de dizer: "Além disso, tem toda a pressão extra."

Minha testa se franze de novo. "Como assim?"

"Esse monte de matérias sobre eu ser gay e o primeiro jogador assumido a participar de um mundial juvenil. Essas coisas. É o tipo de coisa que me deixa... sei lá. Parece que estão desviando o foco do meu talento. Da minha capacidade como jogador. Concentrados na minha sexualidade, que não faz a menor diferença na hora do jogo."

"Com certeza não é por mal. Acho que eles só querem que você sirva de exemplo pra outros garotos na mesma situação", argumento. "Ainda deve ter gente por aí com medo de sair do armário. Não é tão ruim."

"Eu entendo. Mas é como eu falei, isso só aumenta a pressão. Como é que você estava se sentindo antes do mundial?"

"Cagando de medo. E, cara, confia em mim, eu sei como é esse lance de ignorarem seu talento e se concentrarem em outras coisas. Fiz um dos melhores jogos da minha vida, e a única coisa que as pessoas lembram é que quebrei o maxilar de um cara no vestiário."

"Pois é", ele comenta, sarcástico.

Dou um tapa no seu ombro. "Vai dar tudo certo, Pope. Só tenta não ficar pensando muito em todas essas coisas que vêm de fora."

"Valeu, Ryder."

Ele vai embora e entro no saguão. Vejo as flores de um vermelho vivo nos vasos perto da recepção e, quando o segurança não está olhando, arranco discretamente uma delas e continuo andando. Em seguida pego meu celular, rindo comigo mesmo.

Dez minutos depois, Gigi aparece na sala das banheiras quentes usando o maiô que sempre me deixa louquinho de desejo por ela.

Ofereço a flor. "Aqui está."

Ela solta um suspiro. "Ai, meu Deus. Fico até com medo de perguntar, mas... hoje é o dia internacional do quê?"

"Dia Nacional do Algodão-Doce. É o tipo de coisa que precisa ser comemorada."

Ela solta aquela risada melódica e feminina e finjo que não me deixo afetar, quando na verdade tudo o que Gigi faz tem um tremendo efeito sobre mim.

A gente se senta em lados opostos da banheira quente enquanto os jatos da hidromassagem fazem a água ao nosso redor girar em um turbilhão de espuma. Nós dois sabemos o que acontece quando nos sentamos muito perto um do outro, e pela primeira vez resolvemos nos comportar.

"Eu pensei que já teria recebido algum contato da seleção americana a esta altura", resmunga Gigi. "Tipo, por que o Dustin me deixou toda animada lá no Maine, falando que eu não tinha com que me preocupar, se na verdade eles não tinham a menor intenção de entrar em contato tão cedo?"

"Sei que é frustrante, mas você precisa ter um pouco mais de paciência", recomendo. "Lembro que demorou uma eternidade pra definirem a convocação na minha época de mundial juvenil." Passo a língua no meu lábio superior. "Acho que a principal questão agora é: e o Colson, o que a gente vai fazer a respeito? Não consigo decidir se é uma boa ideia contar pra ele."

O rosto dela fica mais sério. "Vocês estão começando a se entrosar, né?"

"Pois é. Eu gosto do cara", digo, a contragosto.

Ela sorri. "Foi difícil admitir isso, né?"

"Muito." Faço uma pausa. "Mas sei lá. Pode ser melhor não falar nada ainda. O último mês mostrou que esse clima de camaradagem era do que o time precisava. Eu não posso foder com tudo isso."

"Então vamos continuar sendo discretos por mais um tempo." Ela parece aliviada.

O timer apita, nós nos enxugamos, calçamos os chinelos e vamos para a sauna. Mais tarde, ao sair para o corredor, a temperatura ambiente provoca uma sensação das mais refrescantes, e imediatamente resfria o meu rosto.

As bochechas de Gigi ainda estão vermelhas por causa do vapor quente. Ela está tão linda, toda rosada e com os olhos acinzentados brilhando, que me esqueço até de onde estamos. Simplesmente me inclino na direção dela e dou um beijo.

Quando a ponta da língua dela toca a minha, escuto alguém pigarrear, e nós nos afastamos na mesma hora.

É o treinador Jensen.

Puta merda.

"Graham. Ryder", ele cumprimenta, num tom cauteloso.

Ela pula para longe de mim de uma forma nada discreta. "Treinador", diz Gigi, assentindo com a cabeça. "Hã. Preciso tomar um banho e me trocar. Boa noite."

Em seguida, sai correndo.

O treinador observa a fuga de Gigi e volta seu olhar para mim. Resisto à vontade de fechar os olhos para não encarar aquela carranca de condenação.

"Sério mesmo que é isso que você quer fazer?", ele pergunta, passando uma das mãos pelo cabelo grisalho de corte escovinha. Ele não parece ter perdido nada de cabelo em comparação com as fotografias dele penduradas no saguão, de vinte anos atrás.

Como não respondo, ele solta um suspiro.

"Puta que pariu, esses caras estão sempre pensando com a cabeça de baixo", ele resmunga consigo mesmo. "Será que não vai dar pra ter uma temporada sem esse tipo de merda rolando?"

"Não é bem... isso que você está pensando, o que quer que seja", digo por fim.

Ele não parece muito convencido.

"Nós estamos juntos. Hã, é uma relação que envolve sentimentos."

Malditos sentimentos. Como foi que a coisa chegou a este ponto? Pensei que fosse trepar com ela algumas vezes e cada um seguiria seu caminho. Agora a ideia de nunca mais vê-la sorrir de novo é como ter o meu coração arrancado do peito.

"Só o que eu digo é para tomar cuidado. Não vá fazer nada que prejudique o time."

"É essa a ideia. Olha só, sei que o nosso começo foi difícil, mas estou fazendo tudo o que posso pra mudar isso. O Colson e eu estamos tentando unir o pessoal."

"Percebi", reconhece Jensen.

"Então o senhor sabe que a última coisa que quero é estragar isso." Encolho os ombros, meio sem ter o que dizer. "Não foi nada proposital, só... rolou."

Ele bufa outra vez. "Escuta só, garoto. Estou pouco me fodendo pra vida dos outros. Só me preocupo com a minha esposa, minhas filhas e meus netos. E com os meus jogadores. E, quando eles saem da Briar, isso não muda. Ainda são meus jogadores, sabe como é?" Ele aponta na direção para onde Gigi foi. "O pai dela é como se fosse um filho pra mim, o que significa que ela é como se fosse uma neta para mim. Com isso, quero dizer pra não fazer merda."

Engulo em seco.

"Sei que você passou por poucas e boas quando era mais novo", continua Jensen, num tom áspero. "E também que peguei pesado quando você chegou aqui. Mas já estou notando mudanças em você, Ryder. Está fazendo um bom trabalho como co-capitão, e o time está evoluindo por isso. Se continuarem assim, vocês têm chance de chegar lá." Ele encolhe os ombros. "Então... só quero saber se você acha vale a pena pôr tudo isso a perder."

37

RYDER

Não me chama assim

Não dá para fugir da lei para sempre.

Ou melhor, da obstinação de um promotor público. Eu vinha ignorando as ligações desde setembro. Em mais de três meses, ele não conseguiu nada de mim. Mas isso não diminuiu sua determinação de entrar em contato comigo. Esta semana, depois de receber um monte de e-mails e duas mensagens de voz, finalmente percebi que, se não respirasse fundo e arrancasse o curativo com um único puxão, passaria o resto da vida tentando me livrar desse cara.

Na quarta-feira à noite, estou a caminho dos alojamentos estudantis para encontrar Gigi. Combinei de ir até lá jantar e ver um filme. Quando paro no estacionamento, não desço do jipe e ligo para Peter Greene sem ouvir a mensagem que ele acabou de deixar.

"Peter Greene", ele responde de imediato.

"Sr. Greene. É o Ryder."

"Finalmente." Ele parece meio irritado. "Estava começando a achar que você tinha sumido no mundo e mudado de nome."

Caralho, que sonho.

"Desculpa não ter ligado antes, mas..." Eu me interrompo, mas acabo optando pela sinceridade total. "Eu não estava a fim."

Isso me rende uma risadinha amarga. "Olha só, pode acreditar que eu entendo. Sério mesmo, garoto. Só que, por mais que você queira evitar a situação, isso não muda o fato de que o seu pai está tentando conseguir a liberdade condicional."

"Pois é, ainda não acredito nessa porra", murmuro, tentando conter a raiva que estou sentindo.

Mas ele percebe isso na minha voz. "Eu entendo", garante Greene. "E no seu lugar estaria bravo também. Mas não fui o promotor original do caso, e esse acordo não é responsabilidade minha. Só que foi assinado na época, e ele tem direito a uma audiência, desde que demonstre um bom comportamento. E, de acordo com a direção da penitenciária, o comportamento dele é bom. Ele está trabalhando. Faz parte da comunidade da igreja da prisão."

“Que bom pra ele”, murmuro, sarcástico. “Mas me joga a real: ele tem alguma chance de sair?”

“A chance é mínima. Então você não precisa se preocupar com isso. Mas... se testemunhasse na audiência, ajudaria a tornar essa chance ainda mais próxima de zero.”

“Não.” Meu tom é frio e enfático.

“Ryder.”

“Não. Se quiser que eu testemunhe por escrito, faço isso. Mas pessoalmente eu não vou. Não quero mais ver esse cara... nunca mais. Entendeu?”

“Prefere correr o risco de que ele seja solto?”

“Estou pouco me fodendo se ele está preso, se está solto, se está na puta que pariu. Pra mim, esse cara não existe mais. Entendeu? Nem adianta me pedir de novo”, aviso.

“Luke...”

“Não me chama assim.”

Não é a primeira vez que preciso corrigi-lo. Conheci Greene aos treze anos, quando as apelações do meu pai ainda estavam sendo julgadas. Felizmente, todas foram negadas. E eu realmente não esperava que uma audiência de condicional pudesse ser realizada tão cedo.

“Desculpe, Ryder. Sei que é difícil, mas você precisa reconsiderar essa decisão.”

“Não vou reconsiderar.”

Desligo o telefone.

E respiro fundo. Porra. Estou nervoso agora. Tenso. Não esperava falar com Greene logo hoje, e preciso recuperar a compostura enquanto vou andando até a Hartford House. Aviso o segurança que vim visitar Gigi e ele abre a porta do saguão, onde assino o livro de acesso e tomo a direção das escadas. É um prédio de só três andares, sem elevador.

Gigi me recebe com um sorriso. Tento retribuir, mas, por dentro, estou espumando de raiva.

Que cara de pau a desse desgraçado. Greene sabe exatamente o que vai acontecer se me colocar na mesma sala que o meu pai. Tive que ir a uma audiência de apelação aos doze anos e de novo aos catorze, e nas duas vezes senti vontade de matar o cara. A morte ainda seria pouco para ele.

“Está tudo bem?”, pergunta Gigi enquanto a sigo até a cozinha. A comida está com um cheiro bom, mas perdi totalmente o apetite.

“Está, sim”, minto.

Ela me abraça e percebo que estou com a cabeça em outro lugar. Me dou conta tarde demais de que deveria ter pegado o jipe e ido para casa. Mas estou aqui, então me esforço o máximo possível para ser agradável, porque Gigi merece isso.

Enquanto esperamos o jantar ficar pronto, nos sentamos no sofá, e ela vasculha vários serviços de streaming em busca de um filme para ver. Concordo distraidamente com todas as sugestões. Minha cabeça está longe, e ela percebe isso.

"Tá, agora é sério. O que está acontecendo?", ela questiona.

Dou de ombros. "Nada."

"Mentira. Aconteceu alguma coisa no treino de hoje de manhã? Ou em alguma aula?"

"Não, não é nada disso."

"Então o que é?"

Encolho os ombros de novo. "Olha só, se você não se incomodar, prefiro não falar sobre isso."

Gigi fica em silêncio.

"Tudo bem, você que sabe." Ela se levanta do sofá. "Vou dar uma olhada na lasanha."

Eu me levanto também. "Aliás, quer saber? É melhor eu ir embora."

Ela pisca algumas vezes, surpresa. "Quê?"

Já estou pegando a minha jaqueta no cabide do hall de entrada. "Foi mal, Gi. Eu não estou legal mesmo."

Uma preocupação surge no rosto dela. "Luke."

"Não me chama *assim*", esbravejo.

Meu tom é tão áspero que ela até se encolhe ao me ouvir, o que me provoca uma pontada de remorso.

"Desculpa", murmuro, evitando o olhar preocupado que ela me lança. "Só... não me chama mais assim."

"Mas é o seu nome", ela diz baixinho.

"Beleza, mas foda-se. Eu já tinha pedido pra você não usar esse nome."

"Tudo bem", ela responde, com um tom mais cauteloso. "Você quer me explicar por quê?"

A frustração começa a subir pela minha garganta. "Desde quando eu te devo explicação?"

Gigi fecha a cara para mim. "Também não precisa ser babaca."

"Desculpa." Passo as mãos nos cabelos e olho para o outro lado. Não suporto o olhar no rosto dela agora. Tentando decifrar a minha mente. "Como eu falei, hoje eu não estou bem."

"Então nem deveria ter vindo, porra." Agora quem está irritada é ela. "Podia ter ficado na sua casa de cara amarrada o tempo que quisesse e me deixado em paz, caralho."

Cerro os dentes e volto a encará-la.

"Mas você *veio*, então que tal aproveitar a chance pra se comportar como um adulto e me dizer qual é o problema?"

Uma parte de mim quer fazer isso. Quer que eu me sente de novo e confesse tudo o que está pesando sobre a minha cabeça. Mas imagino a expressão de pena no rosto dela e todas as outras perguntas que inevitavelmente vai fazer, e as palavras ficam presas na minha garganta.

Depois de um longo silêncio, Gigi bufa.

"Esquece. Pode ir. Mesmo se quisesse conversar, agora sou eu que não estou a fim de aturar *você*. Cai fora."

38

RYDER

Como você é tonto

Gigi não está falando comigo. Isso mesmo, está me ignorando completamente.

Bom, não exatamente. Ela me mandou uma mensagem para dizer que não estava a fim de me ver.

Isso foi quatro dias atrás. Estou me sentindo um filho da puta desde que saí da casa dela, mas não sou bom nessas merdas. Conversar. Pedir desculpas. Depois que as minhas ligações caíram direto na caixa postal, mandei três mensagens diferentes pedindo perdão. Uma mais exaltada que a outra, como a nossa última conversa no domingo de manhã comprova.

EU: *Não entendo mais nada. Já pedi desculpa. Estava de mau humor naquela noite. Não sabia que não tinha permissão pra ter um dia ruim.*

GISELE: *Se você acha que é por isso que eu estou brava, então não vai entender nunca mesmo.*

EU: *Posso só ligar pra você por favor?*

Ela está digitando. Mas então os três pontinhos desaparecem, e o nome dela surge na tela.

Com a pulsação acelerada, saio da sala de estar, onde os meus companheiros de time e eu estávamos vendo um jogo de futebol americano, e vou para a cozinha.

Porra, finalmente.

"Oi", atendo, exalando ansiedade.

"Oi."

Sinto um aperto no coração ao ouvir a voz dela. É uma loucura a saudade que a gente sente da voz de uma pessoa quando deixa de ouvi-la todo dia.

Eu me apoio no balcão e solto o ar com força.

"Não gosto disso de você me ignorar", digo secamente.

"Bom, eu também não gostei disso de você gritar comigo."

O arrependimento toma conta de mim. "Eu sei. Desculpa. Eu estava com um humor de merda, e não devia ter descontado em você."

Gigi fica em silêncio por um momento do outro lado.

"Já terminou?", ela pergunta.

Pisco algumas vezes, confuso. "Hã... já?"

Ela solta um ruído de frustração. "Nós estamos juntos agora? Namorando?"

"Sim...", respondo, cauteloso.

"Pessoas que namoram conversam umas com as outras."

"Isso que a gente está fazendo não é conversar?"

"Quer saber? Não aceito as suas desculpas. Preciso desligar."

"Gigi..."

"Não, eu vou jantar com a Mya e depois sair pra correr. Está na cara que você não tem nada de bom pra me dizer mesmo, então..."

Ela desliga o telefone sem se despedir.

Fico boquiaberto. Ainda estou olhando para a tela tentando entender que porra acabou de acontecer quando Shane aparece para pegar uma água.

Estou completamente atordoado. Pedi desculpas. Que porra ela quer de mim?

"Que foi?" Ele olha para mim lá da geladeira.

"A Gigi está brava comigo e não quer aceitar meu pedido de desculpas."

"Ah, as mulheres...", ele diz, voltando para a sala.

Vou atrás dele, resmungando de irritação. "Sério mesmo, que porra é essa?"

"O que rolou?", pergunta Beckett.

"A Gigi está brava com ele", responde Shane.

"Eu não tenho direito de ter um dia de merda?", pergunto.

"Ah, as mulheres...", Shane repete, voltando sua atenção para o jogo dos Patriots.

"Você vai só falar isso mesmo pra tudo o que eu disser?", pergunto.

"Sim." Os olhos dele continuam grudados na tela. "Os Pats estão jogando, e não estou nem aí pros seus problemas."

Will dá uma risadinha de seu lugar no sofá.

Desesperado por uma ideia do que fazer, eu me viro para ele. "Você conhece a Gigi há mais tempo. Que tal me ajudar nessa?"

"Sem chance. Eu não vou me meter nessa", avisa Larsen. "Já basta eu ter sido pego no fogo cruzado no lance dela com o Case."

"O lance dela com o Case acabou faz tempo", respondo num tom de irritação.

Ele dá uma risadinha ao ver a minha cara de indignação. "É, mas aconteceu. E ela era minha amiga desde antes disso, então *depois* que eles terminaram, tive que ficar pisando em ovos pra não perder a amizade de nenhum dos dois."

"Nós não estamos terminando", resmungo.

"Só vai lá e pede desculpas de novo", fala Shane, distraído. "Uma hora ela vai se cansar e aceitar."

"Faz uma playlist só com músicas de sexo", sugere Beckett. "Se ela ficar com tesão, perdoa você mais fácil."

"Ah, vão se foder. Vocês não estão me ajudando porra nenhuma", reclamo.

Beckett dá uma olhada para mim e depois se vira para Will. "Vamos tomar uns shots. Já estou de saco cheio dos problemas dele."

"Eu também."

Os dois babacas vão assaltar os armários de bebidas enquanto Shane assiste ao jogo, indiferente à minha situação.

Nem sei por que estou tão incomodado com isso. Que se dane. A gente estava namorando e acho que agora já era. Por um motivo idiota pra caralho. Mas tudo bem. Já era.

Se bem que... tudo bem porra nenhuma.

Eu não quero terminar com ela.

Nem fodendo.

Em momentos como este, eu bem que gostaria de ter uma amiga mulher. Em um dos lares adotivos temporários que morei, me aproximei bastante de uma irmã postiça na época do ensino médio, mas perdemos contato depois da formatura. Mas, fora isso, sempre que tento fazer amizade com uma garota, o interesse dela na verdade é outro. Dizer isso deve me fazer parecer um babaca, mas é verdade. Já percebi muito tempo atrás que não existe esse lance de relação platônica. Hoje em dia, eu só tento fazer amizade com as namoradas dos meus amigos. O risco é bem menor, apesar de às vezes uma namorada ou outra dar em cima de mim também.

Uma ideia de repente surge na minha mente. *Essa* é a solução.

Procuro meus contatos até encontrar o nome de Darby. A namorada do Nick Lattimore. Tenho o número dela porque participei da festa surpresa que ela organizou para o Nick no ano passado.

Mando uma mensagem rápida, com os termos mais vagos possíveis. Só o pessoal da casa sabe sobre Gigi e eu, ou até mesmo que estou com alguém, e pretendo manter essa informação circulando o mínimo possível.

Algumas horas depois, recebo uma mensagem avisando que Darby está vindo. Logo depois, a campainha toca. Abro a porta.

"Oi", digo, todo sem jeito.

"Não entendi nada", ela diz, sem nem ao menos me cumprimentar.

Eu também não.

Ela entra e me dá um beijo no rosto. Está usando coturnos e um suéter justo por baixo do casaco de frio. Darby é uma garota legal. Confiante, cheia de energia. Nunca entendi por que está num relacionamento sério com um babaca como o Nick.

"A cavalaria foi acionada, pelo que estou vendo", ironiza Beckett quando passamos pela sala. "E aí, Darby?"

"Beck."

"Vamos lá pra cozinha", digo a ela. "Quer beber alguma coisa?"

"Um chá, por favor."

Tenho certeza de que ninguém aqui em casa bebe chá, mas procuro nos armários mesmo assim, porque quem fez as compras pra gente quando nos mudamos foi a mãe do Shane. Se eu a conheço bem, deve ter tido o cuidado de comprar um pouco de cada coisa pra não deixar faltar nada. De fato, encontro um chá de ervas e ponho a água para ferver na chaleira.

"Eu sei que isso é meio esquisito", digo para Darby.

"Literalmente a coisa mais esquisita que já me aconteceu."

"Mas preciso do ponto de vista de uma garota sobre um assunto."

Ela se senta à mesa da cozinha, os olhos faiscando de curiosidade. "Sobre o quê?"

"É, hã, um problema de relacionamento."

"Você me chamou aqui pra falar da sua vida amorosa?", ela grita. Em seguida, respira fundo para se recompor e fala com uma voz de reverência. "Esse é... o dia mais incrível da minha vida."

"Esse assunto tem que ficar só entre nós", aviso.

"Luke Ryder tá namorando."

"Por que o choque?"

"Ai, meu Deus. Você não faz ideia de como eu estou empolgada. Você está mesmo namorando?"

Assinto com a cabeça.

"E a coisa é séria?"

"Acho que sim."

"Ai, meu Deus."

"Para de falar isso."

Darby estreita os olhos para mim. "Tá, então que merda você fez?"

"Quem disse que fiz merda?", resmungo.

"Você fez?"

Faço uma pausa. "Fiz."

Com um sorriso, Darby empurra outra cadeira com o pé.

Coloco o chá na frente dela. Depois de uma certa relutância, me sento, solto um suspiro e faço um breve resumo da minha briga com Gigi. Deixo de fora nomes, locais e detalhes que possam ser usados contra mim em um tribunal.

Quando termino de expressar a minha irritação pelo fato de meu pedido de desculpas não ter sido bom o bastante pra Gigi, ela começa a rir.

"Que foi?" Olho feio para ela. "Você acha que ela tem razão de estar brava comigo?"

"Você por acaso percebeu por que ela está brava?", rebate Darby, ecoando o que Gigi me falou ao telefone.

Sério mesmo, será que todas as mulheres se comunicam por uma espécie de rede telepática para saberem por que uma delas está brava?

"Porque fui grosso com ela."

"Ai, Ryder. Como você é tonto."

Darby ainda está rindo quando pega a xícara de chá. O vapor sobe na direção de seus olhos enquanto ela dá um gole.

"Beleza, vamos voltar lá do começo. Aconteceu uma coisa que te deixou puto."

"É."

"E você apareceu na casa dela de mau humor."

"É."

"Ela perguntou qual era o problema e você disse pra deixar pra lá. E, quando ela insistiu, você foi grosso."

"É." Sinto uma pontada de culpa ao me lembrar de que perdi a paciência com a minha gatinha.

"E pediu desculpas por ter sido grosso."

"É", respondo, irritado.

"Mas ela falou que não está brava por causa da grosseria. Então ela está brava porque...?" Darby deixa a questão no ar, esperando que eu preencha a lacuna.

"Não, você não me entendeu. Ela não me *disse* por que está brava."

"Você devia saber por quê!", rebate Darby, incrédula. "Cara, ela está chateada porque você não quis contar o motivo da porra do seu mau humor. O que aconteceu pra deixar você puto? Tipo, por acaso a gente vive num mundo de mistério em que ninguém conversa com ninguém sobre nada? O objetivo de namorar alguém é conhecer melhor a pessoa e compartilhar tudo com ela, todos os momentos, bons ou ruins. Nos momentos de bom humor e de mau humor. Se eu tiver um dia de merda, pode ter certeza de que o Nick vai saber o motivo. Ele vai ter que ouvir cada detalhe."

"Mas você é mulher, né?"

Ela dá um risinho de deboche. "Você acha que o Nick não me conta as coisas? Tipo, quando e ele o irmão mais novo brigaram mês passado, a gente praticamente só falou disso."

"Eu não sou muito de falar", murmuro.

"Então não devia estar num relacionamento."

Solto um suspiro.

"Sério mesmo, Ryder. As regras agora são outras. Se você estiver transando casualmente com alguém, fodendo de vez em quando, não precisa conversar sobre coisas importantes. Mas quando começa a namorar, as expectativas mudam."

Franzo a testa. "Não estou gostando nada disso."

"Bom, sinto muito, mas relacionamentos são assim mesmo. Você precisa falar. Se estiver com um problema, a outra pessoa vai querer saber qual é. Ou melhor, *precisar* saber qual é."

Meu estômago se revira. A ideia de contar para Gigi sobre a ligação do promotor público, ou sobre onde está o meu pai, sobre o lance da condicional... me dá calafrios.

Mas então penso em Gigi, que sempre me fala com a maior facilidade sobre como está se sentindo, mesmo quando acha constrangedor. E me dou conta de que não retribuo com nada além de orgasmos.

Darby sorri para mim por cima da xicara de chá. "Você sabe que estou certa, né?"

"Sei", resmungo. "Eu sei, sim."

Um barulho repentino chega do corredor. Uma pancada forte, como se a porta tivesse sido aberta com toda a força e batido na parede. Passos pesados ressoam pelo hall de entrada.

Me levanto da cadeira de um pulo quando Nick Lattimore entra furioso na cozinha. Ele olha para mim. E para Darby, sentada à mesa. Então, antes que eu possa fazer alguma coisa, arma o soco, que vem diretamente na direção da minha cara. Eu me esquivo no último instante, então o golpe só pega meu rosto de raspão, mas dói mesmo assim.

"Que porra é essa?", pergunto, enquanto Shane, Beckett e Will entram correndo na cozinha.

"Lattimore, para com isso", diz Shane, puxando-o para longe de mim. "Você está louco?"

"Eu?", ele grita. "Ele está dando em cima da minha namorada, e você vem me dizer que *eu* estou louco?"

"Não viaja! Eu não estou dando em cima da sua namorada", berro de volta.

"Você mandou uma mensagem pra ela dizendo exatamente assim: *Vem aqui pra minha casa e não conta nada pro seu namorado.*"

Fico hesitante. "É, pensando bem, foi uma péssima escolha de palavras."

Beckett se dobra de tanto rir. "Caralho. Só você mesmo, parceiro."

Darby se levanta da cadeira. "Desculpa, Ryder. Sei que me pediu pra não contar nada, mas eu não tenho segredos com o Nick." Ela enfatiza isso com o olhar que me lança.

Recado entendido.

39

GIGI

Ele me levou até você

Volto da minha corrida noturna e encontro Ryder sentado no meu sofá. Levo um tremendo susto, e tiro os fones das orelhas. "Oi. O que você está fazendo aqui?"

Ele se levanta. "Eu queria te ver. Mya me deixou entrar antes de sair. Ela pediu pra avisar que foi tomar uns drinques em Hastings com um cara que conheceu no Tinder."

Quando me aproximo, percebo uma marca vermelha em seu rosto. Não é bem um corte. Talvez um leve hematoma.

"O que você fez aqui?" Não consigo me segurar e estendo o braço na direção de seu rosto. "Você se machucou num dos jogos do fim de semana?"

Ele sacode a cabeça. "Nick Lattimore me deu um soco."

"Quê? Por qual motivo ele faria isso?"

"Ele achou que eu tivesse chamado a namorada dele pra transar comigo."

"Será que eu vou querer mesmo ouvir essa história?"

Ryder encolhe os ombros. "A Darby foi lá em casa porque eu precisava de uns conselhos pra você parar de me odiar."

Sei que não deveria rir num momento como esse, mas não consigo me segurar. A confissão envergonhada dele me desarma. Minha nossa, esse cara.

"Acho que descobri como fazer você parar de me odiar." Outra encolhida de ombros. "Vim aqui porque queria conversar com você. A sério."

Suada e grudenta depois de correr, abro minha blusa com capuz e ando na direção do meu quarto. "Tudo bem se eu tomar um banho primeiro?"

"Ah, sim, claro. Eu espero."

Um instante depois, enfio a cabeça embaixo da água quente e deixo escorrer pelo meu corpo. Penso em tudo o que quero dizer. Tudo o que está perturbando a minha mente nos últimos dias.

Será que devo mesmo continuar com ele?

Será que vale a pena?

Porque não posso manter um relacionamento com alguém que se fecha desse jeito. Alguém que não quer que eu me aproxime.

Mas então penso em como me sinto quando arranco um sorriso dele. Como meu coração dispara quando ele ri. O jeito dele de me ouvir sem me julgar, de me aceitar como sou.

Me enxugo às pressas, visto uma calça de flanela e uma blusa com capuz. É a roupa menos sexy do mundo, mas o jeito como ele me admira quando apareço faz com que eu me sinta linda.

Me sento do lado dele, abraçando os joelhos.

"O nome do meu pai é Luke."

Não era isso que eu esperava ouvir.

Franzo a testa. "Ah, é?"

"Minha mãe me deu esse nome por causa dele."

"Então você é Luke Júnior?"

"Não exatamente. O meu sobrenome não é dele. Os dois não eram casados, então Ryder é o sobrenome de solteira da minha mãe." Ele parece incomodadíssimo. "Ainda bem que não tenho o nome igual ao dele. Minha nossa. Aí é que eu não teria como escapar. Pelo menos tenho o Ryder."

"Escapar do quê? Você não se dá bem com o seu pai?"

"Ele matou a minha mãe com um tiro na cabeça."

Fico totalmente em choque.

Não estava nem um pouco preparada para isso, e não sei como reagir. Fico só olhando para ele, piscando sem parar. Só então percebo que ele acabou de compartilhar comigo uma coisa muito pessoal e dolorosa, e que estou aqui parada feito uma idiota.

"Q-quê?", gaguejo. Não é a reação mais eloquente do mundo, mas pelo menos a minha voz saiu. "Seu pai matou a sua mãe?"

Ryder confirma com a cabeça.

"Quantos anos você tinha? Você estava...?", eu me interrompo.

Meu cérebro não consegue assimilar isso. Literalmente não consigo absorver a informação de que a mãe de Ryder foi assassinada pelo pai dele.

"Eu tinha seis anos. E, sim, eu estava lá e vi tudo."

Estendo a mão para segurar a mão dele e sinto que está gelada. Entrelaço nossos dedos para transmitir um pouco de calor e mantê-lo falando.

Os olhos dele ficam pesados, e suas feições, contorcidas de dor.

"Você não precisa falar disso se não quiser", digo por fim.

Ele solta uma risadinha seca. "Sério mesmo? Porque o motivo pra eu estar aqui, e pra você estar chateada comigo, é esse negócio de não compartilhar as coisas. Então agora tudo bem se eu não contar nada?"

"O que eu quis dizer é que você não precisa dar *todos* os detalhes. Já basta eu saber que..."

"Que o meu pai é um assassino?"

Estou me sentindo péssima agora. Quase nem falei com Ryder nos últimos dias por causa da recusa dele em me contar por que não quer ser chamado de Luke. E agora que descobri a resposta, porra, é uma coisa de cortar o coração. Talvez não tenha sido uma boa ideia tê-lo forçado a falar.

"Tudo bem", ele diz, percebendo que estou abalada. "Eu consigo falar disso. É que... não faz diferença. É uma coisa do meu passado."

"Um passado que afetou você. A ponto de não querer usar nem seu próprio nome."

Ryder solta um suspiro trêmulo e fica calado por tanto tempo que acho que não vai dizer mais nada. Mas então ele volta a falar.

"Ele não era um cara violento. Sei o quanto é irônico dizer isso, considerando o que fez com ela. Mas ele não batia na gente. Nunca encostou a mão nela, pelo menos não na minha frente. Nunca vi hematomas nela, nem o nariz dela sangrando. Bom, ele virava um babaca quando bebia, mas eu não vivia com medo do cara nem nada do tipo."

"Então ele simplesmente surtou?"

"Sei lá. Eu tinha seis anos. Não sabia como o relacionamento deles funcionava. Sei que discutiam muito. Acho que ela não era feliz, mas na minha frente nunca demonstrou nada." Ryder passa as mãos pelos cabelos. "Sei lá, pode ser que ela apanhasse, *sim*, mas soubesse como esconder. De verdade, não faço ideia. Na noite em que tudo aconteceu, lembro que acordei com os gritos. Saí do meu quarto, espichei a cabeça para dentro do quarto deles, vi a mala. Já estava lotada de coisas, então acho que ela estava pensando em ir embora. E acho que... sim, ele surtou. Quando apareci na porta, ele já tinha sacado a arma. Estava falando que, se ela fosse embora, ia levar um tiro no meio da testa."

Meu coração dispara. Fico imaginando um menino de seis anos vendo o pai apontar uma arma para a mãe. É inacreditável.

"Nenhum deles me viu logo de cara. Mas então ele reparou em mim e me mandou voltar pro quarto. Só que eu estava paralisado, sentindo medo demais pra conseguir me mover. Ela tentou vir na minha direção, mas ele não deixou. E eles começaram a brigar de novo. Ela disse que ser ameaçada por ele com uma arma só provava que ela tinha que ir embora. Disse que não aguentava mais. Ele quis saber se o amor tinha acabado e ela disse que sim. Essa é a parte que ficou mais marcada na minha mente. Tipo, por que ela foi dizer isso?"

Ele sacode a cabeça, incrédulo, depois solta uma risada áspera.

"Por que ela não mentiu? O cara estava com uma arma apontada pra cabeça dela, caralho. Eu sei, eu sei... as pessoas não pensam direito em situações de estresse, mas... meu Deus. No mínimo fala pra quem está ameaçando você com uma arma que é apaixonada por ele. Só que ela não fez isso, e acabou morrendo. Assim que ela admitiu que o amor tinha acabado, ele puxou o gatilho. Simples assim." Ryder estala os dedos, atônito. "Foi um barulho ensurdecedor. Eu nunca tinha escutado nada tão alto na vida. O corpo da minha mãe caiu no chão."

Os meus batimentos estão perigosamente altos. Eu nem estava lá, mas consigo sentir nos meus ossos aquele medo visceral. "Ele tentou fazer alguma coisa contra você?"

"Nada. Só saiu do quarto e me chamou para ir com ele. A gente foi pra sala, e ele se sentou no sofá com a arma no colo. Me pediu pra me sentar do lado dele."

"Ai, meu Deus."

"Então me sentei. Ele pegou o copo de uísque na mesinha de centro e começou a beber. Alguém deve ter ouvido o tiro e chamou a polícia, porque não demorou pra gente ouvir as sirenes. Foram só cinco minutos até eles chegarem e ele ser levado embora." Ryder faz aspas no ar para citar as próprias palavras. "'Só cinco minutos.' Foram os cinco minutos mais longos da minha vida. Cinco minutos sentado no sofá com o corpo da minha mãe lá no quarto, sangrando no chão."

Sinto ânsia. Engolindo minha náusea, coloco minha outra mão sobre a dele, prendendo-a entre as minhas. "O que aconteceu depois disso?"

"Ele foi pra cadeia. O juizado de menores entrou na história." Ryder encolhe os ombros. "Eu não tinha família, e os poucos parentes da minha mãe não quiseram assumir nenhuma responsabilidade. Então entrei para o sistema de adoção."

"O crime foi a julgamento?"

"Não, ele se declarou culpado e negociou uma sentença com a promotoria. Prisão perpétua com possibilidade de liberdade condicional. Mas eu tive que testemunhar na polícia. Me fizeram um milhão de perguntas, e eu não entendi nada, porque tinha seis anos. Só sabia que a minha mãe tinha morrido."

Os olhos dele ficaram enevoados. Antes de perceber o que estou fazendo, estendo a mão e limpo a umidade que se acumula ali. Ele se encolhe só um pouco, mas não me afasta. Em seguida, se inclina para mim, apoiando a testa na minha enquanto enxugo as lágrimas.

"Enfim, é isso. É essa a história. Eu tenho o mesmo nome do cara que matou a minha mãe. E, quando alguém me chama por essa porra de nome de novo, escuto os gritos dela naquela noite. Quando apareci na porta e o meu pai percebeu, ele virou e apontou a arma pra mim. Não como uma ameaça. Só por instinto, acho. Mas a minha mãe gritou: *Luke, para*. E, minha nossa, isso me dá pesadelos até hoje. Eu ainda escuto a voz dela gritando o meu nome. O nome dele."

Subo em seu colo e enlaço seu pescoço com os braços. Eu o abraço com força. Não sei se estou fazendo isso por ele ou por mim. Esse vislumbre de gelar o sangue da época de infância dele me deixou abalada.

"Então é por isso que odeio esse nome, entendeu? Não quero ter que pensar nele. Prefiro fingir que isso nunca aconteceu."

Eu me inclino para atrás e olho para os seus olhos vermelhos. "Mas não tem como. Porque aconteceu", digo baixinho. "Não consigo nem imaginar a dor que foi, e como ainda deve doer quando você pensa nisso hoje em dia. Mas fingir que essa ferida não existe não ajuda em nada. Não é isso que você sempre me diz? Pra sentir as coisas, mesmo que sejam desagradáveis."

Mas agora eu entendo. Sei por que ele ergueu essa muralha. O acontecimento catastrófico que marcou sua infância o fez entrar num modo de autopreservação. De se proteger a qualquer custo. E eu não o culpo nem um pouco por isso.

"Ah, eu senti tudo, você pode ter certeza", Ryder me diz com uma voz embargada. "Sentia tudo o tempo todo. Mas daí eu cansei. Estava na hora de seguir em frente. Resolvi fazer faculdade na Costa Leste e sumir da porra do Arizona. Deixar tudo isso pra trás — meu pai preso, minha mãe assassinada, aqueles malditos lares adotivos. Virar essa página de merda." Ele solta uma risada amarga. "Só o que não consegui deixar pra trás foi o meu nome."

"Pois é, seu nome", repito, e seguro o rosto dele entre as mãos, forçando-o a olhar para mim. "Seu nome é só seu e pode fazer o quiser com ele. Com certeza existe muita gente por aí que tem o mesmo nome de um pai ou uma mãe que era um monstro. Você só precisa fazer uma coisa melhor com esse nome. Ser melhor que o monstro."

Ryder crava seu olhar em mim. "Eu não sou igual a ele."

"Eu nunca achei que fosse."

"Não, o que estou dizendo é que não é esse o motivo pra eu evitar o nome. Não tenho medo de terminar no mesmo lugar que ele. Sei que não vou." Ele fala com uma convicção tremenda. "Não acho que vou surtar e acabar matando alguém. Eu me conheço. O que me faz mal é que esse nome me lembra de tudo. Do lugar de merda de onde eu vim. Dessa pessoa de merda a quem estou associado pra sempre, pelo menos em termos genéticos. Ouço o meu nome e o passado ressurge no mesmo instante, quando só o que eu quero é pôr uma pedra em cima disso."

"Você não tem como apagar a sua história. Não dá pra passar uma borracha em tudo só porque você foi embora do Arizona, mudou pra cá e agora todo mundo te chama de Ryder. Não importa o que você faça, tudo isso continua lá. São as suas origens."

"Eu sei." Ele morde o lábio.

"E a partir de agora, quando você se lembrar de tudo isso, em vez de se fechar, em vez de tentar enterrar bem fundo e se afastar de todo mundo... o que você precisa fazer é isso aqui." Acaricio o maxilar dele com os polegares. "Se você se abrir e for sincero comigo, vou fazer de tudo pra ajudar."

"Vou tentar", ele diz, com a voz rouca.

"E, falando sério mesmo, se você detesta seu nome tanto assim, pode mudar. Só que nós dois sabemos que não é disso que você está fugindo. É da vergonha."

Os olhos dele se enchem de lágrimas de novo. Eu me inclino para a frente e o beijo. Só uma leve carícia nos lábios, que sinto tremer sob os meus.

"Você não tem motivo nenhum pra ter vergonha", murmuro.

Ryder fica quieto por um tempo. "Ele está tentando ganhar a condicional."

Tenho um sobressalto de choque. "Quê?"

"Era por isso que eu estava putaço naquele dia. Tinha acabado de sair do telefone com o promotor lá de Phoenix. Como eu disse, ele se declarou culpado e negociou uma sentença com a promotoria, né? No fim, ele saiu dessa bem pra caralho. Conseguiu ficar elegível pra condicional quinze anos depois — acham que ele não representa perigo pra sociedade. Que foi um crime passional, que não vai mais se repetir." Ryder solta uma risada amarga. "Até ele se enfiar em outro relacionamento e resolver meter bala na cabeça dela também."

Eu me encolho inteira. "Mas ele não vai ser solto, né?"

"O promotor diz que é pouco provável. Mas quer que eu vá até lá pra depor na audiência. Disse que o meu testemunho vai pesar contra ele."

"E você vai?"

"Não. Nunca mais quero ver a cara dele."

Entendo perfeitamente.

"Enfim." Dessa vez quem me beija é ele, e nossos lábios se tocam gentilmente mais uma vez. "Me desculpa ter sido grosso com você e por ter me fechado daquele jeito. E obrigado por me escutar."

"Obrigada por falar comigo."

Depois de um longo período de silêncio, Ryder me surpreende mais uma vez.

"Eu entendo total se você, hã, sei lá, quiser voltar com o Case."

Pisco várias vezes, confusa. "De onde foi que você tirou essa ideia?"

"Fiquei pensando. O Colson é gente boa. E com certeza não tem uma história fodida dessas."

"Nossa, se a gente estivesse tendo essa conversa uns meses atrás, você ia preferir engolir cacos de vidro a admitir que ele é gente boa."

"Eu sei, mas... ele é mesmo. É um cara legal." Ryder solta um suspiro. "Você ainda quer alguma coisa com ele?"

Respondo sem hesitar. "Não."

"Você era apaixonada por ele?"

"Era. Mas andei pensando sobre isso também. E quanto mais eu penso, mais percebo que não fiquei totalmente arrasada quando ele me traiu."

"Sério mesmo? Porque você não pareceu nem um pouco contente com essa história."

"Bom, não, não fiquei contente mesmo. Fiquei chateada. E chorei. Muito. Mas isso não me deixou sem chão, sabe? E acho que deveria ter deixado. Se amasse ele de verdade e quisesse ter continuado com ele, se ele fosse a pessoa com quem eu quisesse me casar, ter filhos, construir uma vida... essa traição teria acabado comigo. E não aconteceu nada disso, então talvez nosso relacionamento não fosse lá tão bom assim pra nenhum de nós dois." Apoio o queixo no ombro de Ryder, pensativa. "Além disso, se ele não tivesse me traído, a gente não estaria aqui agora. Então, de certa forma ele..."

Ele me levou até você.

Não consigo dizer essas palavras porque tenho medo de acabar dizendo outras coisas, e prometi nunca mais abrir a boca para falar que amo alguém. Da última vez que fiz isso, o cara ficou sem reação e sumiu.

"Por que você pensou no Case?", pergunto, levantando a cabeça. "Está se sentindo inseguro?"

"Não. Acho... acho que preciso ter certeza de que você ainda quer ficar comigo."

"Eu quero ficar com você."

Com um sorriso, ele me puxa para nos deitarmos de lado no sofá, virados um para o outro. Os dedos dele acariciam meu rosto. Brincam com meu cabelo. Eu adoro isso de ele sempre sentir a necessidade de me tocar, mesmo quando está fazendo pose de quem não está nem aí. Blasé.

Minhas mãos passeiam até seu peito, e sinto que ele está tremendo. Apoio a mão espalmada no peitoral esquerdo, sobre o coração dele, que imediatamente começa a bater mais forte.

"Você também consegue sentir, né?" Os olhos dele estão cravados nos meus. Azuis-escuros e infinitamente profundos.

"É, consigo sim."

40

GIGI

Tem alguma coisa diferente em você

O evento de arrecadação de fundos do Departamento de Hóquei é na semana que vem, em um sábado à noite em que nenhum dos dois times têm jogos marcados. Chego com Whitney e Camila, usando um vestido que comprei quando fui fazer compras com Diana no fim de semana passado. É de um prateado clarinho, vai até os pés e tem um decote em V bastante cavado, o que me deixa um pouco sem jeito, porque geralmente não gosto de exibir muito meus meninos. Sinto que eles não são grandes o bastante para causar impacto. Mas Diana me disse não custava nada ser mais ousada de vez em quando. Então estendi a ousadia ao cabelo também, deixando solto em longas ondas, e à maquiagem, optando por um olho esfumado.

Escuto um assobio baixinho quando nos aproximamos da entrada em arco do salão. O evento está sendo realizado em um pequeno centro de convenções em Boston.

Eu me viro esperando ver Ryder, mas é Case. Então me lembro que eu e Ryder ainda não assumimos nosso lance. Não pudemos nem vir juntos a um evento beneficente.

"Nossa. Você está incrível, linda."

Sinto vontade de pedir para ele não me chamar de linda. Mas Cami e Whitney estão aqui, e não quero causar nenhum tipo de constrangimento. Então deixo passar.

"Obrigada. Você também está ótimo." Está mesmo. Com um terno preto bem ajustado, o cabelo loiro impecavelmente penteado e o rosto barbeado, enfatizando aquelas feições de menino bonito.

Ele me abre o sorriso que conheço tão bem, só que não sinto mais um frio na barriga. Nem a pulsação acelerando. Os sentimentos românticos que já tive por ele não existem mais.

E agora são todos de Luke Ryder, ainda por cima.

Quem poderia imaginar?

"Posso acompanhá-la até a entrada, milady?" Case estende o braço.

Me apoio no braço dele e espero que não perceba a minha relutância. Também torço para Ryder ainda não ter chegado e, caso já tenha, para que não veja Case entrando de braço dado comigo.

"A gente se vê lá dentro", digo para as minhas companheiras de time.

Quando entramos no salão lotado, nossa conversa se perde por um momento no som de uma banda orquestral de oito membros. Estão tocando uma versão orquestrada de uma música pop famosa.

Case fala perto do meu ouvido para eu conseguir ouvi-lo. "Parece que faz décadas que a gente não conversa."

"Pois é, estou numa correria. Você sabe como as coisas ficam em dezembro. Exames finais, preparativos pras festas de fim de ano."

"Fora isso, como você está?"

"Bem."

Ele me olha atentamente. "Bem", repete Case.

"Você ia preferir que eu disse *mal*?", pergunto, aos risos.

"Meio que sim", admite ele. "Queria que dissesse que está tão infeliz quanto eu." Ele morde o lábio, visivelmente amargurado. "Mas parece que você está bem, na verdade que está ótima. Tem alguma coisa diferente em você."

"Como assim, diferente?"

"Sei lá. Você está com um... um brilho. Por acaso está grávida?"

Solto uma risada pelo nariz. Então, para provar o que estou dizendo, pego uma taça de champanhe de uma bandeja perto dali. "De jeito nenhum", respondo antes de dar um gole.

Ele dá uma risadinha também, mas parece aliviado. Quase como se estivesse pensando de verdade que o motivo do meu brilho diferente fosse eu estar grávida.

"Estou feliz, só isso", acrescento. "A temporada está sendo fantástica. A gente está a um passo de ganhar a conferência."

Case solta um suspiro. "Eu bem que gostaria de dizer o mesmo."

Aquelas derrotas iniciais complicaram as coisas, e eles tiveram adversários difíceis nas últimas semanas. Estão atrás da UConn na conferência. E, do jeito como a UConn está jogando, não vão largar essa liderança tão cedo.

"Você vai conseguir uma vaga", garanto para ele. Os times que não conseguem vencer suas conferências podem receber uma vaga por índice técnico do comitê de seleção, que elege dez equipes para avançar para a pós-temporada. Duvido que a Briar não avance.

Percebo uma movimentação com o canto do olho, e quando viro a cabeça, vejo Ryder, Shane e Beckett passarem vestindo ternos e arrasando. Eles fazem um aceno de cabeça para nos cumprimentar e seguem para o bar.

"Você já mandou emoldurar e pendurou no seu quarto aquela sua foto com o Ryder que saiu na revista?", provoco.

A famosa imagem de Ryder com os braços erguidos e Case se lançando sobre ele em um abraço saiu em uma edição da *Sports Illustrated*, em uma matéria de três páginas sobre o hóquei universitário.

"O meu pai emoldurou." Case solta um risinho de deboche. "Comprou um monte de edições e deu pra todo mundo na cidade."

"Se isso serve de consolo, o meu pai comprou também."

A expressão de Case se anima. "Serve demais. Sinto falta dele."

"Pois é, eu sei."

Términos são difíceis. E me sinto mal por ele não fazer mais parte da nossa família. Case se encaixava bem. Meus pais gostavam dele. Wyatt achava o cara o máximo. Mas terminamos, e em algum momento é Ryder quem vai começar a frequentar as festas de família. Pelo menos é isso que espero.

Mas nesse caso seria preciso que eu e Ryder contássemos para o Case sobre nosso relacionamento, e ainda estou insegura quanto a isso. Não que eu esteja dando esperanças para ele. Deixei muito claro que está tudo acabado entre nós. Não fico mandando mensagens. Não fico flertando. Na verdade, é Case quem continua fazendo isso, porque se recusa a admitir que a gente terminou.

Mas sei que preciso ir devagar, conduzi-lo sutilmente para o caminho da aceitação antes de contar que estou com outra pessoa. Só que a ideia de magoá-lo me deixa muito triste.

Meu celular vibra na bolsinha de mão de lantejoulas. Pego o aparelho, dou um gole de champanhe e leio a mensagem.

RYDER: *Que vontade de meter em você agora mesmo. Esse vestido é um tesão.*

Dou uma tossida.

Case parece preocupado. "Está tudo bem?"

"Ah, sim. Desculpa." Tusso mais um pouco. "A bebida desceu pelo lugar errado."

Sei que Ryder está olhando para mim, então faço um gesto exagerado ao guardar o celular na bolsa. Eu me recuso a entrar nessas brincadeiras exibicionistas hoje, por mais que curta isso. Não é lugar para isso. Não com Case aqui.

"Gigi", ele diz baixinho, e sei que está prestes a tocar no assunto do nosso término.

Felizmente, somos interrompidos por mais pessoas que, desta vez, não passam direto. Trager, Will e mais um monte de gente se juntam a nós. Cami me arrasta para ver os itens que nosso comitê conseguiu para o leilão silencioso.

Meu pai se superou este ano. A contribuição dele foi um almoço particular com ele, a pessoa que der o lance vencedor e... a Stanley Cup. Se tem uma coisa que eu sei é que, quando Garrett Graham pede um favor, o mundo do hóquei move mundos e fundos para agradá-lo.

Depois de três taças de champanhe, minha bexiga me avisa que já passei do ponto. Mas não estou bêbada. Só um pouquinho alta e gostando da festa muito mais do que deveria. Provavelmente porque Ryder está de terno, e estou lançando olhares discretos para ele a noite toda.

Saio do banheiro feminino no momento em que Jordan Trager está cambaleando para fora do masculino. Ao contrário de mim, *ele* está bêbado. Visivelmente.

Tem gente abusando do open bar, pelo jeito. Não sei de quem foi a ideia de liberar bebida grátis para um bando de universitários, aliás. Da próxima vez, é melhor cobrar pelas bebidas, para manter caras como Trager na linha.

Ele sorri para mim e me abraça pelo ombro. "Minha nossa, Gi, você está uma gata hoje. Caralho, que vestido..."

"Obrigada."

Nós atravessamos juntos o corredor que leva de volta ao salão.

"Quando é que você vai ter misericórdia e voltar pro meu amigo Case?"

Preciso me segurar para não bufar. "Qual é. A gente está numa festa, Jordan. Vamos evitar esses assuntos."

"Só estou dizendo que vocês são perfeitos um pro outro."

"Bom, as coisas mudam. E às vezes os relacionamentos acabam."

"Ele ainda é apaixonado por você."

Com um aperto no peito, finalmente solto o suspiro que vinha segurando. "Será que a gente pode mudar de assunto?"

Mas Trager não me dá ouvidos. "Sei lá, será que ele já não pagou pelo que fez? Tipo, porra. Foi só um boquete de uma garota numa festa. Ele não trepou com ela nem nada."

As palavras dele me atingem como um balde de água gelada no rosto.

Um boquete?

Humm...

É a primeira vez que ouço falar nisso.

Quero saber mais detalhes, mas sem fazer Trager pensar que pisou na bola e resolver ficar quieto. Então, apesar de sentir todos os músculos do corpo rígidos, faço força para relaxar e continuo falando como se já soubesse de tudo.

"Sei lá, talvez ele tenha transado com ela, sim", continuo, inclinando a cabeça de um jeito fingido. "Os caras sempre tentam diminuir essas coisas."

Tipo quando o Case me disse que foi só um beijo e agora estou descobrindo que na verdade uma menina chupou o pau dele.

Ele mentiu para mim.

A raiva que me açoita por dentro não tem nada a ver com ego, com o fato de Case ter sentido vontade de estar com outra. Talvez, em outro momento, tivesse sido isso. Mas agora a maior traição é a mentira. Ele *mentiu* para mim. Fez todo um discurso sobre honestidade quando me chamou para conversar, me encarou com aqueles olhos tristes e confessou que tinha beijado outra pessoa.

E eu perguntei, porra. Quis sabe se ele tinha feito mais alguma coisa. Ele me olhou no fundo dos olhos e falou que não.

E agora a trouxa aqui está tentando respeitar os sentimentos dele? Sendo discreta com o meu relacionamento atual para o coitadinho do Case não ficar se sentindo mal consigo mesmo?

"Não existe mais nada entre mim e o Case", digo para Trager, com uma voz mais fria do que era a minha intenção. "Vocês dois vão ter que dar um jeito de aceitar isso."

Empurro as portas e estou na metade do salão quando uma música que conheço começa a ser tocada. É uma coisa tão inesperada que detenho o passo por um momento, voltando o olhar para a banda. Ouvir músicos de câmara tocarem um rock que cresci ouvindo acende uma faísca dentro de mim.

O que é seguido por uma onda de irritação, porque adoraria dançar essa música e não posso, pelo menos não com quem quero.

E então fico furiosa. *Comigo mesma*. Por não me permitir viver a minha própria vida. Durante todo esse tempo, tentei poupar os sentimentos de Case, e agora percebo que essa situação toda foi uma merda gigante.

Não sou vingativa — sinceramente, nem penso muito no que faço em seguida. Só estou de saco cheio. Cansada de ver Ryder no outro lado do salão a noite toda e não poder nem conversar com ele.

Cansada de ter que mandar mensagem escondida para dizer o jeito que eu quero transar com ele.

Cansada de não poder segurar a mão dele.

Cansada de não poder me jogar nos braços dele, como na noite em que ele me defendeu daquele tarado no elevador. Eu queria tê-lo abraçado naquele momento, mas não fiz isso. Tudo para respeitar os sentimentos do meu ex-namorado.

Meu olhar se dirige até o grupo onde está Ryder. Estão rindo de alguma coisa que Shane acabou de dizer. Bom, pelo menos Beckett, Case e David estão. Ryder, obviamente, está rindo baixinho, porque não é do tipo de dá gargalhadas. Não, ele não pode perder a pose.

Portanto, não, não sou vingativa, mas a questão é que essa música é linda e só de olhar para ele minha respiração acelera, então as minhas pernas, por vontade própria, me levam até lá.

"Ei", interrompo, segurando o braço de Ryder. "Vem dançar comigo."

41

RYDER

100%

Minha nossa.

Por essa eu não esperava.

Gigi passou meses me escondendo do mundo e agora quer me convidar para dançar na frente de todo mundo do time?

Fico sem reação por um momento.

Depois encolho os ombros e respondo: "Hã... claro?".

Controlo minhas expressões para que fiquem discretas e dou uma resposta vaga porque não sei ao certo como reagir. Se devo tratá-la como uma amiga que está chamando um amigo para dançar. Ou uma colega se dirigindo a outro colega.

Ou minha namorada chamando o namorado dela pra dançar.

Case estreita os olhos quando Gigi segura a minha mão.

Ela me puxa, e eu a sigo por instinto. Sou tão louco por essa mulher que não ir atrás dela nem sequer é uma opção.

Quando chegamos à pista de dança, eu aproximo a boca da orelha dela. "Eu não sei dançar, gatinha."

"Vai dar tudo certo." Ela põe uma das mãos no meu ombro e com a outra segura a minha.

Gigi me olha com um sorriso lindo e fico atordoado de novo, porque ela é tão maravilhosa que não consigo nem pensar quando a vejo sorrir assim.

"Coloca a mão na minha cintura", ela diz, e eu obedeço.

Ela chega mais perto, com o topo da cabeça sob o meu queixo. O cheiro floral do seu xampu chega até o meu nariz. Respiro fundo e fico inebriado.

"O que está rolando?", pergunto, tentando me concentrar em assuntos urgentes, como a sensação maravilhosa de tê-la nos braços e sentir seu cheiro.

"Só estou dançando com o meu namorado."

Nem olho para os nossos amigos. Mas consigo sentir o olhar deles sobre nós. Sinto a tensão à flor da pele graças a Colson.

"Isso é algum tipo de disputa entre vocês?"

"Não."

Nós nos movemos no ritmo lento ditado pela orquestra. Reconheço a música, uma canção clássica de rock.

Gigi olha para cima para olhar para mim. "É a música que tocou no casamento dos meus pais."

Isso me surpreende. "Sério?"

"É. Foi a primeira música que eles dançaram." Ela umedece os lábios e fica vermelha antes de desviar os olhos. "Acabei de ouvir que estava tocando e... sei lá. Senti que queria dançar com você."

Isso mexe com o meu coração. Não sei exatamente como. Não entendo metade dos sentimentos que ela desperta em mim. Esse, seja qual for, é muito bom.

Continuamos a nos balançar, dando uma voltinha, e nesse momento dou uma olhada no cabelo loiro e no olhar desconfiado de Colson.

"O Case vai fazer um monte de perguntas", aviso.

"Não estou nem aí. Hoje cheguei à conclusão de que não posso viver em função dos sentimentos dele."

Ela está certa.

Mas também está muito errada, porque ele é o co-capitão do time, e *eu* também estou preocupado com os sentimentos do cara. Só viramos amigos há pouco tempo, e já estou sentindo a perda dessa amizade quando Gigi e eu damos outra volta e nossos olhares se encontram. Consigo sentir a expressão de derrota que surge no meu rosto. De rendição. Porque não tenho mais como esconder o que sinto por ela. E ele percebe.

Seus olhos azuis se tornam mais sombrios. De repente, ele se afasta do grupo e sai andando pela pista de dança. Imagino que esteja vindo para nos confrontar, mas só o que ele faz é passar perto de nós, resmungar um "Fodam-se vocês" e sair do salão.

A música acaba, dando lugar a outra mais agitada, como se os violinos e violoncelos pudessem sentir a seriedade da situação.

"Puta merda. Preciso ir falar com ele", digo a Gigi.

Ela morde o lábio. "Sei disso."

"Ele é meu companheiro de time."

"Já disse que sei disso." Ela tira a mão do ombro e me conduz para fora da pista. "Vamos lá."

Nós o alcançamos na cabine dos manobristas, onde Case se vira ao perceber nossa aproximação e fecha a cara.

"Case...", começa Gigi.

"Vão se foder, vocês dois", ele interrompe, com o rosto vermelho de raiva.

"Ei", ela responde, incomodada. "Qual é."

"Faz quanto tempo que isso está rolando?" Ele faz um gesto furioso entre nós dois antes de cravar os olhos em mim. Cheios de acusação. "Faz quanto tempo que você está fingindo ser meu amigo enquanto dá em cima da minha ex?"

"Não foi isso o que aconteceu", respondo baixinho.

"Desde quando vocês estão juntos?", ele exige saber.

Olho para Gigi. Não sei que caminho ela quer seguir. Se vai mentir ou não. Vou apoiá-la de uma forma ou de outra.

Mas ela resolve ser sincera. "Setembro", ela conta. "Depois do meu jogo amistoso."

Case faz uma careta. "Tudo isso?"

Ela confirma com a cabeça.

E fico perplexo por um momento porque não consigo acreditar que já faz três meses. Por um lado, parece que acabei de conhecê-la, mas, por outro, é como se tivéssemos sido próximos desde sempre.

Case está com cara de quem quer vir para cima de mim. Sei disso porque ele cola os braços às laterais do corpo, com os punhos cerrados. Está fazendo de tudo para conter a violência que fervilha sob a superfície.

"Seu cuzão do caralho", ele solta. "Bem que você me avisou que era um babaca. Eu devia ter acreditado."

Engulo a vontade de bufar. "Três meses atrás, eu mal te conhecia, cara. E a gente estava longe de ser amigo."

"Pois é, mas depois virou."

"A culpa é minha", intervém Gigi. "Fui eu que pedi pro Ryder não falar nada, ok?"

O olhar incrédulo de Case se volta para ela. "Não acredito que isso está acontecendo. Ele é meu companheiro de time, Gigi."

Uma expressão de arrependimento surge nos olhos cinzentos dela. "Não foi nada planejado. Apenas aconteceu."

"Mas você podia ter parado. Dado um passo pra trás."

"Por que eu faria isso? A gente terminou." Ela parece frustrada agora. "Eu fiz questão de deixar isso bem claro todas as vezes em que a gente conversou. Não te dei esperança em momento nenhum."

"Eu sei, mas você por acaso pensou em mostrar o mínimo de respeito por mim e não dar pra um cara do meu time?"

"*Respeito?* Você está de palhaçada comigo?"

Gigi avança para cima dele e, como sei que ela é forte, trato de pôr uma das mãos no seu ombro. Calma aí, garota.

"Você me traiu e ainda mentiu pra mim!"

O manobrista escolhe bem esse momento para chegar com a chave de Case. Ele dá uma olhada na discussão que está rolando e sabiamente dá um passo para trás, fazendo de tudo para não ser notado.

"Eu não menti. Confessei no dia seguinte e expliquei tudo."

"Você disse que deu um beijo em uma garota, quando na verdade ela chupou o seu pau."

Ah, Colson. Seu imbecil do cacete.

Case fica paralisado. "Isso não é..."

"Não é o quê? Não é verdade?", esbraveja Gigi. "Você tem coragem de olhar bem na minha cara e me dizer que não é verdade?"

Vejo as engrenagens funcionando na cabeça de Case enquanto *ele* pensa em como levar a coisa adiante. Ou ele admite e confessa que mentiu (porque, porra, está na cara que sim), ou tenta continuar se fazendo de vítima. E, se escolher a segunda opção, perde a moral de falar o que quer que seja, e sabe muito bem disso.

No fim, ele prova que é um cara inteligente.

"Eu sabia que você nunca ia me perdoar se soubesse que tinha sido alguma coisa mais que um beijo", ele diz com uma voz embargada.

"Você tinha mais chance de ser perdoado se tivesse sido sincero de verdade."

"Até parece. Você acha que *um beijo* é traição."

"Mas beijo é traição, *sim*", ela argumenta. "E não vem me falar sobre respeito. Foi *você* que me desrespeitou. Só o que eu fiz foi poupar seus sentimentos, não revelando que estou em um relacionamento com seu companheiro de time. Talvez não tenha sido uma coisa muito legal da minha parte, mas, porra, eu não sou perfeita. Ninguém é. Muito menos você, com seus boquetes secretos."

"Quem foi que te contou isso?", murmura Case.

"Por quê? Pra você colocar a culpa em outra pessoa? Nem fodendo. Assume a sua responsabilidade. A cagada foi *sua*. Foi *você* que mentiu na minha cara."

"E *você* ainda me disse que tinha consideração por mim e queria ser minha amiga", ele rebate.

"E queria mesmo."

"Sério, é isso que você chama de ser minha amiga?" O sarcasmo é mais do que perceptível na voz dele. Ele me encara de novo. "E você, Ryder? Também queria ser meu amigo?"

Não respondo. Mas, sim, queria ser amigo dele. Gosto do cara, e estou chateado com tudo isso. Que situação merda.

"Bom, desculpa aí se prefiro recusar a honra da amizade de vocês." Reparando que o manobrista estava encolhido ali no canto, ele vai na direção do cara e pega as chaves da mão dele.

Sem dizer mais nenhuma palavra, Case arranca com o carro em alta velocidade.

Fico observando a traseira do carro dele, cada vez mais distante, depois lanço um olhar para Gigi. "Então era *mesmo* uma disputa entre vocês."

"Não era. Quer dizer, eu tinha acabado de descobrir que ele mentiu pra mim, é verdade. Mas juro pra você que só queria dançar por causa da música."

"A gente vai começar a mentir um pro outro agora, Gisele? Porque a coisa de que eu mais gosto em nós é a sinceridade." Ergo a sobrancelha. "Foi mesmo por causa da música?"

Ela solta um suspiro. "Foi 90% por causa da música. E 10% de orgulho feminino ferido."

Dou uma risadinha e seguro a mão dela. "Porra. Você pegou pesado."

"Eu sei." O rosto dela fica sério. "Vamos sair daqui?"

Faço que sim com a cabeça, e ela faz um sinal para o manobrista.

"Só vou entrar pra passar no guarda-volumes. Ah, e preciso saber se Whitney e Cami vão ter carona pra voltar. Você deixou algum casaco lá também?"

Entrego o recibo do guarda-volumes para ela.

Gigi me deixa sozinho naquela noite gelada de dezembro. Respiro o ar frio e me pergunto como vai ser a porra do treino na segunda-feira. Provavelmente nada bom.

Mas então Gigi reaparece e percebo que não me importo com nada do que Colson ache ou deixe de achar, se me odeia ou não. Ela é um sonho erótico ambulante, com seus saltos altos e seu decote profundo. Quero muito tirar esse vestido do corpo dela.

"Pra minha casa ou pra sua?", pergunto.

Ela dá uma piscadinha quando percebe o olhar no meu rosto. "A sua casa é mais perto."

"Boa."

Na manhã seguinte, viro para o lado e vejo Gigi nua na minha cama. Os braços e as pernas fortes dela despontam para fora dos lençóis. Cabelos pretos e compridos estão espalhados por sobre o travesseiro. A mão e o antebraço estão sob seu rosto sedoso enquanto ela respira silenciosamente dormindo.

Sem querer incomodá-la, saio do quarto na ponta dos pés para mijar e escovar os dentes. Estou saindo do banheiro quando a porta do quarto de Beckett se abre.

Levo um susto ao ver Will Larsen saindo só de cueca.

Erguendo as sobrancelhas, olho por cima do ombro dele e vejo Beckett pelado e uma loira também sem roupa deitados na cama.

Will percebe que estou olhando e fala com uma voz baixa e envergonhada. "Ontem foi... uma noite daquelas."

"Pois é, estou vendo", respondo com ironia.

Nada daquilo é da minha conta, então volto para o meu quarto, onde vejo que Gigi está acordando.

Subo na cama e dou um beijo no nariz dela, que dá uma risada sonolenta quando tento beijá-la na boca e se afasta de mim.

"Nada de beijo", ela protesta. "Você acabou de escovar os dentes. Eu ainda estou com bafo."

"Tudo bem. Eu beijo outras partes." Enterro o rosto no seu pescoço e sinto o cheiro doce e feminino que ela exala. Isso faz meu sangue ferver. Tudo nela é absurdamente sexy. Meu desejo por ela é insaciável.

"Quais são os seus planos pra hoje?", ela pergunta, me obrigando a me deitar para poder se aconchegar a mim.

"Minha ideia era passar o dia inteiro na cama com você."

"É um ótimo plano, mas preciso ir até a cidade hoje pra fazer umas compras de Natal de última hora. Quer ir comigo?"

"Ah, nossa. Você quer que eu saia com você pra fazer compras? Vou levar um pé na bunda se disser não?"

Ela dá uma risadinha. "Não. Mas você não tem presentes de Natal pra comprar?"

Eu penso a respeito. "Não."

"Espera aí, você comemora o Natal?"

"Eu comemorava quando era criança, e na maioria dos lares adotivos onde eu morei o pessoal sempre fazia alguma coisa nas festas de fim de ano. Mas comemoro dependendo do ano, acho, e se tenho lugar pra ir. No ano passado fui visitar a família do Owen lá em Phoenix."

"E neste ano, vai fazer o quê?"

"Ficar aqui."

"Sozinho?" Ela parece aflita.

"É. O Shane me chamou pra ir pra casa dele e o Beckett está se mandando pra Austrália pra passar duas semanas. Queria que eu fosse também. Mas não estou a fim de aceitar nenhum dos convites."

Ela fica hesitante por um momento. "E se eu te fizesse um convite? Quer ir comigo pra casa?"

"Pra sua casa", repito.

"É."

"Onde moram os seus pais."

"Sim, é a casa da *minha* família, ora."

"Seu pai vai estar lá?"

"Ele mora lá, então vai."

"Seu pai, Garrett Graham."

"Quer saber? Retiro o convite."

Eu me sento na cama, pensando em tudo isso por um momento. "Eles por acaso sabem que nós estamos juntos?"

"Não, mas eu vou contar antes de levar você lá. Se quiser ir, claro." Gigi se senta também, passando a mão no cabelo bagunçado pelo sono e ainda com um resto de mousse. "Na minha opinião, você deveria. Vai ter uma semana pra fazer ele gostar de você..." Ela deixa a sugestão no ar. "Além disso, a minha mãe é ótima cozinheira, e ela e o meu irmão sabem cantar perfeitamente bem todas as músicas natalinas que existem, então é ótimo cantar junto com eles. Ah, e tem a melhor parte: o Desafio do Boxing Day."

"O que é isso?", pergunto, num tom divertido.

Em vez de responder, ela levanta a camiseta pela bainha e tira por cima da cabeça.

Minha boca começa a salivar quando os peitos dela ficam expostos.

"O que está acontecendo aqui?", pergunto.

"Está preparado? Vou tentar uma coisa nova."

"Já gostei dessa ideia." Os meus olhos estão grudados naqueles mamilos pontudos.

"Você gosta, né?", ela pergunta, apertando os peitos perfeitos.

Meu pau dá sinal de vida. "Gosto."

"E, em termos de porcentagem, quanto o seu pau está duro agora?"

"Agora?" Abaixo a mão e dou uma apertada. "Uns 40%?", estimo.

"Beleza, então, está preparado pro que eu vou falar? O Desafio do Boxing Day. No TD Garden. Com acesso total e exclusivo ao gelo." Ela faz uma pausa para criar um efeito dramático. "Garrett Graham." Mais uma pausa. "John Logan."

Engulo em seco.

Ela percebe a minha reação, abrindo um leve sorrisinho para mim.

"Hunter Davenport."

Meu pau tem outro espasmo.

"Jake Connelly."

"Caralho, chega", resmungo. "Está me dizendo que você passa o Boxing Day no gelo com esses caras?"

"Ah, sim. É uma tradição. Os filhos jogam também. A gente escolhe os capitães. A coisa fica bem intensa." Ela olha para baixo. "Qual é a porcentagem agora?"

Aperto o meu pau. Faço uma avaliação. "Definitivamente 80%."

Ela cai na risada. Depois tira o shortinho e a calcinha vermelha para subir em cima de mim, os peitos balançando.

"Espera aí. Deixei a melhor parte por último." Ela sorri para mim. "Gigi Graham."

"Agora está 100%", digo com um grunhido, levantando sua bunda e a guiando até o meu pau duro como uma pedra.

PAI: *Sua mãe acabou de me informar o que você fez.*
GIGI: *Ai, meu deus. Como você é dramático.*
PAI: *Não é possível que você esteja namorando Luke Ryder. Não estou gostando nada disso, Stan.*
GIGI: *Legal! Então vai adorar saber que ele vai passar o Natal aí em casa com a gente.*
GIGI: *Não vejo a hora de rever vocês!* ☺

42

RYDER

Pode me chamar de sr. Graham

A casa dos Graham parece uma coisa saída de um telefilme da Hallmark. Uma residência ampla em estilo colonial num bairro rico, afastada da calçada, com uma garagem para quatro carros e uma entrada ladeada por pilares. Do lado de dentro, o hall de entrada é intimidador, mas no interior da casa a atmosfera até que é bem aconchegante. A mobília não é daquelas modernas e neutras, mas confortável e funcional, e os objetos de decoração se apoiam muito em fotografias da família e lembranças emolduradas de realizações importantes para eles.

"Você sempre morou aqui?", pergunto para Gigi depois que ela me mostra tudo.

É véspera de Natal, e chegamos faz mais ou menos uma hora. Somos os únicos em casa no momento; os pais dela foram ao supermercado, e Wyatt ainda não chegou. O voo dele, vindo de Nashville, só chega à tarde, segundo Gigi.

"Não, quando o Wyatt e eu nascemos, moramos uns dois anos num sobrado no centro da cidade. Mas os meus pais queriam mais espaço." Ela revira os olhos. "A casa que eles escolheram é um pouco demais pra uma família de quatro pessoas. Quase seiscentos metros quadrados, oito quartos, quatro banheiros. Bem exagerada."

Ela me leva para a mais do que espaçosa sala de estar, que chama de salão. Paro diante da parede de janelas que dá para o quintal, admirado com o tapete branco que se estende lá fora e com o véu da geada agarrado aos galhos sem folhas das árvores. Nevou na noite passada, e Gigi ficou empolgadíssima, falando que adora um Natal com esse clima.

Um nariz molhado roça minha mão. Olho para baixo e sorrio para Dumpy, o golden lab. Os cachorros estão nas nossas canelas desde que chegamos.

"Eles gostaram mesmo de você", comenta Gigi.

"Por que você está tão surpresa?"

"Ué, com esse seu jeito irritadinho? Sempre pensei que deixasse os animais apavorados, fugindo com o rabo entre as pernas."

Eu me abaixo para acariciar Dumpy atrás das orelhas. "Não, nada disso. A gente se entende." Olho para Bergeron. "Não é?"

O husky inclina a cabeça, ouvindo atentamente minhas palavras.

“Tem certeza de que você não liga de dormir no quarto de hóspedes?”, pergunta Gigi. “Foi o único jeito de convencer o meu pai a deixar você ficar aqui.”

Sinto vontade de perguntar se o Case também ficava no quarto de hóspedes quando vinha aqui, mas não quero fazer parecer que estou irritado com a organização dos quartos. A verdade é que eu não entraria no quarto de Gigi nem se os pais delas estendessem um tapete vermelho para mim na frente da porta. Tenho amor à vida.

Como se estivesse lendo a minha mente, ela diz: “Sim, o Case também sempre dormia no quarto de hóspedes. Mas, se você quiser, posso deixar você escapar pra dentro do meu quarto depois que todo mundo for dormir”.

“Até parece.”

“Sério?”

“Sério. Eu não quero ser assassinado por Garrett Graham.”

E, a julgar pela cara com que ele me olha quando chega em casa com a esposa, o assassinato parece uma hipótese provável onde quer que eu durma.

“Sr. Ryder”, ele diz com frieza.

“Por favor, não começa com essa história de senhor”, reclama Gigi, revirando os olhos para o pai.

A sra. Graham é bem mais simpática. “Seja bem-vindo, Luke. Fico feliz que tenha vindo passar o Natal aqui com a gente.”

Ela abre um sorriso que faz brilharem os olhos verdes como uma floresta. E, como não quero criar nenhum constrangimento pedindo para ela não me chamar pelo primeiro nome, acho que vou ser o Luke esta semana, gostando ou não. Porque de jeito nenhum eu vou fazer alguma coisa que desagrade os Graham.

“Obrigado por me receber, sra. Graham.”

“Ah, pode me chamar de Hannah, por favor”, ela insiste.

O marido dela abre um sorriso nada convincente. “E pode me chamar de sr. Graham.”

Então é assim que vai ser.

“Precisa de ajuda pra preparar o jantar?”, pergunto, porque oficialmente chegou a hora em que as coisas começam a ficar esquisitas.

A primeira vez que você passa as férias com pessoas que não conhece é sempre assim. Vivi a mesma situação com a família do Owen, do Lindley, do Beck. Você fica ali avulso, sem fazer parte da coisa, mas fingindo que faz. É foda.

Sempre me perguntei se existia um lugar onde eu poderia sentir que me encaixo.

Mas Hannah faz de tudo para tentar me incluir. Quando ofereço os meus serviços, ela me põe para trabalhar picando legumes e descascando batatas para o jantar, enquanto Gigi e o pai veem futebol americano no salão.

"Você sabe que pode ir lá ver o jogo com eles, né?"

Fico até pálido. "Ah, nossa, por favor, não me obriga a ir até lá", respondo, não exatamente brincando.

Ela dá risada. "Ah, fica tranquilo, ele não é tão assustador assim."

"Pensa no quanto ele é assustador pra você, daí multiplica por cinco milhões." Pego outra batata para descascar. "Ele é protetor assim com o irmão da Gigi também ou só com ela?"

"Ah, pode acreditar, o Wyatt também não está isento disso. Não é à toa que nunca traz garotas pra cá. Só fez isso uma vez, quando tinha dezenove anos. A coitada passou o fim de semana todo sendo interrogada pelo meu marido e, quando voltou para Nashville, nunca mais falou com o Wyatt. Na manhã em que ela foi embora, o Wyatt entrou no escritório do Garrett, disse *Nunca mais* e saiu sem falar mais nada. Juro pra você que aquele menino só vai apresentar alguém pra nós dois quando o casamento já estiver consumado."

Dou uma risadinha. "Certo, então não sou só eu que me sinto intimidado."

"Ele vai gostar de você, não se preocupa."

Decido me permitir essa esperança, mas, quando o irmão de Gigi chega, passo a ter dois caras me olhando feio.

Wyatt e Gigi são gêmeos e, apesar de ver a semelhanças, as diferenças são mais pronunciadas. O cabelo dele é mais ondulado, e de um tom de castanho mais claro. Tem os olhos verdes da mãe, enquanto os de Gigi são acinzentados. Gigi é baixinha. Wyatt não — eu tenho um e noventa e cinco e a gente parece ter a mesma altura. Ele passa toda essa vibe de músico, com a calça jeans rasgada, camiseta preta e uma munhequeira de couro em um dos braços, além de várias pulseiras no outro. Não posso julgar as pulseiras, já que também estou usando um barbante no pulso desde os dezesseis anos. Por algum motivo, essa porcaria nunca cai. Owen e eu achamos que as pulseiras fossem apodrecer e cair em alguns meses, mas aqui estamos nós, cinco anos depois. Acho que isso diz alguma coisa sobre os nossos laços.

O jantar está delicioso, como Gigi prometeu. Não falo muita coisa, apesar dos olhares encorajadores da parte dela. O único momento em que a coisa fica mais animada é quando falamos sobre a atuação do meu companheiro de time Austin Pope no jogo de ontem do mundial juvenil. Por um glorioso momento, Garrett Graham reconhece a minha existência.

"Ele está patinando assim tão bem mesmo ou foi só um dia excepcional?", pergunta Garrett. "Não me lembro de ter visto toda essa velocidade nos vídeos dele a que assisti."

"Ele é bom mesmo", confirmo. "E a velocidade dele engana. Ele finge ser lentão, que está ali se arrastando no gelo, e então engrena outra marcha e você fica pensando, tipo: *Que merda é essa?*"

Dou um gole na minha água e volto a pôr o copo na mesa.

"Se não for um problema levar um calouro pro seu programa de treinamentos, Pope pode ser uma ótima escolha pro Hockey Kings", digo para Garrett. Com hesitação, porque não quero que ele pense que estou tocando no assunto por ter segundas intenções. Mas com sinceridade, porque na verdade já desisti da esperança de ser escolhido para ser um dos técnicos.

"É mesmo?" O tom dele é de ceticismo. Como esperado, está me olhando como se eu estivesse tentando dar um golpe nele.

"Com certeza. Sei que ele ainda é novo, mas é bom. Tem a paciência de um santo. Sempre fica no rinque até mais tarde pra ajudar o pessoal a aprimorar a técnica. Ele seria uma bela adição a qualquer programa de treinamento."

Garrett balança a cabeça, e a desconfiança começa a desaparecer do seu rosto. "Que coisa. Bom, a gente tende a evitar os calouros porque eles têm uma idade muito próxima da dos garotos que estamos treinando. Mas vou me lembrar dele quando chegar a hora de definir isso. Obrigado."

Quando estou avaliando se isso foi um progresso, Gigi pega na minha mão. Por instinto, entrelaço os dedos nos dela, e Garrett acompanha o movimento. Então fica irritadiço de novo, como se de repente tivesse lembrado que estou namorando a filha dele e que não sou só um cara qualquer falando sobre o mundial juvenil.

Entrelaçar os nossos dedos provavelmente foi uma burrice da minha parte, mas não posso fingir que ela não é minha namorada, então deixo que ela aperte minha mão ainda mais. Percebo que Hannah está nos observando com uma expressão indecifrável.

"Então, vocês já sabem como as coisas funcionam aqui. Eu cozinho, vocês limpam", diz Hannah depois que devoramos a comida. "Vou pegar uma taça de vinho e acender a lareira."

Gigi precisa ir ao banheiro, então agora estou na cozinha juntando os pratos com o pai e o irmão dela. Os dois me olham como se eu fosse um terrorista internacional que de alguma forma foi parar na casa deles.

Depois de um longo silêncio, Wyatt cruza os braços e diz: "Quais são as suas intenções com a minha irmã?".

"Wyatt", diz Garrett.

O irmão de Gigi olha para o pai. "Não, pode deixar comigo. Aviso você se precisar de ajuda." Os olhos verdes dele se voltam para mim de novo. "E aí?"

Eu preciso me segurar para não bufar. "Nós estamos juntos. Sei lá o que mais você quer que eu fale."

"Juntos", ele repete. "E o que isso quer dizer?"

"Quer dizer que nós estamos juntos."

"Agora eu também quero saber", anuncia Garrett. Ele cruza os braços para mim. "No que você acha que isso vai dar?"

Na coisa mais importante da minha vida.

Mas não quero falar isso. Não estou acostumado a falar sobre os meus sentimentos, muito menos com dois caras que mal conheço.

"Não sei muito bem como responder a essa pergunta. A gente está junto já faz um tempinho. E está dando certo." Eu me obrigo a olhá-los nos olhos. "Estou levando bem a sério."

Wyatt estreita os olhos para mim. "Dei uma pesquisada sobre você. Foi você que bateu num cara no mundial juvenil, né?"

Balanço a cabeça. "Pois é, isso aconteceu."

"Você tem algum problema com gerenciamento da raiva? É esse o problema?"

"Wyatt", repreende Garrett. Mas em seguida levanta uma sobrancelha. "Mas devo dizer que também queria saber sobre esse incidente."

"Podem parar com o interrogatório", diz Gigi, surgindo com a irritação estampada no rosto. "Já chega. Você não precisa responder nada, Ryder. Inclusive, Ryder ajudou a mamãe a cozinhar, então não precisa limpar nada. Ele está dispensado." Ela aponta um dedo para eles. "Vocês que se virem. Nós vamos lá ficar com a mamãe, que é uma pessoa normal."

Ela me arrasta para fora da cozinha.

"Porra. Obrigado", murmuro quando chegamos mais perto um do outro.

"Desculpa. Eles são meio superprotetores."

"Meio?"

"Não foi ótimo você ter ido fazer compras comigo? É sempre bom ter um presentinho na manga pra subornar eles."

Bom, tecnicamente foi ela que escolheu todos os presentes, porque não conheço a família dela direito para ir além de coisas genéricas. Mas os meus presentes parecem mesmo fazer sucesso, principalmente a partitura para Wyatt, que veio numa caixa de metal bacana. Ele agradece a contragosto, mas parece ter gostado.

"Então, se vocês já fizeram a ceia e abriram os presentes na véspera de Natal, o que fazem amanhã?", pergunto para os Graham. Estamos sentados no salão, com as luzes piscantes da árvore projetando sombras nas paredes. Obviamente, eles têm um monte de enfeites de árvore antigos com valor sentimental, como pequenas placas de gelo com os pezinhos de bebê de Gigi e Wyatt. Coisas que normalmente me deixariam enjoado, mas não ligo.

"Nós ficamos de preguiça." Por um momento, é como se Wyatt tivesse esquecido que tem uma raposa no galinheiro. Ele me responde como se fosse uma pessoa normal, e não alguém querendo profanar sua irmã. "A gente come as sobras. Abre as caixas dos biscoitos de Natal da vovó."

"Talvez a gente vá patinar no laguinho no fim da rua", conta Gigi. "Quero ver uma disputa entre vocês dois..." Ela aponta para Wyatt e para mim.

Ele fecha a cara. "Por favor, não me obriga a jogar hóquei."

"Você é *bom*." Ela parece irritada.

"Pois é. Mas você sabe o quanto é exaustivo fazer uma coisa que você não está a fim?"

Garrett dá uma risada de deboche. "Seu merdinha ingrato. Eu te dou todo esse talento, e o que você faz com isso? Vai cantar musiquinhas."

"Opa, esse aí é o meu talento", protesta Hannah.

Ele fica vermelho de vergonha. "Desculpa, Wellsy. O seu talento é bem melhor que o meu. De longe."

E acho que ele está sendo sincero de verdade. O amor estampado em seus olhos quase faz com que eu me sinta um voyeur. Nunca vi os meus pais se tratarem daquele jeito. Nunca vi *nenhum* casal trocar olhares como esses.

Fico me perguntando o que as pessoas veem quando olho para Gigi.

No fim, vamos todos dormir. Eu a acompanho até o banheiro, e ela fica na ponta dos pés para murmurar: "Vem me ver escondido depois que todo mundo for dormir?".

"De jeito nenhum."

"Qual é."

"Eu já falei que não vou encostar em você debaixo do teto do seu pai. A minha situação já está bem precária."

"E umas mensagens de putaria?"

Balanço a cabeça, teimosamente. "E se ele sem querer pegar o meu celular?"

"Por que isso aconteceria? Qual é, só uma foto de pinto."

"Que obsessão é essa comigo?", pergunto. "Será que vou ter que pedir pro Jensen mandar pra você o PowerPoint sobre vício em sexo?"

Dou um beijo de boa-noite nela — na bochecha — e vou para o quarto de hóspedes. A cama é absurdamente confortável, mas, por algum motivo, não consigo dormir. Fico me virando de um lado para o outro por um tempo e, no fim, decido atacar o armário de bebidas para um sono *forçado*. Um dos cachorros me segue silenciosamente até a cozinha. O outro já está lá. Deitado no chão da sala de jantar logo ao lado, onde Hannah está embrulhando presentes.

Espicho a cabeça lá para dentro. "Pensei que a gente já tivesse aberto os presentes", ironizo.

"Ah, essa é a segunda parte da tradição. Nós fingimos que os presentes sumiram, e quando eles acordam encontram uma coisinha extra à espera na mesa da cozinha."

"É uma tradição bem legal." Encolho os ombros, sem jeito. "Tudo bem se eu pegar uma bebida? Alguma coisa mais forte que água ou leite."

"Não está conseguindo dormir?"

"Pois é. Por causa da mudança de ambiente, acho."

"Vem cá. Eu tenho a solução perfeita."

Ela me leva até a sala que Garrett deve usar como escritório, porque tem uma escrivaninha enorme e estantes cheias de prêmios e fotografias emolduradas. Tem inclusive uma de Garrett cumprimentando o presidente, mas o meu total desinteresse por política me faz voltar a atenção para outra foto. Uma de um grupo de mais de vinte pessoas no atracadouro de um lago.

Hannah percebe para o que estou olhando. "É da nossa viagem anual para Tahoe. Garrett faz questão de tirar essa foto em grupo. Ninguém sai com uma cara boa, porque sempre sai no susto, e geralmente alguém acaba caindo no lago." Ela dá de ombros. "Você vai ver quando chegar o verão."

"Se eu estiver lá, né?"

"Você vai, sim."

Ela serve dois copos de uísque, e nós nos sentamos em lados opostos do sofá de couro marrom.

"Você ama a minha filha."

Levanto a cabeça, surpreso.

Ela dá um gole no uísque, parecendo se divertir com a situação. "Você já percebeu isso, né?"

Dou um gole do meu copo. "Ainda é... meio cedo."

"E daí? Quando a gente ama, a gente sabe." Os lábios dela se curvam para cima quando ela olha para o meu rosto. "Já entendi. Ainda estamos na fase da negação. Não se preocupe, Luke... podemos ter essa conversa outra hora." Ela ri baixinho. "Dê um tempinho para sua cabeça entender melhor onde está o seu coração."

43

GIGI

Owen McKay

É bom ter Ryder aqui para as festas de fim de ano. Não posso dizer que ele já foi totalmente aceito pelo meu pai e Wyatt, mas pela minha mãe com certeza foi, e é meio que superbonitinho ver os dois juntos. Eles saem para passear com os cachorros na neve. Ryder carrega as compras dela até dentro de casa. Escuta com toda a atenção enquanto ela fala da nova cantora que está produzindo. Uma graça.

Fico me perguntando se Ryder não sente falta de uma figura materna. Ele perdeu a dele quando tinha seis anos, e não deve ter sido fácil crescer sem mãe. E, para piorar, quem ficou com essa função foi uma série de mães adotivas temporárias que nunca deram a mínima para ele.

Na última noite do recesso de fim de ano, estamos sozinhos no meu quarto... com a porta aberta, porque Ryder agora usa um cinto de castidade. Só consegui convencê-lo a transar comigo duas vezes nesta semana, e só depois de garantir para ele várias vezes que a minha família ia passar um bom tempo fora. Ele exigiu um intervalo de duas horas e meia antes e depois do período de fornicação. Palavras dele, não minhas.

Estou namorando um doido.

Agora está espalhado na minha cama lendo um livro que pegou no escritório do meu pai. Eu sei que, ainda que a contragosto, meu pai aprova a minha escolha, mas está sendo teimoso e se recusa a admitir que ele e Ryder podem ter coisas em comum, por isso não toca no assunto.

Minhas pernas estão estendidas sobre o colo de Ryder enquanto crio uma camiseta customizada no meu MacBook. Amanhã é aniversário do meu pai e já comprei um presente, mas estou acrescentando outro item por causa do comportamento dele no Desafio do Boxing Day. Beau Di Laurentis e AJ Connelly foram escolhidos como capitães aquele dia, e meu pai ficou tão indignado por ter sido o quinto a ser escolhido que olhou feio para os adolescentes e grunhiu: "Estão de brincadeira? Vocês sabem que eu sou o Garrett Graham?".

"Você acha que a frase *Eu sou o Garrett Graham* tem que ser em preto ou prateado?", pergunto, virando a tela do notebook para ele ver.

Ryder dá uma olhada. "Preto." Depois dá risada ao ver o que estou fazendo.

Meu celular vibra de novo, como vem acontecendo o dia todo. Estou sendo bombardeada de mensagens de amigas perguntando o que vou fazer hoje à noite. É véspera de Ano-Novo, mas decidimos ficar em casa.

Olho para a tela. É Diana, que vai passar a virada de ano com seu amante mais velho, Sir Percival.

DIANA: *Eu meio que adoro o quanto ele é maduro. Não estou muito a fim de balada hoje e ele topou ficar de boa em casa. Ano-Novo = vinho, um filme e fazer amor como adultos. Acho que estou curtindo essa coisa de homem mais velho...*
EU: *Que bom! Mas vê se não se joga de cabeça. Ainda é cedo.*

Tento ter o máximo de jogo de cintura que consigo. Na verdade, sempre achei que tem alguma coisa errada em um homem que quer namorar alguém muito mais jovem. Seis anos não é uma diferença muito grande, verdade, mas Diana contou que Percival teve um relacionamento sério com outra moça mais nova antes dela. Quando tinha vinte e quatro, ele namorou uma garota de dezoito. Achei meio um rolê errado. Mas ele e Diana são adultos e, desde que estejam felizes, não vou julgar ninguém.

Outra mensagem aparece, desta vez da minha prima.

ALEX TUCKER: *Como assim vai ficar em casa hoje à noite?? EU PROÍBO. Você vem pra Manhattan.*

Na mensagem anterior, ela mencionou que faria uma aparição paga em uma nova casa noturna em Manhattan hoje à noite.

EU: *Assim de última hora? Sem chance. É tarde demais pra ir de trem e se encontrar uma passagem de avião vai custar um zilhão de dólares.*

Ela desaparece por um tempo, e imagino que o assunto esteja encerrado. Mas ela volta a mandar mensagem.

ALEX: *Meu amigo está mandando o jatinho dele pra te pegar.*

Solto uma risada. Minha nossa. Pensei que *eu* tivesse amigos importantes. Enquanto isso, Alex está andando com gente que tem jatinhos particulares.

EU: *Não posso.*
ALEX: *Claro que pode. Qual é, estou com saudade. E vai ser divertido.*

Penso a respeito por um momento. É raro eu poder fazer alguma coisa impulsiva com o cronograma rígido de jogadora de hóquei que preciso seguir, e me dou conta de que essa pode ser a minha última chance de uma loucurazinha. Logo vamos voltar pra faculdade, um novo semestre vai começar, a temporada vai voltar a todo vapor e os play-offs começam em breve. Quando eu vou ter a chance de pegar um jatinho particular para Nova York de novo?

"Ei", digo para Ryder. "Convidaram a gente pra uma festa em Nova York. Topa?"

Ele levanta os olhos do livro que está lendo. "Quem convidou?", ele pergunta, enquanto acaricia distraidamente meu joelho.

"Minha prima Alex. Ela vai pra uma balada em Manhattan. Um daqueles eventos em que as celebridades são pagas pra dar pinta."

"Aquela sua prima supermodelo?"

Faço que sim com a cabeça. "Quer ir? Ela disse que manda um avião pra pegar a gente."

Ryder pisca algumas vezes, confuso. Depois solta uma risada. "Ah, vai se foder."

"Pois é, eu sei." Solto um suspiro. "Mas não posso fazer nada. Ela tem uns contatos que são de outro mundo. O tio Tucker acha isso o máximo."

Recebo mais uma mensagem de Alex com o link do evento.

"Ah, agora tem os detalhes." Clico e passo os olhos pelas informações. Um DJ que está fazendo sucesso vai ser a atração principal, e tem toda uma lista de celebridades que vão aparecer por lá. O nome no alto da lista me faz gargalhar. "Cara. Adivinha quem vai estar lá."

"Quem?"

"Vizza Billity."

"O rapper com o pior nome de todos os tempos?"

"O próprio. Ah, cara, se a Mya não estivesse em Malta ia com a gente com certeza." Continuo lendo os nomes. "Ei, olha só. Seu amigo Owen McKay ficou de aparecer também."

Tem alguns atletas na lista, mas o nome de McKay é o que se destaca para mim.

"Certo, agora a gente *precisa* ir", digo para Ryder.

Ele muda de posição, parecendo desconfortável.

"Ou a gente pode ficar aqui. Você que sabe."

Os olhos azuis dele se fixam nos meus. "Você está a fim de ir, né?"

"É, estou sim."

"Então eu vou." Ele levanta uma sobrancelha. "Mas não vou dançar."

"Ah, vai."

"E também vou fingir que não te conheço quando pedir autógrafo pro Vizza Billity."

"Azar o seu, então. A minha ideia é pedir pra ele assinar os meus peitos."

Ryder solta um risinho.

E foi assim que, mais tarde naquela noite, embarcamos em um jatinho particular a caminho de Manhattan. O interior do avião é todo branco, dos assentos de couro aos carpetes felpudos e o banheiro espaçoso. Por mais que eu queira fazer piada daquilo tudo, não me sinto à vontade.

Alex é a filha mais nova do tio Tucker e da tia Sabrina. Ela tem vinte anos, portanto é um ano mais nova que eu, enquanto sua irmã mais velha já é uma advogada formada. É muito louco pensar que, enquanto uma irmã está ralando para conseguir virar sócia de um escritório de advocacia, a outra tem cem milhões de dólares e circula por aí de jatinho.

"Qual é, ela é rica e famosa demais pra vir buscar a gente?", resmunga Ryder, fingindo indignação quando pisamos no asfalto coberto de neve depois de descer os degraus metálicos da aeronave. Foi um voo de quarenta e cinco minutos que passaram depressa demais. Eu bem que gostaria de continuar devorando a tábua de frios que a comissária serviu.

"Inaceitável", concordo.

Mas Alex mandou um carro — um Escalade preto e brilhante que nos conduz ao coração da cidade. Ainda bem que não precisamos passar pela Times Square, porque todas as ruas ao redor estão interditadas. Nunca vou conseguir entender por que tanta gente se aglomera ali, em um frio desgraçado, só para ver uma porcaria de bola cair.

Ryder pega na minha mão no assento traseiro, mas está visivelmente distraído. Pegou o celular algumas vezes no avião, como se estivesse esperando alguma mensagem. Mas, quando perguntei o motivo, disse que estava só vendo as horas.

Alex me disse que era só dizer meu nome na porta quando chegasse. A fila deve chegar a uns três quarteirões. Fico me sentindo uma filha da puta quando vou direto lá para a frente, recebendo diversos olhares raivosos dos jovens baladeiros que estão aguardando para entrar há uma eternidade.

Do lado de dentro, o caos é total. Luzes estroboscópicas, um ar saturado de suor e perfume e música eletrônica num volume ensurdecedor. Mulheres com pouquíssima roupa e homens sedentos passam na nossa frente o tempo todo enquanto nos embrenhamos pelo lugar. Sou obrigada a dizer que fico animada. Em Hastings não existe muita vida noturna, e geralmente estou cansada demais por causa dos treinos e dos jogos para curtir a noite em Boston durante a temporada.

Quando mando uma mensagem para Alex avisando que estamos aqui, ela me manda procurar a área VIP.

"Vamos lá. É por aqui." Puxo Ryder pela mão.

Percebo que ele está olhando ao redor, um pouco desconfortável. Ele está esquisito nesse ambiente, mas não posso falar para que pare de ser antissocial porque, bom, Ryder é antissocial.

Enquanto atravessarmos a pista de dança principal, a música começa a me invadir, fazendo os meus quadris se moverem. Os olhos de Ryder se concentram nisso.

Ele abre um meio sorriso.

"Que foi?", pergunto.

"Você está linda demais assim."

Nós dois deixamos os casacos no Escalade, já que o motorista disse que voltaria mais tarde para nos buscar, então não tem nada escondendo meu vestido minúsculo, prateado e com uma franja na bainha. Um moderno ao estilo antigo. Não estou de sutiã, mas o decote é discreto, só permite um leve vislumbre. O vestido me destaca mais da cintura para baixo, mostrando bem as minhas pernas.

Para ir até a área VIP é preciso pegar um elevador operado por dois seguranças com walkie-talkies e escutas nos ouvidos. Quando estou prestes a citar o nome de Alex de novo, as portas do elevador se abrem e ela aparece em pessoa.

Sempre fico impressionada com o quanto ela é linda. Quando éramos mais novas, lembro que ficava pensando em como ela era bonita. Mesmo quando ainda era uma menina de só dez anos, já atraía os olhares das pessoas. Começou a trabalhar com modelo aos dezessete e, em três anos, virou um dos nomes mais famosos do mundo da moda e dos influenciadores digitais.

Ela está maravilhosa, com seu cabelo escuro e grosso, seus olhos castanhos enormes e seu corpo perfeito. Percebo que Ryder está olhando para ela de cima a baixo, mas nem ligo, porque estou fazendo a mesma coisa. Um vestidinho vermelho se agarra a sua silhueta alta e esguia, destacando seus seios enormes, sua cintura fina e sua bunda empinada. Ela tem aquele biotipo que faz qualquer garota chorar de inveja. Sou musculosa demais para ter um corpo como o de Alex. Para uma jogadora de hóquei, isso é inevitável.

"Gi!" Ela me dá um abraço. "Eles estão comigo", ela avisa aos seguranças.

Nós três entramos no elevador. Todo mundo que está por perto, procurando uma forma de subir para a terra prometida, olha para nós com inveja. Várias mulheres me dão encaradas com olhares assassinos. Só o que posso fazer é encolher os ombros enquanto as portas se fecham.

"Ai, meu Deus, você está linda demais", Alex me diz. "Esse vestido."

"Eu? Olha só o que você está usando. É uma loucura."

Eu a apresento a Ryder, e ela dá uma checada nele de forma nada discreta. Com um e oitenta de altura, para Alex é mais fácil olhá-lo nos olhos. Me dou conta de que eles combinam e, apesar de saber que é uma coisa irracional, sinto uma pontada de ciúme.

A área VIP é tipo um outro mundo. Um longo guarda-corpo cerca todo o espaço, com vista para a pista de dança lá embaixo. Tem algumas minipistas de dança aqui em cima também, mas a maior parte do espaço é ocupada por mesas cercadas por sofás de veludo, iluminação sensual e serviço de bar. Em um canto há uma plataforma elevada com acesso a um lounge mais espaçoso, separado por cordas de veludo. É a área supervip da área vip. Quem está recebendo as pessoas que entram lá é um cara alto de blusa branca com capuz, calça de paraquedismo branca e tênis brancos de grife. Reconheço o rapper imediatamente. Por alguma razão, pensei que veria mais ostentação, mas o relógio com diamantes no pulso dele já passa essa vibe. Bom, isso e também o cabelo em corte moicano dele, pintado de dourado, que acho que é onde se concentra o fator ostentação.

Quando percebe que estou encarando, abre um sorriso presunçoso e me chama com um gesto casual.

Alex percebe para quem estou olhando. "Você devia ir lá agradecê-lo", ela diz com um sorriso.

"Por quê?"

"Você veio até aqui no avião dele."

Meu queixo vai parar no chão. "Ai, meu Deus." Eu me viro para Ryder. "A gente veio no jatinho do Vizza Billity." Agora faz sentido por que tudo era branco daquele jeito.

"Ele é bem de boa, na verdade", comenta Alex. "Daqui a pouco eu apresento vocês. Primeiro quero ouvir o que você anda aprontando."

Nós não nos vemos desde as férias em Tahoe, mas é difícil conversar com a música no último volume, então passamos a maior parte do tempo gritando na orelha uma da outra. Enquanto isso, Ryder fica ali parado, bebendo o uísque que o garçom acabou de entregar. Já eu pedi meu uísque com a água com gás de sempre, o que o faz sorrir.

"Então o lance é sério", comenta Alex, com os dedos de manicure bem-feitos apontando para mim e para Ryder.

"É, sim", respondo, revirando os olhos.

"Você é alto", ela diz para ele.

"Hã... obrigado?"

"É só um comentário, não um elogio."

Ryder segura o riso.

"E vocês dois jogam hóquei", ela continua, rindo para mim. "Você e o seu fetiche por jogadores de hóquei."

"Não é fetiche", respondo com uma risada escandalosa.

"O seu anterior também não era?"

Ryder estreita os olhos.

Ela joga o cabelo para o lado e põe a mão no braço dele. "Não se preocupa, você é mais bonito. E mais alto."

Minha atenção se volta para um rosto familiar em um dos sofás. Solto um suspiro de susto quando reconheço quem é.

"É o Mac, de *Casinho ou Casório!*", exclamo. "E ele não está com a Samantha! Ai, meu Deus, preciso mandar uma mensagem pra Diana. E pro meu pai."

Tiro o celular da bolsa.

EU: *Alerta de spoiler pro episódio final de* Casinho ou Casório. *Não abram a conversa se não quiserem saber.*

DIANA: *Me conta!*

PAI: *Abrindo a conversa.*

EU: *Mesmo se o Mac e a Samantha ficarem juntos no episódio final da semana que vem, eles com certeza não estão mais juntos.*

Ilustro o que estou falando com uma foto meio borrada que consigo tirar de Mac com a língua enfiada na garganta de uma outra garota.

Alex, no fim, consegue me arrastar para uma das pistas de dança menores. Me sinto mal por abandonar Ryder, mas ele se limita a acenar para nós. Quando me viro para olhá-lo em um determinado momento, percebo que está batendo papo com Vizza Billity. Queria estar com o celular na mão para registrar o momento, mas está na minha bolsa, que ficou pendurada no antebraço musculoso de Ryder.

Consegui transformar o co-capitão antipático e rebelde do time da Briar no tipo de namorado que segura a minha bolsa.

Nessa eu me dei bem.

Quando paramos de dançar, uma garçonete vem anotar os pedidos da nossa segunda rodada. Dessa vez Alex pede champanhe, nós brindamos e bebemos e ela, por fim, consegue arrastar Ryder para a pista, enquanto ele me implora com os olhos para impedi-la. Mas, apesar do olhar torturado, duvido que ele não esteja gostando de senti-la se esfregando toda nele. Só que dessa vez eu não sinto ciúme. Talvez porque o olhar dele continue grudado em mim o tempo todo.

Quando ele volta, olha o celular e franze a testa antes de enfiar o aparelho de volta no bolso.

"Para de ficar olhando as horas", reclamo.

Quando é quase meia-noite uma gritaria ecoa perto do elevador quando mais recém-chegados aparecem.

Alex olha para lá e dá risada. "Seu pessoal está aqui."

Sorrio. "O nosso pessoal?"

"O povo do hóquei."

O grupo vai entrando e sendo conduzido pelos funcionários para um dos sofás separados por cordas, enquanto garçonetes seminuas correm para abastecê-los de bebidas e afagar seus egos.

Alguém grita: "Ryder!".

Quando vejo, Owen McKay está vindo na nossa direção. Ele e Ryder têm exatamente a mesma altura, então é meio intimidador ver os dois ao nosso lado.

"E aí." Owen dá um abraço entusiasmado em Ryder. Quando se afasta, levanta uma sobrancelha quando vê a minha prima. "Ei, você não é a..."

Alex abre seu sorriso deslumbrante e os olhos dele a percorrem de cima a baixo.

"Minha nossa." Ele se vira de novo para Ryder. "É com esse pessoal que você anda agora que está na Costa Leste? Supermodelos?" Ele solta um grunhido em voz alta, com um olhar de apreciação direcionado para mim e para Alex.

Pode me chamar de fútil, mas gostei de ser incluída na categoria de "supermodelo".

"E aí, cara?", pergunta Ryder num tom mais áspero. "Eu nem sabia que você estava por aqui."

"E eu não sabia que *você* estava por aqui", rebate Owen. "O que está fazendo em Manhattan? Não disse que ia passar as festas de fim de ano com uma amiga em Boston?"

Ryder pega a minha mão e me puxa para mais perto. "É ela a amiga." Ele faz uma pausa. "Namorada, na verdade."

"Se safou por pouco dessa vez", digo a ele.

Dando uma risadinha, Owen olha para nossas mãos dadas. "Minha nossa, Luke, tem um monte de coisas que você não está me contando, hein? Agora tem até uma namorada?"

Ryder dá ombros.

"Sou a Gigi, aliás", digo, estendendo minha mão livre. "Prazer em conhecer. E você já sabe quem é a Alex, pelo jeito."

"Owen", ele responde.

Ele ainda está me analisando, como se a minha presença na vida de Ryder não fizesse sentido. E, quando aqueles olhos azuis se fixam no meu rosto, uma estranha sensação me invade, porque percebo que são do mesmo tom dos de Ryder. Eu jamais poderia esperar que dois amigos próximos pudessem ter uma cor de olhos assim tão rara.

A desconfiança que surge na minha mente é confirmada quando Owen levanta uma sobrancelha e pergunta: "Há quanto tempo você está namorando o meu irmão?".

44

RYDER

Quero ser um herói para ela

"Owen McKay é seu irmão."

Gigi diz aquelas palavras em um tom seco e contrariado quando estamos voltando para o hotel, por volta das três da manhã. Vamos passar a noite na suíte da prima supermodelo dela. A cobertura, obviamente.

Eu estava esperando que Gigi dissesse alguma coisa, mas ainda bem que conseguiu se segurar até agora. Depois que Owen detonou essa bomba, percebi que havia um milhão de perguntas que ela gostaria de fazer. Mas não havia nem como bater papo, muito menos ter uma conversa séria, em meio ao som ensurdecedor da música de uma balada nova-iorquina na noite de Ano-Novo. Fiquei aliviado por ela não ter insistido no assunto, mas sabia que estava só à espera, porque passou a noite inteira lançando olhares incomodados para Owen e para mim.

Bom, não a noite toda. Nós passamos um bom tempo na pista de dança. Mais do que dançar, eu deixei que ela ficasse se esfregando em mim até o relógio bater meia-noite, quando nos beijamos em uma pista lotada de supermodelos, atletas profissionais e um rapper chamado Vizza.

Que noite.

Depois fomos todos para o carro de Alex, inclusive Owen. Ele desapareceu com Alex no quarto dela e, para alguém que tirou sarro de Gigi por curtir jogadores de hóquei, ela está gritando o nome de um com bastante entusiasmo neste exato momento.

Fecho a porta, estabelecendo uma barreira entre nós e a meteção que está rolando do outro lado da suíte.

"Beleza. Pode começar", digo com um suspiro.

"Você mentiu pra mim", ela responde, curta e grossa.

"Eu não menti." Mordo o lábio, tentando não evitar os seus olhos cada vez mais enfurecidos. "Falei que conhecia Owen lá de Phoenix... só não disse que ele é meu irmão."

Gigi encosta na porta, com os braços cruzados. "Você mentiu por omissão." Ela sacode a cabeça em sinal de desaprovação. "Acabei de te apresentar pra minha família toda. Custava ter pelo menos me contado que tem um irmão?"

Meus dentes se cravam mais fundo nos lábios. Eu me forço a parar com isso, passo a língua no ardor na boca e respiro fundo.

"Não foi de propósito", finalmente digo para ela. "Na primeira vez que eu falei que conhecia Owen, não tinha te contado sobre o meu pai ainda, e não estava preparado pra falar sobre essa merda toda. Então dei a entender que a gente era amigo lá em Phoenix. Depois eu meio que esqueci de contar."

"Esqueceu de contar", ela repete, incrédula.

"Porque não tocamos mais no assunto. A gente nunca fala sobre o Owen", argumento.

"Pois é, por que será?"

Me sento na beirada da cama e passo as mãos no cabelo. "Porque eu odeio falar sobre o meu passado. Você sabe disso."

"Você também disse que ia se esforçar mais." Ela parece frustrada.

"Eu sei. Desculpa. É que... eu não sou bom nisso." Solto um suspiro, sentindo o arrependimento me dominar. "Ele é só meu meio-irmão. A gente não tem o mesmo pai."

Só a mesma mãe morta.

Engulo o nó que se forma na minha garganta.

Como se pressentisse a dor que começa a crescer dentro de mim, Gigi se aproxima e se senta do meu lado, ainda com o vestidinho que me deixou louco a noite toda.

"Por que você foi parar naqueles lares adotivos?", ela pergunta, confusa. "Quer dizer, você tem um meio-irmão. E o Owen falou dos pais dele mais de uma vez hoje. Por que a família dele não acolheu você?"

Um mal-estar se espalha pelo meu corpo. "Eles só não quiseram."

"Ele é quantos anos mais velho que você?"

"Dois. Tinha oito quando a minha mãe morreu. Mas não estava morando com a gente nessa época", explico. "A minha mãe se separou do pai do Owen quando ele tinha um ano. Depois conheceu meu pai e engravidou de mim logo depois. Owen morou com a gente até mais ou menos um ano antes de ela morrer."

"Vocês eram próximos?"

"Melhores amigos. Ainda somos." Eu mostro meu pulso. "É dele que você fala quando tira sarro de mim por causa do meu BFF. Ele comprou essas merdas quando eu tinha dezesseis anos e ainda não caíram."

Ela abre um sorriso. Sinto que sua raiva está acalmando. "É um bom sinal, eu acho."

"Enfim, quando ele tinha sete anos, o pai dele se casou de novo. Com uma mulher bem legal, a Sarah. Ela já tinha uma filha do primeiro casamento. O Russ, pai do Owen, queria que eles formassem uma família, por isso entrou na justiça pra conseguir a guarda dele, argumentando que podia oferecer um ambiente melhor pro próprio filho. Tinha uma renda mais alta, morava num bairro mais legal. A minha mãe não tinha grana nem pra contratar um advogado, então no fim acabou cedendo. E também não era como se o cara quisesse que o Owen nunca mais visse a mãe. Só queria o filho morando na casa dele. Então ela topou, e o Owen ia ficar com a gente nos fins de semana e feriados. Mas ela sofria muito por isso. Sentia muita falta dele." Minha voz fica embargada. "Nós dois, na verdade. Ele foi morar com o pai e a madrasta, e eu fiquei com os meus pais. E aí, um ano depois, o meu pai meteu bala na cabeça da minha mãe."

Sinto um aperto no peito. De repente, sinto dificuldade para respirar, e solto um palavrão furioso.

"Que foi?", pergunta Gigi.

"Eu nunca vou perdoar esse cara pelo que ele fez." Minha garganta está queimando. "Ela não era perfeita, mas era a minha mãe."

Lágrimas se acumulam nos meus olhos e eu viro a cabeça. Mas Gigi é superatenta, e obviamente percebe. Chega mais perto de mim, fazendo seu vestido farfalhar com o movimento, e levanta o meu braço para passar a cabeça por baixo.

Eu a abraço instintivamente.

Ela apoia a cabeça no meu ombro. "E o pai do Owen só largou mão e deixou que você fosse pro sistema de adoção depois que perdeu sua mãe? Que cruel."

Olhar para as coisas desse jeito tão sincero é meio deprimente mesmo. "Ele não era meu parente, então não estava nem aí. O pai do Owen é..." Tento manter o tato, mas depois percebo que não vale a pena nem tentar. Não sou um cara delicado, então por que começar agora? "Ele é escroto pra caralho. E a Sarah, que é boazinha, não tem boca pra nada. Acho que, se dependesse dela, eu teria ido morar lá."

Penso nas festas de fim de ano que passei com os McKay. Foram só algumas vezes, e só porque Owen implorou para o pai.

"Russ nunca gostou de mim. Acho que eu o lembrava da minha mãe. Segundo ele, rolou uma traição dela com o meu pai, mas não sei se é verdade. Talvez seja."

Eu provavelmente entenderia, se isso tivesse mesmo acontecido. Russ sempre foi um cara difícil e ignorante. Inflexível, e com expectativas irreais em relação ao Owen. É uma sorte que o Owen tenha virado um fenômeno do hóquei, considerando o tanto de pressão que o pai botou nele durante sua criação. Se não tivesse tanto talento e amor pelo jogo, teria entrado em parafuso.

"O pai dele não me queria lá", digo simplesmente. *Ninguém queria.* Limpo a garganta para me livrar das emoções acumuladas ali. "Eu era um lembrete de uma vida que ele tinha deixado pra trás."

"Mas o Owen era um bom irmão pra você?"

"O melhor que eu podia querer." Sinto a culpa contrair o meu peito.

Ela percebe a tensão. "Que foi?"

"Melhor do que mereço", admito.

"Como assim?"

"O meu pai matou a mãe dele, Gigi. Isso não é uma coisa que dá pra perdoar."

"Ele guarda algum ressentimento contra você por causa disso?" Ela parece preocupada.

"Não, mas deveria", digo, curto e grosso. "Se não fosse o merda do meu pai, ele ainda teria uma mãe."

"Sim, mas isso não é culpa sua."

"Só estou dizendo que ia entender o lado dele se me culpasse."

Sinto a minha garganta se fechar de novo. Enfim. Não adianta nada pensar sobre isso. E falar a respeito não muda nada. Não corrige os erros do passado, nem...

"Não faz isso", fala Gigi, bem baixinho. "Não enterra tudo isso aí dentro de você. É isso que está fazendo."

Eu me encolho quando ela segura o meu queixo e força o contato visual.

"Você faz de tudo pra tentar ignorar que esse é o seu passado, mas não tem jeito. Eu entendo que essa história toda é uma merda, e lamento muito. Mas nada disso foi culpa sua. Você não tem responsabilidade nenhuma nisso. Só o seu pai."

"Eu sei."

"Então para de assumir o peso das cagadas dele. Você tem direito a um bom relacionamento com o seu irmão. Não precisa se sentir culpado."

"Mas eu me sinto", murmuro. É a primeira vez na vida que digo essas palavras em voz alta.

Nunca contei nem para o Owen como me sinto.

É até assustador como consigo falar sobre qualquer coisa com ela. Ser vulnerável assim. E sem ter medo da reação dela. Não tenho o menor medo de que ela me julgue.

Passo o braço pela cintura dela e a deito devagar. Com uma das mãos em sua bochecha, fico olhando para aquele rosto lindo. Meu coração sempre vai parar na boca quando estou com ela. Quando penso nela.

Eu me inclino para beijá-la.

"Não mereço você", murmuro contra os seus lábios.

Ela fica alarmada. "Ryder..."

"E não sei se algum dia vou fazer por merecer. Mas quero tentar."

E quero mesmo. De verdade. Sei que tenho os meus defeitos. Mas preciso melhorar para ficar com essa mulher. Estar com ela me obriga a ser uma pessoa melhor.

Eu *quero* ser uma pessoa melhor por ela.

Quero ser um herói para ela.

Sinto um nó na garganta de emoção.

“Ei”, ela diz, estendendo o braço para tocar o meu queixo. “O que está acontecendo com você?”

“Eu te amo.”

Ela prende a respiração.

Nunca disse essas palavras antes na vida. Mas estou sendo sincero, com todas as fibras do meu ser. Ela é a pessoa certa para mim. A primeira e a única.

“Fala de novo.”

“Eu te amo, Gigi.”

Um sorriso reluzente surge no rosto dela. “Eu também te amo, Luke.”

Isso provoca uma reação dentro de mim. O nome que abominei por tanto tempo, do qual eu sempre fugi, saindo dos lábios dela. Ao ouvi-lo neste momento, saindo com uma voz doce de um rosto lindo, acompanhado daquelas três palavras, acho que não me incomodo de ser o Luke.

Vou ser quem quer que ela queira que eu seja.

Na manhã seguinte, visto uma camiseta, saio do quarto e encontro o meu irmão na cozinha completa daquela suíte mais do que luxuosa. Gigi está ferrada no sono atrás da porta fechada do nosso quarto. Alex também deve estar, porque não a vejo por perto.

Eu vou até ele. “Bom dia.”

“Feliz Ano-Novo. Quer um café?”

Faço que sim com a cabeça. “Por favor.”

A suíte é equipada com uma cafeteira caríssima e o tipo de café gourmet que você só encontra naquelas cafeterias hipsters cheias de frescuras.

“Chique, hein?”, eu comento, e ele dá uma risadinha.

Um minuto depois, ele me entrega uma xícara fumegante. Vamos até a sala de estar, e eu me sento no sofá de veludo. Não passamos nem um minuto ali na noite anterior, então está tudo impecável.

“Então. Você tem uma namorada.” Ele dá uma risadinha. “Não comentou nada da última vez que a gente conversou.”

“Eu ainda estava me acostumando com a ideia.”

“Gostei dela.”

“Eu também.” Aponto com o queixo para a porta do quarto de Alex. “E isso aí, também vai virar um lance sério?”

“Ah, claro. Eu vou me casar com uma supermodelo. Qual é, cara.”

“Você não é um atleta profissional famoso? Uma supermodelo não vem junto no pacote?”

“Essa garota é animada pra caralho. Vai se cansar de mim em uma semana, no máximo. E vai viajar pra Paris hoje mesmo, num jatinho particular."

"Pois é, e você vai embora pra Los Angeles no *seu*."

"Ah, vai se foder. Eu vou num avião normal."

"De primeira classe?"

Ele abaixa a cabeça, envergonhado. "Executiva."

Dou uma risadinha. "Como foi o Natal com os seus pais?"

"Tudo bem. E você? Passou as festas com os Graham, então?"

Solto um suspiro. "Lembra quando eu falei que o Garrett Graham ficou puto comigo por ter chegado atrasado no treino? Bom, agora ele tem mais uma razão pra isso. O cara não me suporta."

"Com certeza você está exagerando."

"Juro pra você que não estou, não."

Percebo que ele está me observando por cima da xícara.

"Que foi?"

"Você parece estar feliz", comenta Owen. "Porra, nem acredito que estou dizendo isso. Mas é verdade."

"Tá chovendo canivete aberto, então?"

"É... pois é."

Com um sorriso, deixo a minha xícara sobre a mesinha de vidro. "Mas e aí, como está sua programação para as próximas semanas?"

"A gente tem uma sequência de jogos fora de casa." Ele passa a mão pelo cabelo castanho bagunçado. "A tabela está pegada. Viajar o tempo todo cansa pra caralho."

"E você adora."

"É verdade." Ele faz uma pausa. "E você também vai adorar."

"É, se o Dallas não mudar de ideia."

"Não vai, não." Ele dá mais um gole no café. "A gente vai ter uns jogos contra os Bruins no mês que vem. Você devia ir ver um. Assistir no camarote, jantar comigo e com o time depois."

"Boa ideia."

"Leva a sua namorada também." Ele dá uma piscadinha.

"Você gosta mesmo de dizer essa palavra, hein?"

"É, porque estamos falando de você, o cara que não namora. Vou continuar usando essa palavra pra sempre porque sei que te deixa sem graça."

Por falar nisso, de repente eu me lembro de uma coisa que Gigi me disse ontem à noite. Sobre não carregar o peso dos erros dos outros.

Fico hesitante por um bom tempo, vendo Owen beber seu café e rolar a tela de seu celular. Num dia normal, eu jamais tocaria nesse assunto. Nem sonharia com isso. Mas talvez a noção de "normal" não se aplique mais à minha vida. Talvez esteja na hora de encarar essa merda toda.

"Você me culpa?"

Ele levanta a cabeça, confuso. "Pelo quê?"

"Pelo que aconteceu com a mamãe." Fico olhando para as minhas mãos por alguns segundos, e então me forço a encará-lo. "É ele que você vê quando olha pra mim?"

Ele faz uma careta. "Porra, nem fodendo."

Não consigo nem descrever o alívio que toma conta de mim.

"Não foi você que machucou ela", diz Owen baixinho.

"Mas também não salvei ela."

"Você tinha seis anos. Tenho certeza de que se eu estivesse lá, também não ia conseguir fazer muita coisa." A tristeza aparece na forma de uma ruga na testa dele. "Eu é que devia pedir desculpas. Não consegui fazer nada por você depois do que aconteceu. Implorei pro meu pai pra você ir morar com a gente, mas ele não quis me ouvir."

"Eu sei. Não é culpa sua. Eu sei como ele é."

"Pois é, mas eu ainda me sinto mal por isso. E sempre vou me sentir, porque tinha uma família, enquanto você era jogado de uma casa pra outra. Meu pai é um escroto, mas isso não é nada comparado com o que você teve que aguentar."

"Não foi tão ruim", garanto para ele. "Pelo menos eu podia jogar hóquei, né?"

"Verdade."

Um breve silêncio de arrependimento se estabelece entre nós.

"Não acredito que ele está pedindo a condicional", digo sem rodeios.

"Nem eu." O tom de Owen é bem sério.

Nós trocamos mensagens sobre isso um tempo atrás, depois que finalmente liguei para Peter Greene. Owen também foi convidado para depor na audiência — e não tem a menor intenção de fazer isso.

"E não, Ryder. Só pra responder de novo a sua pergunta. Quando olho pra você, não é ele que vejo: é você. Meu irmãozinho. Eu te amo."

"Eu também te amo."

Ficamos em silêncio por um tempo, bebendo o resto do nosso café enquanto o sol começa a despontar por cima dos prédios de Manhattan.

"É melhor você já ir se preparando", diz Owen por fim, olhando para mim com um sorriso.

"Pra quê?"

"Você vai se casar com essa garota."

45

GIGI

Você era a minha melhor amiga

No fim de janeiro, fui jantar com os meus pais depois que nosso time enfrentou a Universidade de Boston. Normalmente, todo mundo precisa ir para o ônibus da equipe depois de um jogo, mas recebi uma permissão especial de Adley para ficar. A questão é que, quando o pedido envolve o meu pai, Adley concede sem pensar duas vezes. Apenas acenou e disse um "Até amanhã". Amanhã nós jogamos em casa contra o Providence, e estou ansiosa. Não enfrentamos Bethany Clarke e o restante das garotas do time desde aquele amistoso de pré-temporada. Com certeza o jogo vai pegar fogo.

Wyatt voltou para Nashville, então a casa está um pouco mais tranquila. Meus pais pedem comida chinesa e comem no balcão da cozinha enquanto procuro uma hashtag nas redes que dá atualizações instantâneas sobre o jogo do time masculino contra a UConn.

"Argh", eu reclamo, olhando com irritação para a tela do celular. "Por que esse não poderia passar na tevê?" De fato, é superimportante para a classificação, já que a UConn está na liderança da conferência por apenas um jogo. A Briar ainda tem uma grande chance de superá-los.

"A UConn está com um time sólido este ano", comenta meu pai. "Connelly acha que eles são os favoritos para ganhar o Frozen Four. Só não conta para o Jensen."

"Você acha que a Briar não tem chance?"

"Não, eles têm uma boa chance", ele admite. "Estou impressionado com a reviravolta que deram nesta temporada."

"Fico espantada que o Ryder e o Case estejam jogando tão bem juntos apesar de não se falarem."

Meu pai levanta uma sobrancelha.

"O Case não fala com ele há mais de um mês", admito. "Desde que eu e o Ryder assumimos nosso relacionamento. O Case não ficou nada feliz. Passou a maior parte do ano passado tentando voltar comigo, mas agora finalmente entendeu que não vai rolar."

"E por você tudo bem?", meu pai pergunta, cauteloso.

"Como assim?"

"Essa escolha que você fez."

Solto um suspiro. "Olha só, sei que você gosta do Case. E ele é um cara legal, mas não ia rolar de qualquer jeito, nem se o Ryder *não* estivesse na jogada. A gente nunca voltaria."

A boca do meu pai se franze de leve. "Eu ainda não entendi por que vocês terminaram, Stan. Pra mim nunca fez sentido que..."

"Foi porque ele me traiu."

Ele fica boquiaberto. E, meio segundo depois, uma expressão de fúria toma conta de seu rosto.

"Nada disso", aviso, levantando a mão. "Está vendo? Era por isso que eu não queria contar pra você. Não queria que você ficasse com uma má impressão dele."

"E tem como não ficar?", ele resmunga.

"Ele fez uma cagada. Falando sério mesmo, ele é um cara legal. Só ficou meio apavorado porque as coisas entre nós estavam ficando sérias demais. Uma reação masculina bem típica."

Por outro lado... Ryder nunca se assustou com nada do que eu tenha dito.

Ele falou primeiro que me amava. A iniciativa partiu dele. Não teve medo de admitir, e não saiu gritando e correndo quando eu expressei que o sentimento era correspondido.

Não sei se Case algum dia me amou. Não só pela traição. Mas porque ele estava mais do que à vontade — nós dois, na verdade — com a ideia de namorar por quase um ano sem dizer um *Eu te amo.*

"Uma reação masculina bem típica", meu pai repete, num tom divertido.

"Pois é, assim que sentem que estão prestes a assumir um compromisso, ficam com uma vontade irresistível de espalhar a sementinha deles por aí."

"Stan, nunca mais use as palavras *espalhar* e *sementinha* na minha frente de novo."

Solto um risinho de deboche. "Enfim. É por isso que eu nunca voltaria com ele, de jeito nenhum."

"Eu entendo." Ele sacode a cabeça, com uma risadinha. "Se você tivesse me contado isso um mês atrás, eu já teria deixado de lado esse assunto."

"Ah, é assim tão fácil fazer você ficar quieto?"

"É, sim." Ele contorna o balcão e me abraça com um braço só.

Minha mãe volta para a cozinha e olha para nós com uma expressão de divertimento. "O que está acontecendo aqui?"

"O Case traiu a Gigi", revela o meu pai.

Ela solta um suspiro de susto. "Não."

"Sim", digo para ela, "mas agora isso não importa, porque eu amo outro homem. Então é só virar essa página e pronto."

Meu pai começa a tossir.

"Ama outro homem, é?", minha mãe me provoca. Em seguida, se vira para o meu pai. "Viu? Eu falei pra você."

Ele parece estar com o estômago embrulhando agora. "Com tanto homem por aí..."

"Qual é. O Ryder é ótimo", garanto a ele.

Mais que isso.

Ele é tudo.

Essa casca grossa dele esconde o verdadeiro homem que tenho a honra de namorar. Alguém em quem confio o bastante para mostrar todas as minhas vulnerabilidades. Que me ouve quando sutilmente aponto uma falha sua, e que tenta mudar seu comportamento. Que me deixa desesperadamente feliz, mesmo quando estou triste.

"Certo, Gigi, falta só uma hora para o shopping fechar", minha mãe avisa. "Você ainda quer ir comigo comprar o presente de aniversário da Allie?"

"Claro", digo, e nós saímos.

Chegamos ao shopping às oito e meia, pouco antes de fechar. Enquanto minha mãe vai até a joalheria pegar o pingente personalizado que encomendou para o aniversário da minha tia, fico perto de um vaso, mandando uma mensagem para o Ryder, que escapuliu para me responder no intervalo do jogo.

"Gigi?"

Levanto os olhos da tela e sinto o meu corpo gelar. A tensão me invade quando vejo Emma Fairlee caminhando na minha direção.

Ah, não. Eu não estou com a menor paciência para isso. Na última vez que nos cruzamos, foi numa festa de uma amiga em comum nas minhas primeiras férias de verão da faculdade. Emma e eu ficamos em lados oposto da casa o tempo todo. Nenhuma das duas queria demonstrar interesse ou abordar a outra, então fico surpresa pela aproximação dela agora.

Ela está linda como sempre. Cabelos reluzentes. Sobrancelhas perfeitas. Brilho labial rosa nos lábios cheios e roupas de grife agarradas ao corpo perfeito.

Emma se aproxima de mim. Está com algumas sacolas de compras penduradas no braço.

"Emma", digo num tom cauteloso. "Não sabia que você estava aqui na cidade."

"Ah, sim, vim passar o fim de semana com o meu pai."

O lembrete do pai dela me provoca um gatilho de frustração: custava ele decidir *alguma* coisa sobre a seleção? Está demorando demais, e não aguento mais esperar notícias.

"Que loucura ele ter assumido a seleção, não é?", ela comenta.

Percebo um brilho genuíno de orgulho nos olhos dela, e isso me desarma. Mas só um pouco.

"Uma notícia incrível", concordo, balançando a cabeça. "Ele é um ótimo treinador. Vai se sair muito bem lá."

"E você? Tudo indo?"

"Ah, sim, a correria de sempre. Ouvi dizer que você conseguiu um papel no piloto de uma série de tevê, é isso? Muito legal."

Os olhos dela faíscam por um instante. "Não fui escolhida."

"Ah, nossa, fico triste com uma notícia dessas."

"Fica mesmo?"

Eu me seguro para não bufar. Lá vamos nós de novo.

O tom de voz dela se torna gélido. "Porque tenho certeza de que você ficou feliz com essa notícia."

"Ah, vá, nem tenta jogar essa conversa pra cima de mim", respondo, dando um passo para trás. "Não estou nem aí pro que você está fazendo em Los Angeles. Só estava sendo educada."

As bochechas dela ficam vermelhas. Uma das principais características de Emma é que ela não gosta de se sentir diminuída. E é exatamente isso o que estou fazendo agora.

"Estou de saída. A minha mãe está me esperando."

Não dou nem dois passos quando ouço a voz dela atrás de mim. "Você é uma bela de uma filha da puta, sabia?"

Eu me viro, escancarando os dentes em um sorriso amarelo. "Ah, é? Sou mesmo?"

"Não precisa falar comigo como se eu fosse um chiclete grudado no seu sapato, Gigi. Você era a minha melhor amiga."

Volto andando até ela. "Pois é, Emma. E você era a minha melhor amiga."

"A gente devia apoiar uma à outra", esbraveja ela, com os olhos faiscando. "E você ficou só assistindo enquanto o seu irmão me humilhava."

Fico olhando para ela, incrédula. "Sério mesmo? Me explica melhor como foi que ele humilhou você? Te dispensou na frente de todo mundo numa festa? Disse que te amava e depois foi transar com outra? Tipo, como? Porque, pelo que eu me lembro, ele teve a consideração de chamar você pra uma conversa cara a cara e dizer que não queria nada sério naquela época. Foi *você* que não soube lidar com isso e tentou destruir a minha família toda."

"Porra, espera aí, agora você está sendo dramática. Eu não destruí merda nenhuma."

"É mesmo? Então você estava me fazendo o favor quando deitou pelada na cama do meu pai?"

Pelo menos ela tem a decência de parecer envergonhada. "Escuta aqui, já pedi desculpas por isso."

"Na verdade, não pediu, não", retruco com uma risada incrédula.

"Pedi, sim", ela insiste.

"Não, Emma, não pediu, e não importa o quanto você reescreva essa história, isso não vai mudar. Você não pediu desculpas por *nada* do que fez. Veio com tudo pra cima da gente, feito uma louca. Compartilhou mensagens pessoais com todo mundo da escola, coisas que contei só pra você em particular. Ficou falando merda de mim nas redes sociais. E agora tem a cara de pau de tentar fazer essa história ser culpa minha? Você nunca pareceu se arrepender de nada disso."

Estou frustrada pra caralho. Me obrigo a respirar fundo, de repente me dando conta de que não quero fazer isso. Não tenho nenhuma obrigação de aturar essa conversa. Não devo nada para ela. A voz de Ryder surge na minha cabeça, me lembrando de que eu tenho o direito de sentir o que sinto, mesmo que seja ódio.

E a verdade é que não quero pôr as coisas em pratos limpos com Emma porque algumas sujeiras deixam manchas. Ela claramente não amadureceu nada em três anos. Ainda está tentando fingir que nada do que fez aconteceu e falar que a louca sou *eu* por ainda estar chateada com *ela*.

"Você não é mais minha amiga, Emma." Solto um suspiro de exaustão. "Então, por favor, vê se me deixa em paz, porra. Você fica na sua e eu fico na minha. E a nossa amizade fica onde é o lugar dela: no passado."

46

GIGI

Três gols

Ainda é estranho me relacionar com Ryder abertamente, em especial dentro da arena. Às vezes nós chegamos juntos quando os treinos são no mesmo horário. Andamos de mãos dadas, e percebo os olhares dos companheiros de time dele e das minhas também. Cami acha o máximo. Whitney vive me perguntando sobre o que a gente conversa, recusando-se a enxergar Ryder pra além do *bad boy* quietão do começo do ano.

E aí também tem o Case, que não está exatamente nos ignorando, mas também não demonstra a menor disposição para dialogar sobre nada do que aconteceu. Quando nos vemos, ele acena com a cabeça e solta um *oi, tudo bem*. Fora isso, ele se fechou totalmente para mim. Não que eu queira receber mensagens e ligações dele o tempo todo, mas de verdade, esperava que um dia pudéssemos ser amigos.

E, apesar de sua amizade com Ryder ter durado pouco, pelo menos eles ainda estão bem entrosados no gelo.

Nós com certeza vamos ganhar nossa conferência e garantir uma vaga para o torneio nacional. O time masculino da Briar provavelmente não vai ser campeão da conferência, mas tem boas chances de conseguir se classificar para a pós-temporada.

Estamos em fevereiro, e o frio está terrível do lado de fora quando saímos do Graham Center de mãos dadas e enluvadas. Estou tensa porque, apesar do que Al Dustin me disse, ainda não recebi notícias de Brad Fairlee.

"Eu esperava que fossem me ligar até o fim de janeiro no *máximo*", resmungo, com a minha respiração se condensando em vapor assim que abro a boca. "Porque assim eu ia poder treinar com elas e talvez até jogar contra o Canadá."

O primeiro jogo do mundial é em maio, daqui a apenas dois meses. Ao contrário de Ryder, nunca competi num evento internacional. E, sim, eu sabia que não era nada certo. Não é assim que acontece, eles te jogam no time e você sai enfrentando adversárias que são as melhores jogadoras do mundo. Mas eu tinha esperanças de receber pelo menos uma sinalização a esta altura.

Nós andamos até o jipe e ele destrava as portas para nós. Entro às pressas pela porta do passageiro e ligo o aquecedor dos bancos. O frio está congelante.

"Os caras vão dar uma festa hoje", conta Ryder. "Quer ir?"

"Quero. Posso chamar a Diana? A gente conversou hoje mais cedo e ela me disse que estava a fim de sair."

"Ah, sim, claro. Chama a Mya também."

"Ela tem um encontro hoje."

Por causa das condições climáticas, a festa acontece dentro de casa. Mas de vez em quando alguém sai para fumar um baseado ou um cigarro, e o ar gelado entra e me gela até os ossos.

Tem um jogo acirrado de *beer pong* rolando na cozinha entre Diana e Shane. Ela, que deve ter sido uma ursa polar na vida anterior, porque nunca sente frio, está de sainha e top, atraindo o olhar de quase todos os caras ao redor. Ela acabou de fazer um lançamento perfeito, que mergulhou no copo diante de Shane. Cerveja espirra do copo e molha a camiseta dele.

"Precisava jogar tão forte?", ele reclama.

"Precisava", responde ela.

O jogo continua e ambos se provocam bastante, até que tudo termina quando Diana acaba com a raça dele e faz a caminhada da vitória até o outro lado da mesa, na direção dele.

"Está meio doentinho hoje? Porque ainda estou esperando você começar a flertar comigo", diz Diana, com seu sorriso simpático desmentido pelos olhos verdes zombeteiros.

"Por que eu faria isso?", Shane rebate.

"Ué, eu sou líder de torcida."

Ele estreita os olhos.

"Pensei que esse fosse seu lance. Trepar com qualquer uma de uniforme e depois sumir, sem querer saber se elas ficaram tristes ou chateadas, e deixando pra mim a bomba de lidar com a choradeira nos treinos."

Erguendo a sobrancelha, ela passa direto por ele sem olhar para trás.

Shane se vira para mim. "Sua amiga tem uma língua afiada, hein?"

"É só parar de magoar as amigas dela", respondo, encolhendo os ombros, e Ryder dá uma risadinha.

Lançando um olhar para mim, ele vai para a sala.

Do outro lado da porta, vejo Beckett e Will em um canto com uma garota de cabelo escuro ensanduichada entre os dois. Will murmura alguma coisa no ouvido dela, enquanto Beckett também roça o dedo no braço da moça.

Eu me viro para Ryder. "Não sei se eles estão competindo ou trabalhando em dupla."

"Provavelmente a segunda opção." Ele parece ter mais a dizer, só que se limita a encolher os ombros.

"Que foi?", pergunto. "Você sabe de alguma fofoca?"

"Não. Porque eu não faço fofoca. Sou adulto."

"Will e Beck já transaram?"

Ainda não conheço Beckett o suficiente, mas tento me lembrar se já captei uma vibe meio bi vinda do Will. Não. Ele sempre me pareceu hétero.

"Sim ou não?", insisto, porque Ryder não responde.

Ele encolhe os ombros de novo. "Não, acho que os dois curtem mulher." Ele faz uma pausa. "Mas rolam vários ménages."

"Ai, meu Deus, sério?"

"Mas não conta pra ninguém", meu namorado avisa. "O Larsen é todo certinho. Shane fez um comentário sobre o que eles andam aprontado e o Will ficou com tanta vergonha que quase passou mal."

Pois é, é por isso que estou tão surpresa. Will é praticamente o protótipo daquele vizinho bonzinho que todo mundo conhece. Como foi que acabou sendo corrompido desse jeito?

Imagino que Beckett Dunne seja uma força da natureza.

Mas quem sou eu para falar? Estou transando por aí em camarotes de ópera e saunas públicas.

As semanas seguintes passam voando. Quando vejo, já estamos em março, e vamos jogar a semifinal regional depois de ganharmos nossa conferência e nos classificarmos. O torneio com jogos eliminatórios está sendo realizado em Rhode Island neste fim de semana, e não estou nada preocupada com as adversárias de hoje. Minhas colegas e eu estamos firmes e fortes desde o início da temporada.

No vestiário, antes da preleção de Adley, Whitney me lança um olhar.

"Que foi?", pergunto.

"O pessoal da seleção americana está aqui."

Meu coração dispara. "Sério?"

"É, eu vi o Adley falando com o treinador e um dos assistentes."

Não sou do tipo que surta quando a pressão fica quase insuportável. Na verdade, consigo usar essa energia nervosa a meu favor.

E é por isso que hoje faço o melhor jogo da minha vida.

A partida é eletrizante. Muita intensidade e velocidade, com os dois times determinados a marcar o maior número de gols possível. Não muito diferente do amistoso que jogamos antes da temporada.

"É disso aí que eu tava falando!", grita Adley quando volto para o banco depois de ter feito mais um ponto. Ele está batendo na prancheta, todo empolgado.

Foi o meu segundo gol, e ainda estamos no segundo período. No meio do terceiro, já marquei três gols. Sei que o meu pai deve estar aos berros, vendo ao vivo a captação do jogo lá no salão de casa. Queria que Ryder estivesse na plateia torcendo por mim, mas o time masculino está em Vermont, também disputando uma semifinal.

Quando o jogo termina, estou mais do que feliz. Nunca encaixei tantos gols com tanta precisão. Nunca fui tão veloz no rinque quanto hoje. Chega a ser constrangedor, mas o clima no vestiário acaba virando meio que o Show da Gigi enquanto comemoramos a classificação para a final regional dali a alguns dias.

Minhas companheiras me dão tapinhas nos ombros e nas costas. Uma das alunas do último ano me levanta do chão e me gira enquanto me abraça.

"Que jogo do caralho, Graham!", ela grita antes de ir para o chuveiro.

Eu me troco com pressa porque tenho um pressentimento de que Brad Fairlee vai estar me esperando do lado de fora do vestiário. Não tem *como* não estar, não depois de tudo o que eu joguei.

E eu acerto em minha previsão. Fairlee está no fim do corredor, conversando com o treinador Adley. Eles viram a cabeça na nossa direção quando Whitney e eu saímos do vestiário.

"Gigi", Adley me chama. "Você tem um minutinho?"

Whitney cutuca meu braço com um sorriso maldisfarçado no rosto. Ela sabe o que está acontecendo. "Vai lá e arrasa, gata", ela murmura.

Quando chego, Adley abre um leve sorriso e diz: "Me procura mais tarde".

Ele se afasta, e é a vez de Fairlee sorrir para mim. "O que você fez hoje foi sensacional. Uma das melhores atuações que eu já vi na história do hóquei."

Eu me sinto radiante. "Obrigada. Fazia um tempinho que eu não me sentia tão bem assim no gelo."

"Você deu um chapéu, né? Anda aprendendo umas jogadas com o seu pai, então."

Não, aprendi essa jogada sozinha, sinto vontade de responder. Embates físicos não são permitidos no hóquei feminino. Então, se o jogo não pode ser físico, precisa ser tático, o que significa que preciso fazer certos tipos de jogadas que o meu pai nunca teve no seu arsenal.

Mas não estou disposta a discutir com o cara que em breve vai ser meu treinador.

"Enfim", ele diz, "eu queria conversar com você."

"Certo." Faço de tudo para conter a minha empolgação crescente.

"Minha equipe e eu passamos a maior parte do semestre passado pensando na escalação do time. Você sabe que é um processo complicado, e foi por isso que demorou tanto. Principalmente porque o treinador Murphy tinha o jeito dele de fazer as coisas. E eu tenho o meu. Sou mais meticuloso. Menos preocupado com as estatísticas e mais interessado em como as jogadoras vão funcionar juntas no gelo. Como você bem sabe, temos jogadoras talentosas na liga profissional, a maioria já mais velha, com mais experiência. Muitas já jogaram competições internacionais e se saíram muito bem."

Assinto com a cabeça. Já esperava que a maior parte das jogadoras escaladas fossem ser mais velhas.

"E, como temos muitos talentos à disposição nesse patamar, só vamos levar duas universitárias desta vez." Ele sorri de novo. "E você é uma das melhores."

Ignoro minha pulsação acelerada. Minha nossa. Esse cara é mesmo especialista em criar suspense.

"Dito isso, achei melhor vir dizer pessoalmente que essas vagas já estão preenchidas. Sinto muito, Gigi. Você não foi escalada desta vez."

47

RYDER

Você cai, eu te ajudo a levantar

O ônibus deixa o time no campus por volta das onze, e é quase meia-noite quando chego em casa. Shane e Beckett foram direto para uma festa na casa da irmandade Kappa Beta para comemorar nosso avanço pra final pegando o máximo de mulheres que for humanamente possível. No entanto, por mais empolgado que eu esteja com o resultado do jogo de hoje, também estou exausto e querendo dormir.

Quando paro na frente de casa, vejo o SUV branco estacionado no meio-fio. E depois a luz amarela acesa por trás das cortinas da sala. Gigi deve ter usado a chave que dei para ela entrar.

Eu a encontro no sofá. Sentada em silêncio, encarando um filme de ação na tevê.

"Ei, faz quanto tempo que você está aqui?", pergunto da porta. "Por que não me mandou mensagem pra avisar que vinha pra cá?"

"Meu celular ficou sem bateria." A voz dela não demonstra nenhuma emoção.

Uma onda de preocupação me abate.

"O que aconteceu?", pergunto imediatamente. A vibe dela está bem diferente do normal, isso sem contar a expressão vazia e a voz distante. O time feminino se classificou para a final hoje — ela deveria estar sorrindo de orelha a orelha.

Tiro o casaco pesado de inverno e o penduro. Depois vou me sentar ao lado dela, puxando-a para o meu colo. Assim que o contato físico se estabelece, ela enterra o rosto no meu peito e começa a chorar.

"Ei, ei", digo, alarmado, acariciando seus ombros. "O que rolou? O que foi?"

"Brad Fairlee apareceu depois do jogo pra falar comigo."

A voz dela falha.

E, com um frio na barriga, percebo que esse choro não faria sentido se a notícia fosse boa.

"Eles já decidiram a escalação", ela murmura. "Eu estou fora."

"Porra, gatinha. Eu sinto muito."

Eu a abraço com mais força e ela enterra ainda mais o rosto no meu pescoço. Lágrimas molham o meu pescoço, formando uma trilha fria que desce até encharcar a gola da minha camiseta.

"Fiz o melhor jogo da minha vida hoje", ela resmunga. "E mesmo assim não fui boa o suficiente pra esse cuzão do caralho. E ele ainda fez questão de esfregar essa porra na minha cara."

"Ele explicou por quê?"

"Disse que eu sou uma das melhores jogadoras universitárias, mas que não liga pra estatísticas. Está se concentrando nas jogadoras mais velhas, as que já são profissionais e têm mais experiência nas competições internacionais."

Isso faz sentido, mas não falo nada. Ela está triste demais para ouvir isso agora.

"Não acredito que estou fora." Essas palavras saem em um gemido trêmulo e angustiado.

Passo os dedos por seu cabelo, acariciando de leve. "Eu sinto muito. Porra, muito, muito mesmo."

Ela inclina a cabeça para trás, com o lábio inferior tremendo loucamente enquanto tenta segurar mais lágrimas.

"Eu sou um fracasso", ela diz baixinho.

"Isso não é um fracasso."

"Eu entrei pra seleção americana, Luke? Por que, até onde sei, estou fora, porra." Ela apoia a testa na palma da mão, com a respiração ofegante.

"Você não está na seleção americana *ainda*", corrijo, num tom gentil. "Você ainda é nova."

Ela sacode a cabeça obstinadamente, recusando-se a concordar comigo. "Eu sou um fracasso."

E de repente ela está estremecendo nos meus braços de novo, chorando com ainda mais vontade desta vez. Um choro estrangulado, ofegante, soluçante. Nunca a vi assim antes. Já tinha visto umas lágrimas escaparem dos olhos da Gigi em filmes tristes. Também tinha visto ela lacrimejar de frustração. Lágrimas pesadas de raiva eu também já tinha visto rolando, tipo quando ela me expulsou do apartamento dela quando brigamos.

Mas desta vez é diferente. É puro sofrimento. Soluços profundos e doloridos emergem das profundezas de sua alma.

E eu estou completamente impotente. Só o que posso fazer é abraçá-la o mais forte possível enquanto seu corpo chacoalha nos meus braços.

"Isso, bota tudo pra fora", eu incentivo.

Não sei quanto dura a crise de choro, mas a voz dela está rouca quando enfim consegue se acalmar. Os olhos estão inchados e vermelhos, e sinto uma tremenda dor no coração.

Eu amo demais essa mulher. Ver Gigi chorar assim me faz querer encontrar a pessoa que a deixou desse jeito e arrebentar a cabeça dela contra a parede.

Respiro fundo, procurando palavras para amenizar sua dor.

"Você não entrou pra seleção", digo por fim. "Eu sei o quanto isso dói. Mas não significa que você nunca vá ser escalada."

Ela respira fundo também. Sua respiração ainda soa trêmula.

"A média de idade do elenco de hoje é de quanto? Vinte e seis anos? Vinte e seis, Gi. Você ainda tem muito tempo pela frente pra chegar lá."

"Mas as Olimpíadas são em fevereiro do ano que vem", ela fala com uma voz fraca. "E agora vou ter que esperar mais quatro anos. Vou ser uma idosa."

Solto uma risada baixinha. "A capitã da seleção atual tem trinta e dois. Você não vai ser uma idosa, juro pra você. Escuta só, pode ser que você não jogue nas Olimpíadas do ano que vem", eu admito, e ela soluça outra vez. "Mas a seleção tem várias outras competições importantes. Os duelos contra o Canadá todo ano. A Four Nations Cup. E talvez no ano que vem abra uma vaga no time. Ou no outro ano."

"Ou eu talvez nunca entre para a seleção."

Ela começa a chorar de novo e, apesar de me sentir péssimo por piorar ainda mais as coisas, nós prometemos que seríamos sempre sinceros um com o outro.

"É, talvez não mesmo", concordo, baixinho.

Ela se afasta, soltando um ruído que fica a meio caminho entre uma risada e um chiado. "Você é péssimo nisso."

"Talvez você nunca entre pra seleção, mesmo", repito. "Mas isso não muda o fato de que você é a melhor jogadora universitária de hóquei do país na atualidade. O próprio Fairlee falou isso. Ele não leva em conta as estatísticas, mas se levasse, convocaria você sem pensar duas vezes."

"Mas por que eu não tenho o diferencial que ele está procurando? O que falta em mim, porra?"

"Não falta nada. Mesmo. Você é perfeita exatamente do jeito que é. Mesmo com todos os seus defeitos. Tipo isso, de querer ser sempre a melhor. E o seu gosto musical."

A resposta dela é uma risada um tanto desanimada.

"Ninguém gosta de fracassar, Gi. Mas vou continuar insistindo na ideia de que isso não foi um fracasso. É só uma fase."

"Uma fase", ela repete com uma voz fraca.

"É, e nessa fase você está meio pra baixo. Mas tudo bem, porque estou aqui pra te pôr pra cima."

"Sempre?", ela murmura, me olhando com aqueles olhos acinzentados enormes.

"Sempre. Você cai, eu te ajudo a levantar. *Sempre.*"

As lágrimas dela estão secando, e a respiração, se acalmando. Ela envolve meus ombros com os braços e apoia o rosto no meu pescoço. "Obrigada."

48

RYDER

Agora não tem mais volta, Luke

Os times masculino e feminino passam fácil pelas finais regionais. Pela primeira vez em uma década, as duas equipes do programa de hóquei da Briar vão competir em seu respectivo Frozen Four em abril.

Depois de destruirmos nosso adversário na final do torneio regional, estamos embalados e ansiosos para voltar ao gelo com os campeões das outras regiões. Os times Minnesota Duluth e Notre Dame também chegaram lá. Mas a grande zebra dos play-offs foi Arizona State, que derrubou a temível UConn e passou adiante. Ainda bem que vão enfrentar a Notre Dame, e estou rezando para que não cheguem na final. Não vejo meu antigo companheiro de equipe Michael Klein desde que tínhamos dezoito anos e quebrei a mandíbula dele.

Temos duas semanas de folga antes do próximo jogo. E tivemos sorte este ano: o nosso Frozen Four vai ser em Boston. A final do torneio feminino é uma semana antes, e Gigi está deitada na minha cama quando se vira de repente e diz: "Está a fim de ir pra Las Vegas comigo?".

"Está me pedindo em casamento?", pergunto educadamente.

"Não, estou convidando você pra ver a gente jogar em Las Vegas. Os meus pais vão estar lá. E o meu irmão também."

"Nossa, que ótimo. Estou ansioso pra me reencontrar com eles."

Ela me dá um soco de leve no braço. "Qual é. Eles já estão bem acostumados com você."

"Só a sua mãe."

Inclusive, Hannah Graham virou praticamente a minha melhor amiga agora. Gigi até zoa comigo por causa do tanto de mensagens que nós trocamos. Começou depois das festas de fim de ano e, no começo, fingi que aquilo me deixava meio sem graça. Tentava disfarçar. Dizia que era estranho ela continuar mandando mensagens toda hora.

Mas era tudo papo. Sempre que a mãe dela pergunta como eu estou, sinto um calor dentro do peito. É uma sensação nova para mim.

Mas não exatamente indesejada.

Alguns dias depois, estou embarcando num avião com Gigi. Como tenho um tempinho de folga e nós dois estamos adiantados com os trabalhos da faculdade, decidimos faltar à aula e ir um dia antes para fazer passeios de turista. Ela nunca foi para Las Vegas.

Poucas horas depois, ela parece se arrepender da decisão quando dá uma olhada ao redor na Las Vegas Strip com uma expressão de desânimo. "Ai, nossa, essas luzes são péssimas. Por que estão todas acesas? Ainda está de dia! Parece até que estou numa nave espacial." Ela olha para a fonte dourada que lança jatos d'água de três metros em forma de arco como se aquilo fosse um insulto pessoal. "Isso não é o tipo de extravagância divertida."

Nós entrelaçamos os nossos dedos, aos risos. "Também não é a minha praia."

Trocamos um olhar. Passo a língua nos lábios.

"Quer voltar pro hotel?", pergunto.

"Sim, por favor."

Passamos o resto da tarde trepando. Chupo ela debaixo do chuveiro enorme do quarto, levando-a ao orgasmo depois de torturantes quarenta minutos. Ela retribui com um boquete na frente das janelas, que vão do chão ao teto. Não estou nem aí que todo mundo consiga ver a minha bunda, ou que provavelmente alguém esteja filmando e vá publicar na internet. Só o que me interessa é o calor da boca de Gigi e sua língua molhada, a maciez dos seus lábios enquanto passeiam por toda a extensão do meu pau.

Ficamos deitados na cama depois. Acaricio seu cabelo enquanto pego o controle remoto e vou mudando de canal até achar a TSBN. Estão passando um programa que ranqueia os dez maiores jogadores de hóquei de todos os tempos em contagem regressiva. O número um é o pai dela.

Quando o rosto dele aparece na tela, dou uma risadinha. "Mal posso esperar pra me reencontrar com ele amanhã. Com certeza vai ser superagradável."

"Eu não sinto a menor pena de você. Agora você sabe como é ter do seu lado um babaca irritante que te ignora o tempo todo."

"Eu não era tão ruim assim."

"Era pior. Você só se comunicava encolhendo os ombros. Era um cuzão que me deixava morrendo de raiva."

Sorrio. "Se me chamar assim de novo, vou voltar a encolher os ombros em vez de falar."

"Até parece. Agora você já abriu a porteira. Não dá mais pra segurar, gatinho."

Ela tem razão. Não dá mesmo.

Desligo a tevê e viro de lado, apoiado no cotovelo. Mordo o lábio quando olho para ela.

"Eu não quero nada com mais ninguém. Você sabe disso, né?"

Gigi pisca algumas vezes, confusa. "Por que está me dizendo isso?"

"Sei lá. Eu só queria que você soubesse que não quero mais saber de ninguém. Nunca mais."

Um leve sorriso aparece nos lábios dela. "Eu também não." Ela estende o braço para tocar o meu rosto, passando a mão na barba por fazer no meu queixo. "Agora não tem mais volta, Luke. Acho que nós dois sabemos disso."

É, acho que sabemos mesmo.

Tenho um sobressalto quando escuto o ronco alto do estômago dela vibrar entre nós dois. Ainda não jantamos porque estávamos ocupados demais transando.

"Está tudo bem aí, Gisele?"

"Estou morrendo de fome. Por que não tem serviço de quarto aqui?", ela resmunga.

"Porque você fez questão que eu reservasse um hotel sem serviço de quarto", relembro para ela, revirando os olhos. "Citando as suas próprias palavras, você está numa dieta de final de campeonato e não pode ceder às tentações do serviço de quarto."

"Por que você faz tudo o que eu falo?"

"Vou começar a ignorar as coisas que você me pede", ameaço.

Ela bufa e desce da cama. "Bom, acho que a gente vai ter que andar por aquela avenida horrorosa de novo pra procurar comida. Não posso ficar de barriga vazia."

"Posso deixar você de barriga cheia rapidinho."

"Não entendi o que você quis dizer com isso, Ryder. Está falando de me engravidar ou é alguma gracinha sobre engolir porra?"

Eu me dobro no meio de tanto rir. "Por que você tem que estragar todas as minhas piadas levando tudo a sério demais?"

"Ué, faz umas piadas melhores", ela aconselha.

Eu a levanto da cama. "Vamos nessa. Las Vegas, tomada dois."

Dois dias depois, na manhã da final do Frozen Four feminino, em que o time da Briar vai enfrentar o da Ohio State, acordo com um sorrisão no rosto. Mas não teria como ser diferente, já que tem uma mulher maravilhosa ao meu lado na cama batendo uma para mim. Ela me leva ao limite e depois me deixa sozinho na cama, ainda arfando. Gigi parece igualmente animada, sorrindo e saltitando de empolgação enquanto se veste.

"Eu queria poder passar o dia todo com você", ela diz, voltando para a cama e jogando seu corpo totalmente vestido sobre o meu, sem roupa.

Depois da noite anterior, concordo plenamente. Quero manter essa sensação o máximo possível. Ficar pelado com ela para sempre, mas Gigi tem uma final de campeonato para jogar.

"Preciso ir pro gelo", ela diz, ainda que com relutância. "E o voo dos meus pais chega daqui a pouco."

Eu me ofereci para ir buscar os dois, mas Hannah falou que não era problema nenhum pegar um táxi. Acho que Garrett não quis que eu fosse o chofer pessoal deles porque me odeia.

Mas agora não tem mais jeito, nada vai mudar o que sinto pela filha dele, nem o que ela sente por mim. Eu sou dela, ela é minha e ele vai ter que aprender a conviver com isso.

Depois que Gigi vai embora, tomo um banho, me visto e saio a contragosto do hotel para ir almoçar com os Graham. Garrett e Wyatt conversam entre si o tempo todo, enquanto Hannah e eu fazemos companhia um para o outro. Imagino que isso vá acontecer muitas vezes no futuro.

Fico aliviado quando enfim chega a hora de ir para a arena, onde temos excelentes lugares, logo atrás do banco da Briar. O jogo vai passar na tevê, então tem câmeras por toda parte. Flashes disparam de vez em quando. Um clima de empolgação reverbera pelo rinque, e é contagioso. Esfrego as mãos enquanto nos ajeitamos nos nossos lugares. Meu olhar procura por Gigi, e encontra o número de sua camisa, o 44. Seu rabo de cavalo escuro e comprido aparece por baixo do capacete.

O jogo já começa acelerado, mas é assim que se espera que seja a final do campeonato. As melhores jogadoras de hóquei universitário do país estão no gelo neste momento.

Na metade do primeiro período, Gigi se vira para sorrir para nós atrás do visor do capacete. Acabou de se sentar no banco depois de marcar um gol que levou a arena à loucura.

"Ela tá meio selvagem", comenta Wyatt. "Vocês criaram uma filha selvagem."

Dou uma risadinha.

"Ei, a culpa é dele", responde Hannah, apontando para o marido com o polegar. "É ele quem tem os genes do hóquei."

Estou muito envolvido com essa partida. Fico sentado na ponta da cadeira o tempo todo. É como uma gangorra. Primeiro a Briar começa com tudo, fazendo o que quer contra o time da Ohio State. Então o jogo muda, e as adversárias começam a esmagar o time da Briar. E então, em mais uma mudança abrupta no ritmo da partida, Whitney Cormac puxa um contra-ataque. Ela não faz o gol, mas a Briar fica no campo de ataque. Elas estão mandando ver: Whitney, Gigi e Camila Martinez mandam um foguete após o outro na direção do gol, como um trio de atiradoras de elite.

Nunca senti tanto orgulho na vida quanto sinto ao ver Gigi dar um giro por trás do gol como uma profissional, distraindo a goleira e criando a oportunidade para Camila mandar o disco no canto que fica descoberto.

Dois a um para a Briar.

O segundo tempo segue do mesmo jeito, mas percebo que algumas garotas da Ohio State começam a apelar mais para o jogo físico do que deveriam. Algumas vezes é um embate acidental. Em outras, são trombadas ilegais disfarçadas de embates acidentais. Fica a cargo da arbitragem apitar a penalidade ou não.

Mas a central adversária, número 28, está exagerando na dose. A garota tem no mínimo um e setenta e cinco, então é bem mais alta que Gigi. Mas a minha garota consegue neutralizá-la. Desviando dela com o corpo, ela acaba ganhando todos os *face-offs* contra a número 28. Mas a garota não desiste nunca.

Em determinado momento, Garrett fica de pé e começa a gritar com a arbitragem. "Que porra vocês estão fazendo aí? Estão cegos? Foi contato ilegal, tá mais do que claro!"

A explosão de raiva dele chama atenção. Vários pares de olhos se arregalam ao reconhecê-lo.

Hannah o puxa de volta para o assento. "Garrett, senta. Eu não trouxe sua barba postiça nem os óculos."

Wyatt dá risada.

Quando ele se reacomoda no assento, Garrett troca olhares comigo. Não dá para negar que também estou um pouco irritado.

"Essa garota está apelando demais", comento.

Ele assente. "É melhor a arbitragem começar a prestar atenção nisso."

Felizmente, é como se a número 28 tivesse percebido que está prestes a arrumar uma rixa eterna contra Garrett Graham. Ela acalma os ânimos. O jogo está empatado em dois a dois, depois de um gol marcado por uma das alas da Ohio State.

Caralho, o jogo tá de roer as unhas. Me inclino para a frente, com os olhos grudados no gelo.

Gigi está com a posse do disco, cruzando a linha azul. Ela toca para a frente; em seguida, ela mesma e Whitney vão atrás do disco, enroscando-se atrás do gol com uma defensora da Ohio State. A número 28 entra na disputa e fico imediatamente preocupado. Garrett também. Nossos olhos de águia se concentram atrás do gol.

"Tira daí", murmura Garrett. "A coisa pode ficar feia com aquela vinte e oito aí."

Concordo com ele. Normalmente, diria para Gigi se manter firme, mas não confio na outra garota. Solto um suspiro de alívio quando Gigi manda o disco para as placas e sai patinando na direção do banco quando Adley ordena a substituição.

Gigi está tentando fazer a troca de linha, mas a número 28 está no seu cangote, não a deixa sair. Que filha da puta. Eu entendo a ideia de querer pressionar o outro time, mas qual é. Ela poderia fazer isso mantendo a honra do hóquei.

Duas atacantes entram no gelo, e uma delas vai ajudar Gigi junto às placas. A jogadora da Briar ganha a disputa pelo disco e sai em velocidade, enquanto Gigi se posiciona entre os círculos. Ela está gritando alguma coisa. O passe é feito e o disco chega ao seu taco no momento exato da colisão com a número 28.

É uma trombada totalmente acidental. Até eu, que estou com raiva da garota, sei que não foi de propósito. O taco dela quebra, o que a faz perder o equilíbrio. A mudança abrupta no apoio do peso do corpo a faz bater com tudo nas costas de Gigi.

Todos nós ficamos horrorizados quando Gigi é arremessada para a frente. Em pânico, meus olhos veem o borrão que se tornou a camisa 44 de Gigi se estatelar de cabeça nas placas, fazendo seu capacete voar longe.

Ela cai de bruços, com uma das mãos segurando o taco e a outra tentando recuperar o capacete perdido. Estamos todos de pé. No começo, a torcida continua gritando, porque ninguém entendeu ainda o que está acontecendo. Depois a arena toda fica em silêncio quando ela não se levanta.

Meu coração simplesmente para de bater, vira uma massa inútil dentro do meu peito, paralisado de medo.

"Ela só ficou meio zonza", diz Wyatt, com os olhos verdes grudados no gelo. Parece mais estar tentando convencer a si mesmo do que qualquer outra coisa. "Ela está bem..."

Antes mesmo que ele termine de falar, já estou correndo pelo corredor. Abro caminho aos empurrões e peço desculpas, o pai de Gigi vindo logo atrás.

Nós praticamente pulamos a separação entre a arquibancada e as placas de acrílico sem parar de correr.

"Me deixe passar", esbraveja Garrett para a pessoa que controla o acesso à porta do banco. "É a minha filha."

Percorro o gelo freneticamente com os olhos, o coração ainda parado, porque Gigi continua sem se mover. Um dos membros da equipe da arbitragem está debruçado sobre ela, assim como o treinador Adley e o restante da equipe. Finalmente chego até o cara que está parado diante da porta. Dou um passo à frente e tento empurrá-lo para o lado. Acho que é um dos assistentes técnicos da Briar, mas foda-se a educação neste momento.

"Você não pode entrar aí", ele insiste, entrando na minha frente de novo.

Nem uma porra de um estouro de manada seria capaz de me impedir de chegar até Gigi.

"Não o cacete", respondo com um grunhido, dando outro empurrão forte para tirá-lo do meu caminho. "É a minha esposa caída ali."

49

GIGI

A gente acabou casando

"Então... hã... pois é. A gente acabou se casando."

Daria para ouvir até um alfinete caindo dentro do vestiário feminino. O médico do time e os socorristas da arena acabaram de sair, depois de avaliarem que não corro risco de sofrer uma concussão. Apesar do que pode ter parecido para o público, não bati a cabeça na placa: o capacete só saiu depois que eu já tinha caído no gelo. Mas perdi totalmente o fôlego. Caída de bruços, com os ouvidos apitando e os pulmões ainda sob impacto, esqueci como se faz para respirar por um momento.

Agora Ryder está do meu lado no banco enquanto meus pais e o meu irmão estão de pé na nossa frente. Perplexos. Com o pessoal do atendimento fora do caminho, chegou a hora de lidar com a bomba que Ryder soltou antes de eu ser retirada do gelo. Não dá pra fingir que nunca aconteceu: a comoção foi *gigante* assim que ele disse aquilo na frente dos meus pais. Só espero que as consequências dessa explosão não sejam devastadoras demais.

Mordo o lábio de ansiedade, esperando alguém começar a falar.

"Gi, eu te amo. Você é minha irmã. Mas essa é a coisa mais clichê que já ouvi na vida. *Eu me casei em Las Vegas.* É tão genérico que eu não teria nem como colocar numa música."

"Wyatt", repreende a minha mãe.

Meu pai ainda não conseguiu formular nem uma palavra. Seu rosto está completamente sem expressão. Não parece nem estar com raiva. Nada. É como olhar para uma parede, ou uma caixa de papelão, um objeto inanimado incapaz de demonstrar emoções.

"Olha, eu sei que o que eu fiz foi inesperado", digo a ele.

Porque foi mesmo. Total e inegavelmente inesperado.

Mas não precipitado.

Apesar do que meu irmão parece pensar, a gente não fez aquela coisa manjada dos filmes de ir para Las Vegas e nos casar às escondidas. A cerimônia não foi conduzida por um sósia do Elvis e regada à álcool. Estávamos absolutamente sóbrios. Marcamos um horário de madrugada porque, bom, em Vegas isso é permitido. E depois tivemos a noite toda para pensar no assunto. Para mudar de ideia. Era só não voltarmos ao fórum no início da manhã seguinte, mas nós voltamos.

Ryder ainda está preocupado comigo, passando a mão agitada na minha testa, porque não acredita que não tenha batido a cabeça. Chega a ser fofo. Ponho a mão no seu rosto para tranquilizá-lo e, assim que meu dedo toca sua pele, a ansiedade desaparece de seus olhos. Eu tenho esse poder sobre ele, e ele sobre mim.

Como na noite em que chorei nos seus braços depois que Fairlee aniquilou o meu sonho como um atirador de elite implacável e me deixou sangrando com uma bala alojada no coração. Bang. Seu sonho morreu. Ryder fez tudo melhorar naquela noite. E continua fazendo o mesmo todas as noites. E todos os dias. Todos os minutos, na verdade.

Nós fazemos bem um para o outro.

"Já sei tudo o que vocês vão dizer." Engato a falar porque os meus pais obviamente não parecem dispostos a isso. "Vocês acham que sou nova demais. Que tudo aconteceu depressa demais. Mas estão enganados. E, sim, imagino que milhares de garotas idiotas e sonhadoras já tenham dito essas palavras antes de mim quando fugiram com seus namorados. Wyatt tem razão, parece uma coisa clichê mesmo. Mas o Ryder e eu não somos idiotas." Encolho os ombros. "E, caso não tenham percebido, nenhum de nós dois é iludido."

Meu irmão ri baixinho.

"A gente sabe exatamente no que está se metendo. Não vai ser perfeito. Vão aparecer um monte de problemas. A vida vai tentar passar uma rasteira na gente em todas as direções e o tempo todo. Mas a gente escolheu viver essa vida um com o outro. A gente entrou nessa com os olhos bem abertos."

Percebo as lágrimas nos olhos da minha mãe e por um momento me sinto uma criança de novo.

"Por favor, não fica brava comigo", imploro, mas, no fundo, sei que, mesmo se ela continuar brava para sempre, é só mais uma coisa com a qual vou ter que aprender a lidar.

Escolhi. É ele.

Minha mãe vem até mim e se senta do outro lado, passando o braço pelo meu ombro. "Não, não estou brava. Fico feliz que você saiba que um casamento não vai ser um mar de rosas." Ela passa a mão no meu rosto para me tranquilizar. "Mas este não é o momento nem o lugar pra discutir... isso... em mais detalhes." Ela fica de pé. "Tem certeza de que não quer ir pro hospital?"

Balanço a cabeça. "Não quero mesmo. O socorrista disse que eu nem preciso passar pelo protocolo de concussão."

Mas não vou poder jogar o restante do jogo, o que é chato pra caralho. O médico do time se recusou a permitir, mesmo depois que a equipe de socorristas disse que estava tudo bem e que provavelmente não tinha sido nada. Foi a palavra *provavelmente* que fez o dr. Parminder ficar arrepiado. Então agora estou oficialmente no banco de reservas. Ainda falta metade de um período, e eu devia estar lá, jogando com o time. Ou pelo menos no banco, torcendo por todo mundo. Mas o treinador Adley me mandou tirar o uniforme, então não tenho nem roupa para jogar.

"Vou voltar lá para a arquibancada", digo com firmeza, ficando de pé. "Mesmo não podendo entrar no gelo com elas, posso gritar até não aguentar mais."

Ryder segura minha mão. "Está uma barulheira danada lá fora."

"A minha cabeça não está doendo", resmungo. "Eu juro. Só demorei pra me levantar por que fiquei sem fôlego."

Olho para a minha família de novo. Para a parede inerte que costumava ser meu pai. O silêncio prolongado dele finalmente desperta uma reação em mim. Impaciência. Irritação. Talvez um pouco de raiva também.

"Você não vai falar nada?" Fico bem na frente dele, tentando forçar um contato visual. "Não vai nem abrir a boca? Porque eu estou começando a ficar assustada."

Os olhos cinzentos dele se fixam nos meus.

E, finalmente, ele resolve falar.

"Essa é, de longe, a coisa mais idiota que você já vez."

Reajo como se tivesse levado um soco no estômago.

"Hoje você me deixou mais decepcionado do que nunca."

"Garrett", minha mãe intervém, bem séria.

Só que é tarde demais. A bala que me derrubou quando Fairlee não me convocou para a seleção acertou o alvo de novo.

E, dessa vez, por cortesia do meu pai.

50

RYDER

Problema entre pai e filha

Minha nova sogra vem me ver alguns dias depois que o time feminino da Briar ganha o Frozen Four e traz o troféu de volta para a nossa universidade depois de passar três anos em outras mãos. Ela liga antes para avisar, então não fico surpreso quando a vejo na minha porta.

"Oi, pode entrar", digo, pendurando o casaco. "Quer beber alguma coisa? Um café? Uma água? Algo mais pesado pra compensar o estresse dos últimos três dias?"

Hannah dá risada. "Vamos começar com a água e deixar a bebida pesada para mais tarde."

Ela olha ao redor enquanto a conduzo pela casa até a cozinha.

"Aqui é mais limpo do que eu imaginava", ela diz com um sorriso. "Pensei que fosse ver uma típica casa de solteiro."

"Não, a gente não é um bando de trogloditas." Faço uma pausa para olhar para ela, constrangido. "A mãe do Shane contratou uma faxineira pra vir aqui a cada quinze dias."

Isso provoca outra risada. Na cozinha, ela se senta à mesa enquanto vou até a geladeira pegar água.

"A Gigi vai vir morar aqui? Ela disse que ainda não decidiu."

Olho para ela por cima do ombro. "Acho que ela vai se mudar pra cá não oficialmente até o fim do semestre. Depois vamos procurar um lugar só pra nós aqui em Hastings."

Shane e Beckett ainda estão ressentidos comigo por causa disso. Quando voltei de Las Vegas e contei que tinha me casado com Gigi, os dois acharam a maior graça. Ficaram zoando com a minha cara durante horas. Shane passou um dia inteiro me chamando de sr. Graham. Beckett me deu dicas de viagem para a lua de mel e alguns comprimidos de Viagra.

Estava tudo muito engraçado até eles sacarem que não era só coisa de bêbado nem um casamento só no papel. Em algum momento, eu ia sair da casa. Nós não vamos morar juntos no último ano de faculdade. Desde então, eles andam meio cabisbaixos.

Quando entrego a garrafa de água para Hannah, percebo que seu olhar se volta para o anel de prata no meu dedo anelar esquerdo. Gigi e eu retiramos a encomenda hoje de manhã em uma pequena joalheria na rua principal. Ainda me assusto toda vez que olho para baixo e vejo a aliança ali.

Não lembro nem qual dos dois teve a ideia de oficializar os nossos laços. Será que fui eu? Só me lembro de andar de mãos dadas pela Strip naquela primeira noite e pensar que ela é a garota com quem quero passar o resto da vida de mãos dadas. E, por algum motivo inexplicável, Gigi concordou.

"Casados", a mãe dela diz com um olhar de divertimento.

"Casados", confirmo.

É até engraçado quando você para pra pensar. Não estamos juntos nem há um ano.

"Sei que você acha que nós somos dois loucos", digo, encolhendo os ombros.

"Na verdade, não. Não acho. Conheço a minha filha. Ela não faz nada só por fazer. E estou começando a conhecer você também. Você não é do tipo impulsivo."

"Não mesmo", concordo.

Na verdade, sou o contrário. Calculista. Sempre desconfiando de gente que primeiro sai fazendo as coisas e só depois pensa.

"Olha só", digo de um jeito meio seco, depois de um breve silêncio, "não precisa fingir que está apoiando a gente, nem que aceita a ideia numa boa. Fica à vontade pra reagir igual ao seu marido. Pode cortar relações com a gente, se quiser."

"Mas ele está se esforçando."

Ela tem razão — nos últimos três dias, Garrett mandou mensagens, ligou e deixou vários recados para Gigi pedindo para conversar com ela. Mas ele tem uma filha teimosa. É ela que se recusa a aceitar a oferta de paz.

"Ela ficou chateada", digo baixinho.

"Eu sei. Ele está arrependido. É que foi pego de surpresa. O Garrett não gosta de surpresas. E, não, eu não estou só fingindo que aceitei numa boa."

"Sério?"

Ela estende o braço por cima da mesa e segura a minha mão entre as suas. "Sei que você perdeu a mãe bem novinho", começa Hannah.

Eu me remexo na cadeira, sentindo o desconforto tensionar os meus ombros, porque não sei o quanto Gigi contou para os pais sobre o meu passado. Não pedi segredo sobre o que o meu pai fez, mas a ideia de que os pais dela também saibam é bem incômoda mesmo assim.

"Não é fácil crescer sem mãe."

Dou de ombros. "Tive as mães dos lares adotivos."

Ela olha bem para mim. "Elas cuidaram bem de você?"

Balanço negativamente a cabeça, sentindo um nó na garganta.

"Foi o que imaginei." Ela aperta a minha mão. "E foi por isso que vim te visitar. Queria dizer que estou aqui para o que for preciso. De verdade,

Luke. Tenho certeza de que você vai fazer parte da nossa vida por muito tempo, e isso não me incomoda nem um pouco."

Um pensamento surge na minha cabeça. Sobre a minha própria mãe. Se ela estivesse viva e eu aparecesse casado, como ela reagiria? Será que ela saberia reconhecer que Gigi não é "só uma garota", e sim a minha vida?

Mas isso nunca vou saber. E a tristeza que esse pensamento traz reverbera dentro de mim. Pisco uma vez. E depois outra. As lágrimas nos meus olhos não se dissipam. Só crescem, distorcendo a minha visão.

"Ei", Hannah diz com um tom gentil. "Está tudo bem."

Desvio o olhar para evitar o dela. Me sinto vulnerável e exposto.

Ela se levanta da cadeira e agacha na minha frente. "Desculpa. Eu não devia ter tocado nesse assunto da sua mãe."

"Não, tudo bem." Minha voz fica embargada. Passo o antebraço pelo rosto, enxugando os olhos com a manga da blusa.

Antes que eu possa fazer qualquer coisa para impedir, a mãe de Gigi me dá um abraço apertado, e agora estou chorando nos braços dela igual a uma criança.

Porra, isso é muito vergonhoso.

Ela estende o braço e afasta uma mecha de cabelos do meu rosto, ignorando as minhas lágrimas. "Eu só queria dizer que agora você é da família. Sei que não sou a sua mãe de verdade, mas acho que fiz um bom trabalho com os meus filhos."

"Fez mesmo", digo, com a voz ainda rouca.

"Então, se precisar de alguma coisa, é só me ligar ou me mandar mensagem. Sempre vou estar disponível para você."

De repente, escuto a porta da frente sendo aberta, e as vozes de Shane e Beckett. Limpo os olhos às pressas, enquanto Hannah levanta e volta para a cadeira. Ela dá um gole na água, põe a garrafa de novo em cima da mesa e solta um suspiro.

"Certo. Agora, como é que a gente vai fazer para resolver esse problema entre pai e filha?"

É mais fácil falar do que fazer. Uma semana se passa, e Gigi ainda se recusa a falar com o pai. Garrett ficou tão desesperado que até me ligou para me pedir uma ajuda. Eu disse que ia tentar. Porque, em primeiro lugar, ele é o meu ídolo. E, em segundo, é o meu sogro.

Mas... ela é minha esposa.

Esposa.

Ainda parece surreal dizer isso. Durante a vida toda, nunca me envolvi emocionalmente com nada além de hóquei. Quando estou no gelo, patinando atrás de um disco, fazendo um arremesso para o gol, é quando me sinto eu mesmo. É uma sensação de pertencimento, de estar exatamente onde deveria.

Só senti isso em uma única outra ocasião na vida.

Quando disse "Sim" para Gigi naquele fórum.

Nós escolhemos um ao outro. E ela tem razão — sei que não vai ser fácil. A vida nunca é fácil. Mas é com ela que eu quero enfrentar todas as adversidades. Ela é a minha companheira de vida e, não importa o que aconteça, vamos sempre apoiar um ao outro.

Então eu preciso apoiar Gigi agora, mesmo sabendo que o pai dela se arrepende de cada uma das palavras que disse naquele vestiário.

Mas, porra, aquelas palavras a machucaram demais. Gigi passou a vida tentando agradar o cara para ele dizer que está decepcionado com ela? Ou melhor, que está *mais* decepcionado do que nunca?

Vai demorar um bom tempo para ela esquecer disso. Garrett sabe, e é por isso que está desesperado a ponto de recorrer a mim. Sei que isso deve corroer o cara por dentro. Está na cara que ele não aprova o nosso casamento.

Estranhamente, quem não desaprova — além da minha sogra — é o meu novo cunhado. Wyatt me mandou uma mensagem do aeroporto quando foi embora de Las Vegas na manhã seguinte.

WYATT: *Se magoar a minha irmã, vou te matar. Entendeu bem, C?*

EU: *C?*

WYATT: *Sim, ué. "C", de "cunhado". É só não magoar ela que a gente fica de boa.*

EU: *Beleza, então tá de boa.*

WYATT: *Bem-vindo à família. Acho que agora a gente vai ter que fazer um esforcinho pra ser amigo. Porque vou ter que aturar você pra sempre, né?*

EU: *Valeu, C.*

Wyatt não vai me ver jogar o Frozen Four amanhã à noite em Boston, mas Hannah e Garrett sim. Ele provavelmente acha que Gigi não vai ter como ignorar a existência dele com os dois sentados lado a lado.

Em mais uma zebra, a Arizona State venceu a Notre Dame dois dias atrás, então são eles que vamos enfrentar na final do campeonato nacional. Não gosto nada disso. Estou preocupado porque não sei como vai ser encontrar Michael Klein no rinque de novo. Ainda não jogamos contra eles nesta temporada, então é impossível saber como ele vai se comportar durante o jogo.

O time inteiro, inclusive Jensen e a comissão técnica, saiu para jantar junto hoje à noite. Os que não são menores de idade podem até pedir uma cerveja — mas só uma, como Jensen faz questão de dizer daquele seu jeito educado. Depois acrescenta que quem aceitar a oferta vai precisar beber três copos d'água para compensar a escolha burra. Mesmo assim, não são poucos os que pedem a cerveja.

A notícia do meu casamento se espalhou pelo elenco, e vejo Colson olhando para a minha aliança várias vezes durante o jantar. Na única vez em que os nossos olhares se cruzam, ele resmunga alguma coisa para si mesmo e vira a cara, incomodado. Ao seu lado, Jordan Trager olha feio para mim, em solidariedade ao amigo. Pego a minha caneca de cerveja com um ar resignado.

Estávamos entrando no saguão no hotel quando o meu sogro me manda uma mensagem avisando que está no bar e me perguntando se tenho um minuto.

"Encontro você lá em cima", digo para Shane, que assente com a cabeça e sobe para o quarto.

Alguns caras do time adversário estão circulando pelo saguão, usando a jaqueta do seu time de hóquei. Olhos se arregalam e murmúrios de empolgação são trocados quando veem que Garrett Graham está saindo do bar.

"E aí", ele diz quando chega até mim. Deve estar percebendo os olhares, porque esfrega a nuca e faz uma careta. "Eu estava pensando em beber alguma coisa aqui no bar mesmo, mas que tal irmos para outro lugar?"

Assinto com a cabeça. "Boa ideia."

Saímos do hotel e damos uma olhada na rua. Tem uma livraria na esquina com um café ao lado, então é para lá que a gente acaba indo.

"Sei que não tenho direito de pedir nenhum favor pra você", começa Garrett, amargurado. "Sei que não fui muito acolhedor com você. Quando você apareceu lá em casa com a Stan nas festas de fim de ano. Quando mostrou interesse em participar do meu programa de treinamentos. Acho que eu poderia ter sido... menos babaca."

Dou de ombros. "Tá de boa. Não sou de guardar ressentimentos."

"Eu normalmente também não. Mas vou dizer uma coisa...", ele fecha a cara. "Não gostei nada de você não ter vindo pedir a minha permissão antes de se casar com ela."

Inclino a cabeça na direção dele, curioso. "Você teria dado?"

"Não."

Uma risadinha me escapa. "Então é melhor pedir desculpas do que pedir permissão, né? Porque eu teria casado com ela do mesmo jeito. Eu..." Fico boquiaberto. "Puta merda."

"O que foi que..."

Mas eu já estou atravessando a divisória que separa o café da livraria. Paro diante de uma mesa de livros de não ficção e encaro o cavalete com o anúncio que chamou minha atenção. A imagem é uma impressão de uma paisagem árida atravessada por um rio bravo. Em letras garrafais, está o nome:

HORIZONS: O TERRITÓRIO DE YUKON

Puta.

Merda.

"O que foi?" Garrett aparece ao meu lado.

Observo o interior da loja até encontrar a pequena fila formada ao lado de outro cavalete com o mesmo pôster. Na frente da fila, uma mesa com pilhas de CDs de um lado e de fotos de outro. Atrás da mesa está um homem de idade com uma camisa xadrez vermelha e suspensório amarelo. Para completar o visual, uma boina à moda antiga e óculos de armações pretas.

"Cara, esse é o Dan Grebbs", falo para o pai de Gigi.

"Quem?"

"O cara que captura sons da natureza que a sua filha adora. Vamos lá, a gente precisa entrar na fila."

Ele parece perplexo. "Por quê?"

"Porque a Gigi adora o cara, e quero conseguir uma foto autografada pra ela. Compraria o CD também, mas ela já deve ter baixado no celular."

Ignorando a expressão irônica dele, entro na fila, que é surpreendente longa, considerando que é um cara de oitenta anos que grava sons da natureza usando o próprio equipamento. O cara nem adiciona um som instrumental para dar um clima, mas acho que é daí que vem o charme da coisa.

Garrett suspira e responde: "Vou pegar um café".

A fila anda devagar, então ainda estou aguardando quando ele volta com dois copos de isopor. E me entrega um deles.

"Café preto está bom?"

"Está ótimo, obrigado."

Ele está me encarando de novo.

"Que foi?", murmuro.

"Nada", ele responde, mas continua me olhando.

A fila vai se movendo. Agora consigo ouvir o que Grebbs está dizendo para a mulher parada na frente dele. Tem uns cinquenta e poucos anos, o que me parece ser a idade adequada para querer um autógrafo desse cara.

"... para um rapaz de vinte e poucos anos procurando aventura, o Yukon foi uma decepção só. Era até sufocante, apesar da vastidão da paisagem ao meu redor. Mas quando clareei a mente, quando abracei a correnteza do Klondike e senti o beijo gelado do ar que descia da montanha Tombstone, eu me transformei."

"Isso é... sensacional. Obrigada pelo seu trabalho, sr. Grebbs. De verdade."

"É uma honra poder proporcionar essas experiências a você, minha cara." Ele entrega um CD e uma foto.

O casal que estava depois dela não fica muito tempo na frente da mesa, só pega os autógrafos e se manda, e quando vejo estou diante do ídolo auditivo de Gigi, me sentindo deslocado e, para ser sincero, um idiota.

Mas Garrett me dá um cutucão e dou um passo à frente.

"Hã. Oi, sr. Grebbs. Sou um grande fã."

Com o canto do olho, vejo Garrett contraindo os lábios para não rir.

"Bom, na verdade é a minha esposa que é sua fã. Ela tem todas as suas... paisagens sonoras."

Garrett tosse, cobrindo a boca com a mão.

"Sério mesmo, ela ouve o tempo todo. No carro, quando sai pra correr, quando está meditando."

"Que maravilha." Dan Grebbs tem um olhar gentil. O jeito que ele fala comigo é tão tranquilizador quanto os sons que ele grava.

E eu nunca, jamais, vou admitir para a Gigi que acabei de pensar nos sons que ele grava como tranquilizadores. Ela jogaria isso na minha cara para sempre.

"Como é o nome da sua esposa, meu jovem?"

"Gigi." Soletro para ele como escrever.

Ele pega uma caneta preta com ponta de feltro, inclina-se e começa a escrever o que parece ser um ensaio completo na lateral da foto em que aparece usando a mesma combinação de camisa xadrez e suspensórios. Tenho certeza de que são as mesmíssimas peças.

Ele a entrega para mim. "É muita consideração sua fazer isso pela sua esposa."

"Obrigado."

Nós saímos para dar lugar ao próximo fã. Enrolo a foto, porque não quero dobrar. Garrett continua a me observar.

"Para de me olhar desse jeito", resmungo. "Sei que é bobagem."

Ele se limita a bufar, sacudindo a cabeça. "Você ama ela de verdade."

"Até o dia da minha morte", digo simplesmente.

Os dedos dele apertam ainda mais o copo de café. "Será que ela vai continuar me evitando para sempre?", ele pergunta, desconsolado.

"Espero que não. Mas você conhece ela, sabe que é teimosa." Encolho os ombros de novo. "E passou a vida toda tentando agradar você."

A culpa fica visível nos olhos dele.

Tento ser rápido ao oferecer um consolo. "Você não quis botar nenhuma pressão nela, eu sei. É ela que se cobra muito, e a Gigi sabe disso. Mas nada muda o fato de que ela vive pra deixar você orgulhoso."

"Eu *estou* orgulhoso. E não só por causa do hóquei. Olha, eu falei tudo aquilo quando estava com raiva. Mas não era raiva de verdade. Era medo." Ele fecha os olhos por um momento. "Porque eu sabia que naquele momento estava perdendo a minha filha. Que ela não é mais minha."

Viro a cabeça para ele, surpreso.

“Não estou falando que era o dono dela”, ele resmunga.

“Não, eu entendi.”

“Ela é minha garotinha. Você vai acabar entendendo isso um dia, se tiverem filhos. Se tiverem uma menina.”

Ele continua falando enquanto voltamos para o hotel.

“Eu só queria que ela me desse uma chance de explicar tudo.”

“Ela vai dar. Com o tempo.”

Ele solta uma risada irônica. “Isso não foi muito animador.”

“Se está procurando alguém pra ser sua líder de torcida pessoal, está falando com a pessoa errada.”

“Já percebi.”

“Vou falar com ela de novo, prometo. Não acho nada bom vocês continuarem sem se falar desse jeito...”

“Luke Ryder?”

Um homem de óculos e paletó esportivo aparece na minha frente. Imediatamente, as minhas barreiras se erguem.

“Sim?”, eu digo, desconfiado.

Um brilho de avidez se acende nos olhos dele, que enfia a mão no bolso, saca um minigravador e enfia na minha cara.

“Algum comentário sobre a audiência de liberdade condicional do seu pai?”

51

RYDER

Tempestade midiática

Um calafrio se instala no meu peito. Depois desce, fazendo as minhas entranhas se revirarem e embrulhando o meu estômago.

Estou embasbacado e sem palavras. Não que eu seja muito de falar, para começo de conversa, mas em outras circunstâncias conseguiria mandar pelo menos um *vai se foder* ou um *some daqui*.

Mas agora não sei o que dizer.

"Segundo as minhas fontes, você se recusa a depor contra ele na audiência", o repórter insiste ao ver que não respondo. "Você é a favor de que seu pai seja solto?"

Ele não é o único repórter ali. Vários outros circulam pelo saguão do hotel, tubarões sentindo o cheiro do meu sangue. Um homem com uma caderneta e uma mulher com um cinegrafista em seu encalço se aproximam correndo.

"Luke Ryder?", a mulher diz, igualmente ávida. "Algum comentário sobre..."

Garrett percebe a minha cara e assume uma expressão impassível. "Sem comentários", ele rosna, colocando a mão no meu braço e me puxando para longe.

No elevador, ele me dá uma encarada bem séria. "Qual andar?"

"Nono", digo com uma voz fraca.

Alguns minutos depois, Garrett e eu entramos no meu quarto. A fofoca dos tubarões lá embaixo já se espalhou pelo time da Briar, porque vários dos meus amigos já estão no meu quarto. Eles se alternam entre olhar para mim de forma constrangida e fazer esforço para não ficarem boquiabertos pela presença de Garrett Graham.

"Cara, tem um monte de jornalistas lá embaixo fazendo perguntas", diz Shane, bem sério.

"Pois é, acabei de passar por eles."

Respiro fundo e vou até o frigobar. Pego uma garrafa de água, mas não abro. Só pressiono contra a testa. Estou com calor. E todo tenso de desconforto.

"Que porra está acontecendo aqui?", murmuro para os caras.

Beckett assume a palavra, sentado na namoradeira do outro lado do quarto. "O seu velho amigo Michael Klein deu uma entrevista ontem à noite. E uns trechos viralizaram."

Cerro os dentes. "O que ele disse?"

Shane me olha nos olhos. "Não foi legal."

"O que ele disse?", repito.

Meus amigos me contam tudo. Um blog de esportes produziu vídeos com perfis de alguns jogadores da Arizona State, com Klein entre eles. Quando perguntaram sobre a relação que tem comigo, ele basicamente me descreve como um valentão de pavio curto que foi para cima dele do nada no vestiário. Ah, mas ficou tudo bem porque o sr. Mártir acrescentou "Mas isso já é página virada", e "Ele já saiu dessa".

Só que não foi essa parte que viralizou. Quando perguntaram se ficou surpreso com o que aconteceu no mundial juvenil, Klein respondeu que não, de jeito nenhum, considerando o histórico de violência da minha família.

"Caralho", murmura Garrett, irritado.

A partir dessa declaração, o repórter foi atrás da história. Investigando um pouco, descobriu sobre o meu passado e escreveu uma matéria a respeito. Uma fonte na Promotoria Pública do Condado de Maricopa pelo jeito contou que eu me recusei a depor na audiência, e agora o que estão dizendo é que não quero dar nenhuma declaração sobre o meu pai porque *quero* que ele seja solto.

Mas só o que eu quero mesmo é vomitar.

Outras pessoas aparecem, entre elas o treinador Jensen e o treinador Maran, e em pouco tempo uma reunião semioficial está em andamento. Sinto pequenas pontadas por toda a minha pele, como se houvesse um monte de formigas andando pelo meu corpo. Shane e Beckett sabem sobre o meu pai e sobre Owen, mas o resto do pessoal não, e agora estou aqui sendo forçado a discutir a pior coisa que aconteceu na minha vida.

Não dou muitos detalhes, não no mesmo nível do que contei para Gigi. Só falo o essencial para os meus companheiros de time. Meu pai estava armado. Deu um tiro. Minha mãe morreu.

Eles ficam todos chocados. Até Trager parece abalado.

"Mas tá tudo bem", digo para eles, sentindo vontade de cavar um buraco no chão e sumir.

Queria que Gigi estivesse aqui, mas ela só chega amanhã. Com certeza, se eu ligasse, ela pegaria o carro e desrespeitaria todos os limites de velocidade até chegar aqui. Mas hoje eu deveria estar concentrado no meu time. Jantar com eles, assistir ao último jogo da equipe adversária, passar pela última etapa de uma temporada que foi uma verdadeira montanha-russa, cheia de altos e baixos.

"Por que esse cuzão desse Klein está dando entrevistas sobre coisas que nem são da conta dele?" A pergunta furiosa vem de Rand Hawley.

"Pode crer", Trager concorda com Rand, por incrível que pareça. "Estou começando a achar que esse cara mereceu ter o maxilar destruído."

Dou de ombros. "Mereceu mesmo. Falou um monte de merdas ainda piores no vestiário depois daquele jogo."

"O que mais ele falou?" Colson olha para mim de onde está, encostado na parede perto de Garrett. Eles trocaram um abraço quando Case entrou. Não foi uma coisa que eu amei ter visto.

"Nada que valha a pena repetir." Um suspiro se aloja na minha garganta quando olho em volta. "Vocês jogaram comigo a temporada inteira. Sabem que não tenho pavio curto porra nenhuma. Precisa acontecer muita coisa pra me tirar do sério."

"Então esse filho da puta do caralho falou merda na época e resolveu fazer a mesma coisa de novo", conclui Trager. "Vocês entenderam o que eles estão tentando fazer, né? Distrair a gente com essas coisas supérfluas pra fazer a gente perder a concentração."

Murmúrios de irritação se espalham pelo quarto. Mas o que me deixa impressionado é que Trager conhece a palavra *supérfluas*.

"Eles que se fodam", Rand entra na conversa, assentindo para Trager. "Essa porra não vai colar."

"Não mesmo", Colson concorda. "De jeito nenhum."

O treinador Jensen finalmente se manifesta, com os olhos cravados em mim. "Nós podemos não aparecer na coletiva de imprensa amanhã de manhã se você quiser. Não vejo nenhum problema em falar para a direção do torneio que não estamos a fim de fazer isso."

Todo ano é feita uma entrevista coletiva com os dois times, em geral com a presença dos capitães e seus vices. Michael Klein é um dos vices.

"Não tem problema", digo para o treinador. "Eu posso ir."

Os olhos escuros dele se fixam em mim. "Você vai conseguir se concentrar amanhã?"

"Como sempre", prometo.

Os treinadores andam na direção da porta junto com Garrett, que me dá um tapinha no braço antes de sair. O restante do pessoal começa a se dispersar também. Acompanho vários caras até o corredor, ouvindo palavras de incentivo que são a última coisa que eu quero escutar. Só quero ser deixado em paz. Queria até que Shane fosse embora também, e ele é o meu colega de quarto.

Colson fica mais um pouco e depois me chama para o corredor. Eu passo a tranca na porta para não bater e o sigo para fora do quarto.

"Você está bem?", ele pergunta sem rodeios.

Abro um leve sorriso. "E você liga?"

"Ligo. Além disso..." Case bufa audivelmente. "Nunca pensei que fosse dizer isso, mas... eu meio que sinto saudade."

"Mentira."

Ele dá risada. "Né? Quem em sã consciência ia sentir saudade do seu silêncio eterno e dos seus comentários mal-humorados?"

Passo a mão no cabelo, e Case crava os olhos na minha mão esquerda. Ele para de rir na mesma hora.

"Caralho, Ryder. Você se casou com a minha ex-namorada", ele comenta.

"Não, eu me casei com a minha esposa."

Ele se cala por um bom tempo, com os olhos azuis claros voltados para o chão. Depois solta outro suspiro.

"Não sei se estou pronto pra, tipo, andar com vocês. Só nós três."

"Eu não obrigaria ninguém a suportar essa tortura."

Ele dá uma risadinha. "Mas vou superar", ele diz, encolhendo os ombros. "Você não é uma pessoa ruim, Luke. Sei que não fez nada disso de propósito."

"Não mesmo." Solto um suspiro também. "Não dá pra escolher por quem a gente se apaixona."

"Não mesmo." Ele estende a mão. "Se você quiser, por mim está tudo certo."

"Eu quero, sim."

Aperto a mão dele, mas Colson me surpreende ao me puxar para um abraço meio de lado. Retribuo o gesto, lançando um olhar de determinação para ele quando nos separamos.

"Eu não vou deixar toda essa merda que o Klein está espalhando por aí bagunçar minha cabeça", prometo.

"Disso nunca duvidei." Os olhos dele estão faiscando. "Esses babacas vão se foder bonito amanhã. Pode acreditar que eles vão se arrepender de ter feito essa palhaçada."

Na manhã seguinte, quando acordo, vejo uma ligação perdida de Julio Vega. Imediatamente sinto o meu estômago embrulhar. Duvido que o diretor esportivo do Dallas Star esteja me ligando para desejar sorte na final de hoje. *Por acaso*, foi também o dia em que a história sórdida da minha família veio a público.

Minha mão está tremendo quando saio para a varanda com o celular na mão. Shane ainda está dormindo. Acordei antes do despertador, como se o meu subconsciente pressentisse que perdi uma ligação do homem que tem o meu futuro nas mãos.

O ar está meio gelado, e me arrependo de não ter vestido uma blusa. Estou só de camiseta e calça de agasalho, com os dedos gelados enquanto retorno a ligação.

"Luke, que bom conseguir falar com você. Desculpa ter ligado tão cedo."

"Sem problemas. Eu já tinha acordado."

"Você acabou no meio de uma tempestade midiática, hein?", Vega diz, indo direto ao assunto. "Que jeito mais estúpido de desviar o foco do que realmente interessa, no caso, o Frozen Four, né? É sobre isso que a imprensa devia estar escrevendo."

Meu estômago dá um nó. "Sinto muito, senhor. Eu não tive nada a ver com..."

"Ah, não foi isso o que eu quis dizer. Não estou colocando a culpa em você. São esses abutres. E, considerando quem foi a fonte que deu início a tudo isso, parece que o seu adversário estava tentando mexer com a sua cabeça."

"É o que parece."

"Bom, eu queria entrar em contato para avisar que você pode contar com meu apoio pessoal e também da franquia quanto a esse assunto."

Fico tão chocado que quase derrubo o celular da varanda do nono andar. "Ah, é?"

"Claro. E não só porque você vai ser parte da nossa família em breve, mas também porque é a coisa certa a se fazer. Você perdeu a mãe ainda criança. Isso não é assunto para fazerem sensacionalismo, nem fofoca."

Engulo em seco. "Ah. Bom, obrigado. Eu agradeço."

"Perdi minha mãe quando ainda era criança também. Não de um jeito tão terrível, mas foi doloroso do mesmo jeito. Se precisar de alguma coisa — se quiser que eu fale com o promotor lá de Phoenix, ou que arrume um jeito de você participar da audiência sem que isso vire um espetáculo midiático —, é só me avisar. Da nossa parte, vamos fazer de tudo para ajudar."

"Agradeço muito, senhor."

"E boa sorte hoje. Todo mundo aqui em Dallas está torcendo por você."

Depois que encerro a ligação, para minha vergonha, percebo que estou à beira das lágrimas. Mas, minha nossa, o alívio que estou sentindo é quase uma libertação emocional. Pego o celular e, com os dedos ainda trêmulos, escrevo para Gigi e conto sobre a ligação de Vega. Ela está acordada também, e responde imediatamente.

GISELE: *Estou muito feliz, gatinho.*

Ela ainda está digitando:

GISELE: *Tá vendo? Agora vê se para com esse seu pessimismo. O Dallas quer você no time. Estão te esperando. Para de duvidar de si mesmo.*
EU: *Vou tentar.*

GISELE: *Boa. Agora vai comer alguma coisa e tenta não exagerar no treino da manhã. Guarda energia pro jogo.*
EU: *Pode deixar. Te amo.*
GISELE: *Eu também te amo.*

Faço o melhor que posso para manter a mente tranquila e o corpo relaxado. Depois de um treino bem leve, vou para o auditório do hotel para a entrevista coletiva.

O medo surge quando me aproximo da porta. Puta que pariu. Não estou nem um pouco a fim de fazer isso. Mas não vou dar pra trás. Não sou covarde.

Assim que passo pela porta, o treinador Jensen me puxa de lado e diz: "Se não quiser responder alguma coisa, é só dizer 'Sem comentários'. Entendido?".

Faço que sim com a cabeça.

"Não precisa se sentir mal por isso, nem explicar por que não vai comentar. 'Sem comentários'. Ponto final, fim de papo."

"Sim, senhor."

Duas mesas compridas estão montadas na parte da frente do espaço amplo, com um microfone montado em um púlpito entre elas. Eu me acomodo em uma cadeira entre Colson e Demaine. O treinador se senta na extremidade da mesa, com uma pasta fina a sua frente. Instruções do treinamento de mídia do departamento de relações públicas da Briar, imagino.

Na mesa da Arizona State estão o treinador, o capitão do time e dois vice-capitães, entre eles Michael Klein. Nem me digno a olhar para a figura de cabelos enrolados. Percebo que ele está me olhando, mas não merece nada além de ser ignorado.

Para o meu alívio, a primeira questão, feita por um blog que cobre esportes universitários, é sobre a temporada da Briar e nosso momento de virada. Colson responde essa. Ele sabe lidar com o público. É tranquilo e articulado. A pergunta seguinte é para o capitão da Arizona State. Estou começando a pensar que vou sair ileso dessa, mas então uma repórter se dirige a mim.

"Detalhes chocantes sobre a sua família foram revelados ontem. Você acredita que isso vá afetar sua preparação mental para o jogo de hoje?"

Jensen parece pronto para intervir, mas eu me inclino para o microfone para responder. "Você diz 'chocantes' e 'foram revelados' como se o meu passado fosse segredo, uma coisa que eu estava tentando esconder. Não é. Qualquer um que tenha um computador ou celular poderia ter se informado sobre a história da minha família quando quisesse. O fato de ter um monte de gente falando disso agora não faz a menor diferença pra mim. Minha concentração no jogo não vai ser abalada por isso."

Para minha surpresa, ela não insiste no assunto, e ninguém mais pergunta sobre os meus pais.

Por outro lado, um repórter ainda mais irritante decide falar sobre o outro assunto que tentamos ignorar ali.

"Michael, na última vez que você e Luke se enfrentaram no gelo, eram companheiros de equipe no mundial juvenil. E naquela ocasião as coisas terminaram meio mal, não?"

"Meio mal?", ele repete num tom irônico. "Fui parar no hospital."

"Está claro que ainda existe muita tensão aqui", o intrépido repórter continua, olhando para Michael e então para mim. "Vocês conversaram depois do mundial? Já viraram essa página, ou pelo menos estão dispostos a fazer isso?"

Klein se limita a dar risada.

É um som áspero que me deixa puto. Que cuzão.

E eu não sou o único a me irritar. Com o canto do olho, vejo Case se inclinar na direção do microfone.

"Eu tenho uma pergunta", diz Colson. Com uma sobrancelha levantada, ele se vira para a mesa da Arizona State. "Para você, Klein."

Meu antigo companheiro de time estreita os olhos. O treinador tenta interromper, mas Colson já está falando antes disso.

"O que você falou pro Ryder naquele vestiário pra acabar com o maxilar quebrado? Porque joguei com o cara a temporada toda e ele tem paciência de sobra e um autocontrole impecável."

Um silêncio se instala. Klein percebe que todos os olhos estão sobre ele e que precisa dar uma resposta.

Por fim, fala com os dentes cerrados: "Eu não me lembro do que falei naquele dia".

Uma mulher curiosa na primeira fileira se dirige a mim. "Você se lembra do que ele falou, Luke?"

Olho para Klein. Em circunstâncias normais, ficaria de boca fechada. Resistiria àquela tentação mesquinha. Mas a risada de zombaria que Michael havia soltado ainda ecoa nos meus ouvidos. E essa mancha no meu currículo, que vem me acompanhando por tantos anos, finalmente virou um fardo pesado demais para carregar.

Minha relação com Gigi me ensinou que às vezes é preciso pôr as coisas para fora, então encolho os ombros e me aproximo do microfone de novo.

"Ele disse que a minha mãe merecia morrer e que o meu pai devia ter metido uma bala na minha cabeça também."

Minha resposta deixa o auditório inteiro em silêncio.

Alguns dos jornalistas parecem perplexos; outros, enojados. Sentado em seu lugar, Klein está vermelho de raiva. A mão dele procura a base do microfone, mas seu treinador sacode a cabeça como quem diz: *Não abre a porra da boca*. Porque nada de bom pode acontecer se Michael Klein tentar justificar *essas* palavras.

Mas eu me lembro delas muito bem. Ainda reverberam na minha cabeça, às vezes.

Michael e eu vivíamos nos estranhando. Nós nunca nos demos bem, desde o começo, principalmente porque Michael tem um temperamento explosivo e uma insegurança que o faz precisar sempre bancar o maioral. Ele queria ser considerado o principal jogador do time, e ficava puto porque eu era melhor. Nós ganhamos o mundial juvenil por causa do gol que *eu* marquei. Isso estava corroendo o cara por dentro.

Nem lembro mais por que começamos a discutir no vestiário. No começo, acho que foram só as mesmas bobagens de sempre. Mas eu o ignorei, e isso o irritou ainda mais. Ele me pegou pelo braço para me fazer olhar para ele. E eu o empurrei para longe. Disse que ele era um merdinha que só sabia dar chilique e reclamar. Foi quando Michael disse aquilo sobre a minha mãe e eu perdi a cabeça.

E não me arrependo. Mesmo agora, tendo que aturar um bando de estranhos falando sobre a minha vida numa coletiva de imprensa, não me arrependo de ter arrebentado a boca daquele imbecil para que ficasse quieto.

E vou curtir cada segundo quando acabar com o time dele hoje à noite.

Fogo cruzado com Josh Turner

Trecho de transcrição de entrevista com Owen McKay

Data original de veiculação: 22/04
© The Sports Broadcast Corporation

OWEN MCKAY: Quer saber, Josh, esse é o tipo de pergunta que me incomoda. A Universidade Briar acabou de ganhar o campeonato nacional. Esse não deveria ser o foco? O motivo para estarmos comemorando? Por que você não me pergunta qual foi a sensação de ver o meu irmão mais novo marcar o gol do título no Frozen Four? Porque veja bem: foi incrível.

JOSH TURNER: Entendo o que está dizendo, e não estou querendo diminuir o que eles fizeram. Foi um grande feito. Só estou lendo as perguntas do chat, Owen. É o público que está perguntando, não eu.

MCKAY: Ótimo, mas nem eu nem meu irmão temos que dar satisfação para o seu público, e nem para ninguém, aliás, sobre nossos pais. Não temos mais nenhum contato com o pai dele desde aquela época, e não temos a menor intenção de mudar isso. E também não temos nenhum interesse em reviver o nosso passado para o mundo todo ver. E, sim, sei que posso falar em nome do meu irmão quando o assunto é esse.

TURNER: Beleza... hã... Hank Horace, do Tennesse, quer saber sua opinião sobre o atual momento do sistema judiciário americano, principalmente em relação ao processo de liberdade condicional...

MCKAY: Não. Próxima pergunta.

TURNER: Tudo bem... ah, aqui tem uma divertida. Qual é a sua rotina de beleza, Sandy Elfman da Califórnia quer saber. Tem algum produto masculino que você recomendaria?

52

GIGI

Seu marido

"Acho esquisito demais você estar casada e nunca vou entender isso", declara Mya enquanto me vê andando pela nossa sala compartilhada à procura das minhas chaves.

"É esquisito, eu sei, mas em algum momento vai deixar de ser e você vai perceber que faz todo o sentido."

Ela sacode a cabeça, teimosamente. "Você tem vinte e um anos. Quem é que se casa com essa idade? A gente não está mais na Idade Média!"

"Tenho quase certeza de que as meninas da Idade Média se casavam quando faziam, tipo, doze anos. Eu seria uma solteirona se elas fossem a base de comparação. A minha mãe estaria desmaiando de alívio e meu pai correndo atrás dos sais de amônia para fazê-la voltar à vida se tivessem conseguido casar uma filha com essa idade."

Mas eu entendo. Nós somos jovens. E com certeza vai demorar um bom tempo para todos os meus amigos me entenderem. A única que não parece nem um pouco impactada pelo meu casamento é Diana, mas ela não se deixa abalar por nada mesmo. E já começou a falar em programas de casal junto com ela e Sir Percival. Os dois, de algum jeito, ainda estão juntos, e quanto mais ela fala, mais esse cara parece ser megacontrolador. Não gosto nem um pouco disso.

"Ai, meu Deus, cadê as minhas chaves?", pergunto com um grunhido de preocupação.

"Ah, é isso que você está procurando? Estão bem aqui."

Olho feio para ela e vou arrancar as chaves da sua mão. "Você podia ter me poupado um bom tempo com isso."

"Aonde você vai? Tem planos com o maridinho?", ela ironiza.

"Não. Recebi os meus trabalhos de marketing esportivo e psicologia na sexta-feira e tirei nota máxima nos dois, então vou passar uma tarde no jardim das borboletas."

Uma hora depois, o carro está no estacionamento, minha carteirinha de membro é escaneada e estou no meu lugar favorito no mundo. Me deixo perder naqueles caminhos por um tempo, curtindo a brisa úmida e o arco-íris de asas batendo ao meu redor. Sorrio quando estendo a mão e uma *Morpho* azul vem voando e pousa no meu dedo. É o mais perto que eu vou conseguir chegar de ser uma princesa da Disney, e a sensação é gloriosa.

Admiro as asas brilhantes da borboleta refletindo a luz do sol que entra pelas paredes de vidro.

"Você tem uma vida tão boa", digo a ela. "Não precisa fazer provas, nem decidir se quer fazer um curso de verão pra precisar fazer menos aulas no próximo semestre. Só precisa ficar voando por aqui, brincando com suas amigas, bebendo seu néctar."

Então de repente me ocorre que talvez ela não *queira* ficar presa aqui. Talvez queira estar livre no mundo, para além do espaço de conservação, cercada por milhões de coisas que poderiam matá-la. Tipo, eu já vi Bergeron pegar uma borboleta em pleno ar com a boca e comê-la de uma bocada.

"Você aceitaria ser devorada se fosse esse o preço da sua liberdade?", pergunto à borboleta, desolada.

Escuto um grito assustado de uma criança perto de mim. A mãe dela fecha a cara e a pega pela mão. Tira a filha de perto de mim.

Uau. Pelo jeito não se pode mais ter conversas filosóficas com as borboletas na frente das crianças. As pessoas andam com a mente muito fechada.

Vou seguindo por outro caminho e faço uma curva.

Meu pai está parado ali.

Fico paralisada. De queixo caído. Ah, qual é? Sério mesmo? Não posso nem ter mais um domingo lindo no meu lindo paraíso particular sem ter que me lembrar de que o meu pai está mais decepcionado do que nunca comigo?

Essa lembrança me atinge com a força de um furacão. Atravessa o meu peito e não deixa nada no seu rastro além de sofrimento.

Ele deve ter visto desaparecer do meu rosto a alegria que normalmente sinto aqui, porque seu rosto se franze de tristeza.

Ele vem na minha direção. "Oi."

"Como você sabia que eu estaria aqui?", pergunto, em vez de cumprimentá-lo.

"Seu marido me disse onde você estaria."

Ergo a sobrancelha. "Uau."

"Que foi?"

"Você disse as palavras *seu marido* sem fazer careta."

"Pois é, enfim..." Meu pai enfia as mãos nos bolsos. Está de calça cargo e camiseta branca, e percebo que algumas mulheres ao redor estão olhando para ele. O cara continua fazendo sucesso com o público feminino mesmo aos quarenta e poucos anos. "Não sei se você percebeu, mas o Ryder e eu agora somos amigos."

Ryder vive me dizendo isso, garantindo que eles se acertaram e que a tensão que existia antes desapareceu. Desde a vitória do time masculino no Frozen Four, Ryder também parece estar se sentindo mais leve. Receber o apoio dos companheiros de equipe diante de todo aquele caos midiático foi uma experiência que ensinou muita coisa para ele, que inclusive retomou a amizade com Case. Ele e a minha mãe estão se dando melhor do que nunca, são praticamente melhores amigos agora. Até o meu irmão entrou na onda — os dois têm até apelidos um para o outro agora. Então não ficaria totalmente surpresa se ele e meu pai estivessem se dando bem de verdade agora.

Quanto a mim, estou fazendo um esforço consciente para evitar tudo o que diz respeito ao meu pai. Ainda estou com muita raiva.

Só que o sentimento real não é raiva.

É tristeza.

"Você tinha razão", diz o meu pai. "Ele é um cara legal."

"Eu sei." Virou um hábito para mim agora, quando estou nervosa, ficar remexendo a minha aliança de prata no dedo. É como se eu sentisse a presença de Ryder, e isso me acalma.

Continuamos andando pelo caminho de pedras e depois entramos em um que está vazio. Tem um banco de ferro forjado perto de uma fonte. Meu pai aponta para ele.

Quando nos sentamos, ele abre um sorriso triste e sincero para mim.

"Me perdoa", ele diz simplesmente.

Fico em silêncio.

"Eu sei que pisei na bola. E que reagi mal."

"Bem mal", murmuro.

"É que... tinha um monte de coisas acontecendo ao mesmo tempo. Eu entrei em choque, claro. Jamais imaginei que receberia uma notícia como essa justamente naquele momento." Ele olha para mim de um jeito irônico. "Você sempre foi péssima em fazer surpresas. Lembra de quando quis dar uma festa surpresa de aniversário para a sua mãe e mandou um convite para ela?"

Uma risada me escapa. "Nessa eu pisei na bola."

"Pois é, o que estou tentando dizer é que você não é muito de fazer surpresas. Só que essa me pegou totalmente despreparado. E por isso fiquei em choque. E acho que na hora fiquei com raiva por você ter tomado uma decisão tão importante para a sua vida sem ter nem conversado comigo e com a sua mãe."

"Desculpa." Em seguida, dou de ombros. "Eu não estava precisando de conselhos."

"Está falando sério mesmo?"

"Estou. Nada do que você pudesse ter me dito, ou conselho que tivesse me dado — e isso vale também para a mamãe, para o Wyatt e para qualquer um dos meus amigos — ia me impedir de me casar com o Ryder.

Ele é o cara certo pra mim. O que a gente tem é pra sempre." Mexo na minha aliança outra vez. "Como eu disse, sei que não vai ser perfeito. E com o tempo até o sexo vai deixar de ser tão bom..."

Meu pai dá uma tossida. "Gi!"

"Desculpa, mas você sabe do que eu estou falando. A fase da lua de mel logo passa. A gente vai ter que lidar com o tédio e a rotina, e provavelmente vai sentir vontade de voar no pescoço um do outro uma boa parte do tempo. Mas não me importa. É com ele que eu escolhi fazer tudo isso. Assim como você e a mamãe."

Ele assente com a cabeça. Fico surpresa com o olhar nos seus olhos. Não é de resignação, é de aceitação. Percebo a diferença e me pergunto se ele já superou *mesmo* tudo isso.

"Então foi por isso que você foi tão babaca?", pergunto. "Choque e raiva?"

"Não. No começo eu achava que era só isso, mas depois percebi que tinha mais uma coisa." A voz dele fica embargada. "Eu fiquei magoado."

"Magoado", repito, e sinto uma pontada de culpa. Não gosto da ideia de tê-lo magoado.

"Eu sempre me imaginei levando você para o altar."

Essa confissão me faz sentir um aperto no peito.

Droga. Agora sei por que a minha mãe nunca consegue ficar brava com ele por muito tempo. Ele diz coisas tipo essa.

"Vamos ser sinceros aqui", ele continua. "Seu irmão nunca vai se casar..."

"Vai continuar mulherengo até a morte", concordo.

"Mas pensei que com você eu tinha uma chance. Você nunca foi muito menininha, mas já te ouvi conversar com a sua mãe sobre vestidos de casamento. Sempre pensei que o seu fosse ser branco e todo bufante. Mas você ficaria linda de qualquer jeito, claro. E eu esperava poder te ver vestida de noiva. Acompanhar você até o altar. Dançar com você no seu casamento." Ele me lança um olhar esperançoso. "Sei que no papel já está tudo oficializado, mas você devia pensar seriamente numa cerimônia de casamento. Sua tia Summer ficaria obcecada com a organização desse evento, e você sabe disso."

Dou uma risada baixinha. "Eu ia precisar conversar com o Ryder sobre isso. Ele já é todo fechado, não gosta de falar nem do que comeu no jantar... Acha mesmo que ele vai querer ficar na frente de centenas de pessoas e recitar votos matrimoniais? Porque nós dois sabemos que a sua parte da lista de convidados não vai ter menos de quinhentas pessoas."

"Não tenho culpa se tenho muitos amigos. Que coisa." Mas sua expressão bem-humorada logo munda. "E você está enganada sobre ele. Acho que ia se surpreender se descobrisse o que esse homem está disposto a fazer por você."

Nós dois ficamos em silêncio.

Então eu me viro para ele e apoio a cabeça no seu ombro.

"Desculpa ter decepcionado você", digo.

"Você não decepcionou. Se teve alguém que decepcionou alguém aqui, fui eu". Ele faz uma pausa. "Eu te amo. Você sabe disso, né?"

"Sei." Faço uma pausa. "Eu também te amo."

Mais um silêncio se instala entre nós.

"Fui indicado ao Hall da Fama."

"Eu sei." Não mandei mensagem pessoalmente para parabenizá-lo, mas transmiti meus parabéns pela minha mãe porque ainda não cheguei ao ponto de ser uma imbecil egoísta.

"A cerimônia e a festa vão ser no fim de semana. Eu ficaria muito feliz em ver você e o seu marido lá."

Um instante depois, assinto com a cabeça e aperto a mão dele. "Seria uma honra pra nós dois."

53

GIGI

Uma fase

Ryder fica gostoso demais de terno, e preciso me esforçar ao máximo para não escapar pro banheiro da cerimônia do Hall da Fama para transar com ele. Não sabia que ia ser tão difícil ter um jogador de hóquei grande e lindo como marido. Quero trepar com ele o tempo todo, e isso é um problema sério.

Mas a noite de hoje é uma homenagem ao meu pai, então deixo de lado os pensamentos obscenos, seguro castamente a mão do meu marido e fico contando as horas até irmos para a cama.

A cerimônia é mais emocionante do que eu esperava. Chorei, cheia de orgulho, quando o ex-treinador dos Bruins fez um lindo discurso sobre o meu pai. Agora é a hora da festa, e infelizmente sou obrigada a fazer o que mais odeio: circular e conversar com as pessoas. Felizmente, tenho Ryder e Wyatt para compartilhar comigo essa tortura. A minha mãe parece levar tudo numa boa. Talvez por já ter feito isso tantas vezes ao longo do tempo, tanto pela sua carreira como pela do meu pai, que aprendeu a fingir que gosta.

"Greg, eu queria te apresentar os meus filhos, Gigi e Wyatt." Meu pai aparece com um homem grisalho mais velho.

Ele me parece vagamente familiar, e quando meu pai o apresenta vejo que eles jogaram juntos por uma temporada vinte anos atrás, quando o meu pai era novato, e Greg, um veterano que conhecia todo tipo de malandragem possível.

"E esse é meu genro, Luke."

Fico surpresa que, em menos de um mês, o meu pai esteja conseguindo dizer a palavra *genro* com tanta naturalidade, como se Ryder já fosse da família há anos.

"Ah, esse aí dispensa apresentações", diz Greg com um sorriso, estendendo a mão para ele. "Luke Ryder! Ah, rapaz, eu acompanho a sua carreira desde o mundial juvenil. Mal posso esperar você ir para Dallas e ver como vai se sair por lá."

"Eu também", responde Ryder.

Eles conversam por alguns minutos e depois nosso grupo parte para mais conversas.

Dessa vez é um treinador de Detroit. Um outro indicado ao Hall da Fama este ano é um ex-jogador dos Red Wings.

Meu pai mais uma vez apresenta Ryder, dessa vez acrescentando uma informação que me faz erguer uma sobrancelha.

"O Luke vai ser meu assistente técnico no programa de treinamentos Hockey Kings em agosto", ele conta para o cara. Depois olha para Ryder. "O treinador Belov vai ajudar nos treinos de *shootout* em um dos dias. Então vocês vão trabalhar juntos e acabar se conhecendo melhor."

"Não vejo a hora", diz Ryder, e percebo que ele está se esforçando para manter uma expressão neutra.

Quando Belov se afasta, Ryder fica olhando para o meu pai, que pergunta: "Que foi?".

"Foi assim que você decidiu me dizer que vou ser seu assistente no Hockey Kings?"

"Ah, você preferia que eu fizesse um convite oficial? Porque presumi que fosse aceitar."

Wyatt dá uma risadinha pelo nariz.

Dou um gole na minha taça de champanhe. Pela primeira vez na vida, é possível que eu esteja me divertindo num evento como este. Então, claro, o universo decide estragar tudo.

Brad Fairlee está vindo na nossa direção.

"Que merda", murmuro para mim mesma.

Ryder percebe para onde estou olhando e imediatamente segura a minha mão.

Meu pai nota a presença do recém-chegado e olha para mim para me transmitir confiança. "Vai ficar tudo bem."

E fica mesmo. Pelo menos de início. Fairlee só aperta a mão do meu pai e dá os parabéns pela entrada no Hall da Fama. Depois dá os parabéns para mim e para Ryder pelos nossos respectivos campeonatos nacionais. Consigo conter o meu ressentimento quando ele e o meu pai conversam sobre o mundial feminino, que começa em duas semanas, e me irrita demais saber que eu deveria estar no time. Ainda sinto como se isso fosse um fracasso, mas me forço a lembrar das palavras de Ryder. É só uma fase. Vou ter outras chances.

É uma interação amigável e educada — até Fairlee tocar no nome da filha. Começa com uma coisa inócua, com ele contando que Emma está fazendo teste para alguns papéis na Costa Oeste. Depois ele se vira para mim, com a cara mais fechada.

"Emma contou que vocês se viram faz uns meses."

Confirmo com a cabeça. "É verdade."

"Ela estava bem chateada quando chegou em casa." O tom dele permanece cauteloso, mas o olhar é acusatório.

"Que pena", respondo, também cuidadosa.

Um momento de silêncio vem a seguir.

Então Brad dá um gole em sua taça de champanhe e depois suspira. "Entre vocês duas, sou obrigado a dizer que esperava que você fosse a mais madura, Gigi. Não custaria nada pra você ser mais elegante com a Emma."

Ah, não, ele não disse isso.

E, ironicamente, não é com a *minha* reação que ele precisa se preocupar. Brad me chamou de imatura e deselegante bem na frente do meu marido e do meu pai, e nenhum dos dois é de levar desaforo para casa. Isso já renderia uma bela encrenca.

Mas quem ele irritou mesmo foi a mamãe urso.

"Eu acho que você está muito enganado, Brad", minha mãe esbraveja com uma voz incisiva. "Com todo o respeito — que tenho apenas por você —, não venha querer educar a minha filha. Eduque a sua. É ela quem precisa de educação."

Os olhos dele se inflamam. "Emma não fez nada de errado."

"Emma se deitou pelada na minha cama e tentou transar com o meu marido", minha mãe responde educadamente, enquanto meu irmão finge um acesso de tosse para disfarçar a risada.

Fairlee fica chocado. Ele se vira para o meu pai, que balança a cabeça e diz: "É verdade".

"Deus do céu. Garrett..." Os olhos envergonhados dele se voltam para a minha mãe. "Hannah... eu não fazia ideia. Peço... peço desculpas em nome da minha filha."

"Brad. Não. Você não tem por que pedir desculpas", meu pai interfere, porque no fim das contas Brad Fairlee não fez, mesmo, nada de errado. Estava só tentando ser um bom pai enquanto mimava a filha, tentando compensar o abandono da mãe. "Só estamos pedindo para que não venha conversar coisas com a nossa filha sobre as quais você não faz a menor ideia."

"Entendido." Fairlee assente com a cabeça, parecendo envergonhadíssimo.

Logo depois, ele se afasta, atordoado, bebendo o resto do champanhe.

Com um suspiro, eu me viro para os meus pais. "Vocês não precisavam ter contado o que a Emma fez. Agora estou me sentindo..." Eu me interrompo, e me lembro de tudo o que Ryder me falou. "Pensando bem, não. Eu não estou me sentindo mal por ela. Cada um que arque com os próprios erros."

Ryder abre um sorriso. "Essa é a minha garota."

54

RYDER

Você me ama demais para isso

Shane organizou uma festa de despedida para si mesmo. Mas não tenho tempo para pensar no quanto isso é patético porque estou ocupado demais metendo na minha esposa no banheiro da tal festa.

Ela está debruçada sobre o armário do banheiro com a saia levantada até a cintura, segurando-se nas beiradas da pia. Metendo nela por trás, observo suas reações pelo espelho, admirando o olhar sonhador no seu rosto enquanto as estocadas vão ficando mais fortes e mais rápidas.

"Caralho, minha cabeça tá até girando", ela geme. "Não para."

"Está tão bom assim, é?"

"Muito."

Eu me enfio inteiro naquela boceta gulosa e murmuro no seu ouvido. "Você sempre deixa o meu pau duro pra caralho."

Sou recompensado com outro gemido e uma empinada na bunda, para eu poder meter o mais fundo possível.

"Você precisa gozar logo", ela me diz, ofegante.

"Quero que você goze de novo primeiro."

"Alguém vai bater na porta daqui a pouco." Ela ainda está rebolando e se esfregando em mim, com o rosto vermelho.

"Tudo bem", resmungo, e o reflexo dela sorri para mim. Então, de propósito, Gigi contrai a boceta porque sabe que isso acaba comigo e que, mesmo que eu quisesse tentar segurar mais um pouco, desse jeito fica humanamente impossível.

Entro com mais força dentro dela e estremeço inteiro quando vem o alívio de toda aquela tensão. Depois, pego alguns lenços de papel e nos limpamos um ao outro. Enquanto Gigi ajeita o vestido amarelo, limpo a pia, porque também não sou um babaca completo.

Ela alisa a saia sobre as coxas e confere o penteado no espelho, prendendo o cabelo atrás das orelhas. Depois observa meu estado.

"Você não parece que acabou de transar", ela comenta, balançando a cabeça em sinal de aprovação. "E eu?"

"Você parece."

Ela solta um suspiro.

Eu a abraço por trás e beijo seu pescoço. "Eu te amo, sabia?"

"Claro que sabia. Você diz isso toda hora."

Dou um beliscão na bunda dela. "Não reclama da frequência com que digo que te amo senão eu nunca mais falo."

"Até parece." Ela vira a cabeça para abrir um sorriso presunçoso para mim. "Você me ama demais para isso."

Ela tem razão.

"Mas tudo bem", Gigi me consola. Ela fica na ponta dos pés e, mesmo assim, mal consegue alcançar a minha boca. "Eu também te amo demais."

Finalmente vem a batida na porta. E com uma força que faz tudo tremer.

"É sério, porra! As pessoas precisam fazer xixi!" Uma das convidadas da festa não está tão satisfeita com a nossa rapidinha quanto nós.

Com uma expressão indiferente, nós saímos do banheiro. Mas todo mundo lá fora sabe o que está rolando.

Shane percebe que saímos e vem até nós. "Vocês sabem que tem dois banheiros lá em cima, além de três quartos. E um deles é seu."

Eu encolho os ombros. "E qual seria a graça?"

Beckett escuta e confirma com a cabeça, em sinal de concordância. "O Ryder sabe das coisas."

O tempo está tão bom que decidimos continuar a festa no quintal, onde um dos meus companheiros de time bêbados está fazendo o churrasco, e fico rezando para que ele não ponha fogo na casa. Pelo menos até o contrato de aluguel acabar. Por outro lado... Beckett vai continuar aqui, então talvez seja melhor evitar um incêndio a todo custo. Will Larsen vai se mudar para cá porque disse que está cansado do alojamento, então vão ficar só os dois até conseguirem arrumar alguém para o terceiro quarto.

Shane, por sua vez, vai morar num apartamento que os pais ricos compraram para ele e que fica no mesmo prédio que Diana mora. Ele está falando sobre isso agora mesmo, contando sobre as reformas que o pai dele fez como preparativos para sua mudança.

"Deve ser bem legal poder fazer isso", provoca Gigi.

"Ah, para com isso", responde Shane com um sorriso. "Seu pai é rico pra caralho e te compraria até uma porra de uma mansão se você pedisse."

Ele tem razão. Inclusive, o pai dela ultimamente vem ameaçando fazer justamente isso. Nós não aceitamos. Podemos esperar até eu assinar meu contrato de calouro com o Dallas Star no ano que vem e comprarmos uma casa nós mesmos.

"Ei, mudando de assunto", diz Shane, dando um gole na cerveja. "Você vai gostar de ouvir isso, Gisele: ontem à noite a TSBN mostrou os destaques do mundial feminino. Fizeram uma seleção das cinco melhores jogadoras. Quatro delas são do Canadá", ele conta, rindo baixinho.

Gigi revira os olhos para ele. "Valeu pela solidariedade, mas não precisa comemorar a derrota do nosso país só por minha causa."

Mas a gente assistiu ao jogo juntos no mês passado e ela meteu o pau no time. Não sei se a presença de Gigi no elenco teria alterado o resultado do jogo e trazido o ouro para os Estados Unidos, e não para o Canadá, mas com certeza mal não faria.

"Enfim, eu ainda tenho a chance de ser convocada algum dia." Ela dá de ombros. Como se não fosse nada demais. O que é um grande avanço em relação ao dia em que chorou de soluçar e ficou dizendo que era um fracasso. Mas, assim como eu, ela está aprendendo a aceitar as próprias limitações sem deixar de trabalhar nos seus pontos fortes.

"E se não for", ela complementa com um sorriso, "vou pegar meu diploma, virar agente do Ryder e conseguir uns contratos de patrocínio multimilionário pra gente."

"É um bom plano", eu concordo.

Will, Beckett e Case vêm até nós e jogamos conversa fora por um tempo enquanto bebemos umas cervejas e comemos uns hambúrgueres preparados por um cara bêbado demais. Em determinado momento, Diana aparece com uma saia minúscula que mal cobre as coxas e uma camiseta tão decotada que deixa um ombro de fora.

"Lindley", diz ela, estreitando os olhos.

"Dixon", responde ele.

"Só quero deixar claro que cheguei primeiro ao Meadow Hill e que vai precisar manter distância de mim o tempo todo. Inclusive, a gente pode traçar uma linha pelo meio da piscina e decidir qual lado fica com quem."

"Ah, que maldade." Ele finge que faz um beicinho. "Você é má assim com as suas amigas também? Porque eu pretendo levar uma líder de torcida ou outra pra lá. Toda noite."

Ela olha feio para ele e se afasta.

"Você tem algum outro plano pro verão além de atormentar a minha melhor amiga com essas palhaçadas de passar o rodo?", pergunta Gigi em tom de brincadeira.

Shane sorri. "Não. Provavelmente vou passar o tempo me dividindo entre aqui e a casa dos meus pais. E vocês?"

"Eu quero uma lua de mel", ela avisa. Com um sorriso.

Shane sorri para mim. "Leva a sua mulher pra uma viagem de lua de mel, cuzão."

"É o que eu vou fazer", protesto. "A gente vai pra porra da Itália em agosto."

"Não tem por que xingar a Itália assim, parceiro", diz Beckett, e Will e Colson caem na risada. Case parece ter superado completamente o fato de Gigi e eu estarmos juntos. Inclusive, passou a noite toda flertando com uma das colegas de time dela, Camila.

“Ele acha que não vai gostar de lá”, explica Gigi.

“Parece ser um lugar meio sem graça”, murmuro.

Nenhum de nós dois menciona que vamos para o Arizona em julho. Gigi e eu conversamos longamente sobre a audiência de condicional do meu pai — com a participação de Owen — e concluímos que valia a pena depor. Seria melhor se Owen e eu nunca mais precisássemos olhar na cara daquele homem, mas quinze anos não bastam. Ele merece apodrecer na cadeia pelo que fez com a nossa mãe. E, se existe uma possiblidade, ainda que mínima, de que ele seja solto se o comitê não ouvir nenhum depoimento contrário, nós não podemos correr esse risco. Então nós três vamos viajar para lá no mês que vem. Os pais de Gigi se ofereceram para ir junto.

A vida anda... boa.

Não costumo expressar esse sentimento, muito menos vivenciá-lo. Mas anda mesmo. Minha saúde também anda boa, tenho amigos, meu irmão. Minha esposa. Nenhum de nós faz ideia do que o futuro reserva. Ninguém faz.

Mas não consigo imaginar um futuro com Gigi que não seja brilhante.

Epílogo

GIGI

Vamos acabar logo com isso

"Nem pensa em chorar."

Levanto o dedo, pegando a minha mãe de surpresa. Sobressaltada, ela para na porta da suíte que estamos usando como camarim para a comitiva da noiva.

"É sério, Han-Han, nem pense nisso." Allie Hayes também repete o meu aviso. "A gente *acabou* de retocar a maquiagem dela depois do último incidente."

O incidente em questão envolveu a minha mãe me vendo pela primeira vez vestida de noiva e se desmanchando em lágrimas. E, como ela não é muito de chorar, suas lágrimas fizeram as minhas caírem também, e nós duas começamos a soluçar feito um par de viúvas, o que arruinou a minha maquiagem. A tia Allie expulsou a minha mãe da suíte para que ela e Diana pudessem fazer o controle de danos no meu rosto todo manchado.

"Eu não vou chorar", promete minha mãe, mas seu lábio inferior está tremendo.

"Para", eu aviso.

"Não estou chorando", garante ela, mas percebo que desvia o olhar quando entra no quarto e pega uma taça de champanhe da mão da minha tia Grace.

"Ei", protesta Grace com uma risada.

Minha mãe a ignora e vira metade da taça. "Seu marido está ansioso", ela me conta, enquanto Diana e Mya arrumam o meu véu de renda.

Elas são minhas damas de honra, e minhas primas Alex, Blake e Jamie são madrinhas. Minha priminha Molly Fitzgerald vai ser a daminha; ela acabou de fazer seis anos e está tão empolgada com sua função de espalhar as pétalas no chão que não consegue parar quieta, como se tivesse tomado várias pílulas de cafeína. A tia Summer até tenta forçá-la a ficar sentada, mas Molly está elétrica demais, e tia Allie recrutou suas filhas, Ivy e Kate, de treze e dez anos, para tentar distrair a daminha frenética. No momento, estão todas em um canto ajudando-a a contar as pétalas na cestinha para garantir que tenha "o suficiente".

"O Ryder fica passando as mãos no cabelo sem parar?", pergunto para a minha mãe.

"O tempo todo. E acabou de pedir um cigarro para o Beau."

A tia Allie dá risada, depois estreita os olhos. "Ei. Espero que o meu filho não tenha dado!"

Minha mãe sorriu. "Não. Beau olhou para ele e falou: *Cara, eu tenho quinze anos*. E Ryder disse que *ele* fumou pela primeira vez aos treze, incentivado pelo pai de um lar adotivo, e nesse momento Dean mandou Ryder parar de corromper seu filho e tirou Beau de lá."

Solto uma risadinha. "Ai, nossa. É melhor a gente começar logo, então."

Sinceramente, ainda estou chocada por Ryder ter concordado com o pedido do meu pai de uma cerimônia de casamento oficial. O "pedido" na verdade foi uma declaração de que Ryder nunca mais teria um segundo de paz na vida se a gente não aceitasse ajudar o meu pai a realizar o sonho de menininha dele de me acompanhar até o altar.

Tá, talvez eu esteja sendo meio maldosa. Sei que é uma coisa fofa, e que significa muito para o meu pai. E meu pai estava certo — não existe muita coisa que Luke Ryder não faça por mim. Quando perguntei se ele se sentiria à vontade com uma festa desse tamanho e se expondo dessa maneira, ele simplesmente encolheu os ombros, sua marca registrada, e respondeu: "Eu faço qualquer coisa por você".

Juro que às vezes esse homem é demais para o meu coração. Estou sempre me derretendo por ele.

Nesse caso, porém, o conceito de "qualquer coisa" envolveu meu pai alugando o country club *inteiro* para o casamento, uma lista de mais ou menos, hã, *seiscentos* convidados, votos matrimoniais personalizados (isso fui eu que pedi) e ter que lidar com a tia Summer como organizadora do evento porque, quando o assunto são festas de arromba, não existe ninguém melhor do que ela. O número de e-mails que ela mandou para nós no meio da madrugada durante o verão quase fez Ryder desenvolver um transtorno de ansiedade. No jantar de ensaio na noite passada, depois de passar cinco minutos ajeitando a gravata, Ryder aproximou a boca do meu ouvido e cochichou: "Depois de amanhã, você está proibida de dizer o nome Summer Fitzgerald na minha frente de novo".

Mas depois ele me comeu no banheiro, então acho que não estava assim *tão* bravo.

Mesmo assim, não estou surpresa de ouvir que ele está ansioso. Essa coisa de festa de casamento não faz o estilo dele. Estou curiosa para ver como ele vai se sair na parte dos votos matrimoniais. Quando fomos à audiência do pai dele no verão e ele precisou falar diante do comitê de condicional, não conseguia nem olhar nos olhos das pessoas. Felizmente, isso não afetou o resultado final — o carimbo de *NEGADO* foi parar na ficha do pai dele com uma rapidez estonteante. Tanto Ryder quanto Owen ficaram mais do que aliviados, principalmente por saberem que um longo tempo se passaria antes que o homem que matou a mãe deles conseguisse outra audiência de liberdade condicional.

Mas tenho certeza de que Ryder vai arrasar nos votos dele. Quer dizer, espero que arrase. Se ele ignorar a presença de todo mundo e se concentrar apenas em mim, vai ficar tudo bem.

"Já está tudo pronto", avisa minha mãe, apertando a minha mão ao passar. Seu olhar encontra o meu no espelho do chão ao teto e as lágrimas brotam no canto de seus olhos.

"Nem pense nisso", ordena tia Sabrina.

A minha mãe pisca algumas vezes. "Eu estou bem."

Olho ao redor do quarto. Para a minha mãe, minhas tias e primas e melhores amigas. Uma onda de gratidão me invade, porque eu realmente sou a garota mais sortuda do mundo por estar cercada de tantas mulheres incríveis.

"Eu também estou pronta", digo a elas, dando uma última olhada no espelho.

Meu vestido de cetim está perfeito, com a cauda curta estendida atrás de mim. Todos os detalhes da renda do meu véu estão impecáveis. Minha maquiagem foi ajeitada. Estou de cabelos soltos, que descem em ondas sobre os ombros com pequenas flores fixadas na altura das têmporas.

Mya me entrega o buquê com um sorriso branco e reluzente. "Você está deslumbrante", ela afirma.

"Maravilhosa", confirma a milha prima Alex.

Solto um longo suspiro. "Vamos acabar logo com isso."

Minha daminha vibra de alegria quando saímos do quarto. As damas de honra vão na minha frente, enquanto a minha mãe fica para trás e segura o meu braço.

"Espera aqui", ela diz. "Seu pai quer falar com você primeiro."

Eu me viro ao ouvir o som de passos, e minha respiração se acelera quando vejo o meu pai. Ou melhor, quando vejo a emoção transbordando dos olhos cinzentos dele.

"Puta que pariu, Stan." A voz dele soa embargada quando se aproxima de nós, dando uma olhada para a minha mãe. "Tá vendo isso, Wellsy?"

"Nós fizemos um belo trabalho, hein?" Ela dá risada, mas seus olhos se enchem de lágrimas de novo.

"Para", ordeno.

"Desculpa." Ela afasta uma mecha de cabelos da minha testa e depois segura a minha mão. "Você está linda, Gigi. Vejo você lá dentro."

Então ela vai embora, e o meu pai e eu ficamos sozinhos no corredor. As vozes da comitiva da noiva e dos padrinhos de Ryder chegam até nós a distância, mas nós as ignoramos.

"Você está mais do que linda", o meu pai me diz, com a voz carregada de emoção. "Parece um anjo."

"Não. Sou só a sua filha."

"A melhor filha que alguém poderia querer." Ele limpa a garganta. "Obrigado por proporcionar este dia para sua mãe e para mim. Você não faz ideia do quanto isso é importante para nós."

Sinto um nó na garganta e tusso algumas vezes para não começar a soluçar. "Por favor, não me faça chorar", imploro, piscando loucamente.

Ele também está piscando sem parar. "Certo. Vou tentar."

Meu pai estende o braço, e eu entrelaço o meu no dele.

"Beleza então, vamos resolver esse negócio de casamento oficial logo pra eu poder me concentrar em ganhar uma medalha de ouro", digo, em tom de brincadeira.

O acontecimento mais surpreendente do verão, depois que eu e Ryder voltamos da Itália, foi uma visita de ninguém menos que Brad Fairlee. Uma das jogadoras se contundiu, e ele me convidou para treinar com a seleção americana no segundo semestre. Não é nada garantido, mas pelo menos vou estar mais próxima do meu objetivo. Se tudo der certo, posso acabar jogando as Olimpíadas no ano que vem.

"Acho que você vai acabar descobrindo que o casamento é bem mais divertido que ir atrás dessa medalha", o meu pai diz com um sorriso.

Provavelmente ele tem razão.

"Está pronta?", ele pergunta.

Faço que sim com a cabeça.

"Tudo certo aqui", ele grita na direção do fim do corredor, e a resposta que ouvimos são risadas lá na frente.

Nós nos juntamos ao fim da fila, e escuto o som distante da música do outro lado das pesadas portas arqueadas que levam ao salão onde a cerimônia vai ser realizada. Eu queria poder ver Molly entrando pelo corredor e jogando suas pétalas sedosas de rosas, mas vou poder assistir depois nas filmagens. Um a um, os casais vão passando pela porta, até que por fim o meu pai e eu aparecemos.

Mais uma vez, fico sem fôlego, mas desta vez é por causa de Ryder. Ele está na ponta do altar, que agora parece estar a quilômetros de distância, e percebo que estou ansiosa para chegar logo até ele. Não gosto de quando ele não está perto de mim. Vestido de terno, Ryder está impecável e à vontade como sempre, mas é o amor estampado nos seus olhos que faz o meu coração disparar. Quando os nossos olhares se encontram, os lábios dele se curvam em um esboço de sorriso, e os meus batimentos ficam ainda mais caóticos.

O quarteto de cordas começa a tocar uma versão mais suave e tranquila da marcha nupcial. Implorei para chegar ao altar com uma trilha de *Horizons*, mas nisso nem Ryder aceitou ceder. Ele disse que ouvir as bufadas de hipopótamos e os gritos de uma íbis hadeda assustaria os convidados. Ele não sabe se divertir.

A minha pulsação acelera quando centenas de convidados se levantam para ver a minha chegada. De repente sou o centro das atenções, e me sinto desconfortável com tantos olhares sobre mim. Oscilo um pouco sobre os sapatos de cetim, e uma leve tontura afeta os meus membros.

Meu pai me apoia com seu braço forte e seguro, me mantendo de pé. "Você consegue, Gi", ele murmura. "Estou aqui pra você. Sempre."

Respiro fundo e me concentro no apoio firme do meu pai e no olhar tranquilizador de Ryder.

Então sorrio e deixo meu pai me conduzir até o altar, onde está meu marido.

Agradecimentos

Quando escrevi *O acordo* e os demais livros das séries Amores Improváveis e Briar U, não esperava que esses personagens tivessem um impacto tão grande em mim. Todos eles continuaram vivos dentro de mim ao longo dos anos, principalmente o meu casal original — Hannah e Garrett. Quando decidi revisitar o universo da Briar, quebrei uma das minhas próprias regras e resolvi escrever uma história sobre a "nova geração". Em geral não gosto muito desse tipo de narrativa, mas ultimamente vinha entrando em parafuso ao pensar em como seriam os gêmeos de Garrett e Hannah, que aparecem em *O legado*. E assim... surgiu *O efeito Graham*.

Um rápido comentário sobre as questões do livro relacionadas ao hóquei: eu costumo alterar certos detalhes para criar um ambiente ficcional em que os elementos da trama funcionem melhor. Neste livro, não segui à risca o calendário do hóquei no gelo universitário e a distribuição dos times entre as conferências da NCAA, nem alguns elementos da seleção americana. Todos os erros aqui são meus (e muitas vezes intencionais).

Como sempre, este livro não estaria nas suas mãos sem o apoio de algumas pessoas importantíssimas:

Minha agente, Kimberly Brower, por sempre estar presente para segurar a minha mão nos momentos de emergência, sejam elas grandes, pequenas ou imaginárias.

Minha editora, Christa Dèsir, por ser minha principal líder de torcida e uma defensora ainda maior desta série. E também o time de craques da Bloom Books/ Sourcebooks: Pam, Molly e o restante da equipe de marketing e divulgação, a incrível equipe de arte, e Dom, por ser a publisher mais incrível que conheço.

Nicole, Natasha e Lori, pela maestria que têm nas redes sociais e por serem incríveis em todos os sentidos.

Eagle/ Aquila Editing, por sempre conseguir encaixar revisões do meu livro no cronograma.

Minha família e meus amigos por me aturarem quando tenho um prazo para cumprir e esqueço de atender às ligações deles porque estou perdida em outro universo. E minha irmã mais nova, que me alimenta quando esqueço de comer enquanto escrevo.

Sarina Bowen e Kathleen Tucker por virem me ver e me ouvir e por sempre me fazerem rir. Ah, e Kathleen também me traz plantas. Mães de plantas unidas.

E, é claro, vocês. Minhas leitoras, as pessoas mais gentis, divertidas, bacanas e leais do planeta. Vocês são o motivo para eu fazer o que faço. Vocês são a razão para a comunidade de livros de romance ser a mais acolhedora e envolvente de todas. Espero que tenham gostado do livro de Gigi e Ryder, e mal posso esperar para apresentar a vocês as outras histórias que planejei para a série Campus Diaries!